书写北疆新时代

内蒙古优秀文学评论集

内蒙古文学馆 编

作家出版社

图书在版编目（CIP）数据

书写北疆新时代：内蒙古优秀文学评论集 / 内蒙古文学馆主编. -- 北京：作家出版社，2025. 1. -- ISBN 978-7-5212-3264-6

Ⅰ. I206.7-53

中国国家版本馆CIP数据核字第2025GH4913号

书写北疆新时代：内蒙古优秀文学评论集

编　　者：内蒙古文学馆
责任编辑：兴　安
封面设计：王一竹
出版发行：作家出版社有限公司
社　　址：北京农展馆南里10号　　**邮　　编**：100125
电话传真：86-10-65067186（发行中心）
86-10-65004079（总编室）
E-mail:zuojia@zuojia.net.cn
http://www.zuojiachubanshe.com
印　　刷：三河市北燕印装有限公司
成品尺寸：185×260
字　　数：620千
印　　张：31.5
版　　次：2025年1月第1版
印　　次：2025年1月第1次印刷
ISBN　978-7-5212-3264-6
定　　价：88.00元

目录

第一部分◆总体综述

第二部分◆作品研究

第三部分◆作家研究

序
书写北疆新时代——内蒙古优秀文学评论集
冀晓青

新时代内蒙古文学的十年，是深情讴歌热土，讲述祖国北疆故事的十年；是为人民书写、为时代高歌的十年；是高擎爱国火炬，唱响民族团结的十年。这十年，北疆故事可歌可泣，内蒙古文学可圈可点。这十年，内蒙古文学创作响应时代之变、中国之进、人民之呼，小说、诗歌、散文、报告文学、儿童文学、网络文学等几千篇（部）作品，唱响小康之约的原野牧歌，唱响绿色北疆的生态之歌，唱响奋发向上的团结之歌，新时代内蒙古文学呈现出主题之新、意识之新、经验之新、格局之新的发展态势。

2022年7月，内蒙古文联主办，内蒙古文学馆、内蒙古作家协会、内蒙古评论家协会、内蒙古翻译家协会、内蒙古文学杂志社共同承办的“书写新时代——内蒙古文学十年成就展”在内蒙古文学馆开展，盘点并展示党的十八大以来内蒙古文学欣欣向荣的发展局面，回望内蒙古文学事业欣欣向荣的历程，见证内蒙古文学事业执著前行的历程，憧憬祖国北疆文学启航新征程的美好愿景。

以此次展览为平台，2022年9月，“书写新时代——内蒙古文学十年成就研讨会”在内蒙古文学馆举办，区内外70余位作家、评论家出席会议，研讨会共收到学者、评论家、高校学生的八十余篇投稿。会后，秉持优中选优的原则，精心挑选出50多篇优秀的评论文章，编辑成这本《书写北疆新时代——内蒙古优秀文学评论集》，评论集系统总结新时代内蒙古文学的优势与短板，特别就当下文学存在的问题、突破点，以及发展方向，提出具有学理性的建议。

这本书内容厚实，充分显示出内蒙古文学评论近十年由成熟走向高峰的历程。书中无论是对内蒙古文学的综合性评价，还是对内蒙古作家及作品的评论，都十分真切坚实。读者能够清晰地看到内蒙古文学创作和文学评论如船上两座白帆，相互守望，彼此借力，相互砥砺，相互激发。新时代的内蒙古文学评论坚持正确的方向导向，推动形成创作共识、评价共识、审美共识，始终保持敏感的判断力和敏锐的洞察力，引领创作风气之先。新时代的内蒙古文学评论以美学的、历史的、人民的、艺术的观点，促进文学作品的精神高度、文化内涵和艺术价值的提升，推动文学创作高质量发展。

这本书也启迪内蒙古的文学评论工作者，要营造健康良好的文学生态，进一步增强文学评论的战斗力、说服力和影响力；要更清晰地理解中华民族形象和中华文化符号，更深刻理解中华美学精神，传承中华文化基因，将文艺理论与评论界的思考和声音传达给广大民众，从思想上启迪人，从精神上激励人，真正发挥文学评论引领文学风尚的独特作用。

应该特别提到的是，这本书所选登的许多评论文章，都有着一个共同的重要特点，那就是对内蒙古作家及作品在从理论上进行肯定和赞扬的同时，还能够发出批评声音，甚至有些评论之声是公正、严厉的，毫不留情，直指文学作品的缺陷和不足。这显然是那面评论之帆向文学之帆及时发出警醒之声，启迪并激励他们进行反思、调整和纠正，从而使得文学创作的水平有更为全面的提高。两帆互动，守望相助，团结奋进，推动内蒙古文学之船赓续文脉，守正创新，唱响北疆文化的新篇章。

我们殷切希望读者喜欢这本书，是因为他再次启发我们：文学是艺术，艺术在本质上是美的，在形态上是真的；文学不断唤起生命的生机，文学最终是一件与人为善的事情。

第一部分・总体综述

新时代内蒙古文艺评论繁荣发展的十年

刘 成

党的十八大以来，我们满怀自豪地走进了新时代。在新时代十年中，内蒙古文艺理论批评，对紧跟时代新走势、反映人民新生活的各类文艺作品，给予了及时的论评与推介，发挥了褒贬甄别、激浊扬清的积极功能，文艺理论评论应有的战斗力、说服力和影响力逐步增强，“引导创作、多出精品、提高审美、引领风尚”的作用进一步彰显。

深入学习贯彻习近平总书记关于文艺工作的重要论述

十年来，内蒙古文联深入学习贯彻习近平总书记关于文艺工作的重要论述，切实将民族团结主题作为思想引领“培根铸魂”工程的重要内容。组织举办铸牢中华民族共同体意识培训班、青年作家铸牢研讨班、蒙古族作家铸牢培训班等各文艺门类教育培训活动，累计线上线下培训文艺工作者5万人次。组织开展了以“中华文化符号和形象”为主题的文学创作、书法篆刻展、美术作品展等34项具体活动，在内蒙古文艺界树立起了中华民族一家亲、同心共筑中国梦的鲜明导向。

十年来，内蒙古文艺评论界就上述重要论述以各种方式展开多次认真深入学习讨论，深入领会其精神实质，并对论述中提出的一些重要论点进行集中探讨。不少文艺工作者发表了学习体会文章。其中冀晓青的《深入学习贯彻习近平总书记关于文艺工作重要论述，推进自治区文艺事业的大发展》、尚贵荣的《文艺评论：走在前头站在高处》、宋生贵的《坚定文化自信，倾心张扬人民的价值理想》、赵海忠的《在学懂学通新时代中国特色社会主义文艺思想方面下功夫》、张伟的《坚守文艺的人民性》、包斯钦的《为人民抒怀高歌筑就伟大复兴时代的文艺高峰》、肖亦农的《扎根生活，为人民写作》、张树天的《以德驭艺德张艺显》、李树榕的《“为历史存正气”不能忽视优质文化资源》、海德才的《托起草原文学的梦想》、郭培筠的《坚持以人民为中心的创作导向、与时代同频共振》、仁钦道尔吉的《用优秀的文艺作品铸牢中华民族共同体意识》、崔荣的《中华民族共同体意识：当代蒙古族诗歌的诗意中轴》等文章从不同角度、不同层面，抒怀建言、畅谈体会，就文艺诸多问题进行深度阐释。

我今年已经80岁，在这十年中，我用蒙、汉文写了几十万字的学习笔记和体会文章，大部分文章都在《光明日报》《文艺报》《实践》等报刊上发表。《金钥匙》和《内蒙古青年》杂志开辟专栏长期连载发表。十年间，出版了《当代马克思主义文艺理论中国化的最新成果》（蒙文、汉文）、《命运共同体和文化共同体》和《中华民族一家亲同心共筑中国梦》等四部学习体会专著。

进入新时代，内蒙古的文艺理论评论，在习近平总书记关于文艺工作的重要论述的指引下，正在沿着把好文艺评论方向盘，继承创新民族文论优秀遗产，批判借鉴现代西方文艺理论，推动内蒙古特色文艺批评学科体系、学术体系、话语体系建设的道路前进。

强化了文艺评论阵地，推出了一批优秀的文艺成果

进入新时代以来，习近平总书记关于文艺工作的重要论述，像春风一样吹绿了内蒙古大草原，引来了万紫千红的内蒙古文艺亮丽的春天。内蒙古文艺理论评论呈现出一派生机勃勃的崭新景象，出版了一批质量较高的文艺理论研究专著、文艺评论集。据不完全统计，新时代十年来，全区共出版蒙、汉文文艺理论专著，文艺评论集几百部，发表文艺理论与评论文章几千篇。其数量之丰硕，无疑印证了评论队

伍的壮大，同时也表明了广大文艺评论者的工作热情。而且，在此丰硕的作品中，不乏在自治区乃至全国产生较大影响的优秀成果。此间，有作品荣获全国文艺评论奖、全国蒙古文学“朵日纳”奖、自治区“索龙嘎”奖、“萨日纳”奖、“五个一工程”奖、内蒙古社会科学优秀成果政府奖等各级各类奖励上百项，有的作品被《新华文摘》《求是》《人民日报》等报刊刊载。这些文艺研究的前沿成果，集中反映了在草原文化学术研究的大背景下，自治区文艺理论研究与文艺评论的最新水平。

文艺评论是推动优秀作品创作的重要杠杆。新时代十年来，自治区党委宣传部和内蒙古文联高度重视和大力推动文艺评论工作，团结凝聚广大文艺评论工作者，开展了一系列积极健康的文艺评论活动，极大地提升了自治区文艺评论工作水平。2012年创办了文艺理论评论刊物《草原文艺论坛》，为文艺理论研究与文艺评论成果发表提供了园地，该刊开设的草原文学与艺术研究、“艺文时评”口述与访谈佳作集评等栏目已在业界产生良好影响：推出了一批优秀成果，取得了良好的社会反响。继续办好全国唯一的省级蒙古文文艺理论评论刊物《金钥匙》，不断推出优秀的蒙古文文艺理论评论作品，使蒙古文文艺评论工作取得新的成效。《金钥匙》刚刚迎来创刊40年大庆，40年间光为蒙古族作家作品举办的研讨会就有200多次。新时代为学习宣传习近平总书记关于文艺工作的重要论述，开辟了特别策划专题栏目26期，对蒙古族群众集中学习贯彻习近平总书记关于文艺工作的重要论述起到了极其重要的作用，这在全国文艺理论评论刊物中无疑是走在前列的。还应该提到《内蒙古日报》文艺评论版，为内蒙古各民族文艺理论评论的繁荣发展贡献了不可磨灭的作用。《内蒙古日报》文艺评论版有针对性地推出文艺评论作品，速度之快、内容之多，是一般纸质版期刊比不过的。我们内蒙古文艺理论评论界还持续对草原文学艺术进行深入研究，不断推出新的研究成果，对草原画派、草原音乐、草原舞蹈、草原影视艺术以及其他门类艺术的研究与评论也出现可喜的势头。组织开展两年一度的草原文化与文学艺术论坛，编辑出版《草原文化与文学艺术论丛》六辑。通过举办全区文艺评论研修班、文研班，培训了一大批文艺评论工作者，加强了文艺评论队伍建设。连续三次组织自治区文艺评论作品参评中国文联文艺评论奖，《文化批判：深度不等于高度》《文化创意视野中的民族艺术》《“文化自觉”与民族题材美术》《关于“画派”“草原画派”及相关问题的再思考》等多部（篇）作品获奖，内蒙古文联获得优秀组织奖。自治区文联入选全国首批22个中国文艺评论基地，为进一步提升评论工作水平有力地拓展了阵地，延展了平台。

民族艺术研究与评论取得突破性的进展

自治区文艺评论家协会成立以来，在努力抓好文学评论的同时，格外注重民族艺术的研究评论。著名评论家宋生贵牵头带领专家、评论家参与“草原艺术研究工程”，取得了重大成就。《当代草原艺术年谱》编写工作从2012年年初启动，120余人参加，历时五年，于2016年10月出版完毕全套七卷本。这七卷包括《音乐卷》《美术卷》《戏剧卷》《舞蹈卷》《电影卷》《电视卷》《理论与评论卷》，共计350余万字。该项目成果2016年10月首发式之后，《中国艺术报》《中国文化报》《文艺报》等媒体对其予以及时宣传报道，使其影响面进一步扩大。

《当代草原艺术年谱》的编写与出版，是内蒙古自治区文化建设中的一件实事，是艺术理论界的有识之士践行文化理论自觉、文化自信的有为之举。《当代草原艺术年谱》（七卷本）是“草原艺术研究”项目“立体式”构架中的“基础资料层”的成果呈现，是实现草原艺术系统化学术研究所迈出的很重要的一步。《当代草原艺术年谱》不仅在内蒙古自治区是首部，而且在全国各个民族地区也是首创。

特别值得一提的是自治区的艺术研究与评论，近年来得到了长足的发展，无论是人才还是成果、无论是数量还是质量，不只是从本自治区纵向上看，大大超出以往，而且与其他省区横向比较，我们也是走在前面的，特别是在民族艺术研究与评论方面。

文艺评论人才数量增多、层次提升、结构优良

十年来，在自治区党委宣传部与文联的领导和关怀下，文艺理论研究与评论人才数量增多、层次提升、结构优良。内蒙古自治区文艺评论家协会成立以来，特别注重吸纳人才与汇聚团队，目前，协会已吸纳会员近500人，形成了一个年轻的大协会。会员中有上世纪60年代70年代步入文坛的老评论家，有改革开放后倾情文

艺的中年理论家与评论家，有跨入新世纪以来，特别是进入新时代以来，初露才华的青年才俊。有的在当代文学研究与评论中颇有建树，有的在音乐舞蹈戏剧美术视影等艺术门类的研究与评论方面有所作为。尤其令人欣喜的是，近年来，一大批文艺学、艺术学博士、硕士加入了文艺理论研究与文艺评论队伍中，成为很有潜力的有生力量。应该说，这个队伍，在过去，为文艺理论研究和文艺评论作出了重要贡献，同理，在今后也必然会为推动自治区的文艺事业发挥举足轻重的作用。

新时期最活跃的张锦贻、巴·格日勒图、刘成、刘文斌、苏优格、李悦，年龄虽已七八十岁，但精力充沛，仍活跃在新时代文坛，写作热情仍不减当年。自治区文坛影响较大的理论评论家还有宋生贵、包斯钦、哈达奇刚、高明霞、李树榕、郭培筠、张伟、耿瑞、巴·苏和、仁钦道尔吉等，他们是全区文艺理论评论战线的中坚力量。他们尊重传统而有所扬弃，追随潮流而有所择取，希图在传统与潮流之间、时代与人群之间的契合点上确立自己批评的方位。

近年来涌现的一大批文学博士、硕士理论评论家，其中有满全、海日寒、乌日斯嘎拉、额尔敦哈达、萨日娜、海梅、崔荣、赵富荣、树林、朝罗蒙、铁军、查干牧仁、亮月、乌兰巴托、元成、王妍、刘绪才、玉兰、查那、王宏伟、赛音朝克图、鄢东、唐小祥、李旺等。他们面对急遽变化的时代和中西文化碰撞、交流、融合的文化态势，因时度势，既不丢弃传统，又不薄待新潮。这一批才华横溢的文学博士、硕士的加入，给我们带来了新鲜的气息，大大提高了自治区文学理论批评界的力量和朝气。这是内蒙古文艺评论界一大最亮丽的景观。

让我们在党的二十大精神鼓舞下，沿着习近平总书记关于文艺工作的重要论述所指引的方向，推进新时代内蒙古文艺评论繁荣发展，续写中国化马克思主义文艺理论新篇章！

原载于公众号“内蒙古文艺”2022年11月4日

草原文化与北方民族文学艺术

额·巴特尔

草原文化从本质上讲是一种民族文化，是北方诸多游牧民族在漫长的历史过程中共同创造、传承、发展的，是以一种薪火传递的接力形式传承和递进的。蒙古族是北方草原文化的集大成者。

文学艺术是草原文化的重要组成部分和重要内容，是草原文化在该领域的集中表现。文学艺术以其独特而多样的表现形式、深邃的人生哲理，深化了草原文化的思想内涵，拓展了草原文化的审美视角，也为草原文化的研究提供了丰富的内容和广阔的空间。同时，草原文化博大厚重的底蕴，为文学艺术提供了润泽的文化生态环境和丰厚的创作土壤，使之具有鲜明的地域特色和民族特色。

随着时间的推移和时代的发展，草原文化的内涵和形式都发生了很大变化，特别是进入现当代以来，传统的游牧文化和文化遗产受到前所未有的冲击和挑战。把文学艺术放在草原文化的大背景、大视野中进行研究，探讨文学艺术与草原文化在新的历史时期的发展变化和时代趋势，保护抢救民族民间文化遗产，促进文艺的创新和发展，有着特别重要的意义。

一、北方民族文艺是草原文化的重要组成部分

文学艺术既是文化的一种特殊表现形态，又是文化的重要组成部分和内容。在北方民族文化的流布过程中，有相当一部分文化传统是通过口头文学和说唱艺术的形式流传下来的。这些浩如烟海的文艺作品，镌刻和展现着那个时代的风貌、特性，同时又受那个时代特殊自然环境和生产生活方式的影响，表现出它们的独特性和原生性。如以民间口头说唱形式传递、保存、延续下来的神话、传说和英雄史诗，不仅彰显着原生文化的真情真性真趣，同时还凝聚着北方民族的民族精神。这些民族精神流传至今也影响至今，潜移默化地影响着整个民族的性情和品格。

神话是了解北方草原民族先民早期精神活动的重要窗口，它展示了原始社会草原先民对开天辟地、万物起源、日月水火生成等自然现象的感性认识和朴素解释。如蒙古族神话“麦德尔娘娘开天辟地”就很具有代表性。它是流传于新疆卫拉特蒙古族人中的关于洪水和开天辟地的神话。传说很早以前，天将要形成，地将要生长，人将要投胎，马将要生驹，万物将要繁殖，整个天地经历了一次浩劫，洪水滔滔，铺天盖地。不知过了多少年，神女麦德尔身骑白色神马，视察了三千色世界，只看到蓝色的天水中微露着须弥宝山的山尖。麦德尔娘娘骑着神马往来奔驰在蓝色的水面上，神马的四蹄踏动水面，放射出耀眼的火星，燃烧的尘土变成灰，撒落在水面上，灰越积越厚，渐渐形成了无边无际的大地，大地压着水面往下沉落，天与地慢慢地被分开，大地形成了。这是一块大大的平板，因为浮在水面上，晃动不稳，于是麦德尔就派一只大神龟下水，用龟背顶着大地，它不能动弹，更不能离开。有时，神龟由于太累，舒展身体的时候，就会发生地震。麦德尔的马蹄燃起大火，烧得蓝色的大水不停地蒸发，这些水汽在天空中飘动，形成了云彩。马蹄踏水溅起的火星，飞上高空成了星星。这则神话显示出蒙古族先民对于宇宙和人类诞生的解释和想象，以其雄浑诡谲和博大壮观，在人类的神话世界中增添了一抹奇特的神采，也反映了古代蒙古族人对万物生成的认识和他们的宇宙观。

英雄史诗是描述英雄故事、歌颂英雄业绩的叙事诗。汉族文学史上没有产生真正称得上史诗的作品。中国南方少数民族的史诗也多属创世史诗，英雄史诗较少，

而北方游牧民族则有着久远的英雄史诗传统，民间至今还流传着数百部英雄史诗。蒙古族是世界上史诗遗产最丰富的民族之一，据专家统计，除举世闻名的长篇史诗《江格尔》《格斯尔》之外，其他已被记录的中小型英雄史诗及变体多达550部以上。

蒙古族英雄史诗从它产生之时起，就成为蒙古族人民的精神财富，伴随着蒙古族人民前进的步伐，几乎贯穿了他们的全部历史过程。

二、北方民族文艺是草原文化的记录者、承载者和传播者

在中外文艺史上，文艺最初并不是指今天的所谓“语言艺术”或“美的艺术”，而是指广义的文化的过程。著名学者考林乌德认为，“艺术是人类最原始和最基本的活动，其他所有的精神活动都得从它的土壤上生长起来，宗教、科学、哲学都不是最原始的形式，艺术比它们更为原始，它构成了它们的基础，使它们的发生成为可能”①。艺术不仅记载着文化，而且是不同文化互相沟通的基本媒介。某一种文化也许会转变，某一种文明也许会消失，但只要有那一个时期的具有文化传承意义的艺术作品存在，这种文化或文明就会被记录、被定格、被传递下去。

北方草原地区从70万年前就有人类居住，在旧石器时代，大窑文化、萨拉乌苏文化、扎赉诺尔文化构成了远古文化。新石器时代，兴隆洼文化、赵宝沟文化、红山文化、夏家店文化、朱开沟文化，为中华文明的多元发展奠定了坚实的基础。而这些文化的初始表现形式，不论是地下尘封已久的陶皿、青铜器，还是经历千年风雨洗礼的岩画，都是以朴实稚拙的艺术手法再现了那个时代先民的所思所为。也许我们的先人并没有意识到这就是艺术的诞生和艺术的流传，但我们后人却从它们美丽的色彩造型和勾绘镂刻以及富于动感的各种纹饰里，重温了远古文化的灿烂。“龙”是中华民族的图腾，又演化为华夏的象征、帝王的化身。而北方草原地区是“龙”的诞生地。距今8000年前的兴隆洼文化查海遗址的中心部位赫然发现一条长

① 考林乌德：《艺术哲学论文集》，转引自《草原精神文化研究》，内蒙古教育出版社，2007年版，第23页。

19.7米、宽1.82米的用石块堆塑的龙的形象，比距今6400年前的河南濮阳西水坡发现的用蚌壳堆塑的龙早了1000多年。

最具代表性且闻名遐迩的“华夏第一龙”——红山文化三星他拉玉雕龙，就是那个呈弯钩状，类似英文字母“C”造型的玉龙，其造型之精美令后人惊叹。我们不从考古意义上说，只从艺术角度来说，它也可以看作是最早的艺术作品。当我们从考古、从历史意义来审视它的时候，也应该从艺术的角度来细细地审视和欣赏。因为透过它，我们隐约看到先民对美的追求和渴望，看到艺术的萌芽和发展。

还有1983年发现于北方草原红山文化西辽河流域的牛河梁女神庙，破解了我国有没有女神像的谜团。牛河梁女神庙是考古界发现的中国最早的神殿，女神庙里的5000年前由泥土塑造的女神像，是亿万炎黄子孙第一次看到的祖先形象。女神庙出土的红陶彩绘壁画和祭器残块以及泥塑的熊爪、鹰爪和鸟翅，特别是女神像残件，即女神头像、手臂、腿部以及鼻和耳等，造型独特，生动别致。绿玉石的眼睛深深凹进眼窝里，使眉骨、颧骨显得很高，嘴巴有点特别，回缩微咧，好似略带笑意。此后，北方草原的女神像多有所发现，如林西县白音长汗遗址出土的圆雕女石人像、克什克腾旗一处新石器时代遗址的女神像，等等。这些女神像真实地记录了我国史前社会女神崇拜的事实，为研究当时的社会经济形态、崇拜信仰、艺术水平等，提供了有力的实证。也许，那些没有留下任何个人信息的原始雕塑家，并没有意识到他们的质朴的手艺对于后世的文化艺术研究有何悠久的意义，更不会想到他们为人类文化作出了多么巨大的贡献。从某种意义上讲，草原艺术是构成草原文化这座大厦的基本构件，我们很难想象离开了这些生动鲜活的草原艺术，草原文化的研究会是什么样子。

三、北方民族文艺拓展和丰富了草原文化

草原文化博大厚重的底蕴，为北方民族文艺提供了润泽的文化生态环境和丰厚的生活创作土壤。而北方民族文艺以其深邃的人生哲理、质朴阳刚的审美价值取向、独特多样的表现形式，深化了草原文化的思想内涵，拓展了草原文化的审美视野，丰富了草原文化的艺术形式，为草原文化的研究提供了丰富的内容和广阔的空

间。文学艺术是草原社会生活的画卷，更是草原民族心灵的记录和展示。萨满教是北方民族长期以来信奉的宗教，是北方民族的哲学思想、道德观念、思想意识的重要来源之一。在原始渔猎时代及以后很长一段时间里，萨满教几乎独占了我国北方各民族的古老祭坛。而古代萨满教的内容往往是以祭词、神歌等文艺的形式表现出来的。

蒙古萨满教的祭词、神歌，是蒙古萨满教观念的一种表现形式。作为蒙古萨满教基本要素的祭礼仪式，由礼仪的主持者、祭祀场所、祭祀器物、仪式活动以及神的语言等要素构成。仪式主持者“博”（男）或“依都干”（女）所诵唱的祭祀语言，即是萨满教的祭词、神歌。按照祭祀的神祇对象分类，萨满教祭词、神歌可以分为五大类，即：图腾崇拜以及“苏勒德”崇拜的祭词、神歌；天、日、月、星辰以及最高神“长生天”和二级神“九十九天”崇拜的祭词、神歌；大地、山、水以及敖包崇拜的祭词、神歌；火以及灶神崇拜的祭词、神歌；“翁衮”崇拜和祖先崇拜的祭词、神歌。据统计，到目前，国内外搜集、整理、出版的蒙古萨满教祭词、神歌、祝赞词近千首。其中既有远古的遗存，也有中古、近代的烙印，也蕴含着历史、哲学、宗教的深刻内涵，成为我们了解古代蒙古人宇宙观的生动教材。从萨满教祭词、神歌演化而来的祝赞词、风俗礼仪歌，不但反映了不同时代蒙古社会的思想观念、人生理念，而且对蒙古民族的精神世界产生过重要的作用。有人认为，蒙古族哲学思想在古代，主要以格言、谚语的形式存在，后来则更多地存在于哲理诗、哲理散文、英雄史诗之中，不无道理。可见后世当作纯文学艺术的东西，也许在当时，其观念的属性比形式的属性更为突出。

北方民族艺术，普遍具有简朴和纯真的特性，充满着勃勃生机和生命力。著名学者孟驰北说，“草原文化的最大特色就是表现幻觉世界的文化，从整体上显出强烈的文艺色彩。牧人就生活在幻觉世界中。耳濡目染，生就了众多的艺术细胞。所有的游牧民族都是能歌善舞的，肯定他们的歌舞只是接触到问题的一面，有高强的虚化能力才是草原民族的专长。当然这不是草原民族独有的，他们是承传了原始初民千万年积累起来的宝贵心理禀赋。而农业民族恰恰抛弃了这个文化遗产”①。正是这独特的虚化能力和心理禀赋，使草原文艺的审美价值有着独特的意味。

从红山文化时期的玉龙、女神像，到奇特的神话、萨满教祭词和神歌，再到充

① 孟驰北：《草原文化与人类历史》，国际文化出版公司，1999年版，第642页。

满民族和地区特色的音乐舞蹈、雕塑绘画，草原文艺以其丰富多样的形式和内容点点滴滴地记录了草原文化在漫长的历史进程中一路走来的足迹，也形象生动地反映了北方民族大众的思想情感。蒙古族作为北方草原文化的集大成者，继承了蒙古高原此前各游牧民族的文化传统，形成了所谓远古蒙古文学的“两大宝库”“七种体裁”：萨满教文学和英雄史诗；神话、传说、民歌、祝赞词、箴言、英雄史诗、英雄故事。这“两大宝库”“七种体裁”的意义和价值绝不限于文学艺术本身，更重要的在于它们是全景式再现北方游牧民族社会生活的重要形式，集中承载和保存历代草原文化的载体。

四、北方民族文艺的内涵和特征

民族文艺，是各民族文化精神的集中体现。作为文学艺术的文化是一种精神文化和符号文化，它用形象来反映社会生活，表情达意，是一种思想感情的文化符号。那些反映狩猎生活、游牧生活、农耕生活的作品，那些反映祭祀活动、战争场面的舞蹈、绘画、雕塑等视觉艺术，抑或是音乐、朗诵、说唱等听觉艺术，从内容上看，多数作品具有实用性与娱乐性相结合、审美功能与教化功能相统一的品格。它们不仅带给历代草原人民以美的享受、心灵的陶冶，同时也担负了传授知识、传承文化、启迪思想的使命。

——鲜明的民族特色和地域特色，是北方民族文艺的最大特点。北方民族文艺是狩猎人和游牧人的艺术，与农耕人的艺术和工业社会的艺术相比有很大的不同。它所反映的生活是以游牧经济为基础、以游牧文化为特征的社会生活，是草原人类的社会人生、自然环境以及精神活动。如蒙古族长调民歌早在蒙古族形成时期就已经存在了。蒙古族长调民歌旋律悠长舒缓、结构独特，是蒙古族民族精神和情感的重要表现方式。长调民歌与草原、与蒙古民族游牧生活息息相关，承载着蒙古民族的历史，是蒙古民族精神和性格的标志性展示。根据专家研究和民间歌手的经验，蒙古族长调民歌的节奏常常采用马和驼的各种步态节奏。马的步态有慢行、疾走、轻颠、小跑、狂奔等数十种，每一种步态中又有各不相同的细微区别，这就造成了蒙古族长调民歌旋律和节奏的丰富多彩及复杂多变。有的学者在研究哈扎布的演唱风格时发现，他在演唱长调歌曲并进入情绪高潮时，往往像斜跨在马背上的青年一样前胸直挺，双肩微动，身体轻抖，这时，他的演唱就会非常完美。当问到他为何出现这种情况时，他曾解释："不管在哪里演唱长调歌曲，只要在情感意识中出现稳坐马背，眼睛和胸膛里看到和想到草原无限神奇的风光，那么，节奏、情绪、色彩等全部都会调配得当，演唱也就会取得成功！"这也说明，长调艺术产生于蒙古族这一马背民族特有的生产生活方式和置身于其中的大草原这一特定自然环境，离开了这特定的生活环境，长调艺术就成了无源之水、无本之木。

连续三次获得全国短篇小说奖的鄂温克作家乌热尔图的小说力求展示鄂温克人真实的生活，几乎每一篇小说都是对那特有的原始森林风光的展示，也是民族部落生存环境和民族风情的图画。《琥珀色的篝火》中所写的那种雨中原始森林的生存情景，主人公尼库那种就地迅速制作桦皮锅的描述，那种迅猛猎取狍子并用木火烧熟而食的情节，使人们犹如目睹鄂温克民族特有的生活场景。《七岔犄角的公鹿》中那个年仅13岁的"我"和"我"面对那群公鹿和狼群的经历，只有在北方原始森林中才会发生。作为鄂温克族的第一代作家，他将本民族的生活、本民族的历史与文化心理带进了当代文学创作领域，多方面地表现出这个民族的个性和风采。

——强烈的抒情性和浓重的浪漫主义色彩，是北方民族文学艺术的另一个主要特征。马背民族生活在旷阔无垠的北方草原，打马放牧、牧歌悠远的日子，造就了他们狂放不羁的想象力和浪漫主义情怀；金戈铁马、与狼共舞的历史岁月，造就了他们勇敢顽强、气吞山河的气概。少数民族重感情，重情谊，形象思维丰富发达，甚至可以说他们的思维是一种诗化的思维。他们以诗代言，以歌传情，须臾离不开歌舞，生产生活都被诗化了、艺术化了，从而使他们的文学艺术极具抒情性。

《蒙古秘史》是蒙古族文学史上第一部由文人创作的经典历史文学著作。它开创了运用文学的表现手段记述历史事实的先河，韵文体、散文体相结合，历史与文学相结合，对后世文学、历史产生过巨大影响。《蒙古秘史》对历史事实的叙述，不像纯历史著作那样古板，而是非常地生动、形象，其中描写的许多人和事，有情节、有细节，有人物对话、有心理描写，读起来不但具体可感，而且时时拨动人的情感心弦。《蒙古秘史》这种浓厚的抒情色彩，不但是一般史书所没有的，甚至也是一般的叙事文学作品所不及的。《蒙古秘史》的作者不但对历史事件的叙述非常形象生动，而且成功塑造了一系列性格鲜明的人物形象。后来的《黄金史》《蒙古源流》等许多著名历史典籍，都秉承了《蒙古秘史》文史相得益彰的传统。

抒情性不但表现在对事件和人物的描写、对环境的渲染上，还表现在语言的运用上。蒙古族英雄史诗，在叙事过程中穿插大量民歌、祝赞词片段或格言、谚语，等等，大量采用铺陈、夸张、比喻、拟人的修辞手法，同时极其考究韵律，力求头韵、尾韵、腹韵的工整对称，从而使史诗真正成为诗化的历史，直到今天仍然能够给我们以艺术的享受，而且在某些方面还是一种规范和不可企及的典范。

——口承相传是北方民族文艺的另一个重要特征。文字是存储文化信息的重要手段，当初在欧亚大陆驰骋的游牧民族非常多，但是到后来都变得无声无息了，一个很重要的原因是没有文字。缺乏文字记载是草原文化最大的缺陷。由于缺乏文字记载，北方民族先民们所经历的那个年代的许多生产、生活、战争的许多情景，后人只能从流传下来的口头传说去进行合理想象和推测，去感受和体验先民们的所思所为。

这也是口承文化为什么备受学者们青睐的原因。文学发展史告诉我们，民间的口头创作是文学的源头和母体。据研究，关于远古时期蒙古文学的内容和形式，历史文献中保留的篇章与民间口传文学的古代遗存是基本一致的。况且，北方草原民族的口头文学与书面文学是经常互相转换的。有关古代蒙古人或成吉思汗的许多历史故事，如《征服三百泰亦赤兀惕人的传说》《孤儿传》《箭筒士阿尔嘎聪的传说》等，原是民间传说或民间叙事诗，后来被写入《罗·黄金史》《蒙古源流》等历史文学，就是由口传到书面的事例；18世纪的喇嘛诗人莫日根葛·根罗桑丹毕坚赞的许多诗歌作品本属作家文学，但广泛口头流传于民间，转化成了民歌；19世纪中后期的书面文学“故事本子”经过民间艺人的再创造转化为“本子故事”，“本子故事”经过文人的记录加工又转化为书面文学“故事本子新作”，等等，不一而足[①]。

五、草原文化的保护和民族文艺的创新

在全球化浪潮中，保护各民族的传统文化对保护世界文化的多样性具有十分重要的意义。世界上任何民族，如果抛弃了本民族的文化传统，就会失去独一无二的特色，就会失去影响力。因此，保护草原文化意义深远。我认为，对草原文化的抢

① 荣苏赫、赵永铣等主编：《蒙古族文学史》，内蒙古人民出版社，2000年版，第3页。

救保护要分两个层次进行。一方面，从抢救保护的角度考虑，首先要加强对传承人的保护。如上所述，草原文化的许多特质是经过历代的口传心授流传到我们这个时代的。口传心授是其独特的传播延续方式。因此，非物质文化遗产保护的关键在于广大民众，尤其离不开那些濒危遗产传承人的积极参与。保护好这些传承人，是文化遗产保护的题中应有之义。关心他们的生活，让他们带徒弟，传技艺，使他们得以完成保护遗产的心愿，是政府部门以及社会各界的历史责任。这种关怀，不仅仅是单纯地改善传承人的生活条件，更重要的是使他们能够不脱离文化氛围和文化土壤，一旦脱离开这样的文化氛围和文化土壤，他们所代表的文化遗产就会逐渐地褪色和干枯。有意识地为他们保留和创造优良的传承环境和真实而非虚构的文化空间，为遗产的传承营造良好的文化氛围，是一个需要精心谋划、精心实施的工程。蒙古族长调民歌堪称是蒙古音乐的“活化石”。同样的长调民歌作品由不同的人演唱，风格可能迥异，由此产生了不同地区、不同流派的不同演唱风格。现在，著名长调演唱艺人、流派代表人物有的年事已高，有的相继离世，一旦师承关系得不到延续，独特的演唱方式、方法，不能够得到有效传承，就会危及长调民歌的保护与传承。内蒙古著名长调歌王哈扎布的辞世以及后继乏人，又一次说明了这一点。另一方面，从继承发展的角度考虑，既要保持草原文化的原生态，又要注意它的活态传承和发展。然而，时代是飞速发展的，所有的文化形式都会随着时代发生变化，我们很难把历史的生活方式全部原样地保存下来。我们也不能以人类文化多样性发展的名义来牺牲民众对现代化生活的追求。联合国教科文组织的保护公约指出，非物质文化遗产的各要素，有机地存活于共同的社区或群体之中构成非物质的生命环链，并且它还在不断地生成、传承乃至创新。也就是说，非物质文化遗产并不是一个过去了的、已经死去的东西，而是一个活态的，不断传承、发展、创新的东西。因此，对非物质文化遗产的保护，就要让保护对象在一地传统生活文化根基上原真性或原生性地沿袭传承。

近年来，乌力格尔的遗产保护也受到了前所未有的挑战。随着牧区生产生活方式的变化和新的艺术形式的不断涌现，乌力格尔的听众和演唱者逐渐减少，乌力格尔正悄然退出人们的生活。乌力格尔今年已被列入第一批国家级非物质文化遗产名录。对于乌力格尔的保护，既要充分利用舞台、电台、电视台等平台，更要注意保护和创建乌力格尔在群众生活中得以传播、发展、创新的机制。继承和创新是文艺创作中的一个重大问题，继承传统与改革创新不是相互对立的，而是相辅相成的，继承中有创新，创新中有继承。因为我们所说的传统文化并不是僵化不变的，而是“活态”的。只有活态，才能流传保存下来，否则就成了化石。而要保持活态，就必须创新，新东西才能跟上时代发展的脚步。如果没有四五十年代老一辈舞蹈艺术家对蒙古舞和其他民族舞蹈的发展创新，那么后来的蒙古舞跳遍全中国，甚至在国外也引起巨大反响的盛况是不可能发生的。即使现在普遍看好的杨丽萍的《云南映象》也不是纯粹的原生态，而是经过变化了的。要跟着生活方式的改变而改变，“禁变”就会停滞。所以，继承发展优秀民族文化传统，必须进行创新。

这对我们文艺工作者也有着深刻的启示意义。创造出既富有民族特色，又具有时代特征的优秀作品，首先要加强学习，向传统学习，向历史学习，向生活学习，向外来文化学习，从而全面提高艺术创作的修养。艺术发展的规律告诉我们，真正的艺术精品是来自生活的，是需要用民族文化的养分去哺育、用深深的民族情感和真诚去浇灌的。为了得奖而创作，为了应付晚会而创作，为了经济利益而创作，往往是创作不出好作品的。相反，静下心来从优秀民族文化传统中汲取营养，深刻体会和理解草原文化博大精深的内涵，在继承的基础上创新，才能够创作出好的作品。这也是为我区成功的艺术实践所反复证明了的。

原载《论草原文化》第六辑

中华民族共同体意识视域下的新时代内蒙古文学

崔　荣

在当代内蒙古文学的起始阶段，以纳·赛音朝克图、玛拉沁夫、韩燕如、敖德斯尔、巴·布林贝赫为代表的作家们就以对党、对祖国、对人民的炽热之情，为新生的内蒙古文学奠定了明亮饱满的爱国主义基调。这一优良传统在不同历史时期一脉相承，不断汇聚成时代的强音。这些由多民族作家展开的铸牢中华民族共同体意识的文学创作实践，抒发守望相助深情，喜看绿水青山新变，记载脱贫攻坚胜利，颂扬团结奋进精神，为构建中华民族共有精神家园作出了重要贡献。

近十年的内蒙古长篇小说大约有100部，作家们深耕草原沃土，重视多民族文化的交往互鉴，十年创作征程步履铿锵。其中，冯苓植、阿云嘎、肖亦农、路远、包丽英、萨仁托娅、海伦纳、白金声的历史叙事，或回望祖先往事，追索草原文化性格的雄健与豁达，或再现草原上党领导下的革命历史，镂刻一代又一代共产党人在暗夜里寻找光明的不屈不挠。这些创作带着中国北疆高原的持重高远、草原的明快清新、山林的深邃神秘，成为内蒙古丰富文化与多样地貌的文学镜像。

身处世界百年未有之大变局，作家们深刻感受到现实生活所发生的巨变。力格登、李廷舫、萨娜、张凯、乌力吉布林、格日勒图等作家对时代大潮推动的社会变迁有着敏锐的体察和深刻的思辨，既将那些嬗变放置于宏阔的时代背景，也具体而微地将其落实在生活细节和情感末梢。他们的文学实践持守现实主义精神，大胆拿来现代主义技法，表现本地区一日千里、阔步开放的发展态势。经由多民族作家的十年之功，涌现出许多奔流着新时代踔厉奋发血液、满载着民族复兴激情的人民史诗。

新时代让内蒙古的作家们有了更多的机遇，能够在多重文化交往交流交融的场域之间辗转迁移。这成为新时代内蒙古中短篇小说佳作频出的密钥。例如，蒙古族作家海勒根那居处的文化场域更为复杂，多重文化让他拥有开阔的写作视域。《请喝一碗哈图布其的酒》中那个远道而来感受脱贫攻坚巨变的异乡人，《巴桑的大海》中从草原出发航行世界的巴桑。……这些新时代的迁徙故事，是发生在祖国各地的鲜活的中国故事。

新时代内蒙古文学的进取革新气象，还表现为对各种文学手法的探索。“80后”蒙古族作家娜仁高娃的《七角羊》《醉驼》以随处可见的通感手法、多变的叙事视角精准写出在沙漠生存的粗粝的生命经验。“90后”蒙古族作家渡澜在《傻子乌尼戈消失了》《去看乌嘎跳舞》中，以魔幻、荒诞、意识流和身体经验，反复书写生命的消失和重生。新锐作家们那些变形与荒诞的文学景观最终呼唤的，是人在自然中的诗意栖居。这始终都是中国当代文学的重要主题。

新时代十年，内蒙古报告文学作家立足时代现场，书写现实的巨变。生态建设、文化建设、脱贫攻坚和抗击疫情，是这十年内蒙古报告文学的重要主题。为伟大时代留下生动写照，讲好中国的发展故事，同心共筑共有精神家园，报告文学迸发的艺术力量令人惊叹。

生态主题的报告文学集中书写沙漠变绿洲的传奇故事。《毛乌素绿色传奇》《额济纳河畔》《装点此河山》《达拉特·金色与绿色变奏曲》书写内蒙古生态优先、绿色发展的高质量发展之路。曾经的荒芜，被几十年如一日地攻坚克难，转化为一片片绿洲，体现了团结奋进、开拓创新的时代精神。

乌兰牧骑造就了中华民族文艺百花园中独特的文艺景观，也是内蒙古文化建设的一大创举。以《红色文艺轻骑兵——乌兰牧骑纪事》《开往赤峰的K896次列车》为代表的报告文学讲述了乌兰牧骑的发展历程。北方幅员辽阔，通过乌兰牧骑，党和国家将温暖的关怀、共有的精神追求传递给广大农牧民，数十年来不曾变过。细写这一过程，也就写出了共有精神家园怎样一砖一瓦建成，又如何以美的方式有效传播。

共同的精神追求，同样是凝聚人心的强大纽带。脱贫攻坚主题和抗疫主题的报告文学在书写共同的历史记忆、共同的价值认知的同时，就凸显出了爱国为民的精神追求。以《春风染绿红山下》《让世界看见》《袁隆平与兴安大米》为代表的报告文学书写内蒙古各族人民在脱贫攻坚和乡村振兴等硬仗中打出来的永不服输的时代精神。刘春作为深入武汉抗疫一线的亲历者，他所写出的《天使出征》记录了内蒙古医疗队千里驰援武汉的那些心手相牵、同心抗疫的难忘现场，读来总令人震撼。

宛若石榴花开，无论是哪一种主题，新时代十年内蒙古的报告文学都汇聚成一个总主题：爱国团结，守望相助。当这些时代新章汇入到新时代中国故事书写的洪流中时，本就牢固的共同精神归属便更加清晰温暖了。

新时代十年的内蒙古诗歌和散文，同样展现出百花齐放的景观。在这些作品中，家国情怀深沉，文化底蕴深厚。阿古拉泰、白涛、温古等以草原诗人的自觉编织诗歌的梦想，形成新时代十年内蒙古诗歌的多维创作取向。阿古拉泰的诗歌磅礴悠远，坚定的国家观、民族观和历史观构成诗歌的内在筋骨。《百年寻梦》以泼墨之笔渲染党如何带领人民走向光明的雄壮历史，又如何在今天“手挽着手，将圆一个民族的梦”。《仰望一匹腾飞的骏马》书写内蒙古的发展速度，“请祖国放心内蒙古腾飞的脚步/将永远伴随着时代的脉搏/和祖国的爱一起跳动”。《黄河，我想》具象地表现了五十六个民族亲如一家的中华民族共同体意识。文化乡愁在内蒙古诗人笔下以故园之思进行表达。白涛以《短调或长歌》隐喻身在都市者对古老游牧生涯的向往，这乡愁带着民族特性，但更具现代性。温古的诗笔依循农事经验行进，“土地替我们驯化农具/农具替我们驯化一双笨拙的手/手替我们驯化一颗心灵”，这让农业文化的秘密不再深藏。这是新时代草原诗歌的特点：传统和现代、都市文化和游牧文化、城市文明和乡村物事，都是其诗歌肌理饱满丰厚的源头活水。草原诗人的视线从未自守在草原，而是视野辽阔。这正如中华文化从来都兼容并包、海纳百川，也正体现着一个现代化中国的时代气质和复兴气象。

一直围绕草原、河流等世间万物走笔的，有特·官布扎布、艾平、苏莉、杨瑛、安宁、王樵夫等散文家。作为中华文化重要组成部分的草原文化，强调珍爱和敬畏自然。新时代十年的散文作者跨越民族和区域限制，不约而同地伏身草间、静听万籁，又从山川俯瞰世间四季轮回、天地万物生长、时光长河奔流。例如，艾平在草原古老的游牧文化中发现其与天人合一、道法自然境界的契合。她在蒙古族的长调中写出了《聆听草原》《隐于辽阔的时光》等格局开阔的散文作品。达斡尔族作家苏莉在散文集《万物的样子》中从万物中回到自己，继而发现万物最令人动容之处在于用韧性面对、接受和化解困境。蒙古族作家杨瑛的散文集《河流》中诸篇，以中华美学的“静趣”观照万物，表达出一种生命之叹与时光之思。

正是对中华文化的深刻认同，才让多民族的散文家们把握素材、表现世界时有各美其美、美美与共之风度。

总之，新时代十年内蒙古文学实践向心力的强化，与党和国家的引领、关怀和扶持息息相关。无论是重点作品扶持项目、少数民族作品重点扶持项目还是定点深入生活项目都在激发创作的热情，尤其是少数民族文学发展工程更是为少数民族作家的成长注入强劲动力。新时代新征程，那些爱国主义的深情、团结互助的笑颜、永不止歇的奋斗、波澜壮阔的巨变，将会不断汇聚成生生不息的人民史诗，不断铸牢中华民族共同体意识。

原载《文艺报》2022年12月5日第5版

草原画卷的多彩描摹和审美超越

——对1978—2007年内蒙古中短篇小说的几点看法

阚小琴

1978年至2007年的内蒙古中短篇小说创作，已成为新时期内蒙古文学艺术三十年以来辉煌成果中不可缺少的一个组成部分。从数量上来看，仅以《草原》作粗略的统计，其三十年间刊载的中短篇就有近2000余篇。并且，其中不少作品曾经被《小说月报》《小说选刊》《中篇小说选刊》《新华文摘》《小小说选刊》等选载过，同时，许多作品在内蒙古自治区“索龙嘎”等多项评奖中，或是在全国性文学评奖如全国优秀短篇小说奖评奖尤其是全国少数民族文学评奖如“骏马奖”等评奖中获奖。另外，整集出版的中短篇小说集有近百部。因此可以说，新时期以来的内蒙古中短篇小说，不只是数量呈现旺盛的创作势态，而且，也以其独有的内涵和草原艺术风貌，成为中国中短篇小说创作史上值得书写的厚重一笔。

三十年来的内蒙古中短篇小说，放在地球村的大环境中，三十年世界风云的变幻，人类历史的急剧演进，不能不成为其创作的宏观时空背景，产生蝴蝶效应的威力。而三十年新时期改革开放的中国历史进程，更对内蒙古中短篇小说创作产生潜在的影响作用。然而，内蒙古中短篇小说创作立足在内蒙古草原，因而作品折射出的是草原天空的色彩，传送来的是草原大地的气息，唱响的是草原人们的心灵之歌，鼓荡起的是草原人们的精神之帆，呈现给世人的是草原作家们的艺术超越之程。

三十年来，内蒙古中短篇小说创作逐渐形成了自己的创作特色。作品描绘了万花筒般的生活内容，其中既有纵深的历史镜头，又有横展的现实画面，是真实的描摹，又是艺术的升华，同时，作家们写作的笔触也由生活的表层深入到心灵深处，作品呈现五彩斑斓的创作风格。三十年中的话题可说的很多，一篇短文实在难为。本文只选择几个感触较深的方面，谈谈粗浅的看法。

描摹面对草原巨变的困惑与沉思

如果说1978年至2007年的内蒙古长篇小说是艺术化了的长幅生活画卷，那么此间的内蒙古中短篇小说则以小幅的画轴，描绘了草原生活的多彩多姿与发展变化。翻阅这一小幅一小幅组成的画轴，最让人感触的是，作者描写草原的巨变，从中传达出多重的困惑与深刻的反思，而其成为连接这画轴的一种执着坚韧的精神链条。于是读者就是在与作品中人物进行一种心灵的沟通，或是在和作者袒露的灵魂持续一种心灵的对话。这应该是内蒙古中短篇小说的贡献之一。

可以说，从1978以来三十年的纵向来看，内蒙古中短篇小说的题材是丰富广泛的。这些年中，内蒙古的现实生活提供了什么内容，作品就描写了相应的内容。内蒙古大地上的政治风云的激荡，人情世态的变化，人文历史的演进，都在内蒙古中短篇小说中有充分的描绘，并且逐渐形成一种创作现象：以人物所属划分，有城镇小说、乡村小说和知青小说等；以所描写地域来看，有地域题材小说，如“科尔沁小说”“鄂尔多斯小说”“阿拉善西部小说”“察哈尔草原小说”等；而以作者具体所描写的所在地来讲，又有“朵伦系列”小说、“柳条坑系列”小说、“辘轳系列”以及“驼道小说”和“煤矿小说”等；还有从社会文化发展的角度的划分，如“草原生态文化小说”等等。总之，三十年来的内蒙古中短篇小说，以其丰富多彩的题材内容呈现给世人一道独特的风景。

题材内容的独特不足挂齿，因为一方水土养一方作家。最为关键的是渗透在其独特题材内容中的创作者的困惑与沉思，这才是让内蒙古中短篇小说令人刮目相看的地方。在三十年来的中短篇作品中，反映出的作者的困惑与思索是多方面的，择其要，是从内蒙古社会历史变革、内蒙古自然环境变化、生活在内蒙古的人们的精神情感蜕变几个角度的心理内涵和发展过程所进行的形象展示。创作者以此丰富生动的画面，让我们一同感受世事的沧桑巨变，经受心灵的庄严洗礼。

人总是生活在社会中，也总是行进在历史的行列中。三十年来社会风云的流转，给予人们拂之不去的观照。在历史的变迁和社会的变革中，人们怎样面对其中的前进与后退的斗争，保守与激进的碰撞，以及斗争和碰撞所带来的毁灭与新生，甚至是生与死的考验，内蒙古中短篇小说以其具体传神的画面，表达了作者对这一问题的沉重思考。如果说，1980年前后，当一批作家义愤填膺地控诉刚刚过去的那个不堪回首的年代，同时就有作品开始了对这段历史的思索。大起大落的政治风暴通过个人起伏升降的命运描绘出来，是个人的恩怨，政治灾难，社会病症，民族的荒唐？都是，又不全都是。而对社会变革中的经济发展问题，小说作者们也以艺术的画面，表明他们的认真态度。《戈壁上的“白骆驼”》（阿云嘎）[①]讲了一个很简单的故事：一个支撑了四十年的苏木供销社，最后在社会变革力量的冲击下，其中的工作人员不得不作出艰难的抉择，各奔前程。但其中的生活内涵却是丰厚的，当改革的洪流汹涌而来，人们虽痛苦但能比较理智、清醒地顺应和选择出路。总的来说，这一时期的作品主要是对当时社会现实生活的反映，在创作倾向上也主要集中于政治的反思和批判。但对改革进程中刚刚出现的一些问题的警觉和关注，成为内蒙古创作者觉醒并思考社会的先声。

小说作者们对生活于其间的社会展开逐渐深入的倾情关注，同时，也开始把疑问的眼光投向生活在其间的自然环境——蒙古高原。内蒙古的人们一直都说，我们生活在美丽的草原上，可分明也不会忘记凛冽的高原寒风，也感受春季的漫天黄沙。三十年来的内蒙古中短篇小说，描绘了辽阔、绿色、神奇的蒙古大地，同时也讲述了随着社会生活的进程，人与环境关系种种变化的故事，让我们体味到创作者对这片令人神往的草原那种由骄傲自豪沉醉到凄迷甚至有点苦楚无奈的心境转化。作家白雪林在他的散文《霍林河那里很美》最后说的一段话就很有代表性：“我的叙述都是三十多年前的故事了，今天铁路从霍林河西岸北去，契丹小路上看不见勒勒车了。走马不见了，笨马也不见了，游牧民族的历史结束了，

① 丁茂：《骏马集》（上），内蒙古人民出版社，1999年版，第501页。

马背民族的历史结束了，纯正的蒙古草原文化已经是昨天的梦幻，现在内蒙古已经进入和谐的后草原文化时代，从文学的角度思索，后草原文化时代的霍林河有更多欢乐的故事，也有更多忧伤的故事，那些我只能用小说来讲了……”也就是说，山还是那座山，水还是那道水，但许多事物永远成为历史，新的事物正在向人们走来，最主要的是，人们观念转变，使自然山水和人的关系发生了微妙的同时也是根本性的变化。被称为“森林小说”的乌热尔图的作品，是比较充分反映人与自然关系这种变化的最主要的作品。其作品描绘了猎区大森林色彩绚丽的自然风景，细致入微且有层次地描绘了人与自然关系的微妙变化以及人们面对这种变化时心灵的复杂反应表现。首先是要面对人与动物之间的无奈关系：为了生存，猎民要狩猎，但同时他们“又怜惜并护佑着这些动物，因为在猎人心目中，灵巧的公鹿，笨拙的狗熊，机灵的狍子全是大森林的精灵，美和善的化身与结晶。肆意破坏美好的事物是残忍的、不道德的”①。在这里，人的生存是有前提的，但人与动物之间的关系却是无奈的。其次，是必须面对的人与经济的难题：随着社会的发展，鄂温克族的狩猎经济正面临着解体。这是不以个人的意志为转移的经济发展趋向。这对于祖祖辈辈以狩猎为生的部落来说，其心灵和感情所遭受的冲击是无法估量的。因为“古老的生活方式，猎枪和骏马，简单的歌谣，这些美好的事物还会长期地埋藏在心灵深处，不时引起甜蜜的回忆和无法排遣的痛苦”②。最后，是不得不遭遇并陷入人与社会的困境。如果说生存的要求是浅表层面上的物质需求，经济方式变化引来的则是精神层面的心灵煎熬。本来就是社会正常的发展过程，也一定需要相应的观念变革，而观念的变革，是需要灵魂深处的彻底革命的，更何况是处在一个非常态的特殊历史阶段。这对于还在狩猎尾声阶段生活着的鄂温克族人民，无疑又多了一层不堪的痛苦。这在《森林的梦》（乌热尔图）中表达得尤为突出，鄂温克族古老而独特的森林狩猎生活和人民的历史命运扭结在一起，在茂密而神秘的大森林里，老猎人在做着愿春天早日到来的梦。在这里，大自然染着感情的色彩，融入了社会的因子，再也不是单纯的大自然。

① 梁一孺：《民族审美心理学概论》，青海人民出版社，1994年版，第142页。
② 同上。

虽然有论者说“内蒙古文坛的思想和艺术的觉醒是迟缓的”[①]，这只是与同期中国文坛相比较而言，但只是个时间问题，迟缓不等于没有。内蒙古文坛的思想和艺术的觉醒有自己的渊源背景和行进历程。纵观三十年来的内蒙古中短篇小说，其间勾画出的作家们对人的精神心灵蜕变方面的关注，可以说是不遗余力的。作家们在自己熟悉的生活领域里，在表达处在现代与传统、正统与先锋、物质与精神等方面的统一和撕裂中的人们所经受的煎熬和挣扎，足以震撼读者的心灵。而对现实生活的困惑，走进今天必然的思考，不仅是作品中人物的苦楚和思考，也是作者的痛苦和思考。这精神探寻的笔触不仅深及人的内心世界，而且触摸灵魂隐秘。同时，也让我们在经受灵魂被翻检、被解剖的强烈刺激的时刻，认清这是内蒙古草原上人们的心灵世界的袒露。也就是说，在内蒙古草原的地域文化背景上，作家们在深层次上也构建了独特的民族心理结构。

出现在1982年的《别了，蒺藜》（汪浙成、温小钰），是一出现代版的由门第观念而造成的爱情悲剧。作品的出众之处就在于把神圣的爱情置于变化了的人的政治地位和生活处境之中，通过人物的心理流程，挤榨出人骨子里的真相来。因此让读者领悟到这不仅仅是一个道德感情的故事，更是人的生命本相应该怎样呈现的人生问题。其实20世纪80年代以来的内蒙古中短篇小说，已经从惊天动地的草原先辈的讴歌赞颂中和对“文革”的痛切揭露和批判中走出来，把艺术的笔触探伸到人物的精神世界。随之进入到90年代以后，改革大潮中的作家们，更是把现实生活中的人们经受的不安、奔突、撞击和重组，特别是人们所经历的情感彷徨、性格扭曲、行为变异尤其是观念裂变的心路历程，给予相当的描绘。而“朵伦的故事”（季华）系列，则把面临草原改革中新旧观念的撞击时，人们的不安、恍惚、焦虑，描写得绘声绘色。从淋漓尽致的倾诉中，读者会逐渐明白：过去永远成为过去，生活之河永远向前奔腾。但告别过去，却是那么艰难，不易。当价值意义破碎了，重生的又是什么？这犹如天问，但作家们执着地在问。《同路人》（肖亦农）是记者和公路工程总局的行政官员结伴而行的一个小插曲，然而，在正常的工作之中，不得不周旋于“酒海肉林”的官员，那一声动情的吟咏“在这偌大的世界里／我痛楚地寻找一个人——我自己”，让读者不能不思考一个问题：在忙忙碌碌之中，在前呼后拥之中，人，在哪里走丢了自己？这种追问，在逐渐繁华

① 托娅、彩娜：《内蒙古当代文学概观》，内蒙古大学出版社，1997年版，第245页。

物质的城镇，就有了《影子》（黄薇）中当代草原青年的焦躁不安和愤世嫉俗；在遍地黑金的煤窑矿坑，就有了《狭长的窑谷》（荆永明）中当代草原农民在金钱面前困惑不堪的文化危机；而《虔诚者的遗嘱》（哈斯乌拉）则是描写了在乌珠穆沁草原的葛根庙里，曾经那么虔诚的佛主，在经历了大炼钢铁、“文革”、牧民致富一连串历史的锤炼后，“带着一个虔诚者寿终的祝福和信念的更替”升腾而去，“在他那执着的信念大树上，留下了一圈苍老而充实的年轮”[①]。在这里，灵魂的美好追求袒露给世人，信仰的坚定执着扣人心弦。作品让我们扪心自问：我们心中的神是什么？

草原作者的中短篇小说叙述策略

描摹面对草原巨变的困惑与沉思，这是与先前对草原英雄的讴歌和对荒唐年代的批判不同的内涵以及由浅而深的不同层面，因此，表现在中短篇小说的艺术视角和叙述策略上也就有了与之前不同的特点。

首先是艺术视角的变化。从叙述角度来看，从全知全能的第三人称转向第一人称，这个第一人称“我”，从隐在的后台来到前场，或并不是表达方式上的第一人称，而实质上就是第一人称的内涵。与此同时，在故事讲述中，又不拘泥于一种叙述角度，是多角度的穿插叙述。作品中的具体表达方式不一而足。当然这不是说之前的小说不用第一人称的叙述视角，而是这个第一人称表明了作者非常鲜明的主体意识，作品中人物的主体意识也在强烈地凸现。“我”的出场，自然把书写的领域引领至人的心灵世界，心灵层面顽强地浮出地表。当然绝大多数作品还是与传统的叙述相结合，如客观冷静的笔调，沿用的仍旧是中国人习惯的思维方式，如相对完整的情节内容或是事件链条。但“我”具有了充足的自身意义，可以作为叙述者，同时也可以是主人公，也可以是第三者了。因而，叙述便从相对客观的表层移至精神世界。

将新时期三十年的内蒙古中短篇小说与之前的内蒙古中短篇小说作对比，叙述

① 丁茂：《骏马集》（上），内蒙古人民出版社，1999年版，第113页。

视角的变化是非常显明的。之前的作品一般是以第三人称统领全篇，即使是第一人称“我”在场，故事也是在俯瞰的姿态下在周全的讲述中完成的，“我”仅只是作品中的一个角色，一个部分，一个因素，有自己独立的空间，但没有自己独立的品格，是完全被笼罩在第三人称的怀抱中的。因而人物内心世界的描述，只能是居高临下的姿态，只能是一鳞半爪的构成，只能是浅尝辄止的进入。同时，客观冷静也就成为心理叙述的与生俱来的胎记。而新时期三十年的内蒙古中短篇小说的叙述视角逐渐有了自己不同于过去的品格。就以同出场于20世纪80年代前期的《活佛的故事》（玛拉沁夫）与《蓝幽幽的峡谷》（白雪林）来作比较，这两部作品分别获得了1980年和1984年的全国优秀短篇小说奖，但在叙述视角上却有着根本的不同。《活佛的故事》虽然是以“我”的口吻来讲一个幼时小伙伴怎样由人变成神又变回人的故事，但通篇的叙述就是不折不扣的第三人称的姿势。而到了《蓝幽幽的峡谷》，虽是以第三人称的形式在讲故事，但却有了挥之不去的“我”的意味，简直分明就是“我的故事”，并且是用滴着血的心在讲述。作者的主体意识或是情感倾向，浸渍在字里行间，“我”成了一个时隐时显若有若无但绝不可缺失的角色。

作为第一人称“我”的独立品格在《演出到此结束》《影子》（黄薇）等作品中得到充分甚而可以说是一种极致表现。从作品反映的内容来看，这些作品“显现了现代青年的躁动不安的精神世界，他们以自讽自嘲、调侃不恭的态度，面对旧有的生活秩序和世俗的种种心态，其愤懑与不满足、理想和热望往往以消极的形式体现出来，试图在纷扰的世界中寻找和重建一种可以信赖和依赖的价值标准”①。而作者更是旗帜鲜明地宣称：其作品不是表现城市实际和具体生活的，而是强调和凸现已经进入并生活在城市的蒙古人，“对由于失去本民族显性标志而感到的惶惑和失落，以及对无以表现和证明自己民族身份的反省与忏悔”②。为了和其他小说以示有别，小说作者称这样内容的小说为“自省小说”，并把这种“自省小说”看作一种“寻根”意义上的小说，因为这样内容的作品，“始终在人魂灵和精神之中拷问自己血统、血脉的‘根’，始终茕茕不息着关于‘我是谁’的诘问和反省”③。所以，可以说“自省小说的暗含意义超过了文本意义。那些充满了感伤的结局，那些性格怪诞的人物，实际都有隐绰和潜在的昭示着‘进城’后的另一种结果：城市带来文明、

① 托娅、彩娜：《内蒙古当代文学概观》，内蒙古大学出版社，1997年版，第248页。
② 黄薇：《自省小说的反省意识：传统与现实的冲突》，《草原》，1996年，第59页。
③ 黄薇：《自省小说的反省意识：传统与现实的冲突》，《草原》，1996年，第60页。

规范、安逸、富足，也给我们设置了无形的精神苦刑，这就是改变自己。哺育了父兄多少辈的草原，对城市蒙古人来说不过是一个遥远的旧梦，可人究竟不能靠梦生活，而‘民族’、而‘根’却又终是不能忘记的。这成了一道二难推理。因此，在繁华喧嚣的城市中的蒙古人便有了如此的焦虑、恐惧和绝望。那些死亡、出走等等的结局，汇在一起构成了孤立的个人置于嘈杂而又凄凉的都市中的一道风景线”①。所以，要淋漓尽致地描写这种压抑却又逃脱不得的处境，小说的叙述视角就不可能采用传统的叙述视角。因而就有了“我”的出场，那样认真、执着几乎达到执拗程度地审视着。读这样的作品，你会有一种芒刺在背的痛楚，进而有时还会有一种飕飕的阴冷遍袭全身。这个“我”在作品中是举足轻重的：“一方面，‘我’作为叙述的切入点和整个故事的目击者、叙述者而存在，另一方面，‘我’又积极地参与到故事之中，成为故事的另一个主角。”②作为叙述者，作者是理性的化身，明智而清醒地注视着故事的发展，抱着一腔热烈的同情又非常严峻地剖析着人物的灵魂，挖掘着他们心底的奥秘。而作为故事中人的“我”，作者又是感情的化身，与人物一同做着艰辛的追寻，激动甚至疯疯癫癫地在搜寻着连他自己都不知道的东西。“我”的理性与情感是分裂的，这就造成了一种强烈的对比，从而增强了小说艺术的张力。③

其次，艺术视角的变化自然引起叙述策略的改变。新时期三十年的内蒙古中短篇小说与之前的内蒙古中短篇小说比较而言，作品中作者的主观抒情意味变得越来越浓。故事情节淡化，表达情感升至第一位；或是即便还保留相对完整的故事情节，但叙述笔墨常常饱含情感的汁液，浓烈到几乎成为抒情散文。因此在这样的作品中，人物诗化，景致画面化，笔法散文化，审美效果上就是小说意境的生成。

由小说创作的实际情形来看，尤其是世界文学阵营中意识流小说的出现，让我们接受了一个发展中的文学观念，这就是小说不一定必得有人物形象。而如果作品中有人物形象，那这人物就一定须有血有肉，丰满厚重，有情有义，丰富变化，成为圆形人物、立体化的人物，比实际生活中的人们更复杂更富有意义，同时也一定是典型环境中的典型人物。在新时期三十年的内蒙古中短篇小说作品中，学理中严格意义上的丰满厚实的人物逐渐退隐，即使有板有眼的人物塑造，如《滴血的晨曦》（丁茂）中的人物形象，也由于作者对这些被压得喘不过气来

① 黄薇：《自省小说的反省意识：传统与现实的冲突》，《草原》，1996年，第60页。
② 托娅、彩娜：《内蒙古当代文学概观》，内蒙古大学出版社，1997年版，第318页。
③ 同上。

然而却敢于寻觅灿烂阳光的农民的无限深情，而变tj温情脉脉，诗意朦胧。这是一种人物的诗化描写，即人物外在的表层的描写被移情，当被深挚的情感浸淫过的人物脱颖而出时，其所带来的艺术效应就是令人咀嚼不尽的回味体验。其实，这样一种人物的诗化描写，在20世纪80年代初的《一个猎人的恳求》《七岔犄角的公鹿》《琥珀色的篝火》（乌热尔图）这样的作品中就已见端倪，而在后来的作品中逐渐形成一种趋向和势头。如果说，《滴血的晨曦》中的人物形象，还勉强能够按照传统的人物理论进行解剖分析，就如我们把握哈姆雷特、安娜·卡列尼娜、阿Q那样，或如分析契诃夫、莫泊桑、欧·亨利的短篇小说中的人物形象那样，那么在欣赏《黄土高坡·坐在窗后的女人》（张秉毅）、《准格尔女人》（王建中）和《酒鬼》（谷丰登）等作品时，我们的小说人物观念，就必须跟随具体作品，进行一番彻底的除旧布新了。本来，任何条理的创作经验总结，结果总是捉襟见肘，实在难以包揽所有作品。但面对创作，还是需要作出界定。如果说《黄土高坡·坐在窗后的女人》《准格尔女人》的人物是诗性化的人物，那么，《酒鬼》中的人物就是散文化的人物。诗性化人物刻画，不缺少灵动的细节，表述上只言片语，营造出一种具有生命张力的情感氛围，让你去慢慢品味。人物形象玲珑，其内涵纯净中却有一种说不尽的味道。散文化的人物出场，是作者提供了事件的片段，有时还会有比较详尽的笔墨，因而可以感受到比较清晰的人物形象，人物内涵相对复杂蕴藉。但人物不再单纯只是人物，其把读者的视线引向人物所处的背景。当然这只是相对于诗性化人物而言，在与传统经典人物的比照中，散文化的人物就显得朦胧，其内涵就不是那么三言两语说得清楚的。在这样的作品里，诗性化的人物成为一个内涵丰富的意象，散文化的人物则是浓烈情感的载体。总之，相比较而言，传统经典人物形象内涵虽诉说不尽但总体上是确定可把握的，诗化人物则由于意象化倾向而主要在艺术效果上展现其魅力，真正要让读者用心去感受品味后就只可意会而不可言传了。

三十年来的内蒙古中短篇小说作品中的自然描写，是极具特点的，也是最为突出地展现内蒙古草原特色的必有要素。如果说在传统文学作品中，自然描写往往是一种“景物—故事—景物”的模式，人为的痕迹非常显明，那么在这三十年来内蒙古中短篇小说作品中，随着艺术视角向“我”转变，自然描写就由过去把风景作为自然、民族特点的标识，而呈现多样的表达方式：或是人情的分享者，或是情感表达的一种间接方式，或是一种人与自然对应关系，或是一种大自然崇拜，或是作为民族的象征。[1]如果只是看到自然描写方式由单一趋向多样，这仅仅是个数量的变化问题。需要看到的最为关键的应该是这数量变化之后的背景，以及促动这变化的根基。实质上，这是创作者文学观念转变的具体表现之一，是他们审美理想追求的彰显。不管表达方式是哪一种，一个根本的变化和相近的趋向是自然景致的描写画面化。在《鼠群漫过草地》（路远）中，当欧力玛无比绝望地躺在地上，“他开始回想自己以往的行径，那些有可能触犯草原、破坏生态平衡的行为——他那杆双筒猎枪射杀过多少生灵呢？羚羊、狍子、狼、狐狸，甚至于鹰；那时，他并不认为那是对草原所犯下的罪过，是对草原的出卖与背叛；还有，他曾用汽车从草原上运走了数不清的东西，而那些东西正是草原的组成部分，是草原的皮毛血肉。运走那些东西时他竟没有听见草原痛苦的呻吟，也没想到那一切都是罪孽，还以为是给草原创造财富”[2]。然而痛心的反省于事无补，因为此时令人绝望的鼠灾肆意糟蹋着草原。因而作品中的老人要“干一件惊天动地的大事”——用电子打火机点燃了草原：于是惊心动魄的场面，在这里，作者笔下的场面描写，不再是传统意义上的场面描写——有景有人有情的细致铺排，那是一幅幅的含血带泪的精致的画儿——依然有景有情，但人退隐。而愈来愈鲜明的却是叙述者的存在，一个动了情感的叙述者的登临。这种叙述者感同身受的体验，这种阅读者与叙述者同在的感觉，则是先前的创作中没有过的感受。我们可以具体感受一下这画面：“火舌便从那小玩意儿里喷吐出来，点燃了干燥的芦苇。转眼间，火便蔓延开来形成一条火龙，又铺成一片火海。／乌龙驹发出惊恐的嘶鸣。／无数黑色的小精灵在烈焰中跳跃着消失了。／山谷里，是一片通红的火焰的世界。”[3]第二幅：“许多年后只有山谷里的野风拂来，晃动那些新生长出来的芦苇，向他们询问那对父子的消息。／旺盛的无边无际的芦苇却在摇头。它们将永远不停地摇头。／还有青草……”[4]最后一幅：“不知又过了多少年之后。／树林里总是有雾，或浓或淡，或薄或稀。一场暴雨过后，林子里的万物都在蠕动、歌唱。……几缕温柔的光线照了进来，空气中糅进了泥土又腥又香的气味儿。太阳、白云、风、山峦和树林，还有广阔的草原，每天都在重复体现自己的生命、色彩、音响，每天都在歌咏着寂寞和永

---

① 黄薇：《当代蒙古族小说概论》，内蒙古师范大学汉文系《五十年文萃》，内蒙古大学出版社，2001年版，第371页。
② 路远：《鼠群漫过草地》，《草原》，1991年，第18页。
③ 路远：《鼠群漫过草地》，《草原》，1991年，第20页。
④ 同上。

恒。”[①]这是一幅幅以天以地以人心作画框切割出来的画面，阔大、辽远、浓烈；这是一幅幅流动着的画卷，滞重、苦涩，沉痛。

三十年来的内蒙古中短篇小说作品，相随着叙述视角“我”的出场，笔法上散文化，而在阅读效应上就是小说作品有了一种诗歌意境生成的效果。笔法上散文化，是指小说语言运用方面的特点。其语言既不像诗歌语言的精致，也不像传统小说语言的精细，一如散文语言的随心所欲。实质上则是随着生活的发展变化，语言操作规则的改变。这样的语言，表面上好像是漫不经心的，很散漫，粗粗拉拉的，但骨子里是讲究的。因而带给读者的就是一种意想不到但也是必然出现的很少语言障碍的轻松阅读之中的全身心的体验。比如《黄羊之殁》（邓九刚）中，说的是一九六〇年初冬——那个被饥饿扼住了咽喉的可怕年头里的故事，有这样一段场面描述：“大部分子弹都噗噗哧哧地钻入了黄羊们的肉体，……没有仇恨与愤怒，也没有垂死的绝望嚎叫。大大小小的黄羊便一只挨一只地噗噗嗵嗵倒在了汽车的灯光里。……一只大约半岁的黄羊羔傻乎乎地歪着脑袋朝汽车的大灯看，在它短暂的一生中大概从来也没有见过这种怪物，一双棕蓝色清澈眼睛中充满了迷惘和好奇。黄羊羔在倒下去之前，两条毛茸茸的腿放在胸前像祷告似的举了好一会，终于跌跪下去。小黄羊死得没有一点痛苦。在命悬一线的最后时刻，小黄羊似乎发现了我——尽管我明明知道这是不可能的，黄羊在强烈灯光照射下是什么也看不见的——它的目光与我对视了一会，好像是问我发生了什么事情。在它的棕蓝色的眼里直到最后也还只有诧异与迷惘。小黄羊就在我的目光里倒下了。冒着袅袅热气的血将它身体周围的一片白雪染成了黑的颜色。”[②]读者会在流畅的行文中一口气读下去，但结果会是冷汗湿背，口干舌燥，如叙述者一样苦痛，绝望，这时候，铁铸的心也要战栗吧！

草原中短篇小说的审美超越

其实，1978—2007年三十年来内蒙古中短篇小说表达方式上的变化，归根到

---

① 路远：《鼠群漫过草地》，《草原》，1991年，第20页。
② 邓九刚：《黄羊之殁》，《草原》，1992年。

底在于这一阶段生活的日新月异以及创作者文学观念和审美理想的发展变化。

在三十年的生活发展过程里，在翻天覆地的生活巨变中，创作者的生活观念有很多同时也有了很大的变化。可以说，感受生活—欣赏生活—享受生活，是身处地球村的人们尤其是中国人生活观念变化的三部曲。因为古老传统的中国人，一般在生活中切实地感受生活，进而也可以欣赏生活，但达到享受生活的境界却是很少中国人所能的。改革开放三十年，中国人的物质生活水平极大提高，生活观念也与时俱进。内蒙古中短篇小说作者与中国其他地区所有小说作家一样，在20世纪80年代是充满激情的，但作家们是敏感的，同时也是敏锐的，因为心怀理想，必得感受到生活中的种种困惑。大致到了90年代时，他们陷于了迷惘，纠缠在千万个不解之中。而21世纪初以来，务实，直接，直入主题，直截了当，删繁就简，几乎就成了作家们共同的追求。然而作家之所以是作家，就在于他们心怀人生理想，要在创作中超越现实。放飞心灵之歌，是创作的最基本追求。然而，社会在前行，时代在变迁，读者也处在不断变异之中。如果说，读者在20世纪80年代充满激情的作品那里得到的是振奋和鼓舞，在90年代以来堕入沉思的作家作品里感受到的是鞭策和激发，而从新的21世纪开始，读图时代真正来临，“快餐消费”成为主要的精神接收方式已是不争的事实，这个时候的作品带给读者的是什么？这实在不是一两个词汇所能涵盖的，但读者再也不是一呼百应的读者了，他们有了自己的阅读选择权。这就是创作者实际面对的生活真面目和阅读的本来情形。

三十年以来，内蒙古中短篇小说作者是在和所有中国小说作者一样的大环境中成长起来的。他们必须相随发展着的生活和变化多样的读者，同时还要坚守自己的艺术创作原则，保持自己文学创作的本真原色。三十年来，内蒙古中短篇小说取得了瞩目的成绩。无论是其深厚的内涵还是愈来愈灵活多变的表述方式，都在中国中短篇小说方阵中占据重要的一块。而与同期中国其他地区中短篇小说相比，最大的不同，也可以说是对中国中短篇小说的最大贡献，除了必然的内容差异，也许就是来自草原的作者在中短篇小说叙述策略的具体运用上，形成的带有草原气息的特点。

人不能生活在真空中，也总不会提着自己的脑袋离开地球。因此，当我们呼吸着空气，脚踏着土地时，这大地天空便给我们盖上这一时这一地的印记。生活在草原的作家，带着草原的气息扑面而来，那么自然。草原的底色，这是不用刻意努力就已打好了的，自然而然带出来的本真基色。只举获得内蒙古自治区“索龙嘎”奖的部分作品的篇名就可见一斑。《蓝色的阿尔善河》（阿·敖德斯尔）、《夏营地，草原上的人们》（巴图孟和）、《草原名著》（王栋）、《在考察匈奴古墓的日子里》（江浩）、《绿色的岁月》（张作寒）、《白马金鞍的故事》（冯国仁）、《“巴拉根仓”下乡记》（朋斯克）、《大漠歌》（阿云嘎）、《在马贩子的宿营地》（路远）、《草原深处》（满都麦）、《乌珠尔湖的呼唤》（哈斯乌拉）、《驼道》（邓九刚）、《迷人的河套》（李廷舫）、《沼泽红柳》（布和特木勒）、《兴安河的云雀》（苏德那木旺吉拉 ）、《金掌》（季华）、《牧村》（孙全喜）、《云青马》（格日勒图）、《森林之叹》（巴布）、《密密的胡杨林》（阿尤尔扎纳）等等。除了作者有意或刻意为之，使其草原特色更为鲜明，其实，这还是草原作者的草原基因所决定了的。当然仅此而已不足论，值得说的是三十年来的内蒙古中短篇小说的语言表述和情感表达特点。第一点，语言表述自然。小说是实实在在的语言艺术。老舍曾说：好作品的语言仿佛来自从水中钻出透气的活泼泼的鱼儿，鲜活有无尽的表现力。欣赏三十年来的内蒙古中短篇小说的语言，应该是一种语言的享受。那语言，就像是草原的花是鲜艳的，草是清香的，天是蓝的，云是白的一样，不用刻意地去经营，活生生脱口而出。也还像骏马是在草原上奔驰的，雄鹰是在长空中翱翔的，那样充满生命的活力。当然，这不是说草原的作者不用锤炼语言，而只是说与中国其他地区的作家一对比，草原作者这种语言特点格外醒目。实际情形是，生活语言转化成作品语言的过程，这是需要创作者的一份心血投入的，也是作者们努力筹划和追求的。第二点，情感表达素朴。广阔的草原让这里的创作者们心胸宽广，绿色的草原让创作者们心中无瑕。这样一种大自然的浸渍熏陶，使草原作者在表情达意时，是那么大气豪爽，无拘无束。所以有什么说什么，不遮遮掩掩，不用装饰修整。又是那么自然地发自内心，真诚纯洁。比如《达斡尔女人》（苏莉）的故事，这是一个在汉民族生活中简直无法思议的事情，违情悖理更不合法的举动。但在达斡尔女人这里，情感表达的直截了当，甚至是粗暴无礼，却是一种生存的状态，一种自然的真实。这是一种让心灵惊悸的描写，一种让灵魂沐浴的震颤。这样的作品让沉睡的精神被重重撞醒，让人的灵魂开始深深地不安。它让人开始走上反省人之成为人的心路历程。这样一种冲击和震撼，就直接来自那真纯的语言表达。

把1978年至2007年的内蒙古中短篇小说，与之前的内蒙古中短篇小说作纵向比较，又可以增强自信，持之以恒地坚守草原本色，同时又能确定往前走的目标，实现新的跨越，或说是实现一种审美超越，更好地展示草原创作者的艺术个性。

其中最主要的应该是坚定不移地创作出更多更好的作品来。三十年来的内蒙古作家在创作的同时也有着执着的理论思考，如题材领域的扩展，创作手法的探索，更有草原文化背景下的前后草原小说之分以及后草原文化时代的小说创作问题的探讨，等等。1995年，《草原》创刊四十五周年之际，《编辑人语》就对草原创作的作者状态、题材领域和创作得失进行了深切的关注。在肯定成绩的前提下，指出："大多作者缺乏激情，选材平庸，写些没滋没味，不疼不痒的东西。"[①]在题材方面，工业题材、农村题材极少，编辑盼望有如当时中国文坛上高晓声、周克芹、路遥、张一弓、何士光、贾平凹等大家在农村题材小说创作中所倾注的那种艺术激情和思索深度的作品问世。"九四年我们没有编到一篇好的知识分子题材小说、城市市民小说、城市青年小说、大学校园小说和铭心刻骨的爱情小说，连普通一些的爱情小说也不见。"[②]"我区青年创作还有两个共同的缺点：一是故事的平俗，二是技巧的陈旧。"[③]编辑最后说："我的谬论是编辑意见而非文艺批评，有些过于挑剔，但决不是否定，草原是辽阔的，草更茂盛些，花儿更鲜艳些，巨树更多些不好吗？那么，挑剔也是一种信心。"[④]时至今日，21世纪也快走过十个年头，这些当年的问题仍然有其值得思考的空间。不少作者已形成了自己的创作风格，但在现有的基础上，面临着的仍是不断的加强和推进。题材领域还需不断扩大，给予广泛的现实生活艺术的表现，给今天的读者提供精神的食粮。而在创作手法的运用和出新探讨方面，不是没有，而是没有形成气候，而今天我们更需要适应新的生活内容，同时也能满足阅读者的新形式。其实，在1989年第1期的《草原》中，就有两篇很独特的作品。一是《小镇上的汉子》（白雪林），那神秘的挥之不去的魂一般的东西，像死一样纠缠着主人公，最终也并没有因主人公的死亡而消散，反而像雾一样笼罩了世界，让你感受到窒息。这是一篇好像在讲世俗人间的故事实际上说的是人的精神世界的篇章，因而作品很有深意。另一篇是《到底该找谁》（伊德尔夫），是以荒诞的细节场面讲述着真实的现实。但却不是影射，而是象征。你会在流畅的情节推进中不间断地走下去，但到头来却发觉自己在一张无形的网中；你会新奇惊讶地读完作品，但也一定会警觉世间人生竟是如此冷峻和沉重。而到了1992年，《没

---

① 白雪林：《编辑人语》，《草原》，1995年，第1页。
② 同上。
③ 同上。
④ 同上。

有盖板的排水沟》（肖亦农）以写实的笔法，讲述了一个让你忍不住想嘲笑但又不得不低下头来细细琢磨的故事。主人公那一句翻倒了无数次不断挂在嘴边的“我想说说那只羊”，让你感受到作者对契诃夫小说精髓的领悟高度。而“屈人哩”“那我的皮脸呢”又是那么贴切到位地把握住了中国人的精神穴位，从而使一篇很有可能成为贻笑大方的模仿之作，有了自身的神魂，也反倒成就了一位独特的创作者，显示出其独特的表达才气。所以说，无论是向形而上的深入挺进，还是幻想无限的变形夸张，或者是借鉴模仿等写作手法的采用，总是由具体的内容所制约，以及创作者自身的性格气质和艺术趣味、审美理想所决定的。有论者把三十年来内蒙古文学创作的叙述风格的发展概括为阳光叙述、月光叙述、星光灿烂几个阶段[①]，这种形象的说法，实质上就是依据生活的变化在创作上的投射而来的。因此面对内蒙古中短篇创作的实际，有的论者认为：“蒙古族文学，主要指青年小说创作，八十年代起开始进入‘后草原文化’时代，‘后草原文化”时代的蒙古族青年小说创作主要有以下几个特征：在哲学上，对自身文化传统的批评性和反省性；在情感上，对传统文化的怀旧性和陌生感相交织；在文学风格上愈发丰富而多元；人物选择上背景多放在城市，人物也是新一代的城市蒙古人儿女，表现他们的与先辈截然不同的人生态度，他们的惶惑迷惘和痛苦，带着鲜明的城市蒙古人特点等等。”[②]如果说当有的论者把《蓝幽幽的峡谷》当作后草原小说的标志，依据主要还是在叙述的策略上[③]，那么“后草原文化”的说法以及理念，这就是从大的文化角度来讨论这一时期的内蒙古文学创作了。

因此，怎样使内蒙古中短篇小说以自己的独特魅力，更能吸引人、感染人、震撼人，这是在总结经验之后继续努力的具体方向。吸引人，是说内蒙古中短篇小说的语言表述功力应该更进一筹。虽说语言表述自然，这仅只是草原的基色给予的自然赐予，真正要让欣赏者进入作品，根本的功夫还在语言。文学语言必须要与时俱进，但创作者如果没有相当数量的传统经典作品的阅读以及相应文化的浸染熏陶，那就会因缺失创作语言的根基而飘游轻浮。故事要讲得好而巧，文学语言的深厚内涵还得在经典传统中去汲取。也就是说创作者需要有经得起挖掘的传统功底。当

---

① 巴特尔：《草原文化与文学艺术论丛（第三辑）》，内蒙古人民出版社，2007年版。

② 白雪林：《在“后草原文化”的边缘上》，《草原》，1991年。

③ 黄薇：《当代蒙古族小说概论》，内蒙古师范大学汉文系《五十年文萃》，内蒙古大学出版社，2001年版，第308页。

然，作品只能吸引人远远不够，草原特色令人眼前一亮，耳目一新，但久而久之审美疲劳是必然的结局。所以作品还应该感染人，不只是短暂地吸引眼球，而是使读者的心能够被牵引，被打动。这就是作者的生活修炼了。虽说草原的作者仿佛天生情感表达素朴，但这也只是说草原给作者打下的生活原始功底。要使读者真正喜欢作品，还需要来自作者心中的真情实意，来自生活的真实细节。而且不仅要情挚意真，还需要内涵的厚实，分量的厚重。一句话，来自生活，真诚表现。如《草鞋》（刘欣声）贴近生活，因而把一个永远不再回来还带着他的手艺一起走了的人的形象，雕塑般地镌刻在了读者的心上。《母牛莫库沁的故事》（苏华）写自己熟悉的生活，因而写得出色，写得多彩。所以有作家深有感触地说："文学创作的源泉来自生活。生活是想象的源泉，也是艺术生命的源泉。只要有志者认识了它，真诚地拥抱了它，就会变得强大，变得聪明智慧。笔端将会生云吐雾山重水复。"①还有作家感慨万分地表明："在内蒙古生活了三十年，是内蒙古的土地和人民哺育了我。我的处女作即是五十年代发表于《人民文学》的《大青山赞》，是大青山，而不是太行山、沂蒙山或别的什么山。我写森林、写草原、写沙漠、写钢城、写北方大自然和风土民俗的美；我的作品里有爬山调，有蒙古歌，有老百姓的口头语，有鄂温克、鄂伦春的猎民生活，也有真实的草原风光的描写，当然还有其他属于我自己的构成。这种种，不正应该感谢生活对我的恩赐么？"②是的，丰厚的生活积累总是给好作品提供真实的生活细节，生活是创作的源泉。并且，作家特别是要写出今天的生活，即使是历史题材，也应当画出当代的神魂来。因为正如果戈理所言："不管出版什么样的艺术作品，如果里面没有今天社会围绕着转动的那些问题，如果里面不写出我们今天需要的人物来，它在今天就不会有任何影响。不做到这一点——那么，从大仲马工厂里出来的任何一部小说都能把它打倒。"③

如果说吸引人是语言的魅力发挥的指标问题，感染人是作品情感的冲击力程度，那么震撼人就该是思想情操指数的高低标识。这应该是作品艺术魅力展现的三部曲：草原的直爽留住人，诚挚的感情动人心，高远的境界震神魂。所以，作品能

---

① 《草原》编辑部：《纪念毛泽东同志〈在延安文艺座谈会上的讲话〉发表五十周年笔谈》，《草原》，1992年，第6页。

② 《草原》编辑部：《纪念毛泽东同志〈在延安文艺座谈会上的讲话〉发表五十周年笔谈》，《草原》，1992年，第7页。

③ 巴特尔：《民族文学断想》，《草原》，1989年，第77页。

达到震撼人的地步，就是作品能把读者的魂勾住，钉牢，让读者灵魂受到冲击，心灵产生共鸣。黑格尔曾说：艺术的真正职责就在于帮助人认识到心灵的最高旨趣。而这就需要作者有深厚的思想功底。或是说不仅要有崇高的人格、健康的心态，也还要有宽广的胸怀、长远的眼界、发展的眼光和智性的头脑。而其中，人格境界的层次和格局是非常重要的因素。《论语·公冶长》中有一个镜头画面：当年，孔子和他的学生谈论个人志向，子路说愿意把自己的车马、衣服和朋友共享，就是用坏了也无怨言。颜渊说不夸耀自己的好处，不表白自己的功劳。孔子说："老者安之，朋友信之，少者怀之。"可以看出，三人都有自己的志向，但层面和格局大有不同。子路只在物质的层面和物质范围，颜渊就上升到精神的层面和精神范围，到了孔子这里，让老人得到关怀，朋友间得到信任，少年人得到关怀，就不只是物质的层面和物质范围，同时也包括精神的层面和精神范围，推而广之，就是包括了所有的一切。我们的创作者们如果能够提升自己的精神层级，扩展自己的心灵格局，永葆艺术的生命力就将不再是一种无聊的空谈和奢侈的想望。当然，达摩能一叶过江，罗汉能穿墙而过，这样的功夫是修炼来的。而功夫的修炼在人，在于投入，在于坚守文学这块天地。期待着内蒙古中短篇小说更为壮丽的明天。

原收录于《草原文化与文学艺术论丛》第四辑

小说的观念、叙事与难度

——以第三届“翁牛特杯”短篇小说大赛获奖作品为例

海日寒

第三届“翁牛特杯”短篇小说大赛共收到来自全国各地的189篇作品。审读这些作品的总体印象有三。一是参赛的189篇作品可谓蒙古族人民生活状态的集束，也是他们的“心灵镜像”。这部集束记录着人民大众的社会现实问题、城乡状况、人民生活、公民意志以及其背后所隐藏的深层憧憬。阅读这些作品，就像从草原的一头走到那一头，又仿佛从太平洋海岸走到了阿尔泰山脚下，也会逐渐发现，我们所面临的问题、心中的隐秘及希冀梦想。二是参赛作品的整体水平较高，特别是入围决赛的二十余部作品，个个都是精品中的精品，以往在蒙古文小说中从未或是很少出现的新观念、新思想、新写法让人眼前一亮，感觉它们为当今蒙古文小说领域输入了一股清新气息，传递了一种前沿信息。三是小说领域的青年作家们初露锋芒。大赛获奖人员中，青年、中年作家占主要比例，他们写出了令人惊讶的、出乎意料的新“故事”。

面对这些作品，本人特别关注了以下三个问题：一、小说的“观念”问题，这是解决小说创作方向的根本性问题；二、小说的“叙事”问题，小说是叙事艺术，要想掌握小说的艺术，就必须掌握叙事的特点；三、小说的“难度”问题，这是蒙古文小说创作中一直被忽略的“老毛病”。

一、小说的观念

观念问题是小说创作的关键性问题。在一般理解中，小说类型包括古典小说、现实主义小说、浪漫主义小说、现代主义小说、后现实主义小说等。20世纪以来，“小说是什么”的基本观念发生了改变，最起码发生了三次飞跃。而这三次飞跃实质上是三种存在方式的体现，第一种存在是与社会生活相似、与现实生活类似的现实存在；第二种存在是以心理的方式重塑心灵世界的心灵存在；第三种存在是以想象创造另一种世界的想象存在。饶有意味的是，以上三种存在在本次参赛作品中均有体现。

（一）第一种存在——现实存在

现实存在是对“存在”的一种解读。这类小说一般强调与生活相似的性质，以“现实方式”创造“艺术世界”，遵循现实逻辑，展现鲜明的时代特征。本次大赛获奖作品中的《外甥》《迷茫》《风云变幻》《带锁板凳》《卖鞭炮者朋苏克诺尔金和他的现实生活》《命运》《丑女多拉吉德》《故乡》《追风》《一生一世》《传染》《女人心》《疯妈妈》等13部作品中的故事均是可出现在现实生活中、类似于现实生活的情节故事。但又不能简单地认为这些作品是“现实的反映”。作家们往往会以自己独特的眼光对生活进行筛选、重组和重塑，所以，艺术世界虽与“现实”相似，但又非“现实”。它是一种幻觉，一种类似于现实的梦，只是这个梦是照着“现实生活”编织的。现实存在与另外两种存在即心灵存在和想象存在相比，除给人一种“与生活相同”的同感外，在性质上毫无区别，都是虚构的“艺术世界”。对于以上13部作品，可以从“社会”“文化”“人”等不同方面进行观照和归类。

1.社会问题。查干路思的小说《风云变幻》，通过在法—警—检领域发生的一起“大水冲了龙王庙”事件及其处理方式，尖锐地反映了社会问题，探索了体制性“贪腐”产生的根源。其构思巧妙、结构简练、叙事客观且明了。主人公人设是司法委书记在法、警、检领域工作的“三个女婿”，这使故事本身具有了可信度且含有深刻的“寓意”。值得表扬的是，该作品为文学参与现实社会提供了一个巧妙的视角和空间、形式和力量。孛尔只斤·德力格尔的小说《带锁板凳》，通过在机关“与上司关系恶化”的故事，反映了机关单位中人与人之间的关系；纳·伊拉贡森的小说《卖鞭炮者朋苏克诺尔金及其现实生活》，通过入狱的丈夫和艰辛生活在社会底层的妻子的故事反映了拼命挣扎在社会最底层人民的生活状态。这些小说反映了全社会不同领域中的“现实故事”。

2. 文化故事。沙·布赫的小说《命运》，讲述了邦德格尔与即将要成为耕牛的牛的故事，表现了本土文化被冲击的故事；叶·乌力吉巴图的小说《传染》，认为“驴与本土马交配后生出骡子，骡子成为家畜，会给集体节省大量时间……”的想法，让大家在“养马的同时，还养起了倔强的驴”；特木尔宝鲁德的小说《故乡》讲述了主人公巴特尔夫妇很是羡慕“借着盛夏旅游散心”的人们，便也决定外出看看大千世界，最终领悟到“故乡才是无价之宝”的深刻体会；杜尔伯特·额尔德尼巴雅尔的《追风》，讲述了放牧人敖其尔的两匹马得到老牧人“妙手回春”的训练而又变得“生龙活虎”的故事，宣扬了蒙古族马文化的神奇。这些小说都是围绕着赞美故乡、传承民族文化而开展的“文化故事”。

3.人物故事。额·库布勤的小说《外甥》，通过塑造“我”、斯琴图雅、张达来和阿爸等四个形象，用三千字高度概括叙述了自20世纪90年代以来三十年间的人际关系变化、人心和文化心理复杂的变化等极其丰富的内容；色·额尔德尼其木格的小说《迷茫》，以十年来从未下过山的小沙弥视角重新审视了这红尘世界，用“陌生化”眼光展现了人世变化，从侧面反映了人心的迷宫，巧妙有力地体现了身与心、现实性与超越性的矛盾，这不禁让人想起以“成长”为主题的余华的《十八岁出门远行》等作品；斯庆胡雅格的小说《丑女多拉吉德》，通过牧民夫妇同孩子三人与丑女多拉吉德成为邻居后发生的各种“误会与接受”的故事，塑造了当代蒙古“加西莫多”——丑女多拉吉德形象，用“最后一分钟”的拯救呈现了丑陋与善良、柔情与勇敢的鲜明对比，塑造了传统文化的卡里斯玛，宣扬了崇尚人与人间的善良、和睦、纯洁的古老传统文化；高·阿塔拉的小说《一生一世》讲述了七十二岁时终于如愿以偿地同扎莱玛同居的比吉喇嘛与在人生的第四个关头与萨仁锦重逢的“我”的故事，诠释了爱情、缘分、人生的意义；色·恩和的小说《女人心》讲述了离婚近一年的单身女人“我”与楼上居住的经常发出钥匙碰撞声让她极其厌烦的小男孩的故事，在一次停电的夜晚，孩子送来红蜡烛而发现原因后“我”对人与人之间关爱的深刻感悟；巴·乌云其其格的小说《疯妈妈》，讲述了为救孩子被狗咬疯的母亲，在生命走到尽头时，她的丈夫和儿子彻底悔悟的故事，反映了人间的大爱。以上小说直击人的心灵，围绕人性与人间大爱展开了“人的故事”。

“现实”的深层是“存在”。其一，文学作品真正深度反映的不是“现实”，而是“存在”及其艺术表现。将“存在”“艺术”地“表现”时，首先需要的是对生活的“透视”。其二，叙事非常重要。额·库布勤的《外甥》，将三十年的故事以蒙太奇方式叙事，熟练运用了交叉镜头的跳跃；色·额尔德尼其木格的《迷茫》一文，用十年来从未下过山的小沙弥的“陌生化”——即“另类”视角揭示了现实世界。其三，使用精确的语言。语言的精确不仅限于顺畅与否，还可以是“独特”“另类”的等。阿·赫灵的小说，语言不是很优美，但是它尝试用新的小说语言风格，这是为达到“奇中有深意”的效果而有意识地陌生化的结果。所谓现实反映必须是现实的透视，是对现实“灵魂”的捕捉。只有表现了现实“灵魂”的作品才真正达到了对现实的“表现”。

（二）第二种存在——心灵存在

心灵存在是对心灵世界的一种表达。就是把对生活的感受积累起来，以心灵的方式、理想的方式、理解的方式表达出来的存在。这种作品遵循“心灵的逻辑”(而非现实的)，凸显了心灵世界的自由性、象征性、隐喻性和变形性。以日本作家三岛由纪夫的长篇小说《金阁寺》为例，小说的故事情节、人物塑造给人以扭曲、变形、抽象的感觉。推敲起来，“金阁寺”是象征、是心灵的象征、是艺术本身的象征。以金阁寺的焚毁和重建表达了世俗世界对艺术的埋葬与艺术理想不断被构建间的对立。卡夫卡的中篇小说《变形记》，在故事的开头主人公就变为甲虫，这在现实中是不可能存在的，但心灵中是可以存在的“主观真实”。这些作品，均用心灵的方式创造和表达了第二种存在。本次获奖作品中的《镜》《男孩》《巷月》《多重人格》《驴年故事》等作品，都具有心灵表达的特点。

策·希荣其木格的短篇小说《镜》：“我”看着镜中的自己，发现曾经使用过此镜的人都被镜子所吸收，“所谓的镜子，是个完全不同的世界……”。镜中的那个人是回忆的形象，又是心中的形象。布拉格的短篇小说《巷月》，运用意识流流动式叙事，在繁华城市、古巷、巷月的想象中用“月亮”代表了女性或性本能，试图深度挖掘“最幼稚却最真诚”背后所蕴藏的人性的复杂存在。其·那顺达来的儿童小说《男孩》用儿童的眼睛、儿童的视角、儿童的思维，放大展现了儿童世界与成人世界的“隔阂”，揭示了儿童的童话、诗性和美丽世界是如何被成人的话语权、理性暴力所压制的，从而呼唤了儿童与成人的平等交流，劝诫成人世界的自我反思。色·莫热德乐的短篇小说《多重人格》讽刺模仿侦探小说的“叙事圈套”，误导读者的猜测，最终引出一个意想不到的结果，让人“惊叹不已”，回想时又觉得每句话都言之有理，每段叙事都有其自身的意味。该小说有着在病态心理无意识中可能还隐藏了一个种族、群体或个体的“寓意”。热西赛登的小说《驴年故事》运用了拟人和讽刺的手法，用母牛群的视角“倒立”着看人类世界。微信群等“现代元素”的使用，使这部小说的时代性更加鲜明。

（三）第三种存在——想象的存在

想象的存在是对想象世界的一种建构。20世纪初，西方曾有卡夫卡、乔伊斯等创造了用心灵重塑世界或让意识流“自由流动”式的现代小说，给小说带来了第二次飞跃。在中国，20世纪30年代的一批“海派”作家，80年代的王蒙和残雪为代表的一批作家也曾尝试过类似模式的小说。世界范围内，20世纪40年代之后，小说领域出现了另一次飞跃。罗伯·格里耶、博尔赫斯、卡尔维诺对现实世界的“真实”提出了质疑，他们用想象创造了“另一种世界”，认为文学不应像镜子般反映这个世界，而是用想象重构“另一种世界”。因此便出现了小说是“另一种”世界的象征、重构的新观念。小说的第三种存在，即想象的存在，与第二种存在的区别在于它遵循神秘性、象征性和想象性的逻辑。本次获奖作品中的《暗室》《信》《天上玛尼》《阿拉坦宏胡泰原野》《人参之梦》《故人》等都具有想象存在的特征。

阿·赫灵的小说《暗室》用水巷的叙事、航海者的叙事、航海者与po的信件、白衣女的叙事和鄂尔多斯历史传说脚注等五层叙事编织出了三重叙事世界：现实自我（水巷作家）和理想自我（牧科胡同po）、超我（航海者）和本我（亲爱的知己）、现实的自我（水手）和历史的自我（脚注中的萨冈彻辰等）的三重世界重叠起来，在三千多的字词中，将蒙古人的古今和未来串联起来，又揭示了自我、本我和超我。这是博尔赫斯式“迷宫”式叙事探索。博尔赫斯的《圆形废墟》《小径分岔的花园》，格非的《褐色鸟群》等小说的“环形叙事”，《公民凯恩》《罗生门》等电影的“套层叙事”在这儿都有着全新的表现。都仁吉日嘎拉的《信》“神秘地”讲述了留美知识女性艾美琳和乡村牧民孟毕什的故事，小说前半部分，通过艾美琳坐着大巴到牧区的过程，揭示了“自我”与“他者”的关系，后半部分用艾美琳与孟毕什的相遇，代表了一个人的两面，或是一个民族的双面。在美学习的青年艾美琳是蒙古族知识分子的代表；在农村牧区居住的中青年牧民孟毕什是本土文化的代表。孟毕什对艾美琳全部生活的熟知，说明了知识分子与牧民在文化深层中的同核性。已故的孟毕什代表传统文化的一部分。孟毕什这个名字包含着“是”与“否”的意义，让人不自觉想起卡尔维诺的小说《分成两半的子爵》；胡斯勒图的小说《天上玛尼》，将一个人的童年、青年、中青年的每个时期以与老师（老年）对话的方式构建了“过去”（童年、青年）、“现今”（中青年）以及“未来”（老师）的“叠重”空间，以朝圣者的“救赎”祈祷展现了文化、人性和生命的多重可能。具有魔幻现实或“虚拟”寓言特色的扎莱尔泰·孟克陶格陶的小说《阿拉坦宏胡泰原野》中讲述了二十年前去世的人归来放牧时故乡仍是从前一样油绿，没有围栏，一切如初。但几个月后，上级视察人员到来时，一切又回到了现在的样子。死者的重生，梦境般的现实，现实般的梦，就像曹雪芹所说的“假作真时真亦假，无为有处有还无”。从这种真假难辨的虚拟中，可以看到卡夫卡的荒诞与现实的结合，也可以看到拉美作家的魔幻现实主义的理念。森布尔的小说《故人》，使人意外的是，他将全部都托付给了梦境。梦的对立面当然是现实，因为现实的不堪，在现实中被逼无奈的人们把一切都交给了梦，就连哺育自己的孩子都是在梦境里。这里的梦应该是人们难以实现的一种向往吧。这篇小说诗化，乐感十足，优美，又舒展如烟、如梦似幻，将真假魔幻融为一体。

二、小说的叙事

小说是叙事艺术。小说的叙事不仅仅是一般理解中的顺叙、倒叙、插叙等，而是叙事学意义上的叙事艺术。叙事学包括诸多内容。

1. 叙事范式。每个时代都有自己的文学叙事范式，阿·敖德斯尔、玛拉沁夫、葛日勒朝克图是一种叙事范式，而阿云嘎、布和德力格尔、乌雅泰则是另一种叙事范式。

2. 叙事模式。叙事模式包括叙事者、叙事视角、叙事时间、叙事空间、叙事节奏、叙事态度、叙事语调、叙事声音、叙事立场等诸多内容，叙事范式因包含社会历史内容而大于叙事模式。

3. 叙事者。小说中叙事者的选择很重要。叙事者中除了我们一般理解的第一人称、第三人称以外，还有不是主人公的第一人称等多种形式的叙事者。不是主人公的第一人称的叙事者的叙事会产生特殊效果。如美国作家菲茨杰拉德的名作《了不起的盖茨比》一书中，第一人称配角一开始不知道盖茨比是何许人也。在小说的叙事过程中，读者和配角一起与他相识。一篇作品可以有很多叙事者，也可以有"多种样子"的叙事者。福克纳的长篇小说《喧哗与骚动》中有四个叙事者，且四个叙事者有着不同的社会"层次"：白痴、精神病人、孤僻人和正常人。

4. 叙事视角。叙事视角是与叙事者既有联系又有区别的特殊元素。其·那顺达来用儿童的视角（《男孩》）看了这个世界，色·额尔德尼其木格用小沙弥的视角（《迷茫》）看了这个世界，使用了小沙弥"局限"性的视角。

5. 叙事时间。叙事时间的要素很多，这里就不展开讲述了。叙事时间又与叙事节奏有关。比如《外甥》小说中"我喊道：我不会把我的斯琴图雅交给你这个臭小子。赶紧回家。走的越远越好！二十年之后斯琴图雅给我倒茶之时……"，将二十年前后用蒙太奇交叉起来，使叙事节奏突然加速了。

6. 叙事时空。扎莱尔泰·孟克陶格陶的《阿拉坦宏胡泰原野》叙述了牧区这个"空间"，小说的意义也在于此。蒙古族作家们把故乡想象为乌托邦，乌托邦也是与"叙事空间"相关的概念。吉·青河乐的很多小说都具有乌托邦色彩，往往以乌托邦的守护人或创建者为主角，选择湖里的小舟、河中的孤岛等地理为理想的空间。叙事空间与作者的意愿有直接关系。

7. 叙事态度。蒙古族作家们从不吝啬把爱、恨等叙事态度暴露在作品之中。实际上，这是叙事艺术不够老练的"幼稚"表现。作为一个真正成熟的作家，最重要的是隐藏好叙事态度。在《外甥》中，作者给了叙事者一种非常复杂的心理，甚至连标题都隐藏着象征意义。小说中，"黄母狗"的典故，占地发财的外甥女婿张达来的故事引出了历史上的康熙皇帝。因此，"外甥"不仅是现实的反映，也是与历史相关的故事。这正是"欲说还休"的老练的叙事态度。《外甥》是一部展现现实主义叙事技法的作品。总体思路采用的是"当前—过去"的对比——回忆式蒙太奇表现手法，在当前与过去之间自由跳跃，让现实的几个小时自然穿插进二十多年间的故事中，准确呈现了人物的成长过程和时代变迁、人物变化。小说叙事节奏快、叙事风格简练、叙事语调幽默、叙事距离控制得当、叙事声音复杂。这一切皆浓缩在一篇小短篇中实属难得。标题《外甥》是小说的眼睛，也是“关键”。“甥舅”既是小说人物关系，也是“本地人”与“外来者”的关系，同时也是现实故事与“历史讽刺”。

8. 叙事语调。它关乎小说以什么样的语调讲话。《外甥》这篇小说从表面上看，虽用幽默的语气叙事，但深层却隐藏着悲凉的语调；《信》一文，隐藏了叙事的态度和语调，以假口吻叙事。又如，鲁迅的《孔乙己》一文，十二岁的“我”作为餐厅服务员曾亲眼目睹过的孔乙己的经历，十年后的“我”回忆往事时与十年前又无任何区别。小说想展现辛亥革命之后的十年间中国人没有任何改变，与原来一样愚昧、冷漠、麻木。

9. 叙事声音。叙事声音是小说背后真正想表达的意思。

10. 叙事立场。它所指的是民族、个人或阶级阶层等的立场问题。虽然在大多数情况下小说中的叙事技术以“无意识方式”表现，但作家必须善于精心设计和出色运用这些叙事手法。

总之，这些获奖作品均为成功运用叙事手法的良好范例。《外甥》这篇小说的叙事语调、节奏和时间都安排得恰到好处，《多重人格》小说以运用叙事圈套出彩，《阿拉坦宏胡泰原野》以运用特别的叙事语调、空间和声音而别具一格，《暗室》突破四维时空的限制提高了叙事难度，《驴年故事》则尝试了叙事分层的方法。

三、小说的难度

小说涉及叙事难度的问题。包括创作难度、解读难度、智慧参与、叙事技巧等诸多问题。长期以来，蒙古族作家们一直把文学理解为反映现实、抒发情感的表达方式。因此，很注重在“故事”中注入兴奋、激情、炽热的情感。但是真正伟大的作品并不仅仅是充满情感，更重要的是充满智慧与诗性。大智者才可称之为大文豪。文艺家们对自己的作品注入充分的智慧与诗性，且叙事手法运用得非常精妙时，作品的难度自然会提高。获奖作品阿·赫灵的《暗室》使用了多层次的文本，都仁吉日嘎拉的小说《信》让人看到想象的奇迹，胡斯勒图的《天上玛尼》通过时空重叠等科学知识创新了叙事方式；获得一等奖的作品额·库布勤的小说《外甥》，虽然运用了现实主义创作方法，但他创新了叙事手法，巧妙地融合了叙事智慧，使叙事更加巧妙。

获奖的这些作品以它们卓越的品质引领着蒙古文小说创作。我们中青年作家们阅读着新世界，探索着新世界，敢于创造新世界的精神让人欢欣鼓舞。蒙古族有着悠久的历史，璀璨的文化，历史上出现过诸多文学名家。但时至今日，还没有出现具有世界影响的大作家，个中缘由值得我们深思。要成功就必须付出。修养、努力、沉思和洗礼必不可少。提升蒙古族文学的整体水平是作家们的神圣使命，也是我们的共同的责任。要想培育伟人，首先必须培养能孕育伟人的“肥沃土壤”。策·达木丁苏荣曾说过，“参天大树从不会在光秃秃的草地上拔地而起”。文学的未来取决于全体民众的集体素质、智慧、认知水平和价值选择。留恋过去、厌恶新知、以井蛙之见衡量世界、自鸣得意、自我标榜是文学、文化的大敌。我们要付出比别人更多的勇气、耐力和劳作，激发最大潜能，心存高远理想，以英雄主义精神与世界文学、世界伟人“抗衡”才能最终成就奇迹。这便是“莫以远而不行之，行之能达；莫以重而不举之，举则能顶”的坚韧不拔、坚定不移、不屈不挠的史诗精神。

原载《金钥匙（汉文、蒙古文）》2022年第1期

新时代内蒙古文学探析

王　妍

内蒙古是文化大区，内蒙古当代文学起步早、起点高，并积极参与中国当代文学的学科建设，其文学思潮、创作倾向、演变轨迹都与中国当代文学保持同步，一直是中华文化共同体的重要组成部分。多元的民族构成、社会的发展、相关文艺政策的调整以及作家创作心理的变化都使内蒙古文学呈现出多元、纷繁的状态。新时代以来，文化繁荣发展，多种可能相互交织，新型经验不断涌现，在现成符号秩序发生某种断裂的同时，也制造了新的机遇与拓展的空间。新时代的内蒙古文学从历史、现实和生态等不同的层面，展现社会历史、经济变革以及与之相伴的生活方式、情感结构、身份认同、宗教信仰以及人文伦理，对记录地方与族群的现场、铸牢中华民族共同体意识都具有重要价值。

一、新时代内蒙古文学的历史书写

历史作为文学书写的核心概念之一，在任何语境中都显得重量非凡。而历史书写作为内蒙古文学的重要组成部分，因时代发展、生态变迁、文化气质以及生活视角的差异等在不同的文本中呈现出多种样态、构成多重命题。归结起来，新时代内蒙古文学的历史书写主要围绕民族（家族）历史和英雄的历史传奇两个方面。内蒙古自治区地处中国北疆，其书写中弥漫着草原万物的自然脉息以及草原民族文化传统，独特风貌以及多民族文化的滋养，使得内蒙古新时代的历史书写既与时代的主潮共振，又具有鲜明的地域特征和独特的艺术气蕴，其历史书写自觉与庸常生活区别开来，罕见颠覆与解构、矮化与戏仿，展示草原多民族人民的高贵品格和精神追求。

其一，在多民族（家族）历史的书写方面，蒙古族历史书写仍然占较大比重，如《混沌世界》（海泉，2012年）、《传说中的红月亮》（又名《红月亮》，上下册，斯·巴特，2013年）、《满巴扎仓》（阿云嘎著、哈森译，《人民文学》2013年第12期）、《行走天涯》（乌力吉布林，2013年）、《信仰树》（乌·宝音乌力吉，2014年）、《红狼毒》（上下册，路远，2014年）、《布里亚特女裁缝》（路远，2016年）、《断裂》（格日勒图，2017年）、《青色蒙古》（海伦纳，2017年）、《穹庐》（肖亦农，2018年）等；此外，还有表现鄂温克民族历史的《多布库尔河》（萨娜，2012年），反映达斡尔族家族史的《伊敏河静静地流》（额尔敦扎布，额尔敦扎布译，2016年）、《雅德根：我的母系我的族》（昳岚，2017年）以及《以父之名》（鄂阿娜，2019年）等。

事实上，当社会历史处于动荡与转折的关口时，文学就有了更大的腾挪与阐释的空间，故而《传说中的红月亮》《满巴扎仓》《红狼毒》《布里亚特女裁缝》《穹庐》等作品不约而同地把目光放在19世纪末、20世纪初这样一段特殊的历史时期。经过一个世纪的沉淀，作家的时空观念和文学观念都发生着转变。小说主人公不再是新中国成立之初《茫茫草原》《在冬天的牧场上》等作品中与天斗、与人斗的“完美”的英雄，但也不同于新历史主义小说对英雄的解构与平视。内蒙古新时代的历史小说多偏重传奇性，具有刚毅、英伟的英雄情结。英雄多半勇敢、智慧、豁达，政权的更迭、战火的绵延都是主人公命运推展的背景，英雄主人公虽经历时代和战火的洗礼，但坚韧的品格是与生俱来的，这也导致小说对主人公性格变化以及思想精神世界的成熟过程的探寻较少。如路远的《红狼毒》从家族史的角度书写清朝末年至民国时期的历史，在跌宕起伏的故事中，红狼台吉身上更多展示了草莽英雄的特征：出身平民，曾经好赌，既智慧、坚韧又贪婪、好色，身上既充溢着旺盛生命力，也有着多元文化浸染后的格局与胸怀。他虽不是完美英雄，但也不是空有力量的莽汉。无独有偶，肖亦农的《穹庐》中也塑造了“勇敢、倔强、不畏强势，却又守旧、残暴、傲慢自负，始终‘生活在过去当中’，死守祖先定立的扎撒和规矩”[①]的嘎尔迪老爹的形象。不仅如此，在嘎尔迪老爹身上还体现了人的自然性，他是山河的主人、草原的霸主：不仅是人，草木乃至猛兽都受他庇佑和主宰。小说多线索、多视角、多声部的叙述共同谱写着历史的混响，在捍卫、生存和回归的主题之下展开了作者对历史的哲学思考，显示了作者浓厚的家国情怀和悲悯意识。

值得一提的还有韩静慧的中篇《姥爷的非主动抗战》(2015年)。文本用儿童“三儿”的口吻和视角，在女性独特的细腻语调中，故事自然流淌。而儿童认知的局限和女性话语的温软在淡化了历史本身残酷性的同时，也展示了叙述者的民间立场。姥爷的良善与其悲惨晚年经历形成鲜明的对比，使得作品在温暖基调之下袒露出命运狰狞的爪牙。姥爷不是一个英雄，而是从善良的本心出发做了一个热爱祖国的“人”该做的事情。在这个意义上讲，韩静慧不是为姥爷作传，而是为那个特定时代的普通人作传，生与死、善与恶、生命的挣扎、命运的苦涩、爱与美袒露无遗，而作者的含混、细腻与包容恰恰在某种意味上扩展了小说的主题意蕴。另一部作品《莜麦地》(梁存喜、杜远著，上下册)，则书写了蒙古族青年奇剑啸、汉族青年贾兰在党的培养下成长，团结各民族人民开展革命斗争，并最终取得绥中抗日战争、解放战争胜利的故事，谱写了蒙汉民族团结一心、共创历史的壮丽凯歌。

此外，“文化寻根”也是内蒙古历史书写的一个特色。寻绎民族根性，传承并赋予传统文化、伦理观念以生命力。在情节上主要体现为寻找祖先留下来的某种宝物，并找到宝物上交给国家，抑或寻宝失败却从中汲取教训并进行历史反思。在《满巴扎仓》中，围绕对蒙医秘典（宝物）的寻找、争夺，从满巴扎仓、名医楚勒德木、金巴、流浪汉医生潮洛蒙身上发掘出神性、正义、善良等精神大爱，并与阴谋、邪恶、欲望相对抗，用传统文化的精髓来抵抗邪恶与诱惑。小说以住持扎仓堪布“保护秘方最好的办法，就是把它公开”点题，让民族文化在动态交流中传承发展，并用一种开放的民族文化建设姿态，使得民族瑰宝与现代文明形成了有机的对接和转化。《信仰树》里也有这种“寻宝”主题，小说围绕还俗喇嘛占布拉四代人从20世纪初至今近百年的奋斗史，以民族信仰和民族文化重建的双重主题为线索，涉及了藏传佛教、传统文化与现代文化等多重文化内涵。这些作品无不展示了内蒙古作家的深厚文化底蕴和炽热的家国情怀。

---

① 包斯钦：《部族回归的史诗画卷——读肖亦农长篇小说〈穹庐〉札记》，《十月》，2018年第4期。

而《行走天涯》《混沌世界》等作品从民族寓言的角度，浓缩蒙古民族乃至人类历史。前者描写几代摔跤手为了践行誓言，从故乡出发西征，一路竞技一路前行，历经几个世纪回到原点，然而回归的故乡却已不再是当初的模样。小说没有提供确切的年代、地点，用象征的手法涉及人类自我追寻与回归，浓缩了蒙古族几百年的历史，使其具有更为深广的意蕴。而乌力吉布林的另一部小说《沙漠深处》，全书共六章，每章分为A、B、C、D四个部分，分别从历史、现实、生态空间和灵魂空间四个维度，叙述一个古代部落历经苦难跋涉回归故土的故事。作者善于将民族历史和文化传统置于超时空、超现实的视野中加以审视，从哲学层面对其进行整体的思考和把握。海泉的《混沌世界》则围绕游牧、迁徙、出征、抢婚、祭祀、娱乐等古代草原人纷繁多彩的生存场景，并借助西方超现实主义和魔幻现实主义等创作手法，浓缩涵盖了蒙古民族上千年的历史进程。文本中充斥着大量的雪野、寒夜、远古荒川等“荒原”意象，以及大量诸如图腾、禁忌、预兆等梦幻神秘而又怪诞灵异的元素。在增加阅读难度的同时，也展现了扩展内蒙古历史小说的复杂性和可能性。

另外，格日勒图的《断裂》则直面和挑战北元末期的“黑暗”历史，作为蒙古族英雄史诗书写的延续，作者却把一个英雄放在17世纪社会的动荡与转折的关口。小说并没有为了塑造英雄而向历史传奇的方向发展，而是把奥巴塑造成一个哈姆雷特式的犹疑英雄，他虽然英勇、智慧、踌躇满志，却处处被掣肘，因为作者深知在历史的洪流之中个人的能力是多么地有限，在北元末期是不会成就成吉思汗式的英雄的。而海伦纳的《青色蒙古》以科尔沁草原上潮尔沁（演奏马头琴说唱的民间艺人）世家的三代人为主线，小说的结尾，主人公纳钦梦见上苍赐他神驹雪白马，醒来后，他用神赐的马头琴讲述《呼和蒙古》的故事，隐含了科尔沁蒙古族人从传统游牧转向半农半牧的文化变迁史和心灵史。奥巴、纳钦们身上都带着明显的民族印记，文本用大量的篇幅再现了当时蒙古族的生活习俗、民俗风貌、宗教祭祀、婚丧习俗、狩猎练兵等，使得我们仿佛置身于科尔沁草原之中，听作者向我们诉说着千千万万蒙古族人的心愿：渴望和平、安宁、自由和爱情……

其二，书写英雄人物及其传奇一直是内蒙古文学历史叙事的另一重要支脉。郭长岐、刘春雷著《胡笳韵——蔡文姬》、冯苓植著《重振北元——草原传奇皇后满都海》、白金声著《阿思根将军》、包丽英著《蒙古王妃》系列等，这部分作品数量也比较庞大。这类英雄书写用更为冷静而理性的观察、丰富而真实的细节来代替新历史主义式的想象与虚构，展示了历史本身的复杂性和人性的丰富性。虽然近年来这类创作具有了更多的辩证意味，但英雄传奇本身的神话化、传奇化、风情化的色彩依然浓厚。此外，成吉思汗及其家族书写依然占有较大比重，冯苓植著《震撼崛起——成吉思汗及其英武儿孙》，胡刃著《永不言败的成吉思汗》《成吉思汗子孙秘传》（共4册），乌雅泰著《成吉思汗和他的两匹骏马》等，此处就不做赘述了。

总的来说，这个时期的作品在小说美学上并没有提供新鲜的技巧，而作家们打破传统的一元历史观，对历史的评价多元化也是不争的事实，其中不乏民间叙述、民间立场，在中国当代文学中都具有较强的辨识度。而行文更像是“散点透视”，用开阔的场景、繁多的人物构成历史长卷的横向铺陈，显示较为恢弘的艺术格局。对于内蒙古新时代文学来说，地域与民族、空间与时间，不仅是一个个意义符号，而是一种血脉与传承。无论是民族（家族）历史抑或是英雄的历史传奇都偏重传奇性，风格多刚劲恳切、原始强悍，在历史的纵深之处对民族文化历史进行反思、批判与继承，并积极建构健康的审美理想。而宏阔的自然风貌、豁达爽直的人物和深厚的文化风俗都为中国当代文学带来草原的清新气息。

二、新时代内蒙古文学的现实书写

现代传媒携带着海量信息迎面扑来，在新的时代经验面前，内蒙古文学既在吸收前代经验，又保持着开放的姿态与时代同声共振，并积极地用新视角、新形态书写新时代的新事物和新经验，记录内蒙古多民族人民的生活史与心灵史。新时代的内蒙古文学现实书写在创作方法和艺术表现手段上都突破了“前草原小说”[①]比较单一的价值取向和叙事方式，呈现出多元的叙事选择以及迥异的创作宗旨。纷繁复杂的世界也不断推进内蒙古文学“边界”的向度，在新时代的内蒙古文学书写中，出生或者成长于草原的作家依然是其中的主干的力量。既有阿云嘎、乌力吉布林、白雪林、满都麦、肖亦农、邓九刚、海泉、海伦纳、路远、艾平、满全、海日寒、

① “前草原小说”的概念来自黄薇：《前草原小说的十七年》，《广播电视大学学报》（哲学社会科学版），2000年第1期。

萨娜等这些创作中坚力量，又有海勒根那、渡澜等中青年力量。既有《印土》（乌·斯日古楞，2014年）、《大风》（张凯，2018年）、《榆树》（肖龙，2016年）等乡土叙述，也有《北京时间》（荆永鸣，2014年）、《离岸》（海泉，2017年）等城市书写，还不乏《青刺》（晶达，2012年）、《影》（娜仁高娃，2017年）、《天使国》（萧南，2021年）等充满阵痛的青春小说。

现实纷繁多样，在切近的时代面前，中短篇小说和报告文学则更为迅疾地反映现实。在内蒙古多民族文学与新时代的同声共振中，脱贫攻坚和乌兰牧骑的书写脱颖而出，这类作品既带有鲜明的地缘文化特征，又记录着新时代的演变。艾平的中篇小说《包·哈斯三回科右中旗》（《人民文学》2019年第4期）是“聚焦的是草原地区的脱贫攻坚故事”的佳作。艾平多年来一直从事散文创作，她的散文扎根呼伦贝尔大地，饱含人文关怀，而她的散文笔体映射在小说中显得平和亲切、娓娓道来。故事将扶贫主题与反映时代新变紧密结合，而主人公的明朗大气、敦厚热诚使得小说虽现实枝蔓繁多却不显得繁冗：他弘扬草原的文化、保护自然生态，同时对有益的新鲜事物积极接纳，对现实的杂音也有自己的坚持和理解，“我的中国梦，就是草原梦，我的草原梦，就是为草原留住蒙古马的基因”。他三次回乡寻找多年失散的姐姐，而新时代新的传播方式、故乡的可喜变化都有机融入到这个曲折悲伤的故事底色中来，使得整部作品拥有轻快而昂扬的旋律。无论是包·哈斯对纯种蒙古马的保护，还是姐姐对萨日朗花样的承续，无不显示了新时代民族文化的传承与弘扬，民族自豪感与时代自豪感由衷而生。而郭雪波的小说《乌兰牧骑女孩》（《民族文学》2018年第2期）、阿勒得尔图创作的长篇报告文学《红色文艺轻骑兵——乌兰牧骑纪事》（《人民文学》2019年第2期）、海德才的《鸿雁的故乡》（《人民文学》2019年第5期）等作品不约而同地把目光放在乌兰牧骑走进人民，为广大农牧民传递了党的声音和关怀上。而且多采用对几代人不畏困难、传递真善美的书写方式，将浪漫主义和现实主义相结合，用一件件小事和真切质朴的情感来传递人间大爱。而鲍尔吉·原野《乌兰牧骑的孩子》（2020年）和《乌兰牧骑的孩子：篝火与星空》（2022年）则以少年的视角，围绕铁木耳、金桃和海兰花等五个蒙古族孩子在假期中的奇妙经历和收获带我们回溯童年，并用童话世界的纯真与奇异书写乌兰牧骑的传奇故事。

此外，海勒根那的《请喝一碗哈图布其的酒》《呼伦贝尔牧歌》都涉及“精准扶贫”的主题。不同的是，前者充满寓言性质，突然而至的神秘“远方朋友”跨古连今。小说出虚入实，将对祖先的敬仰与回望与当下人民的幸福生活有机联系到一起，酣畅的叙述中难掩青年作者炫技的快感。后者则围绕“前进帽”和“牛仔帽”两个儿时朋友的对话，在马背上的两个中年人的回忆中勾勒出了人物在时代变迁中的成长轨迹，爱情、亲情、友情交织。在“第一书记”的领导和党的帮扶下，曾经迷途的“牛仔帽”重拾信心，追寻旧爱，重获新生。结尾处，辽阔草原上唱响的牧歌同时也演化成新时代草原人民的幸福之歌，在原生态的民族风情中唱响多民族共同繁荣的主旋律。而郭雪波的《摇篮旁的额吉》则是以“人民楷模”草原额吉都贵玛等英雄母亲，书写了20世纪“三千孤儿入内蒙古”的感人故事，用艺术的手法展示草原母亲的胸怀与母爱的伟大，讴歌中华各民族间血浓于水的动人亲情。这些作品自觉地用语言文字来铸牢中华民族共同体意识。

在阅读中，我们不难发现，乡村叙述依然是内蒙古现实文学书写的重头戏，除了上述积极反映新时代“社会主义新农村建设”“脱贫攻坚”“乡村振兴”等主题的作品外，内蒙古乡村书写的旋律中也存在现实的“焦虑”。在新的文学环境之下，雄壮豪迈的“巴特尔”（蒙语中英雄的意思）、尊贵威严的“葛根·呼毕勒罕”（活佛）、神通广大的“博”（萨满）……不再是内蒙古现实书写的重要因子。当迈入新时代的门槛，草原以加速发展的姿态走向世界，草原生态的变化、社会经济的转型，城市化的进程都大大地加速了草原被冲击、濡染和变异的速度，而传统的“游牧”生产生活方式早已转向“半农半牧”、农耕，甚至有些牧民离开牧区走向城市。

而文学作为生命的真实表现形式，内蒙古文学的乡土叙述也从20世纪五六十年代的《春的喜歌》（玛拉沁夫，1954年）、《草原之美》（巴·敖德斯尔，1959年），《花的草原》（玛拉沁夫，1962年）等，到新世纪的《流失的家园》（萨娜，2000年）、《哭泣的草原》（郭雪波，2002年）、《尾随族群的流星》（满都麦，2007年）、《寻找蒙古包》（哈斯乌拉，2009年）、《天上没有铁丝网》（阿云嘎，2011年），再到新时代的《到呼和浩特挣钱去》（白雪林，2012年）、《北京时间》（荆永鸣，2014年）、《印土》（乌·斯日古楞，2014年）、《大风》（张凯，2017年）等，这类作品无不反映传统农业（游牧）向现代化农业（牧业）转变以及城镇化推进的历史演变过程。

现实书写既要介入当下生活，也要有历史的眼光与穿透力。平心而论，我刚一看到《到呼和浩特挣钱去》就禁不住想起了刘庆邦的《到城里去》。事实上，“进城”书写是从《子夜》（茅盾，1931年）开始的，现代文学阶段的书写多立足于文化批判立场，把城市描绘成人性“地狱”，并揭示帝国主义和城市资本的罪恶。至新中国成立后，《我们夫妇之间》（1951年）为代表的“乡下人进城”则更多在“农村包围城市”“接管城市”基调下进行书写。从新时期路遥的《人生》（1982年）开始正视乡村进入现代城市的精神危机。现如今，城市现代进程越来越快，乡村／牧区的过剩劳动力涌入城市“淘金”。《到呼和浩特挣钱去》（后文简称《到呼》）和《到城里去》（后文简称《到城》）都书写了进城的农民/牧民，主人公是两个性格迥异的女性。从现实层面上讲，宋家银们的黯然与挫败更多是源自于他们自身的学识、能力层面的缺憾，或者说这种缺憾会导致他们即使生在城市也很大程度上会沦为社会底层。显然，这是文学不能解决的问题。而《到呼》的情节架构更像是“骆驼祥子”在新时代，乌伦和布和楚鲁从黄土高坡的村子到呼和浩特，先后在小旅馆打工、幼儿园做饭，到骑三轮车卖菜、租门市房卖菜，以回乡养猪创立“一棵树猪场”的大团圆做结。五次转折，除了最后一次外都是被形势所迫，在每个转折的当口屡屡出现“无根”“漂泊”的字眼，同时伴随着布和楚鲁对“抛家舍业”“值得吗”的追问。这对年轻夫妻到呼和浩特是为了挣钱，也有着扎根城市买房的具化需求。他们在城市扎根的愿望一次次受阻，虽然在大量的文本细节中不乏作者对于现代化进程中诸多负面因素的反思和批判，但大团圆的结局冲淡了底层、苦难等现实层面的“城市焦虑”，并在某种程度上降低了小说的现实深度和批判力度。

如果说历史书写中的女性偏重美貌、智慧与高贵，使之可以与男性英雄匹配，并成为他们的伴侣，那么现实题材中的女性则更多地承载了除性别意义外的道德内涵，比如母性、包容、温暖。与1990年代开始城市书写中普遍出现了美丽的“坏女人”形象不同，内蒙古乡土叙述中的女性人物外表可以美丽，但会被赋予淳朴、善良的封印，乌伦（《到呼》）、萨仁（《印土》）等均属此类，她们的美丽更具端庄的意蕴而不具有攻击性，似乎在乡村伦理中美貌不具有价值，美德才是，这显然带有男性作家一厢情愿的浪漫色彩，但也成为新时代内蒙古乡土书写的一大特色。写到这里，我禁不住联想起《半圆的月亮》（阿云嘎，2013年）中年轻的“养蜂女”作为城镇女性进入牧区，当然后来证明她为了骗钱。事实上，对于“留守青年”朝克巴特尔（意为“蒸蒸日上的英雄”）而言，这个放蜂女孩能够赢得信任、骗取金钱并非全是来自年轻美貌的资本，而更多的是源自她的性别，以及留守青年中女性缺乏这一现实。这个名为“蒸蒸日上的英雄”的青年勤奋、正直，吃苦受累却只能勉强温饱，“小谷地”的其他住户都搬走了，“现在的乡下已经没有姑娘了，别说姑娘，年轻一点的少妇都跑到城里，不是当保姆就是当饭馆的歌手”①。小说用了很大的篇幅，写了这个年轻善良的25岁小伙和自己43岁女邻居的日久生情（最后还遭到女邻居儿子的反对没能结合），虽有母性、情感共鸣的加持，却不难窥见文本底层的某种坚硬而又无奈的痛楚。我们不得不承认在面对人间的“世态”、体味人生况味的时候，知识和理智显得多么地苍白而无力，即使隔着文字，现实也总能袒露出坚硬而本质的痛楚，而文本具有了深厚绵长的写实力量。

值得一提的是，内蒙古新时代的乡土书写中对于“留守青年”和城市“老漂族”的书写具有强烈时代写实意义。与阿云嘎娓娓道来式的“生活现场”书写不同，赵卡则措辞彪悍，执拗酷烈，他的《无人幸免》《从细处崩断的绳子》等作品在辽阔的生活中展示惨烈的现实，类似于“山崩式的轰鸣”。《无人幸免》的结尾赵二“像吊着的一个手舞足蹈的木偶”，被氢气球带着“以轻盈的姿态，飞进了辽阔的白茫茫的天空”。不得不说，赵卡的书写颇为悲观，这样一个夸张怪诞的结尾改变不了文本绝望的质地，我甚至禁不住想，飞上天空的赵二是否能看到为了生存正在与人通奸的妻子。这些冷峻的故事把弱者的弱处写得非常彻底，归根到底，世界并不在他们掌控之中，在被污化的现实面前，无人能够幸免。

而同样的题材在青年作家阿尼苏的书写中则更具抚慰性，他的小说写得很恳切，在书写城市与牧区的关系时，他写道：“多年前，城里的姑姑想把我安置在城市，想在企业给我找一份工作。那是我第一次进城，身体和精神总是很容易紧张。并不是城市不好，而是我无法适应。……时光匆匆，我的生活方式已经决然不能改变。没有什么能撼动我的心了。我踏踏实实地当起了牧马人。”（《浩林潮尔》《长江文艺》2022年第4期）城市与乡村都在变，在阿尼苏的笔下也不乏生存的无奈、经济的困窘，而小说主人公孤独又执拗，一如在生活不顺中坚韧的作者本人。阿尼苏的作品读起来情真意切，代入感很强，他的书写与其说是悲抑无奈不如说是温情抚慰。无论是挣扎还是追寻，他用自己的坚守在告诉我们，时代在变、草原会变、人心微妙，但守住自己的本心总不会差。

值得一提的是，张凯的《大风》反映的是2000年以来鄂尔多斯地区的农民离

---

① 阿云嘎：《半圆的月亮》，《民族文学》，2014年12期。

开土地、进入城市，成为新市民的历史，《大风》紧贴社会现实，书写了乡村因为拆迁而“被消失”，然而，人心的动荡在拆迁之前就已经因乡土的变更和沦陷开始了。《大风》颇具寓意，“强风”“飓风”“龙卷风”“和风”“天风”“暗风”……多次出现在故事的重要节点。金钱和欲望就像大风一样刮过原野，只有大地静默。小说平中见奇，围绕着“禁牧、拆迁、放贷”，展开了生态建设、城市化建设，以及农民在时代大风中的心灵蜕变。在大时代中的大变革面前，因为拆迁进入城市成为“新市民”的人们，身份的突然转变并没有改变他们的认知、文化甚至气质，就像温德尔在《女性主义神学景观》中所说，“一个人不能没有历史。在不得已时，他就改写别人的历史。人需要一种连续性，把他们同自己的出身联系在一起，伴随他们走向未来之风险”[①]。作者甚至用“故事一”“故事二”……这种新闻直击方式书写了芸芸众生的闹剧。最后，从“大风起兮”到“迎风高歌”，一切归于平静。张凯和阿尼苏都采用了浪漫的结尾，既正视了新世纪的乡愁，标示了小说精神指向，也寓意中华大地美好的未来。

同时，内蒙古新时代文学中也出现了大量展示城市生活的创作，如荆永鸣“北京”系列，鲍尔吉·原野散文中沈阳的烟火气，还有展示都市女性职场、情感生活的安宁的《艺术学院》（2012年）、晶达的《大猫就是这样逃走的》（2013年）、苏笑嫣的《芥末小姐》（2016年）等。其中，荆永鸣的“北京”系列在学界引起不俗的反响，作品中，内蒙古的故乡已经化为遥远的背景，他并不回避“异乡人”的“北漂”身份，所经营的小餐馆则是其体察世界的窗口。从现实处境上讲“北漂”不易，在很多城市书写中，作家多半把自己定位为“漂泊者”，行文中不乏生活困顿与精神焦灼的书写。难得的是荆永鸣能身处城市丛林却保持一种“平常”的心态和眼光来记叙人生况味：一个“家常”饭馆，一对“寻常”夫妻，一群“普通”人。也许荆永鸣是从饭馆出发抵达人的精神世界，他的作品始终绵延着人间烟火气。小人物们挣扎、困顿、生长，他以或忧伤，或温情的曲调绵延着生命的元气和扎根生活的地气，笑中有泪、苦中有乐。

在某种意义上讲，文学是人类永远的乡愁。当故乡诉诸笔端，是梦中的过去，还是物是人非的家园，这是文学的问题，也是现实的考量。所以鲁迅先生在《故

① ［德］E.M.温德尔著：《女性主义神学景观》，刁承俊译，生活·读书·新知三联书店，1995年版，第42页。

乡》中失望地发现曾经那个月光下的捕猹少年英雄变成了“辛苦而麻木”的中年闰土。事实上，故乡更多是城市“漂泊者”精神的皈依和灵魂的栖息地。新世纪初，萨娜作为“漂泊的书写者”创作了《走向遗忘深处》等作品，以进入城市“漂泊”的女性为主人公，小说多以故乡及草原汉子给予在城市飘荡的女性以情感和身体上的救赎作为结尾。显然，这种颇具浪漫色彩的书写在新世纪《老家有多远》等作品中被解构了，主人公“我”生活在城市与乡村的夹缝之中，对家乡和城市的情感也复杂而摇摆不定：“我”生活在城市却不是城市人，而在老家的乡亲眼里“我”又是“城里人”。通过老家的“不省心”的亲人，“我”一次次地与老家产生牵绊并进入乡村内部：选举、上访、小煤矿、养牛……，“这些年我每次回老家，不是给父母上坟，就是为故去的亲人送葬——差不多都是跟死去的人有关，……难道，这就是老家所赋予一个游子的全部意义”[①]？“我”无法真正地回归，乡村的悲喜闹剧告一段落，故事也就结束了，一直处于生命困厄的二姐信奉一种不知名的宗教，每天祈祷的内容“米来了，面来了”，在虚妄的生命满足中得到平静，这种扎根在生活中写实，幽默又不失力量。而“我”的归来最后注定是要离开，小说的结尾，故乡在我们的前进中后退，最后“一片模糊”。无独有偶，李文俊的《遥远的敖特尔》（2020年）中也书写了那“回不去的故乡”。

此外，还有反映城市“老漂族”精神困惑的《草原人在菜市场》（阿云嘎，2016年），关注留守儿童和留守老人问题的《所有的灵魂都到河里去了》（晶达，2016年）、《空心村》（李樱桃，2016年）等。在“多民族文学”“中华文学”“铸牢中华民族共同体意识”等多元语境中，内蒙古新时代文学从不同侧面参与到现实文学书写之中，聚焦社会现实，呼应时代主潮，关注乡村（牧区）新变化并积极进行审美的重新创造，对城市也进行从容多元的表达，展示多彩的民族生活和人物命运。多民族作家们在抒发勤劳、善良、顽强的时代精神的同时，也正视乡土文明的衰落，将人的情感置于大时代变革的背景下，或反映时代变革，或展示伦理冲突、呈现情感困顿，或反映人民新时代、新诉求，现实感和问题意识很强，都为中华民族提供了丰富思想资源，显示了新时代内蒙古文学的胸怀和担当。

① 荆永鸣：《老家有多远》，作家出版社，2013年版，第231页。

三、新时代内蒙古文学的自然写作

进入新时代，人对自然的认识和实践都发生了历史性的变化。党的十九大报告指出："人与自然是生命共同体，人类必须尊重自然、顺应自然、保护自然。"出现了一大批记录美丽中国进程、展现新时代美好生活、贯彻生命共同体理念的生态文学创作，成为新时代文学中的亮丽风景。草原文明是绿色文明，"崇尚自然"是草原文化的核心理念，自然崇拜思想是草原文化的精髓，草原作家重视生命个体的体验，以及与自然之间的生命呼应。甚至可以说，内蒙古文学的生态观念在整个中国当代文坛是突出的，从20世纪40年代开始，纳・赛音朝克图《沙原，我的故乡》（诗歌，1947年）就已经涉及草原生态的内容，齐木道尔吉、玛拉沁夫、阿・敖德斯尔、扎拉嘎胡等生长在草原的作家较早地书写了人和自然之间的关系。"在前草原时期的十七年中，这些描写一般都充满着浪漫的诗意情调"[①]，这种情况一直延续到1980年代初。此后，草场退化沙化、滥垦滥伐过度开发等生态破坏失衡等被普遍地写入小说，满都麦、乌热尔图、阿云嘎、孟和等作家从人与自然、人与动物等角度阐述大自然的创伤、环境危机等问题，并自觉用绿色生态理念建构"诗性地理"，对人类进行精神救赎。新世纪前后，出现了大量反映生态问题的小说。新时代以来，内蒙古文学对生态的认识不断深化，作家们的关注视角也在发生改变，生态文学的内涵外延持续拓展，内容形态更加丰富多样。肖亦农的《毛乌素绿色传奇》（报告文学，2012年）、满都麦的《骏马・苍狼・故乡》（2015年），阿云嘎的《草原上的老房子》（2015年）、鲍尔吉・原野的《草原书》（散文集，2017年）、艾平的《聆听草原》（散文集，2018年）等，2021年，《草原》第一期率先开设"自然写作"栏目，联合国内众多著名作家、评论家，倡导自然生态文学的创作，内蒙古文学在新时代文坛上掀起了一股"绿色"风潮，并以卓异风姿参与着中国当代文学的话语建构。

也许是扎根在蒙古高原的缘故，除去地域性、民族性的坚硬内核之外，自然生态是内蒙古草原文学书写的底色。其书写自然天成，虽不乏现代与传统、农业（牧

---

① 黄薇：《内蒙古本土小说研究：1990—2016》，远方出版社，2017年版，第13页。

业）文明与工业文明的对立，但更多的是从日常生活出发，温厚地娓娓道来，将草原的生机和诗意注入其中，自然与人融为一体，而对自然的敬畏和珍爱则是与生俱来的，“他是草原生态的见证人，也是草原历史的见证人，草原的故事和细节已经长在了他的身上”[①]。作品中传达着人应该懂得敬惜自然、热爱生命、万物和谐共生的观念。从这个意义上讲，内蒙古新时代的生态书写更接近自然文学。

我们不难从内蒙古新时代的自然书写中发现其坚定的民族文化立场，以及对民族的生活传统的坚守。此外，格日勒其木格·黑鹤的《黑焰》《鬼狗》《黑狗哈拉诺亥》《血驹》《叼狼》，许廷旺的《火狐》《牧羊犬阿立斯兰》《雄豹》《头羊》等生态小说[②]中，动物成为小说书写的主人公，其中不乏把动物人化的描摹，展示动物们的欢欣、恐惧和痛苦。正如生态学家史怀泽所言“人应当与宇宙建立一种和谐的精神关系，而且这个世界中的整个生命现象都应当是统一的，也就是说，不同生命之间应当休戚与共”[③]，格日勒其木格·黑鹤的作品倾注着生命对生命的体察与关切，博大之心不时流溢于作家笔端，渗透着作家敬畏生命、万物平等的生态伦理情怀。就作者与自然的关系而言，与其说是审视、进入，不如说是融入、回归，行文中蕴含着民族文化的哺育以及对自然真诚而深沉的爱意，他用质朴而纯真的语言为我们建构了一个“自然世界的乌托邦”。由于篇幅的所限，此处就不加以赘述了。

总的来说，内蒙古作家以其自身独特的艺术视域、平等包容的精神指向，以及多元的艺术探索，达到了中国生态文学创作较高的水平。在这个意义上讲，新时代草原生态文学的书写的意义不仅是对自然生态危机的警示，对过剩的物欲给予的“棒喝”，而是对生命的栖息地的珍视与呼唤。

---

① 艾平：《文化是大树根基下的湿润》，《文艺报》，2019年4月3日。

② 学界也把黑鹤的这类以动物为描写对象的小说称为“动物小说”，但笔者还是把它们纳入生态文学的研究范畴。

③ 阿尔贝特·史怀泽：《敬畏生命》，上海社会科学出版社，1996年版，第88页。

内蒙古当代小说中的草原书写

赵富荣

一　美丽草原与革命理想主义

新中国成立之初，随着新中国的成立而展开的大规模的社会主义革命和建设事业，召唤和吸引着作家去体验新生活，讴歌新时代，表现新人物。内蒙古小说立足本土，以“回顾革命史，歌颂新生活”为主题涌现出一批具有代表性的作品。长篇小说有玛拉沁夫的《在茫茫的草原上》（上部），扎拉嘎胡的《红路》《草原雾》，乌兰巴干的《草原烽火》等。中篇小说有纳·赛音朝克图的《春天的太阳照耀着乌珠穆沁草原》，朋斯克的《金色的兴安岭》，敖德斯尔的《草原之子》。短篇小说集有玛拉沁夫的《春的喜歌》，敖德斯尔的《布谷鸟叫了》，安柯钦夫的《草原之夜》，扎拉嘎胡的《小白马的故事》等。这些小说中，草原是人物活动的自然背景，草原更是意象和象征，广阔的草原在作家笔下是美的象征、力的源泉。

在回顾革命史的作品中，草原是祖国母亲的化身。“呵！草原——我们慈爱的妈妈！为了你，你的儿女们在战斗着、前进着，虽然他们身上血迹斑斑，但是他们充满了胜利的信心！他们站在你那壮阔的身躯上，迎接着黎明的曙光。”[①]草原风

① 玛拉沁夫：《玛拉沁夫文集》（第三卷），广西教育出版社2006年版，第310页。

景变迁，严寒酷暑，冬去春来，一批批革命者投身其间，迎来了内蒙古自治区的成立，迎来了新中国的诞生。草原成为英雄儿女寄托革命理想与革命精神的世界。“深秋了，从天空到草原都显得格外辽阔。赛罕乌拉山山峰的积雪，闪着耀眼的光彩，好像是戴着银盔的将军，巍然挺立。南山坡上，长满了松、柏、槐、杨、柳，在阳光的照射下，翠绿与金黄相映，好像铺满了灿烂夺目的锦缎。秋营地上的蒙古包，像一个个闪光的水泡；橙黄的牛群和洁白的羊群，向无边无际的草原慢慢地撒去。”[①]1947年至1966年间，玛拉沁夫、敖德斯尔、朋斯克、扎拉嘎胡、安柯钦夫等草原作家，以自在而清丽的风景书写，以高亢的格调、粗犷的风格，真实反映了社会主义革命和建设时期的豪迈气魄和壮丽豪情，完成了内蒙古大地社会变革的形象化编年史。“早期的‘颂歌’关注的是宏大的、具有‘崇高美’的自然物像，比如太阳、月亮、星星、江河、高山、大海。这些巨大的自然物像对应的是最崇高的现实主题、政治事件和政治人物，如‘风暴—革命—战争’‘太阳—领袖—党’‘大海—人民’‘土地—母亲—民族’‘高山—青松—英雄’等等。”[②]这一时期，内蒙古的草原书写也和全国文学创作基本一致。回顾革命史，讴歌新生活的书写内容决定了这一时期草原书写以质朴、明朗、热烈、高昂的主导风格，表达激情澎湃的革命理想主义。“巨大的自然物像对应的是最崇高的现实”，风景话语与现实语境紧密相连。“弥天的乌云一团一团地向南飞去，草原的东边天际显出了黎明的光；遍地的花朵微笑着抬起头来，鸿雁在高空歌唱。太阳出来了。”[③]“太阳出来了”是作家们的共同心声，他们欣喜地迎接新中国的诞生。许多内蒙古作家是放下枪，拿起笔。他们用比较高亢的调子、比较尖锐的斗争事件、比较鲜明的色彩塑造英雄人物，真诚地书写内心的激情和积极向上的时代精神。这时的草原书写用“太阳—党”“草原—祖国—母亲”“骏马—鸿雁—英雄”较为明晰化、固定化的象征体系，展现着草原书写地域性、民族性的特征，将对新生活的歌颂文学化、抒情化、精致化，诗意的草原书写让全国文坛瞩目。

美丽草原的书写一直是内蒙古小说的文脉传承。“文革”十年，遍地风暴，冯苓植的长篇小说《阿力玛斯之歌》《神秘的松布尔》，照日格巴图的长篇小说《铁骑》，张长弓、郑士谦的长篇小说《边城风雪》仍旧延续着“十七年”草原书写的

① 敖德斯尔：《敖德斯尔文集》（第一卷），内蒙古人民出版社，2008年版，第92页。
② 张柠：《再造文学巴别塔1949—1966》，广东教育出版社，2009年版，第248页。
③ 玛拉沁夫：《玛拉沁夫文集》（第三卷），广西教育出版社，2006年版，第18页。

优良传统。1980年代，敖德斯尔的长篇小说《骑兵之歌》、张长弓的《漠南魂》、额尔敦扎布的《伊敏河静静地流》，1990年代，扎拉嘎胡的长篇小说《黄金家族的毁灭》，21世纪，萨仁托娅的长篇小说《静静的艾敏河》，一直到2018年出版的肖亦农的长篇小说《穹庐》，记述布里亚特蒙古部落东归祖国的艰难历程，仍旧洋溢着浓郁的家国情怀。草原上涌动着的英雄主义的情怀感召着一代代作家或回望历史人物，或面向现实英雄，以宏大的叙事，承继着内蒙古文学理想主义的激情，书写那些点亮历史，有理想、有信念、执着前行的人。

二　写意草原与激情理想主义

80年代初，政治上逐步走向开放，经济上逐渐走出贫穷，文化上走向自由。整个社会文化呈现出积极向上的态势，充满个性和自由的理想主义精神开始复归。草原书写在牧歌悠扬中重塑理想与激情之梦。这一时期的代表作品除了上文提到的长篇小说，中短篇小说有冯苓植的《驼峰上的爱》，白雪林的《蓝幽幽的峡谷》《吉荷德尔》《拔草的女人》《成长》，邓九刚的《驼道》，路远的《牧歌》《在马贩子的宿营地》，满都麦的《玛雅特老人》，力格登的短篇小说《生活的逻辑》，阿云嘎的《“浴羊”路上》，等等，都是这一时期写意草原的代表。

《驼峰上的爱》《在马贩子的宿营地》《牧歌》中，草原成为故事情节发展的见证者和推动者，荒野大漠、戈壁草原，人们承受着大自然的淬炼和抚慰，有粗粝朴拙的一面，更有柔情似水的一面。爱的寻找和回归就是在这宏阔的、色彩绚丽、变幻的风景中展开。《蓝幽幽的峡谷》《成长》《大漠歌》《“浴羊”路上》的景色描写推动情节发展、塑造人物形象、调节叙事节奏、营造诗意氛围，成为草原小说意境生成的重要手段。《“浴羊”路上》在优美、明丽、欢欣的草原背景下，展现了天真、淳朴、友谊、青春、成长等温暖的记忆。“一座明沙坡上，羊群静静地卧着。羊儿的倒嚼声，草丛里的虫鸣，像一曲柔和的音乐，使戈壁之夜变得更加迷人。……我们捉迷藏，‘捉特务’。”[①]懵懂少年与草原夜色自然交织，情感变化与自然景物

① 阿云嘎：《“浴羊”路上》，《民族文学》1988年第1期。

相互感应和契合，呈现出诗意的色彩。《蓝幽幽的峡谷》中，人物的心理与景物描写以及读者的心理联系在一起，营造诗意的氛围；人与狼的大战，是在“夏夜的天空多么美呀，月色那般柔和明亮，星星又是那样的细密”[①]的描写之后展开的，欲扬先抑，调整文章的节奏；而在“峡谷蓝幽幽的，寂静得像沉入了海底”[②]的一唱三叹中，故事渐次展开；善良与邪恶的对峙，尊严和爱情的呼唤，主题渐次升华。结合《拔草的女人》《吉荷德尔》《成长》以及后来的《霍林河歌谣》，白雪林的风景话语中有高高的额尔敦山，哗哗流逝的霍林河，乌云散尽后璀璨的星河，红犍牛拉的勒勒车，成群的白底红花牛像一团团彩云飘过；有微微颤抖、忧伤动人的歌声，澎湃热烈的闲话，木头疙瘩般睡一宿的人们；他的风景话语和草原上男人、女人的命运联系在一起，和山峰、河流、星河，以及牧村的味道融合在一起，成为了1980年代写意草原的重要建构者。这些书写中，草原仍是母亲的代名词，但和1950年代的祖国母亲不同，草原也成为勇敢、仁慈、坚韧的人文精神的象征。之后，张秉毅的《黄土高坡》、王建中的《准格尔女人》、谷丰登的《酒鬼》等小说进一步追求小说的意境生成，人物诗化、景致画面化、笔法散文化，进一步丰富草原书写的写意特征。

1980年代初的草原书写，在内容上“普遍选择凡人小事、杯水风波一类的小题材，以及专注于个人情感、情绪的剖析，揣摩道德自我完善的心理变化轨迹的特点，使蒙古族传统文学也包括前草原小说中的理想主义、英雄主义的因素和成分减弱和衰微了”[③]。和50年代的草原小说相比，内容的改变让草原书写从美丽草原向写意草原拓展，和时代氛围相契合，这一时期的草原书写有着更多激情理想主义的气息。《蓝幽幽的峡谷》中的扎拉嘎是“地道的蒙古族硬汉”，他能打狼，能担当。为了维护作为人的价值和尊严，离开村子，来到峡谷；为了补偿杜吉雅高尚的情感，牺牲自我，又一次离开。他在离开峡谷之前，“一种对狼的仇恨，一种上升到对世界上邪恶势力的仇恨，一种对于善良的呼吁”[④]促使他与狼进行了一场殊死的搏斗。扎拉嘎是十年“文革”后一个具有激情理想主义气质的新人形象，体现了惩恶扬善、伸张正义的时代精神。《牧歌》中的塔拉图放弃城里优越的生活，在草原上寻找自己的位置。深爱的少女投入了别人的怀抱，他痛苦不已。对草原的爱，对

① 白雪林：《蓝幽幽的峡谷》，《草原》，1984年第12期。
② 同上。
③ 黄薇：《城市化进程中的蒙古族小说——自省小说分析》，《内蒙古大学学报》，2001年第6期。
④ 白雪林：《蓝幽幽的峡谷》，《草原》1984年第12期。

科学事业的爱，让他战胜了失去的爱情的痛苦。收养恋人的孩子，孤独而坚决地走着人生的长途。暴风雨吞噬了他的生命，但被爱扩大了的胸襟，被爱高扬起的灵魂，在草原上被人们永久地传唱着。[①]《在马贩子的宿营地》讲述以德报怨的故事，赞颂西热图草原纯净的人心。《驼峰上的爱》饱蘸着浓厚的感情，热情讴歌人与动物、人与人之间的大爱，思考并力图回答人性与爱的问题。1980年代的草原书写在牧歌悠扬中高扬着爱的颂歌，浓郁的情感，激情理想主义气质，延续着草原书写阳光、激情、温暖向上的情怀。

写意草原也是内蒙古文学的重要传统。孙泉喜的《牧村》，阿尤尔扎纳的《一个人的戈壁》《密密的胡杨林》，吉日木图的《月亮凹》，以深沉的诗意情怀，展示眷念中的理想生活。晶达的《所有的灵魂都到河里去了》用唯美、诗意的笔触关注留守老人和儿童，以乐景写哀景，倍增其悲悯之情。这些小说在艺术手法上拓展了草原写意的无限疆域。

三　记忆草原与现代性反思

20世纪80年代中后期和之后一段时期，随着改革开放的深入，社会转型的历史变革与深固传统之间的冲突日益明显。草原书写从创作倾向上而言，在理性上接受社会的变革和进步，在情感上充满了怀旧的光芒。内蒙古作家在记忆草原和现代性批判中，着力弘扬传统文化，寻找精神的栖息地。乌热尔图的小说《一个猎人的恳求》《琥珀色的篝火》《七岔犄角的公鹿》，满都麦的《三重祈祷》，阿云嘎的《大漠歌》，哈斯乌拉的《虔诚者的遗嘱》，杜梅的《那尼罕的后裔》等小说是这一时期记忆草原的代表作品。

乌热尔图的风景话语与民族心理、民族生存环境融合在一起，充满了挽歌式的怀旧色彩和忧郁笔调。“林子真好。天挺蓝挺蓝的，没有雾，也没有风。山坡上的雪真白，林子里静悄悄的，松树和桦树好像都在做着梦，准是美好的梦，也许它们正等待我来唤醒它们。”[②]在这安静的林子里，我欣赏着七岔犄角公鹿，

① 参见路远：《在马贩子的宿营地》，作家出版社，1988年版，第4页。
② 乌热尔图：《七岔犄角的公鹿》，《民族文学》，1982年第5期。

“它那一岔一岔支立着的犄角，显得那么倔强、刚硬；它那褐色的、光闪闪的眼睛里，既有善良，也有憎恶，既有勇敢，也有智慧；它那细长的脖子，挺立着，象征着不屈”[①]。公鹿身上有着鄂温克人的灵魂。《琥珀色的篝火》中，尼库看到三个迷路人的脚印，便不顾病重的妻子和年幼的儿子，顺着脚印去寻找、救助迷路人，他“仰起头，望着遥远的蓝天。它是那么蓝，那么干净。他觉得这块蓝天现在离他并不远，一点也不远。他心情变得明朗，变得痛快，变得舒服了。他忘掉了一切忧愁”[②]。乌热尔图用记忆中的风景话语再现民族风情图画，在回望中极力张扬传统文化中崇高、昂扬、向上的一面，诚挚的认同中带有浓烈的浪漫气息。满都麦的记忆草原里有神奇漂亮的白马，“铁蹄下面迸射着火星，箭一样向这边驰来”[③]；有熊熊燃烧的火焰，“从火产生的时刻以来，我们毡帐之民就把它接到蒙古包里，千百年来守护着它，延续着它”[④]。火是民族的信仰，蕴含着天地的生生之德。马与祖先的丰功伟绩、与时运和吉祥、与超拔向上的民族精神联系在一起。火和马作为民族精神的图腾，连通着被现代化进程所冲击的文化传统和历史根基。《大漠歌》中，吉格吉德“只觉得耳边狂风大作，天昏地暗，他做牵驼人以来第一次迷了路；路断了，路被沙浪淹没了，路在他面前消失了。驼群在惊恐地呼号，他必须找到那条路，或者以牵驼人的坚韧的毅力与勇气，去另外走出一条路来”[⑤]。这一时期的草原书写用一系列富有意味的风景符号与自己民族文化本源保持着血肉相连、休戚与共的联系，在记忆草原中探求现代转型的途径和民族的自我更新。

记忆草原的书写内容指向现代性的反思。“《琥珀色的篝火》中，即便妻子塔列病重急于下山救治，但是猎人尼库还是遵守了鄂温克人对于迷路者的救助传统……尼库的举动并不是出于某种外在道德的指引，而是作为内在律令体现出来。他在初秋雨夜密林中生起的琥珀色篝火，是内在光芒的焕发，它照亮、温暖迷失者的身体和心灵。”[⑥]乌热尔图在变迁和伤痛的记忆中，“返回传统中寻找‘种族之根’和

① 乌热尔图：《七岔犄角的公鹿》，《民族文学》，1982年第5期。
② 乌热尔图：《琥珀色的篝火》，《民族文学》，1983年第10期。
③ 满都麦：《满都麦小说选》，作家出版社，2005年版，第229页。
④ 满都麦：《满都麦小说选》，作家出版社，2005年版，第230页。
⑤ 阿云嘎：《大漠歌》，《民族文学》，1986年第6期。
⑥ 中国作家协会编：《中国梦的多民族文学书写：2013·中国当代少数民族文学论坛论文集》，作家出版社，2014年版，第55页。

'道德之气'，用以解救当代城市文化的堕落以及现代人的精神困惑"①，寻求民族现代化的支撑点。《三重祈祷》的主人公苏尼特受喇嘛蛊惑，活着的时候，夹在爱人、恩人、儿子之间备受折磨；死了以后，灵魂也不得安宁，仍在忏悔、自责，为她生命中的三个男人祈祷。苏尼特的悲剧暗示了喇嘛教对人及人性的压制和腐蚀，表现了其极端残酷和阴暗的一面。不仅如此，小说更深刻的寓意在于，"把蒙古民族走向衰微的历史原因归结为接受喇嘛教的精神奴役"，"彰显出对喇嘛教精神统治的彻底否定和呼唤人性、爱情、民族之运的价值取向"②。满都麦在回望中揭露民族文化的因循与落后，强调民族文化吐故纳新，表达的是民族的革新和求变诉求。《大漠歌》"是对牧民文化现状的整体写照，拒绝适应现代工业文化会导致自身衰落，失去发展契机，但是跟进意味着迷失自我甚至是一种文化形态的消亡，站在现代化门口的忧伤回望是当代牧民们的真实境遇"③。大漠恶劣的自然条件、奇崛的自然风光，与牵驼人不屈服的坚守传统的精神品格融为一体，形成对现代化的一种偏执抵御，对民族传统延续下来的文化价值的悲壮守护。

现代化进程推动了内蒙古小说由一般性故事讲述走向人的心理和精神层面的深刻描写。草原书写在传统清新刚健之风、昂扬向上的情感基调中注入了忧伤深沉的气息。进入21世纪，萨娜的《多布库尔河》，阿云嘎的《草原上的老房子》，孙泉喜的《北方原野》，空特勒的《猎人与麦子》，海勒根那的《骑手嘎达斯》等小说仍在记忆草原和现代性反思中寻找精神的栖息地。《多布库尔河》关注民族生存的困境以及民族在前行中的迷茫，书写着一体化进程中身份认同、文化认同的挫折感和纠结情绪，揭示民族在转型过程中所经受的巨大心理黑洞，当"人与土地的关系破裂之后，生命无处扎根、灵魂无处落实、心无处皈依的那种巨大的空旷和寂寞"④。面对他乡的陌生化和他者性的存在，存身处未必是心安处，现代性的痛苦裂变将长期伴随着人们。

---

① 王庆生：《中国当代文学史》，高等教育出版社，2007年版，第388页。
② 马明奎：《游牧文明的忧思——满都麦小说评论选》，远方出版社，2013年版，第69—71页。
③ 丁琪：《当代蒙古族小说：以游牧文化魅力彰显文学特色品质》，《文艺报》，2017年8月25日。
④ 谢有顺：《文学及其所创造的》，海峡文艺出版社，2016年版，第67页。

四　荒漠草原与大德无言的生存

1992年，党的十四大提出了进一步解放思想、加快改革开放的步伐，建立社会主义市场经济的任务。计划经济向市场经济的转型带动了中国社会各方面的转型，生存方式的更替，价值观念的变迁，给社会生活和人们的思想观念带来了极大的冲击。草原书写面对急剧的社会变革，市场化、商品化的冲击，在参与、体验、逐渐认同的过程中，寻求引导、启示和转化的契机，寻求超越性和实践性相结合的精神依托。阿云嘎的长篇小说《有声的戈壁》《燃烧的水》，海德才的长篇小说《遥远的腾格里》，娜仁高娃的中短篇小说《醉阳》《热恋中的巴岱》《雌性的原野》《马楠河左岸》等则从美丽草原、诗意草原、记忆草原走向荒凉的戈壁大漠，面对生态困境、人文困境，开启了荒漠化的草原书写。

《有声的戈壁》的风景话语是大漠。沙漠步步紧逼，生命家园日渐缩小，这是人类近几百年贪婪地、无计划地开垦草地荒原的恶果。市场经济极大地鼓动起了人的贪欲，为了获得巨大的经济利益，戈壁上还要建立麻黄厂，蓄水和固沙的最后一点植被也要被铲除。为了活下去，来自黄土高原的流浪汉们也在戈壁上盗古墓、挖药材、抓藏羚羊、抓野骆驼。小说中反复出现一个背景性的细节：一座古城被流沙掩埋。流沙将掩盖一切，戈壁人也将成为无家可归、无所依托的“流浪汉”。《燃烧的水》写大漠深处三代人为开发石油给草原带来的破坏性影响。赛西亚和郎和为了开采石油，觊觎王府的财产，手上血债累累；丹巴、桑嘎为了增加牧民收入，建起了炼油厂，草原上高楼矗立，但草原生态遭到毁灭性的破坏；青巴图为寻找埋在大漠中的宝藏，抛弃爱情、幸福和生命。大漠的风暴、油田的大火埋葬、烧毁那些贪婪、堕落的人。尽管如此，“重建炼油厂的工程很快启动”，草原的物质生态和人文生态仍面临着修复和重建。

阿云嘎并不拒绝发展经济，他以民族文化代言人的身份，书写着现代文明及其价值观念给环境生态、人文生态带来的影响。《燃烧的水》中追求无限欲望的三代人，付出了人生幸福和生命的代价。如果只关注经济发展，“无限向前，却是无限的不满足与无休止。此将是人生之苦痛与祸害，绝非人生之幸福与理想”[①]。《有声的戈壁》以寻找生活，寻找信仰来指向现代性的反思、民族精神的坚守以及现代文明的精神建构。戈壁女人嘎比拉按照本性建立起的一种习惯，也就是信仰，救助那木拉，抚养流浪汉的孩子阿米坦（有生命的意思），喂养野驼羔，用母性的柔情对待一切生灵。无论自然生态、人文生态如何凋零、凋敝，她所代表的民族精神和信仰，仍在大漠戈壁中散发着诗意的神性的光辉。戈壁上也有古城，连通着历史，连通着敬畏苍天的信仰；有地声，用大地的愤怒来警示、惩戒人的贪婪。阿云嘎面对荒漠的严峻书写仍秉持着“浪漫”的基调，散发着诗意的情怀。他在不动声色地书写分崩离析的现实时，实质精神归向诗意的大漠和大漠般的男人和女人，他们将以大德无声的信仰救赎这片土地，用民族文化的内在精神抗拒现代工业主义带来的环境危机和人文危机。《遥远的腾格里》中，大漠叮当的驼铃声、银杉树橘黄的叶子、巴音淖尔湖萧索的芦草，乃至穆吉朗寺的铜钟、几百名喇嘛的诵经声、悠长的法号、九十九盏“朱拉”佛灯、九十九座香炉佛烟缭绕等等，所有细节，都同葛根一生在信仰和情爱之间挣扎，所承受的沉痛的精神悲剧相融合。作者对于神秘庄严的宗教氛围的描摹，揭示了大漠人对于信仰的尊崇，喇嘛行医的善举，指向行善救赎的精神旨归。娜仁高娃的小说从家乡库布其沙漠出发，书写沙漠深处人的绝望、欲望，以及温暖的回忆，以个体映射出群体的命运和悲欢。《醉阳》里，一生相守的老夫妻对一切事物理解之后的超然，对善和恶一视同仁，用悲悯的目光看待世界。《白驼》中，守护母亲和白驼骸骨的老喇嘛就是守护祖宗、守护传承民族精神的文化。《马楠河的礼物》《巴岱的爱情》《雌性的原野》书写孤绝的大漠中隐秘的性冲动，更书写着人的孤独。作为年轻一代的书写者，娜仁高娃无论是书写温暖，还是冷硬，都小心珍藏着民族精神中那些具有永恒价值的品质。

五　图画草原与被遗忘的存在

1990年代以后，内蒙古作家也把现实生活中的人们经受的不安、奔突、撞击和重组，特别是人们所经历的情感彷徨、性格扭曲、行为变异尤其是观念裂变的心

①《中国学术文化九讲》，钱穆讲述、叶龙记录整理，天地出版社，2017年版，第142页。

路历程，给予相当多的描绘。季华的《朵伦的故事》追问传统价值破碎之后的重建，荆永明的《狭长的窑谷》是当代草原农民在金钱面前困惑不堪的文化危机，肖亦农的《同路人》追问“我”在哪里。这些小说都是在改革中面临新旧观念的撞击后，把艺术的笔触探伸到人物的精神世界的书写。这一时期，最有代表性的是黄薇的小说《影子》《流浪的日子》《血缘》，书写当代草原青年的焦躁不安和愤世嫉俗，集中反映了草原书写在风景话语、书写内容和审美方面的拓展。①

黄薇的小说中，人物生活的地理空间在城市，但草原依然是他们魂牵梦萦的故乡。《血缘》中的草原有绿色的太阳、紫色的牛羊、红色的草地、活了的白雾，这是变异的、奇特的、怪诞的草原。而且，这个草原独立于作品的情节之外，以“图画”的形式出现。草原不是城市里生活的蒙古人生于斯、养于斯，血乳交融的家乡了，草原已成为远远眺望着的图画，成为民族、祖先、根基的象征。图画草原表现出城市蒙古人在城市中边际化的生存状态和没有根基的恐惧。这种飘零和悬浮，是对无根的现实生存的延展和扩充，像米兰·昆德拉所说，是“对被遗忘了的存在进行探究”。黄薇书写存在，书写一种可能性的现实，一种被民族、被文化、被草原遗忘的存在。

小说《流浪的日子》从灵魂的“流浪”切入，追问血缘。德吉说，“你必须坚信自己的血缘。你必须知道自己是谁。但他真的坚信吗？他也说不清。世界上根本没人能说清血缘、血脉的秘密”②。在变革的浪潮中，血统的面目日渐模糊、混沌、消散，根在哪里？人们“始终在人魂灵和精神之中拷问自己血统、血脉的‘根’，始终茕茕不息着关于‘我是谁’的诘问和反省”③。黄薇称自己的小说是“自省小说”，并把这种“自省小说”看作一种“寻根”意义上的小说，是“对由于失去本民族显性标志而感到的惶惑和失落，以及对无以表现和证明自己民族身份的反省与忏悔”④。在城市生活的蒙古人，寻找血缘、血脉、根基，就是寻找自己的归属、群体以及被群体所认同的行为。“我是谁？”“我从哪里来？”这样的追问，是追问民族身份，更是人类下意识无根的焦虑和生存困惑的追问。

黄薇的小说里没有草原书写中一贯秉承的激昂向上的理想主义精神，以图画形

① 参见阚小琴：《草原画卷的多彩描摹和审美超越——对1978年—2007年内蒙古中短篇小说的几点思考》，《内蒙古自治区第十届文学创作“索龙嘎”获奖作品》（上），远方出版社，2015年版，第462页。

② 那顺德力格尔主编：《遥远的草原》，作家出版社，1999年版，第391页。

③ 黄薇：《自省小说的反省意识：传统与现实的冲突》，《草原》，1996年第8期。

④ 同上。

式出现的草原，展示着无根的存在，散发着忧郁、凄凉的调子。她的小说借鉴现代主义的手法，在"叙事圈套"中虚构故事，书写恐惧、焦虑、绝望与死亡。故事侧重对外部世界的不真实的描绘，偏于情绪性和非常个人化的感觉方式；用梦幻和下意识进行写作，有意识将作品的背景和时间混淆，给人一种不可捉摸、不可把握的感觉；"人物被改变成一个角色、一个在虚构空间和似是而非的现实中随意出入的角色，人物、叙述人和现实中的作者，经常混为一谈"①；小说叙事自由变换，几个故似乎随意联结在一起，互相映衬，充满了神秘、宿命和感伤的氛围。黄薇以个体的感觉写作、引入了现代性的书写技巧，对于草原书写的艺术探索是独树一帜的。

六　神奇草原与超越之精神

1980年代，理想主义文学肯定了人的存在、价值和尊严，把人从1950年代的政治文化中解放出来；1990年代，在市场经济的助推下，以利益为中心的物质文化把人推向了更为严重的异化之中。进入新世纪，解放了的自由精神和禁锢人的社会文化的矛盾，必然激起精神对现实的超越，激起自由心灵对有限存在的超越。这一时期的小说面对广袤的地理空间，超拔了大地和大地上劳作的男女，或回到心灵，或向着天空，书写着不同时期人类的梦想和存在，草原书写走向了具有崇高感的严肃书写。冉平的《蒙古往事》、冯苓植的《忽必烈大帝与察必皇后》、阿云嘎的《满巴扎仓》、路远的《布里亚特女裁缝》、肖睿的《生生不息》等长篇小说，以及白雪林的中篇小说《霍林河歌谣》《巴尔虎情感》都是这一时期的严肃书写的代表作品。

从风景话语而言，《蒙古往事》《忽必烈大帝与察必皇后》回到梦想和神奇的历史草原，在群雄并起，逐鹿纷争之时，一批改变历史进程的人物在这片草原上用金戈铁马书写恢弘的蒙古历史，书写人类的梦想和存在。《满巴扎仓》《布里亚特女裁缝》的草原是记忆草原，也是象征性的草原。小人物或为民族利益，或为个人生存，在广袤的草原中艰难前行。《巴尔虎情感》中，行将就木的老人教孙子打旱獭、打狼、擀毡子、做蒙古象棋、做蒙古包、做勒勒车，追忆似水年华，把往昔的美好化作了永恒，

① 陈晓明：《中国当代文学主潮》，北京大学出版社，2011年版，第342页。

再现了一个日渐远去的神奇草原。《生生不息》中，那些“神秘的、未知的以及不可能把握的东西”藏在绝域苍茫的大漠里，吞噬一切的黑风暴里，有着长生天神迹的尚喜树上，以及森林和草地里。而且，这些带着崇高性的风景话语启发了心灵。阿茹娜在尚喜树的枝叶里明白了在抗争中痛苦地生长才是生命的真相。她与沙漠抗争，与“大旱”抗争，与命运抗争，成全了毛乌素沙漠变绿洲的梦想；与杰克的毒品抗争，与宏博的金钱抗争，也与阿木尔这个“骗子”抗争，成全了人心的绿洲。“凡是他的幻想所能想象的，都靠着信仰实现了。”[①]毛乌素郁郁葱葱，毛乌素活了，毛乌素人有了灵魂。

从书写内容而言，《蒙古往事》“最可贵的品质之一，是呈现事实背后的心灵跋涉”[②]。父亲面对狼群的镇定，母亲诃额伦的担当，妻子孛儿帖的支持，伴当者勒蔑、博尔术的不离不弃，以及义父王罕、安达扎木合的离弃，都是成吉思汗成长中的力量。一代伟人，就是在忠诚与背叛、仇恨与战争中，经历了残酷、强悍的生存真实和心灵苦难后走向成熟的。《蒙古往事》从就历史写历史事件的局限中走出来，通过想象，写出了一群人的灵魂的秘密和精神的奇迹，展示个人的梦想和存在，展示人类的梦想和存在[③]。《巴尔虎情感》中关于蒙古象棋的细节叙事极具文化意味。蒙古象棋中，“狗就是蒙古人的儿子”，因为狗忠诚；下棋时，黑白棋子交叉先行，这是礼让；对王有所制约，这是制度；对哈屯（王后）没有格数的限制，这是对女性的尊重；不吃掉最后一个狗，这是对孤儿的怜悯；马不能将死对方，这是等级。这是蒙古象棋的规则，更是古代蒙古人生活的准则。这些具有无可辩驳的真实性和表现力的细节使主题有了饱满的内容和沉甸甸的分量。作者用细节努力隐藏这些，又诱引读者把文中点点滴滴的细节连缀起来，去感受、发现、理解其中的蒙古气息和蒙古精神。草原、蒙古包、骏马、勒勒车渐行渐远了，但是蒙古包天圆地方的哲学观、面对恶劣环境时战胜自我的勇气、危难时的团结和对于别人危难时的怜悯，都将生生不息。[④]

《生生不息》具有崇高感的书写体现在主人公阿茹娜的一生“动人和惊骇的事故”和命运的错位中。为报答对父亲的救命之恩，阿茹娜嫁给了巴根，从水草丰美的草原到了绝域苍茫的大漠；为了活下来，她决定种树，把沙漠变成可以生活的地方。阿茹娜种树的历程奇崛而艰难。大女儿其其格被黑风暴卷走，与丈夫浓烈的爱

---

① ［法］丹纳：《艺术哲学》，傅雷译，江苏文艺出版社，2012年版，第376页。

② 谢有顺：《文学及其所创造的》，海峡文艺出版社，2016年版，第155页。

③ 赵富荣：《个体感官叙事现代性——近几年内蒙古长篇小说创作中的几个亮点》，《草原文艺论坛》，2018年第2期。

④ 赵富荣：《我和我的思想在文字中飞扬》，远方出版社，2016年版，第16页。

情、愤怒的婚姻，小女儿伊云娜叛逆的爱情，搭救自杀诗人巴音，救赎瘾君子杰克，收养弃婴图雅，呼唤“骗子”阿木尔回家。在“危机”的处境中，在与巴根、与依云娜、与杰克、与阿木尔的极端冲突中，阿茹娜暴风般的心灵和择善而固执的勇气让灵魂震撼。而且，这些事故和冲突在梦想、诗歌、小说和音乐中完成。阿茹娜有梦想，要把沙漠从毛乌素赶出去；巴根有歌声，他为阿茹娜种树，用音乐洞开妻子的心扉；依云娜有爱情，无论是《悲惨世界》还是巴音的诗歌，都是她的阳光；巴音有诗歌，当形式的诗歌死了，他把诗歌种在了沙漠里，种在了人心里；麦克、阿木尔有青春，成长中体味生命。他们扎根在大地，不畏现实的严酷，在沙漠中种下一片又一片的树林；他们也向着天空生长，顺应着天地创生万物的美德，让生命繁衍生息，长流不滞。小说始终洋溢着浓烈的抒情意味，人物、故事、风格，三者保持平衡，和谐地体现着作者以崇高为美的写作理念。

这一时期小说可贵的突破之处在于，在理想和现实的神奇草原中，看到了人内心潜层的风景线和灵魂的地理学，成全了人内心的风景话语，展示了不同时期，走下神坛的英雄和平民的梦想，以崇高性的严肃书写为草原书写注入了新的美学特质。

草原书写随着时代风气的演变，书写内容不断拓展深化，风景话语从美丽草原、诗意草原、记忆草原、荒漠草原、图画草原到神奇草原，审美风格也呈现出激情、理想、反思、探究和超越等特点。这些是内蒙古小说发展中积累的宝贵财富，会一直发扬并将继续光大。当然，纵观70年草原书写的过程，可以看到因为理想，在某种程度上削弱了对于人、生活和岁月的深度思考；因为诗意，减弱了更多面向现实的观照和犀利的批判；因为边地，限制了面向世界的胸怀，限制了艺术手法的深度探索。尽管如此，内蒙古文学仍用文字照亮光辉岁月，“借助独特的地域特色和文化优势，历史和传统提供的丰富素材，以草原书写展现草原记忆、民族记忆和时代记忆。感伤忧郁的情调，如诗如画的语言，鲜活、朴质和有手感的描写，浪漫主义的情怀形成了内蒙古文学的整体风貌。从优美的草原风景画到草原风俗史，从风俗史介入到人类发展历史，在新时代文艺春天的鼓舞下，在内蒙古文化强区建设的有力推动下，内蒙古文学将走向更加丰厚深广的未来”[①]。

原载《中国当代文学研究》2019年第5期

① 赵富荣：《内蒙古文学：用文字点燃光辉岁月》，《人民日报》（海外版），2019年4月3日。

论内蒙古生态小说书写的三个维度

刘亚利

一方水土养一方人，也“养”一方文学。内蒙古是有着浓郁生态思想的地区，生态文学创作起步较早且发展迅速。特别是近些年来，生态文学创作数量逐年增加，作家队伍逐渐壮大，在展示内蒙古生态文化建设方面发挥了重要作用。内蒙古生态小说以生活在或曾客居在内蒙古地区的作家为创作主体，以展示内蒙古生态思想为主要内容，是多民族共同参与的当代中国生态小说中的一支，为建设亮丽内蒙古发挥着文学功能。分析近些年来内蒙古生态小说创作，主要有回望式书写、寓言化写作、“诗性智慧”表达等三个维度，在传递生态思想的同时体现出民族性、地域性的书写特征。不过创作思维固化、创作主题限制等因素造成了小说文本模式化、公式化等创作窠臼，限制了内蒙古生态小说的发展。作为有着得天独厚的地域和文化优势的创作群体，如何塑造典型的“这一个”，为本地区本民族树立强大的生态文化自信，作家们的创作还需再精进。

一　回望式书写延续传统认知

回望式书写是对既往的再现，体现着对传统认知的延续。如果说20世纪80年代活跃的寻根小说，是对传统意识、民族文化心理之根的探寻，为当下生活找寻适合的生存状态的话，内蒙古生态小说的回望式书写则是对本民族朴素的生态思想的再呈现，体现着世代传承的根性连接。二者呈现的内容、选取的视角多有不同，但追溯的动机却有相同之处。

其一，时间角度的回望。在时间的回望视角中，回望的内容是人与自然相处中不断延续总结下来的生存经验，有强烈的代入感，具有较强的现实指导意义和价值。正如萨娜（达斡尔族）的《卡克，卡克》中讲述了鄂伦春族妈妈们都要给自己的子女讲熊图腾的故事，因为鄂伦春人的祖先是人和熊共同孕育的，人和熊有血缘关系，所以人们把熊当作图腾，后人们从小就懂得这些传统；这一传统认知也直接影响着达勒玛（萨娜《达勒玛的神树》）婚嫁的选择，她离开初恋嫁给以熊为图腾的氏族成员库克，原因就是达勒玛七岁那年迷路是被熊救了。瓦·萨仁高娃（蒙古族）的《草原蒙古女人》中，妈妈给“我”讲了蒙古人崇天敬地传统的由来：大地和蓝天是由一对蒙古恋人变成的，黑蟒古斯袭击了他们，把男子踩在脚下变成了大地，把姑娘甩向空中变成了蓝天。姑娘思念的泪水洒向大地“形成了雨雪、草木和各种各样的鲜花，绿野蓝天和谐共存，人畜幸福自由地生活在其间。蒙古人在苍天的护佑下开启着智慧的源泉，在大地的怀抱中和谐安详地生活着。崇天敬地的习俗也是由此而来”[①]。

内蒙古地区的生态传统饱含生存智慧，有解除现实困惑的指导意义，在人们的日常生活中被频繁提及，是对生态认知的传承。如海勒根那（蒙古族）的《金色乳汁的草原》中，一直未婚的阿爸来找辛苦带大“我”的额吉，额吉虽然依然爱着阿爸却没有答应阿爸的请求，面对不理解的“我”，额吉用额尔敦老头贮藏的一罐马奶酒的故事，启迪儿子的智慧——对于美好的事物，不是拥有了就会幸福，如果短暂的幸福后是无尽的痛苦还莫如不去拥有。坦然地对待得失，平和地接纳一切，是额吉的智慧也是草原人民的智慧。敖蓉（鄂温克族）的《桦树叶上的童话》中的母亲用“我”小时候吃母驯鹿奶水长大的经历教育“我”：“做人一定要懂得知恩图报，不管他是人还是牲口，不然的话，以后就没人再帮你了，你的路就会越走越窄。”[②]这是给迷茫中的人们指点迷津。

内蒙古作家里快（汉族）一直热衷于表现草原，他的小说以草原人民的审美去

---

① 瓦·萨仁高娃：《草原蒙古女人》，朵日娜译，《民族文学》，2010年第1期。
② 敖蓉：《桦树叶上的童话》，《骏马》，2010年第6期。

写草原，《神示》中讲到其木格额吉很小的时候就从自己的额吉那里知道，狼是知恩图报的动物，要去善待它们；满都麦（蒙古族）的《四耳狼与猎人》中讲到古时候野生动物多到打不完，“然而就那样也还有很多不成文的关于保护生态平衡，保护野生繁殖方面的禁律，譬如只有雌雄一对的不猎，野生发情期不猎，哺乳期的母兽不猎……”[①]，猎人们严守着自古以来的禁忌；昳岚（达斡尔族）的《霍日里河啊，霍日里山》中讲到这里的人们世世代代听“乌春”长诗来了解许多地方的气候，沿袭下来的“斡包节”开餐前的仪式是敬天、敬地、敬山神，关于“操个乐”（仓房）的描写，都是悠远岁月信息的传递，“象征着祖先与大自然和谐相处，丰沛互生的原始群落生活”[②]。在对待自然、对待动物的态度上，内蒙古生态小说体现着强烈的人道主义情怀及尊天敬地、顺应自然规律的生活哲理，贯穿小说肌理，成为生态思想传承的主要载体，不断延续。

其二，空间角度的回望。在都市文明与游猎文明之间来回穿梭，离开城市回归自然，寻找精神的超脱与自由是回望式书写的又一视角。“文学本身就是记忆，作家是记忆的记录者。”[③]瓦·萨仁高娃的《草原蒙古女人》中，“我”在京城生活多年，每天紧张的生活节奏让“我”的“心智干涸，爱情枯竭，灵感消失，就像机器人一样只在原地打着转转”[④]。当“我”重新回到草原，视野不再被局限而变得更加开阔，情感变得浓烈，对美好生活更加渴望，“草原上，人与自然和谐相处的情景开启了我的灵感，草原上生活的人们给了我幸福生活的源泉”[⑤]。萨娜的《拉布达林》里，柳梅为了爱情跟一个常来村里贩鱼的男人私奔了，怀孕后又坚决地离开了那个男人，回到了这个世代靠打鱼为生的村子，她并不是不爱那个男人了，正如柳梅自己所说：“即便是心软了随他去了，最后还是跑回来，我的根在这儿呐。”[⑥]张承志（回族）的《黑骏马》中，白音宝力格九年后重返草原寻找旧日的记忆，如同《绿夜》中的“他”一样，为了获得心灵的慰藉，时隔八年后又重新回到了曾经生活了六年的锡林郭勒草原，寻找记忆中的快乐和曾经懵懂的爱情。“这里是驰骋着自由酷烈的风儿的、开人胸襟的莽原。在这里可以不必心有城府……在这里可以

---

① 满都麦：《四耳狼与猎人》，《民族文学》，1997年第9期。
② 昳岚：《霍日里河啊，霍日里山》，《骏马》，2006年第5期。
③ 阿云嘎：《草原记忆：珍贵的宝库》，《文艺报》，2017年7月3日。
④ 瓦·萨仁高娃：《草原蒙古女人》，朵日娜译，《民族文学》，2010年第1期。
⑤ 瓦·萨仁高娃：《草原蒙古女人》，朵日娜译，《民族文学》，2010年第1期。
⑥ 萨娜：《拉布达林》，《民族文学》，2007年第6明。

把疲惫的肉体埋在茂盛的箭草、马镰草和青灰色的艾可草丛里；他满怀感激地吞咽着这里的清爽空气。这时他才明白来到这里的必要。”[①]通过追怀过去，“他”重振自我接受了现实，终于，他的心踏实了，而不是之前认为的“没落的人才回顾过去”[②]。昳岚的《太阳雪》中，老人奎勒在城里儿子家住了一段时间后终于住不下去，她觉得“这里，总是让她恶恶心心的，空气是带有汽油味儿的，实在让她喘气不顺。再不回去透透气，五脏六腑，都要不通了”[③]。回到家乡后，“天空是干净净的瓦蓝，太阳白晃晃地悬着，大地精瓷瓦亮。奎勒的心一下就敞亮了，落定下来”[④]。格日勒其木格·黑鹤（蒙古族）的小说在不断地追忆童年中为我们塑造了一个人与动物和谐相处的美好世界：“我不断地试图回到草地，走向北方，一次次进入呼伦贝尔草原，还有乌苏里江和黑龙江流域的广袤山林，那里珍藏的一切可以让我的内心获得平静，让我相信，长久以来，自己从未被抛弃。”[⑤]这些因空间位移产生的情感体验，表达着主人公强烈真切的个人感受，在个体生命的变迁中，只有回望过去才能让他们摆脱现实困境，才能实现真正的释怀。

内蒙古生态小说成为传统生态思想传承的载体，接续着约定俗成尊天敬地的传统记忆。在现代与传统交锋的时刻，回望过去，延续传统，恪守初心，不忘生命之根，回望式书写具有形而上的启示作用，既回答了人们尊重自然的根源，也彰显着当下人们对抗虚无主义的超然姿态，对本民族传统的继承起到积极的作用。但也不难发现，一些作家回望式的姿态是执拗甚至是偏执的，故步自封的思维模式让人总是沉浸在过去，未能敞开怀抱直面现实问题，忽略了对问题根源的深入解剖，也就削弱了作品的批判力度，限制了内蒙古生态小说的创作视野。

---

① 张承志：《绿夜》，《回族文学》，2017年第2期。
② 同上。
③ 昳岚：《太阳雪》，《骏马》，2008年第3期。
④ 同上。
⑤ 格日勒其木格·黑鹤：《更北的北方（序）》，《驯鹿之国》，中国少年儿童出版社，2010年版，第3页。

二　寓言化书写惩戒人类贪欲

内蒙古生态小说在熟悉的现实生活中深耕细作，体现着源自内心的要求有感而发的创作特质。相较于塑造典型环境中的典型人物，内蒙古生态小说观念的传递大于人物形象的塑造，寓言化书写承担起了这一职能。杰姆逊在《后现代主义与文化理论》中提到寓言“并不是它表面所呈现的那样，其真正的意义是需要解释的。寓言的意思就是从思想观念的角度讲或再写一个故事”[①]。在氛围的营造中发挥情感的力量，通过以情动人来实现以理服人，借助悲情故事的演绎以及人与动物间报恩和复仇母题惩戒人类贪欲，是内蒙古生态小说寓言化书写的视角。

其一，悲情故事的演绎。在生态思想的观照下，以书写死亡和“离别”为主要表现方式的悲情故事被赋予了价值判断的寓意。小说中描写的死亡，犹如舍生取义，“审死一如审生，审死也即审生，都是对生命与存在的思考与探索”[②]。内蒙古生态小说中，无论是人还是动物的死亡并不仅仅是指物理生命的终结，而是被赋予“死亦载道”的审美认知。白雪林（蒙古族）在《一匹蒙古马的感动》“题记”中写道：“马是草原上的灵物，它们感情最深厚，最热烈，对主人最忠诚，你如果把它感动了，它愿意为你奉献一切，直至生命。我为蒙古马哭泣……”[③]一匹叫查黑·勒干的蒙古马和两个小主人的深厚感情是小说最吸引人之处。小主人和马一起长大，因家庭变故被迫卖掉马，马在遭遇生命危险时又被主人搭救得到了精心救治，在那达慕大会上，伤病未愈的马为了让主人获得草原骑手的最高荣誉，在赛马比赛中奋力驰骋导致死亡；郭雪波的《天海子》中的老猎人与狼在冰冻的天海子里互相支撑，相依为命，在老猎人落水后，狼努力施救，最后和老猎人双双冻死；瓦·萨仁高娃的《草原蒙古女人》中为了保护草原生态环境而死的布日古德和米杜格玛令人心生敬意；萨娜的《达勒玛的神树》中，山林砍伐严重，达勒玛为了实现

① 杰姆逊讲演《后现代主义与文化理论》，唐小兵译，北京大学出版社，1997年版，第130页。
② 施津菊：《中国当代文学中的死亡叙事与审美》“前言”，中国社会科学出版社，2007年版，第2页。
③ 白雪林：《一匹蒙古马的感动》，作家出版社，2012年版，第285页。

风葬自己的愿望，不断寻找聚在一起的四棵桦树，最终也未能如愿，安息在一个大树洞里，让人遗憾惋惜；萨娜的《卡克，卡克》中，熊“卡克”被取胆汁的人类折磨而死，令人义愤填膺；还有包健美（蒙古族）的《生灵》中一只叫“大头”的圣伯纳犬的死、里快的《狗祭》中狗的死、冯苓植（汉族）的《驼峰上的爱》中母驼阿赛的死、乌热尔图（鄂温克族）的《老人和鹿》中老人和鹿的死、萨娜的《天光》中长满肉瘤的孩子的死、袁玮冰（满族）的《红毛》中黄鼬“红毛”一家的死……这些死亡寓意着对一种信念的坚持，如果反思导致其死亡的原因，会让我们透过死亡产生情感的震荡，那便是对人类贪欲的恨，对死去的人和动物的怜惜，让人在悲悯生命终结的同时升华出对未来的希望，这希望就是对人类行为的警醒和修正。

为了认识生而写死亡，死亡书写倒逼生存的意义，“离别”是它的衍生品，死亡演绎出的悲情转化为“离别”，预告着亲密关系结束后的伤感。如阿云嘎（蒙古族）的《黑马奔向狼山》中黑马的离别；里快的《神示》中狼王伊日必斯带领下的狼群的离别；海勒根那的《到哪儿去，黑马》中黑马驮着男人的离别，《寻找巴根那》中巴根那带领羊群的离别……这些离别都在表达着一种态度，即对自由的渴望，对人类过度膨胀的欲望的抵制与消解。

其二，动物报恩和复仇母题书写。与死亡书写和“离别”书写中在寓言的外衣下被动地传递理想和信念不同，动物报恩和复仇母题的书写则是主动地张扬情感，体现着善有善报、恶有恶报的道德考量。工具书《辞海》中对寓言的解释是“讲述常有劝喻或讽刺意味的故事，结构大多短小，主人公多为动物，也可以是人或非生物。主题用意在惩恶扬善，多充满智慧哲理”[①]。内蒙古生态小说借助人格化的动物，用动物的报恩和复仇行为来警醒人们过犹不及，要量腹而食。涂志勇（鄂温克族）的《黎明时的枪声》描写在黄羊子们的诱惑性报复中，打猎的人们开始了更为疯狂的猎杀，终于让有着十几年放牧生涯的布敦迪和十年打猎生涯的安嘎醒悟过来，举起猎枪朝继续追赶黄羊子的车轮胎射去；里快的《神示》中，头狼因其木格额吉曾为其施救疗伤而报恩，为其木格额吉送去羊腿和小狗崽，而对瑟日古楞的杀狼行为，则以咬伤牧民的牛羊作为报复；冯苓植的《驼峰上的爱》中，母驼阿赛因失去孩子后是小塔娜缓解了她涨奶的痛苦，从此对待小

① 夏征农主编《辞海》，上海辞书出版社，2002年版，第2091页。

塔娜就像对待自己的孩子，在被放驼人卖掉后又被孩子们救出。因在沙漠里迷路，阿赛用自己的头和蹄子掘水，牺牲自己为严重缺水产生幻觉的小塔娜和小吉尔施救。这一行为感动了在场所有人，包括那个卖掉阿赛的放驼人，“放驼人望着望着，竟双肩颤抖着，捂着长满骆（络）腮胡子的脸，内疚地失声痛哭了。阿赛触动了他心田里的沙旋覆花，彻底掘出了他心底爱的清泉”[①]。母驼阿赛被人格化，赋予了象征寓意，感化了铁石心肠，每天只顾喝酒解愁的“放驼人”，也让在场所有的牧人感动不已。

寓言是比较传统的艺术思维形式，有它存在的价值和意义。内蒙古生态小说借助寓言化书写，使得表达的理性思考不过于直白生硬，而是通过氛围的渲染和意象的营造自然显现，从而增加作品的含蓄性和神秘色彩，增强作品的思想深度，用生命的陨落、离别、复仇等预警了人类贪婪的欲念，消解人类至高无上的特权。但是，过多的寓言化书写也导致了审美上的疲累，使读者产生阅读倦怠感，有损于小说的艺术魅力。

三 “诗性智慧”追求人性至美

现代性的追求让人更趋于理性，注重实用，这对人类的发展来说有些过于功利化，在努力追求物质发展的另一面，人们的生活需要想象，需要诗意地栖居，需要至美人性装点日渐枯槁的精神世界。“努力寻求那种审美化、诗意化的精神世界，其真实目的就是可以在‘乌托邦’中重新发现救治当今社会顽疾的根本办法。”[②]“诗性智慧”是意大利启蒙思想家维柯《新科学》中的核心概念，维柯认为“诗性智慧”普遍存在于一切人类文化中。“诗性思维具有情感性、具体性和创造性”，是一种“‘以己度物’的认知思维方式”[③]。这一思维方式是一种古老而传统的思维方式，最早应用于解释原始人类的思维。内蒙古生态小说因得天独

① 冯苓植：《驼峰上的爱》，文汇出版社，2017年版，第48页。

② 尹文雯：《维柯诗性智慧观的中国化阐释》，《文艺评论》，2017年第12期。

③ 参见刘渊、邱紫华：《维柯“诗性思维”的美学启示》，《华中师范大学学报》（人文社会科学版），2002年第1期。

厚的地理优势，其创作思维对游牧文化格外倚重，搭建起了人与自然相连接的文学渠道，在自然物描写、人物性格塑造、语言运用等方面体现着“诗性智慧”的表达。

其一，自然物描写方面。小说中一个重要的形象就是自然物，被人性化了的自然物。那些草原、动物、山林被象征化而具有了自由、包容、坚韧的品质，寄寓了人格化的意味，营造出“以己度物”“物我相通”的认知想象。有学者评论里快的小说：“草原始终能动地贯穿在他的作品中，不是作为背景，而是作为一种意志，人格，一个巨大的悲欣交集的灵物。”①在里快的《神祉》中，无论是人还是马，都会通过草原获得奋进的力量，“如果是一匹骏马，它就不会被打败。因为它的脚底有一望无际的草原。凭着草原给它的力量，它就能放开四蹄！”②。在里快的《美丽的红格尔塔拉河》中，草原就是作者笔下传递情感的载体，小说中的五只老鹰为乌拉布和送葬乃至殉葬的惊人之举，很自然地让人联想到老鹰忠义为主、以死明志，颇具震撼力。格日勒其木格·黑鹤的小说则还原了动物的本相，作者从人类的情感体验出发，换位思考动物认知，在《莫日格勒河谷的鸶》中经常出现“我意识到”“我看见”“我想”“我知道”等字样，这样的态度体现着理解、关爱动物的生态追求。作者说：“我努力在自己的作品中构筑一个拥有勇气、忠诚、自由和爱的更富乌托邦色彩的荒野世界。”③从这一视角，我们再看海勒根那的《寻找巴根那》中的主人公巴根那，他用实际行动完成了人羊互融。在日渐沙化的草原上，为了放牧羊群，他引领羊群去寻觅绿色的草原，最终与羊群融为一体，人羊难分了。高占江（汉族）的《老牛之恋》中，陪伴牛九成长大的耕牛被冠以人的刚烈性情，当被拉到车上卖掉时，一双大眼睛成串地流泪，最终因剧烈反抗畜牧贩子跳车而亡，伤心欲绝的牛九成赎回死牛精心埋葬。小说中的老牛与主人牛九成的感情充满人性的美好，也反衬出小说中其他人金钱至上观的丑恶。

其二，人物性格塑造方面。内蒙古生态小说“诗性智慧”的创造性，是通过英雄气质、自由人格、开拓精神的营造来完成的，表现为在人与自然关系的进退中塑造令人赞叹的原始生命强力、推崇平凡世界里的至美人性。这些形象虽不具普遍性，却具备了榜样的力量，值得当下效仿和发扬，要改变人类的自私和贪欲，增强

---

① 雷达：《里快草原小说的诗化品质》，《草原》，2010年第3期。

② 里快：《神祉》，《草原》，2010年第12期。

③ 格日勒其木格·黑鹤：《更北的北方（序）》，《鹿之国》，第1页。

民族精神自救能力，弥合人与人、人与自然断裂的关系。

诗性智慧是“充满生机的生命状态中的智慧”[①]。《神祉》中的诺日玛额吉在丈夫去世后继续坚持他们夫妻的事业，在金钱和给儿子解决工作的诱惑下，不为所动，在众人不理解中坚持承包下大片草场，撒上牧草种子，请来技术员指导，并花费大量时间和精力找来骆驼群、马群，就为充实保护起来的草场。这些行为是其他牧民包括她的儿子难以理解的。诺日玛额吉这一形象与刘惠春（蒙古族）的《乌兰布和的梭梭》中的女人有着相似的精神特质，女人不被家人和亲友理解，坚持十年如一日的治沙行为，克服了巨大的困难，在沙漠里种植梭梭草，这是女人的全部世界，她经过十年的努力终于换来了沙漠绿洲，这时家人才理解了她，丈夫和儿子也决定加入她的行列；萨娜的《多布库尔河》里的母亲以坚韧的生命力与苦难的命运抗争。相较于这些女性形象的坚韧，男性形象的执着同样彰显着生命的强力。姜戎（汉族）的《狼图腾》中，毕力格老人懂得草原上生存的所有禁忌并严格遵守，让人信赖，受人尊敬；比较而言，海勒根那的《父亲鱼游而去》中，父亲的行为有些特立独行，为了打出井水，他执拗地离开家搬到荒无人烟的河滩上去居住，吞食贝壳和沙土，最后在一场大雨引发的洪灾中为拼力救起母子俩而死。肖勇（蒙古族）的《重耳神兔的传说》中塑造了一个为治理环境、保护生态竭尽所能的基层干部形象，即使遭到抵制、报复被砍伤也没有放弃；阿云嘎的《大漠歌》里，“很能干”的牵驼人吉格吉德，在机械化运输发达的今天，仍然坚持祖业用骆驼拉脚；乌兰（蒙古族）的《滩狼》中刻画了有着淳朴生态思想的塔恩图这一人物形象——“他身上有使不完的力气，干起活来像只狼，吃起肉来也像只狼。这个狼一样的塔恩图是个了不起的人，六十年代当过兵，在河北省修建铁路时干的是爆破山洞的任务，为救战友失去了一只眼睛，崩出一脸大小不太均匀的麻子，荣立了三等功。七十年代复员回家后，在雪灾中为了保护集体的羊群冻瘸了一条腿，他的英雄事迹曾在广播里作为典型广为流传过，恩格尔草原上没有人不知道他的。”[②]“他什么闲事也管，他看见有人站在湖边，就要上去问人家，你是不是在水里撒尿啊，看见小孩子掰树枝骑竹马，他也要说，小东西，不要破坏树木。看见有人赶羊群出来，他也要说，别把羊赶到防护地里去，国家不许土地沙化呢。”[③]通过对

---

① 王吉凤：《从“诗性智慧”看中国传统的诗性思维》，《河南科技大学学报》（社会科学版），2006年第5期。

② 乌兰：《滩狼》，《草原》，2008年第3期。

③ 同上。

人物行为的描写揭示富于启示意义的主题：在人与自然的关系中，作为人应该以何种姿态存在？但不可否认的是，任何经典的人物形象都是时代背景之下的典型。内蒙古生态小说中有些人物形象对现代文明的排斥近乎固执，那种凝滞的非常态的人生，对当下生活缺乏普遍性的指导意义，导致作品与现实疏离。过度张扬某种精神或过度倚重自然景物，脱离了时代这个典型环境，也就难以塑造出典型的人物形象。

其三，诗意化的语言。游牧民族是能歌善舞的，投射在文学作品中，则以歌谣和比兴式的语言来呈现其诗化的特点。内蒙古生态小说歌谣的使用频次较多，当一种情绪积聚到一定程度时就形成了悠扬舒朗的歌谣，助推作者情感，为文本价值导向服务。比如郭雪波笔下的老孛爷天风在不断的吟唱中坐化；里快笔下的诺日玛额吉，她的歌声能安抚草原上的马、骆驼、狍子等各种动物，动物们似乎也能听懂歌声，顺从诺日玛额吉的意愿；满都麦小说中的玛雅特老人通过歌声与山羊、岩羊、盘羊交流，引导它们过来喝水。“诗歌的创作最能体现少数民族文学的地方性关怀：亲近大地、背靠自然，在遭遇现代工业化、商业化、信息化的冲击中，保留了我们社会残存的诗性气质。”①

此外，内蒙古生态小说中除歌谣的引入外，行文中的语言也带有比兴特点，通俗易懂，具有说服力，形象生动，富于感染力。但是在小说行文中，无论是歌谣还是比兴式的语言，运用数量过多的话，会令读者感觉缺乏新意，产生阅读疲劳。

结　语

内蒙古生态小说兼具地域性、民族性、生态性三种特质。如果说生态文学可以以地域性、民族性作为研究“方法”②的话，内蒙古生态小说在回望式书写、寓言化书写、“诗性智慧”表达方面根植于本地区、本民族生活传统，呈现了“方法”的具体表现：地域性视角如内蒙古地处边地，在边地叙事的人文关怀中

① 刘大先：《文学的共和》，北京大学出版社，2014年版，第67页。
② 参见罗长青：《作为“方法”：中国当代生态小说研究的民族视角》，《创作评谭》，2021年第5期。

融会贯通，规避生态主题先行的弊端；民族性视角如内蒙古生态小说作家由多民族构成，在跨族叙事的比较研究中互通有无，打破固化的创作思维壁垒。希望内蒙古生态小说在不断探索中逐渐完善，在不断修正中日趋稳健，扬长避短，兼收并蓄，未来必定能收获经典作品，为推动当代中国生态小说的创作、批评、研究作出贡献。

原载《民族文学研究》2022年第5期

繁花在天边处怒放

——2021年度《草原》阅读手记

兴　安

一

纵览2021年的《草原》，“自然写作”无疑是这一年的亮点，即使从全国文学期刊的角度整体考察，也应如是。“自然写作”“自然文学”“生态文学”这些概念我们并不生疏，回首近几年国内的文学报刊，其中不乏相关题材的作品，但形成规模，且举一家杂志之力主推的，唯有《草原》。由此，2021年伊始，《草原》聚集国内多位知名作家、评论家重新倡导和推出“自然写作”就凸显了不凡的意义。某种意义上说，它是“自然文学”和“生态文学”的一次集结、整合和梳理，必然获得文坛众多作家的回应。从国家层面上来考量，中央号召和力导生态文明建设和可持续发展的战略，构建人类命运共同体，使保护环境、关注自然和生态平衡成为人们的共识。可以说，“自然写作”的提倡和兴起也是应时而生，顺势而盛，是作家和文学对我们赖以生存的自然和环境，对人类未来发展的一种自觉、反思和担当。

当然，提倡“自然写作”，并非要求作家都跑到荒野上去，它应当是一种身心的自我净化，是让我们重新思考和定位人与自然的关系，找回已经被我们遮蔽或丢失的自然之眼和自然之心。在这一点上，《草原》第1期的“自然写作”前言《自然写作：构建一个人与自然的生命共同体》以及张炜的《我行走，我感动》已经阐述得非常明确——“关于人和自然的关系、关于大自然题材的写作，我们所面临的一个重要任务，就是粉碎大词和概念，回到个人的沉默思悟中，在沉浸中与表述对象有一番心灵的共振。由此进入个人的生命体验。”张炜对“自然写作”的思考，多年前便在其《融入野地》中有过表述。我依然记得第一次阅读这篇文章时的感动：一个人面向大地，与自然万物静默相视，将身心完全融汇于原野、山峦和丛林，体悟和惊喜于生命的繁衍、生长和奇迹。这是我心目中“自然写作”经典化的范例，至今无人超越。终于我又在陈应松的《森林迷境》（见《草原》第4期）中找到了这种感动。所不同的是，陈应松的语言和思考更感性。森林（自然）在他的眼中，是无法企及的仙境和神奇力量，它可以改变我们以往的认知和世俗经验，正如文中所说：“在我的身体里，许多过去看似有用的东西在崩溃，而又有许多东西在悄悄重建，这是森林的法则。”

总体考察这一年的“自然写作”，可以说是佳作频出，各具分量。徐刚、梁衡（《五十年前的河套日记》）、蔡测海（《牛下麒麟猪下象》）这三位文坛老将都拿出了自己年度最好的作品，尤其是徐刚的《金沙江笔记》，以诗人的情怀，徜徉古今，将历史与现实、文化与自然景观融于一体，行文疏朗、大气而激情饱满。中年作家显然是“自然写作”的主力军，陈应松、王松、鲍尔吉·原野（《星星上的盐》）、皮皮、李青松、任林举（《忏悔》）、葛水平（《树的荫凉宽容而纵深》）、苏沧桑、庞余亮、凸凹（《旧时风物》）、周蓬桦（《从森林到草原只差一条公路》）等等。同样面对一棵树，皮皮的《大树来途》写了一位老人与一棵橡树的奇妙关联，老人不仅是这棵树的所有者，更是将其作为自己生命的寄托和亲人，为此她要尽全力保护它包括与之相关的周围所有，即使在旁人看来不近人情。王松的《谁是谁的树》则记录了中国乡村中，农民与树的不同寻常的关系，神秘的灵魂文化和丧葬习俗，关乎生者的归宿与死者的安宁，让人对生命的价值和意义产生浮想。

在人与自然的关系中，乡村无疑是与自然最近距离的所在，用利奥·马克斯[①]的话说：“乡村是一种中间景观。”介于城市与自然之间，正如华裔美国地理学家段义孚的解读：“在农耕神话中，乡村是去平衡城市与荒野两个极端的理想中间景观。”[②]

---

① 利奥·马克斯：《花园里的机器：美国的技术与田园理想》（The Machine in the Garden），北京大学出版社，2011年版。

② 段义孚：《恋地情结》，商务印书馆，2019年版，第166页。

纵然，在城市化的进程中，乡村正在被千篇一律的建筑样式所替代，但那些相对偏远的乡村以及乡村留给我们的记忆却依然保持着原初的宁静和深度。我以为，这种所谓“中间景观”或许正是“自然写作”取之不竭的创作源泉。苏沧桑的《冬酿》，记录了南方山村“冬至酿酒”的民间遗俗。酒由粮食酿造，是天地孕育的精华，而冬至则预示着春天行将不远，万物开始复苏。作者看似写酒，写节气和风俗，实为写世道人伦，抒发生命中的欢乐。如果说苏沧桑的基调是浪漫主义的，那么，庞余亮的《在那个湿漉漉的平原上》则是冷峻的现实主义。他的《半个父亲在疼》我们还记忆犹新，而读完《在那个湿漉漉的平原上》后，不知怎么依然给我以痛感。他笔下的乡村是自然的严酷的，自然严酷到让我想到了刀耕火种。“那是一个特别寒冷的早春天，别人家过年走亲戚，我们一家却在破冰，摇船去田里扯盐巴草。”“恍惚之间，这世间最忙碌的虫子，是在这片湿漉漉平原上过日子的人。”“那个湿漉漉的平原上，坐在石磙上的我，似乎是蜘蛛做过的一个梦。”很久没有读到这么真切如刻骨铭心般的乡村景象了，哪怕它只是作家遥远的苦难回忆。

在“自然写作”这个集体中，70后乃至80后是一个正处在上升阶段的群体，他们思想活跃，身体力行。这其中有周华诚（《陪花再坐一会儿》）、傅菲、宋晓杰（《上紧发条的时光宝盒》）、东珠（《昆虫八宝宴》）、简儿（《春天的食物》）、项丽敏（《与斑鸠同居的春末夏初》）、格日勒其木格·黑鹤、王蕾，还有棉棉（《隐居在大自然里的中世纪小村》）和周李立（《分水岭》）。在我看来，格日勒其木格·黑鹤是一个朴素的自然主义者，这当然与他的族属和他长期生活在内蒙古草原有关。蒙古族“万物有灵”的自然观造就了他体察天地万物的独特视角，而常年置身草原营地的半游牧状态的生活，又让他拥有了其他作家无法取得的生存和写作经验。《驱熊犬》是一部大中篇，《草原》以近三分之一的篇幅刊发，足见对它的重视。小说讲述了几只驱熊犬的故事。所谓驱熊犬，即专门保护鄂温克人营地和驯鹿的猛犬。要知道驱熊犬所应对的敌人是在森林中没有对手的熊，由此可想而知它们的勇猛和所承受的命数。小说重点写了一只名为阿兰卡其的猛犬，为了保护驯鹿与来犯的黑熊搏斗，受了严重的内伤。但它依然在临终阶段完成哺育幼崽的使命，直到生命的最后，孤独地走向或者说回归祖先的森林。作者详实地写了它的出生、驯养，还有与狼的周旋。小说的可贵之处在于，它不仅写了人与犬的感情，同时也描写了使鹿鄂温克人在严酷的自然环境中的生存智慧。《杭盖诺亥》是对一个家族狼群的寻踪和考察。草原有自己的生态、规则和伦理，狼也一样，在与人类共存的时空中，彼此尊重则会相安无事，由此也保持了草原的生态平衡。在作者的笔下，狼并不是一个让人憎恶和恐怖的异类，而是有自己性格和生存法则的普通生灵。同样是人与动物的关系，傅菲的《孤猴》却是另一番景象。由于修建公路，压缩了猴子的生存空间，它们试图与人类建立一种平等的“供求”关系，但最终两者无法和谐共存，猴子只能远走他乡。

内蒙古的本土作家对“自然写作”有着得天独厚的地域和文化优势，况且他们中的不少作家原本就有“自然写作”的经验。比如艾平，她生长于呼伦贝尔，几乎走遍了那里的草原和森林，出版过《呼伦贝尔之殇》《聆听草原》等具有“自然写作”内涵的作品。她的《北行第一站：在莫日格勒河畔的草原上》写的正是她无数次自驾深入草原腹地的经历。作为一个汉族作家，她了解草原上的每一条河流，熟识草场和牲畜，她尤其关心当下牧民的艰辛与快乐，她甚至尝试以蒙古牧民的视角和腔调讲述他们的故事，这使她的写作彰显了独特的审美价值和社会意义。

还有两位本土女作家，值得关注。刘惠春和谢春卉。刘惠春的《春天，在西鄂尔多斯》写的是被誉为“活化石”的濒危珍稀植物四合木，它自远古陪伴地球和人类延续至今，它生长于荒野，抵御着沙漠，赋予大地生命的能量，而它的灭绝，将是大地的灾难，正如作者的感叹：它“被破坏一片，世界就消失一片”。谢春卉的《夜夜夜夜夜》是一组草原和森林的笔记。其中《上帝的牧场》空灵而有诗境，描述了作者一次奇异的经历。在一个几乎见不到人的牧场，人瞬间回到了自然的原初状态，在这种状态下，人几乎是多余之物，自然以其神秘的内在轮回和逻辑，凝视着我们的贪婪和傲慢。两位年轻作家的写作时间并不长，但已才情毕现，她们应该是艾平、苏莉、杨瑛、安宁之后，内蒙古最有前景的散文作家。男作家里，王建中的《耕织记》、路远的《疯》，还有著名摄影师阿音以拍摄冬季马群的经历而撰写的《蒙古马》等都值得推荐。

“自然写作”从一开始就是一种跨文体的写作，它包含了散文、报告文学、小说，甚至诗歌，而有的时候，这几种体裁彼此又可以相互交融，无须刻意分类。比如皮皮的《大树来途》，看似散文，但又有小说的情节、人物和虚构性。李青松是国内知名的生态报告文学作家，他发表在《草原》的两篇作品《大兴安岭笔记》和《牦牛与野牦牛》延续了他以往的写作风格和生态理念。前者是对中国北方最大的绿色屏障大兴安岭林区的考察，视野开阔，观察和分析细微。后者是对西北祁连山野生牦牛和驯养牦牛生存状态的追踪，将知识性和趣味性融于自然生态的思考之中。王蕾则是一位陌生的年轻作者，她从大学时代便秉持环保主义的信念，她的《滴水，即世界》以田野调查的手法，以水为例，揭示了云南大理草海保护区所面临的生态危机，作品结合了多种学科的基本方法，资料丰富，观点新颖，文采飞扬。

诗歌的本质是自然的。诗歌对“自然写作”的介入，无疑打开了“自然写作”的多种可能性。雷平阳的《冰块里的钟》，温古的《黄河穿越内蒙古南部峡谷》以及李建军的《自然法则》在这方面都进行了有效的尝试。

值得注意的是《草原》刊发的两篇关于“自然写作”的评论，一篇是王昉的《自然写作考辨与当代困境》，另一篇是钟媛的《梭罗的复活及其对现代性的启示：重提自然文学的价值与意义》，作为两位70后和90后的年轻评论家，她们对“自然写作”的概念、缘起以及与“生态文学”的差异，都进行了深入的分析和阐释。其中王昉对当下文学创作中出现的“两种不同的二元对立的极端思维：人类中心主义与生态中心主义”，还有“生态文学”写作中“拘囿于生态批判的现实功利性向度”等的批评，都给我们很好的启示。

一般说来，一种新的文学思潮抑或新的写作方式和群体的产生，总会引发和造就一批新的批评家走上前台，正如上世纪80年代中国的“先锋文学”与“新潮批评”；20世纪初象征主义文学、未来主义文学与俄国形式主义批评；19世纪初欧洲的浪漫主义文学与浪漫主义批评；等等。“自然写作”需要年轻的批评家，因为他们不只年轻，他们还有敢为天下先、舍我其谁的锐气。

二

在“自然写作”之外，《草原》本年度的其他栏目也保持着相当高的水准。其中“特别推荐”“小说现场”“草原骑手”“塞外随笔”已经是近几年《草原》的当家品牌，“北中国诗卷”则早已驰誉中国的诗坛，还有最新致力于锻造年轻作者的“新发现”等等。本年度“特别推荐”只发表了两篇作品，都是分量相当重的作品：一篇是特·官布扎布的《人类笔记》，另一篇是海勒根那的中篇小说《巴桑的大海》。《人类笔记》虽然只是作者长篇散文第五章的节选，但也足够管窥其构架的宏大与思想的深远。作者曾说他要沿着人类种群起源、生存、发展的线索，探寻和破译人类生存的密码。他提出生产资源的争夺与再分配才是人类发展和进步的真正动因，这就从根本上淡化和剔除了种族、阶级之间的冲突造就历史的传统观念。从《蒙古密码》到《人类笔记》，官布扎布实现了从本民族出发，放眼世界的飞跃，显示了一个学者型作家的胸襟和勇气，值得我们尊敬。《巴桑的大海》应该是海勒根那最成熟的作品之一。荣膺最新一届的“全国少数民族文学创作骏马奖”，让他终于获得国内文学界的认可。我曾在一篇文章中说过：“他的最好的几篇代表作，在十多年前就已经完成了。”[①]我说这话大概有两层含义，一是对当时的文坛忽略他而不平，另一个是我对他近来的创作并不满意。但是读了《巴桑的大海》之后，我很兴奋，感觉他又回归到他之前的最有价值的写作路数上来了，这种回归既是他自信的确认，也是他对自己创作的超越。《巴桑的大海》延续了他早期作品《父亲鱼游而去》的“超现实”叙事手法，讲述了一个失去了双腿却痴心向往大海的少年的故事。《父亲鱼游而去》里的父亲最终变成了一条鱼，而《巴桑的大海》则是儿子为了追寻父亲的梦想投身大海。两篇作品相隔多年，彼此却有某种神秘的因果关联。前后比较，《巴桑的大海》更有人物的命运感，故事也充满了延展性，令人有无尽的联想。

“小说现场”栏目，我比较看好娜仁高娃的《驮着魂灵的马》。相比她为“自然写作”写的《一条狭长地带》，这一篇更有力量。小说写了一个蒙古牧民与马的情感。为了生计，也因为沙坨子不需要马了，他便将马卖给了马术队。结果这匹马在一次赛马中与其他马相撞而死亡。不久，妻子和孩子也相继弃他而去，他就像失去了魂魄的行尸走肉，孤独地在荒漠上游荡，以酒为食，以荒林为家，迷失于自己挚爱的大地上。小说描写了牧民与牲畜、与大自然的紧密关系，尤其揭示了在这种关系发生现代性转化之后，牧民的迷茫和困惑。

邓文静的中篇《太阳以东，月亮以西》以童年的视角，写了人性的善恶。其中写到孩子与祖父之情，尤其是在祖父临终状态下，爷孙俩隐秘的情感互动，令人感动。只可惜在人物的设置上，例如阳子叔叔这个人物，处理得过于脸谱化，结局和悬念的揭开落脚于那个埋藏多年的盒子里（保证书），也显得有些戏剧化和简单。同样是童年视角，达拉的《阿库萨的太阳》却很有感染力。失去双亲的孤儿阿库萨与小狗相依为命，在森林中自由生活。母亲在离世前告诉他，她就要到遥远的火星

① 见拙作《游走于现实与超现实的交叉点上》，《文艺报》，2020年11月9日。

上找爸爸了。他将信将疑——难道火星上有一个比自己更好的儿子吗？这种幻想或许已经超出了一个小孩的经验和认知，却给置身事外的我们一种空间与时间上的苍凉感。小说的结尾颇耐人寻味，在小狗也不幸离他而去后，与世隔绝的他被一曲盛大的琴声所吸引，音乐的力量让他抛开了一切，包括痛苦、悲伤和幻想。达拉的叙事具有西洋油画的笔触和密度，也有童话的纯粹和想象力。

浩日沁夫的《阿尔的收割季节》是写一个四处碰壁的酒鬼被逼无奈而杀人的悲剧。小说的叙述、对话和描写都非常精彩，足见他是一个讲故事的高手。但是小说不止于讲故事，它应该有故事之外的形而上的东西。现实中和文学作品里，小人物被迫杀人的事件不少，原因也有多种，邓一光的《轨道八号线》和阿乙的《情人节爆炸案》给我的印象更为深刻。[①]

"小说现场"还有几篇作品值得一提，比如《鱼雷》（陈鹏）写一个足球运动员，他在激烈竞争的运动场外不为人知的另一面，他内心的痛苦挣扎以及无法和解的父子关系；有记述怀疑自己有病，被医院几乎套牢的女病人遭遇的《难言之隐》（霍君）；还有关注老年人重组家庭问题的《闲心》（温亚军）；表现现代虚拟世界中人与人之间疏离的《一个炎热的下午》（离响）以及王炬、路远的《与狼密语》、班琳丽的《厕所革命》、王薇的《人设》等等，这些作品从不同的角度，塑造了形形色色的小人物，表现了当下社会的变化以及生活的风貌。

高占江的中篇《桂花一朵也芬芳》和鲍尔吉·原野的短篇《演出开始了》作为"主题创作"，它们对当代社会的观察和对历史细节的呈现，都有独特的认识价值。前者写的是新农村，在扶贫脱贫和乡村振兴进程中，人们的生活和心态的变迁。后者写的是"乌兰牧骑"的往事。作者用笔幽默风趣，尤其写到牧民观看演出，第一次听半导体收音机时的那种天真、质朴的反应，让人忍俊不禁。

"草原骑手"是一个专为推出内蒙古籍青年作家设置的栏目，广子、海勒根那、托雷、娜仁高娃等这些已经成名的作家都曾在这里驻足。所以，某种意义上，它成了内蒙古文学后继有人还是后继乏人的晴雨表。近两年，90后的渡澜、阿塔尔、苏热等已经给我们带来不少惊喜，而00后作家晓角的出现，则让内蒙古文学的未来增添了底气。晓角，一个失学的农村女孩，17岁就在《草原》上发表了第一篇作品，充分展现了她的才华。关于写作经历，她有一句话说得非常好："文学让我

---

① 见拙作《短篇小说的可能性：从邓一光最近的短篇小说说起》，《大家》，2013年第3期。

醒了，而醒了之后，四周空无一人。”[①]这是她对文学的体验，是她对文学存在意义的深层思考。文学可以唤醒一个人，但文学也会让一个人更加地孤独，这或许就是文学让人又爱又恨的魔力所在。《清冷之人》是她的小说处女作，读来却更像是一首诗，甚至比诗更有跳跃感——思维颠三倒四，叙述前言不搭后语，任凭意识和幻象无序流动。英国诗人艾略特曾说：“具有自我意识的诗人就像是审视自我的旁观者。”[②]小说里那个“他”应该是“她”自身的真实写照，她将自己设定为另一个人，从一个旁观者的角度，冷观自己作为诗人的言行和状态，有自嘲，有安慰，也有指引。《一无所有》则是一篇很特别的小说。作者瑠歌有在美国留学的经历，所以他的行文和姿态都有英美小说的印记。小说中的莫里是一个富家女孩，无所事事却自视甚高，偶然中结识了一个流浪汉，在与流浪汉的交往过程中，她看到了资本社会虚伪而又冷酷的一面，也学会了怜悯和同情。莫里的经历，让我想起《麦田里的守望者》（美国作家塞林格的小说）中的霍尔顿，他们都是金钱至上的社会的“多余人”，对社会不屑一顾，也无心反抗。但是莫里要比霍尔顿幸运，她没有被送进精神病院，而且交到了一个让她认清这个异化社会的朋友——神秘的流浪汉。田逸凡的小说《求你们告诉我》表现了一个青年律师面对法律与人情等一系列复杂社会问题和矛盾，无法做出判断和裁决的困惑。还有白文宇的散文《以灶火之名》，作品围绕着灶台灶火这个意象，溯源从古至今的灶台文化，以及与之相关的自然、人伦以及神秘的传说与宗教，表现了年轻作家对传统的观照。

如果让我在本年度的“草原骑手”栏目中挑一篇我最欣赏的小说，扬清的《月末归不归》将是我的选择，因为它勾起了我细读一篇小说的欲望。小说故事扑朔迷离，时空叠错交汇，让你很难划清现实与历史、真实与幻觉之间的界限。这是一个“太爷爷”“爷爷”与“我”的感伤故事，首先是“太爷爷”的等待，等待“爷爷”每个月末回来为他剃一次头发。老父子俩的情感只能借助一次次短暂的相聚，获得平复和安慰。但真相是“太爷爷”已经老年痴呆，他其实一直活在过往的时空里，“爷爷”早已因病离世，他只能在“太爷爷”的幻觉中一次次复活，而“我”则是两位老人阴阳两界的转换者。小说最让我感动的是“我”送“爷爷”回家时的情景，“爷爷”即将回到他那阴冷黑暗的黄泉世界，但两人的对话依然是那么平静坦

① 晓角：《不愿遗忘》，《中国校园文学》，2020年第6期。
② 罗伯特·D.理查德森：《梭罗传》，浙江文艺出版社，2020年版，第348页。

然，让人感觉，生者与死者的距离不该那么遥远和荒凉，甚至让我们怀疑和思考两者到底谁更真实。

“塞外随笔”本年度有几篇散文需要推荐，首先是安宁的《人间切片》。安宁从山东落户内蒙古多年，对故乡依然有割舍不下的记忆，这些记忆让她无法释怀，只能诉诸文字，她入选年度全国散文排行榜的散文《走亲戚》就是一个例子。我曾在一篇文章里批评过她对故乡过于“尖酸和刻薄，甚至傲慢”[①]，并给她提出过一些建议。后来看到她的新书《寂静人间》，读到序言中的一段文字，我终于理解了她。她说：“我用一本书，清洁自己的内心，洗去所有遗落在童年的尘埃。就好像，我以婴儿般圣洁的身体，又重新降落到这个世界。”[②]发表在《草原》上的《人间切片》虽然也写了人世间的冷暖，写亲情邻里的嫌隙，但是它深刻地揭示了人性，况且出自一个敏感而又早熟的孩子的视角，就愈发显得真切合理，比如在文章的“第一部分”写母女俩在姨妈家的尴尬遭遇，而“第五部分”中写对逝者的尊重，以及生死两界亲人无法忘怀情感和思念，都给人一种温暖的感动。田鑫的《农事诗》也是一组写故乡的作品，写得细腻而温馨。其中《锄头》写父亲衰老后，开始侍弄早已被人遗弃的锄头，他希望借助这些已经消逝的农具，缅怀自己的过去。《碗筷》则以儿时的回忆和民间敬先人的习俗，记述了碗和筷子在人生中的重要位置。“一个家庭，碗筷是最基本的构成，人活着为了一口饭吃，这口饭，必须从碗筷里过，乡下人可以穷到家徒四壁，但一定有一副碗筷的，这样等走投无路的时候，也可以抱着碗筷出门讨口饭吃……”描写故乡或亲情的散文还有高云峰的《母子间的礼物》、查娜的《病过四季》、刘琳的《故乡三题》、吴昕孺的《大白花蛇》、付春生的《锄草》以及鹤轩的《父亲与他的丫头》等。其他类的散文还有回忆知青时代的《冬天的童话》（克明），记述内蒙古西部历史文化的《居延在斯》（陆春祥），等等。

“新发现”是一个鼓励和发掘更年轻作者的栏目，作者多是大中学校的学生，分布于全国各地。所选作品除了晓角的组诗《改变》（下文详述）之外，给我印象比较深的有祝伊文的非虚构作品《三妹的港口》、郑金师的小说《王绣云决定离家出走》、宝音塔米尔的组诗《风中诗》等。

相对于“自然写作”的红火，作为《草原》曾经最著名的品牌“北中国诗卷”

---

① 见拙作《信心与期待：谈内蒙古近几年的散文创作》，《文艺报》，2018年11月16日。

② 安宁：《寂静人间》自序，百花文艺出版社，2021年版。

在这一年里却相对沉寂。已过不惑之年的“北中国诗卷”，确实需要思考一下未来的走向。当然，中国诗歌这几年给人的总体感觉也不甚理想，活动多、奖项多，真正的好诗或者说给人眼前一亮的作品很少。不少诗人的创作显出了老态，少了往日的激情和探索精神。由此我想继续以晓角为例，谈谈她的诗。“我们惊异于这样的风／一天之内／土和人就混为一谈／／桃花腐叶风中相聚／塑料和戒指没有区别／没有区别的／甚至还包括黑白／应该惊异于这样的风／风中的我们／一无所有／／”这是选自“草原骑手”晓角的组诗《土豆城的公告》中的《沙尘暴》一首。很难想象它出自一个不到18岁的农村女孩之手。这首诗出口成句，没有修饰，但它真实灵动，且一语中的。还有“我在村里时／他回家很晚／他站在门口／喊一些羊／／我离开村里后／他回家还是很晚／他站在路口／喊那些山”（《改变／大伯》）这首短诗，让我联想起唐人王梵志的白话诗，宛若平常说话，却意境全出。当然，她的诗并不是每一首都好，有些可能还不知所云，但也许正是这种童言无忌，使她的创作有别于诗坛中的某种陈腐之风。近些年，我们多谈论口语写作，晓角的诗当之无愧，至少她的诗率真且无口水的气味。还有，我们见过太多的经过深思熟虑的诗歌了，语句修饰得没有了质感，仿佛一层层的词汇的阶梯和分行的抽象符号，更无法指向生活或者语言的本质。这是我对晓角的诗和目前诗歌现状的一点感想。

当然，即使再对诗歌现状失望，我们还是要从中淘拣和发掘出一些值得我们阅读的诗来。《草原》本年度的诗歌，客观地讲还是有相当高水准的，这些诗人有的是我熟知的，有些却比较陌生。老实说，我对国内当代诗歌少有研究，我在诗歌圈的朋友也多半是上世纪80年代起来的一批诗人，西川、多多、芒克、欧阳江河、王家新等等。当然，我一直没有间断过对外国诗歌的阅读，比如我喜欢的惠特曼、叶芝、里尔克、保罗·策兰、阿多尼斯、加里·斯奈德[①]等，也了解过一些布考斯基[②]的作品。还是先从广子的《苍天》说起。在我心目中，广子依然是当下内蒙古最重要的诗人之一。他的诗冷眼望去外貌粗豪狂放，但读后却会发现它内里的细腻和阴柔，充满了莫名的感伤和孤独的气息，这种反差让我意外。比如这首《大雁飞

① 加里·斯奈德，美国诗人，“垮掉派”代表，被誉为“深层生态学的桂冠诗人”，国内翻译出版有《龟岛：斯奈德诗集》，北京联合出版公司2021年。

② 布考斯基，美国诗人，小说家，被称为“贫民窟的桂冠诗人”，国内翻译出版有《爱是地狱冥犬》，华东师范大学出版社2017年。

过》，我怎么看诗人都像个受了委屈的孩子。“大雁飞过，带走鸣叫／我从未飞过，也没落下好名声／／每次大雁飞过／我就感到一阵孤单／／每次大雁从我的孤单中飞过／我就感到，我是掉队的那一只”。而他的《把照耀古代的太阳从岩石里挖出来》却又是另一种气象，洒脱而又义无反顾，但这样的诗我读到的少，所以我无法辨别哪一种才是他的真实。温古的组诗《被果实认领的嘴唇》中的一首《海鲜市场里的餐厅》，将餐厅的景象与细节描摹得如此诗意盎然，可见他是个对生活抱有热情和诗性的人。桑克的组诗《我更擅长记录悲痛的雨》中的《在任师的告别会上》，是一首典型的口语诗，记录了在诗人任洪渊先生的葬礼上，“北师大诗群”的诗人们泪别恩师的情景。诗的结尾让人唏嘘：“写不下去了，让雨替我写下去吧……／雨，越来越大，比我更擅长记录悲痛的雨……”此外，还有王怀凌回忆故乡乡村图景的《偏居》以及汪剑钊的《一只燕子轻轻滑过平静的湖面》、商震的《有草和没草的地方》、何立亭的《身体里的春天》等都值得一读。女诗人中，闫红梅的《席地而坐》注重生活的细节，写得风趣而有哲理。刘琳的组诗《大地上的神仙》则是对身边生活境况的感悟。她能自觉地将个人的独特经历，转化为人类共通的经验和思考。比如《拴马石》《旧汽车》《熬药》等。此外，还有包立群的组诗《俯仰之间》，其中的《黑夜与井》《豢养一片阿尔山的云朵》等都给人与众不同的感受。

以上就是我对2021年度《草原》作品的一个综述，其实叫阅读手记更为准确，因为它仅代表我个人的管见，很难不以偏概全，而且评价一个刊物和作品的最终裁判是读者。《草原》近几年的变化有目共睹，一个刊物的发展需要理念的坚持和思维的创新，同时，也需要文学前浪的引领，后浪的推动，因为内容（作品）永远是一个刊物的立身之本，而作家与编辑的合力是一个刊物持续发展的动能。

我们期待新一年的《草原》。

原载《草原》2022年第1期

十年与蒙古文中篇小说的底层书写

——以新时代十年文学为例

赛音朝格图

“80年代以来的文学观念就逐渐变成了‘人的文学’，而在‘人’的旗帜下，文学的发展过程被解读为人性的发展过程，文学的历史就是人性的历史，人的感性、身体和欲望获得了表述自己的权利。”[①]从而在文学领域中，英雄形象与普通百姓形象各得其所，发挥各自的作用，为底层人物的塑造奠定了坚实的基础。“针对‘底层文学’发生学研究，比较普遍的看法是近年‘底层文学’的产生基于两个基本动因：一是作为客观生活的底层现象对作家良知和责任的激发；一是文学自身的突围和‘救赎’”[②]。

在国内文坛上，体现底层人物生存状态的文学近年来逐渐被人们关注和认可。如：刘庆邦的中篇小说《神木》获得2002年老舍文学奖，陈应松的中篇小说《松鸦为什么鸣叫》、孙惠芬的中篇小说《歇马山庄的两个女人》获得第三届鲁迅文学奖，使底层人物、生活受到精英们的关注，引起批评家和学者的广泛讨论和研究，引发了社会大众的兴趣、好感。这些获奖作品都属于底层书写，因此不难看出，底层书写在新时代文学领域大显身手，成为新时代文学中的一个亮点。

---

① 李龙：《文学的救赎与救赎的文学——底层文学与现代性问题》，《文艺理论与批评》，2008年第三期。

② 王宗峰：《底层文学研究三题》，《齐鲁学刊》，2012年第六期。

一　所谓的底层书写

在文学批评领域，较早关注底层问题的是评论家蔡翔。1995年，他在散文《底层》中首先触及底层问题。他认为，对底层问题的关怀，与包括他在内的一代知识分子思维定势的紧迫矛盾、国民意识的身份与文化精英意识的教育息息相关。他们自觉承担社会责任，站在历史与现代的交汇点上，以忧心忡忡的态度关注社会发展过程中的种种病态现象[①]。《天涯》《文艺争鸣》《文艺理论与批评》《当代作家评论》《文学自由谈》《文艺理论》《上海文学》《北京文学》《文学评论》等国内知名学术期刊、杂志先后对底层文学代表作及相关问题展开热烈讨论，多位评论员积极参与，底层书写引起了批评热。

李云雷在解读底层小说的概念或内涵时，内容上侧重于底层生活中的人物与情节，形式上侧重于现实主义手法，艺术上进行革新探索；在行动上，传播了20世纪“左翼”文学和民主主义、自由主义，并融入了新思想、新创造[②]。

底层人物包括煤矿工、建筑工人、保姆阿姨、农民工，农村留守的老人、妇女、儿童等。

二　蒙古文中篇小说的底层人物

一切艺术都是作为人的本质探索来研究人，把认识人、表现人与小说艺术的本体、本质联系起来看的。研究人是为了认识人，表现人是在认识人的基础上进行的，如何认识人决定了表现人的艺术形式、内容的广度和深度。所以如何认识人是小说艺术的要诀。文学形象被打上了时代的烙印，作为那个时代的感召力，它敢于

① 高侠：《呼唤清醒的现实主义精神——近期“底层写作”批评述评》，《江南大学学报》（人文社会科学版），2010年第二期，第101页。

② 李云雷：《“底层文学”在新世纪的崛起——在乌有之家乡的演讲》，《天涯》，2008年第一期。

塑造人性的普通百姓形象。从塑造富有社会性的形象到塑造富有人性的普通百姓形象，暗示着文学家对文学、文学形象的理解有了新的进展，迎来了文学的春天。特别是进入新世纪以后，小说作家们在塑造底层人物上做得非常出色。“英雄形象和普通百姓形象是形象塑造中的两个极端。它表明两种价值。英雄是政治一体化的革命理想的信号，具有浪漫的艺术色彩。普通百姓是以生存为生存的生命信号，具有现实的展示色彩。”①

“文学不仅应该表达底层人民的生存状态，表达他们的思想、情感和愿望，同时也要真实地表达或反映底层人民存在的问题。在揭示底层生活真相的同时，也要展开理性的社会批判。维护社会公平、公正和民主，是‘新人民性文学’的最高正义。在实现社会批判的同时，也要无情地批判底层民众的‘民族劣根性’和道德上的‘底层的陷阱’。”②

表现底层人物问题是新世纪蒙古族小说家的重要追求之一。写底层人物的生活、思想、心灵是新世纪对蒙古族小说作家的时代要求，需要倾听他们的心声，了解他们的生活，描绘他们的心灵世界，进行人的关怀，并作理性思考。“卑贱的社会地位，单薄的经济状况，悲惨的人生境遇和可怜的命运，把普通百姓形象与英雄形象断然区别开来”③。小说不仅关心底层人物的生存困苦，在精神上也伸出关怀之手。这些人物是社会阶层中最弱势的群体，通过蒙古族小说家的笔，一个个社会问题展现在读者面前。

过去的小说创作都在塑造一个固定的经济基础上稳定生存的形象，纵观近几年的小说创作，出现了一批批进城务工人员的新形象，这些人物形象为传统观念形象体系增添了新元素，成为论文底层人物群体现象。多种社会问题直接冲击着这一社会底层群体的生活，本来就缺乏话语权、选择权的这一群体受到社会压力、精神压力的驱使，过着艰辛的生活。以群体人物生活为题材的蒙古文中篇小说创作，成为一个文学创作的亮点，受到读者、评论家的关注。

对新时代蒙古文中篇小说底层人物的研究，主要是在单部作品的例子上进行零敲碎打的评点，开展的是表面批评，而系统的、深度的、有高度的批评还没有进行。对底层文学的关注，应成为蒙古文文学批评领域的新问题。书写的底层群体涵

① 舍·敖特根巴雅尔：《新时期蒙古族小说形象研究》，内蒙古教育出版社，2006年版，第174页。
② 孟繁华，贺绍俊等：《圆桌会议底层文学未完成的讨论》，《探索与争鸣》，2008年第5期。
③ 舍·敖特根巴雅尔：《新时期蒙古族小说形象研究》，内蒙古教育出版社，2006年版，第176页。

盖农民工、保姆、足疗师、拾荒者、清洁工、煤矿工等角色。比如，王额日德木图中篇小说《农民工》里的呼和巴特尔、额敦桑布的中篇小说《保姆阿姨》里的呼兰、敖·那日格勒的中篇小说《云梯》里的贡赛、阿尤尔扎纳的中篇小说《怀抱太阳》里的阿诺金、额敦桑布的中篇小说《鸟归时节》里的拉斯克等形象都属于底层人物。

三　蒙古文中篇小说的底层书写意义

无论是从知识分子良心的道德立场出发，还是从社会健康、和谐发展的伦理立场出发，作家、艺术家对底层人物的关注和批评，都迫在眉睫。在构建和谐社会的文化语境下，对底层人物塑造展开批判，有极大的现实意义。新时代蒙古文中篇小说的底层书写集中体现了社会责任心，彰显人性、人文关怀、生命关怀等文学使命。

（一）唤起社会责任感

“底层叙事热唤醒了现实主义创作的传统，唤醒了现当代文坛上消失已久的责任感和人文关怀。”[①]底层小说所体现的家庭关怀、儿童关怀、女性关怀、底层人物关怀，是作家、知识分子、社会精英们必须关注、关心的问题，是他们对社会负责程度的试金石。他们通过对这些社会问题的关心，理清真善美、假恶丑，为更多的人提供了价值选择、审美选择的可能，激发了读者对社会的责任感。额敦桑布的中篇小说《保姆阿姨》《鸟归时节》，王额日德木图的《农民工》，阿尤尔扎纳的《怀抱太阳》等多部中篇小说，都通过书写底层人物、小人物的命运，激发了人们对社会的责任感。

（二）彰显人性

作家在创作底层小说时，特别关注人的问题，把深入探讨人性本真层面作为一种追求。蒙古族小说家在创作底层小说时，表现了人性的美好与丑恶，使读者真正

① 崔永明：《文学的社会承担与底层书写》，《光明日报》，2008年4月11日版。

感受到了人性的真正价值。真实体现人性的美好，就能感受到人性的真正价值，给读者赋予心灵的依靠和正能量。比如，阿尤尔扎纳的中篇小说《怀抱太阳》中的阿诺金、王额日德木图的中篇小说《农民工》中的呼和巴特尔、额敦桑布中篇小说《保姆阿姨》中的保姆阿姨呼兰等。

通过对人性丑恶的解剖，揭示出人的丑恶本性，探究其中的原因，达到启迪人的目的。比如，阿尤尔扎纳的中篇小说《怀抱太阳》中的兰巴、塔里木等，额敦桑布的中篇小说《保姆阿姨》中的乡长、县长和他的妻子，额敦桑布的中篇小说《鸟归时节》中的巴拉图等。

（三）人文关怀

人文关怀是指对人的生存问题的关怀，尊重人，关心人的精神生活，进而发挥人的积极性、创造性，实现人的自由全面发展等。对底层人物这一弱势群体的关注，作为创作、研究和批评，本身就是人文关怀的具体体现。

因此，知识分子应该把体现人文关怀作为他们必须履行的职责，不只是在作品中体现人文关怀，而是从对角色的关怀延伸到社会的人文关怀，才能成为真正的知识分子、灵魂的工程师。

（四）生命关怀

作品源于作家内心深处的矛盾，是作家对人生的热爱与追求。通过对社会与人生的绝望、生命的向往、未来的希望等的描写，作家最终达到对人生的关怀，让读者感受到人生的意义和生命的光辉。比如，阿尤尔扎纳的中篇小说《怀抱太阳》、额敦桑布的中篇小说《鸟归时节》等。

读者在对底层人物的观照中，会不同程度地汲取能量，净化自己的心灵，对爱与责任有新的认识，减轻心理负担，对可能面临的新的社会问题作出合理的判断。因此，上面列举的这些作品是对人的生命、生活的关怀，是体现生命意义的作品。

新世纪蒙古文中篇小说中的底层书写，弘扬了现实主义创作传统，提倡现实题材创作，秉持着关心人、关爱生命、关怀人的精神，充分体现了知识分子对社会的责任感。文学界只有对底层文学展开既有广度又有深度的研究，只有挖掘出这些作品的质朴情感和对文学的真诚态度，才能使底层文学在文坛上焕发出更大的光彩。

抒情的时间、哲理的空间和“幸福”的诗学

——散论内蒙古诗歌的十年苍茫

鄢　冬

内蒙古幅员辽阔，地广人稀，给诗人提供了足够多的写作素材。内蒙古各个盟市之间文化差异大，即便不出区，也能感受到不同文化之间的交流、碰撞。从呼伦贝尔到阿拉善，有高原，有平原，有山地，有草原，有沙漠。有人迹罕至的戈壁，也有人口密度相对比较大的城市。农区、牧区比邻而居，闹市、小镇相依无害。诗除了作为纯文学中较为高级的一种写作方式之外，它还应该作为复杂的文化表达和呈现存在。由于内蒙古不同地域空间给诗人提供的文化讯息是驳杂的，他们的书写自然就带有鲜明的驳杂性。

内蒙古又是诗歌重镇，写诗者众多。无论是《人民文学》《民族文学》《诗刊》《扬子江诗刊》《诗选刊》等知名刊物，还是内蒙古本土刊物《草原》以及一些地市级刊物，内蒙古诗歌都具有一定的发表量。全国骏马奖，有两次惠及内蒙古诗歌，骏马奖有查刻勤译的《阿尔泰新诗选》、满全的《春夜，谁在呼唤》获奖。在2012年以来的三次索伦嘎奖评选中，有《色玛》《变迁三部曲》《没有墓地的伟人》《草叶上的海》《风中妩媚的花瓣》《平凡的怀念》《取悦央金“如”字长歌》《大水之声》《天上草原》《在时光的风尘中牵手至今的群山》《人生幽曲》《察哈尔歌谣》《站在高原的脊背上》《蒙地诗篇》《苏尼特》《大丝路》《别力古台》《内蒙古女儿》《女人和她的马》《金黄色的疼痛》等诗歌获奖。

然而，内蒙古还远非诗歌强省，具体体现在两个方面的缺失：一是拳头诗人、

现象级作品输出较少。无论是从全国诗歌年选，还是从各大奖赛获奖名单来看，内蒙古诗人占据的比重都较小。二是既往的“草原诗歌”难以在诗坛获得持续的关注度，其他类型的诗歌没有相对稳定的文化向心力，因此难以形成鲜明的价值体系。自然，内蒙古诗歌存在的问题中，有些也属于全国诗坛的共性问题。随着网络媒介不断冲击，文学愈加边缘化。因此，指望诗歌文本生成价值体系和文化向心力，其实相对比较困难。然而，以西藏诗歌、甘肃诗歌这两个文化形态或地域亲缘相近的区域诗歌作为对比，内蒙古诗歌还有广阔的提升空间。

如果检视这十年来的成就，我更愿意把它归结为，在保持生态诗歌这一特色的同时，还具有文化的驳杂性与表达方式的多元化，同时，面向并表达生活的能力在不断加强。总体来看，十年来，内蒙古诗歌有以下三个特点。

一、带有明显抒情色彩，具备时间感受力、事件概括力和鲜明精神立场的时间性文本

众所周知，抒情诗一直是内蒙古诗歌重要的组成部分。即便是上世纪90年代“拒绝抒情”等口号的提出，也无碍“抒情”依旧成为内蒙古诗歌中最为常见也最为重要的组成部分。自上世纪50年代起，布林贝赫、纳赛音朝克图等内蒙古诗人就形成了较为坚实的抒情诗传统，他们的诗歌往往带有明快的单线条色彩和理想主义者的激情。这种诗歌的产生受到同时代全国诗坛的影响，但同时也与内蒙古大地所给予诗人浪漫、幻想的广阔性脱不了干系。

抒情，是不同时代、不同民族、不同地区诗歌的主旋律。原因是，诗的写作本就是一种性灵写作，它更讲求灵感和情感瞬间的迸发与握手，而不是理性逻辑长期的编织与生活经验过于繁复的积累。情感是文学艺术的核心推动力，有情的诗才显动人、婀娜。当然，抒情并不只是抒情诗的专利，但抒情诗却容易成为一个省份、地区、族群的名片。“诗歌是以抒发主体的情绪为主的，因此它的语言也主要是情绪的物质化。这一特点便决定了抒情功能成为诗歌语言的最重要的功能。”[①]

近十年来，内蒙古的抒情诗创作呈现两个特点，第一个特点是，内蒙古的抒情

① 吴思敬：《诗歌基本原理》，工人出版社，1987年版，第234页。

诗长期以来形成了一种文化惯性，那就是，具有鲜明的生态美学价值，以蓝天、白云、草原、山川、农田为主的绿色风景带为背景或意象，以写意或写实的姿态呈现善良温暖的人性与细腻的情感。阿尔泰、蒙根高勒、斯日古楞、海勒根那、樵夫、柳苏、蒋雨含、远心、王笑风、农子等诗人都创作了一些此类的诗作。这一类诗歌，也往往是外省人狭义认知的“草原诗歌”。在另一篇文章中，笔者曾经提到，内蒙古诗歌的生态价值反映在美学和心理学两个层面，需要被提倡“自然写作”，反思人类命运，重审人与自然关系的今天重估。①

在这些诗人中，海勒根那的生态诗歌，我认为被低估了，当然，这也有可能是其小说创作的优秀掩盖了诗歌特有的光芒。阅读海勒根那的诗，仿佛和他一起穿行在呼伦贝尔大草原上，但诗中毫无疑问都充斥着悲壮和血色浪漫的味道。如他的《陈巴尔虎的傍晚》，“牛粪垛，我认识你／炊烟直上的蒙古，我认识你／推开的包门，我认识你／当大地一片辽阔的黑暗／而天边沉去的火啊／点燃我悲伤的火／把羊群遗弃，把瑟瑟的傍晚遗弃／我的陈巴尔虎／你被苍穹层层裹紧的深秋／那寒风吹黄吹瘦吹得干枯的脸／布满羊皮的褶皱，母亲乌红色的褶皱／而飞越黑夜与高处的一队队鸿雁／每一声啾鸣都是一阵揪心的痛／那清冷而干净的痛／像一根根被秋风吹断的枯草／枯草多么渺小我就多么渺小／一只羊多么脆弱我就多么脆弱／母亲，今晚我要盖上被子／好好睡觉”。如果说海勒根那的小说是光怪陆离的神奇世界，给读者塑造了一个又一个游侠的形象，那么他的诗歌则相对而言更为清澈、透明，也更容易捕捉文本中的情感讯息。对比而言，小说玄妙与繁复，意象和形式汇成了深邃的海洋。诗歌却追求单刀直入的纯粹和明快，像一条蹦蹦跳跳的载着忧愁和欢乐的溪流奔驰而去。海勒根那的诗，似乎在为小说相对晦涩的表达进行代偿，但因为没有太多的“刻意”反而更有清新之风。

在重视生态文明建设的今天，我们发现，这一类诗歌并不仅只是对风景人情的讴歌，而是筑牢人类命运体的有力抓手。因此，对这一类诗歌，我们不仅只在文学领域认定其价值，而是应该在心理学、美学层面认定其生态价值。它也不仅只是讴歌式的碎语，而应该成为精神世界构建的一部分。

然而，只是立足于风景或人情人性美角度的抒情诗往往呈现出单薄的审美疲劳感。这并非是内蒙古诗人写作能力不够突出，也不是内蒙古的自然资源不够丰富，

---

① 参见鄢冬：《美学冲击与心理召唤——内蒙古当代诗歌生态价值论析》，《中国当代文学研究》，2019年第5期。

而是因为，诗歌创作是由外到内再向外的心理活动，但它不能流于外在，一方面容易造成主题、题材的重复，另一方面容易造成情感表达的平面化。抒情的平庸会造成抒情的空心化、均质化。抒情如果不平庸，就一定要具有深度和层次。抒情主体也不应该是纯粹的，外放的，而是具有一定思辨和内收特质的。可以说，草原诗歌中的大部分，都更接近清澈的歌谣，或是一唱三叹的歌行体，在此前提之下，抒情主体很难保有思辨的状态，也在一定程度上阻碍了它的意义体进一步裂变。

第二个特点是内蒙古抒情诗近年来的一个突破，即立足于现场，对于历史进行追思，以回溯过去的方式重估当下的价值，以风物传递忧思。写作这一类诗作的诗人主要有满全、白涛、牛敏、高朵芬、赵春秀等人。实际上，人很难摆脱当下的束缚独立或纯粹地谈论“历史”，或者进一步说，任何一种“历史”的言说都具备鲜明的当下立场。诗人立足于脚下的山水与历史中的风景和人物进行隔空对话，进而借“思古之幽情”抒发人文情怀。满全的诗集《今夜，大海在北边》、白涛的诗集《长调与短歌》、高朵芬的诗集《一抹蓝》都属于此类作品的突出者。

满全善于写作历史题材的抒情诗，他的诗集《今夜，大海在北边》，以海外生活为题材，寻找生命的安宁。《远去的王朝》《金阁寺》《东京不相信诗人的谎言》《东京之秋》等作品通过描写异国生活表达自己独特的感受。他的诗歌自有一种开阔的气度，同时又展示出渺小与伟力的悖论，比如《准噶尔王朝古城》：“面对无尽的时空 / 无法找出苍穹的印记和大地的轮廓 / 是谁在帝国废墟上畅饮一杯烈酒 / 一首古老的牧歌在天边荡漾 / 鸟群划过群山之巅 / 一个人站在北方的夜空下 / 等待着前世的兄弟”。应该说，如果只是漫无边际地瞻仰过去的神迹，诗很难赢得较强的艺术感染力，但把“一个人”代入其中，苍茫的古意和侵入人心的悲怆就席卷而来了。白涛的诗集《长调与短歌》，获得了较高的评价：“作为一位当代蒙古族代表性诗人，白涛的长调幽远、短歌遒劲，他以嘹亮的歌喉，唱出一曲蒙古民族的英雄浩歌。”[①]实际上，他的文本中，“自我”仍然是镌刻历史风云的醒目符号：“琴手啊 / 你可知道你的名字 / 你的名字叫：勇敢 / 猛抬头 / 滂沱泪水之中 / 你看见我的身后 / 是草原上黑色的群山。”（《马头琴手》）高朵芬的《一抹蓝》中，“寻找”几乎贯穿了诗集始终。诗人执着近乎于偏执的寻根意识，让语言获得了更多的表现力：“许多时候，一阵风超过一匹马的速度 / 从褶皱叠起的地势流变 / 低处有蜥蜴

① 张同吾：《蒙古民族的英雄浩歌——读白涛诗集〈长调与短歌〉》，《草原》，2012 年第 9 期，第 94—96 页。

卷着尾巴仓皇而逃／那神色令人不安／我看到，命运多舛的北纬40度高原／上空，依旧住着一轮唐朝的月亮。”（《一匹马，以一条河的姿势奔跑》）

二、具备一定哲理性，同时通过典型场域表达诗人思考自然、社会与人类关系，并具有一定价值判断和倾向的空间性文本

如果说抒情诗因其情感表达节奏的明晰而具备时间意识，是拥有历史广度的时间性的文本，那么哲理诗，或者有较强哲理性的抒情诗、叙事诗就是拥有思想深度的空间性的文本。近十年来，广子、恩克哈达、包立群、孙永斌、李文俊都写作了一定量的空间性文本。这一类诗人，与抒情诗人不同的是，他们并不执着于当下的自然或过往的历史，往往把自然物象或社会事件当作某种表情达意的媒介，或者是从此岸到达彼岸的桥梁。

广子《蒙地诗篇》是近年来难得的作品，原因是它近乎于袒露地表达了内蒙古特色的空间经验，更为珍贵的是，他试图做一个审慎的思考者："尽管蒙地诗篇系列凝缩或延展了内蒙古118万平方公里的景观，但我不赞成将广子的在意义之外漂浮的自由身体视为奥德修斯式之旅，他和叶芝一样，在审美上都是实用主义者，认为诗歌只可能来自诗歌自身，就像他的蒙地诗篇系列，与其说是他受困于一种无法摆脱的幻象，还不如说他对每一个突如其来的惊喜念念不忘。"①赵卡的评价比较中肯。他认为广子的写作远非流浪式写作，也并不是献祭式写作，而是更多的沉浸自我的写作。的确，广子的《蒙地诗篇》也许并不是他最好的作品，但确实可以看作是一组书写内蒙古的优秀作品。其中特别之处在于，这是一组行走的具有"生长性"的诗篇，因此可以无限繁衍并产生意义。其实，争辩它究竟属于奥德修斯式文本还是实用主义文本并不重要，它们是空间的产物，也是个体对于空间特异式的观察，却又蕴藏了无数的可再生产性。诗评家张德明也同样肯定了组诗中蕴藏的"灵性"："阅读这个系列诗章，我们不觉会被草原那神秘的气息和奇幻的魔力所深深吸引，对那片广袤土地的山水草木悄悄生出了敬畏之情，并鲜明地感知到，有无数灵性的光亮，时刻在草原之上闪烁

① 赵卡：《118万平方公里：一个人的蒙地诗篇》，https://weibo.com/p/23041849f6d9cf0102xy7e。
② 张德明：《灵性的光亮在草原闪烁——读广子的组诗〈蒙地诗篇〉》，《草原》，2013年第2期，第17页。

着。”[2]实际上，灵性的确应该是诗人面对空间所发出的诗性反抗，否则，空间之下，靠什么来支撑人的卑微和渺小呢?

灵性书写同时也是一种智性的书写，会让诗人面对寻常事件或景物，也能陡然深刻，比如，李文俊的《夜行》:“山丘低矮，一座连着一座／朝着巴音杭盖方向延伸／鹿、芨芨草和突厥人拉满弓的石头／都在斜阳的光照里。我们走着走着／天就黑了，有那么一刻／我脑子一片空白／眼睛有点不太适应突然降临的黑暗／山丘上有一峰骆驼／也在夜色中／不紧不慢地游走／风吹着这个凉爽的夏夜／月亮从驼峰之间弹出／在我的注视下，一点点升高／我眼前的一切／开始变得朦胧和深不可测／从我家到巴音杭盖／徒步需要三个小时左右／父亲走在前，如同一尊移动的雕像／我紧随其后／多少年一去不返／现在想起来，我依然能隐隐感觉到／他和他背后星星的气息”（《夜行》）。李文俊的这首诗，就体现了具有典范性的人与空间的关系。特别是“月亮从驼峰之间弹出／在我的注视下，一点点升高”这一句，把月亮和驼峰的相对运动和静止都体现得富有流动性，同时，“我的注视”又赋予了空间更多的层次。即便本诗依旧在写草原，在写夕阳，写村庄，但显而易见的是，诗人正在处理空间带给人的深层影响。空间之下，人的渺小，空间之下，人的博大，都通过诗句加以揭示。

实际上，内蒙古诗人正在摆脱抒情诗的焦虑，转而走向精神之境的探秘，走向哲学的诗。“一首诗，即是，它在适当的读者底心灵中所构成的真实的经验，约束着他对于世界的反应，并且整理他的冲动，乃是我们研究他人对于事物如何感觉的最好的证据。”[1]

三、试图以口语形式表达日常诗意的“悖反性”诗歌，此类诗歌往往讲求运笔的突转，于平静中起波澜，反而具有朴素美学价值和生活质感

尽管自然、历史足以给诗人提供无尽的素材，但诗歌最终还是要回归鸡零狗碎的生活。从生活中寻找诗意，这不仅意味着诗歌从形而上的穹顶滑落至形而下的泥土上，而是对人类生存价值的再次确认，以诗歌的方式赋予人在生活中的二次重

① ［英］瑞恰兹:《科学与诗》，徐葆耕编，清华大学出版社，2003年版，第29页。

生。生活总是缺乏诗意的，它往往千篇一律而冗长猥琐，但诗人的书写会让生活焕发“如见初恋”的美好。敕勒川、温古、赵剑华、青兰格格、赵卡、闫红梅、曾烟、景邵德、唐月、马端刚、戈三同、刘琳等诗人，十年以来致力于对生活的发现和诗意的开掘。这其中，敕勒川、温古、青兰格格、赵卡已经形成较为稳定的诗风，而曾烟和闫红梅应该是近年来内蒙古诗坛的惊喜发现。

她们两位，一个是普通的打工者，一个是女书家，无论是职业或生活，都离诗较远，然而，她们的诗却自成一格，有一种莫名的力量能打动读者。这是由于内蒙古诗人将日常生活审美化的努力：“今天，我们生活在一个前所未闻的被美化的真实世界里，装饰与时尚随处可见。它们从个人的外表延伸到城市和公共场所，从经济延伸到生态学。……个人经历着对身体、心灵和行为的全方位时尚化。”①

比如，曾烟的《山楂生活》就取自与丈夫老薛真实的打工经历，所卖的糖葫芦也是美好生活的象征。“这是一个很复杂的过程：/洗手，磨刀，挖出它的核/把一个人所有的人生经历/都拿出来，在一颗/小小的山楂上/一试身手/然后，一颗一颗地串起来/在它的伤口上浇上一勺/融化的糖/我们都喜欢把日子过得滚烫，甜蜜/面带笑容/站在人来人往的街头，把甜蜜的日子/分给每一个前来认领的人”（《山楂生活》）。一个具有象征意义的事件是，曾烟凭借朗诵这首诗，获得了内蒙古首届农牧民诗歌大赛一等奖，这既是曾烟的胜利，也是属于幸福诗学的胜利。该不该对苦难生活进行审美化处理，抑或是血淋淋地还原它的原貌呢？我想，每一个作家都会有不同的价值预设，不同的价值预设，会形成不同的作品面相。的确，如果以旁观者的姿态，肆意对他人生活进行精致的评点或升华，无疑是可耻的或至少是不人道的。但是，若能将自己的苦难进行审美转化，并形成艺术作品，则不仅体现出作家超人一等的胸襟，还体现出技法的圆熟，以及个中孕育的有可能直击人心的冲击力。闫红梅同样也是幸福诗学的践行者。她的组诗《席地而坐》里，所描写的“镜子”“硬币”“厨房”“脸”“嘴”“海马”都是寻常的物象，但却因为主体投射了坚定的乐观主义，焕发了不一样的光彩，比如：“难以置信，这是从不做饭的儿子的厨艺/仿佛他天生就是一个厨子，仿佛/他天生就能将人生的酸甜苦辣咸调和得恰到好处，仿佛生活/只是一间冒着热气的小小的厨房/值得我们，倾尽所爱，厮守一生”（《厨艺》）。她还时常在平静的叙述中亮出神来一笔，比如

① ［德］沃尔夫冈·韦尔施：《重构美学》，陆扬、张岩冰译，上海译文出版社，2002年版，第109页。

《镜子》：“只有我知道，镜子，其实就是一个 / 阴谋家，它配合着命运 / 不动声色，且小心翼翼地 / 一点点收回，你在人间的 / 时光。”

在我看来，曾烟和闫红梅的诗，具有在平凡生活蒸腾出生机的能力，真正使得诗获得了向上发展的动力，她们的诗神不是高蹈于云端，也不是蹙眉于尘上，而是洋溢着实实在在的“获得感”。自然，我们不必刻意歌颂生活，生活是粗糙的，乏味的。但我们同样不必拒绝感受并抒发生活，因为这背后同样需要向死而生的勇气。诗有针砭苦难的能力，同样，也应该有歌颂幸福的力量相对应。实际上，作为读者，并不会觉得作者粉饰苦难就低估了他的苦难，而恰恰会钦佩于他直面苦难并微笑的本事。

在一般的意义上，我们可以说生活本身是残忍的，它像深不可测的深渊，慢慢耗尽我们所有的热望和期待，但另一方面，曾烟和闫红梅都有能力让我们感受到幸福诗学是真正存在的。当然，诗人应该直面现实，并勇敢地发出恶声，但诗人的力量同样源自于生活，脱离了生活这个庞大的给养库，任何呼号都是空洞的、无力的。确认“小日子”的意义，不是懦弱的表现，也不是小资的说辞，而是以笔亮剑的勇敢，和无可救药的乐观。

结　语

以上笔者的观察不能说是全盘的、精确的盘点，限于精力，很多诗人的诗作没有读到，因此也无法在文章中举例引用，拙文只能作为个体的、局限性的散论存在。笔者不通蒙古语，未能将蒙古语诗歌纳入其中，只能用笔者可以涉猎到的阿尔泰、满全等人的汉译诗稍作补偿。应该说，十年内蒙古诗歌的成就，可能不是体现在获奖的数量（或重量）上，而是依旧为读者贡献了优秀的作品，内蒙古文坛也为内蒙古诗人提供了许多机会和平台，比如索伦嘎奖的评选、文学馆的成立以及《草原》杂志编选的《内蒙古青年作家作品选（诗歌卷）》和近几年举办的内蒙古年度诗歌排行榜。然而，写诗就同时意味着给文字“赋魅”，意味着打破生活惯性，重新制造神圣的艺术秩序。因此，写诗就是诗人向世界发出的挑战宣言，特别是诗已经不再具有神性价值的今天。近十年的诗坛，“生活不是眼前的苟且，还有诗和远方的田野”“我有一壶酒，可以慰风尘”曾接力刷屏，说明对诗意的追求仍然可以随时复苏。然而，贾浅浅、余秀华、乌青的“白云体”，加之十几年前梨花体、羊羔体的爆火和被恶搞，又在一定程度上说明，诗歌如果纯粹实现了大众化，将是一个多么危险的讯号。因此，可以进而论之，内蒙古诗歌虽然在全国诗坛属于边缘地位，但并非祸事，这恰恰使它赢得了相对独立的尊严，和难得的平静感。

当然，对下一个十年，依旧有两个展望。一是，期待下一个十年，形成内蒙古诗歌多源合流的局面。内蒙古大部分盟市都有相对独异性的地质风貌和自然景观，在长期的社会实践中又形成了区别性较强的语用体系。然而，内蒙古是中国的正北方，同时也是雄鸡的脊背，狭长的边境线和长期以来形成的空间认同实际上又形成了相对稳定的文化诉求。内蒙古其他艺术形式，如歌曲、舞蹈、戏剧、电影，其实都是多源合流、一体多枝的局面，有鲜明的“内蒙古”标签，同时又具有个性化的展示空间。自然，我们并非极力强化这种文化标签，而是如果要谈一个省的诗歌，就应该建立一种除了户籍以外的文化属性区分标准。然而，内蒙古诗歌的内蒙古味道还需要进一步凝心聚力完成。

二是，期待下一个十年，内蒙古诗歌拥有更多的现代性。上文谈过的“幸福诗学”其实就是普通人在日常生活或者小康生活中完成的一种现代性确认。现代性由火车、轮船、飞机、高铁押运而来，实际上，它也从田园牧歌、青青草原最终走向人均几十平方米的空间。摩天大楼必然是现代性使然，但普通人如何在城市的草原中顽强地充当一株草，则仍然是现代性抛给现代人的一大难题。因此，认真对待自己，对待现代生活，无疑是勇敢的，而如何艺术化地抒发出那些痛苦和希望，则应该成为诗人的重大课题。我们无法拒绝现代文明，尽管对内蒙古而言，可称为现代化的都市并不多，但不可否认的是，都市化、城镇化依旧不可阻挡。在元宇宙、人工智能等新话题方兴未艾之际，内蒙古诗人如何不失本色，又能迎浪头而上，真正成为现代社会的思考者、抒情者，我们共同期待。

原载《金钥匙（汉文、蒙古文）》2023年第1期

新时代十年内蒙古诗歌的话语焦虑与新草原写作的自我建构

刘　永

20世纪80年代中期，《诗选刊》的创刊（1984年8月）以及《草原》杂志开辟“北中国诗卷”（1986年2月）等两个文化事件，使内蒙古一度成为中国诗歌的重镇，不仅备受诗坛瞩目，也推动了内蒙古本土诗歌创作的繁荣和发展。阿尔泰、齐·莫日根、勒·敖斯尔、阿古拉泰、蒙根高勒、张廓、赵健雄、张之静、雁北、白涛、蒙原、张天男、蓝冰、温古、成子、独乔木等新一代诗人登上内蒙古诗坛，“他们以卓异多姿的个人风采和宏远雄浑的群体热量，不断锻造着草原诗歌的美学风范。他们承前启后，为草原诗歌多声部、多向度、多元化的审美实践付出了艰辛的努力”①。敬文东说20世纪80年代中期诗歌的中心出现了迁移，四川成为一个“抒情的盆地”，那么当时的内蒙古就是一片“抒情的草原”。

但20世纪90年代以来，内蒙古诗歌创作的影响力不断下降，以至于一段时间内外界对于内蒙古诗歌的了解仅限于“70后”双雄——广子和赵卡。广子把内蒙古诗歌置于当代汉语诗歌发展的大背景上加以分析，不无担忧亦不无残酷地指出：“近年来内蒙古的诗歌书写活动从未形成‘主流’之势，甚至无法进入‘北方’的中心，而即使将其‘边缘化’，又难以纳入到‘西部’这样一种概念里。”②他对当下的内蒙古诗坛的结论是“整体陷入平庸之境”。究其原因，主要是内蒙古诗歌群体创造力的

① 阿古拉泰：《内蒙古七十年诗选·牧野高原上的诗意传承——写在〈内蒙古七十年诗选〉付梓之际》，内蒙古教育出版社，2017年版，第3—4页。

② 广子：《站在西北瞭望——对内蒙古六位诗人的简单描述》，《诗歌月刊》，2004年第12期。

不足，文本探索精神的匮乏，内蒙古诗歌处于“失语”和“缺席”的状态。

首先，草原诗歌的话语焦虑。循“失语”而来的，是内蒙古诗歌写作的话语焦虑。内蒙古当代诗歌在几十年的发展历程中，概而言之（或简单粗暴地划分）形成了两种写作话语类型：一种是草原诗歌话语。这种写作话语极尽描写草原风貌和民族风情之能事，是对地域性与民族性的双重自信。美国诗人弗罗斯特说过：“人的个性的一半是地域性。”[①]草原话语对于内蒙古诗人而言，是一个宿命般的标识。内蒙古诗人的诗歌中哪一个没有出现过蓝天白云羊群绿草地呢？内蒙古的草原文化具有独特的认识价值、精神禀赋和道德力量，其强悍的生态指向和生命逻辑，使内蒙古和草原成为一个能净化人心灵的圣地。敕勒川的《手掌心的草原》[②]可以视为代表作：

多少年了，我悄悄地把草原攥在掌心
我跟着它绿，跟着它黄，我跟着它
从左手辽阔到右手

多少年了，我像一棵草一样保持沉默
多少年了，我像一匹马一样停不下脚步
多少年了，我把月光汇聚成内心的河流

多少年了，我仍紧紧攥着
这童年的草原，仿佛攥着
不可言说的命运

没有人相信，这无边的草原
太过单薄，一松手
就会被时光吹散

这是一首可以把大地砸疼的诗歌，诗人内心的隐忍和骄傲生成一种近乎神性的

① 沈苇：《尴尬的地域性》，《文学报》，2007年3月15日。
② 敕勒川：《手掌心的草原》，《扬子江诗刊》，2009第1期。

辉煌。内心辉煌成就大美牧歌。大卫说过，“我怀疑他与神有过私约，否则，他不会把青草写得更像青草，甚至青草的祖国、青草的内心以及内心的辽阔”①。这种生命化的写作，使得诗人“攥在手掌心的草原”在地理与心理上是没有距离的。

草原诗歌话语是一种我们引以为傲，同时也是需要我们警惕的诗歌话语类型。罗杰·加洛蒂在《论无边的现实主义》一书中提道：“诗歌是被监禁的世界的对立物，创作是异化的对立物。”②也就是说，诗人通过诗歌的言语之遥，所要抵达的是存在的本质。诗人在写诗的时候，世界向人类靠近一步。然而遗憾的是，从诗歌地理学意义上来考察，内蒙古诗人写诗的时候，世界往后退了一步。因为草原诗歌话语存在两个不得不重视的问题：一是他者化倾向。内蒙古更多的时候是在“他者”观察下的内蒙古，真实的内蒙古是一个驳杂的生活世界，而不是一个景观化的内蒙古。我们不能把内蒙古变成一片迎合看客心态的媚俗的草原，一个关于草原的“异托帮”③。内蒙古草原诗歌无往不在“他者”的文化软暴力之下，呈现出削足适履甚至自我阉割的应态。比如科尔沁诗人野岸被冠以“牧羊诗人”的称号，这种自我殖民式的商业炒作行为有悖于内蒙古诗歌的健康发展。诗人就是诗人，诗歌也只能是诗歌。二是对诗人的限制性影响。一个诗人如果不能超出地域性生存经验对个体写作的限制性影响，那地域性就仅仅是这个诗人的出生标签而已。真正的地域诗歌写作是经验主体重构它与世界的关系。野岸在《牧歌》中吟唱：

南风不紧不慢
踮着脚尖走过脸庞
印下的舒爽
即便躺着也高过头羊

碧草弄浪

① 大卫：《草的闪电与雷的紫罗兰——序敕勒川诗集〈风提着一朵花走了〉》，内蒙古教育出版社，2009年版。

② 转引自沈苇：《从地上火种到天空火焰——〈火种诗社十年作品选〉序》，《新疆经济报》，2010年12月15日。

③ “异托邦”是米歇尔·福柯在《词与物》（1966年）中提出的术语。为了说明什么是“异托邦”，福柯先从什么是乌托邦入手：乌托邦是并不真实在场，没有真实位置的场所。但是，在一切文化或文明中，有一些真实而有效的场所却是非场所的，或者说，是在真实场所中被有效实现了的乌托邦，可以理解为“可见非现实空间”，福柯称之为“异托邦”。

漫过平坦漫过高岗
如母亲的手掌
轻抚过婴儿的身上
把大地褶皱的心事
一一熨平

蝶群和鸟鸣消失得恰到好处
原野简单为蠕动的绿色曲谱
每一朵打碗碗花都是一个错落的音符
把草原的夏天
分装成经年的绝唱

郜元宝说："我读《繁花》，读懂它的部分我觉得像《红楼梦》，没有读懂它的那部分我觉得就是《金瓶梅》。"[①]令人略感悲凉的是，野岸的这首诗我们都读懂了，它是牧歌也是挽歌。

另一种写作话语类型是后草原诗歌话语，或者是反草原、无草原话语。在事物传统的语境中，一个事物不是单独的存在，它存在于某种象征秩序中，出于对草原话语的消解需要，以及现代化草原的时代的到来，我们和自然的关系发生了巨大的变化。"事物正在被还原为没有观念中介的知觉过程，一个失去象征的世界带给我们平静的心态与生活。隐秘在自然秩序中的象征秩序已经解体，已不再有必须小心翼翼地遵守的礼仪。事物的世界不再惊扰我们的内心，也不再对我们说话，它沉默了。或者说，它们的话语在象征意义之外。隐秘地存在于自然秩序中的意义的网络也随之解体。"[②]事物可以被构想的空间在消失。对于掺杂着地域性内涵生活的消逝，诗人们有一种莫名的焦虑和敌意。当下的生活对于诗人而言不再是自然生态性的，而更多的是社会性的、现代性的。如广子的《礼物（或那喀索斯的镜子）》[③]：

想想看，如果世界不是一面镜子

① 金宇澄：《繁花》，上海文艺出版社，2014年版，封面。
② 耿占春：《失去象征的世界——诗歌、经验与修辞》，北京大学出版社，2008年版。
③ 广子：《礼物（三首）》，《海燕》，2014年第4期。

你和你，你和我，我和我
我们通过什么来认识自己
而现实肯定不止有一面镜子
谁能保证，每一次照见的
就是真实的自己。也许你长着
一张湖水的脸，我也有一副
水仙的面具。但谁敢断定
我们的背后不会刷着水银
……
而现实的镜子无论怎么反光
也不会照见另一个你和我
我们身体里的那喀索斯
不同的是，我们有无数面镜子
但那喀索斯只有一潭湖水
所以结果只能是，他死于他的美
而我们活在各自的丑陋里

读完广子的这首诗，我们的感受首先是知识，抽离了历史事件的知识；其次是认知，规避草原话语的个体认知。这种修辞行为的有效性在于体现了后草原文化语境下诗人的话语焦虑以及焦虑后的话语选择。诗歌话语的焦虑叙事的深层次原因是文化认同的焦虑，是对自我文化和他者文化的双重怀疑。

无草原话语在近年来内蒙古诗歌中较为常见，如高坚的诗歌中内蒙古特征不明显，趋向于“底层生存写作”。高坚诗歌的语言非常纯熟，“夜不用标题 / 下雨了就是雨夜”（《雨夜》）、“父亲粗糙的手伸过来了 / 我的泪 / 返青了他一片前世的麦田”（《疼也不说》）。很多诗歌中都有车站意象，《一个人的车站》《夏天的地铁》《站点》，对于奔波的人来说，车站就像是临时休息的地方，一个可以喘息着回忆和憧憬的临时的家。高坚的车站是没有颜色的诗歌镜像，“月光把一个等待的车站 / 素描成冰冷的阴影”，“一个人的车站 / 在水墨画里没有春天”（《一个人的车站》）。甚至家乡在回忆中也成了没有颜色的存在，“素描里的炊烟是一幅风景画”成了“装不进乡愁的炊烟”。连爱情也是这样的，“剪纸里的喜鹊”已经唱不出它对于人的寓意和象征，诗人“素描颜色淡淡的鹊桥”，他把失去象征的世界表现得淋漓尽致。

与之相关的是写逝去母亲的诗歌，诗人把对母亲的思念“写成一本诗集／发表在每一个想你的日子”，写成“妈妈，儿的心永远不会埋葬你”这样的感人肺腑的诗句。柴米油盐的日常生活总是带有不太凶险的荆棘，有时候会“刺痛了母亲的手指”，“一生也没有拔出来”，多年以后祭拜母亲时，使人感觉到“母亲，你陈年的伤口／开始痛在我的心里”。这是对母亲的眷恋和对母爱的描写，以及对母爱丧失的痛挽，更是一种对家园漂泊的无奈之痛。那些漂泊的生涯，没有颜色的奔波，已经改变了诗人的内心世界，“雨落在记忆中的乡村”。在”母亲、炊烟“等具有故乡质感的呼唤声中，在一个失去象征的世界里，故乡对于诗人而言成了永远回不去的地方。正如卡尔维诺所说：“他乡是一面负向的镜子。旅人认出那微小的部分是属于他的，却发现那庞大的部分是他未曾拥有，也永远不会拥有的。”[①]所以诗人只能用文字去“擦拭记忆的灰尘”，并对漂泊生活之岸有所瞩望。《疼也不说》中有“疼痛的岸”，在渡口，“你不来／岸也是我的”（《我的》），也许“对岸／如约而至的／是礼节性的问候”，诗人也怀疑，“如果飘零的归宿是梦”（《最后一朵落花，穿过梦》）。车站与岸，是高坚对奔波与稳定的意象选择。

高坚的诗歌之中，已经很少看到草原风物，即使偶有几处，也仅仅是一个随时被更换的词语。《月光下，拉二胡的外祖父》里，无论是挥手的萨日朗，还是今夜乌珠台的月光，其主题还是思乡，“歌声里的故乡不知在哪里”。再看《镌刻》一诗：

开铁匠铺的爷爷　敲打着铁的痛
铁分娩的孩子　嫁到小镇以外
马掌铁钉在马蹄上 路就会生动起来
路就不会荒芜

风箱　燃旺了　小镇冬天里的春天
开铁匠铺的爷爷　把自己的名字
镌刻在他锤打的铁具上

① 周宁：《中国异托邦：二十世纪西方的文化他者》，《书屋》，2004年第2期。

犁出了一片田野　收获了一个丰收的秋天

开铁匠铺的爷爷　最后由儿孙们把名字
铭刻在了石碑上

无论作者想要镌刻的是什么（种族、文化、生命意志等），内蒙古风物都已经从他的意象世界中游离出去。大量的南方意象充斥于高坚的诗歌文本，如《倾城》中空城有一条青石小巷，有回眸、浅笑、擦肩，梦到的是一座这样的空城。还有像紫丁香、箫声、池塘的月色、露水湿润的岸、搁浅的船、栀子花的心事等都是南方诗写话语意象的构成要素。内蒙古诗写话语的尴尬在于，由于草原意象的充斥，导致了当下内蒙古人的生存经验难以进入诗歌的语义空间。若当下诗歌写作的意象选择、话语结构和言说方式得不到有效调整，那么强悍的审美惯性便会将语义引向原有的意义领域，内蒙古诗歌的现代性就难以实现。可以说，内蒙古诗写话语一方面是被填满了的话语；一方面又是被淘空的话语，淘空了个人性的生存体验的语言。面对自然的内蒙古和生活的内蒙古，我们的诗人处于一种失语状态，无法真正地与内蒙古相遇。

“失语”的深层原因，是文化身份的焦虑及其诗学缓解。因而内蒙古诗歌如果要健康发展，需要重新建构自身的话语。但内蒙古诗歌话语建构之难在于：一方面对草原话语的“超稳定结构”进行改造甚至重建；一方面对“他者”话语要接受其洗礼而不要被其异化。这一切都说明，内蒙古诗歌话语建构处于过渡时期。

其次，过渡时期的自我建构。在内蒙古诗歌话语建构的过渡时期，诗人需要不断突破自身的写作修养，用先进的诗歌理念指导自己的写作实践，并在诗歌写作实践中有自觉的话语建构。去除自我和他者的双重禁锢，做到“自在”，顺应内蒙古诗歌的“自性”发展。佛家语：“心外求法，虽入佛门，不能入定。”面对内蒙古诗歌当下的生态环境，我们同样应该面对内蒙古诗歌的“自性”，而不是在“自性”外求诗。

从这个角度看，诗人野岸无疑是有自己话语建构的自觉的，尽管他的诗歌主张和诗歌写作还带有草原话语束缚的痕迹，也不可避免地带有“他者”话语的影子。如早期的《敖包祭》《怀念马蹄声》等诗，表现出来的不再是纯粹的内蒙古文化，而是暗暗配合了文化窥视者的猎奇心理。面对具体的事物和事件，野岸的早期诗歌写作呈现出“失语”状态，无法按照事物自身的要求去直接表达，诗歌写作丧失了直接的能力。从《秋天的田野是一首歌》中我们看到，在“结束了短暂的打工生活”之后，诗人野岸是骑着病态的摩托车返回诗歌现场的，“目睹了几路秋风的经过／再也难以不动声色”，在巨大的儿童积木式的原野上，诗人感到了丰收的喜悦。直到《除草》中我才看到了一个内蒙古人的真正感受，这是内蒙古的诗歌话语：

肩上的喷雾器
颠覆了腰间的皮酒壶
锄头和月牙镰刀
颠覆了手中的套马杆
我在农耕文明列阵的前沿
回身向牧歌刺出了致命的一枪

草
曾经喂养了一个民族
一个最强大的王朝
一种文明
这一年
注定没有属于它的雁向南方

这是对于内蒙古生活的风流云散，对内蒙古时空的草木一秋。内蒙古进入到后草原时期，诗人在《风雪归途》里有着刻骨的感受，“恍若大势所趋的背井离乡”。在《经过一具猪的骸骨》中，“我连打好几个喷嚏／遭遇时间的攻势时／它交出了抵抗和坚持”，“滚落一旁的骷髅头／向天空洞着两个眼窝／一个像未来／一个像生活／一起深不可测”。《留守的妇女》一诗中，“她手中那把铁锹／是要放在诗末的感叹号”。《雾》是对自我的真实写照，“像云没有云的内涵”，没有形而上的思考；“像炊烟没有炊烟的温暖”，也没有生活的底蕴。“偶尔也会占据天空”，终将消散，因为没有根，所以“除了飘浮还是飘浮”。至此，诗人找回了自我的话语，他在《我的羊群》中意识到，“今夜我丢了一个名字叫牧人”。《写诗与牧羊》更能体现野岸的诗歌话语特点：“写诗／是挥舞一根想象的拐杖／把一些互有来往的文字围拢成灵动的羊群／放牧在精神的牧场”。诗人的“自在”本性与内蒙古诗歌的“自性”发展终于实现了合流，野岸的诗歌流域开始宽阔，形成了自己的诗歌的冲积扇。如《梦见喂马的父亲》：

夜亲手打开了梦的大门
重新迎进那些马具 筛草的竹筛
马看到父亲时发出在槽头的“吙吙”的响鼻
筛草时晃动在父亲口中的手电筒光
以及父亲看着熟睡的我们
而把声音调到最低的破旧收音机里的吴越春秋
或者薛刚反唐

马不吃夜草不肥

父亲给马添过最后一遍草料
村庄就脱下了鞋帽
扯一床夜色
盖在蒙古高原深夜的冬天上

在这首诗里，有内蒙古的草原生活场景，也有“吴越春秋”“薛刚反唐”等汉文化的元素。野岸天然地把这些原本属于我们生活的事物完美地融合在一起，呈现给我们。野岸躲开来自生活真实以外的媚俗，其诗歌也就具有了把多种文化“杂于一”的包容性。

野岸的这类诗歌具有“父本”特性，刚烈、宽厚、伟岸、慈爱、威严，是高原的阳光，而不是平原的月色撩人。当然，野岸也写情感缠绵的诗歌，如《相忘于江湖》，从“时间的一侧／除了以原始的静谧／把你的名字点燃成生命的篝火／应对思念的天空暮色四合”开始，到“自你远行”，那最初的清澈的爱的河湾没有被时光“吹皱一池春水”，而是“把生命架上了去往秋天的马车”。同样是在写爱情和思念，野岸把自己独特的生活体验融入到诗歌，形成了自己的诗歌话语。诗人对于诗歌的理解也是有诗意的：“当世界步入午夜时，诗歌是守更人手中的那一盏马灯。”

至此，我们看到诗人野岸步入自在之境，在诗歌的自性中拈花微笑。这样的诗歌才是“被监禁的世界的对立物”，具有真正的认知价值和审美维度。

如果说野岸的诗歌还处于诗学挣扎状态，曾烟的诗歌已经开始为生活赋形了。

曾烟的组诗《艾灸罐或关于雪》是关于生活就是生命的痕迹的关系的。至于生命是什么，我们不愿深究，我们只在乎那些构成我们群体的各种线索。再用这些线索去创造一个偶形人社会。当我们在谈论生活的时候，我们在谈论什么？我想，对于曾烟而言，是北方内陆一场私己的雪事，是关于一个时代的表层体温的故事。面对内蒙古的巨大存在，诗人既没有躲在高处抒情，也没有搞一场诗歌的风景运动，而是不断地驯化身边的事物，把生活的本质呈献给我们。在《想念雪》一诗开篇第一段，“仿佛一盏被风吹落的灯笼／打翻的火 烧着了它的骨柄，蜡台／红绸的花瓣／还有早晨的露珠”，她直接抛开了比喻的本体，让“灯笼、蜡台、花瓣、露珠”等温暖的喻体自在游弋。然后她说“因为冷，而想象火”，“我其实是在想念一场铺天盖地的大雪”。韩东在《甲乙》中提道：“只是把乙忽略得太久了。”[①]我们只是把生活忽略得太久了，谁不是因为寒冷才有对温暖的幻念呢？如果我们能正视自己生命体验中那个被忽略了太久的“乙”，你会看到扑天盖地的大雪，以及“大雪下面残破的村庄”。在这个最好的也是最坏的时代，我们最关心的不是灵魂的净化和解脱，那是道德家和哲学家的事情，我们最关心的是我等路人甲以何实现自我认知。

《小清雪》是时时刻刻的生活，以晚上九点为界限。晚上九点之后，诗人回到自身。在谈论生活的时候，她看见了黑丝绒般的夜空，碎银屑似的星星，以及星星的闪烁。三九天常见的小清雪，“落下来，落到我的鼻尖上，凉凉的”。生活的凉意无处不在，只是被忽略得太久了，但我们都将其视为我们的生活的一部分。于是，乡下的老父亲的梦乡和牵挂成为另外一种形式的“因为冷，而想象火”。而那些乡村过往的岁月，已被诗人赋形为生命中不可获取的“火”，她需要随时拿出来温暖自己的现在。而在遥远的将来，现在这“小清雪”也许会成为诗人下一个生命中的温暖存在。这就是生活，被我们千差万别地赋形。它只能以过去的形态存在，而不是未来的形态，更不是我们身陷其中的现在。“车顶上的小清雪飘起来／在空中打旋，有几颗落进我的眼睛／迷路，恍惚／它是说，我再也不能回到过去的生活

① 韩东：《韩东的诗》，江苏凤凰文艺出版社，2015年版，第146页。

吗。”不能改变的东西陆陆续续地被诗人辨识出来，并成为诗人不可更改的生活。这就是赋形的蝴蝶效应，从个体生命的线索出发，让生活史一段一段地浮现。

诗人也起了疑心，“我怀疑这场夜里下起来的雪／源于早晨的露珠”（《露珠》）。她还是想到了自我超越和拯救，“有着飞翔欲望的水滴／代替我擦拭了羽毛上的尘埃”。这“内圣”之路同样让人备感寒意，因为没有同行者。“只有天黑下来我才能看到／锁孔里有一丝光／仿佛那个能带给我温暖的人／就住在那一束光里。”读到这里，荒寒之感油然而生。“内圣”那扇门在灵魂深处紧闭，一个孤独的锁孔传递过来一丝温暖，这哪里是希望之光啊，这只是卖火柴的小女孩的幸福火花。这个孤独的锁孔告诉我们，无论时代给予个体的是冰冷还是温暖，都已经成为个体不折不扣的生活。个体史毫无意义，却又生机勃勃。

这种对内心宗教般虔诚的信念体现在《蜀葵》中，就像是一首《欢乐颂》。整个世界物我两忘，或者说是万物互联，“空气中全是蜀葵的味道，这样说／扬花的玉米也没有异议”，连“刚刚冒出两片叶子的小白菜的小手／跳起了舞 抬头，挺胸，踢腿”。尽管诗人也知道这是“跳给我一个人看的拉丁舞”，是孤独者赋形于过往乡村生活的狂欢，但“空气中全是热情的蜀葵的味道”。诗人注定要踏上返乡之路，《回乡的雪》不可避免地下起来了。还要我复述她的诗吗？你们不用看就能猜到，这场雪一定是夜里下起来的，在梦里覆盖了诗人的乡村。那个她生命中的支柱——父亲，一定会在清晨铲雪，要堆雪人，要“伸开双臂／和它做飞翔的姿势”，因为“雪后的乡村是美丽的”。诗人刻意用陌生化手法在诗歌中加了一只“小花豹”，“雪，是在夜里下起来的／轻柔的雪，给每个人的梦都铺了一层／厚棉絮／小花豹也枕着棉絮睡着了”，“父亲沿着小花豹踩出的脚印／铲出一条小路”。小花豹或许是一只狗的名字，或许什么都不是。精神返乡一片白茫茫大地，需要一个绝对自我进行标识，来对阅读期待进行反抗，这就是赋形者的生活世界。

继续用以诗歌为赋形的愿景来解读《艾灸罐》，生活的种种在“我的骨缝里堆积了如山的寒凉”，人们需要找到一个祛寒的方子。诗人的方子是艾灸，尽管她讶异于艾灸罐“是怎么找到我如山的寒凉”，并给予她温暖。诗人自己分析“腰痛缓解了很多”的原因，是因为“这些来自家乡某个土坡上的艾蒿在我体内／燃烧起来”。于是旧时光完整地浮现，劳作，小憩，炊烟，野生的事物，乡下孩子，在这一刻完成了最终的赋形。如果说生活是寒冷的堆积，艾蒿是对诗歌的信念，那么艾灸罐则是诗歌本身。它让一个人在言说中对生活赋形，并因此得到自我疗治和拯救。

曾烟通过个体的生命体验，敏锐地察觉到这个喧嚣时代背后的寒意，并通过诗歌再现了微寒时代的复杂性。器物，日常生活，公共记忆，丰富和丰富的痛苦，都来自诗意的放纵，以及诗意的不羁。曾烟的《在生活中我一再提起诗歌》中，诗歌就像是诗人生活的“一碗见底的清水中／看见一枚种子生出弯曲的芽”，“触须，遇上水就伸展／碰到瓷就蜷曲”，有时她会听见内心的需求说：“澄澈和自由。”“澄明”是海德格尔一直在追求的一种境界，“澄明之境”就是存在无蔽的敞开，而通往“澄明之境”的道路就是存在者朝向存在无限敞开的过程。诗创造了一种追问存在的语言，以一种自觉的“思”的心态重返通往存在之澄明的正途。所以当诗人的“思”与存在碰撞时，“我听见它说／疼痛，欢欣／要在一碗清水中开出水润的花朵来”。澄澈即自由，这是曾烟对内蒙古诗歌话语建构的理解和贡献，在《我的身体种了一棵芦苇》一诗中有更准确的体现：

起初，我不确定它还在我的身体里
流淌，不确定它还在
离村庄三里的南山坡上
生长
我一直很粗心
不去关注一些事物的细节

只是近来左肋隐隐作痛
针刺一样，频率和心跳保持一致
右肩周酸麻，手不能高举
向生活做投降状

谁能说清一棵芦苇
带给一个人身体上的不适
源于三十几年前母亲熬的芦芽汤
它祛除了我体内的一场疫情
我其实是喝下了另一个生命的血
而不让它哭出声来

它在我的身体流淌着
不急不缓地痛着
从每家每户的墙角，院落
一步一步退到离村庄三里的南山坡上

一个人的身体
多像十万芦苇打下的天下
在风雨中飘摇

如果没有对于存在沦肌浃髓般的追问，个体“体内的一场疫情”不会形而上到时代的宿疾，也不可能得到如此私己化的体现，历史和文本完成了诗人对生活世界的隐喻。让读者真切地感受到内蒙古生活中的疼痛，“喝下了另一个生命的血／而不让它哭出声来”。一个诗人把独特的内心世界外化为文字，可以改变外部世界对一个地方的认知。这就是过渡时期重建内蒙古诗歌话语的意义，以诗歌的名义重建一个自治区的精神事业。

以新疆诗人沈苇为例，有评论者认为他用诗歌重新塑造了一个新疆或者西域，一个灵魂的自治区，通过他的诗歌可以感受到当代新疆人的精神面貌。如《林中》：

光线在悄悄移走，熄灭一地金黄
接着又关闭天空的蓝

大地无言，雪就要落下来。此时此刻
没有一种悲伤配得上万物的克制与忍耐

我俯下身，与蚂蚁交谈
并且倾听它对世界的看法
这是开都河畔我与蚂蚁共度的一个下午
太阳向每一个生灵公正地分配阳光

读来感觉新疆的阳光也照耀到我们的身上了。新疆的瓜果为什么那么甜，就是因为公正地分配在众生身上的阳光，诗人的经验深度与范围使我们看到了一个“更高”和“更远”的世界。“他的诗歌不仅揭示出一个地方的历史性和社会性，深刻地挖掘一个地方的自然历史所蕴含的美学意味以及道德内涵，还展现了自我逐步地把外部空间改写为自我的疆域的构成过程。这是沈苇的诗歌值得关注的理由之一。对他所生活的区域的深入理解和区域感受的挖掘，构成了沈苇诗学中充满情感认知的‘诗歌地理学’。”①这是一流的诗人对于文化使命感的一种诗学自觉。反观内蒙古诗歌，我们在驱逐“他者”幽灵的同时，需要一种文化精神去引领，否则会陷入到“地方感的缺失”与“身份的迷失”境地。内蒙古诗歌既不是外省身份，也不是边疆气质，而是有自身的文化核心。就像新疆人认为新疆是亚洲的心脏，西藏人认为西藏是世界上最接近太阳的地方，这都不是边陲叙事，是对自我文化的中心地位有较高的认知。

在一个想象力衰退、生态环境恶化的时代，需要生命的突围、审美的重构、公共话语的凸显，内蒙古诗歌应该在草原文化这个大的文化背景下去完成自我话语的建构。“草原的异域特色是指草原作为独立空间、不同于其他空间的独特性。比如‘草原’所呈现出的多元文化并存特征；草原作为空间在时间之外，把时间隔离开来，是一个既打开又关闭，既可以独立又能够与其他空间产生关联的场所；草原既可以作为现实空间，也可以用来而且更适合用来想象和制造幻象，具有充满可能性和书写张力的文学和想象空间的双重特质。”②这是文化自信的表现，需要诗人的文化自觉和语言自觉。无论自我与他者之间黄昏几许，边界是飘移或播撒，还是出现一个霍米·巴巴所说的“混杂”的“第三空间”，内蒙古诗歌话语都应该去建构一个文化空间、一个精神家园，能为一个群体提供身份认同和尊重需要。希望随着时间、经验、体验的积累，诗人的地域身份认同将跨过身份迷茫和不确定的状态，进入中华文化共享体的深层建构。

作为一种建构努力，“新草原写作”就是内蒙古诗人自发提出的一个诗歌倡议，他们用客观冷静的有根的写作和不由自主的史诗冲动，试图建构一套全新而行之有效的内蒙古诗歌话语。当然一个很地域性、“偏狭”的诗学主张被提出，要么

① 耿占春：《诗人的地理学》，《书屋》，2007年第5期。
② 范云晶、于东新：《“异域”的草原与草原诗歌的“异质性”——关于草原的空间诗学》，《前沿》，2018年第1期。

是地域文化的饱和升华使然，要么就是一群写作者诗学上的焦虑和迫不得已。与本世纪初内蒙古声势浩大的“草原文化/文学”官方话语不同，“新草原写作”是被民间“策划”出来的。该主张源于诗人赵卡2019年撰写的《一份伪提纲：关于诗的“新草原写作”》。尽管在此之前，就有部分诗人和学者零星提到“新草原写作”或者“后草原写作”字样，但无论在内涵明确性、理论自觉性和主张系统性上，都与赵卡的这份“伪提纲”相去甚远。“伪提纲”的自嘲式亮相（“伪”字让反驳者失去先机），以及赵卡在微信群（传播方式的民间化）中“不容讨论”的战斗姿态，都说明“伪提纲”不只是宣言，更是一篇挥手作别式的檄文。

“伪提纲”还是引起了必要的讨论，如王楚的《驳赵卡〈一份伪提纲：关于诗的“新草原写作”〉》，从九个方面对“伪提纲”的适用范畴、新术语规范性、新写范式等细节进行了商榷。经过两年的争论、调整、践行和沉淀，最大的成果出现了，就是这本由徐厌主编的《新草原写作（2021卷）》。敬笃在《新草原写作（2021卷）·跋》中，明确表明“‘新草原写作’作为一个写作主张的正式登场”[①]。正式登场的“新草原写作”旋即引起了更多的争议，有效争议不是来自“旧草原”的写作者，而是“新草原写作”内部对“新”到什么程度（先锋性）和“草原”的有无显潜（地域性）分歧较大。甚至有部分入选诗人反感任何“指引性”写作，对自己目前安静自然的写作状态较为满意。争论也在意料之中。敬笃在《新草原写作（2021卷）·跋》中，就“事先”提出了“新草原写作合法性建构”问题。而一个主张（哪怕是伪命题）被提出，其最大的合法性观测点就是出现的背景。

陈大为在研究西藏当代诗歌时指出，“在当前汉语诗歌的主流论述当中，‘西部诗歌/新边塞诗’是唯一挤进诗史专著的地域性诗歌板块”[②]。内蒙古诗歌既不“西部”——当代诗歌的“西部”与国家根据自然条件、经济基础、发展水平和对外开放程度来划分的“西部”不同，当代诗歌的“西部”因文化类型相别，是不包括内蒙古的；又不能“新边塞”，“边塞”一词军事驻防意味深重，而“新边塞诗”（包括西部诗歌）的领军人物与古代“边塞诗人”一样，是“独在异乡”的非本土诗人，如昌耀是湖南人、杨牧是四川人、周涛是山西人、章德益是上海人、沈苇是浙江人等等，他们可以把西部当作“边塞”去书写，有传统可依，有个体生命体验可循。

---

① 敬笃：《跋：“新草原写作”的合法性建构与可能》，自印，2021年，第340页。

② 陈大为：《玛尼石上的行书——当代西藏汉语诗歌的原乡写作》，《诗探索》，2015年第3期。

因此，内蒙古诗歌要想通过写“西部诗歌”或“新边塞诗”，来“挤进诗史专著的地域性诗歌板块”，无论在诗学传统还是写作者身份上，其“合法性”都存疑。

如果不想在诗学上永远处于被“垦荒”的状态，要去除自我写作上的“戍边”心态，内蒙古诗歌就只有另寻他路了。而得天独厚的“草原”（自我与他者媾和的文化空间）+“写作”（无法“西部”和“边塞”的本土经验），再冠以“新”（再造诗歌板块的野心）的不稳定、不确定的未来属性，成了新世纪内蒙古诗歌一个看似最合理也最合法的选择。当然，“新草原写作”不限于选本中的诗，还包括选本以外的、众多诗人多年的创作实践和经验。

一是客观冷静的根性叙事。如果从“草原”与“少数民族”的惯常定位上来看，内蒙古诗歌是处于充分甚至“过饱和”发展状态的。怡然自得的写作状态和量身打造的写作参照系，不仅是诗人，甚至学者都产生一种诗学恍惚，认为新时期以来内蒙古诗歌的边缘化，“这是内蒙古诗人的自我定位和主动选择。他们刻意拉开了与主流先锋诗歌的距离，更认同始乎本地、发乎本心、顺从本性的自在自足的写作方式，甘心并享受这种‘边缘化’”[①]。而事实上，诗歌史上的变革总是在参照系的改变基础上进行的。“新草原写作”第一要务就是更换内蒙古诗歌写作的参照系，在更高维度的写作视野和更驳杂多元的写作背景上，熔铸出新的合金性质的根性诗歌话语。

被誉为“新草原写作三骏”之一的李文俊，早已从徒劳而热烈的伪抒情中转身，站在蒙古高原的海拔上开始了内蒙古诗歌的“降温叙事”。在《落日下的叙述》一诗中，诗人从篇头起兴就悄然对“旧草原”的景物描摹进行置换，“暮色开始苍凉／最先变黑的是散落在阿拉坦高勒河两岸的／牛群、羊群和一匹／孤零零的马／一些候鸟带着光／从远处飞来，又向远处飞去／更远处是飘忽不定的地平线／和几百年前的落日”，地平线松动了，落日却依然陈旧。而新的转机不是北岛式的文化转型期待，不是对“未来人们凝视的眼睛”渴慕。李文俊只是停鞍歇马，不再焦虑地认为什么东西失去了，而需要“求诸野”，“这么多年／习惯了平静地对待一切／我到西乌珠穆沁／似乎仅仅是为了等待／夜晚的星星／落满草地”。李文俊坚持给草原（民族的或他者的）祛魅，“我感觉我是一个从风中／剥离出来的影子／他对投下影子的我／充满了无声的质问”（《我是从风中剥离出来的影子》）。从

---

① 范云晶：《现代性经验与地方品质——新时期内蒙古先锋诗歌的诗学路径》，《当代文坛》，2021年第3期。

《诺勒诗章（组诗）》开始，李文俊完成了最后的蜕变，在他笔下，千锤百炼的“新的草原人”出现了，“他是我凌晨起床／见到的第一个人”（《所见》）。

苏和与阿尔斯楞都是专心致志地写草原的诗人，草原是他们共同的精神血统。甚至可以说，他们就是李文俊所期待的“新的草原人”。霍俊明在“内蒙古当代蒙古族诗人研讨会”上的发言中提道：“在一个全球化时代，很多具有‘少数民族’身份的诗人成了面目可疑的群体，他们所谓的时代性和世界性写作丧失了民族症候和差异性，从而成了大词癖、展示性和表演性的新的颂歌性写作。”[①]进而认为部分少数民族写作是一种“仿民族性”写作，“沦为了旅游化、标签化、表层化的‘展示’、‘仿真’和‘媚俗’性的写作”。苏和与阿尔斯楞无间无隔的草原诗写，就是对这种“仿民族性”写作的有力反拨。苏和在《牧马人之夜》一诗中，写牧马人与马脱离了世态羁绊的关系，更像是一种灵魂上由来已久的互补，“马群说，你睡吧，我们乖乖吃草／恩克默默地说，我的夜都给你们了”。读来感动之余，还被一种凝重的豁达所折服。“朝克满达对孙子说／羊是草的化身／孙子问那羊的化身呢／朝克满达说／是我们”（《化身》）。在这首诗里，苏和用近乎原生的根性写作，无限返回草原现场，静静地守护着依旧能让万物共同偾张的血脉。

阿尔斯楞说过，“写好草原是我一直以来坚持追求和探索的目标……马背上燃烧的夕阳，晨风里舞蹈的草叶，银丝缠绕的羊毛，如果不能把这些故事写好，写出生命的共鸣，我将懊悔一生”。这大概就是沃尔科特提到的，“范围不应该超出三十平方英里”的诚实写作吧。与那些需要“重建家园”的诗人们相比，阿尔斯楞拥有一座完整的“心灵的牧场”，“比现实中的草原更苍茫、雄宏而辽远”[②]。在《黄昏的领域》一诗中，“黄昏来临前，／戈壁荒原犹如一块铁器沉入水中。／溢出来的黄昏，／仿佛是内心压力放松的过程。／我的造访使宝力道惊讶不已，／他说黄昏代表消失的时间，／而出现在这里的我，也将成为回忆的人。／忽然，我听到了哭泣声／那哭声像婴儿，更像一位老人，／从荒原深处传来”。尽管有哭泣声，但阿尔斯楞的黄昏却并不悲凉，就像《月光下的白马》里，“月光笼罩穹庐／一匹马在静静吃草，没受到任何惊扰”。因为阿尔斯楞熟练地按照“现代性”的要求，重新

---

① 霍俊明：《由“少数者”开始的精神高原——当代七位蒙古族诗人的读记及启示》，中国作家网，2012年7月29日。http：//www.chinawriter.com.cn/2012/2012-07-29/136302.html。

② 李文俊：《草原上寻找心灵的“牧场”——漫谈阿尔斯楞的诗》，中国诗歌网，2020年8月25日。https：//www.zgshige.com/c/2020-08-25/14889968.shtml。

审视自我、环境和处境，分别从文化身份、艰难的地域性和耦合的时代情绪出发，提炼多元一体的混血气质，把内蒙古和草原的地理空间改造为一个异托邦式的文化空间，力图在多重生存方式并存的现实中，使内蒙古诗歌在诗学层面避免不合时宜的流离失所。

二是不由自主的史诗冲动。面对广袤、深邃、雄浑、苍茫的自然景观和绚丽多彩、独具特色的人文景观，内蒙古诗人总有一种被唤醒和召唤的震撼之感，服膺于“伟大的荒凉”[①]并不由自主地孤独。这是一种很原初的、神性的以及壮烈的生命体验，甚至可以剔除掉现实生存中压制人去“朝向至高虚构”的挂碍，就像华莱士·斯蒂文斯一直寻找的“能使思想满足的东西”。温古在《中二十家，五个男人讲一条河》一诗中写道，“语言之浪的舌尖／已磨成笨重的石块／／它悄悄触及黄昏的灯火／并篡改了我们的生活／／它讲述的意义深远／连炊烟和灰烬都无法抵达”。温古要抵达的或者说创造的，是一个历史感、宗教感和文化感相杂糅的异质空间。这需要诗人以身犯险，化合出具有原型意味的意象谱系来支撑和完成。温古站在古老的黄河边，深切地感觉到，“黄河穿越了我／我已无法从血肉中／将她剥离出来”，“我的比喻离不开噩梦，离不开血”，但诗人不止于对个体在历史面前的受难感的描述，“一个男人的恼怒和悲伤／我不想将这些渗入历史”（《黄河边古渡口》）。温古克制个体的感受和思想对所写之物的蔓延，让世界以最应该有的形态呈现出来，“那一种让你失语的壮美／使你还原为一粒尘土”（《大河悲壮，群山起伏》）。得益于此，温古的诗大气磅礴，豪放而健美，《地籁：黑山诗志（组诗）》《沙漠汗（长诗）》等都有史诗品格。

深厚的史诗传统，是这片大草原留给当代内蒙古诗人最宝贵的财富之一。内蒙古诗人擅长写组诗、长诗或系列诗，就是对古老史诗传统一个有意或无意的回应。这类“不由自主的史诗冲动”的诗中，郃婉婷的“系列诗”最具代表性。所谓的“系列诗”，就是在一个宽泛的标题或旨向下，诗人极尽文本实验之能事，专心于系列内部单个文本的自足性。换句话说，“系列诗”根本就不是长诗，这些诗人从未追求过诗的完整性；“系列诗”也不是组诗，他们去除了主题带来的相互制约关系；他们追求的是“永远无法完成”的诗，或者是“永远无法终止”的诗。郃婉婷的《练习1—45》《手工场1—69》和《短句1—180》等“系列诗”仍在持续发酵

① 时间之北：《未经审批的荒野——蒙地客五人诗选》，自印，2020年。

中。《短句（11—20）》，就是典型的“系列诗”——独节成诗，语词料峭，反讽性他者观照与共谋性自我批判相耦合，“错觉与歧想”在诗中弥散。就像在《对于走过的世界》一诗中，诗人把自己“走过的世界”，“换成了疾病，忧愁和额间／愈演愈烈的暴风雨”。这近似于尼采所主张的“肉体的真理性”，郃婉婷下意识地在对抗因果关系的羁绊，所以她才能在她的“系列诗”中，宿命般地打开一扇又一扇未知世界的门锁，“拧开钥匙孔里悬浮的黑暗”。郃婉婷让我们领略到了另一种类型的史诗。

史诗冲动的另一个维度，就是生命诗学上的“内陆高原”。这就不得不提到新世纪以来，内蒙古唯一一个“标准的”现代诗歌流派——“荒野诗派”。首先，他们有清晰的理论主张，《荒野诗派写作观（十条）》提出：

1.作为一种自然诗学，我们更关注原始的、野性的、陌生的存在、体验和表达。

2.无论在自然还是诗学层面，荒野指向闯入和未经许可。

3.如果不能拥有野性的思维，就要获得野性的经验。

4.去人类中心化，反对工具理性主义。

5.所有物种都是世界的中心，每一个词语都是语言的中心。

6.诗是行走的产物。

7.除非必要，修辞将最小化。修辞也是野性的。

8.基于地域性的自然写作。

9.必须明确与生态或环境文学的区别。

10.从荒野中来，到荒野中去。

有稳定的创作成绩斐然的成员：广子、李建军、时间之北、唐月、西阔等；有“蒙地客”公众号作为平台，定期发表成员作品或诗派动态；2020年，编印了《未经审批的荒野——蒙地客五人诗选》；2022年，《草原》《科尔沁文学》等刊物陆续推出“荒野诗派”专辑，产生了一定的影响。“荒野诗派”有点另类的、硬派的北方山水诗之感，风格昂扬雄健、苍凉粗犷，由于共同出游与吟唱，成员之间的作品具有互文性，甚至在诗中互相发现和印证自己。

维特根斯坦就曾对充满喻体的世界很苦恼，发出了“要看到眼前的事物有多难”的喟叹。“荒野诗派”的自然写作理念，就是试图通过发掘边缘化（未经审批的）的话语，来反对日益单一的中心叙事，以达到对价值世界的重构。就像李建军所感慨的那样，“我所能看见的最远处／不会比命运更远”（《十二月的大雾》）。真正的诗歌不是词语的迷雾，不是现实的镜像，而是生命的岩浆带着无法深究的秘密喷发或暗自涌动。“那些伟大的事物也只存在一瞬／就像落日／这么辽阔的天空／现在已经无日可落”（《落日》）。认归荒野之后的广子，他的诗中的个人精神图景也发生了变化，《在荒野里》一诗中，“如果感到孤独，你就是多余的／在荒野里，你可以像风一样席地而卧／也可以像一块石头四处走动／但要和岩羊学会留下清洁的粪便／向老鹰请教如何把落日埋入深山／只要你还像个人一样体面，在荒野里／你就是多余的，如果仍感到孤独”。广子以往诗歌中那种焦虑的、肉搏空虚的孤独感在此得以排解。

这种刷新生命体验后的震颤，在“荒野诗派”其他成员的诗中也有所体现，如时间之北的《太阳落下去》，“杀了一个产妇 血的海岸／一地胎衣／婴儿没了”。甚至由此而来的诗学自信，在唐月的《在乌兰布和》一诗中得到体认，“在乌兰布和，每一阵风都会讲话／给失聪之耳听，以暮鼓或晨钟之声……听到的耳朵都会怀孕，都会产下风的子嗣。／它们推动沙丘进入沙丘，推动蛮荒进入蛮荒／推动诗史进入史诗”。“荒野诗派”还很年轻，相信他们会为内蒙古诗歌带来更多的惊喜和可能。

当下，诗歌写作差异性日渐消弭，“美美与共”的假性亢奋写作局面，让“那神秘的、诱惑的、爱欲的、渴望的、地狱般的、痛苦的他者就此消失”①。而“他者的消失触发了另外一个全然不同的毁灭过程，即自我毁灭”②。“新草原写作”注定要先从“他者”做起，不但作为形式和技巧进入到内蒙古诗人的经验视野，更多是作为思想与内容改变其写作的精神走向。从这个意义上讲，“新草原写作”注定是内蒙古乃至中国诗歌构建中的一个重要的“文学事件”。

原载《前沿》2018年第4期，收录时略有改动

① 韩炳哲：《他者的消失》，中信出版社，2019年版，第15页。
② 同上。

创造者的自由心灵

——蒙古族新生代诗人印象

查　娜

蒙古族诗坛涌现了大量的青年诗人，他们是“80后”“90后”，甚至是“00后”，他们的诗歌加深和更新了我们对生存和生命的感受。在创作题材维度上，他们抒写个人化的生命体验；在形式维度上，他们运用传统的押韵方式创作现代诗歌的同时，通过无题诗或一行诗吁求诗人们做形式上的创新；在心理维度上，他们敏感、多情，富有浪漫主义情怀；在语言维度上，他们运用唯美细腻的语言去处理当代经验，对诗歌语言适当做一些陌生化处理等等。他们诗歌的核心是生命，深入个体的灵魂去挖掘当代人的生存价值和终极关怀。在此期间，他们运用的最大武器是想象力，想象力的多向度展现了别具一格的诗歌之美。如果概括的话，新生代诗人的想象力大概有五种向度：对社会现象和日常的经验做诗意的处理；用浪漫主义的基调抒写如梦如幻的游牧文化；用散文诗铺开复杂的人性，揭示灵魂深处的孤独与救赎；用超越自由、无限灵活的想象去探究思维的广度和深度；用怀疑精神去打破语言的禁忌，运用幽默、滑稽、反讽的语调展现年轻一代的叛逆与不屑一顾。这五种向度都围绕个体的生命体验，去完成蒙古族新生代诗歌力量的崛起，他们以一种清新脱俗之美在纷繁的诗坛竞相开放。

一　个体的生命感悟

当代蒙古族诗歌创作中共存的四种美学追求是“现实主义、启蒙主义、浪漫主义和现代主义（包括后现代主义）”[①]。在这四种美学追求下，前辈诗人笔下的故乡是宝木巴（蒙古族的乌托邦）圣地，诗人们在寄托乡思的同时传达着最美好的祝愿；他们擅长写历史题材的诗歌，写大地的哀歌，写大写的自我，用宏大叙事展现诗歌的魅力。但是近些年来，新生代诗人们不再迷恋宏大叙事，不写圣词，不追求历史想象力的生成，而是回归个人，回归本体，关注个体的生命体验和本真状态。他们的诗歌很少关注过去，把焦点集中在当下，去展现生存的重要命题。因此，新生代诗人们在消解宏大叙事的同时，将目光直指人的当下生存。他们抒写生命主义诗歌，将人的情趣、直觉、智识、经验及各种情感展现在诗歌中。

严羽的《沧浪诗话》中说道“诗道惟在妙悟”，妙悟是衡量好诗的一个重要标杆。新生代诗人们大部分是大学生或刚出大学校门不久，骚动的青春、洋溢的活力和热情膨胀的青葱岁月是他们灵感的源头、妙悟的资本。他们将悟到的直觉、各种感官经验、生命的情趣和情感的体验跃然纸上，是洒脱是畅然也是一种情感的宣泄。

一指弹灭星星
枕着山川入眠
举起黑光砸向它的胸膛
高大的男儿镇定得像一座岛屿

风儿倾听你的呼吸
无奈
将手中的风霜掷向大地一跑而过

① 海日寒：《蒙古族当代母语诗歌概论》，《中国当代文学研究》，2019年第6期。

它用风打着哈欠，伸着懒腰

慢慢地苏醒

狂妄不羁的性格只有草儿才能安抚

——格·恩和巴雅尔《巨人》

上古神话“盘古开天辟地”“龙伯钓鳌”“夸父逐日”中出现的巨人是神，《江格尔》《格斯尔》等蒙古族英雄史诗中出现的巨人是半人半神的形象。总之巨人是超自然的力量，是人类崇尚自然的产物。随着科学技术的发展，神话的渗透力在当今文学中绝非是那浓墨重彩的一笔，尤其是注重当下生存的诗歌，似乎与神话之间的距离越来越远。但是受到史诗传统的影响，新生代诗人们把“自我”塑造成勇敢果猛、力量超凡、气势逼人的“巨人”形象。格·恩和巴雅尔的《向脚生长》《生长的宇宙》、阿拉坦巴雅尔的《云天之间》、道·巴·尼玛扎布的《蓝胎记的命运》等诗歌均表达了巨人思维。这种思维模式是以自我为中心，世界万物皆为我所用，为我所服务。是人本主义，也是以个体为抒情对象的参照物，亦是诗歌回归到人的具体表现。

海日寒说“我用思想的毛孔感知世界”，新生代诗人们也是用心灵去聆听寂静，读取大自然传递的各类声音。巴·敖其尔巴尼的《心灵深处的声音》、阿拉坦巴雅尔的《我的寂静的瞬间》、额·呼德的《水一样的蓝色》、苏古拉的《花的世界》、特·斯琴花的《秋天来临》、乌·那顺巴图的《梦境与现实间的迷茫》、莰英仓的《流动的时间》、阿·呼日乐的《神灵的存在》、贺喜格达莱的《栗色马》、阿·达日汗的《小草的微笑》、斯·乌力吉吉日嘎拉的《云画》等诗歌中，人不是独立存在的，万物都是神圣的存在，他们用妙语诉说着自己的心声。因此诗人们能感知小草的高贵、明亮、骄傲与美丽，也能感知云端中飞翔的鸟儿的心态，能听见猎狗身上的雨与麋鹿的眼泪一道滑落的声音，甚至他们化作一片树叶倾听秋天与大地的心声。当他们静下心体验寂静的时候，嘶鸣的骏马是安静的，天边的水纹也是安静的，缓缓移动的云朵是安静的，飘落的雪花也是安静的，流淌的河流依然安静。这种个体的生命感知力，将大自然中的人与万物看成不可分割的统一关系，亲近自然，感受自然，再去慢慢品味自然。在此过程中，他们能更好地看清自己的内心，因此在松株·斯·宝乐尔的《我的世界》、胡斯乐图的《人的娇俏的自我》、莰英仓的《我是颜料》等诗歌中，诗人们深入灵魂了解自我之后，揭秘生命存在的秘密，用一颗温暖的心来回馈世界，继续抒写这丰富多彩的精彩人生。

人的生命中最璀璨耀眼的一次际遇就是爱情，年轻诗人们最擅长的也是爱情诗，他们的情诗含蓄唯美，彰显个性且又能启人心智。诺·贝尔的长诗《高贵的奴隶》中书写了一个人儿时的回忆，迷茫的青年时期、迷惑的中年和豁达的晚年时期。是一部心灵的历史，不仅包含了诗人找寻知己的过程，还指出“高贵的奴隶”不是卑微的祈求者，而是做一名能够主宰自己命运和爱情的主人。此诗有广度、趣味和活力，也是诗人难得的代表作。除此之外，孛儿只斤·松布尔的《心灵的季节》《等老了之后》、贺喜格达莱·朝鲁门的《性格的缺陷》《倾听你的脚步声》、敖特根其其格的《奔向你的故乡》、孛儿只斤·霍如很《爱的旋律》、宝乐日额尔德尼的《雪》等诗歌温婉细腻，将心之所向描写得淋漓尽致。

轻哼旋律的月下
亲吻你花瓣似的嘴唇
宛如蝴蝶的金属开始分解
来自古代的雨淅淅沥沥地下
心灵季节的四个颜色
好似秋天的河水中滑动的树叶
将磨炼似的遥远如燕子般飞过时

天空中惟有月亮是最美的

——孛儿只斤·松布尔《心灵的季节》

此诗韵味非凡，将爱情的甜美与苦涩形容得入木三分。自古以来，才子佳人们偏爱情诗，只因爱情是人类最美好的情感。有时候，这份情感跟原始冲动有关。

静谧的秋夜
看着你的照片
倾听传说
从你纯洁的微笑

倾听爱情的真谛

然后承认自己有罪

——乌恩其夫《倾听传说》

原始冲动是一种罪恶，是爱情的罪恶，是占有的罪恶。这种罪恶跟人的欲望有关，欲望可以转化为诗歌，只要从中间找到自我或人性的光环就有它的价值。原始冲动因带有生命的光和热，带着爱情美丽的外壳，能够激发人类的精神之光。因此乌恩其夫也推崇爱情，讴歌爱情，抒写了很多的爱情诗篇。

女诗人们对生命的感悟会更深，乌云格日乐的诗有爱护生命，尊重生命的主题。萨仁高娃的诗在用日常叙事与潜在的知音做心灵沟通的过程中，表达出个体生命的真切感悟。辛保多用敏感的知觉感受世界的绚丽多彩，用柔软的心灵抒写人性的真善美。因此，女诗人们笔下的生命是有温度的，如她们温婉的性格，如潺潺流水滋养人的心田。

二　自由精神的张扬

新生代诗人的想象力极为丰富。所谓诗歌的想象力就是“诗人改造经验记忆表象而创造新形象的能力。对诗人想象力模式的发生和发展的探询，会拖出更为深广的关联域，它事关诗人对语言、个体生命、灵魂、历史、文化的理解和表达”[①]。因此诗人的想象力从个体的生命和灵魂出发，带上本民族的历史与文化的烙印进入到诗行中，通过语言的组合方能展示出别具一格的美。在充满束缚的思维下，只有惯性的输出，只有千篇一律的呻吟者，而真正的想象力出自一个人的自由精神，在自由精神的张扬下才会开出一朵朵绮丽的花。例如，博乌吉莫对社会现象和日常的经验做诗意的处理；诺·贝尔的诗展现人的丰富的情感；格·恩和巴雅尔用具有张力的语言去探究人类思维的深度；博·芒来朝克图注重画面感，用自由灵活的想象给情感做直接的处理；格·布赫满达用幽默、滑稽展现现代人的放荡不羁；额乌仁

① 陈超：《游荡者说》，山东文艺出版社，2007年版，第2—3页。

的诗具有浪漫主义情怀，情感细腻，韵律感强；乌恩其夫的诗简短精悍，运用意象书写爱情的美好；阿拉坦巴雅尔的诗蓬勃大气，自有天然合成之气；图布信的诗不空洞，有深度，代入感极强；乌·意拉拉特巴特尔的想象具有怀疑精神，跳跃性大。因此，诗人们的想象各有特点，却都在自由的灵魂下用个人的话语方式捍卫自己的精神质地。

脍炙人口的裴多菲的《自由与爱情》曾经让多少人为之沉迷。诗中对生命、爱情、自由的定位影响了无数的年轻人，尤其是追求自由的诗写者自然地与裴多菲产生了心灵共鸣。格·恩和巴雅尔就是追求无限自由的诗人，他的诗超越自由、超越世俗、超越惯性思维与一切的低级趣味。他完成了思想的自由，在自由的国度里，他是自己的王。《超越的自由与不同的空气》《超越的自由、灵感的迸发——未来的流派》《未来——诗歌先行的过往》《自由的命名》《诗是人》《几次暗示》《残酷的宠溺》《深刻的那一个》《完整的情绪》《收获的方向》《沉稳的形象》《另类的公式》《沉淀的寓言》《真正的闪电》等诗歌均注上了自由的标签。格·恩和巴雅尔说："诗歌是创新的历史——因为诗歌在创造诗人深层认知以外的回忆和感知，以及在牺牲和新生的力量中不得不发展起来的另外的一个世界。"艺术世界是想象的世界，是自由的世界。

最能代表自由的意象是"鸟"，新生代诗人笔下的鸟具体表现为"雄鹰""鸟群""鸽子""麻雀""雏鸟"等。乌恩其夫在《诚挚的爱》中写道："在你耳畔轻轻私语／小鸟听罢飞去远方／群鸟向我飞来……"诗中，鸟是传递爱情的信物，俨然也成了自由爱情的代名词。如果说博·茫来朝克图站在鸟的立场，写出鸟的坚韧意志与永不服输的信念，那么，乌·意拉拉特巴特尔则在他的《群鸟飞行之前》中，借用民间故事的模式展开叙事，牵引出"我"是最早的存在，人类的精神是世界上独一无二的存在。他在《城市》中用飞翔的小鸟、枯萎的树叶、盛开的花朵、生与死等意象表达了自己对都市生活的初步印象，用怀疑的基调展示出都市人的惬意生活。而《水鸟》一诗中用提问的方式写道"水鸟／是属于水，还是天／如若相见定要问一问"，这一份童趣童真何尝不是诗歌自由的气息。乌·意拉拉特巴特尔无疑是最喜欢"鸟"的意象的诗人。这一切都源自于他对自由想象的无限追求。

让时间暂时停一停

到月亮上抽一支烟

不需要纸和笔
只属于知觉的
身体在此无用
只属于瞬间的
语言无用
这孤独，静谧
美女和酒也无用

这不是生活
没有仙女
这里只有诗人的坟墓
没有兔子
在墓碑上
有几行诗

——乌·意拉拉特巴特尔《月亮是灰尘的掸子》

月亮是自古以来文人墨客们最喜欢吟诵的美的载体。无论是“明月松间照，清泉石上流”，还是“烟笼寒水月笼沙，夜泊秦淮近酒家”，抑或是“海上生明月，天涯共此时”，不同地方的明月总能在带来优美意境的同时，让人忍不住吟出那句“举杯邀明月，对影成三人”。月亮让人陶醉，月下的诗仙又何尝不是万千吟诵明月的诗人的缩影。但是，具有叛逆精神的乌·意拉拉特巴特尔与传统的月亮的意境相背离，抹去月亮的诗情画意，用不屑一顾的态度写出了这首《月亮是灰尘的掸子》。读罢，或许会让你瞠目结舌，但是我们在叛逆的诗词中依然嗅到了自由的味道，品出了诗人的退场和浪漫主义的终结。这何尝不是时代的杰作，在物质化的时代，诗歌已退出大众视野，高贵的皇冠或许已不复存在。但是，诗人们依旧握着沉重的笔，试图唤醒诗歌的使命，以此来洗涤人的罪恶，净化人的灵魂。这又何尝不是“自由诚可贵”的当代诗学意义。

在蒙古族诗歌中，抒情是一个强大的传统，因此虽然经过朦胧诗的喧嚣、现代诗的洗礼、后现代诗的启蒙，诗人们还是不自觉地将诗歌与抒情相靠拢，用热抒情或冷抒情去激发时代的神经，抒发诗人对世界及人类命运的诸多感慨。因此抒情是客观条件与主观选择的产物，是占据蒙古文报刊最多的诗歌类型。校园派诗人图布信则另辟蹊径，用叙事诗探寻诗歌的隐秘空间。

在墙角
织网的蜘蛛
如吊死的人，躯体被悬挂着
是哲学家
也像是荡秋千的孩童

织网的蜘蛛
在墙角
将身体往上、往下拉
如人的生活

蜘蛛，白天黑夜
不停地织网
猎鱼、捕鸟
好似在森林的深处建造自己的家园
将墙角网住
如生活、哲学家抑或是吊死鬼……

——图布信《墙角织网的蜘蛛》

此诗画面感极强，用隐喻和暗示表达了思想的深度。墙角织网的蜘蛛预示着忙碌的人们，为了生活日夜不停地奔忙，为了生存委曲求全，明知生活的艰辛却努力建造着自己的家园。“哲学家”和“吊死鬼”两个极端的形象却昭示出进一步则能海阔天空，退一步很可能是万丈深渊的人生哲理。叙事诗能触动人心的奥秘不在于情感的浓烈，而在于平淡中的出奇，平凡中的伟大。而触及灵魂的诗歌都源于天才的秉性，阅读积累与后天的训练或许能成就一个诗人，但好的诗人的关键条件必然是天赋异禀，这首诗便是一个见证。

三　形式的创新意义

写诗就是“戴着镣铐跳舞”，“镣铐”是格律，是节奏，是形式。诗歌的自由固然在相对固定的形式中，追求内容的创新。想要在形式上创新，就要考虑诗歌内在的节奏，写出来还要流畅、美妙、自如。蒙古格律诗、蒙古俳句、自由诗、散文诗等都是较为成熟的诗歌形式。作为新生代诗人们，想要在形式上创新实属不易。

其中80后的诗人诺·贝尔就是追求形式创新的一个尝试者。他的创新有两种方式：一种是采取题目和诗歌内容颠倒的形式，另一种是一行诗。下面以他的几首诗为例。我给了他一支烟（《他到我身边抽烟》）；我吃药时用凉水做药引子，明日回（《风吹进窗户的缝隙时有它的声音》）；阳光钻进树林（《吵架》）；布（《我不愿被人看见，封闭的树林中一个人的迷路是多么美好》）；三个年轻人安静地坐在河边（《莫要分享幸福与悲伤》）。前面是诗，括号里的是题目，这些诗遵循因果逻辑、指令式的口吻、思维逻辑的矛盾等方式写成。有的题目是结果，是现象，诗是原因，是本质。有的用自然环境的描写影射社会环境，用反讽的基调象征现代人内心的孤独。诗歌的内容必须用合适的形式表现出来。“既然诗歌必须向世界敞开，那么经验、矛盾、悖论、噩梦，必须找到一种能够承担反讽的表现形式”。[①]诺·贝尔就是在寻找这样的一种形式，因此他的一些诗就是一个字，如“布”，而题目却很冗长，似乎在铺垫故事场景，整体上跳跃性很大，甚至能达到令人惊奇的艺术效果。这种诗歌是否取得了成功，不好夸大其词，但它确实是惊艳到我们了。

诺·贝尔是一个有着很深的“影响的焦虑”的人，他总想摆脱传统，摆脱前辈诗人们，于是他诗集的名称叫《一条河》，里面的第五辑是“过——我要过去”，他过什么？过一条河。这条河又是什么？是传统，准确地说，新生代诗人眼前最强大的两个传统是：抒情诗和现代诗。而他要过的那条河就是现代诗，他要摆脱这个传统，于是他向后现代靠拢，使劲挣脱现代诗的枷锁，想要戴着镣铐跳出最优美的舞

① 西川：《大意如此》，湖南文艺出版社，1997年版，第4页。

蹈，结果那一行诗就诞生了。刘成先生将这一诗歌形式命名为："散文思维的短诗"。这一类诗歌俨然是一种诗歌宣言，它宣扬形式的无限自由。在此提醒诗人们用个人的节奏写出非韵化的诗篇，做形式上的创新无可厚非，但不要把韵律看成简单的桎梏，不要尝试完全摆脱固有的传统，因为诗歌形式的约束性与美妙性是一体两面的，诗歌之所以美好是因为内容与形式的完美契合，这样，才会有独特的美感。

另外，新生代诗人们选择形式的简单化和省略，他们热衷于写"无题"诗，喜欢用省略号去代替未完成的诗意。博·乌吉莫、诺·贝尔、乌·意拉特巴特尔、博·茫来朝克图、格·布赫满达等诗人惯用无题诗形式，自由地表达自己的意志。

简化题目，简化诗句，只为了追求一种极致。在他们笔下，诗歌是极简的艺术，也是一种极致的艺术。因此他们不浪费笔墨，不铺垫不陈列，甚至没有过多的修饰，有的就是简化，再简化，把想象空间留给读者。无题诗就是没有"眼睛"的诗，都说标题是文章的眼睛，能让人明白诗歌的书写对象是什么，但简化标题之后，诗本身就是一个谜。谜一样的诗，谜一样的诗人，这些让他们着迷，甚至乐此不疲，也吸引了大量的看客和跟随者们，无题诗成了新生代诗人的一种标签。其实新时期以来就有无题诗，甚至能追溯到更早，只是以前的诗人们把标题写成"无题"，后来虽然有些诗集中有无题诗（如嘎青巴特尔《山之梦》），但那些无题诗更像是散笔或未完成的诗作，而新生代诗人们却把它当成了主流形式，只有一个书名能表明大致的主题，它可以是《我的颜色》（博·乌吉莫）、《另外的颜色》（博·乌吉莫），也可以是《十月》（博·茫来朝克图），抑或是《群鸟飞行之前》（乌·意拉拉特巴特尔）、《星星的演出与哥哥的眼泪》（格·布赫满达），等等。博·乌吉莫是一位具有美好性情和心智的诗人，她对世界、对人心灵的幽秘有更多的发现。无疑，她的无题诗是写得最为成功的，而她的成功恰恰是因为她写的是无题诗，如果硬要给她的诗加个标题那就没有任何意义了，"画蛇添足"不说，还抹去了真正的诗意，而她追求的恰恰就是没有心理预期而带给读者的那种隐秘主义的快感。因此这种形式就变成了未完成的诗意，无疑也是对内容的补充。

无题诗中使用省略号，比某些具体的字词更具有穿透力。博·乌吉莫应用省略号，不仅使诗歌具有了故事性，而且让整首诗蒙上了一层神秘的面纱。接下来以她的一首诗为例：

……刚要开始
诗歌就涌进脑海
是碎裂，也是坍塌

诗中的省略号是隐秘符号，将前面的N种可能浓缩其中。是亲吻？是花开的瞬间？是看向你的那一瞬间？读诗以后的触动？电影的某个片段？不得而知，种种可能让人打开了想象的空间。诗人说得并不多，但诗延伸的意义却让人浮想联翩。所谓“言有尽而意无穷”正是这种境界。

而事实上不仅仅是博·乌吉莫，其他的新生代诗人们也对省略号情有独钟。他们对省略号的使用也很讲究，有的在标题中使用省略号，有的在句首使用省略号，有的在每一段的最后一个字的下面使用省略号，有的在末尾使用省略号，等等，这些省略号在不同的位置发挥着它们独一无二的作用。除此之外，像问号、感叹号、破折号等符号的使用也不计其数，只是不再稀奇，也不能达到艺术想象的奇特效果，所以不做赘述。

简而言之，近些年来，蒙古族诗坛涌现的新生代诗人们加深和更新了我们对生存及生命的感受，他们注重技艺，但更注重活力和创新，因此普遍追求别具一格的美。他们或采取无题诗的形式，将诗歌钥匙隐匿于诗行中，或以短小精悍的形式追求一种幽秘主义的诗歌，或通过语言的陌生化去处理日常体验，从而寻求超然的阅读感受，等等。他们的诗歌不单单是抒情主义的，而是用理性、逻辑、睿智牵引出独具特色的颖悟，用意象、变形、隐喻、象征等现代技巧聚拢意义的同时拓展了审美空间。

尽管新生代的诗歌取得了很多的成就，但同时又不可避免地存在着一些缺点和不足。在此概括出三点：一是缺乏历史想象力，诗人们在处理个体生命感悟时应争取将时代生存的历史性融进诗歌，这样有历史关怀的诗歌不仅能增加诗歌厚度，还能有效处理历史和生命经验的关系。二是形式创新方面虽然成就突出，但有些尝试过度极端，因此新生代诗人们在考虑诗歌内在规律的同时应适度关注读者，在此之上的创新才会被大众接受。三是虽然不乏好的作品，但仍然有不少作品流于表面，缺乏思想性。甚至有的作品光追求辞藻的华丽，显得过于空洞，需要进一步加强诗歌的思想性，反复打磨方能写出好的作品。

新时期蒙古族散文的现象学审视

敖　敦

新时期蒙古族散文与全国其他民族散文一起共同书写人类文学普遍性规律的同时，也袒露了更多的民族文学“自性”特质。在那些众多“自性”特质的散文当中出现了与其他民族散文明显不同的、具有自身文化背景的几种散文，其中意象散文、文化散文、新启蒙散文是较为凸显的三种类型。这里不能排除各民族文学相互参照的表征，但它绝不是直接的翻版或移植。在多重比较的视域中，笔者发现，以上三种散文既有浓厚的民族传统基因、独具的自身演进特征，又有在传统的基础上形成的与时代同步的创新特质。①

意象散文

新时期伊始，诗人勒·奥德斯尔的散文《马兰花》诞生（1979年）。散文中的“马兰花”不像迎春梅花般高风亮节，也没有秋季菊花知名，但它在自己生存的环境——湖边路旁、满滩遍野、毡房周围、牧场草甸自由地生根、发芽、怒放。马兰花在花族里是一个“少数民族”，在花卉中是一位朴素的“牧羊姑娘”，它的叶片翠

① 本文所论述的作品均为蒙古语创作。

绿柔软而挺立，花色天蓝淡雅而不俗。它对天地忠诚，只要有阳光，叶子就直直向上，只要有土壤，根须就深深扎下。这里，马兰花是个象征性意象，作为"意象"，它首先区别于庞德式重"瞬间感受"的"意象"，区别于现代诗歌含蓄朦胧、缥缈玄妙之"意象"，也区别于弗莱的原型"意象"，它更依仗于语言学的修辞比喻或写作学的象征暗示，它是一种托物言志式的诗学手段。为此，"马兰花"这一喻体和它的喻旨之间的关系是近距离、同质性的。就是说，从"马兰花"中引申出来的抽象意义具有一定的明喻性质，是作者通过赋予"马兰花"意象某种人格化特征来寄托的一种思想感情；是对与"中心""有名""在场"相对的"边缘""无名""不在场"的北方少数民族的赞扬和肯定。紧跟着《马兰花》散文，在蒙古族散文中出现了大量类似的象征性意象散文。特·额勒亨格的《茶花》、巴·格日勒图的《野草》《胡杨树》、宝·普日莱的《洪格尔卓拉》、桑·舍力布的《野英》、白音的《朵兰山白桦树》等散文无论从学术层面还是从传播层面都成为新时期初期散文不可忽视的一道风景线。这些散文具有以下几方面的共性：一是对与恶劣的自然环境连在一起的外形平凡而内质不平凡的事物进行审美；二是着力描述不屈的精神魅力和永恒的生命活力，并以此来追求形而上高度；三是在美学原则上追求贵族化，努力向抒情性与审美性靠近，改变了现代散文艺术表现上的直露，寻求物我同一的诗意境界。在这里，我们看到蒙古族传统文化对生命的崇拜与刚毅、坚韧的文化内质。在这里，生命力以一种平凡而伟大的精神方式得到传承。

意象散文在美学心理学上使得一朵花、一棵树、一座山、一条河有了特殊灵气，变为艺术的"格式塔"①。它们在通过"格式塔"的完形化向美学靠拢的过程中，把民族文学"载道"的优秀传统与新时期条件下的精神内质兼容并蓄，形成了风格独特的散文。所以，人们曾在理论上以"以小见大""袖里乾坤"等字眼来归纳概括它的形而上高度。在此值得一提的是，这些散文在价值取向上与诸如小桥流水、风花雪月式的总迷恋小花小草、小水流、小景致的散文有所区别，那就是它所透露的坚贞不屈的风骨和坚韧耐久的精神。它不是用散文涂脂抹粉，而主要折射映衬出一个民族在边缘情境中的内在气质。

意象散文在文化意义上都具有不确定性。汉文学当中的松、竹、梅、菊等物象作为意象的时候大致与高洁、清秀、淡雅、傲霜斗雪等精神相连。可是蒙古族这些

① 借用美国心理学家鲁道夫·阿恩海姆"格式塔心理学"的概念。"格式塔"是德文"Gestalt"的音译，意为"完形"或"形态"。

意象散文的对象物一般不是普通意义上的文化象征符号，而是带有一定个体性经验的感性显现。其中注入和寄托着写作主体的生命感悟与各自的现实情怀。

意象散文在文学体制与精神取向上基本摆脱了杨朔模式，摒弃了六七十年代"通讯""特写"的局限。历史的变迁和民族现实的边缘与"少数"身份让作家们有意无意地去发现、去酝酿那些平凡事物，挖掘其深层内涵，并以此来见证悠久史诗传统的蒙古族文学审美经验的转向。可以说，这些意象散文是作家心灵审美和民族文化弱势情境的对象化与同构化。

这种创作现象的渊源可以追溯到：1.游牧文化的天地万物自然观的传统与当代人回归自然、体会物性的心理影射。2.回避政治，从意识形态走向审美形态的产物。3.意象散文虽然基本摆脱了杨朔模式，但是与其"景—情—理"三段论还是脱不开干系。诗人巴·贝林布赫、小说家阿·敖德斯尔等在理论的建构层面与实践的运作层面上都极力推崇杨朔把散文"当诗一样写"和意境的创造，他们的这种导向性影响一直延续到90年代初期。4.继承蒙古族文学的"载道"特征，不仅追求意义深度且韵味隽永，所以那些物象本身就是一种既是平民化的，又是贵族化的矛盾体。平民化是主体倾向，贵族化是美学原则。

文化散文

"文化散文"这一名称，在国内出现于20世纪80年代，是一种从文化的视觉来观照表现对象，更多带有文化内涵的散文。散文理论家佘树森认为文化散文是"贴近生活的又一表现，就是世俗化倾向。人情种种，世俗百态，成为一些散文家关照的热点。由于这种关照常取文化视角，伴以历史文化反思，故又称历史文化散文"[①]。根据蒙古族新时期文化散文的内容特点和表现手段可以将其分成感性凸显型和理性干预型两大类。

(一) 感性凸显型文化散文

蒙古族当代作家乌·宝音乌力吉在他的《高原之色》散文中如是说："什么叫

① 佘树森：《九十年代散文琐谈》，转引自佘树森、陈旭光《中国当代散文报告文学发展史》，北京大学出版社，1996年版，第258页。

文化？文化在哪里？它已然渗透在我的灵魂之中，它不知不觉中指使、显现我的关于饮食、味感、思绪、分离之审美，体态、起居、行为之方式。”[①]感性凸显型文化散文是对那些在文化指使下的感性经验、生命体验的表达。它的切入点在于开掘人性、人情。新时期，散文作者们逐渐摈弃了意识形态视角，开始着重展现与政治、社会、道德相区别的世态人情、精神、心理、人格。这类散文的代表作家有纳·松迪、博·昭日格图、乌云等。纳·松迪是具有深厚的人道主义精神的作家，他的散文有以下特点：1.将个人的人格色彩浓厚地渗透到叙事、写景、状物之中，并且通过对那些具体可感的人和事物的描述，向读者清晰地展示作家自我形象——很现实而又充满理想；非英雄又非圣贤，既耽于浪漫主义，又渴求享受生命的智者形象。《外传》《生日之喜》《鼻子》等散文为这一方面的杰作。2.自觉探讨人生的根本主题，衣食住行，病老生死，亲情友情等，对因病因贫而挣扎在底层的弱势群体给予很大的同情和怜悯，并为之辩诬。《白白的馒头》《我的弟弟斯日古楞》《迟到的信件》为这一方面的典型之作。3.在表现风格上朴实自然，笔调幽默谐趣。博·昭日格图散文的突出特点在于：1.对地方性民风民俗加以直观描述，去本真地展示乡土科尔沁画卷，使表现对象（包括自我）还原到原生的自然形态。代表作有《艾里》《风的原野》等。2.在本真写实中思索人性向善、向美，在朴实而敞亮中蕴含深刻寓意。《太阳的故乡》《爷爷的世界》等都是作家的精心之作。乌云的散文表达着女性言说，她把散文当作精神的“逍遥游”。她的散文心情豁达、情绪闲适、文笔飘逸，是蒙古族新时期散文中的幽兰。她的散文十分接近现代作家周作人的美文和当代作家贾平凹的散文，在艺术上通过自己独特的“悟”，达到了一种“无法之法”、自然天成的创作境界，代表作有《风和猫》《在长城脚下》等。除此之外，苏日塔拉图的《萨仁姑娘》、宝·普日莱的《故乡的梦》、曹都那木的《在阳光下》、斯钦毕力格的《饮马井》、阿尔泰的《我生命的土地》等作品在接受学领域里都是脍炙人口的感性凸显型文化散文的凝结表现。

（三）理性干预型文化散文

比较而言，在新时期蒙古族散文中，理性干预型文化散文为主潮，感性凸显型文化散文则处于边缘地位。前者更接近蒙田的“人生随笔”，后者更趋于培根的

①乌·宝音乌力吉：《南山之秋》（蒙文版），内蒙古文化出版社，1997年版，第45页。

"社会随笔"。理性干预型散文的盛兴是民族散体叙事传统使然，是传统的散体叙事与新时期境遇相碰撞的产物。《蒙古秘史》作为蒙古族散体叙事的源头，一直穿越不同历史时期，于各个阶段现实的交叉点上构成新的意义。甘·希儒嘉措、阿拉坦巴根、扎·古日巴等作家努力将历史散文从最初的历史再现性描述中扩展开来，使之包含历史、文化、哲学的丰富因素，重新让历史题材发出文化的光芒。理性干预型文化散文在创作方法上仍然属现实主义体系，追求着思想的深度与崇高的价值，审美上遵循逻辑求知、清晰推理的原则，议论成为这类散文的有效话语方式。新时期蒙古族理性干预型文化散文与余秋雨、张中行、王充闾、林非、周涛、李国文、素素等的汉语文化散文遥相呼应。余秋雨、张中行等的散文主要关注知识分子，知识分子是他们"透视中国文化（应该是汉文化——笔者注）、审视自身的一个聚光点"①；"既有形而上的哲学思考，又有形而下的认知，两者完美地结合，具有很强的哲理性和历史感"②。然而，在此论及的理性干预型文化散文一直关注的核心是民族文化及其当代困境，国家民族及人类命运。思辨与情愫融合、悲怆与焦虑渗透、反思与重建组合是甘·希儒嘉措散文的特色。他的长篇文化散文《上都开平府》和《祸福人世间》"将上都遗址与异域景观置于更大的历史文化视野中进行观照，从当下景物推溯到过去，把现实人生还原为历史，又由过去回归当下景物，由历史参照现实人生，这样在过去和当下的不断交替中探索它们所隐含的文化渊源和文化根基"③，从而追索民族文化各种危机肇因，为民族文化的前景表示深深的焦虑。这种焦虑不是霍妮提出的现代性"焦虑"④，而是对于民族现存悲剧性的焦虑。扎·古日巴关注的是民族的远古文化，他的散文更加趋向于学者散文，用学者的眼光挖掘自己民族的文献资源，大胆借助想象来推导古代回鹘体蒙文字的结构生成及其所承载的文化信息。其中既有逻辑的力量，又有艺术的想象，不仅具有了广阔的行文气势，还为读者提供了广阔的阅读空间。博·图门乌力吉、阿拉坦巴根、达·乌恩奇等作家的散文随笔在明畅的行文和议论的话语模式中，通过对一些平常琐事、民族盛衰、伦理德行的分析理论，将作者意志的、情感的、观察力的结晶融会贯通，使之更简捷更迅速地为人们所接受，以抵达健全的理智思考与敞开

① 王兆胜：《新时期中国散文的发展及其命运》，"当代文学网"，http：//www.chinawriter.com.cn2007-1-9。
② 庄汉新编著：《中国二十世纪散文思潮史》，学苑出版社，2005年版，第305页。
③ 敖敦：《历史反思与文化重建》，《民族文学研究》，2003年第4期。
④ 王岳川：《二十世纪西方哲性诗学》，北京大学出版社，1999年版，第256页。

的批评空间。简言之，悲剧性现存条件与散文作者主体性心理的同构关系使理性干预型文化散文在精神指向上更多倾向于批判现实，捍卫民族文化，并使之成为文化与公众之间的媒介，具有很强的现代启蒙特色。所以，理性干预型文化散文的重心是民族历史和现实，这些散文突破了以往意象散文相对狭小的格局，开启了蒙古族新时期散文从现实的批判转型到文化自审的逻辑合法性与启蒙思想的重新塑造。

新启蒙散文

新时期初，散文作家们重振被蒙蔽已久的“启蒙散文”，但主题的实质性指向上与现代散文基本保持一致。90年代，在国内，散文一度成为风景画，其中不乏迎合低级庸俗大众趣味的媚俗论调和张扬个性的私人化写作。在大众文化的引导下，对社会的民族的理想的追求变成为对个体的私向的审美的渴求时，蒙古族的散文作家们，依然坚守对族群的关爱，使个体与群体关系更为突出。在新世纪新的环境与新的问题面前，为了更直接介入现实，一些从事人文学科或社会科学研究的学者、教师、公务员、牧民（道尔吉希如布、牧羊人斯琴毕力格等）也加入到散文创作，显示了全民关注现实问题和参与现实文化建设的高度责任感，创作了一批严肃的、以弘扬人文精神为主旨的新启蒙散文。

新启蒙散文的文化担当与现实担当比任何时候都更为坚定和紧迫。它的价值诉求主要体现在以下三个方面：

1.拯救母语危机：在内蒙古，由于通用汉语的广泛普及，蒙古母语生存空间开始缩小。作为民族精神家园的语言——母语，面临着载体的、自身的、观念的、地位的危机。为了找回已失去的和正在失去的母语及其维系的民族文化传统，散文作家们书写了很多关于拯救母语、确立母语存在意义的散文。此类散文开始时主要承袭传统的批判精神，笔触直接对母语者自身没有母语自觉的盲点进行了批评。语言尖刻、辛辣。博·图门乌力吉的散文集《面孔》《高乐之声》《被延宕的思和语》即是一例。这些集子中，备忘录、谈话、随笔、书信等汇集成云，文笔质朴、平实、辛辣。《母语的地位问你心》（该文被选入全日制高中语文课程参考教材）、《关于

〈无语境论〉》、《内蒙古的〈木头语〉》（僵硬的言语——笔者注）、《语言之〈战〉》、《从自己开始，从今天开始》、《不要娶了媳妇忘了娘》等散文率性直叙、毫不掩饰，批评刻薄而精辟。以上散文虽有些过于直露，但也许因为作家对现实介入得迫不及待，无暇于细腻沉静，思考圆滑。这也成了博·图门乌力吉散文的特色。随着母语危机的愈加显见，散文作家们逐渐从批评的维度转向了探究语言的本体论地位，并始一边大声疾呼捍卫与守住精神家园及其标牌的民族文化，而另一边为语言进行学理性透视。代表人物是诗人、散文家博·宝音贺希格，他用蒙、日、汉三种语言创作。他认为“每一种语言对我来说都是一扇大窗子，多开一扇窗子能使屋子更明亮”（《八百年如一日》），“每一种语言都是其他任何语言不能替代的一种认识，所以，一种语言的消失则意味着人类的一种敏感知觉的消失”（《我的鄂尔多斯》）。他的这种观点是从语言本体论的角度见证语言与人的存在关系，与福柯的“语言说人”遥相呼应。作家在他的散文《白羚羊》中说：“我真的只拥有一种语言，我的语言永远停留在母系社会。”在此，作家作为语言的原始人，用女性的精神来颠覆语言的工具理性，谱写语言的“诗意性栖居”本质。值得玩味的是散文《燕子的语言》，它显示了语言敞开的一面的同时也表征了语言的遮蔽，从而揭示语言形而上的限度。从中，我们隐约看到新启蒙散文语言观的多重意向，即从语言盲点批判转向本体思考，又从本体思考转向语言形而上批判。显然，这些转向自然暗合了西方哲学领域的语言形而上转向。

2.推崇交往理性：英国作家爱德华·福斯特有一句话：“假如散文衰亡了，思想也将同样衰亡，人类相互沟通的所有最好的道路都将因此而切断。”[①]在新时期，部分散文作家基本摆脱为人导师的传统启蒙，建立了一种哈贝马斯式的交往理性。他们面对异己文化抑或走访、旅行时不是带有仰视或俯视的心理，而是带有一种平等互尊的交往心理和不同言谈者进行对话。博·图门乌力吉在他的散文集《高乐之声》的序言中说：“我的写作不是为说理教化，而是作为人推心置腹与人交流，这也是我们应有的权利和义务。为真理而写作其实是一种理想，毫不掩饰地说，我们缺的不是‘理’而是人人敞开心扉活跃对话的习性。”新时期散文这种与人平等互信、诚挚交谈的交往心理足以彰显哲学上的主体间性与高尚的人本主义价值。90年代末以来的散文不仅在写作指向上主张交往理性，而且在写作的形式上也有意建

① 转引自谢有顺：《文学的常道》，作家出版社，2009年版，第90页。

构交往的范式。达·乌恩奇的散文集《随想记》一问世便得到了很大的社会反响，其中最令人震撼、让人耳目一新的是整体模式上的独辟蹊径和平易自然的口语化表述投合普通读者的通俗趣味。它的成就在于结构上打破了以往散文约定俗成的格局，超越通常散文体式限制而兼具其他文本特征，采取了诗体、格言体、说唱、论说等多位一体的大众型灵活形式。与历史文化散文相比，它的篇幅短小，一事一议，但也不同于以小见大式散文那样追求知微见著，也不同于托物言志式散文那样讲究象征寓意，而是直接走进与穿透命题，用坦荡的心灵去对话。伯牙兀歹·哈斯毕力格的《听候记》是达·乌恩奇《随想记》的肯定回应，在结构模式上和《随想记》一样由八大库伦（组）构成，且每一个库伦都以一个“召格”（蒙语音译，意为聊天）来展开内容。两部集子的“召格”集中对民族现状、民族教育及未来、民族知识分子使命、母语运用、“他者”眼中的“我者”等问题进行交谈与沟通。在此，还应提及乌纳嘎的《多余的巴掌》《秋后的苍蝇》、瓦·赛音朝克图的《黑暗之主》、那·那仁陶格套的《我长得不好看》等散文集。不论这些散文的意趣如何地不同，但在对交往理性的向往上却大致相同。它们一同完成了启蒙身份的转换和主体间性表达，也一同开启了自我审视的觉醒。

3.自省意识的觉醒：传统启蒙散文主要以精英立场启他人之蒙，新启蒙散文以自我教育立场启自我之蒙。这里的自我有两种含义，其一是个体性自我，其二是民族群体性自我。个体性自我启蒙始见于作家阿·敖德斯尔的《永不忘却的遗憾》，散文开宗明义：“我现在怀着十分遗憾和深沉的内疚来写从未透露的一件事情。”文中直言不讳地坦白了曾经的愧疚事：虽然顺从父母之意，娶了一位叫恩和其其格的牧羊姑娘，但后来还是把她抛弃了，为此，作家终生感到内疚。“我不知道什么时候才能蹚过这咎由自取的无边苦海。”作家以伦理维度审视自己，勇敢地去直击自己人性中的弱点。人们一般都会对自己有所隐讳，对于自己所犯的错误能规避则规避。作家阿·敖德斯尔把自己作为解剖标本，深刻剖析人性而接近了卢梭的《忏悔录》。散文成就突出的作家苏日塔拉图由于一生为官的特殊经历，目光主要投向社会生活的新面貌，揭示世间的美好和诗意。如今作家年事已高，开始以抚今追昔的心情总结、思考、观照自身以及世态人情。他的散文《暮色中的苍鹰》以平静温和的叙述和睿智凝练的思考书写了自己独特的人生体验。散文不仅浸润着人生总结的厚重，还带有一种自身反思的力度。文中坦然暴露自己一生中所犯下的四个痛心之过。散文虽有些自辩之嫌，但终究已经张开了正视自己的翅膀，为读者带来了诸多的人生启迪。值得一提的是《永不忘却的遗憾》《暮色中的苍鹰》等散文发出的对人性的呼唤、寻回人性良知等方面与国内一些反思“文革”，把所有的责任都推给“文革”的散文截然不同。它们以道德的内省了悟人生，对自己内宇宙的疤瘢进行无情鞭挞，以求个体自我完善。不妨说，阿·敖德斯尔、苏日塔拉图等老一代作家共同为蒙古族散文史开创了自省意识之先河。

民族群体性自我启蒙是历史文化反思转向民族群体自身反思，即从“审父”转向自审的结果。因为我们的文化策略和文化功能失去导向视野而日益走向功利实用，在强势文化与弱势文化的对峙张力中，民族自身盲点愈加凸显，所以为了葆有全球化条件下的民族生存，必须检视民族自身盲点，思索民族何以孱弱，这是民族群体性自我启蒙散文的主要担当。这类散文的写作视角大致有两种，一是“他者”镜像视角，一是游牧镜像视角。

“他者”镜像视角多见于旅外作家的散文。他们的域外境遇和异己经验，致使他们能够在域外文化的对比或返照中更加清醒地看待民族自身。纳·乌力吉巴图的《遥远的东京》、博·图门乌力吉的《在他乡》（散文集）、甘·希儒嘉措的《祸福人世间》、博·布和朝鲁的《北极石》、特古斯巴雅尔的《住日日记》等散文虽把目光置放在异域“他者”的描述，但终极关怀还是在于“我族”的重新认识。作家的身份置换（在本土是公务员、白领、知识分子，在异域是服务员、蓝领、临时工）和旅居生活遭遇，使这些散文以一种无可规避的切肤之痛来见证民族自身积弊，进而为人们提供一种新的理念：必须重新认识自己。以上“他者”镜像视角散文与现代旅外作家散文大不相同，现代旅外作家散文的焦点在于提倡科学民主，而新时期旅外作家散文的焦点在于诚挚地检讨民族自身疑难。然而，不是从一个僵硬的理念去推导应该和必然，而是带有强烈的问题意识从自己良知的域外体验中获得批判性和示警性。

游牧镜像视角散文主要以原生游牧文明作为对照今日的砝码，用游牧文明的优秀内质与意义的无限增值来质疑现代性，同时也企求针砭人性的、社会的、时代的种种症候。如果认同现代性是启蒙的后果、新启蒙则是现代性后果这一说法，蒙古族新启蒙散文就是一种以游牧文明消解现代文明的结果。当我们的“毡房”已为现代“秋风”所破，工业文明已替代“风吹草低见牛羊”的时候，作家们以退回传统的方式，将游牧文明当作愈合这种矛盾现状所致宿疾之良药。在他们笔下，勒勒车的轮辙远胜于拖拉机的轮辙，骑摩托车总不及跨上白飞马，他们或溯时间长河而上，寻找“阿鲁宝姆巴”[①]型的原始乐园——蓝天白云和鸟语花香；或追忆、缅怀牧歌式的童年生活，以找回人与自然的和谐。布赫德力格尔、宝音巴图、勒·恩和哈达、呼沁夫等作家都以游牧文明为标示，在鲜明的对比中，对现代工业带来的无序、凌乱、破坏表示憎恶，对原生游牧生活的淳朴、宁静、和谐表示向往。如果说这是一种保守，则不尽然，它是对原生游牧文化重新的、更为自觉的、更为亲密的认同，是一种当下策略性传统价值守成。

传统启蒙散文对现实的介入是絮语加论说式，而新启蒙散文的介入是随笔加锋芒式。

在艺术造诣上对传统散文的结构模式作了后现代式的解构，形式灵活多样而更加趋于大众化。新启蒙散文在上世纪80年代由达姆林扎布、赫·宝音巴图等作家点燃，到了新世纪由甘·希儒嘉措、博·图门乌力吉、阿拉坦巴根、达·乌恩奇等作家发扬光大，从而得到了前所未有的发展。新启蒙散文的创作指向恢复或传承了讲真话、说实感的传统，真正落实了散文的返璞归真。

原载《民族文学研究》2013年第2期

① 《江格尔》等蒙古史诗中描绘的幸福乐园式的故乡。

新时代内蒙古散文创作的文化选择与发展向度

唐小祥

“现代文学”意义上的“散文”是与五四思想启蒙运动和白话文运动同步发生和成长起来的，因此从一开始就获得了关注现实人生与社会、介入时代精神生活、追求个人权利与价值的思想品质和现实主义的审美底色，并一直贯穿近百年的散文发展历史。新时代内蒙古散文创作同样继承和发扬了这一中国现代散文的优秀传统，许淇、肖亦农、特·官布扎布、艾平、布仁巴雅尔、巴特尔、尚贵荣、安宁、王樵夫、高云峰、王国元、荆永鸣、苏莉、杨瑛、刘惠春、董培勤、余翠荣、照日格图、韩伟林、晶达、李亚强等老中青作家都在自己的园地里辛勤耕耘，用心用情浇灌散文艺术之花，创作出了包括《蒙古密码》《呼伦贝尔之殇》《聆听草原》《风景的深度》《隐于辽阔的时光》《纵马草原》《寂静人间》《迁徙记》《草原十年》《呼伦贝尔草原的夏天》《人类笔记》《河流》《我有所念人》《万物的样子》等散文集在内的一大批优秀散文作品，展现着内蒙古当代文学的丰沛活力和多彩光芒，彰显着新时代的精神特质，为形成人心凝聚、团结奋进的强大精神纽带，繁荣内蒙古当代文学、构筑中华民族共有精神家园、铸牢中华民族共同体意识贡献了文学担当与力量。本文拟从主题内容和思想观念的角度切入，归纳和概括新时代内蒙古散文创作的文化选择、审美旨趣与发展向度，并通过对安宁、艾平、特·官布扎布等几位代表性作家作品的抽样分析，考察其独特价值及对当代散文写作的启示。

一　物性书写与对“人的文学”观和人类中心主义的反思

“人”与“物”是世界的两翼，“人性”与“物性”是文学的两翼。光有人本而没有物本，世界就难得圆满，资本主义现代性的严重“后果”今天已成为学界反思的焦点；文学光写“人性”而不写或轻视“物性”，光表现“人生百态”而不识于“草木虫鱼”，作品中的矛盾冲突就无法和解。在某种程度上，人性与物性的关系和人道与天道的关系相仿，“人道”的规则是“损不足以奉有余”，这就需要“损有余而奉不足”的“天道”来“制衡”[①]。20世纪中国文学抒写中，人性写得多，物性写得少；人性之恶写得多，人性之善写得少，发展到极端，就是人性的膨胀和物性的遮蔽，导致作品普遍缺乏和谐的美感。

正是在这个意义上，新时代内蒙古散文创作显示出了自己的独特价值和魅力。艾平、安宁、苏莉、刘泷、乌仁高娃、刘惠春、王樵夫等作家都把笔触投向了草原上的生灵，写出了与人类共存的动植物自身的品格和光辉，以及它们对于人类创造更美好生活所提供的启发和教益。安宁一篇散文的题目就叫《世间万物令我动容》，艾平在写草原人和森林人的过程中也发现“人和自然的位置有点不那么恰当”，因为人已然成了大千世界的中心，“难道森林、荒野、星空、百草以及走兽飞禽，只是我们身边的陪衬吗？难道它们不曾影响乃至改变我们吗？难道它们没有自身的领土诉求和文明习性吗？难道它们没有温情和诗意的内心活动吗”[②]？经历过这种追问和思索之后，艾平选择将更多的笔墨倾注到人之外的动植物身上，去探索和揭示它们对于人类本身的价值以及两者之间的合理关系。苏莉在写完《面粉的样子》《火的样子》等作品后，“感觉身边事物什么都可以入得笔来，仿佛发现了新大陆”，而且经由对物的书写，她的“生活态度从此转变”，变得更加丰盈而积极，并感染到身边很多人，得出了“世间万物，你们都是我人生的导师”[③]的结论。这些

① 王兆胜：《中国新文学研究增殖及其路径选择》，《广西师范学院学报》（哲学社会科学版），2016年第2期。

② 艾平：《草原生灵笔记》，陕西师范大学出版总社，2016年版，第4页。

③ 苏莉：《万物的样子》，作家出版社，2017年版，第254页。

都说明进入新时代以来，内蒙古的散文创作者普遍获得了对物性书写的自觉，深刻领悟到了物性之于文学书写的独特价值。

艾平的《羊群中的一只雁》写一只出生在草原母亲葛根阿妈手掌里的小雁跟一群羊羔一起生存长大的故事，看似是写小雁成长的艰辛和挣扎，实则是写人类的生存和梦想，充满强烈的寓言和象征意味，读后令人印象深刻、掩卷难平。在作家的笔下，小雁对于葛根阿妈来说，和这位草原母亲畜养的羊羔以及她自己的孩子没有本质区别，它的一举一动、安危冷暖同样牵动着她善良、包容而坚韧的心。飞翔是雁子的本能，小雁虽然与羊群为伍，但一旦看到同类还是忍不住要张开翅膀，阿妈深深地懂得这一点，因此双手把小雁捧起来，嘴里说着“可怜的，我明白啊，我明白，地收留你的影子，天收留你的翅膀，哎呀啊，想走就走吧……”。遗憾的是，小雁的翅膀从没有拍打过高高的天空，因此被阿妈抛向空中后很快就“像一架耗尽电量的玩具飞机那样跌落下来”，然后“胆怯地收闭翅膀，把整个身子偎进阿妈的蒙古袍下，紧紧地守候着这份归属感”。这一试飞、跌落、依偎的过程在一年内循环往复，小雁与阿妈的关系也情同世间一切游子与母亲之间的相处。在中国现当代散文史上，写母爱的永恒、无私和伟大，贾平凹的《写给母亲》、朱德的《回忆我的母亲》、龙应台的《目送》、林贤治的《通往母亲的路》都是脍炙人口的经典；这些作品多是直接从正面写母亲对孩子的爱、保护、包容、理解和牺牲，而《羊群中的一只雁》另辟蹊径，写一位草原母亲对与父母亲人失散了的小雁的爱，把母性的光辉衬托得更加闪耀，将人性的善良表现得更加博大。中国传统的民胞物与和齐物论思想在这里获得了崭新的现代内容，葛根阿妈不仅仅把人与雁看作共同的平等之物，而且承认与尊重人和雁的区别，没有选择将雁家禽化或宠物化，尽管孤独的草原生活特别渴望陪伴。

安宁的《遗忘在乡下的植物》从对故乡的记忆中搜存出驴子、狗、鸡、猪、麻雀、金蝉、蛐蛐、蚂蚁、壁虎、青蛙、蚯蚓、玉米、麦子、棉花、高粱、地瓜、西瓜、向日葵、腊条、香椿、决明子、梧桐、槐树等23种动植物，以浓郁的情感叙写它们所连带着的故乡往事、所粘连着的人情世故，形成一种“物”与“我”双向融入、彼此激活的感应关系，因为正是这些被遗忘在乡下的植物在时刻提醒“我”不要遗忘那些乡下的生活和人情，它们作为生命的胎记和根系，是不能也不应从记忆中抹去的。在这种提醒背后，包含了更现实的背景和语境，那就是随着现代化工程的纵深推进，乡村生活的消失已成为不可逆转的趋势，草原上也时时处处可见现代文明的身影："路灯慢慢照亮夜晚漆黑的草原；冰雪消融的春天，总是泥泞难行的土路，被延伸至家家户户门口的水泥路代替。手机、网络与微信朋友圈，将远在嘎查（村庄）里养牛放马的牧民们，紧密连接在一起。各种芜杂的信息，通过游客蜂拥而至，又转瞬即逝。游客的欢呼声中，夹杂着开矿时轰隆的炮响。"[①]古典的乡村生活和传统的草原生活都在日渐消失，而"乡下的植物和动物，还是以比人类更为长久的生命力，让世间所有的烦恼，像尘埃一样，慢慢沉淀，最后被一场冬日的大雪，安静覆盖"，就像"草原对于人们的离去和回归，从未有过悲伤或者欣喜，它包容一切、消解一切，也接纳一切"，而且"很多时候，我们反而能从一棵树、一朵花，或者一只昆虫的身上，看到更多生命的光泽。它们没有人类的功利世俗，它们不慕虚荣，没有矫饰，是洗尽铅华的自然之子"[②]。换言之，植物和动物既能出任人类的教师，也构成人类的一种救赎希望。苏莉《那些花儿》写自己亲手养过的向日葵、月季、丁香、夏荷、牵牛花、仙人球，发现最终经由这些花儿回到了自己，获得了宁静。由此可见，物性书写构成新时代内蒙古散文创作的重要维度，对文学中的人性描写具有平衡和矫正的功能，也为反思人类中心主义提供了精神资源。

二　生态写作与构想一种新的文明或世界

新时代内蒙古散文创作集中关注到人性之外的物性，其价值诉求在于走出人文主义世界观的限制和人类中心主义的迷思，呼唤一种崭新的人与自然、人与自我、人与社会的关系，而另一些作家的生态写作正是在思考这一关系的重塑问题，也就是在当下语境中想象一种新的文明或世界，由此显示了新时代内蒙古散文作家的思想能力。在文明的轴心时代，思想的文学表达几乎都是由散文这一文类来承载，孔孟老庄是如此，希腊三哲亦然。直到资产阶级或者资本主义社会发明了小说这种文学样式，散文才从思想的高地上退至幕后，更多地担起抒情、叙事和描写的审美功能。20世纪中国散文的思想表达，是从清末民初梁启超的"时务文章"开始的，

---

① 安宁：《草原十年》，上海文艺出版社，2022年版，第2页。
② 安宁：《遗忘在乡下的植物》，北京联合出版公司，2016年版，第2页。

鲁迅那些曲折幽深的思想随笔紧从其后，并成为现代散文迄今无人超越的一座高峰。当代散文写作的思想尊严与高度，则是由巴金的《随想录》来奠定的，他把“五四”时代的批判精神，直接贯通到新时期文学对“文革”的批判和反思上来，而且引入人性和民族性的内部，对于促进知识分子的思想解放和精神觉醒发挥了不可估量的巨大作用。1990年代以来，在“散文热”以至网络时代全民写作的态势下，则是韩少功的随笔在支撑着散文的思想高度。新时代内蒙古散文创作的思想性主要表现在作家对生态文明的文化自觉和理性追求上，不过这种自觉和追求并不意味着作家们形成了自己的生态思想；在如何真实有效地书写生态自然以及在写作过程中应采取何种文化立场和写作伦理这些问题上，他们也充满了思想上的困惑、疑难和苦恼，也在美与历史之间、具体生活感受与时代发展趋势之间彷徨无地。

新时期文学在人道主义等新启蒙话语的支持下高扬“人的文学”观念，人的主体性和能动性在作品中得到充分释放，应和着消费社会中人们对物欲的狂热追逐，自然界与生态只在苇岸、张炜、刘亮程等少数作家那里才成为言说和表意的主体。随着中国经济总量跃居世界第二，发展阶段由高速增长转入中速增长，人民物质生活水平极大提高，重新思考生态系统中人与其他生态要素的关系问题就被提上议事日程，恩格斯所批判的那种“过分陶醉于我们人类对自然界的胜利”的傲慢心态也得到深刻反思。具体到文学创作中，生态文学取代人的文学成为文学场域最具有先锋性和未来感的写作思潮，生态本身成为一种新的方法或世界观，启迪人们去重新认识自我以及与周边的关系。近十年来，无论是文学创作还是文学研究，都在不断讨论自然文学、生态写作、博物学写作、乡土写作等概念和问题，并且逐渐形成了一个很流行的自然观或生态观，那就是把自然或生态本质化、理想化、凝固化、简单化，单向度地强调自然和生态的某种制衡功能，抽空掉支撑这种观念的经济制度、社会结构、生产方式和技术条件，因此也就沦为文学场的话语空转，无法与真实的社会生活发生切实的勾连，更不可能在政治经济学的意义上撼动现实社会的结构和秩序。

新时代内蒙古汉语散文作家的生态写作也部分存在这个问题，绕开现实存在的各种错综关系，孤立地赞美和缅怀前现代时期人与自然融为一体的那种生活方式，片面地拒斥现代科技、工业、城市和便捷生活，尽管作家自己并不愿意返归小农经济时代过那种物质资料紧缺、社会关系封闭、个人自由受限的生活。安宁的《呼伦贝尔草原的夏天》、王樵夫的《纵马草原》，都有把草原牧民的生活、情感和心理浪漫化、崇高化、本质化的倾向。这也是当下中国作家在写作伦理上面临的普遍悖论或焦虑，一方面，中国现代文学是生存的文学、事件的文学、行动的文学，一代代作家为了中华民族的生存和发展而主动扛起历史重担，不断书写着也促进着中国社会的现代性和现代化进程，由此才迎来“可爱的中国”从站起来、富起来到强起来的世纪飞跃；另一方面，1980年代文学界矫枉过正建立起来的纯文学观仍然深扎在作家的思想意识之中，一切宏大叙事、总体性追求和现实主义美学似乎都变成写作的原罪和忌讳，文学与社会、作家与时代之间的辩证关系在“去政治化”的框架中再度变得异常简单而机械。内蒙古地处边疆少数民族地区，由于地理条件和各种历史原因，在基础设施建设和经济社会发展的程度上与东部沿海地区相比仍存在不小的差距，必须走出去学习先进的管理经验和创新做法。这种观念也被同步引入文学场域，由于中国当下文学的核心观念和话语主要是由东部沿海地区的作家和批评家建构的，内蒙古的作家们也往往不假思索地把这些作家和批评家的观念和话语作为指导自己创作的典范和标准，甚至在对纯文学、对文学与时代和社会的关系的认知上要更加极端和绝对，似乎写得“越纯”、越脱离当下现实政治和社会语境，作品就越具有艺术性，越能引起文坛和读者关注，而没有勇气或者自觉对流行的文学观念、艺术范式和美学趣味进行反思和批判。

不过也有从观念罗网中成功突围并且大放异彩的作家，我指的是艾平，她是当下散文界为数不多专写呼伦贝尔草原的作家，也是新时代内蒙古文坛形成了极具辨识度的个人艺术风格的作家之一。《长调》《隐于辽阔的时光》《草原生灵笔记》《风景的深度》《呼伦贝尔之殇》《聆听草原》等散文集中的作品虽在内容上稍有重复，但都十分耐读，禁得起批判性的审美考察，这在生态写作中很不容易做到。究其原因，当然可以从很多方面来分析，比如她的散文写作有跌宕起伏的故事，有丰富生动的细节，有鲜活传奇的人物，有诗意明丽的语言，有温婉淳厚的幽默，等等，但我以为最重要的还不在于这些表现手法和叙述技巧层面的创新和精巧，而在于作家本人扎根草原文化沃土形成的独特自然观和生态观。内蒙古的各类文体创作，都离不开草原这个中心意象和符码，艾平的散文创作也主要是围绕呼伦贝尔大草原来展开笔墨，不过她笔下的草原既不是景观化、审美化、心灵化的草原，也不是社会学意义上落后的、原始的、封闭的草原，而是在现代化的进程中面临真实深刻的危机又能主动求变求新自觉向未来和外界敞开以重获生命和生机的草原。因此她的散文中就没有生态写作中常见的那种怀旧感伤情绪、悲观绝望态度和感恩膜拜心理，有的只是对草原的智慧和沧桑、浑厚与博大的多元宽阔的尊重、理解和同情，对草原和牧民们现实困境的逼视和思考，对技术主义、进步主义、未来主义等资本主义现代性观念的深刻反思。特别是在后工业时代，中产美学已成为一种新的意识形态，正在全方位重塑游客和旅游目的地，草原上的游牧文化和狩猎文化因其区别于长江文化和黄河文化的异质性而极易被对象化、客体化。艾平对此有着清醒的认知和自觉的警惕，在她笔下，草原并非外界所想象的那样是一个宛如桃花源般的静谧存在，随着生产方式的变化、科学技术的普及，草原上的生态日渐退化，草场被铁丝网分割成草库伦，草越长越矮，白灾旱灾连年不断，牧民们的生活和心灵也发生了巨变，这一切都预示着山雨欲来风满楼或柳暗花明又一村。那么，草原究竟是什么，它对人类社会意味着什么，又将走向怎样的未来？对于这些困扰着无数牧民以及关心草原命运的人们的问题，艾平并没有（也不能）提供什么确切的标准答案，只是以谦卑的姿态静静地聆听：

> 历史是多条不同的河流，当它们汇入了大海之后，还会以波涛和旋涡的方式互相冲撞不已。看吧，在茫茫的草原上，无数时间的碎片，无数空间的远影，都在时代的大苍穹里闪光、发声、跳跃、裂变、融合、再生。昔日的淳朴，今日的开放，每一种内在的质地，都不足以固守原初的草原。草原的秘密在哪里？我依凭大半生的体验来书写草原，也时刻以高度的敏感注视着草原。我对草原的聆听，已经有了多元的方式，当然感情的因素是最重要的。我如此热爱草原，我手中的笔永远无法离开草原。草原告诉我一切：生命与自然，人生与历史，现实与梦想。[①]

草原在“时代的大苍穹里”裂变[②]，艾平自己同样是在“时代的大苍穹里”写作，她所书写的呼伦贝尔大草原是真实的、现实的、动态的，因而也是深刻的、可信的、多彩的；她书写草原的目的不是要向外界介绍草原的自然风光和世情民俗，

---

① 艾平：《隐于辽阔的时光》，百花文艺出版社，2021年版，第69页。

② 由于传统畜牧业重心在畜，不少地方草原透支、超载过牧，最终导致草原退化、沙化和盐碱化，付出很大代价，因此当前国家正在大力发展以草为重心的草牧业，树立草原在生态建设中的突出地位，使草原成为名副其实的“水库”“粮库”“钱库”“碳库”。参见《发展草牧业正当其时》，《经济日报》，2022年10月9日。

而是要让人们认识到草原风景的深度，也就是古老的文明对于今天人类创造更美好生活的启迪和价值。从16世纪以来，西方现代化道路走的是先污染后治理的路子，中国从19世纪中叶开始跟在西方后面蹒跚学步，经过一个多世纪的艰辛探索，如今正开始逐步讲述新的故事，也就是走出一条人与自然和谐相处的中国式现代化道路，创造包含了更加合理的发展方式和生活方式的人类文明新形态。在这个意义上，“草原”的故事在某种程度上就是“中国”的故事，“草原”的未来在某种意义上就是“中国”的未来。因此以艾平为代表的新时代内蒙古生态散文创作，就不仅仅是在思考草原的出路和未来，而且也是在想象一种新的文明或世界。

三　记忆写作与社会学的想象力

除了物性书写和生态写作，记忆写作也是新时代内蒙古散文创作的重要主题，主要包括个人记忆和集体记忆，前者如安宁的《乡野闲人》、高云峰的《我有所念人》、王国元的《羊肠河记忆》、刘惠春的《我们像风一样活着》、董培勤的《阿拉善 行走的驿站》，都是撷取个人记忆中的碎片来见证自我的存在和经历；后者如特·官布扎布的《人类笔记》和李亚强的《我另外的一条路》，分别写了储存在时间里的人类多彩记忆和一代乡村青年的共同记忆，可以视为献给“人类”或“同代人”的特殊礼物。无论是个人记忆还是集体记忆，作品呈现出来的都是作家个人视角和眼光下的历史，都只是一家之言、一得之见。朱光潜在《论小品文》中说：“我常觉得文章只有三种，最上乘的是自言自语，其次是向一个人说话，再其次是向许多人说话。”[①]记忆写作是回忆的语言化、逻辑化和文学化，本质上只是一种有意识的“自言自语”，因此比纯粹的历史写作更能动人心弦、引人深思。由于散文与人生的亲密关系，记忆写作往往以散文这种文体来表现，真情实感是其得以成立的基本前提。正如王安忆在《情感的生命》中指出的那样：“散文在语言上没有虚构的权利，它必须实话实说。我们真实所感和真实所想的质量，直接决定了散文的质量。这里没有什么回旋的余地。”[②]

---

① 俞元桂主编：《中国现代散文理论》，广西人民出版社，1984年版，第122页。
② 王安忆：《王安忆选今人散文》，上海文艺出版社，1997年版，第3页。

新世纪以来，在散文写作场域，关于一城一村一家一族一地一人的记忆写作已渐成气候，特别是随着非虚构写作的兴起，记忆写作更是在自媒体平台大显身手，《巨流河》《往事并不如烟》《城门开》《中国在梁庄》《半生为人》等作品的出版进一步增加了记忆写作的热度。记忆写作的目的是为了保留一段记忆，使其不被遗忘，并对人们理解历史和现实产生一定影响，属于高度社会化的书写实践，也为个人参与历史提供了通道。同时它也内含着思维和话语陷阱，那就是写作者很容易先验地将记忆写作与宏大叙事对立起来，并分别赋予其小历史和大历史的命名，认为小历史是对大历史的颠覆，或者至少是一种不可缺少的补充。这就涉及记忆写作的写作伦理问题。作家必须具备米尔斯意义上的社会学的想象力这样一种心智品质和视角转化能力，能够区分“环境中的个人困扰”与“社会结构中的公共议题”，因为“人们只有将个人的生活与历史这两者放在一起认识，才能真正理解它们”。比如，“家庭作为一种制度，只要它把妇女变成受宠爱的小奴隶，而男子则成为她们主要的供养人和未断奶的依靠者，那么通过纯粹私人的途径始终无法解决实现美满婚姻的问题”；又如，“只要过分发达的大都市和过分发展的小汽车还是过度发达社会的固有特征，那么个人才智和私人财产就解决不了城市生活的论题”[①]。没有这种社会学的想象力，记忆写作很容易滑入泄私愤、谋私利的歧途，沦为自恋的呓语和时代的泡沫，甚至会对原有的大历史覆盖上一重新的遮蔽，使得历史真相和原貌变得更加模糊或暧昧，遑论通过记忆写作对那些被遗在忘存的打捞从而充实我们中华民族的精神资源宝库。

安宁、高云峰、杨瑛、苏莉、余翠荣、董培勤、刘惠春、王国元、王樵夫、晶达、李亚强等作家的记忆写作都不缺乏真诚的创作态度和自觉的主体意识，在王国元和李亚强的笔下，记忆写作几乎约等于抒情色彩浓厚的“自叙传”，对个人的成长经历和生活经验进行了全方位的透视，其间也不无诚恳的自我反思和批判的意绪。这些都增强了文本的艺术表现力和感染力，但也存在非历史化、非结构化的缺陷，跟着感觉和经验走，不加节制地书写个人的小感悟、小兴趣、小悲欢，没有把个人成长经历和生活遭际与当时的时代与社会公共论题并置一处来认识，强调得更多的是个人经验的独异性而不是结构化中的某种制度危机，因此就很难从他们的记忆写作中开掘出超越个人差异化经验、更具普遍性和启示性的精神空间和思想资

① ［美］赖特·米尔斯：《社会学的想象力》，陈强、张永强译，生活·读书·新知三联书店，2016年版，第11页。

源。特别是在经验日趋毁灭的快节奏时代，记忆写作如果只是回溯个体日常的生活流、边角料、碎碎念，很可能会变成缺乏创造力、洞察力的仿写和复制，是在自我设定的轨道上或者集体的历史构型中惯性滑行。日本现代思想家柄谷行人最近在回顾他自己文学批评生涯的文章中指出，人类社会进入现代以后，文学之所以受到普遍的重视，其原因就在于现代文学和普遍的真理与道德切切相关。当人们在替“为什么文学是永恒的”这一观点辩护时，其潜在预设恰恰是因为文学负载、沉淀着理性，而不是“只要人还有感情/感性，文学就会一直存在”①。在“自我学”取代“人民学”成为新的宰制和霸权的语境下，这种对长期以来人们把文学看作一种感性大于理性的东西的浪漫主义观念的反思就显得特别清醒而珍贵，对新时代内蒙古散文创作也极富启发性。

除了以上三大主题，新时代内蒙古文学在历史文化散文写作上也有不俗的表现，尚贵荣的《在历史与现实之间》、特·官布扎布的《人类笔记》、刘泷的《王府深处的文化屐痕》、仁钦道日吉的《东方马可·波罗》、苏日塔拉图的《达斡尔时间》等等，都是在这一领域结出的硕果，而《人类笔记》是其中最沉甸甸的收获——体量和话题都远大于同一时期的其他散文作品。写大部头的历史文化散文，不但需要克服散文写作短平快的诱惑，而且需要相当的阅历、学识和修养才能支撑；从余秋雨、夏坚勇、李国文到王充闾、梁鸿鹰、熊育群，都是学问才情阅历俱备的作家。重写或重述历史既是每一个历史文化学者的追求，也是很多作家孜孜以求的写作理想，所以《白鹿原》的封面才会印上巴尔扎克的名言“小说被认为是一个民族的秘史”。自进入20世纪以来，散文因为与启蒙、革命、现代性的关联不像小说、诗歌那样紧密，被视为“次级文类”或“残留文类”，乃无足可观的小道，遂慢慢走向纯粹审美的抒情小品文方向，直到1990年代历史文化散文的横空出世才让散文这一母体文体重又获得自身应有的分量和位置。与90年代以来的历史文化散文创作思潮相比，《人类笔记》的独特性和价值在于：第一，它不是像余秋雨、夏坚勇那样重写某一个朝代和时期的历史，而是以宏阔的视野书写整个人类从太古时期到联合国成立的历史演变；第二，它的主题不在历史事件的批判，也不在文化自我的张扬，而是解释人类生存的奥秘和命运的变迁，主要目标不是价值论而是知

---

① 柄谷行人：《我为什么不搞文学了》，引自微信公众号“屋顶现视研究”2022年7月4日。

识论上的创新和突破，尝试构建起一套富有历史感、自主性的人文话语体系；第三，它不是从中原文化或者主流文化的角度来观察和解释历史的发展，而是从世界各民族人群围绕生存资源的争夺和分配这一角度来揭示历史走向，从而昭示人类构建命运共同体的重大意义和光明前景；第四，它不是历史知识和文化掌故的简单堆砌，也不是从民间史和民间文化的立场与主流历史和文化展开的争鸣对话，而是把理性与感性、故事与哲理、真实与想象、现实与历史、叙述与议论熔于一炉，坚持对历史文化进行正立场的观察和大众化的传播，体现出鲜明的批判和质疑精神，从而在某种程度上超越了传统历史文化散文的写作姿态和话语策略。

王国维在《人间词话》里说，跟“难学而易工”的骈文相比，“散文易写而难工”，特别是在我们这样一个拥有浩如烟海、令人观止的古文的文章大国，在自媒体写作风起云涌百花齐放的民主时代，如果不是把文学当作高兴时的游戏或失意时的消遣，如果不把想象力和空想、艺术创造和私人抒情混为一谈，那么散文写作就仍然是一项相当具有难度、需要巨大勇气的文学行动。相较于小说和诗歌，新时代内蒙古散文的创作队伍更加庞大，得益于“草原文学重点作品创作工程”的支持，在主流出版社出版的作品集也很可观，特别是特·官布扎布、艾平、安宁等作家在这一时期写出了《人类笔记》《隐于辽阔的时光》《草原生灵笔记》《寂静人间》《草原十年》这样的精品之作，这些创作实绩和经验有理由让读者对内蒙古未来的散文创作抱有更多更大的信心和期待。与此同时，新时代内蒙古散文创作也存在过于倚重感性、感觉、经验，过于追求所谓的纯文学、过于强调个体的独特性等不足，导致缺乏对时代精神状况和人的灵魂困境的更深层次的把握和呈现，从而限制了散文作品的意蕴、深度和境界，当然也就削弱了与现代人的精神生活和真实处境形成对话的能力。这就需要作家们在持续的学习和实践中，勇于突破原来的视野、认知和观念，重新检讨和反思自己对文学与政治、审美与意识形态、创作中的感性与理性、散文的真实与虚构、艺术的情感与思想之间的辩证关系。在今天的语境下，1980年代受西方现代主义影响的那种纯文学观在表达当代复杂生活和时代精神状况的能力层面上已经彻底失效了，把文学完全诉诸感性体验、拒绝理性和哲思对感性体验的审视和过滤的文学范式和写作观念也已经陈旧落后了，文学一直是知识的一种重要形式，“纯文学”本身就是一种特定语境下的“文化政治”想象和实践。散文绝不只是承载鸟兽虫鱼、感时伤怀的弱小或老年文体，它同样面临如何不断提高自身的精神能量、文化内涵和艺术价值的难题，同样承担着更好满足人民文化需求和增强人民精神力量的使命；写散文也不仅仅是写景物、情感和日常，更是写理性、思想和人格，也召唤着作家“十年磨一剑”的质量意识和精品意识。相比其他省份，内蒙古拥有独特的历史、文化和生态，这是内蒙古文艺最值得珍惜和善用的资源，也是高质量推进“两个打造”、更加积极构筑中华民族共有精神家园的根基所在。现代化内蒙古建设的时代画卷正在浩荡展开，期待新时代内蒙古散文创作者能以“吃苦耐劳、一往无前，不达目的绝不罢休”的蒙古马精神，在多民族文学的交融互鉴中创造出中国当代散文的新形式、新表达和新境界。

原载《金钥匙（汉文、蒙古文）》2022年第5期

内蒙古报告文学十年观察

李　旺

一　生态主题报告文学是内蒙古报告文学创作的核心

肖亦农的《毛乌素绿色传奇》是内蒙古生态主题报告文学的代表作品。同时，牛海坤的《额济纳河畔》、张秉毅的《装点此河山》、肖睿的《库布其与世界》、乌雅泰的《达拉特·金色与绿色变奏曲》，持续关注生态问题，讲述治沙故事，形成持续性的创作潮流。

首先，内蒙古生态主题报告文学的叙述具有主观体验性。内蒙古生态主题报告文学不论是《毛乌素绿色传奇》还是《装点此河山》抑或是《库布其与世界》《达拉特·金色与绿色奏鸣曲》，都体现出强烈的主观体验性。肖亦农、张秉毅、乌雅泰都长期生活于毛乌素、库布其与达拉特旗。因此，作品不仅仅是采访中得来，而是携带着人生经历中的情感情绪。肖亦农叙述自己在毛乌素沙漠所见到的贫穷，无衣可穿的农家大嫂穿着一身湿淋淋的裤褂追出来，希望卖掉仅有的鸡蛋换取零花钱。贫困至此，日后还是送来一只小羊羔，弥补多出来的鸡蛋钱。当我离开毛乌素沙漠道班两年，沙道班的领导“杨拜老”听闻我结婚的消息远道捎来一只肥羊作为礼物让我感铭不已。由于个人的亲历性，所以作品显示出浓厚的情感意蕴。张秉毅叙述禁牧政策施行时自己回到准格尔旗家乡，在政策与乡情之间犹豫难堪。作者如实展现了禁牧的强行实施与牧民之间的冲突，叙述包括自己在内的干部、牧民一时的不理解。叙述自己对偷牧、夜牧行为的理解。肖睿的叙述中始终回溯童年时代的库布其记忆，讲述了自己的同学“沙人人”刻苦求学以图离开沙漠最后学业有成回到沙漠推广无水厕所的经历。乌雅泰在叙述中回顾了自己创作小说《喇嘛哥哥》与达拉特旗的情感联系。

其次，内蒙古生态主题报告文学叙述语言展现出浓郁的地域风情。民间谚语、方言口语的运用与民歌的穿插使得报告文学体现出强烈的地域文化特征。肖亦农插入了大量的当地民歌，比如引用民歌“出门一片黄沙梁，一家几只黑山羊。穿的烂皮袄，住的柳笆房”表现70年代毛乌素沙漠的荒凉，引用民歌“媒婆不死是闺女的害，山羊不死是草场的害”表现植被破坏，沙漠生态恶性循环。肖睿的《库布其与世界》引用“一年一场风，从春刮到冬，黑不隆冬锵，脑瓜碰个血窟窿”呈现沙漠的恐怖。引入民间方言，罕台川的煨炭被当地人称作“回娘家炭”突出其耐火。还引用民歌“二饼子牛车慢悠悠何时才能到了西包头”写沙漠中生活的艰苦。《额济纳河畔》叙述额济纳人响应号召克服困难几次迁移的奉献精神。“隆重的祭祀开始了，这是额济纳人最后一次祭祀巴彦宝格德敖包、巴拉吉日敖包、乃斯日敖包。这三座全旗祭祀的敖包，圣地的标志，也只能留下。所有人跪倒在地，牧民策日玛唱了起来：西域的额济纳啊，／辽阔无边的牧场。／涌动的河流甘泉，／上天赐我的安康。／巴彦宝格德山啊，／巍然屹立在心上。／记下难舍的情感，／扶老携幼迁远方。／东西两河牧草地，／长着美丽的胡杨。／二十八千座山岭，／祖辈生活的地方。／赶着牛马和羊群，／离开额济纳家乡。”蒙古族民歌的引用凸显了额济纳人坚毅多情的精神品格。

再次，内蒙古生态主题报告文学体现出深邃的历史景深。《装点此河山》具有深远的历史眼光，详细考证了鄂尔多斯从丰美草原逐渐沙化的历史原因和沙化过程，显示出冷峻的客观景深与历史态度。《额济纳河畔》采用远古历史回顾与当代历史言说结合的方式展现额济纳河断流的过程。作品叙述苏和中学时经历讨赖河断流，“那是1961年，他们还在旗里的中学读书。有一天，他们突然听到一个消息，额济纳河的西支干——讨赖河断流了。苏和与同学们疯了一般跑遍西支干水网的安都高勒、哈特台河、聋子河、赛罕高勒、穆林河、乌兰艾力格高勒、马特格尔河、巴拉吉尔敖包河8条支流，他们看到曾经水流汹涌的8条河里已没有一滴水，只有一个个开裂的河床裸露在风中。他们又跑到西河水网的汇聚地——嘎顺淖尔。他们看到曾经水天相接的大湖也已经干涸，干涸的大湖就像一只仰望苍天哭瞎的眼睛。水没了，很多人都哭了，苏和也哭了，他蹲在湖边，比其他人的哭声还要大。就在那一瞬间，德力格被苏和对家乡的深情和质朴打动。后来，他们相恋结婚，同甘共苦走过了半生"，以主人公的亲历性加强了历史讲述的情感温度。《库布其与世界》也延续了《装点此河山》历史讲述的特点，以历史文献增加了叙述的历史感。

最后，内蒙古生态主题报告文学体现出明显的小说化笔法。肖亦农、肖睿、乌雅泰都具有小说家身份。以小说家而写报告文学，跨越文体的沟壑而实现了文体跨界。三部报告文学体现出明显的小说家笔法。比如注重人物对话，比如擅长塑造人物形象，比如注重故事性。肖亦农是最有代表性的。在80年代以写知青小说成名的肖亦农在转头写作报告文学时，自觉地显示出小说家的神通。比如可以寥寥几笔就能呈现人物精神状态。叙述者描写宝日勒岱描述联合国各个肤色的专家来毛乌素考察："不管白的、黑的、黄的，全都刮成了土人人。"一句话就展现出宝日勒岱朴实直爽的语言特点性格特点。叙述陷入贫困的大嫂。她为难地说："我没钱找你。"我捧起鸡蛋就走，没有勇气再看她身上的湿衣服。她在后面喊："你这后生是道班新来的吧，我认识你们那儿的杨老汉，等有了零钱给你送过去。"大嫂贫穷但又耿直大方的性格通过她干脆利落的语言表现出来。叙述者叙述了道班领导杨拜老给道班职工玉彪说媒，与百画匠的玩笑，与我的交谈，这些都是用现在时的时态进行叙述，更兼以直接引语的对话写出，表现出强烈的现场感，但此后写到我再次来到毛乌素时，杨拜老已经去世。叙述者在叙述时杨拜老已经去世，也就是叙述时间中杨拜老已经去世，但叙述者没有采用散文式的线性叙述，而是用小说笔法先写故事时间中的幽默乐观在世的与我是朋友的杨拜老，然后再写叙述时间中已经过世的杨拜老。使得读者也与叙述者一道经历从过去到现在的岁月流逝之感。

二　传记类报告文学的人物形象塑造

叙述时代典型人物，展现时代精神肖像是报告文学的文体职责。内蒙古报告文学也不例外。艾平的《一个记者的九年长征》、阿勒得尔图的《红色文艺轻骑兵——乌兰牧骑纪事》最有代表性。李樱桃的《最后的驼村》、伍金宝的《从草原到北京》、特·官布扎布的《蒙古背影》也是代表作品。

首先，以细节表现人物精神感情。《一个记者的九年长征》写了呼格吉勒图含冤去世真相未白的九年对家中长子的影响。“谁能知道，昭力格图的青春时代是怎样度过的——出门是一束束轻蔑的目光，回家是无边的哀伤，考学，找一份体面的工作，甚至走进购物中心喜欢啥买点啥、放开嗓子唱一首歌这种短暂的愉快都不属于他。他仅仅比失去的弟弟大一岁，青春之花刚刚开放就陷入了冰天雪地，他不知道什么叫孤独，什么叫寂寞，仿佛人生就应该如此这般终日默默无言地看着别人欢天喜地。他必须习惯一个‘忍’字。”在这样的环境下，昭力格图孝顺温和。作品写了尚爱云的孙女对爷爷奶奶的担心，18年后，案件终于大白于天下，死去的儿子终于洗去冤情，沉默的父亲无法表达心中感激，亲吻了汤计的脸。作品还写到这家人熬奶茶的铝锅的洁净整齐，背负冤情但保持尊严。《最后的驼村》写到驼夫的命运。讲述驼夫聂宽，从跟随父亲拉骆驼再到自己在建国后拉骆驼，合作社初起，做驼夫挣了脚钱，但准备再次从达茂旗买骆驼到山西售卖之际，被以投机倒把名义扣留。王樵夫的《拾回的尊严》中，农民田祥17年捡破烂还债，捡剩菜剩饭为食。其中写老夫妻二人用捡回来的肉块做饺子吃的凄凉场景。作品运用写实笔法，没有过多道德升华，体现了田祥一家的勤俭善良。

其次，在展现传主形象的同时注重表现人物群像。《一个记者的九年长征》中，汤计当然是作品着力塑造的主要人物，但与此同时也写了李三仁、尚爱云、昭力格图。同时也写了支持呼格案平反的公安系统领导赫峰、胡毅峰。当赫峰的妻子出于对丈夫安全的考虑不建议赫峰在呼格案重审再次出现在媒体时，汤计说服了赫峰的妻子。也写了酿成冤案的张铁强十几年间狠毒性格的发展。《最后的驼村》写了麻花板村、坝子口村、厂汉板等驼村的前世今生，表现了十几个驼夫与驼夫后人的故事。《萨冈彻辰传》不仅写萨冈彻辰，也写了林丹汗、满都海斯琴等人物形象。

最后，凸显人物品格弘扬时代精神。《一个记者的九年长征》叙述汤计在包头、呼市秉笔直书，为普通人发言，嫉恶如仇，也大处落笔，对包钢的建设献计献策。他在呼格案中九年奔走，终于真相大白。既体现了汤计的弘扬正义的品格，也凸显了新华社的记者精神。《红色文艺轻骑兵》通过对几代乌兰牧骑队员扎根草原，勤学苦练，把舞台安在草原深处的事迹凸显了乌兰牧骑精神，也讲述乌兰牧骑队员从草原生活汲取灵感，创造艺术精品，从草原走向北京走向深圳的故事，表现才华与时代相遇迸发出的独特光芒。

三　扶贫攻坚主题报告文学凝聚时代主题

布仁巴雅尔的《玛拉沁艾力之路》、艾平的《春风染绿红山下》、牛海坤的《让世界看见》、刘巧玲的《汉鼎之光》都是扶贫攻坚的报告文学作品。

首先，表现脱贫攻坚主题，塑造脱贫攻坚英雄形象。

艾平的《春风染绿红山下》塑造了英雄群像。比如赤峰市敖汉旗古鲁板蒿镇孤山村杨家杖子自然村驻村第一书记黄旭坤，过家门不入，堂弟去世不回，坚持苦干，最终使得孤山村脱贫。又如刘叶阳向父亲刘永军学习成为扶贫干部，最后父子二人都成为扶贫模范。党桂梅一家遭遇晴天霹雳，儿子生病，后来夫妻二人绑扎扫帚艰苦创业，并且致富不忘全村。还有年轻时父亲早逝的赵丽杰与爱人携手创业，创办家庭农场成功并把致富经验传递给更多的人。

布仁巴雅尔的《玛拉沁艾力之路》讲述内蒙古扎鲁特旗巴彦塔拉苏木的脱贫故事，塑造了东萨拉嘎查的青年牧民吴云波的形象。“玛拉沁艾力”合作社，汉语意思为牧民之家，该合作社于2013年创立。以支部+合作社+牧户的方式运行。作品介绍了吴云波的故乡东萨拉嘎查所在的扎鲁特旗的历史，叙述了吴云波的成长历程。从最初帮助村里人讨回公道被选为嘎查委员会主任，再到父亲建议退出而自己坚持。作品注重民间文化的渲染，比如讲述吴云波被选为嘎查委员会主任后，锦鸡、狍子闯进院子，具有神奇气息。同时也具有写实的细节。修水坝时，吴云波与财政局长顶牛，不卑不亢。吴云波因为扶贫项目没有到自己村，就要辞职，体现他的耿直。然后又写他因为蒙药公司老总的支持，办起养牛场，通过合作社的入股分红，代缴社保，也为牧民缴纳家庭财产保险减轻了后顾之忧。吴云波还为因扫墓起火的聋哑人乌日图解围，为阿拉坦敖其尔募捐，讲述他用快手直播经销牛肉成功。语言朴实，塑造了吴云波诚实肯干的形象。

牛海坤的《让世界看见》既写了白晶莹不要政府分文义务创业，也写他想方设法发展蒙古族刺绣，招商引资吸引农牧民。通过促使麻将头子赵霞转变为刺绣头子影响更多人。通过改变马八十五等人的命运与面貌感动更多人。

其次，揭示贫困的深层原因，展现脱贫攻坚负责人与贫困人口的精神世界。艾平的《春风染绿红山下》对固有的生活积习做了剖析："草原上的人们饮酒放歌，本是一种于冰天雪地孤独寂寞中生产生活留下的习俗。长期以来，酒就是一把涂上了麻药的双刃剑，给人的东西看上去是快乐，实际上是混沌和鲁莽。牧民们每天骑着马赶着羊群翻山过河，辛苦之余，便沉迷在酒杯里，吃一顿饭，喝半天酒，那是常态。代小飞初来乍到，最犯愁的就是组织牧民们开会，特别是在下午，每次连三分之一的人也来不了，来了也带着醉意，你在上边讲，他在底下唱，不高兴了就骂人。酒还是贫困的孪生兄弟，贪酒之人，往往就变得懒惰，变得冲动愚鲁。"从历史文化与文化性格方面客观冷静地分析导致贫困的精神因素。

最后，激情叙述与中和叙述兼备。丁晓原认为报告文学自80年代到新世纪以来经历了激情叙述、启蒙叙述和中和叙述三个历史阶段。激情叙述是指80年代深度介入社会现实问题的报告文学，启蒙叙述是指以知识分子眼光叙述的报告文学。中和叙述是指报告文学作家褪去指导者色彩，以与作品人物平行的角度进行叙述的方式。[①]内蒙古报告文学的叙述者兼具激情叙述与中和叙述的特点。肖亦农、张秉毅、肖睿都凸显了叙述者塑造英雄，向时代发言的激情。艾平的叙述也体现沉淀的深情。牛海坤的叙述体现出理性。

艾平的叙述中既有叙述者身份的凸显，也有叙述者个人情感的流露。"侄子倒是穿得还算整洁，问他们叫啥名字，还能说清楚，站了一会儿，他们就显示出病态了，眼神呆滞，浑身动作不协调。说实话，我不敢再细看这小哥俩，连给他们拍一张照片的勇气都没有。他们的叔叔潘风说他们的身体好多了，那么他们之前的样子我更是不敢想象，无论如何，对于我来说，这两个年轻人都是让我们对生命无奈又伤痛的直视。我无语，只好把墙上潘风父亲的军装照拍了下，留作一种记忆资料。我在赤峰市的扶贫攻坚采访全程中，只有他们全家没有留下照片，虽然我知道最后会有一些遗憾。"艾平的叙述表现出自信从容，反而会引发读者的阅读兴趣。"平常，我是观棋不语的人。但是看人，我有独到的优势。就是一个女作家的直觉和细腻。我惯于通过细节读懂人，无论那个人的内心多么深沉、性格是多么坚强，又是多么善于掩饰自己生命中最温情最脆弱的部分，我都会让他开口说话。此刻我的使命，就是让这个习惯于讲述他者的人，讲述自己的情怀。"牛海坤没有把白晶莹塑造为一个不食人间烟火的神，而是写了她作为常人的心理。讲课时，她被村民包围。比如大家不刷牙，不洗澡

① 丁晓原：《从激情书写到中和叙事》，《福建论坛》，2010年第1期。

散发的味道让她困窘。叙述者站在平视角度表现了典型人物作为个体的人的一面。

四 内蒙古报告文学的局限与不足

首先，题材相对取大，叙写模式单一。

题材的相对取大而逼仄、叙写的单一和模式化以及文学品相的不足等，是读者诟病报告文学的基本问题。这并不是内蒙古报告文学独有的问题，但整体观看内蒙古报告文学，这一问题又格外突出。比如内蒙古报告文学集中于英雄、模范、典型人物，对普通人物关注较少。大部分作品又是在英雄、模范、典型人物已经成为英雄、模范、典型人物之后进行的写作，所以报告文学就成为一种锦上添花的顺应式写作，而不是披沙沥金的发现式写作。而真正能够引起读者反响的报告文学作品是作家首先发现然后再引起读者反应。比如新时期徐迟的《哥德巴赫猜想》，是在这篇作品之后读者才知道了陈景润的故事。比如新世纪之交赵瑜的《马家军调查》一出，举国读者哗然愕然叹息沉思。在世界田径比赛中刮起旋风暴风的马家军内部存在的官僚主义、专制主义、封建思想如此触目惊心。教练马俊仁的大男子主义，飞扬跋扈与对队员的精神剥削成果剥削展现在世人面前，读者不仅明白了马家军为何昙花一现，也明白了体育体制的瓶颈。内蒙古生态主题报告文学是最有成绩的，但也有选题重复模式重复的问题，比如很多作品都会写到宝日勒岱、都会写到尹玉珍、都会写到亿利生态等等，但并没有新的故事呈现，表现出雷同的面目。写到生态治理，所有的作品都遵循从困难到战胜困难的模式与思路观念，但会造成疑惑，既然都治理完毕，为什么还在不停地书写治理。90年代内蒙古作家江浩所写报告文学《盗猎揭秘》获得过尤利西斯报告文学奖，这部作品建立在深度调查基础上，叙述了偷猎者的内心世界，并表现出强烈的批判性与反思性。揭露问题是现实主义的重要特征，但近年来的内蒙古生态主题报告文学主要以表现胜利为主。有研究者指出，关注现实与历史，容纳宏大与细微，兼顾家国与个人等这些非虚构写作的期待，恰好可以弥补报告文学的不足和缺失。内蒙古报告文学也是如此。个人叙事作为叙事内存是报告文学具有个人性的重要方法。肖亦农《毛乌素绿色传奇》的上部就有浓郁的个人性，但下部的个人性减弱了许多。

其次，细节不足，语言不足，文学性不足。

对“作为个体的人”的关注，对人物“平淡生活中的戏剧性”的发现等，是文学之所以是文学的重要特征。在小说写作中需要通过想象建构故事塑造人物，在报告文学等非虚构写作中则需要通过深入的采访，“发掘事实”“挖掘细节”，从生活存在中选择具有故事性的内容，以适合的结构方式和具有个人性的语言方式呈现真实。但报告文学等非虚构写作的文学性明显不足，作品思想性缺失，叙事平面流水、语言平淡无奇。[①]就内蒙古报告文学而言，这一点也比较突出。由于主题的时效性，使得作家无法细致沉浸作品，流于表层。牛海坤的《让世界看见》的细节、语言明显不及《额济纳河畔》，流于对白晶莹扶持刺绣视野的平铺直叙。艾平的《春风染绿红山下》试图勾勒出英雄群像，并且一定程度上实现了这一目标，但较为相似的叙述模式并没有体现出艾平温情又遒劲的语言质地。《最后的驼村》流于琐屑，没有凝练挖掘出思想深度，空留下一个一个平淡的故事，语言过于日常，没有经过萃取提炼。

原载《金钥匙（汉文、蒙古文）》2022年第5期

① 丁晓原：《非虚构文学的逻辑与伦序》，《当代文坛》，2019年第5期。

十年来内蒙古儿童文学中的童心润泽

云　韬

“春发其华，秋收其实”，伴随着祖国的成长，内蒙古儿童文学迄今已走过了七十多个年头，其间曾涌现出一批富有草原特色的优秀作家，如专写儿童文学的杨平、杨啸、力格登、乔澍声、鄂·巴音孟克、张我愚、石·础伦巴干等。新世纪以来，韩静慧、许廷旺、贾月珍、夏桂楣、吕斌、杜拉尔·希然、童话（王雁君）、刘金龙、马端刚、权蓉、何君华等，以及耕耘多年的儿童文学理论家张锦贻[①]，纷纷获全国优秀儿童文学奖、冰心儿童文学奖、全国少数民族文学创作骏马奖等儿童文学界的最高奖项，以鲜明丰富的创作特色和高质高量的作品产出屹立于文坛。面对文学与现实的交叉影响和消费与媒介文化的综合作用，新世纪内蒙古儿童文学在三个艺术层次——少年文学、童年文学、幼年文学，一方面继续立足于内蒙古本土的现实情境来书写“草原式童年”，通过文学隐喻的方式言说着内蒙古多民族儿童的身份认同和精神发展，塑造新时代的民族品格，铸造中华民族共同体意识；另一方面大力提升童年的文化含量，站在人类命运共同体的高度，去探究更宏阔、更长远的文化图景及精神家园。近十年的内蒙古儿童文学，在紧贴现实，积极呼应国家文化政策的前提下，自觉呼应草原文化空间中的多民族主体意识，打造了一个个既具有草原民众的特有气质，又凸现出现代儿童个性的多民族儿童形象，这其中，作为“人”的内质的“童心”的多方面塑造与映射，得到了充分发展和表现。

---

① 2010年，张锦贻的著作《改革开放30年的中国少数民族儿童文学》（少年儿童出版社，2008年）荣获第八届全国优秀儿童文学奖。

一　守护自然——纯真的映照

发生在草原上的动物小说一直是新时期以来尤其是近十年内蒙古儿童文学的主要类型，既是对儿童文学热门题材的深度参与，同时也极大保留了内蒙古文学的草原文化特色，呼应了时代的生态主题。近十年的内蒙古儿童文学中，“严格定义”上的动物小说，即以动物为主角的成长小说数量更多，多为富有地域和民族色彩、以草原动物为主角的传奇冒险故事。在这类故事中，动物往往和人有着紧密的现实和情感关联，体现了草原民众在长期生产实践中与动物结成的亲密关系。“许廷旺动物小说系列”[①]中，《牧羊犬阿立斯兰》讲的是外形粗糙、丑陋、疯狂的野狗阿立斯兰对人类充满了敌意，但经过老年夫妇的耐心感化，成长为一只尽职尽责的合格牧羊犬，默默守护着老人的羊群。这个系列中的《野驴嘎达苏》《牛魔卓力格图》也是类似的故事情节，其他像许廷旺的“台来花草原动物记”[②]和《头羊》[③]等也讲述了狐狸、头羊、牧羊犬等草原动物如何成为人类可靠助手的艰难成长历程。曾获冰心儿童文学新作奖的何君华的短篇小说《乌珠穆沁的傍晚》[④]（又名《军马穆仁》）以第一人称讲述了来自科尔沁的军马穆仁“我”的经历，“我”先后换了三个主人，始终尽忠职守地服役于每一个主人，直到退役的最后一天。这些以动物为主角的小说，多以内聚焦视角描写动物的内心感受，讲述出身于草根的底层主角靠着从草原汲取而来的粗粝、坚韧、执着的良好品质，在与利欲熏心的坏人进行一次次斗争的过程中，同时在善良的人们的帮助下，最终获得生命的质的飞跃的故事。动物主角在人类的恶意与善意之间迷茫徘徊，但最终被那些拥有美好品质的人类所感化，成为出色的牧民帮手。在野性与家畜性之间摇摆的动物品性两面性的

① “许廷旺动物小说系列”共8册，包括《野驴嘎达苏》《牧羊犬阿立斯兰》《牛魔卓力格图》《马群过境》《少年马王》《远去的黄羊》《围攻城堡的狼群》《聪明的狍》，由知识出版社于2017年出版。

② 台来花草原即扎鲁特草原，位于内蒙古通辽市西北部、大兴安岭南麓、科尔沁草原西北部，属内蒙古高原向松辽平原的过渡地带。许廷旺的“台来花草原动物记”包括《小火狐江秋》《草原犬赛汗》《牧羊犬赤那》《消逝的狼群》（湖北教育出版社，2015年版）。

③ 许廷旺：《头羊》，中国少年儿童出版社、现代出版社，2016年版。

④ 何君华：《乌珠穆沁的傍晚》，《朔方》，2016年第7期。

描写使动物的丰富内心得到了更全面的展示，呈现了刚柔相济的微妙美感。动物的“野性”与儿童的“玩心”有着内在的一致，动物们最终回归人类，暗喻着儿童的被规训过程。善恶二元对立的成人世界的设定，也为儿童成长带来了规避恶人的危险提示和善意感化的美德培养。

还有一类是人与动物题材小说，近十年的内蒙古儿童文学主要呈现为一个蒙古族儿童和一个幼小的草原动物共同历险的成长故事。许廷旺的“《儿童文学》伴侣”系列《黄羊》《野狼》《苍鹰》《雄豹》①有着相似的情节构架和人物设置，都是以民国时期内蒙古东北部的草原和林地的土匪与土匪之间、土匪与牧民之间、牧民与牧主爷之间的复仇与宽恕的故事为主线，夹杂着人与动物之间忠贞不渝的深厚情感的建构。夏桂楣的“北方原创动物小说”②讲述了草原儿童宝音和动物们共同历险和互助的感人故事。何君华的《阿莱夫与牧羊犬巴图》③中，草原上最瘦弱的孩子阿莱夫和草原上最瘦弱的牧羊犬巴图互相扶持，牧羊犬为了保护羊群而对狼群紧追不舍，多日后，它出现在了阿莱夫身边，他们终于战胜了怯懦，获得了勇敢的美好品质。李美霞的《阿如汗的马》④讲述了草原上的小伙子阿如汗被他的小马驹一步步治愈的故事，人与动物一起成长、互相治愈。这些作品以动物小说为载体探讨人与自然的情感与现实纠葛，引导读者对生态文明的发展方式与未来走向进行思考。人与动物在相互争夺生存空间的过程中逐渐由对立走向依存的构想，寄托了作者对草原和谐生态的美好期冀。

无论是动物主角小说，还是人与动物共同为主角的小说，都体现了儿童与动物在心灵结构上的相似性，即心灵的纯真，这无疑指向人类成人世界复杂性与功利性的对立面。儿童和动物都是人类世界中体力和智力方面的弱者，在互相扶持的过程中，儿童也在动物身上学会了成长，明白以弱胜强的关键在于团结、坚强、互助、善良等人类美德，这些故事为儿童心灵的成熟提供了有益的文学濡养。故事中的动物往往是一些家畜如牧羊犬、马、牛等，它们无法脱离人类世界独立生存，以帮扶人类为自己的生存准则，这依然体现了一定的人类中心主义的价值原则。还有一部分小说则超越了这样的思想局限，认为动物拥有人类无法企及的自然境界，人必须

---

① 许廷旺：《黄羊》《野狼》《苍鹰》《雄豹》，中国少年儿童出版社，2015年2月、3月、4月、5月。
② 夏桂楣：《东归野马祭》《人狗情未了》《与雪狼共舞》，远方出版社，2016年版。
③ 何君华：《阿莱夫与牧羊犬巴图》，《意林》，2018年第14期。
④ 李美霞：《阿如汗的马》，《鄂尔多斯》，2020第10期。

向动物学习，或与动物互相依存，或化为动物，才能实现心灵的宁静。贾月珍的《我是熊》①中的林根庆干脆化为了“熊人”，在“熊体”中找到了心灵归宿。何君华的《父亲的眼泪》②中的父亲，则因母亲的不理解而选择变成了家里羊圈里的羊继续陪伴家人。部分小说在人与动物的互相濡养方面持悲观心理，认为人与自然的终极对立终究不可弥合，夏桂楣的《巴特尔与小驯鹿》③中，巴特尔收养的小驯鹿茸花儿始终不肯喝人类世界的水，最终渴死，它的母亲在孩子死后也自杀身死。这些作品都显示了内蒙古儿童文学领域的动物小说在人与自然关系方面达到的广度和深度。对于充斥着钢筋水泥和商业气息的城市中的少年儿童来说，内蒙古的儿童文学作品提供了一个新鲜的文化窗口。这些充满了异域风味的神奇草原故事，不仅大大满足了孩子们的好奇心，也以草原文化特有的苍茫诗意、淳朴人情和野性气息，拓展着他们初出茅庐的审美体验、认知视野和精神世界。

二　向外探险——好奇的萌动

萌芽于19世纪西方儿童文学的少年探险小说，则以其精彩绝伦的探险故事充分满足和释放了儿童的梦幻激情和游戏精神。近十年的内蒙古儿童文学作家们充分利用本土独有的本民族生活积淀，开掘内蒙古特有的历史和文化宝藏，将草原文化放飞到了想象力的极致。

内蒙古儿童文学中的探险类故事中，一类以曲折情节见长，一类以奇幻想象见长。在前一类写作中，许廷旺依然贡献良多。新老两代牧民在保护草原生态环境方面的冲突与谅解、狗和羊等家畜对人的忠贞情感、狼和天鹅等野生动物与人之间若即若离的爱恨交织、人与野兽之间无数回合的争斗与依存……许廷旺的动物小说发挥了他高超的叙事能力，在人与动物一次次的搏斗回合中，安全之后，危险接踵而至，读者沉浸在过山车式的阅读体验中不能自拔。除了动物小说，许廷旺根据长时期流传在科尔沁草原上的传说，以及上世纪40年代日本鬼子入侵以来的传闻，写

---

① 贾月珍：《我是熊》，《草原》，2019年第6期。
② 何君华：《父亲的眼泪》，《微型小说选刊》，2016年第3期。
③ 夏桂楣：《巴特尔与小驯鹿》，《草原》，2013年第4期。

出了“冒险奇兵”长篇系列小说[①]，这些作品都以小主人公林不几为主角，结合了时下大热的推理悬疑叙事手法，同时添加了很多蒙古族历史传说和风土人情的内容，大大增加了小说的文本可读性、民族教育性和思维锻炼性。许廷旺的探险故事以线性叙述模式讲述故事，契合了信息时代的快阅读方式，和当下儿童文学中热门的柯南系列动画，以及“凯叔讲故事”的口袋神探系列有异曲同工之妙，并延续了其在动物小说中表现出的极高造诣，在悬念的营造方面，尤其深得推理破案、历史探秘、野外探险等通俗文化元素之大成。此外，在内容方面，许廷旺将历史与民族传说进行了合理编织，将现实和想象、成人世界和儿童世界融合了起来。儿童靠智力打击罪恶，极大满足了儿童对自身智慧力量的自信心，有助于强化儿童的道德意识，弘扬民族文化传统，实现逻辑思维能力的锻炼和提升。

在以奇异幻想为特征的儿童文学中，《爱丽丝漫游仙境》、“哈利·波特”系列等是世界范围内成功的儿童文学力作。近十年内，蒙古儿童文学在人与动物神思交流的奇思妙想方面，依然有不俗的贡献。曾著有儿童心理成长小说《小豆芽心灵成长》系列、少年励志小说《天使补习班》系列、《咕嘟咕嘟冒的童话》系列，获得过内蒙古文学奖第11届“索龙嘎”奖的贾月珍，与张娜合著的《小偷的花园》[②]是一个关于爱和分享的温馨故事，讲的是杏花村里的女孩小瓶子循着杏花瓣来到院子里，遇见了神秘的黑爷爷，在黑爷爷的花园里，她发现他并不是村民所说的小偷，而是一只温暖的老黑熊，黑爷爷的魔法花园才是真正的快乐花园。马端刚的《迷失在玩偶城堡》[③]（2013年获第十届内蒙古自治区文学创作“索龙嘎”奖）里，艾玛同学参加夏令营，因一块捡到的石头而获得了上天入地的超能力，于是，他和几位同学在游戏空间里开始和坏蛋见面过招，最后，艾玛居然因为救了小魔王而和对方冰释前嫌，成了朋友。卢瑞彬（笔名：安白、默涵）的玄幻儿童长篇小说《聪聪救母遇险记》在网络连载之后获得巨大的点击量和欢迎度，并在2013年荣获全国榕树下第二届儿童长篇小说大赛佳作奖。小说借用沉香救母的情节灵感，讲述从小和妈妈相依为命的12岁的聪聪，为了给妈妈治病，在找药之旅中结识好友，排除困难，获得成长的故事。

---

① 许廷旺：《冒险奇兵——①密码疑云》《冒险奇兵——②神秘金像》《冒险奇兵——③蒙哥密洞》《冒险奇兵——④沙海迷踪》《冒险奇兵——⑤黑城怪语》《冒险奇兵——⑥疯狂岩画》《冒险奇兵——⑦墓室惊魂》，希望出版社，2017—2018年。

② 贾月珍、张娜：《小偷的花园》，新疆青少年出版社，2019年版。

③ 马端刚：《迷失在玩偶城堡》，金盾出版社，2014年版。

介于幻想与真实之间的探险游戏，既能满足儿童将想象付诸行动的愿望，又能纾解儿童在现实生活中的紧张与压抑，在想象性地应对和解决成长道路中的困难和考验的过程中，自身主体性得以逐渐建构。

三　探寻自我——心事的懵懂

近十年的内蒙古儿童文学创作中，“成长小说”“校园文学”“家庭伦理小说”主要以中学生（也有部分为小学生而写）为阅读对象，更贴近生活肌理，在表现少年与成年之间朦胧年龄段的“少年心事”方面，达到了对儿童心灵的深度探询。在与父母、老师、同学、朋友建立交互主体性的同时，儿童自身的主体建构完成了最后一步，为其迈向成人生活铺垫了足够的心理准备。

近十年的内蒙古儿童文学在传达正能量和爱国情怀，培养中小学生健康身心和优良品性方面，出现了一系列如春风化雨般能够寓教于乐的作品。韩静慧曾出版“神秘女生”系列[①]和“罗比这样长大”系列[②]，在校园文学、成长小说领域用力颇深。她的作品往往以蒙古族少年从草原走进城市的经历为题材，展现经济快速发展的年代里，校园中不同民族不同家庭少男少女的生活、思想和情感。在《一树幽兰花落尽》[③]中，牧区女孩朵莱转学到北京的私立高中读高一，在适应新生活的同时，也发现了班里各个同学光鲜生活的另一面。不同的家庭氛围造就了他们不同的性格，而来自内蒙古的朵莱，虽然一开始被大家嘲以“土气”“老实”，不久却以阳光简单、乐观善良、勤奋上进的性格和大家打成一片。“进城”的朵莱就像一面“照妖镜”，映照出了城市少年的种种“出格”行为，如追求名牌，故作老成，以“幼儿园就有初恋”为自豪，也会尝试网恋和早恋。小说使用对比手法，以温和的讽刺语调再现了当下城市少年校园和家庭生活中的社会现象，如城乡隔阂，贫富差距，师生、父女之间的代沟等。这些作品在表现儿童生活时以正面表现为主，即使涉及负面现象，也往往用美满结局一笔带过。

① 韩静慧：《咱不和女生斗气》《拯救懒女泡泡》《外国来的小女生》，21世纪出版社，2009年版。
② 韩静慧：《无奈的罗比》《父子较量》《不该知道的秘密》，凤凰出版社，2011年版。
③ 韩静慧：《一树幽兰花落尽》，中国华侨出版社，2012年版。

近十年的内蒙古儿童文学创作中，作为儿童文学的传统主题，亲情主题依然占据重要位置，并随着时代的进步和观念的新变，呈现出了新的思想意蕴与艺术内涵。亲情对儿童而言，既可以是温暖的源泉，也可以变为压力的源头。“温暖亲情”“代沟”“家庭压力”等主题纷纷呈现，侧面体现了内蒙古儿童文学对中华民族家庭伦理传统美德的着意颂扬。父母不仅关乎亲情，部分少数民族作家还将少年的亲情追索之旅与其民族认同进行了巧妙的联结，显示了少数民族儿童文学中“寻根文学”的新向度。晶达的《塔斯格有一只小狍子》把小男孩追认自己的达斡尔民族之根与体认父爱的过程进行了同一化处理，他认识到了爸爸一家作为坚守在森林里的达斡尔族人的珍贵品质，内心真正认同了自己的名字和民族，塔斯格的达斡尔族认同仪式与父子认同仪式同时完成。韩静慧善于塑造鲜活的女性形象，用曲折励志的人物故事将古老的民族传统技艺和美德的传承巧妙地结合在一起，《塞罕萨尔河边的女孩》[①]、《额吉的荞麦地》[②]、《锔盆女孩》[③]都是类似的主题。其中，在曾获2017年冰心儿童文学图书奖的《塞罕萨尔河边的女孩》中，塞罕萨尔河边的蒙古族女孩宝迪出生在重男轻女的传统家庭，阿爸不允许她继承家业，她只好自学擀毡，并在阿妈的帮助下很快入门，终于得到了阿爸毫无保留的悉心教导，成长为蒙古人擀毡手艺的优秀传承者。这部小说生动展现了新时代蒙古族青少年的人生样态，他们身上既有着老一代蒙古人的执着和坚韧，又有着新时代赋予的创新意识和革新精神。儿童文学是引导新时代儿童关注民族传统风俗和精神文化的重要载体，如韩静慧的《小河马卡拉游中国：星星落在草原上》就有多样的生物物种介绍和丰富的蒙古族民俗介绍。通过这部小说，小读者会对鼠兔留下深刻印象，它的小小体格、能打地洞是推动小说情节发展的重要要素。此外，卡拉上的第一节课，老妈妈请他们品尝了蒙古族食品，比如炒米、奶豆腐、奶皮子、黄油、炸馃子，还详细介绍了奶茶的制作过程和注意事项。还有孩子们上课时学到了蒙古包的各个组成部分，包括“哈那”“套瑙”“乌尼杆”，分别指的是蒙古包的支撑木架、屋顶和连接哈那套瑙的棍子。孩子们下课时热衷玩的游戏是草原上孩子们喜欢的活动，那就是“撞拐”，就是“每个人都把一条腿抬到小肚子那里，再用双手抓住，用另外一条腿

---

① 韩静慧：《塞罕萨尔河边的女孩》，北京少年儿童出版社，2016年版。该小说后被改编成电影《毡匠和他的女儿》，由方军亮执导，于2018年上映。

② 韩静慧：《额吉的荞麦地》，团结出版社，2017年版。

③ 韩静慧：《锔盆女孩》，新蕾出版社，2018年版。

蹦来蹦去，撞击其他人，最后谁没被撞倒，谁就是胜利者”①。

随着越来越多的少数民族儿童离开家乡走进城市求学生活，近十年的内蒙古儿童文学的作家们一方面不再用过去的刻板眼光去观照儿童的生活，而是从新的时代高度来关注、关怀已经在城市里的民族儿童的思想、情感，致力于深入表现少年儿童的心理细微处；另一方面，内蒙古作家又能充分利用自己独有的本民族生活积淀、地域文化优势，开掘本土历史和文化蕴藏的同时，不忘进行民族文化的传统教育，将多民族文化传统延伸到更为多样的艺术领域。

结　语

在全国教育工作大会上，习近平总书记提出了“培养德智体美劳全面发展的社会主义建设者和接班人”的重要论断，将美育置于重要的地位。对祖国花蕾心灵的浸润与滋长，事关国家民族的未来，如何才能在当今网络游戏与短视频盛行的精神环境中突出重围，任重而道远。进入新世纪以来，文学界、出版界和教育界对面向儿童的阅读推广活动越来越重视，内蒙古儿童文学以突出的地域和民族文化特色，成为全国精神文明建设中的一道独特的风景线。十年来的内蒙古儿童文学，尤其为人与自然、人与人、人与自我的对峙挤压与和谐共处提供了多样的文学素材和艺术经验。目前，内蒙古儿童文学已经具备了较为充足的创作梯队，如何站稳优势立场并突破固有的创作阈限，在需求持续增长的市场机制和扶持力度加大的政府政策的大环境下继续拓展艺术边界，推动艺术创新，将是下一个十年面对的挑战。儿童文学目前是一个较热的市场需求，出版社采取签约方式与作家签订系列出版的合同，使得作家缩短了出版周期，但也失去了文学创作的必要沉淀期，使得某些创作出现了雷同、模式化的趋向，儿童文学作家还需要用更多的时间和体验积淀更为深厚的艺术涵养和人生阅历。内蒙古儿童文学应该继续丰富动物文学体类，深化草原民俗文化韵味，加强民族传统文化教育，发扬生态文明精神，保持原有的文化阵地和品牌特色。此外，相较于全国各地儿童文学创作的多元态势，内蒙古儿童文学应继续

① 韩静慧：《星星落在草原上》，万卷出版公司，2017年版，第118页。

在创作内容上超越原有的草原和民族类型题材，挖掘更丰富的民间、历史文化资源，在此基础上尝试探问更为宏大的人类文化难题。在儿童文学的批评方面，老一辈的儿童文学批评家张锦贻已经为我们做出了优秀的示范，未来需要更多的青年学者关注内蒙古儿童文学，发表、出版更多的专门针对儿童文学的研究论文尤其是论著，形成创作与批评的良性互动。不过，万变不离其宗，儿童文学的故事情节还应是吸引儿童注意力的核心要素，作家应该在悬念的引人入胜、形象的丰富有趣、语言的生动鲜活等几个方面继续铺垫功力，为儿童成熟世界观、良善心性、坚毅品格等健康人性的形成铺垫精神力量。

在场、探索、破局：内蒙古网络文学的关键词

敬　笃

一　网络文学何为？

长期以来，传统作家对网络文学嗤之以鼻，甚至认为网络文学根本算不上文学，因为网络文学并未被纳入正统文学的范畴之内。所以书写中国当代文学史的文本中，几乎无人关涉网络文学这一板块，仅有陈晓明的《中国当代文学主潮》（2009年）在第十九章第三节“‘80’后与网络写作”简单提及网络文学，朱栋霖主编的《中国现代文学史1917—2013》（第三版）涉及网络文学的却不足5000字，洪治纲在《中国当代文学思潮十五讲》（2017年）的最后一讲“网络文学与类型化写作思潮”进行了蜻蜓点水式的概述。[①]那么，网络文学究竟算不算文学？其实，批评家何平认为网络文学就是网络文学，并不是单纯地指涉日常所说的“网文”，他提出，“当网络文学被狭隘地理解为网络平台的网文，‘文学’被偷换成‘IP’之后，其实，传统文学和网络文学之‘网文’的‘共识’已经和文学越来越没有关系了”[②]。其实这就涉及网络文学究竟是不是文学的问题了。毫无疑问，我们所处的

① 许兴阳：《疏离与耦合：中国网络文学发展动力分析》，《三明学院学报》，2022年第2期。
② 何平：《批评的返场》，译林出版社，2021年12月版，第45页。

时代，正是一个网络文学的时代，尤其是这十年，网络文学的发展，进入了一种快轨道，彻底颠覆了我们对文学的传统认知。也正是网络文学的迅猛发展，给传统文学带来了极大的挑战，引起了传统作家的强烈不安。

那么，在我看来，传统作家对网络文学的排斥，是有着一定原因的。首先，随着互联网的迅速发展，人们的阅读方式、体验均发生了根本性的变化，传统文学的以“杂志刊登”“书籍出版”“报纸发表”为载体的模式，并不能满足广大人民群众的阅读需要；其次，传统文学对网络文学从骨子里有着一种忌惮心理，传统文学的传播受到了一定的限制，那么固有的传统的文学观念、文学理想、文学公益心都受到了冲击；最后，资本的介入对文学的影响日益扩大化，尤其是网络文学受民间资本力量的控制比较严重，而且极大地侵占了传统文学的资源和市场，另外，资本也具有很强的自身吸引力，主导着写手创作取向。网络文学最初产生是伴随着先锋与反叛的精神出现的，不知从何时起，网络文学所谓的先锋性、反叛性不再被人提及，甚至被日渐遗忘。由此可见，“这样一个网络文学时代，其实已经和文学没有多大关系了”（何平）。既然时代选择了与网络文学和解，那么我们在探讨网络文学的时候，就不能再用传统的文学理论和批评去讨论和评论网络文学，可以按照另一条路径重新思考或者定义时下的“网文”，找一个合理的出口，来理解这个具有大众消费意义的文学产品。网络文学不再是我们日常意义上所讨论的文学，它就是网络文学，属于这个消费时代、网络时代的产物，不可以与我们平日里讲的文学画等号。最近十年更是网络文学的“IP时代”，打破了之前网络作家向传统写作靠拢的幻想，各种网络文学作品改编的热门IP应运而生，受到了广大读者、观众、游戏爱好者的喜爱，尤其是《甄嬛传》《盗墓笔记》《鬼吹灯》《长安十二时辰》《古董局中局》《斗破苍穹》《武动乾坤》《斗罗大陆》等一众作品，更是影响力甚巨，霸占了半个中国电影、电视剧、游戏、动漫市场。有统计表明，截至2021年年底，我国网络文学用户规模为5.02亿，较去年同期增加4145万，占网民总数的48.6%[①]，年新增签约作品约200万部，各文学网站日均更新字数超1.5亿，全年累计新增字数超500亿。2020年，中国网络文学市场规模达288亿元，累计创作网络文学作品2905.9万部，网文作者累计超2130万人，IP的改编量为8095部，其中年度内由网络小说改编为纸质出版物、动漫、影视剧、游戏和其他类型文创产品共有724

① 2021中国网络文学发展研究报告，中国社会科学网 http：//www.cssn.cn/wx/wx_yczs/202204/t20220407_5402451.shtml。

部。[1]面对着如此“现象级”的数据[2]，我们是否该重新考虑一下，文学形式新的走向问题了。当然也会有一些批评家会提出质疑，质疑网络文学的合法性和价值。在这个资本、消费为王的时代，什么最重要？当然是流量，只有忠实的读者，才是决定其存在合理性的重要指标。

自网络文学诞生以来，对人们的日常生活及阅读体验产生了巨大的冲击，对于传统文学的冲击也是猝不及防的，文学界对此也准备不足。对于网络文学的评价而言，正所谓仁者见仁、智者见智，持支持观点者认为网络文学的出现是历史的必然产物，是时代的迫切需要；持反对观点者则认为网络文学降低了写作的门槛，缺少文学性，是商业利益下的产品，充满铜臭味。[3]至于谁对谁错，我们权且不论，但网络文学的确给我们的生活及阅读带来了翻天覆地的变化。

历经近三十年的发展，网络文学日渐走向成熟，已经形成了门类齐全，项目多样的文学形式。截至目前，网络文学已形成玄幻、武侠、历史等二十余个大类型、二百余种小分类，这是《2021年中国网络文学市场分析报告——市场现状与未来规划分析》[4]中给出的目前网络小说呈现出的分类情况（不完全统计），具体如下：

网络小说类型一览表[5]

类型	分项目
玄幻	东方玄幻、王朝争霸、异世大陆、异术超能、远古神话、高武世界、转世重生、西方玄幻、BL玄幻、GL玄幻
武侠	传统武侠、新派武侠、国术武侠、历史武侠、浪子异侠、谐趣武侠、快意江湖、BL武侠、GL武侠
仙侠	现代修真、修真文明、洪荒封神、古典仙侠、奇幻修真、BL修真、GL修真

① 数据来源：中国互联网络信息中心（CNNIC）第48次《中国互联网络发展状况统计报告》；中国作家协会《2020中国网络文学蓝皮书》；第五届中国“网络文学+”大会发布《2020中国网络文学发展报告》。

② 欧阳友权，罗亦陶：《我国网络文学发展的新挑战与新趋势》，天津社会科学，2022年第2期。

③ 欧阳友权：《网络文学亟待建立自己的评价体系和标准》，《社会科学辑刊》，2022年第2期。

④ 2021年中国网络文学市场分析报告——市场现状与未来规划分析_小说，https：//www.sohu.com/a/467679764_730526。

⑤ 2021年中国网络文学市场分析报告——市场现状与未来规划分析_小说，https：//www.sohu.com/a/467679764_730526。

（续表）

类型	分项目
科幻	西方奇幻、吸血家族、魔法校园、异类兽族、亡灵异族、领主贵族、剑与魔法、历史神话
都市	都市生活、恩怨情仇、青春校园、异术超能、都市重生、BL小说、GL小说、合租情缘、娱乐明星、谍战特工、爱情婚姻、乡土小说、国术武技、总裁虐恋、官场沉浮、商场职场
言情	冒险推理、纯爱唯美、品味人生、爱在职场、菁菁校园、浪漫言情、千千心结、古代言情、宫廷争斗、女尊王朝
历史	架空历史、历史传记、穿越古代、外国历史
军事	战争幻想、特种军旅、现代战争、穿越战争、谍战特工、抗战烽火、军旅生涯
游戏	全息网游、游戏生涯、电子竞技、游戏异界
体育	弈林生涯、篮球运动、足球运动、网球运动、体育赛事
灵异	推理侦探、恐怖惊悚、灵异神怪、悬疑探险、风水秘术
同人	小说同人、动漫同人、影视同人、武侠同人、游戏同人
耽美	BL小说、同性之爱、同志文学
二次元	原生幻想、青春日常、变身入替、搞笑吐槽、衍生同人

随着互联网的飞速发展以及时代的变化节奏进一步加快，网络文学的发展仍在继续，新生力量、新的媒介传播和转化形式的不断涌现，将会极大地促进网络文学内容多元化，为网络文学发展带来全新活力与动力。

网络文学的批评更应该建基在“作者”与“读者”对话之上，才能真正地推动网络文学可持续的发展。那么该如何建立行之有效的网络文学批评呢？著名批评家丁帆曾鲜明地指出：“在这个工具理性横行、技术至上的时代，我们批评则是一定需要有将文学批评拉回到充分体验文学文本后‘再造形象’的文学本质的自觉意识。否则，我们的文学批评则是一种无效，也是无意义的乏味文字游戏而已。我们的文学评论和文学批评始终徜徉在林林总总的陈旧理论模式之中不能自拔，往往说出的是与批评对象的文学文本毫无关系的话语，在‘鸡同鸭讲’的语境中无法形成‘对话’关系。”[①]这种体验式的文学批评，可以让网络文学能够充分认识到自身发

① 丁帆：《新时代背景下文学批评的定位和趋向》，《文学报》，2019年11月28日。

展的理路，从而找到一种契合的、可对话的视域，将网络文学带入“文学本质”之中进行考察，充分挖掘网络文学的“文学性”。以资本力量、读者力量为主要导向，建立行之有效的网络文学评价系统迫在眉睫，只有这样才能实现对网络文学加之本身的考量。

二　内蒙古网络文学概览

中国社会科学院发布的《2021中国网络文学发展研究报告》[①]中指出，北京是网络文学用户最多的城市，其次是上海、重庆、广州、成都。从省份来看，山东是网络文学阅读大省，前五省份依次是山东、江苏、河南、河北、浙江。从这份榜单中可以看出，内蒙古网络文学用户、读者在全国均排在靠后的位置，这和自治区内的人口比例基本成正相关。

在这个背景下，我们讨论内蒙古网络文学就有了一定的界限和范畴。受地缘、经济、社会等因素的制约，地处边疆少数民族地区的内蒙古网络文学的发生相对滞后，无论是作品数量还是质量上，都远落后于东南地区网络文学大省。但是网络文学近三十年，内蒙古网络文学一直在场，从未缺席，而且业已形成一支老幼结合、层次多元、结构合理的网络作家队伍，在推动我国网络文学发展上，也起着举足轻重的作用。整体而言，无论是身处内蒙古的网络作家还是生活在外地的内蒙古籍网络作家们，都在用自己的想象力、惊人的创作力，虚构着一份内蒙古网络文学地图。

从马伯庸的《长安十二时辰》《风起陇西》《风起洛阳》《古董局中局》，酒徒的《明》、《家园》（出版名：隋乱）、《烽烟尽处》、《男儿行》、《大汉光武》，孔二狗的《东北往事：黑道风云二十年》等作品中可以看得出走出去的内蒙古籍的网络作家们的历史担当与文化传承以及对过去式现场的再造，具有很强的IP改编潜力，尤其是近年来马伯庸的异军突起，代表了内蒙古网络作家的水平，奠定了内蒙古网络作家在全国网络文学版图中的地位。而生活在内蒙古广袤土地上的网络作家们，也在用自己的键盘，谱写内蒙古网络文学新天地。他们年龄结构也比较均衡，汇聚了

---

① 中国社科院发布2021网络文学报告，网络文学用户超5亿，https：//baijiahao.baidu.com/s?id=1729458714624493590&wfr=spider&for=pc。

70后、80后、90后甚至00后，这充分证明了内蒙古网络文学将会有着很合理、很稳定的传承与输出。例如70后三藏大师的《汉逆之吕布新传》，镭淞无极的《天王殿》；80后十三郎的《雷池传》《养个千年强者来防身》《我的小舅子》，萧南的《天使国》《风之语》《逃城》，张小花的《我就是妖怪》《谁都别惹我》《史上第一混搭》《史上第一混乱》，超级老猪的《绝品外挂》《修真医圣》，南宫寒璘的《微信爱恋》《战狗》，若善溪的《一朵时光轻流年》《在一起》《我若爱你时光为证》《小宠爱》，笔名沧月傲天的《抗日之雪耻》《光荣使命1937》《都市大仙君》，徐永生的《透视小神棍》《都市之至尊战神》等；90后乔木的（又名乔木11）《都市之青帝归来》《我活了几万年》《三国，全体起立给大佬敬礼》《大秦：神榜现世，苟不住的我被曝光了》《我，琅琊阁主，发现老婆是女帝》，纯小叶的《修武狂徒》《校园至尊狂少》《我的神级女友》《战火青春》《奋斗在黄金时代》《重生九〇致富经》《都市战神豪婿》《镇天龙帅》《奶萌四岁半，九个哥哥风华绝代》《重返1997》，掉毛的天使的《完美狂少》《嚣张强少》《女总裁的贴身医圣》《至尊医圣》，宁南衣的《重返初三》《重回七〇：炮灰女配打脸日常》《神医空间：带着爹娘一起穿越去逃荒》，刘斯然的《凤归四时歌》《你是我最甜蜜的心事》《米小圈上学记》《谢长留》《千秋为臣》《青梅拾糖》《皇家萌学院》《星光》《青丘》等。

本文重点关注生活在内蒙古地域的网络作家作品及内蒙古网络文学的走向。我们权且按照传统的代际划分，来分析内蒙古网络文学的现状，找出成绩与不足。在这份并不完整的名单（具体名单见附件）中，可以看出内蒙古网络文学呈现以下几个特点：一是内蒙古网络作家多集中在70、80、90后年龄段，年富力强，创作精力充沛，正处在文学创作的上升阶段，未来可待，尤其是90后队伍占比较大，凸显出内蒙古网络文学的有生力量储备较足；二是创作类型多元，军事、历史、都市、游戏等网络文学大项均有不俗的表现，可以满足各个层次读者的阅读需求；三是点击量大，关注度高，在各大文学网站上的排名相对靠前，有部分作者还曾荣登新书榜第一名，例如焦维宇的作品在番茄小说网都市类排名第一，这充分证明内蒙古网络文学的巨大潜力；四是注重网络传播与传统出版相结合，在海内外均有出版、影视、音频转化，有培育大“IP”的潜力，如十三郎、若善溪、沧月傲天等人的作品，均呈现出这种气象；五是想象力丰富，文化积淀厚重，网络思维强，拓宽了内蒙古文学的边界及可能性，如历史题材、架空题材、战争题材的作品，很好地融入了历史故事与作家的个体想象；六是在场性强，参与了我国网络文学的发展大潮，打破了人们对内蒙古文学的原始认知，比如超级老猪、九猫的作品，很好地融入了南方元素，不但从内容上丰富了内蒙古文学的元素及维度，而且也进一步推动了文化的融合；七是大多数作家加入了内蒙古作家协会，其中张小花、沧月傲天出任内蒙古作家协会副主席，这是一种网络文学与传统文学趋于和解的方式，也是网络文学被纳入文学视野的一个重要指标，摆脱了网络作家单打独斗的局面，从组织层面上积极引导作家创作；八是内蒙古网络作家学历大都在专科以上，有些作家甚至有博士学历，这种不同层次的学历结构，体现出内蒙古网络作家的整体文化水平层次相对较高；九是内蒙古网络作家的职业比较分散，可以有效地推动内蒙古网络文学的结构层次多元化、高品质化；十是内蒙古网络文学在内蒙古文学史上缔造了一个新的类型文学时代，尤其是张小花的《史上第一混乱》开创了群穿题材的先河，构建了幻想的庞大体系，对当下穿越小说，乃至未来网络文学的发展，做出了自己的有益探索。

但是从以上数据中，我们也可以清晰地发现内蒙古网络文学也存在着各类困境：一是在这个“大神”辈出的时代，内蒙古网络文学鲜有像唐家三少、天下霸唱、南派三叔、天蚕土豆、我吃西红柿等同一级别的“大神”出现，这一点值得深思；二是创作团队相对薄弱，各自为战，没有形成“抱团取暖”的优势，也没有出现真正意义上的“内蒙古网络作家现象”；三是创作门类相对偏狭，一些科幻、现实、仙侠、玄幻、穿越、甜宠等备受关注的网络文学形式，在内蒙古网络作家这里失宠，大多数作家选择了相对保守的题材，可塑性空间小，为内蒙古网络文学的发展埋下了隐患；四是内蒙古网络文学对动漫、网游、电影、电视剧等的激活能力相对较弱，鲜有传播广泛、令人耳熟能详的大“IP”横空出世，对内蒙古文学、文化相关产业的推动力不足；五是将内蒙古网络文学放置在全国网络文学大的场域内，显得微不足道，海内外的传播力不够，亟待爆款IP的出现；六是持续爆发力不够，没有出现爆点很足且长期霸榜的作品，市场定位不够准确，很难持续有效地输出；七是没有自觉地构建自身文学创作体系和文学世界，创作比较散漫、自由，文学性相对较弱；八是复合性文本数量过少，没有诞生内蒙古网络文学的经典范本，这也是摆在内蒙古网络作家面前的一道坎；九是网络文学批评话语的建构尚未起步，内蒙古网络文学的成长急需一批研究者助推，拓殖网络文学的横切面，为内蒙古网络文学合法性建构提供理论支持；十是政治力量、资本力量介入不足，没有建立完整层级的宣传体系、开发体系，内蒙古网络文学很难“出圈”；十一是内蒙古网络文学面临“我在为谁写作?”“写作何为?”的精神困境，从作品类型与具体文本中，我们可以发现网络作家有着明显的身份焦虑和个体自我定位的困惑。

总结经验，勘察不足，不是说要轻视内蒙古网络作家的创作成就，也不是否定内蒙古网络文学的发展，而是要在内蒙古网络文学的现场重新审视网络文学自身的功能和文本所衍生的一系列事物，力求开掘出有益于内蒙古网络文学发展的新路径。事实上，内蒙古的广大文学工作机构及文学工作者，要积极充分地尊重内蒙古网络文学的根本属性，竭力拓宽发展空间，给网络作家寻找一个敞开的写作场域与话语语境，让他们在时代的淘洗之下，成为时代的先锋，成为内蒙古地域文化的传承者与传播者。

在当代网络文学迅速发展的大势面前，内蒙古网络作家应迎难而上，精准定位，梳理宏大理想和抱负，整合各类文学资源，坚持以读者为中心，打破传统的审美视域，重新建构自己关于世界的想象性场域，以及作家与读者的关系，实现作品质的飞越。在这个资本与读者为王、流量决定一切的时代，内蒙古网络作家如何“破圈”，进阶“大神”，这就需要各方力量（政府、市场、网站、读者、资本等）共同加入，有效协作，全方位地推动作品的商业转化和IP挖掘。

三　结语

事实上，网络文学不只是一个文学问题，也不单是一个文本问题[①]，它是一个关涉生产、输出、日常生活、大众心理学、统计学、传播学、文化自觉等各方面的综合性问题，需要我们站在更宏观、更阔大的层面思考。这也就决定了网络文学的研究不能沿袭传统文学的研究范式，必须采用综合手段，调集各个学科的理论知识进行探讨。许兴阳指出，在中国网络文学不到三十年的发展过程中，政治体制、资本市场、技术演进、文化使命、网络粉丝、网文作者、阅者评者、传统与现代、新与旧等要素悉数登场[②]，网络文学这个巨大的场域内，中国当代文学的现场，正在

① 何平：《批评的返场》，译林出版社，2021年12月版，第49页。

② 许兴阳：《疏离与耦合：中国网络文学发展动力分析》，《三明学院学报》，2022年第2期。

悄然地发生变化。事实证明，只有掌握了资本、市场、读者的网络文学才可能在未来的网络世界获得应有尊重和长足的发展。

内蒙古网络文学尚在起步阶段，未来的路还很长，急需真正的“破局”之作。而内蒙古网络文学的批评更是处在“零”阶段，这就为网络文学的批评提供了更为广阔的土壤。网络文学迅猛发展的大势不可逆，这就需要进一步提升水平，内蒙古文学的文学制度、评价机制、规范、生产和传播方式等，为内蒙古网络文学的发展提供更丰富的、多元化的舞台。在这个资本为主、读者为上的网络文学时代，内蒙古网络作家们要抓住机遇，拓宽思路，主动破局，精心打磨，创作出更多与读者趣味、大众审美相匹配的故事、爽文、影视剧、网游、动漫等优质文本，构建自己新的文学传统，讲好内蒙古故事，创作出内蒙古网络文学的经典之作，力争在内蒙古文学史乃至中国文学史的谱系上留下浓墨重彩的一笔。

附件：内蒙古网络代表作家简介

七〇后：

01. 王欣宇，笔名三藏大师，男，1972年生，内蒙古赤峰人，毕业于内蒙古财经学院金融系。外企分公司原负责人，2017年年初开始发表作品。2017年签约阿里巴巴文学。代表作《汉逆之吕布新传》，400万字，已完结。布局宏大，波澜起伏，出场人物数百个，以家国为本，讲述三国各阶层人物的命运和抉择。定居呼和浩特。

02. 牛志刚，笔名镭淞无极，男，1975年生，内蒙古武川人，大专学历，于2018年11月开始在掌阅文化发表作品，主要文学作品有《天王殿》，在掌阅平台获得了1100多万的超高人气，排名热销榜第十三位，热读榜第七位。

八〇后：

03. 梁勇，笔名十三郎、流云飘风、流云飘雪、流云飘梦，男，1982年生，山西怀仁人，毕业于内蒙古工业大学。现为内蒙古泽润文化传媒有限责任公司董事长，内蒙古网络文艺家协会理事，内蒙古作家协会会员。2005年使用笔名十三郎创作了《雷池传》三部曲，分别由朝华出版社、台湾飞马文化出版，在海峡两岸暨香港发行。

2015年至2016年使用笔名流云飘风创作悬疑小说《养个千年强者来防身》，总字数210万，总订阅435万次；2017年，《养个千年女鬼来防身》获得全球悬疑作品大赛优秀奖；2016年至2018年使用笔名流云飘梦创作写实小说《野王》，总字数220万，均订5260次；2017年至2019年使用笔名流云飘风创作悬疑小说《极品都市至尊》，总字数467万，总订阅802万次；2020年使用笔名流云飘雪创作悬疑小说《致命禁忌》，总字数45万，正在孵化电影；2021年使用笔名流云飘雪创作现实类小说《我的小舅子》，改编成网剧《我的小舅子》，目前在抖音和西瓜发布，总播放量达到1.2亿，全网总播放量超过2亿。

同年，使用笔名流云飘雪写了网络短剧《相差十二岁的爱恋》（五集）、《同林鸟》（三集）、《孤独森林》（十三集），在抖音和西瓜发布，播放量分别为38.9万，39.5万，14.8万。2021年至2022年，使用流云飘雪和兄弟摄像机写了网络短剧《韶华》和《男人还是难人》，在抖音和西瓜发布，播放量分别是150万和4300万。

04. 刘志华，笔名萧南，男，1982年生，内蒙古凉城人，内蒙古作家协会会员，从1998年开始发表作品，创作青春小说《天使国》，都市小说《风之语》，历史小说《逃城》，乡村小说《伊甸园的鸟》，奇幻小说《塔罗王朝》，童话《鱼之国》。中篇小说集《铜·蛇》，短篇小说集《流淌的钟》，散文集《爱是一杯沙漏》，杂文集《诸子曰》。在全国各类媒体发表小说、散文、诗歌、杂文数百篇，作品收入《全国散文作家精品集》《全国诗歌散文精品集》。长篇小说入选中国作家协会网络文学中心重点扶持作品、内蒙古草原文艺精品创造工程、中国青年作家杯三等奖，先后获得全国散文大赛一等奖、全国诗歌散文大赛一等奖等。

05. 张小花，男，1982年生，2012年加入中国作家协会，中国作家协会会员，内蒙古作家协会副主席，2008年开始网络创作，出版有《我就是妖怪》《谁都别惹我》，另有长篇小说《史上第一混搭》《铁掌无敌王小军》《强人》，共计约700余万字，风格以诙谐幽默著称。

《史上第一混乱》开创了群穿题材先河，曾获“全国十佳网络原创作品”称号。

06. 吴楠，笔名超级老猪，男，1983年生，毕业于南京森林公安学院，现为全职网络作家，于2021年开始正式发表第一部作品，笔耕十年有作品2000万字，于

2019年加入内蒙古作家协会。

2011年，在看书网发表作品《绝品外挂》，该书获得看书网网游分类频道订阅第一名。2013年，在创别书城发表作品《极道兵神》，该书列创别书城畅销榜前十名。2016年，在阿里文学网站发表作品《品鉴都市》，该书改编为真人有声作品；2017年，在作客文学网发表作品《修真医圣在都市》，该书改编为繁体作品《修真医圣》，在台湾地区销售，位于当年台湾地区销售前五名，同时被改编为真人有声作品。2018年，在咪咕文学网发表作品《重生之俗人修真》，获得网站销售前三十名；2020年，在番茄小说发表作品《打工医圣》，目前正在连载中，获得网站都市分类排行第八名，同时进行真人有声改编。

07. 刘慧刚，笔名南宫寒璘，男，1985年生，内蒙古多伦人，毕业于内蒙古农业大学职业技术学院。内蒙古作家协会会员，2014年签约起点中文网女频，完成作品《微信爱恋》，30万字；2015年签约起点中文网，完成作品《战狗》，98万字，并获得优秀新人奖；2017年签约纵横中文网，完成作品《高调爱：求婚521次》，47万字，并被多个网站转载；2019年—2021年，签约纵横中文网，完成作品《心理真相》，200万字，并被多个网站转载。

08. 王喆，笔名若善溪，女，1988年生，内蒙古包头人，自由撰稿人，2010年开始网络文学创作，题材主要以都市言情和古典言情为主，多部网络作品已签约出版发行。代表作《一朵时光轻流年》《在一起》《我若爱你时光为证》《小宠爱》。其中《一朵时光轻流年》越文版2014年在越南公开发行上市，《小宠爱》泰文版2021年在泰国上市发行。

09. 郑伟，笔名沧月傲天，男，1988年生，内蒙古兴和人，毕业于内蒙古建筑职业技术学院，内蒙古听风网络文化传媒工作室总经理。2011年开始在起点中文网连载作品，著有《抗日之雪耻》《光荣使命1937》《都市大仙君》等作品。2018年加入内蒙古作家协会，并成为咪咕中文网签约作家。2020年加入中国作家协会，同年成立内蒙古听风网络文化传媒工作室，任总经理。2011年开始从事网络小说创作，现共有完本小说9本，累计字数达2250万字。作品《抗日之铁血使命》在咪咕文学首发后反响非常好，首发第一月各项数据远超同类型作品，名列咪咕文学军事榜第一名，并荣获中移动咪咕杯网文大赛银奖。

新作《抗日之超级战神》正在咪咕阅读连载中，目前已经取得640万的点击量。

10. 徐永生，男，1989年生，内蒙古包头人。全职写作，2017年3月开始发表作品，代表作《透视小神棍》《都市之至尊战神》等。

11. 闫瑞，笔名九猫、水墨青岚、北夜，1989年生，内蒙古满洲里人，北京瑞洲科技有限公司版权总监，2012年开始创作，鲁迅文学院第十一届高研班学员，内蒙古网络文艺家协会理事，内蒙古作家协会会员。擅长玄幻女强、仙侠创作。2012年从事网文创作，创作十余部作品、创作字数超过3000万，创作点击数过亿，创作收藏300余万。

九〇后：

12. 焦维宇，男，1990年生，内蒙古兴和人，2020年加入内蒙古作家协会，累计创作2000余万字各类长篇作品，曾获得阅文集团qq阅读、创世中文网全渠道畅销榜第一，最新作品在2021年1月至5月期间连续五个月保持番茄小说都市新书榜第一名、都市—兵王类新书榜第一名，番茄原创新人榜10万字读完率第一，曾位列全站阅读排行榜第十五名、全站推荐榜第一名，单日最高同时在线阅读人数70余万人，单日最大热度2273万，累计阅读人数1260万人，累计点击次数破亿；2021年获得中作家协会网络文学中心线上党史学习教育第一期优秀学员。

13. 李志刚，笔名乔木（又名乔木11），男，1992年生，河北张家口人，2018年开始网络小说创作，2021年7月，加入内蒙古作家协会。现已经创作长篇小说11部，累计创作字数1900多万字，其中作品《都市之青帝归来》《我活了几万年》已经改编为有声读物；《三国，全体起立给大佬敬礼》《大秦：神榜现世，苟不住的我被曝光了》《我，琅琊阁主，发现老婆是女帝》等作品，成绩突出。

14. 张宾，笔名纯小叶、夕木叶、叶小纯、一叶倾天，男，1992年生，内蒙古和林人，毕业于内蒙古工业大学。2014年开始网络文学创作，作品有《修武狂徒》《校园至尊狂少》《我的神级女友》《战火青春》《奋斗在黄金时代》《重生九〇致富经》《都市战神豪婿》《镇天龙帅》《奶萌四岁半，九个哥哥风华绝代》《重返1997》。作品曾名列看书网VIP榜第九，精品榜第五，磨铁中文网新书榜第一，热读榜第二；今日头条推荐榜第一、第八，咪咕阅读原创榜第八。

15. 潘志强，笔名掉毛的天使、醉无眠，1993年生，2013年开始从事网络小说创作，累计创作600万字，有四部百万字完结作品。分别为《完美狂少》《嚣张强少》《女总裁的贴身医圣》《至尊医圣》。

16. 李晓妍，笔名宁南衣，女，从2015年8月起开始网络文学创作，多部作品进行了有声小说改编；其中作品《重返初三》和《重回七〇：炮灰女配打脸日常》进行了影视改编推荐；作品《战神王爷的小祖宗又野又甜》从连载起一直有不错的热度，整体收益超过40万，其他作品也有一定的热度及收益，连载小说《神医空间：带着爹娘一起穿越去逃荒》获得番茄网站活动魁星计划最高奖励补贴。

17. 刘思然，编剧作品《凤归四时歌》《你是我最甜蜜的心事》《米小圈上学记》《谢长留》等，小说作品《千秋为臣》《你是我最甜蜜的心事》《青梅拾糖》《皇家萌学院》《星光》《青丘》等。

内蒙古90后作家近十年创作的写作新象

苏　热

作为文学大省，内蒙古文学在历史上曾创造出辉煌的成就，十八大以来，铸牢民族共同体意识的佳作更是层出不穷，在群星闪耀的作品背后，是内蒙古作家立足本土孜孜不倦地写作，而他们形成的颇具内蒙古特色的老中青三代作家群体，在国内形成广泛的影响。"以史为鉴，开创未来"，内蒙古90后作家在文学创作中日益崭露头角，在题材、文学理念、书写方式等层面体现出鲜明的先锋意识，给内蒙古文学的创作注入新活力的同时，内蒙古90后作家又在文本中体现着与其他地域90后作家不同的本土化特色，在全国的90后作家中，具有着明显的辨识度。本文试从90后作家成因、写作特点等方面分析内蒙古90后近十年创作的写作新象，也立足当下内蒙古90后写作现状，尝试分析目前内蒙古90后作家写作的不足。

一　十年耕土，厚积薄发

内蒙古自治区近十年的文学发展，与党和政府的重视息息相关。2011年开始实施的"草原文学重点作品创作扶持工程"，是自治区党委宣传部、内蒙古文联、内蒙古作家协会共同打造的草原文学精品工程。在此基础上，党和政府对文学的关注与扶持与日俱增，给予内蒙古文学新人很大的鼓励，肯定成熟作家的创作的同时，他们更多地把目光聚焦在年轻作家身上，予以年轻作家一定的指导，这对90后作家的成长发育尤为重要，也激发了他们的创作热情。

《草原》文学期刊作为内蒙古文学期刊的中流砥柱，始终紧跟时代与文学的发展。全国知名期刊设立90后栏目，刊发90后作家作品不久，《草原》文学期刊凭借其敏锐的文学感觉，在其重要栏目——“骑手”发表90后作家作品，这些表达虽然略显稚嫩，但可以明显看出闪耀在他们身上的文学理想与活力。

《草原》新设立的“新发现”栏目，更是以非常包容的姿态，去选取内蒙古90后作家为核心的作家作品，诗歌、小说、散文三管齐下，全方位收集，打造出一个属于内蒙古文学新人的崭新的舞台。其中，不少作家发表作品时尚且处于校园读书阶段，但他们的文学天赋并没有因为社会阅历的不足而黯淡，反而在各自的校园中散发出耀眼的新人之光，成为内蒙古乃至全国少有的初露头角的校园作家。

《草原》杂志社多次举办作家入高校活动，邀请知名作家给在校同学们开展文学讲座。让同学们近距离地接触作家并与之交流，也让同学们了解到一部优秀的文学作品的生成过程。面对同学们关于文学创作的问题，作家们详尽解答并打消他们对于自己创作的疑虑，为进一步扩大创作群体做好准备。

近十年时间，内蒙古作家协会予以90后作家特别关注，对作家们的写作提出计划性指导，针对90后作家写作中的问题，用与学界联合共用力的方法，给出作品问题解决之道，对于内蒙古90后作家认识题材价值、发掘作品深度有建设性意义。内蒙古作家协会通过举办作品研讨会，开展作家培训班、改稿会等活动，让90后作家意识到自己的不足，开阔自己的文学视野，不断地提高自己的创作水平。

内蒙古大学文学与新闻传播学院作为内蒙古文学新人重要的培育基地，重视文学新人的教育与培养，开创并实践创意写作教学、诗歌教育、话剧实践育人为三维方法的理论体系，为内蒙古文学事业源源不断地输送优秀人才。近年来，学院又开办《原上草》期刊，刊发作家校友、教师、学生的文学作品，已在社会上形成一定的文学影响力。

内蒙古大学文学与新闻传播学院教师王苹（笔名安宁）在教授学生大学写作课程期间，不断地探索着新的方式，鼓励引导推荐学生的创作，一些作品取得优异成绩，在国内重要期刊发表，成绩斐然。教师鄢冬则是一直致力于探索属于大学生的戏剧，在创作与表演过程中，寓教于学，让学生更好地理解戏剧这一艺术形式，也激发了学生们的戏剧创作热情。

近期，内蒙古大学文学与新闻传播学院与内蒙古文学杂志社、内蒙古文学馆签署合作家协会议，挂牌文学教育实习基地等系列举措更是对90后作家乃至00后在校作家更大的鼓励与帮扶，这对于集合双方的资源优势，从作家作品的扶持到文学教育有着重要的发展意义。

良好的土壤才能培养出优秀的作家。自治区十年如一日地为作家们打造良好的写作环境，加之对文学新人的重视与扶持，给予90后作家的包容与关怀，为90后的文学收获之季的到来奠定了基础。

二 诸体兼备，创作焕新

内蒙古90后的作家创作诸体兼备，诗歌、散文、小说、评论都有建树，有些作家甚至还出现跨文体形式的创作。在作品中，他们一方面立足草原，体现内蒙古作家的文学传统，重视内蒙古题材的发掘以及独树一帜的草原情怀的表达；另一方面，他们又有着自己90后一代作家的创作特点，这体现在写作手法上的意识流、题材选择的复魅、新历史写作等方面。

内蒙古现在活跃的90后作家与其他地区活跃的90后作家相比，有一个较为突出的不同点。其他地区的90后作家，大多在校园时期参与到一些奖项的评选，进而才陆续创作，发表到文学期刊上。这是一定的机缘巧合下触发的写作热情，但内蒙古90后作家却另辟蹊径，他们的写作从一开始就具有自发性，在一些文学社团以及老师的指导下愈发成熟，之后才在文学期刊上发表自己的作品。

以小说写作为例，渡澜、阿塔尔作为内蒙古90后作家的代表，以其独特的写作风格吸引国内众多批评家们的关注。渡澜奇幻诡谲的文风下，涌动的是草原上生生不息的生命力，她以自己悲悯的眼光去抚摸草原，翻越层层草浪，她关注到了不同于内蒙古传统写作的另一面，立足文化，关注生死，她的复魅写法，展示出一种属于内蒙古的原初的生命力，让读者耳目一新。《傻子乌尼戈消失了》是近年来内蒙古青年写作的重要短篇收获，作者本人更是屡获国内重要文学奖项，这是一本充满新奇体验的小说集，收录了渡澜近年来的文学创作，不同于以往带有鲜明内蒙古符号的小说，渡澜在文本中赋予万物生命与活力，出人意料地生成一种鲜明的内蒙古特色，在某种程度上可以称之为内蒙古90后小说写作的新标杆。她文本中表现出来的与众不同的观察力和想象力，不断地开拓着汉语写作的新边际，也给读者阅读带来新的体验。

阿塔尔本科专业是草学，硕士期间跨专业读了历史学，多学科的知识背景让阿塔尔在创作中既重视写作的逻辑理性，又尊崇寻找人性的普世性规律。《蕾奥纳的壁炉节》《海岸线的冬青》《雪原战争》等小说，化用内蒙古的习俗，在幻想与历史中取得平衡，还有废土朋克与反乌托邦的科幻元素，作品中不乏阿塔尔本人对于世界的认知和思考。作品虽然多是以具体小人物切入叙述，但整体上有一种90后小说写作少有的史诗写作气质。既有欧洲沿海历史的特征，又有中国古代北方民族的气息。

拥有内蒙古师范大学求学经历的李鸿飞，现在在泰国工作，出版《秩后归期》等小说，在明亮轻快的语言中，讲述一个个充满异域色彩的青春伤感故事。

内蒙古90后作家的小说写作，总体而言是难以定性的，是介乎于纯文学和类型文学的存在。他们阅读广泛，接受到的间接经验来源多，内容庞杂，作家作品是形式多样的大众媒体与传统经典结合的产物，联结中西，贯通古今，魔幻与现实结合的内容非常常见。从表达层面去看，对于简单事物，他们多是用复魅态度去书写，对于复杂事物，他们又喜欢用祛魅方式去批判。

至于散文写作，内蒙古90后作家白文宇的《以灶火之名》让我们把关注的目光从城市拉回乡村，朴实的文字勾勒出记忆中的乡村生活，小到土窑、灶台，大到土默川。作者用如同尺规的目光去丈量着记忆中的乡村，节奏温暖而轻灵，营造出一种独属于乡村的静谧感与归属感，慢节奏的写作、不加掩饰的情感表达在城市快速发展的当下，给我们带来一种回归的意味。张沅的《金太阳》在记忆中寻找童年，白璐景的《等我陪你老去》《有这样一个老头》等散文以朴素的语言书写亲情。内蒙古90后作家的散文写作，主要还是自身经历的书写，由于作者们年轻，尚且不能到达到形而上层面的思考，因此他们写的情感是一种质朴的自然流露，在行文上，也没有过多矫饰。

近年来，90后诗歌的崛起不管是质量还是数量上，相比较其他文体的收获来说都是极为出众的，有以高校文学社团为核心的诗歌阵地，也有刊物或者奖项为渠道的推荐平台。互联网快速发展的当下，这种充满冲击力、阅读时间较短的文体在各种平台上以超乎想象的影响力传播着，微信群聊，公众号，网络上的兴趣社团，无视空间地域，将各地诗歌爱好者连接成一个整体，成为当下写作的一个奇观。

内蒙古的90后诗歌创作同样也是成果丰硕的，特色分明，语词凝练，个人化表达明显。从创作主体上可以分为两种，一种是内蒙古本土的90后诗人，在诗歌写作的愈加畅达中，体现出日渐成熟的内蒙古意识。一种是前来内蒙古求学、工作的90后诗人，原初的文化背景加之以内蒙古新时期文化的影响，融合成一种少见的迁徙心理。

来自巴彦淖尔的李仲原的诗歌，以反抒情的叙事风格，勾勒出独具自我风格的诗篇，给人一种饱满的颗粒感。来自锡林郭勒的张浩然在诗歌中尝试给生活的琐碎赋予新的意义。而来自陕西的许承结合自己的专业，写出了具有动物情怀的诗歌。河南的周晓冬、西十在诗歌中写出的是青春与成长的新体验。

时代的快速发展以及网络空间的现实延伸，让人们的表达日趋个人化，90后的成长时期正是在网络空间促进个人化表达时代兴起的时候，内蒙古的90后诗人同样具有这样的特色，不追求一种普世性的表达，不满足于传统的陈旧语句，把个人体验个人化表达，把自己的眼光通过自己延伸出去。在传统与时代发展的当下，诗歌作为最为灵活的文学文体，它的变化也是最令人期待与关注的。

从总体上看，90后的作家们成长于中国社会高速发展的时期，城市化速度加快，传统社会结构发生着前所未有的变化，与此同时，新出现的网络空间扩展了人们的精神生存空间，从某种程度上考虑，90后作家是一个分水岭，他们正是处于时代变迁语境下成长起来的一代青年，之前的作家作品，00后的作家作品们，与之都有着完全不同的表达。从90后作家开始，作家对文学的理解，甚至美学追求都开始变化，这是处于时代发展下文学自发的变化，至于变化的结果如何，现在下定论为时尚早。

三　立足现实，文学方能重现魅力

作为时代敏感神经的文学，该如何表达时代是一个从始至终都存在着的问题。阅读体验轻快化，形式先锋甚至破碎化，题材重复书写，在变和不变中如何寻得文学和时代联结的一席之地，是内蒙古90后作家们应该思考的重要问题。

近年来，由于文学与社会的距离被不少读者诟病，不少人对文学的实质性作用存疑。按照一部分人的观点，散文可以被小说取代，小说被电影电视剧取代，电影电视剧又被流媒体取代，这种文学功用的焦虑实际上也是当下文学或者是作家于时代联系中如何自处的问题。尤其面对个人化写作盛行的当下，越来越多的人在质疑文学在当下时代的作用。这二十年，文学如何重拾总结、分析、代表的能力，是我们应该思考的问题。普通的读者满足于光怪陆离的网络文学世界的塑造，近年来甚至网络文学也开始落寞，漫画、短视频在充斥着人们的阅读空间，塑造着人们的审美，这令人在产生担忧的同时，应该更多的是让作为创作主体的作家们思考该如何面对文学成为冷门的现状，进而反思起自己的创作该如何与世界建立深层联系，不然，文学最终会成为一种学院化的艺术形式，迟早会被束之高阁。

世界快速变化，媒介们也是日益增多，年轻人眼前的世界宽度远远超过以往所有的世界长度。值得肯定的是，90后的作家们在面对众多社会发展产生的诱惑时，还选择文学创作，这无疑是他们自己的热忱所在，也是文学自身的魅力所在。如今年轻人对于既不纯粹又不完整的对象疏离，对于“准确”、标签化、没有自我表达的艺术创作疏离，选择写作的青年作家们，想要达到“写作”这一理想化的方式，从一开始就要与这一切保持距离，注重个人化，但这样一来，这些又与那些短平快的新媒介表达区别难以界定，只不过是文字形式模样罢了。

内蒙古90后作家们面对的问题，也是全国范围内90后作家们遇到的问题：同质化、学院化、个人化表达，与现实社会脱离，大量的学术术语写作。这也许是文学面对冷门化一个比较快速的自我调整，但绝对不是最好出路，而至于讨论具体可行的解决方式，也是难以指出实用的出路。

当然，还有一个重要的问题，就是90后作家们对于重大题材的回避，近年来基本上没有看到内蒙古乃至全国的90后去选择重大题材进行文学创作，也许是90后作家们现在从事这些方面的书写，在能力和阅历上尚显不足，但这可能是贯穿现实和文学创作的一条比较可行的出路。

十年时间转瞬即逝，文学作为古老艺术的形式，其变化可能在十年之中只能泛起一些涟漪。内蒙古90后作家们虽有部分不足，但总体创作热情浓郁，蓄势待发，期待下个十年收获之季的到来。

内蒙古儿童文学七十年

张锦贻

七十年前，内蒙古自治区成立。内蒙古蒙汉各族人民在经历了历史上最伟大、最深刻的变革以后，进入了一个民族团结、民族平等的新时代。“文学潜力”“有了惊人的发展”（茅盾在中国作家协会第二次理事会上的报告）。内蒙古各民族儿童文学，作为内蒙古文学的一个部分，开始发展起来。有了用蒙文和汉文创作的儿童文学作家。一些知名的成人文学作家也努力为民族新一代创作。

一

开篇之作是蒙古族作家岗·普日布的小说《小侦察员》。作品描写解放战争时期锡林郭勒草原上的小侦察员都岱，机智地打入敌人内部，掌握敌营情况，使我军通过敌人封锁线，完成军需物资的运输任务；为了彻底歼灭盘踞在草原上的敌军三个团，小都岱在蒙古民族世代生息的土地上洒尽了满腔鲜血。作品活脱脱地描绘了一个民族小英雄形象，并由此展示了蒙古民族从民族斗争到民族解放的艰辛历程。为内蒙古儿童文学奠定了革命——深沉、解放——欢快的基调。

之后，新中国诞生，牧人成为草原的主人。蒙古族作家阿·敖德斯尔的短篇小说《小冈苏赫》《草原童话》，分别描写了新中国草原上的牧民儿童和少先队夏令营的蒙古族小学生的不同生活和思想感情，生动感人，深刻体现了蒙古民族心理素质在新时代的新发展。还如其木德道尔吉的《系铃的小狗》，斯仁维扎布的《在假期里》，都着重于对儿童美好心灵的探求，把儿童思想感情的变化与社会现实、家庭生活的变革巧妙地联系在一起。

这时，汉族作家杨平创作了许多反映蒙汉儿童之间纯真友谊和快乐成长的短篇小说。如《草原上》《白丁香》《吉米德》《春鸟》《小鸿嘎鲁》《葵花笑了》等。其中，发表于《人民文学》的《白丁香》，写一个二年级小学生小华，很美，“更美的是胸前插着一枝白丁香”，可这白丁香是她在公园里折的……作品由此在全国小读者中引发了很大反响。来内蒙古支边的汉族作家杨啸，接连发表描述新农村新儿童的小说，如《串亲》《二表哥的喜事》，也使小读者耳目一新。

这时，《内蒙古日报》汉族记者李朝襄，为小读者写了很多关于鄂伦春人狩猎生活的作品。如故事《鄂伦春老爷爷》、中篇小说《猎人一家》等，写出林中猎乡独特的美妙和鄂伦春儿童独有的机智，别具韵致。而以写“矿工小说”成名的汉族作家张志彤，也写了矿区题材的儿童小说。如写职工小学学生爱劳动、爱科学的《红领巾的心》《献给节日的礼物》，以及写矿长儿子要接班当矿工的《第三代》，写小女孩热爱志愿军，立志当军队卫生员的《珍贵的种子》等，又使内蒙古儿童文学的题材有所拓展。

令人振奋的是，著名诗人们都满怀激情，歌唱蒙古族儿童的幸福生活，表现他们爱祖国、爱民族、爱家乡的好心情。如纳·赛音朝克图的《黄金时代的花蕾》《可爱的小弟弟们》，巴·布林贝赫的《不听话的笔》《问答》等，蒙古族儿童文学作家哈斯巴拉的创作就是从写诗开始的。他的诗作《孩子和春天》《巴特尔旅行记》《鹅尔德尼进幼儿园》都是在这时发表的，都表现出草原儿童爱羊群、爱集体的好品质。

二

上世纪60年代，内蒙古儿童文学作家们，一方面，继续写以往革命斗争；另一方面，写当代农村、牧区儿童的现实生活。

蒙古族作家云照光的中篇小说《蒙古小八路》，塑造了一个坚强勇敢的抗日小八路扎木苏的英雄形象。并由此写出抗战时期大青山地区蒙汉抗日游击队配合八路军打日本鬼子和当地蒙奸的斗争，是那个年代党领导各族人民坚持抗日的缩影。

哈斯巴拉用蒙古文写了中篇小说《故事的乌塔》。蒙古语“乌塔”译成汉语是“口袋”的意思。作家从“第一个乌塔”写到“第七个乌塔”，从蒙古族小奴隶巴特尔的悲惨遭遇写到草原上来了共产党，从党领导罢牧斗争到轰轰烈烈的朝图山起义，把三分之一世纪中蒙古族人的斗争浓缩在一本给儿童读的小书里。

杨啸的短篇集《小山子的故事》《荷花满淀》，以冀中平原农村生活为背景，写好孩子小山子机灵活泼又一心为公的日常故事，写孩子们天真顽皮而又辛勤劳动的有趣行动，都清新丰富，精彩动人。

蒙古族作家敖德斯尔的短篇小说《雪花飘飘》，玛拉沁夫的纪实小说《最鲜艳的花朵》，都因为极其生动地写出了草原蒙古族儿童的新思想、新品德而引起广泛关注。前者写一个为母牛接产的九岁小牛倌，怎样爱护小牛犊并将牛犊安全带回家的故事；后者写达尔罕茂明安草原上的一对小姐妹，怎样用自己的生命保住公社羊群的经历；实实在在地呈现了蒙古民族新一代人的新风貌。

蒙古文儿童诗歌发展很快。儿歌和童诗各有特色。乌·达尔罕的生活儿歌、吉日木图的幼儿诗、策·莫日根的摇篮曲以外，还有布林贝赫的《阳光下的孩子》《大青山的形影》，莫·阿斯尔的《小马的主人》，都嘎尔苏荣的《夏天的美丽》，德力格尔仓旳《铅笔的苦水》，戈瓦拉布杰的《冰场上游戏》，等等，都因其独特、新颖，传播得又快又广。

但，十年“文革”，内蒙古儿童文学遭受史无前例的摧残。只有老作家杨啸仍然坚持创作。20世纪70年代，他的描写蒙古族少年英雄在战斗中成长的长篇叙事诗《草原上的鹰》，以及描述少年赤脚医生在农村全心全意为人民服务的中篇小说《红雨》，都有很好的社会效应。70年代中期，他又写出治沙造林的中篇小说《绿风》和反映山区、草原儿童美好心灵的短篇小说《青翠的松苗》《小兽医其其格》《小松树》等。这时，赤峰女作家王兰的短篇小说《纳拉》也受到欢迎。哈斯巴拉的《故事的乌塔》的汉文译本，也在中国少年儿童出版社的帮助下出版了。

三

历史进入新时期以后，思想解放，蒙汉各民族作家身上的精神枷锁被解除了。老中青三代作家的创作热情都被激发出来，出现了一种以小说打头，童话、寓言、散文等各种体裁的作品都急速前进的兴旺景象。

老作家杨平、杨啸，都写出了革命历史题材的长篇小说。显示出内蒙古儿童文学创作的大气派、大气势。杨平的长篇小说《向东方》，写抗战胜利后党派部队寻找、保护被日本鬼子、伪蒙政府奴化、摧残的一批蒙古族孤儿的故事。无论是题材选择、情节构思、人物刻画（尤其是对红军老战士和诸多蒙古、汉族少年形象的刻画），都具有独特、深远的意义。

杨啸的《鹰的传奇》三部曲（《觉醒的草原》《深情的山峦》《愤怒的旋风》），以抗日战争、解放战争为背景，描绘了如火如荼旳敌我斗争，塑造了大智大勇的蒙古族小英雄形象，也使内蒙古文学的人物画廊更为丰富。

乌海市乔澍声的《魔影下的闪光》《远去的云》是姐妹中篇。前者写一个蒙古族小马倌在敌我两方争夺军马的激烈战斗中作出贡献；后者写一个蒙古族小羊倌在日本鬼子严密封锁下，出人意料地将他为蒙奸乡长放牧的羊群送到了大青山抗日游击队驻地。故事曲折而真实。

这方面的作品还有毕力格太的《古庙里的秘密》、张乃仁的《枪的故事》、刘正华的《智夺扎嘎岭》、李廷舫的《降伏恶魔的人》等。

显然，爱国主义，民族团结，是这些作品的共同题旨；岁岁月月中，这一题旨，积淀成为内蒙古儿童文学创作的一个优良传统。

这一传统主题，在上世纪80年代的内蒙古儿童文学创作中体现得更充分、更丰满，并具有了新的社会意义和时代内涵。如李朝襄的《大兴安岭历险记》，在描写大兴安岭的生态生机，描绘鄂伦春、鄂温克族的风情人情时，写出新时代中新的民族关系和党的民族政策的胜利；使作品既具思想性，又有浓郁的民族生活气息。如乌·达尔罕的中篇小说《警犬“黑豹”》，写训练警犬的故事，也写了蒙古、汉族警犬训练员的友谊。如敖特根其木格的中篇小说《沙日淖海的故事》，写一个蒙古族儿童在父母被打成“内人党”受到迫害时，却受到一位汉族大娘关心、照顾的故事，也感人至深；等等。

需要特别提到的是，玛拉沁夫的短篇小说《活佛的故事》在各民族读者中引起强烈反响。作家以深切的笔触，写一个活泼可爱的蒙古族儿童在旧社会怎样变成了身披黄斗篷、头戴黄缎帽、被人们顶礼膜拜的“活佛”；在新社会，这位“活佛”又怎样变成了著名的蒙医。寓深刻的社会批判于活泼的儿童情趣之中。张志彤的短篇《大木匠与小木匠》也因其反映矿工子弟小学的学雷锋活动的独特题材而引起关注。

但是，一些在新时期文坛上崭露头角的作者，更注意于描述、表现各民族儿童在历史性变革中的意志、愿望和心灵波澜。有些作品还以其新颖视角带来了启发。

鄂温克族作家乌热尔图的《老人和鹿》，写出特定时代中老少两代鄂温克人的独特心理状态。在作家笔下，常常出现鹿的形象，它剽悍而刚烈、智慧又善良的眼睛，是一种向往驰骋于大自然的自由精神、远大理想的象征。这种象征又往往与鄂温克族新一代的品性达到奇妙的融合，在揭示民族新一代的精神境界上显出了新意。

蒙古族作家力格登写了反省式儿童小说，如《哦，我的伊席茨仁》《祝寿》。作品中，回忆与反省交织，对作品主人公以往的行为进行当代性思考。白音查干的《孩子们的欢乐》，满都麦的《鹫雕岩上》，又都从孩子们的生活、情感出发，写蒙古族新一代人的高尚品格和美好情操。

蒙古族作家石·础伦巴干写三个蒙古族儿童帮助三个从盟里来的汉族科研人员的纪实小说《三个小伙伴和他们的三个大伙伴》，有一种散文的情韵，使民族团结的意蕴显得格外亲切和深沉。汉族女作家耿天丽的《乐园之谜》，别出心裁，写几个蒙古、汉族小学生卖掉自己心爱的物品、省下自己可花的零用钱，为的是要建一个自己的“乐园”——小小少年宫。因为雄伟的市少年宫，他们考不上，进不去。严肃的社会问题隐匿在平淡的儿童生活之中。

有不少儿童小说描述了各民族儿童在动乱中失去亲人爱抚的辛酸经历，揭示“文革”祸及下一代的沉痛教训。如蒙古族作家云大建的《塞夫》，苏荣巴图的《除夕的饺子》，阿·莫斯尔的《卖奶豆腐的孩子》，表现草原上蒙古族儿童的心灵创伤和本来不属于儿童的复杂的感情，也表达出这一时期社会思考之所在。

童话创作也开始活跃起来。我愚、乐拓的《月亮湖》《神马萨日勒》，地域特色鲜明。明照的短篇童话集《鹿角上的喜鹊》、中篇童话《蓝眼睛雪熊》《四角羊的魔帽》，更是在寥廓大草原上构建起童话境界。寓言创作，有杨啸的寓言诗集《蜗牛的奖杯》、王玉成的《寓言·故事》等。

童诗结集的有：火华写蒙古族青少年为治好军马腿伤尽心尽力的《军马歌》，陈广斌将诗情与科学融为一体的科学诗集《智慧的翅膀》等，在道德上、知识上都有很强的启迪性和概括力。

四

20世纪八九十年代，改革开放深入人心，提倡创作自由，彰显创作个性，激活了内蒙古老、中、青三代儿童文学作家的创作激情、创新勇气。蒙古族老作家哈斯巴拉的短篇小说《会吃肉旳机井》《朝圣记》，写出本民族现实生活和思想意识中的阴暗一隅，多侧面地反映社会生活的复杂性。90年代后半期，他用蒙古文创作的中篇传记文学《红光之子》，在推广蒙古文教学的北方八省市拥有广大的青少年读者。之后，他又应中国少年儿童出版社之约，写了长篇传记文学《成吉思汗》，书中，作家没有泛泛地铺陈历史，而是用非常细腻的笔法，用大人给孩子讲故事的亲切口吻，艺术地展现这位虽然家喻户晓、儿时和童年的遭遇却鲜为人知的大人物旳辉煌与艰难相交织的英雄业绩。

汉族老作家杨平的创作，总是显现出选材、构思的独特，它的短篇小说《童心一片》，写蒙古族残疾儿童巴雅尔为支援非洲人民到广场去义卖画幅，以多角度结构展示和平时期爱国主义与国际主义的丰富意蕴。

汉族老作家杨啸的创作紧跟时代，题材也丰富多样。他写出中篇小说《友谊的种子》《高飞吧，天鹅》、短篇《爷爷当了副业队长》等，又先后出版儿童小说选集《花蕾集》《君子兰开花》，以及寓言诗集《蜗牛的奖杯》、故事诗集《柳笛》。90年代后期出版的长篇小说《紫云》，写草原少女紫云在浩特里开了个百货商店。她机智地揭发银行营业所主任要“回扣”的不法行为，打掉了下台队长达楞太作威作福的“威风”，从一个新的视角表现出社会转型时期草原上的生活实际。

应该特别提到的是，老作家冯苓植专门为儿童写了一本抗日题材的长篇传奇小说《雪驹》；在西乌旗银行工作、以往从未写过小说的巴根那，以幼小儿童的视角，写了一本草原蒙古族人战胜“白灾”和“人祸”的长篇小说《雪灾之后草青青》，也别有一种深长的意味。

中青年作家的创作分外活跃。

鄂温克族作家乌热尔图的创作别开生面。短篇小说《七岔犄角的公鹿》中，虽然继父粗鲁暴戾，孩子并没有按继父吩咐打死七岔犄角公鹿，最后使继父受到感动。不仅写出鄂温克孩子的精神气质——勇敢中的善良、刚强中的柔情，还表现着鄂温克民族的发展和未来，寄寓了更深的含义。另一篇《琥珀色的篝火》，写鄂温克猎人家庭在森林里救助三个迷路的汉人，在民族团结的氛围里，十分细腻地表现出鄂温克人高尚高洁的品德和自尊自信的品性。《老人和鹿》，又写出特定时代中老少两代鄂温克人的独特心理状态。在作家笔下，常常出现鹿的形象，它剽悍而刚烈、智慧又善良的眼睛，是一种向往驰骋于大自然的自由精神、远大理想的象征。这种象征又往往与鄂温克族新一代的品性达到奇妙的融合，在揭示民族新一代的精神境界上显出了新意。

乔澍声的短篇小说《驼鸣红柳》《寒夜奇遇》《春驼》《奶奶的欢乐》和中篇《龙眼的秘密》，都取材于新时期我区蒙古、汉族儿童的新生活，但都构思精巧，命意隽永。《龙眼的秘密》写内蒙古沙漠地带的矿区建设工程急需用水，蒙古、汉族少年在女技术员带领下寻找水源，使“龙眼”出水的故事。题材新，视野宽，角度好，显示出作家扎实的生活底子和艺术功力。

这时，内蒙古各民族儿童文学创作势头很猛。哈达奇·刚翻译、选编的蒙古族儿童文学集《一百零八颗兔子屎和八枚金币》，乔拉布杰的中篇儿童小说集《宝鲁儿和茂鲁儿的故事》，石·础伦巴干的短篇小说集《啊，妈妈》，包头女作家李春艳和她的女儿马霞合作撰写的纪实文学《现在进行时》，乌海女作家胡翠兰的少年中篇小说《欢欢和喜喜》，相继出版。甫澜涛的短篇《紫山岚峡谷》、孛·额勒斯的短篇《南斯勒玛》，也都有好的反响。

蒙古文儿童诗歌的发展很是迅速，而且由于受到当代新诗潮的影响，显得多姿多彩。如力格登的童话诗《神镜》，高·拉希扎布的科学诗《你知道吗?》，波·阿拉塔巴干的幼儿诗《小咪咪学本事》，哈斯巴拉的叙事诗《我的邻居》、朗诵诗《光荣》等。哈斯巴拉还在写诗基础上写儿童歌词，把儿童文学与儿童艺术熔于一炉。

蒙古文儿童小说也有大的进步。如白音查干的短篇集《双胞胎的故事》，达希尼玛的短篇集《童年》，都生动地反映了现代社会中生活在牧区、农村、城市的蒙古族儿童的生存状态和思想情感。

可喜的是，其他体裁的作品多了起来。如孙继光的童话《老鼠硕硕和拖拉机突突》和童话集《小熊敦敦》，都在简洁的描绘中显示温馨亲切的情境，展现绚丽缤纷的幻想，折射出当下社会的方方面面，从而使活泼童趣、日常人情、现代文明巧妙地融合在一起，呈现出浓浓的时代色彩。女作家小河的抒情童话《河的那一边》，发表后即被《儿童文学选刊》登载。她后又出版抒情童话集《幻想树》。另一女作家段立欣写出系列童话《棒棒老师》，作品在《中国少年报》连载后，在全国各民族少年读者中引起强烈共鸣。更令人惊喜的是，当时还是呼和浩特造纸厂工人的李仲林，用了三年时间，写了一本反映种种社会问题的长篇现实性童话《银色的城堡》。作者虽然是第一次写童话，却因对生活的了解和理解，能够在机智和诙谐中令人处处可见社会转型中生活动荡的正面和背面，可以摆脱有形与无形束缚的艰难和困难。鄂·巴音孟克，则用蒙古文写了系列科学童话《小鼻烟壶里的大故事》（一至七），后又译成汉文出版。

儿童散文，许淇的《高高的兴安岭哟》《湖上札记》，是这方面的代表作。李荣光的《彩色的翅膀》，描写河套地区乡村儿童的生活天地和内心向往，浓浓的乡情童趣使这本书有一种独特的艺术感染力。令人高兴的是，蒙古族女教师韩静慧，以长短不一、题材殊异的少年散文创作，进入内蒙古儿童文学领域，并在以后的创作中成就卓越。她已出版了一本校园散文集《绿草青青》。两本中篇纪实散文《从延安到莫斯科》《十五岁才见到父亲的女孩》，分别写了革命先烈罗亦农的儿子罗西北、任弼时的女儿任远志在战火纷飞中度过的艰辛苦难的童年、少年人生。

一直写儿童诗的王忠范，出版了诗集《雪孩子》。诗人用几分巧妙、几分神奇，把不同民族儿童心中的情和意化作他们常见的景和物，化进他们常做的一桩桩小事中。使诗中的景、物都因为具有了儿童的纯情、真心而活起来。童情可掬，童心天真。这些诗的魅力就在于此。诗人陈广斌的《节日朗诵诗》，明快，流畅，有很强的鼓动性。

满族作家赵纪鑫创作的七场儿童京剧《草原小姐妹》，既有强烈的现实感、时代感，又洋溢着烂漫的儿童情趣；既延续了传统京剧的艺术特征，又革新发展了歌舞、念白等方面的艺术表现。他还从当代儿童生活实际出发，创作了独幕京剧《师

生之间》、话剧《打开心灵的锁》等，并出版了儿童剧集《少年儿童表演剧》。朱嘉庚的五场儿童话剧《赖宁》，也产生了很好的影响

民间故事传说，也是各民族儿童读者喜欢阅读的。内蒙古各民族民间文学十分丰富，这一时期出版的《蒙古族民间故事集》《达斡尔族民间故事选》《鄂伦春民间文学选》《青海湖传说》等，很自然地进入了内蒙古儿童文学的范畴之中。

应该特别提到的是，儿童文学理论、评论工作发展迅速。关于内蒙古各民族儿童文学发展的研究专论，蒙汉各民族儿童文学作家作品评论，在中国儿童文学界引起重视和关注。我区蒙古族作家的儿童文学作品入选《中国少数民族儿童小说选》《中国少数民族儿童文学新作选》。

五

进入新世纪，内蒙古各民族儿童文学，一直处于上升、上进的状态。作家们充分地利用自己独有的生活积淀，使题材优势发挥到极致，使语言特色渲染出韵味，从而使儿童文学更具民族特色和地域特点。

动物文学的兴起，是一大亮点。

在呼伦贝尔出生、长大的格日勒其木格·黑鹤，写了《黑焰》《黑狗哈拉诺亥》《狼谷的孩子》等一系列动物小说，许廷旺也连续出版了《马王》《头羊》《草原犬》《狼道》《火狐》等长篇动物小说。他们同时也写短篇，如黑鹤的《黄昏夜鹰》、许廷旺的《沙松》，这两位作家，同是东部地区人，同是“70后”，但一个是长期生活在草原深处的企业文化工作者，一个是小学教师。生活情境的不同、文化背景的差异，使他们即便是写同一题材，写来也各有其独特之处；他们几乎写遍了草原上具有灵性的动物，而在书写古老传统、动物尊严等方面各显生机，各有新意。需要注意的是，这些作品虽大都以动物为主人公，但都着意于刻画草原儿童形象，表露出童心的纯美善良，以及人类与动物相互理解与关爱的一种默契，更张扬了草原上新一代少年血性、阳刚、硬朗的气概，彰显出草原民族心理素质在新时代的新发展。

自幼生活在兴安盟的作家、画家夏桂楣，也以人与动物、人与自然为题旨，以童话式的“历险”结构，散文化的“记述”表现，写了反映当下草原儿童生活的系列故事《巴特尔历险记》（六本），在活泼泼的童情童趣之中，彰显着草原文化的历史积淀和现代呈现，凸现出现代文明进程中的草原生态、环境保护、价值取向等问题。题材的涵盖面极深广，衔接着传统与现代，新颖而别树一帜。

值得提到的是，以写《驼道》系列蜚声文坛的作家邓九刚与薛淑梅共同写了一本传奇性的动物文学作品《迪卡狗与美狐尤莉》，写人、犬、狐之间的真情，感人至深。

必须看到，新世纪以来我国城镇化的速度一直不慢，内蒙古各民族儿童虽大都仍居住在草原山林，但社会转型的痕迹已经深深地烙印在各民族儿童的生活、现实中。

蒙古族老作家力格登，用蒙古文写出又译成汉文出版的长篇小说《馒头巴特尔历险记》，写一个会帮父母放牧却又顽皮淘气的牧区儿童巴特尔，因爱吃、能吃馒头，得了“馒头”的绰号。他失学、外出、被骗、得救的经历，似乎没有新意，细细读后却能读出，作家不是简单地写实，而是对刚刚逝去的牧区岁月和儿童遭遇的感慨，犀利而又智慧地揭示出民族儿童问题，是同类小说中写得最具民族情味和儿童情趣、最复杂和真切的作品之一。

蒙古族女作家的创作很不一般。群光的短篇小说《没有骑手的草原》，机敏地发现草原上两代骑手思想观念的迥然相异、生活行为的截然不同。写出小额尔敦虽因赛马中摔落而致跛脚残疾，却坚持求学，坚持自己办学、组织了青年那达慕，还准备到澳大利亚去学习养羊经验。他的所想所做，与草原上蒙古族人传统生产、生活方式相悖，却展示出草原的新变化和草原上新一代人新的成长姿态。

韩静慧则从新的时代高度来关注、关怀已经在城市里上学的民族儿童的思想、情感，写了一系列关于当下儿童与父母、与老师、与同学之间的种种纠葛和绵绵情意的长、中、短篇校园小说。长篇《M4青春事》，写这一代有着优裕的家庭条件、受到良好的学校教育的蒙古族少年的不同性格，力图探索民族传统文化对于早已在城市社会中与汉族同学朝夕相处的蒙古族少年的影响，以及在他们心灵上留下的痕迹。书中着力写了一个名叫卓子的蒙古族女生，写她的刻苦努力、热情善良怎样感动、感化着周围那些有钱不上进、花钱不在乎的富家子弟；写她遭车祸仍然乐观，遇火灾仍是坚强地不屈不挠和过五关斩六将当了班干、动脑子列证据说服了校长的大智大勇；令人感受到在她身上所蕴含的蒙古民族的坚韧、智慧、剽悍、勇猛的精神。也令人进一步感悟到，在刻画远离家乡走进城市的少数民族少年形象时，必须致力于表现民族精神、气质在他们身上的表现和体现。这是最难表现的一点，深刻地透示着新世纪新时代中民族儿童文学的新的民族特色。之后出版的中篇系列《神秘女生》（《咱不和女生斗气》《拯救懒女泡泡》《外国来的小女生》）、《罗比这样长大》（《罗比这样长大》《父子较量》《不该知道的秘密》），长篇《一树幽兰花落尽》，也都是彻彻底底的"成长"系列，又都有着浓浓的"问题小说"的味道。祖辈传下来的民族心理状态是抹不去的，现代文明的影响又是必然的，而这一切体现在已进入大城市的蒙古族儿童身上又都是实在的、生动的。作家从振兴中华的大视角来观照少数民族儿童心理状态的新的变化和发展，来关注民族儿童心灵的陶冶和铸炼，来反映民族儿童文学生存其中的这个时代的本质；活泼泼地写出眼前这个民族开放、民族共处、民族平等的新时代。她最近写了中篇《赛罕萨尔河边的女孩》，正改编、拍摄电影。

容易的短篇小说《葵花儿》，背景是"文革"的那几年。作家的独到之处在于既表现出生活中沉重的一面，又能发掘出少年儿童身上的质朴品质和善良心灵。女孩玫子的母亲去世了，8岁时有了继母。玫子喊"妈"爱"妈"，还爱"妈"生的妹妹；只是不久以后父亲就去了"教导队"，半年后玫子见到父亲时，父亲的身体已经僵硬，手上满是伤痕；11岁的玫子失去了父亲，全家到遥远的西部投靠叔父。在继母去上访、哥哥在兵团的情况下，玫子撑起了这个家，只是她的数学总是学不好。小说的开头、结尾都写到了父亲给玫子照的那张她和高大向日葵的合影，盛开着的葵花儿，是一种象征，因为"金灿灿的葵花儿扬着头向着她微笑，玫子就知道自己的身后定是太阳，她是借了太阳的光才能看见那微笑"。作家对玫子小小年纪却处处想着、照顾着全家每一个人的细节描写，不仅表现了玫子的纯朴和纯真，更蕴含了对"左"的统治的无声反抗，显示了作家思想的深沉和在艺术上的创新。

汉族青年女作家安宁的少年小说《唐豆的烦恼》，别具一格。以开心女孩唐豆给胖子爸爸写信倾诉不开心的种种事情的方式，写当代都市少年的成长。唐豆在校园内外遇到的一个个人，带来"烦恼"，也就有了成长的故事。作家写得轻松而沉重、诙谐而严肃，写得有声有色、有滋有味，巧妙地传达少年心声，更微妙地表现少年人生。

蒙古族老作家阿云嘎的短篇小说《第九个牧户》和达斡尔族青年女作家晶达的中篇小说《塔斯格有一只小狍子》，是近期少有的好作品。前者写“文革”时期“我”到一个偏远的放牧点去招生的事。九个牧户九个孩子，但只能录取三个。作家以似乎很平常的语调叙述着女队长乌德巴拉家宽敞的砖房和寡妇南斯勒玛家小小的旧毡包，叙述着乌德巴拉的颐指气使和南斯勒玛的穷苦凄凉，其间更凸现了南斯勒玛儿子小哈达的善良进取，天真可爱。作品中对母子俩见到招生老师时神态的刻画，对母亲为儿子买了最贵的书包而后又送给了即将外出上学的乌德巴拉女儿的神情的描绘，令人心灵震颤。那些曾经被回避被遮蔽的社会真相，在今天的创作中得到一种对历史真实的尊重与接近，历史感与现实感相交织，并因此丰富与深化了民族儿童文学作家在当代民族文化与乡土层面上的掘进与突破。后者写达斡尔男孩塔斯格与一只孤单的小狍子莽噶的故事。作品涉及达斡尔家庭里小孩子与继父之间的两相依恋，以及达斡尔猎人与偷猎者的不共戴天。生动地写出达斡尔人的淳朴和偷猎者的丑恶。

历史题材的小说也有了另一种表现形式。许廷旺根据长时期流传在科尔沁草原上的夺宝藏宝的传说，和上世纪40年代日本鬼子入侵以后、强逼百姓挖洞筑洞以隐藏掠夺来的文物财宝的传闻，写出“草原冒险系列”少年长篇小说（包括《寻找忽必烈密码》《复仇的金像》《蒙哥密洞》）。书中所塑造的林不儿等几个草原少年形象，所叙述的三个似曾听说的有头有尾的寻宝故事，既令人觉得真实，又惊异万分。

从负面写儿童生活的小说，也有无可替代的警示作用。如蒙古族作家乌云毕力格的《选班长》，对儿童的描写不过寥寥几笔，看似漫不经心，平常抒写，却在微琐、微妙的描述中，透示着童心的无邪与扭曲，透露着对民族儿童的生存陷于物化困境的忧虑。如鄂温克族作家道日娜的《双驹》，写这一家的父亲终日在外喝酒，天天喝得酩酊大醉，不管孩子不顾家；而母亲要替上初中的女儿筹措学费，天天在娘家帮着干活，也顾不上管孩子。小男孩儿无依无靠、孤单孤寂，母亲却还无奈地让小男孩儿管住父亲。写出成年人的不良行为对孩子成长的负面作用。以上作品都从不同的视角反映各民族儿童生存中不可忽视的小问题。

其他如李荣光的长篇小说《蓝蓝的天白白的云》，写河套地区的十二岁少女白云，在“非典”灾难中对亲人的强烈思念、对老师、同学的深切怀念。所有的细节都写得相当真确，当代少年的心思被作家勾勒得入木三分。写出他们虽然对现实社会中的种种不和谐的存在感到不满和不屑，但始终感受到新时代新生活的幸福和快乐。

儿童散文，多元多样。鄂伦春女作家敖荣凤的《盖山一家人》，写鄂伦春猎人帮助、支持抗日联军三支队的斗争，其中最为动人的是鄂伦春族小战士莫桂林暴雨中教大家扎木排渡过毕拉河、雨停后劈占杆湿木用桦树皮点燃篝火取暖以及盖山首领女儿、鄂伦春小姑娘占柱梅只身飞骑送情报的故事。莫桂林、占柱梅虽小小年纪、小小人物，却因作家的大手笔、大气势而使他们的形象光彩照人。更因其采取实地真名、电影蒙太奇式的手法，使传奇色彩洇入民族色彩，更觉真实而传神。

蒙古族作家照日格图，长期用蒙、汉文为儿童创作。除了出版传奇性长篇历史散文《青史演义》，还写童年散文。散文《对话一条河》，更是写儿时游泳，写奶奶讲的草原上每一条河都有神灵看护、对神灵不敬就会葬身河下的民间传说等等，都充满了童稚的想象，用天真的比喻、有趣的童谣、古老的传说来表现地域环境、民族文化对民族一代代人的影响。

蒙古族作家查干的《小乌达木的歌声》，描述一个淳朴、稚真的蒙古族儿童的天籁般的歌声，并从他的歌声中感受到内蒙古大草原的气息，感悟到草原上蒙古族儿童特有的气质。还以小乌达木自己的幻想记述了他对早逝的妈妈的爱和思念。这样的散文中，民族情怀与儿童情思似水乳交融一般，它会洇渗进读者的审美意识和审美素质，而鲍尔吉·原野，则不断地写大自然的、童年的散文。如《凹地的青草》《南风里有青草的香味》《青草寂静》等等，让我们活脱脱地领略辽阔草原的蓬勃生机、盎然生趣。如《吉祥蒙古》《泪水是眼睛的语言》《牧区的动物朋友》中，又往往是一个画面接着一个画面，一个个意象唤起了一个个故事。评论家兴安写了抗震救灾的散文《让我震撼的几个瞬间》，四则速写中，三则写儿童，点写出童心的真、童性的善、童情的美，言简意赅。

汉族老作家许淇用第一人称写的动物散文《鹤恋》《小红花驼的快乐时光》，新颖别致，饶有情趣。《我和驯鹿依肯》《查干和阿拉坦》，细腻地描写鄂温克儿童爱驯鹿、爱生活、爱祖国的情感和行动，使内蒙古儿童文学的爱国主义、民族团结的主题变得更加生动、更为鲜活。

张锦贻的儿童散文集《边边的边疆上》《草原，一个童话世界》《小孩快乐爸妈快乐》等，由于所写涉及乡间、牧野、林地、沙漠等广大地区的自然风光、人文风貌，以及蒙汉各民族儿童的生活、思想、情感，使其在国内众多的散文集中显得独特和新鲜。她为纪念抗日战争胜利七十周年而创作的中篇儿童纪实文学作品《童年的抗日行动》，令人在传神传奇的描绘中深刻感悟到中国人坚决反抗日本鬼子、宁死不屈的民族气质和天下兴亡、匹夫有责的文化传统。

童话创作虽仍然薄弱，倒也比较多样。一向坚持用母语创作的蒙古族老作家力格登的蒙古文童话《神奇的皮囊》，写出生在草原上的蒙古族少年，在岔路口毅然选择了求知、探索、进取的坎坷不平的道路。历经艰难险阻，背负的皮囊竟变成了菱形博士帽，牢牢地戴在了爱动脑筋的头上。又如蒙古族作家杨瑛写的一篇题目为《苹果不再从天而降》的童话，用“一只蚂蚁”的口吻来叙述，共19个小节，好像是很传统的童话故事，但，故事发展的离奇古怪，让你想不到、猜不着，出其不意地传达出生活中的一种哲理和哲思。

新世纪里，内蒙古各民族儿童的生活是这样地丰富丰盈，内蒙古各民族儿童文学是这样地美妙美好。理论著作《民族儿童文学新论》《发展中的内蒙古儿童文学》等也已出版。习近平总书记在文艺座谈会上的讲话精神，深沉地、真切地洇透在内蒙古儿童文学作家理论家的一部部、一篇篇作品中。在新的时代进步中，我们满怀着新的期待。

原载《民族文学》2017年第12期

蒙古族儿童文学的“创伤”书写与精神“疗伤”

乔亚楠

2019年来蔓延全球的新冠疫情令人深刻省思人与自然的关系，触目惊心的伤亡数字下，关于生死的问题同样值得思考。疫情的冲击带来心灵的震荡，在此语境下，如何向心智尚未完全成熟的儿童言说种种自然的、成长的、生命的“创伤”并引导其面对自然、面对灾难乃至面对死亡构成了不可回避的现实问题。民族文学在此能否扮演积极角色？之前有没有成功的个案？当下我们又如何从中汲取智慧并实践应用到现实中？这是本文的题中之义及关注的问题焦点。

格日勒其木格·黑鹤与韩静慧是新世纪蒙古族儿童文学汉文创作的代表性作家。出生在黑龙江、长居于内蒙古的格日勒其木格·黑鹤（下文简称“黑鹤”）是一位有着浓厚的“原乡情结”和“动物情结”的作家，呼伦贝尔草原、森林和生于斯、长于斯的蒙古族与鄂温克族以及各种动物，是黑鹤创作的主要对象。自踏上儿童文学创作之路至今，黑鹤两次获得“全国优秀儿童文学奖”和“陈伯吹国际儿童文学奖”，此外获得“朵日纳”文学奖、“冰心儿童文学图书奖”、全国精神文明建设“五个一工程奖”、《儿童文学》《民族文学》《草原》杂志的年度奖项等一系列荣誉，多部作品被译介到国外，是中国儿童文学界尤其是动物小说的领军人物。通过动物小说，黑鹤一次次对北方广袤的草原和森林孕育的生灵进行着描绘，对“原生态”的游牧、狩猎文化进行着赞颂。黑鹤曾在采访中提及自己的创作题旨：“我想让更多的孩子知道，还有那样一个世界，它从未被破坏，一直在那里，它的存在代表着某种美好的事物。”[①]真诚、动人的书写让更多的孩子看到了“另一种生命的绚丽和辉煌”，其作品也始终追求和倡导人与自然、与万物的和谐相处。

与黑鹤的动物小说不同，韩静慧的作品以描摹少年时代的校园生活为主。从上个世纪末开始从事儿童文学创作的韩静慧，在童话、儿童散文和短、中、长篇儿童小说方面均有建树，并尤以小说创作为长。作为曾长期在一线从事语文教学的教师，韩静慧在工作中接触了众多少年儿童，对他们的身心、情感认识深刻，近焦的观察、用心的相处为韩静慧的小说创作提供了新鲜又真实的素材，也使她的作品被大量的少儿读者接受和喜爱。同时，因为城镇学校工作经历，韩静慧对在城市学习生活的蒙古族儿童有了一定的了解并在作品中进行了描摹，敏感、及时地反映了当下蒙古族儿童的现实生活状态，其作品关注到儿童的内心世界、自我认同、同伴关系乃至成长危机以及在儿童成长过程中的家庭教育、学校教育等诸多主题，创作笔法也彰显出女性特有的细腻。

一　草原之殇下的生态观

蒙古民族与自然关系亲密而和谐，世世代代在草原上游牧生息，对草原的挚爱和敬畏，仿如一种集体潜意识般，流淌在他们的血脉中。从日常衣食住行到节日仪式礼俗，蒙古民族始终秉持着近乎信仰般的万物有灵、天人合一的精神观念。他们尊崇“从自然中来，回自然中去”，草原也长久保持着“天苍苍，野茫茫，风吹草低见牛羊”的美丽图景。然而席卷草原的工业化浪潮却加速了草原的退化和沙化。同时，过度开垦、煤矿开采、偷猎动物、白色污染、工厂排污等无不对脆弱的草原生态系统产生了难以修复的永久性破坏。此外，旅游开发和产业经营随着商业化一起涌向草原，对利益最大化的追求总是会导致环境的先行牺牲，种种破坏和污染最终致使一片片草原变得面目全非。

“生态文学以生态整体思想主义为思想基础，以生态系统整体利益为最高价值，以表现自然与人之关系、探寻生态危机的社会根源为核心内容，生态责任、生

① 王山，曾祥书：《文学要关注民族儿童的思想情感》，《文艺报》，2010年6月2日，第5版。

态理想、生态预警和生态审美为生态文学的突出特点。”①和人类中心主义不同，生态（中心）主义倡导人与自然的平等以及与自然万物和谐相处。黑鹤的小说对故土家园的生态环境尤为关切，对草原之殇的表述与悲叹颇具真实性：《旗驼》中，扎布的家乡被发现潜藏着巨型煤矿，从此昼夜工作的大型卡车不停在草原上轰轰作响，牧民们的生活不再安宁。不久后，一片水草丰美的草原变成了黑色巨坑，洁白的毡包和羊群被蒙上厚厚的黑色煤灰，甚至此后扎布家的母牛不再受孕、羊群也大量死去。《穿越世界的呼唤》里，当商业在草原上兴起的时候，牧民们发现在草原上经营旅游的收入远高于日复一日的放逐牛羊。于是不太熟知商业的牧民们把草场租给了承包者们，可他们忘记了承包者的初衷是以最小的投入换来最大的回报。接着“我”便发现草原上垃圾遍布，吞下垃圾的牛羊们瞬间失去生命，美丽的河边小道变成了观景长廊，宁静的草原被喧闹的机器席卷，“我”实在难以想象这群人究竟想把草原改造成什么样子……水、草、人命运相连，牧人、草地、各种动物共同构成了草原生态系统。当黑色的煤矿、白色的垃圾、吵闹的机器、悄然的偷猎席卷草原的时候，大地变得伤痕累累，种种生命也都面临着生存考验。

对此，黑鹤的小说着重倡导人与自然的和谐相处和人与动物的平等友爱：他在《鬼狗》里写到万物的轮回是草原上亘古的现象——羊的食物是草，犬的食物是羊，而犬最终要回归尘土，尘土又会生出牧草，生态由此得以平衡；《驯鹿之国》里，芭拉杰依告诉阿雅，森林里的所有鸟兽虫鱼，都和鄂温克人一样，是森林疼爱的孩子；《琴姆且》里，牧羊犬琴姆且在水灾、雪灾、火灾中救了柳霞三次；《阿吉奈的敖包》里，是森林中的动物带领牧人逃离了火海；《鬼狗》里的鬼狗、《血驹》中血驹都在雪灾中奇迹般地挽救了主人的生命；《旗驼》里的骏马义无反顾地保护着醉酒主人的生命；《叼狼疾风》里的依玛，在相守相伴的老额吉去世后，一直守着老额吉的家园不愿离开……一次次救牧人于水火之中的动物尤其打动人心。

爱之深、责之切，蒙古民族对自然、对万物爱得深沉，因此面对生态的破坏、生物的濒危，牧人在深感痛心之余更在言行上不懈行动，黑鹤的作品便体现对生态的真切关怀：《穿越世界的呼唤》里，“我”呼吁人们要对脚下的土地心怀敬意，不要总是过度消费草原。《阿吉奈敖包下的狐》里，面对席卷草原的白色垃圾，牧人义不容辞地奔波捡拾。《穿越世界的呼唤》中的小雨在呼伦贝尔草原上长大，在美

---

① 刘青汉：《生态文学》，人民文学出版社，2012年版，第8页。

国读书深造。假期回到家乡看到草原上遍布的垃圾坑，心痛不已的小雨勇敢地跑去制止一群手拿铁锹、掩埋垃圾的工人。对家乡产生的种种问题，小雨总会第一时间采取行动……从对自然准则的恪守、与自然万物的和睦到对生态破坏的批判、对美好生态的倡导，在生存环境饱受摧残和提倡生态文明建设的今天，以黑鹤为代表的蒙古族儿童文学鲜明地体现出颇具时代价值的“人与自然和谐共生”的生态观念与自然教育理念，增强了儿童读者的忧患意识、环保意识和家园意识。

二　成长之殇下的生命观

在很长一段时间内，儿童文学都被视为只能描摹和歌颂真善美的文学，丑恶、苦难、死亡等主题无论是在儿童的现实生活中，还是文学作品中，均处于被极力遮蔽的状态。然而，悲欢离合、生老病死才是生命的常态。作为“人学”，文学势必就要呈现和深化现世中的悲剧，儿童文学亦是如此。黑鹤和韩静慧对于成长之殇的书写主要体现在对贫穷、疾病、自然灾害、家庭变故等生命境遇的书写上。

贫穷，不仅意味着生产、生活资料的缺乏，也会导致其他面向的困境。儿童文学作品中，贫困常和失学联系在一起。韩静慧的《父子较量》里，从城市逃离到草原的罗比告诉塔娜自己非常厌学，塔娜却一再表达着对校园的强烈渴望，哪怕是每天被老师批评甚至体罚都不会倦怠。幼年时的她会每天趴在学校门口聆听读书声，想象自己坐在教室里学习的场景。当被问及为什么不上学时，塔娜遗憾地告诉罗比是因为自己家境的贫寒。贫穷，导致儿童只能遥遥远望知识的殿堂。除了经济上贫困，身体疾病也在困扰着儿童的成长：黑鹤的《狗车》里的主人公米患有先天肌肉萎缩，每次治疗对他而言都意味着一种噩梦般的疼痛；韩静慧的《月亮湖边的鸽子花》里，美丽、善良的小格拉自幼失明，常遗憾自己连额吉和阿爸究竟长什么样都不知道，而其《一树幽兰花落尽》中，活泼开朗的蒙古族姑娘朵莱因为一场从天而降的车祸，从此失去了左手。

除了贫穷、疾病对儿童的冲击，家庭的变故也会在儿童的成长过程中刻下伤痕。家庭是构成社会的基础，也是孩童从婴儿、儿童步入青少年的关键物质、情感场域。现代心理学反复强调原生家庭对个人成长的深远影响，认为稳固、和谐的家庭与父母完整的爱和呵护能为儿童提供充足的安全感与幸福感，助力儿童形成更加完整的人格。而家庭的矛盾冲突则会影响儿童身心的健康成长，甚至引发儿童外在和内在的行为失衡。美国儿童社会学学者科萨罗在《童年社会学》中提出，三种类型的家庭结构改变导致儿童留下创伤的可能性较大，其中两项便是离婚率和单亲家庭的数量的急剧增加。同时，伴随着离婚率的提升，单亲家庭与重组家庭的数量愈来愈多。家庭结构的种种变迁，无不冲击着儿童的心灵。

关于家庭变故，韩静慧的书写尤为突出：譬如，《不该知道的秘密》里，格子的父母长期冷战，赌气出国的父亲从此失联，伤心的母亲想要在家纵火自杀，虽然中途被救但被烧得面目全非，从此承受着家庭之殇的格子常常皱着眉头，从未真正笑过一次。《咱不和女生斗气》中，麦娜酗酒的父亲经常家暴她的母亲，在失手把母亲捅成残疾后，父亲自己也入狱了。《沙魂》中，巴雅尔酗酒的父亲和懦弱的母亲总是吵闹不停，巴雅尔做梦都想离开充满火药味的家。《父子较量》中，赵月的妈妈在爸爸面前毫无尊严，爸爸甚至会公然把第三者带回家，而宝音则从小在观念不合的父母的争吵声中长大。《一树幽兰花落尽》中的夏桔的奶奶总是指责妈妈，加剧了夏桔父母的矛盾，父母离婚后，夏桔的父亲再婚了，继母对夏桔总是非常冷淡。米诺的父母则貌合神离，小说结尾，米诺贪污的父亲被人举报被判无期，舅舅被判死刑，绝望的母亲也跳楼自杀了，辍学的米诺最终踏上了吸毒的道路，可见家庭在儿童成长过程中的重要性。

此外，儿童在成长的过程中也有可能会面对自然灾害。洪水、地震、海啸等天灾，无不裹挟着自然的威力。曾上千年逐水草而居的蒙古族，对于自然的恩赐与灾害都有着深刻体会。黑鹤在小说中对于雪灾、狼灾、旱灾和洪水等均有描写，并在《鬼狗》中对草原上的自然灾害和牧人的坚毅精神进行了总结："作为一个草地牧人，白音宝格图经历过太多的灾难，他目睹过将所有的畜群冻成石头的大风雪，也见识过酷日千里、不见丝毫雨滴、连草都被晒焦的大旱，饥渴的羊群甚至如野兽一样吞食刚刚产下的小羊。在那一切面前，他也总是可以坦然自若地面对，相信一切都可以重新开始。"①

在当代中国儿童文学创作史上，曹文轩将儿童文学的苦难叙事推向高峰，他认为"人存在着，其本质必然是悲剧性的：人面对自然，面对社会，面对自己，都要

---

① 格日勒其木格·黑鹤：《鬼狗》，明天出版社，2016年版，第232页。

不可避免地陷入困境——甚至是不可克服的困境。不过困境并不等同于绝望，了解并感知生活的种种境遇，更从容面对，建立起更加刚强的品质，真正成长为一个自立、自强的人”①。

黑鹤、韩静慧在小说中对于种种成长之殇的书写，不仅体现出鲜明的现实主义精神，更能鼓舞儿童读者在了解人生真相的基础上，学习诸如《鬼狗》中白音宝格图的“相信一切可以坦然面对、重新开始”的生活观与生命观，树立真正独立面对苦难的优雅气度。

三 生命之殇下的死亡观

死亡是人类无法逃避的终极命运，在黑鹤和韩静慧的小说中，“死亡”出现的频率极高。有情同手足的动物的死亡，也有人类自身的亡故，尤其儿童常以失父/失母的形象在作品中出现。韩静慧笔下，《月亮湖边的鸽子花》中的吉日、《一树幽兰花落尽》中的小兰、《无奈的罗比》中的谷小曼、《锔盆女孩》中的吉儿都因各种天灾人祸失去了父亲；《父子较量》中，宝音的父亲失联，母亲跳楼自杀；《外国来的小女生》中，桑琪的父母双双感染艾滋病，永远地离开了女儿……文学源于生活，童年，本应该在父母爱的庇护下成长。失父/失母/失去双亲使得儿童不得不更早、更加独立地面对人生的风雨。于孩童而言，死亡是一场深刻的生命教育。在黑鹤和韩静慧的小说中，一系列关于少年、中年、老年的死亡书写，并不是为了渲染悲情，而是旨在通过死亡的设置反映生命的无常状态、民族的生死观念和儿童的成长精神。

黑鹤的《驯鹿六季》讲述了这样一个故事：虽然即将读高中的“我”通过了托福考试和网络面试，准备三天后出国读书，但依然坚持去学校上课。一天妈妈来接“我”放学，从马路对面微笑着向“我”走来，可就在一刹那，一辆闯过红灯的汽车瞬间夺走了妈妈的生命。亲眼目睹妈妈在血泊中逝去，“我”从此再也没有开口说话，坚定地认为自己如果没去上课，就不会失去妈妈。就这样，关闭心扉的

① 曹文轩：《20世纪末中国文学现象研究》，作家出版社，2003年版，第26页。

“我”被做自然科研工作的爸爸送到了呼伦贝尔的森林深处，和一位名叫“秋鸟”的鄂温克老人共同生活。在那里，“我”和秋鸟一起经历了鄂温克人的六个季节和森林的种种生活。最后，小说这样结尾：

> 在这一年多的时间里，我慢慢地成长，变得强悍，甚至有机会独自与一头熊对峙。但是，我想自己真正的成长是接受妈妈的离去。她已离去，就像森林中的风，可是，只要我爱她，她就会永远在我的记忆之中。①

经过森林腹地一年的天然生活，面对种种和城市截然不同的生存考验后，“我”最终得以成长并对母亲的离去释然。儿童文学学者张国龙认为“成长主题，是通过叙事来建立主人公在经历‘时间’之后终于形成了自足的人格精神结构——即‘主体’（生成）过程的话语设置”②。《驯鹿六季》便鲜明地表现了面对亲人离去，小主人公经历时间、经受考验，最终得到成长并建立主体性的过程。同时，《驯鹿六季》里，作家把故事的背景设置在呼伦贝尔的广袤森林，表明“我”最终对母亲的逝去释怀，是因为在森林里真切观察和感受到了万物的生生不息和各种生命的轮回，被当地的生死观念深深浸染，故作品也体现了生活在北方森林和草原的少数族裔“相信万物有灵，人的生命和其他自然万物一样，当生命走到尽头，也就如同秋叶飘零，随风而去”③的死亡观。

黑鹤和韩静慧小说中关于生命之殇的书写，是对生活真相的真实书写，使得未曾经历苦难和面对死亡的儿童了解了生活的不易、生命的无常和长者、同龄人的精神，也使困境中的儿童在共情中受到鼓舞，得到积极的心理暗示，从而更具勇气面对生命中的种种境遇乃至直面死亡，真正实现心灵的成长和主体性的建立。《驯鹿六季》中主人公的成长也体现了文化传承下儿童坚韧达观的童年精神。

---

① 黑鹤：《驯鹿六季》，明天出版社，2016年版，第225页。
② 张国龙：《成长小说概论》，安徽大学出版社，2013年版，第9页。
③ 黑鹤：《叼狼·疾风》，中国少年儿童出版社，2017年版，第197页。

结　语

中国作家协会副主席李敬泽曾提出："儿童文学从来就不仅仅是文学，它体现着一个国家、一个民族最深刻、最基本的价值取向和文化关切。"[①]以黑鹤、韩静慧的创作为例，蒙古族儿童文学中"草原之殇""成长之殇""生命之殇"三个维度的"创伤"书写体现了童年并非无忧无虑，而蒙古民族的生态观、生命观、死亡观的"疗伤"功能及其所蕴藏的自然教育、生命教育、死亡教育理念，则激励更多的儿童成长为生态环境的保护者、直面生活的挑战者和民族文化的传承者，值得研究者及社会工作者的关注与借鉴，在当下疫情之下的儿童心理危机中也具有积极的借鉴意义与实践价值。

原载《金钥匙（汉文、蒙古文）》2023年第1期

① 李敬泽：《儿童文学的再准备》，《人民日报》，2015年7月17日，第24版。

第二部分·作品研究

大元王朝历史的艺术言说

包明德

冯苓植先生是我尊重的一位当代著名作家，是我长久的文学诤友。

他在文学创作中颇具神思悟性，成果丰硕，但他在生活中却很低调淡泊。有人曾通知他参加内蒙古自治区“杰出人士”的评选，并告诉他说奖金是二十万元，而他却不解地回答：“我上午一碗面，下午一个馒头，要二十万元干吗呀？”据我所知，他还遇诬不辩、与世无争，总想避开矛盾是非，实在不行了便过起云游山川或深入草原的“游牧生活”，走一个地方写一篇文章，“以文养游”，以至于文友们常常不知他的行踪。苏叔阳曾说他的动物小说是“杰克·伦敦式的”，林炎也曾称他的动物小说为“形象化的哲理，哲理化的形象”。其实，这些评价都是很精当的，但他平素所展示的是大智若愚、大隐于市的姿态，绝少听到他议及自己的作品。即使有，也大多是反思性的叹惋。

他退休后停止游牧了，搬出了作家宿舍楼，住进一处偏远的六楼顶层，每天只下来一次散散步，交往戏耍的范围也只限于小孩儿和宠物犬。他退得比较彻底，多年来几乎再未踏进机关的大门。他不愿给别人添一点儿麻烦，好似在内蒙古作家群里蒸发了。直到有一天，我接到远方出版社社长陈莎莎同志打来的电话和随后寄来的书稿，我才知道这位老兄已改行扎入了历史的故纸堆中，而这摞厚厚的书稿，则正是他退休后多年来读史留下的随笔和札记。

翻阅着这部书稿，我被深深感动了，竟然夜不能寐，仿佛又被他那梦幻般的笔触带回到了七百多年前那金戈铁马的草原往事之中。翔实的史料，精辟的考证，独到的见解，客观的叙述，无不体现着这位老作家学识渊博、功力深厚、求真务实、探索不止的种种特点。须知，在长期的文学创作中，冯兄的小说便是以不趋时、不媚俗、不追求时尚而深受同行敬重的。当然，这部退休“隐居”后的读史随笔和札记就更凸显他的一贯文风和品格了。或许是因为他已经在内蒙古工作和生活超过半个世纪了，茫茫的大草原已和他结下难解的情缘，故在退休后的蜗居生活中，他远离喧闹，一直在钻研和破译着这段历史，不求闻达，只恐对不住在内蒙古生活这大半辈子。后来多亏陈莎莎同志看到了他这批雪泥鸿爪的读史随笔和札记，并发现他的这种求索或许也正是广大读者所急需了解的。比如：成吉思汗身后，蒙古民族的走向？第一位入继华夏大统的蒙古族帝王又是如何治理天下的？尤其值得提到的是，这个由马背民族所缔造的大元王朝，又曾对我们这个多民族组成的伟大祖国作出过何等历史性的贡献？而这一切又恰恰在冯兄的读史随笔和札记中均有所展现。随之，在出版社的动员和支持下，又历经两年的努力，这部大作终于完成了。

《大话元王朝》对我国各民族间互动交融的历史进行了艺术的言说。

大元王朝的缔造者当为成吉思汗的嫡孙忽必烈，故冯兄的笔触大多都集中在这位中国历史上一统华夏的少数民族第一帝身上。通过他那充满传奇而又命运多舛的经历，不仅回顾了成吉思汗之后历任大汗的功过得失，而且也展现了他如何继承祖父海纳百川、与时俱进的宏伟气魄。是他第一个在草原上“纳儒习儒”，主动去汲取农耕文明相对先进的治国理念；是他率先使用各民族的能臣名将，合力结束了自残唐以来的藩镇割据战乱局面从而实现了祖国山河的大一统；是他建年号“中统”以示马背民族入继中华大统，成功地将一个游牧汗国转型为建都北京的大元王朝；是他广施雄才大略平云南、抚西藏，自秦、汉、晋、隋、唐、宋以来，首先奠定了我国各民族共有的疆域版图……故《大话元王朝》也可视之为“大话忽必烈”。通过他颇为复杂的一生，追溯我国各民族互动交融的源与流。因为，忽必烈的历史地位是值得彰显的，而大元王朝对华夏历史的贡献更值得称颂。当代元史专家李治安先生对忽必烈就有过很高的评价，称他为“少数民族君主统一和治理南北的第一人”与“多民族统一国家发展的推动者”。法国著名的蒙古史学者格鲁塞也这样评价他说：“在中国，他企图成为十九个王朝（原文如此）的忠实延续者。其他的任何一位天子都没有像他那样严肃地扮演着自己的角色。他恢复的行政机构治愈了（中国）一个世纪之久的战争创伤。”再看书中所提及的察苾皇后，也绝非是一个文学中的杜撰形象。有大量的史料可为佐证，她的确是辅佐忽必烈“入继中华大统”

的杰出蒙古族女政治家。中外多种史籍都有她“光彩照人，聪慧绝顶”的相关记述。《后妃传》中更称她“受命于天，佐夫终成帝业”。而她的孙子元成宗铁穆耳更进而在对她的追谥册文中详述道：“曩事潜龙之邸，及乘虎变之秋，鄂渚班师，洞识时机之会；上都践祚，居多辅佐之谋。”他们都是草原汗国传统思维的改革派和创新者，已不满足于半原始的扩张攻掠方式，即在为臣下时，便于王府之内广纳儒生士人。他们大胆地汲取以儒家思想为基础的汉法汉典，为缔造人元王朝预先做好了思想准备和人才储备。故《大话元王朝》这样的书名绝非是可以借此“信口开河”，反而是为了更真实地再现历史。

但这段历史却鲜有人知，仍似一部未被打开的史书，未被探掘的宝藏。就连长期生活在内蒙古草原的人们，除熟知成吉思汗以外也对大元王朝不甚了然。究其缘由，或许有三：其一，大元王朝存在时间相对短暂，取而代之的大明王朝却绵延了近三百年。除内修的《元史》相对客观外，无论是官方或民间大多是对前朝的诋毁和贬损。其二，民族性、民族文化、民族语言的差异，导致了蒙汉史籍的混乱，仅以人名为例就有不同版本的译称，既混乱又难记，甚至还有意进行污名化，所以大元王朝的风云人物便大多被尘封于历史之中了。其三，那便是长期形成的以汉文化为本位的思想观念的影响。只有在新中国成立后，毛泽东同志才适时而超拔地提出“国家的统一，人民的团结，国内各民族的团结这是我们的事业必定要胜利的根本保证”[①]的历史性论断。他将成吉思汗与秦皇、汉武、唐宗、宋祖并列，将其称为“一代天骄”。尤其是在改革开放之后，这段尘封的历史的重新展现变为可能。成吉思汗的“武功”在影视屏幕上频频得到展现，也有人已在为其孙忽必烈的“文治”进行艺术表现了。这是建设统一国家与和谐社会、加强民族团结、构建强盛中华文化的时代需要。

但冯兄却一再自谦没有那么“度量弘远”，他的所作所为只不过是在了却多年来的一桩夙愿：身为内蒙古人，当知蒙元史！但我们纵观他这些读史随笔和札记，方知冯兄在退休后仍在“自讨苦吃”啊！须知，要弄通梳理这段历史，所涉及古今中外史料之浩繁，涉及蒙汉各民族历史人物之众多，涉及地理、宗教、建制、风俗等诸多门类学问之庞杂，非潜心研读诸史是难以下笔自如的。这就揭示出冯兄“躲进小楼成一统”似乎销声匿迹的真相，原来他潜心苦研已快成为元史专家了。在旁

① 《毛泽东文集》第7卷，人民出版社，1999年版，第204页。

观者看来，他原本再稍加努力，便可将这些随笔和札记进而汇总为一部具有学术价值的史学著作，但他却始终声称《大话元王朝》顶多不过是一部“通俗史话”。他在电话中坦诚地告诉我说，一方面是因为他的“功力”不够，另一方面是他所追求的也正是通俗易懂。

虽然我也深知冯兄所追求的“通俗易懂”之良苦用心，但在通读全篇后我仍为冯兄那种严谨的治学精神所折服了。绝少主观的臆断，竟做到了每个历史人物均有籍可查，每个历史事件均有史可考。甚至就连书中引用的一些重要话语，均严格地注明了出处。更难能可贵的还在于，在这部“通俗史话”中，他仍延续了他那“不趋时、不媚俗”的一贯文风，绝少见为迎合时尚去拔高某个历史人物，而是严格地忠实于历史，客观地进行叙述。比如对待忽必烈，他就没有简单地将他写成一个别具雄才大略的“少数民族第一帝”，而是严格依据史实将他放置于二元文化激烈的矛盾冲突之中，真实地展现了他复杂而又矛盾的心路历程。不仅记录了他对中华民族诸多的杰出贡献，而且也绝不回避他的失误、反复，甚至倒退。没有简单地直奔主题，而是强调了经过磨砺后的交融。这或许正是中国民族问题最鲜明的特色：各民族的大团结是久经历史考验的。

功不可没的大元王朝，是值得后人书写、认知、铭记、传承和借鉴的。

总之，中国蒙古族精神文化的演进发展，鲜明地体现着兼容开放的视野，渗透着我国其他民族文化的因子，特别是受汉民族影响最深。远古的神话、祭词、祝词、赞词、英雄史诗与民间故事，都蕴含着突厥、匈奴和鲜卑等北方少数民族文化的影响。忽必烈的尊儒重儒，上可以追溯到父兄时期，下则流传到现当代。尹湛纳希是近代蒙汉文化交流融通的杰出代表。“一种意义只有当它与另外的意义相遇或相接触的时候，才显示其深度，它们加入了一种对话，这就超越了这些特殊意义和特定文化的封闭性与单一性”（米·巴赫金）。尹湛纳希当年也开明通达地慨叹黄教窒闷下的精神文化缺失，毫不褊狭地推崇引介汉民族诸子百家的文化成果。

中华民族是由56个民族构成的，中华文化是多元一体的文化。精神文化的联系与互动，是中华民族增强民族凝聚力、国家团结统一的重要纽带与标识。美国的莫里斯·罗沙比撰写了《忽必烈和他的世界帝国》，2008年在我国翻译出版。正如李治安先生所说，“与一般微观论著相比，罗沙比能够把忽必烈放在‘蒙古世界帝国’和多元文化秩序等广阔视野内，娴熟地展开宏观思考与探讨”。如果说该著作是“西方人视野下的忽必烈大汗”，那么《大话元王朝》则是中国汉族同胞眼中的忽必烈大帝和他的帝国。一个是西方学者的论著，一个是中国作家的写史，二者可谓是相映成趣。这样的类比，我只是想再从一个侧面强调说明冯苓植的这部大作充溢着非同寻常的文化意义和时代意义。著作出版，着实可喜可贺。

原收录于《细节激活历史——包明德文艺评论选》

在草原和大海的深处

孟繁华

《巴桑的大海》是一部关于悲悯，关于同病相怜，关于向生命致敬的小说，也是一部来自草原深处、历史深处，关于一个民族心灵秘史的小说。“大海”是一个隐喻或者一个比喻，它是主人公巴桑的胸怀、情怀和无疆大爱的海，是一个没有被后天伤害打倒在地的英雄，仍然可以劈波斩浪纵横驰骋于爱与善的海洋之上的一叶飞舟。

海勒根那和张承志、阿来、扎西达娃、范稳等作家一起书写和呈现了中国文学的边地经验，提供了新的边疆和民族文化的知识、思想和情感。因此，海勒根那的小说也拓展了当下小说的版图和边界，为这个时代的文学增添了新的元素，如他的《到哪儿去，黑马》《寻找巴根那》《骑手嘎达斯》《骑马周游世界》《小黄马》等作品。《巴桑的大海》延续了海勒根那小说主题的某些部分，这就是对人类生存困境和精神困境的认知、理解和面对。海勒根那对这一主题的提炼，不仅仅来源于他接受的教育，民族文化的熏染，更来源于他个人的童年创伤记忆。

海勒根那的《巴桑的大海》，是一个有关悲悯和与命运抗争的故事：巴桑以残缺的身体，在想象中的父亲感召下，在老额吉慈母般的关爱下，在阿丽玛朦胧爱情的鼓舞下，坚韧地冲决命运的给定，他要冲出命运的罗网，在草原和大海唱出自己生命的浩歌。巴桑真的做到了。他最后魂归大海，是作家为他安排的归宿，也是他适得其所的归宿。草原的白毛风终止了，大海的九级浪平息了，勇敢和疲倦的巴桑可以不再奔波，不再操劳，他终于安息了。悲悯、同病相怜、向生命致敬和关于一个民族的心灵秘史，就这样汇集在伤残、卑微又大智大勇无可战胜的巴桑身上。巴桑一直怀有对现实生存处境的超越，或对超越的心驰神往，因此，“心驰神往”是理解海勒根那小说的一个关键词。这是一个和飞翔有关的词，一个与超越、超拔有关的词，一个与超脱现实世界，飞翔于云天遨游于大海有关的词。如果是这样的话，海勒根那的小说就是飞翔的小说，也是自由的小说。他的飞翔和自由，都来自他苦难的童年记忆。事实的确如此，任何人的小说大多与童年记忆有关。对于这个童年记忆，在现实特别是在当下生活的照耀下，作家获得了新的认知。于是，所有的苦难终于幻化为创作的资源或财富，这也可以理解为如今的体悟是童年苦难经历的历史馈赠。

读海勒根那的小说，会让我们想起海明威，想起张承志，想起席慕蓉的《父亲的草原母亲的河》。那里有圣提亚哥般的硬汉气质，有白音宝力格的沉郁忧伤，更有对“父亲的草原母亲的河”的由衷眷恋和感怀。这些作家的作品都与自然有关，人的生命和自然交相辉映。这当然不只是中国传统文化的天人合一，更是现代观念对人与自然关系的理解。人是社会的产物，同时也是自然的产物。我们通过现代观念认识到，人并非高于一切，人的局限性可以通过自然得以映照。这正如卢梭在《植物学通信》中所说：“探究自然奥秘都能使人避免沉迷于肤浅的娱乐，并平息激情引起的骚动，用一种最值得灵魂沉思的对象来充实灵魂，给灵魂提供一种有益的养料。”于是，海勒根那的小说在生命的意义上就超越了对人的无所不能的理解。海勒根那小说的底色是现实主义，他的细节经得起严格的考察推敲，对环境的描写和人物性格的刻画描摹，都是按照典型化的方式；但是，海勒根那小说在本质上是浪漫主义的，这不仅是说他的小说对草原风情风物的描绘充满了浪漫气息，对白云、落日、云雀、云霞的瞩目凝视忘情忘我，更重要的是他笔下人物对现实与不那么现实生活的迷恋，尤其是对“心驰神往”的倾心和不倦书写。这一点，使海勒根那形成了自己独特的小说风格和个性；另外，具体的人是可以发生变化的。当一个人在气质上脱俗超群之后，这个人的形象也彻底改变了。巴桑战胜了强大的布仁。这个布仁确实是个“不仁之徒”，就凭他恃强凌弱就足以暴露他虚弱和不善的内心。他与巴桑的争斗不是要杀了巴桑，他是要彻底毁了巴桑。无论个人还是国家民族，对弱者的态度就是它的文明状况。但这只是布仁的一个方面，另一方面的布仁并非是一个彻头彻尾的十恶不赦之徒。当巴桑离开牧村跟马戏团走的时候，布仁将一个轮椅车让“我”送给巴桑，他要让巴桑体面地离开牧村。这一幕，是海勒根那的神来之笔，他对布仁的体恤、谅解，表达了一个作家应有的善意、谨慎和宽容。这一情怀与自然对海勒根那的涵养有直接的关系。他在一篇谈创作的文章中曾这样写过——

> 我和牧主人去河边打水，淡蓝色的河水清凉甘洌，一桶一桶提上来，装满四轮水车，也淋湿了长袍和马靴。傍晚，我跨上温热的马背，去驱赶贪吃不归的羊群、牛群，给它们饮水。羊群咩叫如澜，牛群哞声连天。此时一轮火红的夕阳将整个游牧营地镀上金子般的光亮，那是从蒙古秘史的中世纪一直照耀蒙古高原的光亮。暮色四沉之后，无边草原被巨大的黑暗淹没了，地球那么大的黑漆漆的色块，像似谁用刀子将其与微茫而苍明的星空切割开来。一切都安静了，安静了，似乎整个世界已将这一处营地遗忘。牧人习惯了这种黑暗与静默，守在一盏昏黄的灯光之下，不言不语地咀嚼奶干，啜着奶茶，偶尔也会喝上一点老白干酒，此时如果有远道而来的客人，一首接一首的古歌便会飘出这处穹庐，像越来越旺的牛粪火，点亮这个夜晚。

这是海勒根那刊于2020年6期《江南诗》上谈创作的文章《我的荒凉而忧伤的塞外草原》的片段。这个片段是关于草原的抒情诗，是他热爱草原，或者说被草原的历史和现实熏染的浪漫主义的有力佐证，也是草原对他心灵的感召或感化。

巴桑和“我”妹妹阿丽玛的爱情，是小说最浪漫的桥段。这段朦朦胧胧没有任何实质内容的“爱情”，一开始就是对世俗世界的挑战，而且这一挑战在本质上是用审美的方式绑架了人的本能要求，已经先在蕴含了悲剧性。阿丽玛的纯洁、善良如草原盛开的百合，如蓝天白云，她是如此美丽动人。但她注定不会属于巴桑。这宿命般的命运，不只体现在巴桑和阿丽玛的爱情，还有老额吉去世后，两条小蛇也神秘地消失了。草原上无解的事物就是如此神奇。对阿爸的崇拜、敬仰和维护，就是对祖先荣耀和尊严的维护。因此，昂沁炫耀、蔑视巴桑，他都可以忍让，他不能忍让的是对阿爸的诋毁和侮辱。于是，他怒不可遏的一幕发生了：“他发了疯似的冲了过去，用他健硕的臂膀拦腰将昂沁摔倒在地，随之是雨点般的拳头，要不是昂沁的呼救声引来了大人将他俩分开，昂沁肯定会被巴桑捶个半死……”海勒根那用极端化的方式讲述了巴桑的经历和命运。这个极端化是在一种悖论的方式中完成的。比如巴桑是一个硬汉，他不畏暴力，包括语言暴力，不畏命运的不公，说他身残志坚名实相副；另外，巴桑又是一个至善的人。这个至善体现在两个方面：一是对阿丽玛爱情的拒绝。他认为自己配不上阿丽玛的爱情，不能给她带来幸福，他主动选择了逃避。另一方面是他对生活方式的选择。他的妻子和孩子，都是残疾人。他和杉蔻相爱，也达成了抚养伤残儿童的共识。这善举看起来有些不可思议：本来就是残疾人的巴桑和杉蔻，还要负担伤残儿童的抚养。但是，也正是这一极端化、绝对化的情节设置，完成了巴桑形象的塑造。这一看起来有些唐突的情节，在小说中做了充分的铺垫。老额吉的形象非常重要，她深刻地影响了巴桑的成长。额吉的善良和对巴桑由衷的爱，奠定了巴桑精神品格的基础；那串佛珠，以宗教的方式从两方面暗示了巴桑的精神来源。佛珠一直没有离开过巴桑，这是一个非常重要的隐喻或暗示。还有一点就是阿丽玛对巴桑的爱。一个如花似玉的女孩，一心爱着巴桑，也从逆向的方面给予了巴桑关于爱与善的哺育和滋养。所以，小说在结构和细节上的构想是用尽了心思的。也只有这样，小说才能够没有任何可以挑剔的纰漏。

小说命名为《巴桑的大海》，讲述了巴桑从草原到大海的艰难路程，但这只是小说表面的能指。这里的大海，更是一个隐喻或者一个比喻。这个大海是巴桑的胸怀、情怀和无疆大爱的海，是一个没有被后天伤害打倒在地的英雄，仍然可以劈波斩浪纵横驰骋于爱与善的海洋之上的一叶飞舟。就在阅读《巴桑的大海》的时候，我看到了一个朋友转发的视频，这个视频讲述的是一个先天患有妥瑞氏症的少年如何成长为一个优秀教师，然后以同样的方式帮助了更多的有先天障碍的孩子的故事。那是一个根据布莱德·科恩真实经历编写的故事。由此我想到，海勒根那虽然以极端的方式创造了《巴桑的大海》，但它确实有现实的依据。新的价值观在改变着世界和社会，但人心向善不可阻挡。所以，他的巴桑一定不会孤单。

小说的结构，是从草原到大海，这两个场景都天然地带有浪漫气质。巴桑就这样在两个场景间游刃有余，如骏马，如海豚。后来巴桑因为救助一个菲律宾男孩而惹上了牢狱之灾，他被法庭判了六个月的监禁。好心的船长预支了工资帮他渡过难关，他要供养他的妻子杉蔻和五个子女。他要求去白令海峡捕鱼，这样他就可以到海参崴看他的妻子杉蔻和孩子们了。船长帮助他实现了愿望。但是，我觉得小说在结构上还是有些问题。这个结构应该是一个长篇的结构，小说再添加一些内容也就是长篇的规模了。在一个中篇的容量中，将小说的场景明显地划分为草原和大海两个部分，而且用力比较均匀，使小说跳跃很大，线索和情节都有脱节的感觉。这是其一。其二是，大海在小说中应该是一个象征或隐喻，但现在完全处理成了一个实体，一个可以感知、可以触摸的生活场景，大海就失去了它的象征性功能。最后巴桑也身葬大海，写得太实了。如果这里处理得虚化一些，更有一些浪漫气质，小说可能会更有艺术力量，更感人。当然，这是见仁见智的问题，提出来也仅供作家参考。

原载《文学报》2022年9月1日

部族回归的史诗画卷

——读肖亦农长篇小说《穹庐》札记

包斯钦

肖亦农的《穹庐》是一部洋溢着家国情怀的优秀长篇小说。

作品描绘了一幅宏阔的历史画卷，全景式展现了1920年前后布利亚特草原的峥嵘岁月和布利亚特人回归祖国的史诗性征程。

——新近贯通的俄罗斯远东大铁路，名副其实是一条大动脉，它把现代文明的物质成果和现代思想意识源源不断地输送到依然十分传统的布利亚特草原。在送来新式学校、民主主义、布尔什维主义的同时，还把战争、妓院、性病带到了这片草原。

——“布利亚特草原，闹布尔什维克”了，“谢苗诺夫引着哥萨克匪帮来了”，“把日本天皇也召来了”。布尔什维克红军、哥萨克白匪、日本军国主义先遣队，都在明里暗里争夺着富饶广袤的东西伯利亚大草原和祖祖辈辈生活于斯的布利亚特蒙古部众。

从此，草原不再宁静，红军、白军、布利亚特地方武装，各方势力犬牙交错，胶着缠斗，革命家、土匪、间谍，域内外各种势力争长竞短，此消彼长。而更要命的是“布利亚特人的心散了，乱了”，一向安宁平静的布利亚特社会被撕裂了，有人“整天想着犯上作乱”要“做旧世界的掘墓人”，有人要守护“圣主留下的扎撒（法典）”和规矩，要“为大清守住这片中国地”，以至于不惜“父子反目，兄弟相残”。布利亚特人陷于动荡、纷扰之中，原本如诗如画的森林草原风起云涌，田园牧歌般自由快乐的牧人生活难以为继，命运把布利亚特人推向战争，推向生存的绝境，他们无法抗衡，亦无处躲避。残酷的现实一再勾起布利亚特人对祖国大清的想往，最终让他们义无反顾，踏上了部族大迁徙、大回归的征程。

应该说这是一个重大题材，是一部关乎民族命运、国家兴衰、国际共运历史、战争与和平的书写，体现了作者对20世纪初叶人类命运的一种哲学层面的思考。写好这个题材不容易，需要对历史、对时代有一种超凡的认知能力和概括能力；使之成为既符合历史真实又富于文学性的叙事作品，也需要超凡的艺术想象力和审美把控能力；从中提炼出具有人类普遍性和恒久价值的主题思想，更需要有历史的高度和当今时代的高度。

比如，今天我们如何叙写苏俄即苏维埃俄国时期（1917年十月革命后到1922年苏联成立之前的俄国）的布尔什维克革命，如何看待那段刀光剑影、血与火的暴力革命历史？显然具有一定的挑战性。阿芙乐尔巡洋舰的一声炮响，开辟了人类历史的新纪元，世界上第一个社会主义国家就此诞生。但新政权很快就被拖入全面内战，又招致外国列强的武装干涉，可谓危机重重。由于特殊的社会历史背景、特殊的国际政治军事环境，当然也由于暴力革命学说刚刚付诸实践的历史局限性，这一时期出现了一系列后来被证明是极端的、错误的做法，为此后的一系列惨痛结果埋下了危险的种子，这一点毋庸讳言。比如在无产者翻身得解放的同时，“战时共产主义”“余粮征集制度”严重侵犯了广大农民的合法权益；建政初期对旧贵族和反对派进行残酷镇压，处死数以十万计的宗教神职人员；对布尔什维克队伍内部进行大规模清洗，造成大量冤假错案，成为国际共运史上不堪回首的一幕。这些极端、残酷、恐怖的往事，历史书写肯定无法掩饰，也无法绕开，作为一部历史题材的长篇小说，虽然未必都去评判或涉及，但作为小说所述事件的背景，它们始终存在着，自然也无法回避。特别是叙写一段曾经被片面地认定为逃避社会主义革命和叛离苏维埃俄罗斯的部族迁徙历史，对其做出重新评价，重新定位，其难度、风险性和复杂性自然不言而喻。正如当年《静静的顿河》从“人性”的角度来审视革命和战争，通过小说来诅咒战争、怀疑革命、质疑苏维埃政权，招致很多非议一样，《穹庐》所要叙写的历史事件、所要表达的思想理念、所要刻画塑造的人物形象，我想一定也让作者陷入诸多困扰和纠结之中。

所幸，《穹庐》另辟蹊径，既不恪遵苏联社会主义现实主义文学叙写革命的老套路，也不效仿苏联后期的所谓“解冻”文学、“集中营文学”对苏联革命的全面反思否定模式，而是采用跨文化、跨历史、跨身份的冷静叙事风格，在表现战争与革命、家庭与社会、爱情与两性、游牧与狩猎等宏大主题的同时，准确捕捉具有转折意义的历史瞬间，围绕“拓土”与“守疆”、变革与守旧、战争与和平、神性与人性、民族与国家等那个时代最具根本性的重大矛盾冲突而展开故事，为现实主义叙事文学创作提供了新的探索与经验。《穹庐》直击动荡残酷的社会现实，关切人类生存忧患，关切弱小民族和普通人的命运，心怀深切的同情与悲悯，道出了战争的真实与对和平的向往，直抒深刻的人性与人道主义情怀，从而获得了震撼人心的艺术感染力。小说在书写苦难、战争时始终带着一种对现实存在的强烈质疑，并试图寻找一种“非零和”之路。所谓“零和关系”就是一方的所失和另一方之所得相加等于零。“零和”社会是一方得益、另一方受损的社会。暴力革命和同样暴力的反革命，无疑是“零和”的、你死我活的。“零和”与“非零和”的世界关系被称之为世纪难题，寻求“非零和”的、“包容共存”的社会发展之路，正是当今人类解决彼此矛盾冲突最具公允性的新思路。

《穹庐》所述故事，就表达了这样极具现代意涵的理念。圣主、活佛、基督，各宣其道，不同信仰在这里井水不犯河水，马奶酒、伏特加、大清汾酒，风格迥异，布利亚特百姓从不厚此薄彼；每个人都在按照自己的选择往前走，班扎尔们在为他们的布尔什维主义而继续战斗，不成器的“烂鼻头”拉西浪子回头，跟随嘎尔迪老爷毅然踏上了回归“大清朝”（中国）的生存道路；布利亚特部族的一部分回到了中国额尔古纳河东岸，一部分自愿留在了俄罗斯，坚决反对布利亚特族群分离出去的布尔什维克，转而不再阻挠东归的布利亚特人；冷酷的“契卡”（肃反委员会）负责人基柯夫的鲜血流进了日本女间谍三丫的血管，三丫以一种传说形式继续着她的生命，生命中甚至还闪出一抹让人暖心的亮色……这是一种“非零和”的、“宽容多元共存”的结局——人类命运本该是一个相互依存的共同体，为何一定要挤压、剥夺别人的生存权利而换取自己的生存空间呢！这是小说对那段历史的反思，也是最具当代意义的深刻感悟。

从某种意义上说，《穹庐》是东方的《静静的顿河》，二者之间有着许多相似之处、可比之处。《静静的顿河》展现的是哥萨克人如何通过战争、痛苦和流血，走向社会主义。葛利高里一会儿投入红军，一会儿倒向白军，双手沾满了两方的鲜血，他动摇于妻子与情人之间，徘徊于革命与反革命之间，他既是英雄，又是受难者。他有着哥萨克的一切美好品质——勇敢、正直、不畏强暴，同时带有哥萨克的种种偏见和局限，在历史骤变的关头，他踯躅徘徊于生活的十字路口，他的矛盾和痛苦显然与他所属的特定群体无法切割，他的悲剧性在于其不能够认识和把握时代的方向。《穹庐》叙写的是以嘎尔迪老爹为首领的布利亚特蒙古人在革命与战争的血与火中经历痛苦、磨难、死亡之后回归中国的故事。小说的故事情节显然是艺术虚构的，但布利亚特蒙古部回归中国这一历史事件，确曾发生过，现今中国境内的布利亚特蒙古人就是他们的后裔。

嘎尔迪老爹是承袭大清二品台吉爵位的布利亚特草原雄狮、霸主，统领着驿站营盘地布利亚特蒙古人及其数万骑兵。他身材壮硕，长着一对“细长的大眼睛”，显得“碧水柔情”、敦厚慈祥。他自尊自信而智慧出众，把民族和祖国看得高于一切，向往和平，热爱大自然，尊重和珍爱生命，喜欢自由自在的牧人生活；他临危不惧，英勇善战，常说“啥战争都是一块下雨的云彩，太阳出来风一刮就散了”，他与哥萨克匪帮和白军打了无数次仗，后来又与红军和日本侵略者的先头部队打得难解难分，充满英雄主义气概；他犹如一只无头苍蝇，在错综复杂的政治时局和国际背景下，辨不清历史的走向，只能跟着感觉走，既反对沙俄东扩和修建西伯利亚大铁路，又反对新式学校和一切现代的东西，既时刻期盼着回归大清祖国，又根本不清楚当时的中国是何种样子。

作品书写的是战争与民族苦难的历程，表达的是热爱祖国、热爱大自然、呼唤和平与安宁、召唤人性和尊严的思想。这是肖洛霍夫的《静静的顿河》和肖亦农的《穹庐》趋于一致的思想，也是一部经得起时间考验的文学巨作所应具备的思想性。

米兰·昆德拉曾经说过，大写的历史，带着它的运动，它的战争，它的革命和反革命，它的民族屈辱，并不需要描绘、揭示、阐释，小说家不是历史学家的仆人。大写的历史让作家着迷，那是因为它正如一盏聚光灯，围绕着人类的存在而转，并将光投射到意想不到的可能性上，投射到小说家感兴趣的存在之谜之上。《穹庐》的创作目的，显然不是记述或梳理那段历史本身，而是通过塑造活跃在那个历史舞台上的人们，用他们的人性和命运去诠释那个时代、那种存在，用每个人的喜怒哀乐、挣扎与反抗，去表达他们对人性、人格、尊严的追求，以及他们对社会、生活和对未来的希冀与期盼。

《穹庐》的成功，在于其成功塑造了一批具有历史深度和生活厚度，思想意涵深刻的人物形象，而这又很大程度上得益于作者很清楚如何贴着人物写，跟着人物的命运走，写出人物丰富的精神世界，写出人物鲜活的性格和灵魂，写好人物生命过程和生存境遇中的每一个重要节点，并遵从由此必然导向的逻辑结果。生命的每一个节点都有着无数个可能性，而人物又怎样适从冥冥之中的宿命，有着无法随意更改的必然性和内在逻辑。《穹庐》在情节发展、人物性格发展的每一个关键点上，都很好地遵循了这个规律，为人物命运、性格的每一次转折和升华提供了足够的依据。所以，尽管小说的题旨有可能是预设的，但小说展现给读者的故事情节，却有其内在的必然性，人物的性格逻辑既有其复杂性，也有其合理性，能够让读者感到这一切都是真实的、自然而然的。这并不容易，同时这也是《穹庐》的人物都能够立得起来的一个重要原因。

《穹庐》的许多人物形象可谓丰满而栩栩如生。嘎尔迪老爷，“烂鼻头”拉西，奥腾大喇嘛，布尔什维克谢尔盖，日本女间谍三丫，冷酷而忠于职守的苏联“契卡”基柯夫，把生儿育女当作蒙古女人第一要务的金达耶娃，不关心世间一切纷争、只以挽救生命为天职的格鲁吉亚医生萨瓦博士，等等。每个人物都是鲜活的，都是与众不同的“这一个”，身后拖着只属于他自己的一长串故事。重要人物都具有高度概括性，有着应有的宽度和厚度。即便是那些没有多少故事，几乎是一晃而过的次要人物，如长腿鹤典狱长、犹太商人哈林，也都有着只属于自己的特征，有着绝不雷同于别人的经历和鲜明生动的性格，能够长久驻留于读者心中。

作者十分注重人物性格描写和性格复杂性的揭示，在纵的线性的故事情节发展中，善于再现广阔的社会生活画面，并在这种丰富多彩的生活场景中多角度地展示人物性格的一个个“横截面”，使之具有不可重复的特殊性、复杂性、丰富性。这一点充分体现在作品主人公嘎尔迪老爹的形象塑造当中。

嘎尔迪老爹，一个个性鲜明而充满矛盾的人物。这与他所处的时代、文化背景、族群、人生阅历有着千丝万缕的必然联系。他从西伯利亚秃鹫的尖钩利喙下救出了濒临死亡、已经被叨了一只眼睛的流放犯布尔什维克谢尔盖，随后彼此成了好朋友；他憎恨沙皇，称其为“沙皇老儿”，发誓一辈子不坐沙皇老儿的火车，却又为了到莫斯科治“烂裆病”坐上了火车；他认定谢顶的“列宁是鞑靼人的后裔，而且是自己失散已久的表兄”，真心“尊重智慧的列宁同志”，却又反对布尔什维克，反对在布利亚特闹什么革命；他喜欢列宁，只是为了推翻沙皇，期待列宁有朝一日废除一切不平等条约，把布利亚特归还给中国，进而幻想着推翻沙皇之后他和列宁可以“路归路，桥归桥”；他娶了全俄肃反委员会通缉追捕的沙皇家族逃亡“公主”卡捷琳娜，视之为与自己的爱情、幸福和尊严攸关的掌上明珠，不惜为此与苏俄红军背水一战，这是嘎尔迪老爹率部东归中国的直接导因。他一身豪气，企图借时风骤变、列强混战的乱世之局，实现自己回归祖国、让蒙古民族团聚和强盛起来的梦想，却不清楚路在何方，面对行将倾覆的封建大厦，他回天乏力，还魂无术，终归成了一个悲剧英雄。

他勇敢、倔强、不畏强势，却又守旧、残暴、傲慢自负，始终“生活在过去当中”，死守祖先订立的扎萨和规矩，推行宗主法权，绝不容许“颠覆布利亚特生存法则”的“犯上作乱”，即使是自己的亲生儿子，也要用部族法律格杀勿论；他品着马奶酒、伏特加、大清汾酒，操着蒙古语、俄语、汉语混杂的“嘎尔迪语”，有着开放包容、重情重义的豪爽情怀，不分贵贱尊卑，任谁都可以与之友善，也不乏同情之心和悲悯之情，却又野蛮、愚昧、专横跋扈，看待属民如同自家的财产、物件，为所欲为，随心处置，不允许任何人挑战他的权威，从征服别人、主宰别人的强权统治之中获得一种莫名的快乐和满足；他为大清朝把“布利亚特蒙古人甩给了沙俄”帝国而愤愤不平，又为自己守护布利亚特驿站地、“大清的领地”而自豪满满，他看不上康熙大帝，称他是“软蛋”，又为自己和布利亚特部众“有草无地，有家无国”“无着无落”的漂泊窘境而感到无比痛苦和自卑，坚称自己和子子孙孙永远是“黑达易”（中国人）……

属于叙事艺术门类的长篇小说，有没有文学性和可读性，能不能紧紧抓住读者，让人对小说中的人物命运寄予深度关切，让人津津有味地一口气读下去，这是普通读者对小说的第一个检验标准。《穹庐》叙事流畅，故事曲折跌宕，引人入胜，一些情节想象大胆奇特而符合事物的逻辑，事件的推进、人物的所作所为，往往出乎意料而又在情理之中，几乎没有人为扭曲、强拉硬扯的痕迹，一切如同潺潺溪水，蜿蜒叮咚，最终归入大江大河而轰轰烈烈、浩浩荡荡。人物众多，人物之间的关系形成一种错综复杂的网状结构，每一组关系都经过精心设计、认真处理，不允许任何一个人物游离于整体之外，这是《穹庐》这部小说人物布局的一大特点。小说鲜有为情节的起承转合而刻意牵出用一用，然后淡出读者视线的多余人物、“过场人物”，每个人都同其他人有着千丝万缕的联系。人世间的恩怨情仇、矛盾纠葛把所有人都紧紧连在一起，人物之间的关系就是推动故事情节向前发展的根本动力。

小说的叙事手法娴熟、老到。《穹庐》不是选择某一叙述视角而贯穿始终，而是采用多方位多视角的叙述，多元视角复合交错，始终处于流动变化状态。时而采用全知叙事或限制叙事，时而又采用交叉视角，犹如多声部的“复调”乐章。这种多方位、多侧面的立体化视角非常适合于大部头的史诗性作品，适合于表现纷繁复杂的社会生活，也显著增加了作品的艺术容量，大大深化了读者的审美体验和思考空间，使一些人物和事件拥有多重意义并始终带有某种神秘性、不可预测性，直到他们揭开面纱的那一刻。三丫、丹吉活佛、北京喇嘛白音都是如此。《穹庐》的故事情节多线索并进，各个情节单元相互交错，前景后景相互重叠，分头展现，承转自如。其间善于埋伏笔、留线索，一个不起眼的小细节、小物件、一个不经意透出的口风，很可能预示着一场昏天暗地的大风暴。《穹庐》正如契诃夫所说，开头若是写到了一把枪，后面就得让它打响，要不没必要把枪挂在那里。尤其到了后来，故事情节的铺展较多地采用共时性场景描写和倒叙、追叙、插叙、平叙并用手法，让叙事变得极富现场感和立体感。比如一场地震分为四个场景、四组人物，依次展现，其间，视角几度变换，就像电影的四组镜头，使事件本身和人物性格都获得了充分的张力。

小说的场景描写、心理描写、人物对话都风格独特，能够给人以身临其境、身在其中的感觉。细节描写丰富生动而与人物情感、性格高度吻合，要么成为情感、性格的自然外露，要么成为人物情感、性格的有效衬托、揭示或深化。不论描写自然景色还是描写野生动物，总要力求赋予其诗意和灵性，善于让自然景色透出浓郁的人文情调，像一幅幅浓墨重彩的油画，鲜艳绚丽而融情于景，以景衬情，借景达意。作者善于贴着人物的感受去观景、写景，善于把人物置于大自然的背景中去描写，善于让人与自然浑然融为一体，再加上常常用优美而激情洋溢的抒情文字来写景、写人物心境，非常具有艺术感染力。小说很少采用大篇幅的心理描写，但善于通过人物的语言、行动及音容笑貌、眼神表情的变化等外化手段来展示人物的内心活动，使人物丰富复杂的内心世界适时呈现给读者，让读者去感知和体会。人物之间的对话，很少被用来交代情节、述说事件的来龙去脉，大多数对话的设计生动、有趣、富有人物的个性特征。

值得一提的是，肖亦农先生作为在内蒙古西部地区生活工作几十年的汉族作家，比较熟悉内蒙古西部地区的蒙古族历史、文化和生活，毫无疑问是一位半个世纪以来蒙汉民族文化交流交往的见证者和亲历者。但蒙古族文化因地区、部落之间的差异而彼此有着明显的区别，特别是俄罗斯境内的布利亚特蒙古人由于远离蒙古民族的核心圈，长期受到俄罗斯文化的浸染，从方言习俗到文化心理，同其他地区的蒙古人有着明显差异。肖先生能不能写出令人叹服的布利亚特生活，能不能准确体悟和传达书中布利亚特人的思想感情，特别是能不能不落入文化本位主义的窠臼，以文化相对主义的平视目光看待蒙古人及蒙古文化？这是我开始阅读这部作品时不免有所忐忑、有所疑虑的问题。可当我读完作品，掩卷回味书中的一切时，总算有了一种欣然释怀，觉得肖亦农先生交出了一份令人满意的答卷。显然，他对将要表现的题材、历史文化、风土人情，预先做了充分的了解和准备，更重要的是，他以跨文化、跨历史、跨身份的创作立场，以自由而合理的艺术想象成功再现了布利亚特人百年前的生活画面和回归祖国的历史壮举。虽然，作品的民族文化内涵略嫌不足，对蒙古民族的生产生活、风俗习惯，对布利亚特人的独特思维方式、情感方式，描摹表现得多少有些不尽如人意，但应该说整体上无伤大雅，已经很不容易了。

他突破了自己，也创造了同类题材长篇小说创作的新高度，为读者奉献了一部全景式的、史诗性的现实主义佳作。

原载《十月》2018年4月号，发表时略有删节

发酵于寂静中的乡愁

——安宁散文《寂静人间》及其他

高明霞

女作家安宁刚过不惑之年，却有着20多年的文学写作经历。安宁从泰山脚下一个乡村走出，走过四五座城市，更换过若干工作岗位，始终没有改变她的文学情怀。文学写作是安宁主要的生活方式，在散文世界中寻觅灵魂的着落、追求精神栖息的家园是她文学的审美目标。

内蒙古呼和浩特是她工作生活了10多年的地方，她的大部分代表作在这里完成。我最早阅读的安宁的散文集是《呼伦贝尔草原的夏天》，近日阅读了她的新作《寂静人间》，其间陆续读过《我们正在消失的乡村生活》《遗忘在乡下的植物》等。她跳出“四角天空下的庭院”，用温情细婉的笔触书写呼伦贝尔大草原，描绘那片草原上与自己家乡迥然不同的生活场景，书写自己不熟悉的草原人。辽阔苍莽的呼伦贝尔牧区被安宁以静默细微的姿态抒写后，别有一番韵致。《呼伦贝尔草原的夏天》之后，安宁的写作回归乡村，连续出版以“村庄”或“乡下”为题旨的散文集，回望故乡成为她近年文学创作的心灵之旅。

当夜幕遮蔽了喧闹，静下心来慢慢品读安宁的《寂静人间》，便可以在她一溪清流般娓娓道来的描述中，体味她的乡村童年。我感觉，全书12个篇章，似乎都是在月光映照书案的夜晚写就，安宁敲响电脑键盘，一字一句地与渐行渐远的故乡和自己的童年告别，“安静地告别它们，化成一朵云、一缕风，一弯月，不染尘埃，洁净自由”。《寂静人间》非常细致地描摹乡村的风、雨、雪、飞鸟、月亮、河流、泥土、野草等悄无声息的自然存在，记述生活在村庄里的人们卑微的欢乐和苦涩。故乡对于许多人而言是甜美温馨的，书写故乡的文学作品大多呈溢美之情状，鲜有鲁迅先生《故乡》的悲凉哀痛。安宁书写的故乡农村，虽然没有鲁迅的冷峻犀利，但同样弥漫着悲悯哀愁的意绪，她“以一只蚂蚁或者蟋蟀的姿态”，俯下身子，在寂静中反复回味故乡，一次次拂去记忆表层的烟尘，悄然接近告别已久的乡村生活和那些熟悉的陌生人，乡愁在寂静中一点点发酵，五味杂陈。安宁的散文通过真诚的情感、冷静的思索、低微的姿态逼近生命的本质，她散文的乡愁情致，是心灵流浪旅途中思想的顿足，也是文人的精神探寻。《寂静人间》的意蕴空间比她前几部作品更为开阔，看似个人化的叙述中包含着普遍性的人生哲理，有着更为深入的社会意义。

在《寂静人间》所精心描绘的故乡村庄中，风霜雨雪、日月星云、土地河流、飞鸟落叶、野草坟墓都寂静无息，然而生活在这场域中的人们并不安静，当然也不会安宁。小孩子有交不起学费的苦闷，经常遭遇烦躁父母的谩骂或殴打，“下一秒，将会有怎样的惊雷炸响”的惊恐如影随形。比孩子的哭喊更喧闹的，是贫贱夫妻惊动全村的争吵和扭打。贫病交加的人家传出女人的哭声，“穿过几条巷子，穿过重重的楝树、梧桐、槐树、香椿，还有青瓦、白墙、红砖以及厚重浑浊的热浪，蜿蜒向前的风”。村民们议论私奔偷情等八卦时发出的“嘎嘎”大笑让月夜村庄格外恐怖。邻村亲戚家的傲慢举动发出“吱吱呀呀”甚或“哐当”“啪”的声响，让借钱的人胆颤。闯进他人果园的牛被暴打，果园里人与牛发出惊扰全村的动静，引发一群看客的哄笑。载走外嫁姑娘的拖拉机留下“突突突”的响声，“在夜晚的村庄里久久回响”。村里疯子“啊啊”的叫声撕破黄昏。搬新房时，挂鞭“噼里啪啦”的响动代表好日子开个响头，但来自疲惫和贫穷的争吵依然不断。“一切都在喧嚣中。这让人无法喘息的喧嚣。”安宁平静地描述着童年乡村的各种喧嚣，咀嚼这些喧嚣深处的无奈与无望，她自觉地放低叙述视角，在回味村庄留下的温情和快乐的同时，寄予故乡人真诚的同情怜悯。劳苦的人们满足于小小的欢愉，却又忍受着生活和劳作的沉重艰辛，穷苦人精神的枯萎麻木是安宁心灵的伤痛，因此每一篇散文都散发着挥之不去的阴郁氛围。

安宁走出了她童年的乡村生活，不会再返回故乡，但故乡与她有着割不断的生命关联。她精心复现记忆中珍藏的念想，像老照片的胶片底版，再次洗印难免有烟尘痕迹。温情在泥土和炊烟中弥漫，经过时间和空间折射后，悲悯的诗性情感中又加入了理性的哲理感悟。我想，当安宁以文学的姿态告别童年和乡村，回望自己不情愿选择的生活状态时，一定是在诗意世界的精神之旅中摸索着，努力寻找像自然界那样寂静的理想之境。自然环境与人的生活境遇成反比，人世间不会像自然界那样寂静，作者所向往的理想人生与现实生活相背离，追求理想境界的过程就是永不停歇的流浪寻觅。

约瑟夫·布罗茨基说："一个人旅行得越多，他的怀旧感便越是复杂。"他认为悲伤和理智是诗歌散文情思张弛之双翼，作家的悲伤和他们对自身遭遇的记忆，经过理智的淬炼后向上升腾，进入更高的审美境界。由此反观安宁的散文，从《我们正在消失的乡村生活》到《寂静人间》，不断发酵的乡愁有了越来越多的理性色泽，复杂情感中渗透着更为深沉的人生思考。她的情感在发酵，变得更加绵醇；理性也随之升华，变得更为沉静内敛。安宁的散文走向纯熟，清丽精巧的语言文字愈加沉淀，不动声色的叙述浸泡在冷静思索的溶液中。安宁的写作其实是在阅读生活、阅读人生、阅读世界。她笔下的村庄没有大故事，卑微生活状态中的喧嚣与骚动，不过是人生周而复始、稍纵即逝的一圈圈涟漪，品味这样的琐碎往事，只能是用素描笔法细细描画。语言是作家精神气质的面孔，也是作者与其表现对象交谈的声调，安宁笔名的立意与其文字的洁净、清淡、空灵、超然是一致的，正如她本人与人交谈的细声慢语和出神沉思的神态，也符合她喜欢独处的性情。细声慢语地表述，才能够聆听到人世喧嚣之下自然万物的呼吸，感受它们被忙碌的人类遗忘后的生命之境，这应该是最接近自然本真的话语方式。

当安宁愈来愈醉心于书写自然，在作品中追寻人类与自然万物和谐共存的生命状态时，意味着她进入了建构乡愁乌托邦的哲理境界。安宁散文的乡愁意蕴已不仅仅限于童年故乡，她哀愁的叹息中，蕴含着对人类生存境遇、人与自然万物关系的焦虑，不断流露对地球家园的关切，叙述的姿态虽然是低微的，但没有摒弃仰望星空、憧憬理想的情怀。安宁的散文从呼伦贝尔的清纯新奇，走向故乡农村的惆怅悲悯，从对生命的热爱眷恋，进入描摹大自然的辽远深邃，冷静中有一种激情在跃动。其实这种激情一直蛰伏在安宁的散文世界中，站在呼伦贝尔草原，她抬头仰望整个天空，俯首注视孕育希望的大地，激动的心灵向大自然靠拢；当她不断回望故乡时，日月星空、植物庄禾、蚂蚁蟋蟀是她关爱生活和生命的心灵物语。寂静中的安宁怀着真情，一步步接近自然，当她叩响进入自然之境的大门时，新的审美情境将会为安宁的乡愁增添畅朗悠远的光彩，她的精神游历将在文学的伴随下走向更高境界。

原载《文艺报》2022年1月7日

历史的阵痛 时代的喜悦

——张凯长篇小说《大风》读后

耿 瑞

《大风》是一道关于土地与生命、改革与坚守相撞击而发出的心声，是一段温暖、抗争、拼搏、奋进而百感交集的历史，是一部引发心灵强烈震撼与共鸣的长篇小说。

鄂尔多斯新建城市“卡巴什”的诞生突破和违背了世界历史上有过的造城经验（英国16世纪到18世纪的“圈地运动”历经二百多年才完成了城市化，即农耕文明向工业文明的过渡），而才几年的工夫，“卡巴什”这座现代化城市便屹立于高原之上。

“卡巴什”现象看似偶然，如理性地看却是历史发展社会进步的必然产物。中国几千年来历经多少战乱动荡，也只是在农耕文明历史阶段中的改朝换代而已，从未实现农耕文明到工业文明的历史革命和社会转型。近百年来经过复杂艰苦的探索和奋斗，中国才举步跨入工业化、信息化社会。城市化是这一伟大历史进步的重要标志，是无数仁人志士牺牲奋斗百年的梦想。“卡巴什”成为鄂尔多斯高原上一颗璀璨的明珠。它承载着重要的历史意义和丰富的社会转型的经验。

《大风》作者张凯作为在此开垦耕种数辈的张氏家族的后辈，是这一伟大历史变革的亲历者，本可以写一部有轰动效应的纪实作品或报告文学，但他选择了小说这一具有更高难度和更高审美价值的形式。几年来，他在痛苦的纠结中反复思考掂量，终于透过这一历史瞬间的表象，挖掘到“卡巴什”现象的历史本质和它审美价值之所在，用精练而富有地方色彩的语言完成了这一宏大史实的文学叙述，成就了长篇小说《大风》，揭开了“卡巴什”神秘的面纱，为这座现代化城市锦上添花，增加了一道文学的光环。

长篇小说《大风》开篇出现了牛蛋、爷爷、老牛。这三个意象型形象贯穿了整部小说。“三”，这是个神奇的数字。它乃是中国传统文化中的“母数”，所谓“一生二，二生三，三生无限”。“卡巴什”乃至世界发生的万物万象皆为此“三”所生。以“天，地，人”三者为纲的结构表达了作者对世界的中国式理解和审美把握。

作者苦心孤诣地选择了这一具有中国独特思维模式的文学叙事方式，表现了牛蛋这个天真无邪的孩子眼中的形形色色的世界，一个幼小懵懂的心灵感知和他的成长历程。（民间有个说法：十二岁以下男童的眼睛能看到灵异）所以小说开篇便让人进入到浓郁的文化氛围之中。也因此，面对“卡巴什”这场轰轰烈烈，令人悲喜交加、心灵激荡的时代大风，读者不得不陷入对文化的深入思考探究。

爷爷是小说中着墨最重的人物。他背负着中国五千年农民与土地的宿命，是中华传统文化的体现者和传承人。他有强盛的繁殖力（在有了五男二女之后年至八十仍能与情人偷欢），有丰富的阅历、过人的智慧、知善而行的良知以及料事如神的经验，受到了乡人们的尊崇。每当大风来临前，六神无主的人们便带了香火供品请他算卦避祸解难。他是乡民心目中的土地爷。漫长的农耕社会，农民将土地爷奉为生存之神。这是乡间较为普遍的信仰。民间七十二行，几乎行行有各自信奉的神仙。这种多神信仰虽然算不上严格意义的宗教，但它和儒学思想一样有着深层的宗教性，它肯定人长期积累经验本身的神圣，这便使人的生存经验成为一种实在的无须上帝而只有益于人类生存发展的“民间宗教”。人对生存经验的信仰构成了中华民族精神，使中华文明历经五千年仍继续发扬光大。因此爷爷和他的家族注定要承受这场大风带来的历史与时代剧烈碰撞的痛苦。

当第一场风吹来时，爷爷为李乡长算卦，他仰首道：“十头畜牲九头困，剩下一头活不成；过个三年并五载，荒荒乾坤复昌荣。”禁牧是“阳光中走动的风”，爷爷预料的是“卡巴什”的另一种选择，即建设一个现代的生态文明牧野村庄。这可视为爷爷的梦想。所以他微笑地看着马三贵等人的滑稽表演，沉醉在丰饶的土地上。作者并不完全是为了确实反映“卡巴什”历史瞬间的原有步伐，而在意于对农耕文明文化形态的自信，表达对中华文化的崇敬和对未来发展愿景的美好向往，从而为后来两场大风的出现规定了它的历史意义，即时代前进中不可逾越的历史存在。城市化是对农民进行的一场现代精神洗礼。

当第二场征地建城的强风刮来时，爷爷成了众目睽睽之下最硬的坚守者。征地建城是当前具有历史进步意义的重大改革。而农民无可逃遁地成为这一变革的对象。骤然间离开祖辈赖以生存的土地，不仅要改变原有的生产生存方式，同时经受精神撕裂的痛苦：无家可归的迷茫，信仰被颠覆的恐怖，生命无所依托的绝望——小说《大风》真实地记载了“卡巴什”这一重大历史事件。通过对人们心灵历程的深刻剖析，对人性的严肃批判和对文化的反思，描绘了这一事件惊心动魄的生动画面，以及令人掩卷深思的历史意义和时代价值。

如果说人们的抵制抗争是为了维护争取自身利益，而爷爷成为唯一以命抗拒拆迁祖宅的坚守者，却是为了捍卫五千年的中华文明和他对中华文化的自信尊崇。《大风》赞扬了爷爷这种像他的牙齿一样坚硬的宁碎不屈的精神，这是支撑中华文明延续不绝的民族精神。小说穿过戏剧性的故事揭示了“卡巴什”征地建城的历史和现实，传统和时代深层的矛盾斗争即历史文化与时代精神的博弈。

因被征地暴富的农民几乎一夜间成了“土豪”。他们一时精神亢奋，无所适从。“钱迷心窍都疯了！”贪欲这一人性中原本被良知压制的魔鬼复活了。因分钱，兄妹成仇逼母上吊，因争钱，叔侄反目打上法庭，因钱发狂——“卡巴什”遭遇了空前的精神滑坡。关键时刻，爷爷的一场祝寿，一场传统的仪式隆重的九十大寿庆典，唤醒了家人及乡民们心底的以孝为先的伦理信仰，驱散了金钱的迷雾。“爸爸的生日庆典简直就是一场狂热的爱”，爷爷的美国儿媳感慨万千。爷爷在危机时刻祭起了传统文化精神的法宝，以人间大爱唤回了人性的回归，“卡巴什”渐渐恢复了往日的平静。

《大风》真实地表现了中国民间祝寿的习俗，细腻地刻画了人们心灵洗礼的过程，生动形象地描绘出一幅激动人心的风俗画卷。更重要的是成功证明了中国传统文化精神在当代的价值，证明了历史与时代碰撞的今天，传统文化精神的不可或缺的重要性。爷爷说“好东西永远不会过时”。爷爷保住了祖宅，精心地把它布置成一座农耕博物馆，留住了历史，留住了传统，留住了他坚硬如牙的精神和中华文化的自尊，也留住了“卡巴什”这座新城的文明之根。

第三场大风悄然而至。民间集资放贷的高额利润重又引发了人们的贪欲，除爷爷因“卦象混沌，祸福相依”没有参与，几乎全民放贷。财富的高速增长，使人们沉迷于钱生钱的狂欢中。爷爷苦口婆心地提醒：“利大催本，这是老祖宗的话。”“钱字背上三把刀。把持不好了，它就会砍断你的脖根。”但在物欲横流的今天，道德警示抵御不住金钱的诱惑。仅两年的时间，资金链断裂，贪欲的狂欢变成了人间悲剧。非法集资的老板们跑路的跑路，自尽的自尽。投资者本利无收，几乎一夜间从财富的山顶跌入谷底。更为可怕的是，道德底线已被金钱轧破。老板们有钱不还，甚至将巨款藏入坟墓……讨债的追债的躲债的演变成了暴力。一场精神大崩溃，令人不寒而栗。地狱之门洞开，谁来拯救这许多堕落的灵魂？

集资放贷的孙子在爷爷和四爹“人以诚信立身”的劝导下卖了名车豪宅还债。这一举动感动了投资人，中华道德精神像一阵清风驱散了人们心头的迷雾。在人们的支持下，孙子的公司迅速发展，几年时间便带领乡亲们进入了工业建设的时代大潮。小说又一次生动形象地证明中华文化的生命力，显示出它以人为本的强大自救功能。

中华文化是几千年来人类生存经验的结晶，它深层的自然主义基因使其具有顽强的自生自续能力。在“卡巴什”这场历史与时代的博弈中，传统文化与时代精神扬弃相容将重构适应历史进步的现代精神。随着城市化的发展，大批农民离开土地，但昔日的田园和爷爷的农耕博物馆已成为他们的精神寄托和心灵家园。

乡村的消失并不意味着乡土文学的消失。田园在工业化信息化中将作为理想精神的参照坐标，识别非人性反自由的社会人格缺陷。作为批判社会的审美根据，在审美批判中吸收新的生存经验丰富完善自身，成为精神重构后的现代文化。

爷爷走了，他把像牙齿一样坚硬的中华民族精神留给了子孙后代。在大风中，爷爷代表的农耕生产方式随土地一同退出了历史，爷爷成为最后一位“土地爷”的艺术形象。

牛蛋在小说中是一个和爷爷有着同等重要地位的文学形象。如果说爷爷筑就了小说的底蕴，那牛蛋就是小说的高度。牛蛋是作者切入故事的视角，小说讲述了牛蛋眼中少有掩饰的世界，记叙了他好奇丰富的心灵感受。同时，他也是作者精心塑造的人物。牛蛋和蓝尔的爱情故事就像一个美丽的童话。天真本元、纯洁无瑕的感情世界与善恶交替泥沙俱下的“卡巴什”事件形成鲜明的对照，使《大风》的文学叙述呈现沉重与轻松、繁杂与简洁、张弛有度的二重奏。两条线的交叉进行，增加了小说的艺术张力，让严酷的现实生活时时透露出美丽的闪光。这是作者现实主义与浪漫主义相结合显示出的审美意境。

牛蛋和爷爷相依为命十多年里，天真纯净的心灵本能地吸收了爷爷可贵的文化精神，赴美学习自然受到域外文化的熏陶。中华文化和而不同的包容性将世界两大文化融合地体现在他和恋人蓝尔身上。因此，牛蛋是一个寄托着作者理想，体现未来世界文化趋势的新人物。小说尾声，从美国归来的牛蛋和妻子蓝尔到爷爷留给他的草地里，在蓝天绿地草香花美中尽情享受，心灵自由地飞翔。当二人裸身躺在清澈的溪水中时，让人很自然地想起《创世记》中的“伊甸园”。不同的是小说中的“伊甸园”已不是人类蒙昧时期的天堂，而是人类经过漫长岁月的奋斗到达的自由精神的彼岸，是人类的终极回归。尾声这一笔集中体现了作者的浪漫主义情怀，标出了小说的精神指向，在结构上与“禁牧”后的美丽前后呼应，标明了城市化之痛苦的阵痛性质。

当今，文学创作面临如何讲好中国故事，传播中国经验的问题。百年来特别是近三十年来的文学实践表明，域外的文学精神和表达方式无法真实而深刻地表现中国特有的历史现实生活和深层的文化精神。《平凡的世界》《白鹿原》的经验说明：历史现实生活包含的审美价值对作者的感知具有一定的规定性，导致作者在表现方式的选择上无法完全脱离所能感知的生活，所以讲好中国故事必然会受到这一经验的局限。因此讲好中国故事必须选择和创造适合其文化精神的方式。小说《大风》在“现实主义结合浪漫主义并以个体生命自由为精神指向”的创作方面做出了有意义的探索，也为创作现实主义作品提供了一个新文本。

小说中爷爷“占卜”，爷爷三老婶等人祭拜土地爷，老土牛挺角保护爷爷以及牛蛋多次梦境预兆，风雨雷电的天人感应等描写，表现了人的精神世界的复杂性和神秘性，丰富了小说的内容。继承传统小说的混沌审美经验，扩展了现实主义的宽度和深度。老土牛“强奸”荷兰乳牛，金叶榆与本地榆嫁接，象征着世界文化“各美其美，美人之美，美美与共，大同世界”的发展趋势，也象征着“卡巴什”农民变市民的美好前景。其隐喻、象征等现代手法的应用，使小说区别于批判现实主义成为“当代独具中国文化意味并融合世界成功艺术手法的现代现实主义小说”。

原载搜狐网站《红马读书会》2018年7月7日

神秘叙事与人生境界

——《满巴扎仓》的一种解读

额尔敦哈达

《满巴扎仓》是蒙古族作家阿云嘎先生新近出版的长篇力作［蒙古文，初发《朝洛濛》2012年第一期，内蒙古人民出版社2013年出版单行本，汉文版《人民文学》2013年12期，哈森译。阿云嘎，蒙古族当代知名作家，已出版《僧俗人间》(1999)、《有声的戈壁》(2001)、《燃烧的水》(2006)、《拓跋力微》(2008)、《满巴扎仓》(2012) 等长篇小说，《大漠孤烟直》《良心》等中短篇小说多篇］。小说在一片神秘氛围中塑造了一个梦幻的异托邦世界，在那片异托邦中遵照自己的审美准则、人生感悟、哲学理念，应用独特的叙事方式，塑造一系列人物形象、虚构一系列人生故事、展开一系列生活场面，通过深入浅出的心灵描写，叩问人类灵魂，探讨人生价值，为当今蒙古族小说创作留下了浓浓的一笔。

一　小说的神秘氛围

“神秘”是一切艺术的最高境界之一。诗歌、小说、绘画、音乐皆以神秘为最。神秘在主题上是一种令人似懂非懂的思想内容，在语言上是一种陌生化和象征化，在视听上是一种朦朦胧胧的感觉，在情节上是一种跌宕起伏、神秘可怖、不合情理而奇妙怪异的安排。徐岱在《论神秘》中引用中外理论家有关神秘的几种解释之后提出“神秘感是审美感觉的本质属性”“艺术的诗意在于其神秘感”“一部小说文本的真正的诗性在于神秘之美”[①]等见解，笔者大有同感。

《满巴扎仓》塑造的整个氛围是神秘的。首先应该提及的是其环境。满巴扎仓是佛教寺庙五大扎仓（殿堂）之一，类似当今大学的医学部。（佛教学说分为五大分支，叫作“大五明”，分别为声明、巧明、医明、因明、内明。扎仓也相应地分为五个扎仓）有些大的寺庙，满巴扎仓是其中的一部。有些地方，则单独为一个庙，专业庙宇。《满巴扎仓》所描绘的满巴扎仓是一座独立的庙宇，是当时内蒙古鄂尔多斯很有名的一座蒙医医院和蒙医研究所（当然也是蒙医学院）。寺庙在人们心目中本来就有几分神秘感，而小说中的满巴扎仓，通过作者的渲染，就具备了更多的神秘性。满巴扎仓建立在一座叫“图海山”的山顶上，从平地到庙里，必须爬上五百六十四个台阶才能到。庙的周围，山石耸峙、树木葱茏，从远处看好巍峨、好神秘。如果这么一处与世隔绝的佛门圣地，与它的周围没有任何瓜葛、毫无干系，也就无所谓神秘不神秘了，事情的本质偏偏在于它的既神秘而又不能神秘。由于行业的性质，满巴扎仓每天必须为各色各样的人提供服务，其中包括王公贵族、平民百姓，当然也包括流寇、恶霸、娼妓、地痞等等。满巴扎仓地处鄂尔多斯北部阿尔巴斯山区，周围深山老林、河涛汹涌，常有土匪出没。庙里聚集一群年轻喇嘛，周围也就少不了婀娜的女性。从而弄得满巴扎仓自然和社会环境都比较复杂，更加剧了扎仓环境的神秘性。给人感觉这样的地方定会发生一些故事，而且是一些奇特的故事。小说正是在这样神秘的环境中讲了一系列奇特的故事。

其次，小说故事具有几分神秘性。《满巴扎仓》一个很重要的主题是“寻找”。寻找什么，寻找很多。其中重要的有以下三种。一为寻找秘典。一部元朝时期的蒙药秘典，世代藏在满巴扎仓，其实这一点都不神秘，人人皆知。关键是，唯一知道迷藏秘典之处的扎仓堪布突然去世，秘典从而下落不明。这才是这一“寻找”的神秘所在。从此许多人开始走上寻找秘典的道路，有的当作文化遗产而保护，有的当作升官发财的筹码，各种错综复杂的故事开始了。二是寻找生命。《满巴扎仓》一个很重要的故事是生命的寻找。王氏家族的两位夫人同时患上不孕不育症，如饥似渴地寻找良方，这其实是一种对生命的渴望，对生命延续的渴望。问题是她们为什

① 徐岱：《论神秘》，《文学评论》，1997年第三期。

么同时绝育，为什么满巴扎仓那么多医学高手夜以继日地治疗，又治不好她们，一团谜！三是寻找归宿。小说的一个很重要的人物苏德巴（又名钦达穆尼），本是旗王爷唯一合法继承人，但幼年遭到王室政变，流落民间，后皈依满巴扎仓。他人在庙里，心在政界，那么他的归宿该如何呢？这个带有中国古典小说《赵氏孤儿》母题的故事一直是吸引读者的一个线索。“寻找”增添了小说的神秘感，提高了小说的欣赏价值。

最后，情节的神秘感。《满巴扎仓》是个连接起来的神秘故事。小说的开头，满巴扎仓的一位名医莫名其妙地遭到绑架，一下就把读者吸引到故事深处，接着，所有戒律、人性、偷盗、恋爱、求医、治病等等，各故事不无神秘性。作者应用“一点一线”“主宾相映”“俄罗斯套娃”等叙事方法，把神秘叙事玩得淋漓尽致（下文专论），从而使小说情节跌宕起伏，曲折婉转，增添其审美性。

二　人生境界

“境界”一词，原本是宗教用语。道教有天界、人界、地界之分，所谓“界”即境界。佛教有“一实境界”“七境界”之说，一般指的是修炼成真果所具备的要素。近代学界泰斗王国维和梁启超都有关于“境界”的精彩论述。王国维在其《人间词话》中多次提到“境界”和“境”：“词以境界为上”“无我之境”“有我之境”“古之成大事业、大学问者，必经过三种之境界”[①]……而梁启超所谓“现境界”和“他境界”的概念很清楚，指的就是现实世界和虚构世界[②]。蒙古国哲学家纳·哈夫卡先生对“境界”有独到的解释。他认为境界即空。何为空？阴阳二行合二为一，即为空。空即境界。那么，境界就是阴阳二行的结合。或者说，阴阳二行合二为一，是世界的最高境界：空。

阅读《满巴扎仓》，我不时地感觉到，这部小说除了人物、情节、叙事等文学要素外，似乎不断地追求一种更为高妙的东西。从而更加坚定我一直以来固执地坚持的一种文学认识——长篇小说，不仅仅是“小说”，它是哲学、历史、民俗、艺

① 王国维：《王国维文学论著三种》，商务印书馆，2003年版，第30页。
② 叶郎：《中国小说美学》，北京大学出版社，1982年版，第246页。

术等的结合体，是在各种文学体裁中跨度最大的一种艺术形式。因此，在阅读长篇小说的时候，我更喜欢解读含在其中的非文学要素，譬如境界等等。而《满巴扎仓》恰好满足了我这方面的渴望。

《满巴扎仓》是很“故事”的，从小说的第一句到最后一句，作者一直在讲故事。这也是一个优秀小说家的优良品质。小说创作中最为不可取的，是放弃故事讲道理。而阿云嘎先生不这样，他在长期的小说创作中一直坚持讲故事。然而我们透过《满巴扎仓》的故事，或者通过它的故事，会隐约感觉到高于故事的要素，那就是小说想表达的人生境界。在反复阅读中，我发现《满巴扎仓》讲了人生三个境界。

（一）欲望境界

或者用马斯洛的说法叫“需要层次”更为确切，叫“需要境界”也可以。欲望是人性中很重要的，也是很可爱的要素之一。只要不是不择手段，“满足欲望”是人生必不可少的需要和生存方式。欲望在很多时候被误读为超出人本质需要以外的愿望，其实这样解释并不完全正确，欲望也有积极的一面。但我们必须清楚，这个常常和“人性”连到一起的心理功能，往往是拷问一个人心灵世界的最初标准，而不是高标准。《满巴扎仓》在解释人生的时候，把许多情节安排在“欲望”的周围，以对待“欲”的表现，分开了人物的境界。一部分人停留在欲望层面，另一部分人战胜欲望层面，进入了境界的第二层次。桑布这个清廷没落官僚，小说中的药贩子，他是寻找蒙药秘典的关键人物。而他耗尽全力、孜孜以求寻找秘典的唯一目的就是恢复官职、飞黄腾达。除了这个，他没有任何追求。他采取了许多行动，很多是卑鄙低级的行为，仅仅是为了满足欲望。旗协理是个无能而可怜的主儿。他一辈子一事无成，他唯一的希望是多年不孕不育的老婆能给他生个儿子，儿子继承王位，好让自己梦寐以求的愿望在儿子身上实现。为此，他竟然无耻地要求自己的女人去和别的男人私通。他的灵魂不仅停留在欲望层面，甚至停留在“下欲望层面”。耶奇勒，作为一个个体，一个年轻的生命，他有爱的权利，有性的权利，这是人性。因此他和乌仁陶古斯（旗王爷的夫人）之间的男女故事，有可以理解的一面。但他对性和爱缺乏起码的认识，行为是受情感和欲望所支配的。因此，他的境界也只停留在欲望层面。诺日吉玛的愿望是积极的，是摆脱压迫，得到解放的奋斗，但她的“革命方式”有些残忍，令人打寒颤，不可取。白脸更登属于这一类角色。这一群形象代表人生最低境界——欲望。

（二）感悟境界

或曰牺牲境界。在欲望和理念的选择面前，在灵魂的叩问面前，能够做出正确选择，甚至做出牺牲，且叫感悟吧。苏德巴，刚才提及的“蒙语版《赵氏孤儿》”的主角，他到满巴扎仓的唯一目的是复仇。“复仇”在中国古典文学中是个很大的主题，而在蒙古文学中几乎没有复仇的主题。因此这蒙汉两种“版”的《赵氏孤儿》，结尾极其不同。残害苏德巴及其母亲的仇人就在眼前，她就是王爷夫人乌仁陶古斯，而且冤家路窄，终于有一天，夫人要向苏德巴求医，这是报仇的最好机会，只要给她开一味毒药，她马上一命呜呼，大仇就可以报了，而且开始的时候苏德巴也这样做了，但开药的当口他的人性复苏，收回毒药，开了好药。这是在意念和理念的选择中作出的正确判断。这才是所谓的人性。人性不是一些低级欲望，而是一种价值取向。苏布道达理，旗协理的家人，开始她只是为欲望而行动的角色，为了治病，为了得到秘典，她竟然听从男人的怂恿，勾引年轻喇嘛同床。但在大是大非面前，一个弱女子却感悟人生，表现出英雄本色，为了保护秘典，纵马跳河，做出生命牺牲，将人生境界提升到感悟和牺牲层面。

（三）超越境界

人生最高妙的境界。是在《满巴扎仓》中塑造，或者作者在精神中向往的一种异托邦世界。这一境界以小说的主要人物、满巴扎仓的领袖——扎仓堪布形象为代表。扎仓堪布在小说中占用的笔墨极其少，以至不仔细阅读就很难把握他的主要人物特征。作者以蜻蜓点水的几笔塑造了堪布形象，却塑造了一个高妙入云的人物，也通过他的形象，表达了自己的人生感念。堪布法术之高妙、人格之健全、性格之淡定等等形象要素就不一一赘述了。单说小说结尾，对秘典的处理上，表现了人生的超越境界。《满巴扎仓》故事的要义是寻找蒙医秘典。而众人前赴后继、废寝忘食甚至不顾性命地寻找，是因为它的“秘”，如果它是公开出版物，就没有任何寻找价值了，这是事物的“阴极”，如果继续保持它的“秘”，寻找就永远不断，那么阴谋、残害、杀戮也就不断，这是因为事物只有“阴性”而没有“阳性”所致，如果想保持它的合理性，就要使事物保持阴阳互补、阴阳结合。在小说众多人物中觉悟到这个道理的唯一一人是扎仓堪布，因此他处理秘典的方法是公开它，从而使寻找者的劳动，一瞬间变得毫无价值。这是高妙的人生感悟，阴阳合二为一的哲学境界，《满巴扎仓》中的最高境界。

除此之外，满巴扎仓药方大师、学者拉巴珠日和金巴、朝洛蒙二位高医的角色也代表了作者希望中的较高人生境界，虽然没有扎仓堪布之高妙。

三　人物塑造的几个亮点

（一）人格的升华

人格的升华，在小说人物塑造方面是个老之又老，却又有永恒价值的话题，曾经叫作“性格的深化”，看来，叫“人格的升华”更为确切。因为人物形象中人格比性格更重要。

《满巴扎仓》在某些人物的塑造上应用了“升华人格”的传统方法，却用得很精当。我们刚才分析过，苏德巴、苏布道达理两个人物是在欲望和理念的选择上，能够把境界提升到“感悟境界”的角色。作者在这两个人物的塑造上用的就是升华人格的方法。苏德巴，从复仇到怜悯，心灵经历了几个迂回。一开始，他怒火中烧，恨不得一把将仇人掐死。后来在拉巴珠日大师的开导下，心灵平静了一些。再后来他听到乌仁陶古斯怀孕，仇人有可能得势的时候，怒火再一次燃烧，而且差点走到投毒的边缘。最后才觉悟到“不管谁有罪孽，母亲怀里的胎儿是无辜的。无论谁恨谁，谁都不能恨胎儿”的道理，才有了生命感悟，生命的感悟超出现实利益，让其人格得到了提升。苏布道达理的形象是不断得到提升的代表。一开始，她只是一个为传宗接代而努力的女人，传宗接代的唯一目的是让儿子当王爷，自己好耀武扬威。后来在金巴的教导下，她感悟到王冠只不过是一块石头，戴好了，也许有些光彩，戴不好，那是压在头顶上的一种压迫，因而得到从未有过的解脱。后来她的灵魂得到进一步提升，最后为保护秘典献出了生命。

金巴，在小说中一直是个平铺直叙的角色，没有大的起伏。但也安排一个绝世美人拷问他的灵魂，以金巴在内心的燃烧和外表的冷峻进一步升华了金巴的人格。楚勒德木，本来是个重事业的文弱书生，但在关键时刻以生命的代价保护了尊严，表现了高贵的人格。

（二）心灵描写

心灵描写和心理描写，应该是两个层面的概念。心理描写只是一时的感想或表面的所思所想，而心灵描写是持久的、深层的心灵感悟，接近灵魂的描写。在人物塑造方面，深刻的，或者轻轻一笔的心灵描写极其重要，也许一两笔，就能使一个人物在小说中活跃起来。

小说开头，旺丹喇嘛被绑架那几十分钟的情节，使一个比较狡猾自私却又受不住诱惑的人物形象跃然纸上。“侍女”一进来，旺丹就怀疑她不会有善意，但他一受不住美色的诱惑，二受不住金钱的诱惑，几乎是半清醒的状态被人抓走，多么矛盾的心灵世界！第二章，对苏布道达理看到乌仁陶古斯与年轻喇嘛幽会之后心灵活动的描写，把一个活生生的女人，活脱脱地塑造了出来：“她既有些幸灾乐祸，又有些气急败坏，既感觉好笑，又觉得委屈伤感”。我只想说，作者对女性的心灵研究得很是透彻。扎仓堪布的沉着冷静，在一次“听而不闻”的描写中得到充分表现。有一次，堪布在下棋，有喇嘛向他做紧急情况报告，他只作听而不闻状，继续下着棋，纵然徒弟在那儿急得晕头转向。这是一个强大的心灵。

（三）蜻蜓点水

我一直认为，人物塑造最好的方法是轻描淡写，蜻蜓点水。表面上看，几乎没有说几句话，实则已经下了浓浓的一笔。在一撇一捺中塑造人物的本质特色，使其形象即刻跃然纸上，这才是小说家的高妙，小说的高妙。金巴是小说中继堪布、拉巴珠日之后第三位圣人，金巴一出现，声音就不一样。草原上的人看病求医，最大的礼物便是赠送骏马，金巴在小说中一出现就遇到有人赠送他一匹带马鞍、马嚼子的骏马，他也不拒绝，但只接受马，而不让给马套马鞍，也不让上马嚼子，而是用一根绳子牵走，牵出去便把马放回主人的马群。只这一笔轻描淡写，就把金巴内心的高贵展开给读者了。楚勒德木也不俗：“一个中等身材、四十来岁的喇嘛从山上下来。这是旺丹的师弟楚勒德木。他是刚从山上采药而归”，“与旺丹相比，楚勒德木的家园窄小而贫瘠，他给客人盛了一碗没有加牛奶的砖茶”。短短的两句描写，就把楚勒德木重事业、轻世俗、安贫乐道的僧人形象勾勒出来。拉巴珠日是小说中仅次于堪布的二号圣人，和堪布一样，他占用的笔墨也极其稀少。但在他对徒弟的一两句教诲中，对他自然生命的最后处理中，就这些简单描写中，一个饱读经书、境界高尚的僧侣形象生成出来，实为作者之高妙。上边分析过的扎仓堪布形象也一样，轻轻一两笔，却把人物的本质属性掏了出来，是小说家的不俗之笔。

这一段分析也表现出一个有趣现象：小说中作者越是看好的形象，占用的笔墨越是少，这也是作者塑造形象的一个特点。

四 叙事方式

20世纪后半期产生于欧洲的叙事理论很快风靡世界，有人提出，叙事学就是当今小说理论。从上个世纪80年代以来，叙事模式、叙事结构、叙事时间、叙事视角等话语充溢理论界，丰富和深化了小说研究，促进文学研究的进一步科学化、学理化。叙事理论是小说研究的内化，是对小说各个要素研究的体系化、结构化。申丹说："结构主义叙事学将注意力从文本的外部转向文本的内部，注意科学性和系统性，着力探讨叙事作品内部的结构规律和各种要素。"①简单讲，叙事就是情节与情节、人物与人物，或者情节与人物、故事与主题之间的有机关联。这些关联的巧妙安排是小说艺术很重要的环节。在我读来，《满巴扎仓》的叙事安排，有以下几个特点：

（一）"一点多线"式叙事

《满巴扎仓》是一部悬念迭起的故事，但所有的悬念都集中到一个点，就是元大都被火烧后遗留在民间，后被满巴扎仓收藏的一部蒙药秘典。所有的人物和事件都围绕这部秘典展开，这就是小说的"一点多线"所在，也是它情节繁多而结构不乱的原因。作者在小说中围绕秘典这一"点"，拉开了许多叙事线。一是寻找线。寻找线主要有两个目的，一是为了实用，二是为了利用。王府两位夫人是为了实用，能够找到秘典，按着秘典上的药方用药，她们可以怀上孩子，可以传宗接代。这是第一线。没落官僚桑布是为了利用，只要他把清廷为之垂涎三尺的秘典找到手，并交到清廷，他就可以升官发财，人五人六了。这是第二线。寻找的方式也不

① ［美］J.希利斯·米勒：《解读叙事》，申丹译，北京大学出版社，2002年版，第1页。

同，有的比较低级，比如达理夫人，为了从师傅手中弄到秘典，竟然对他的年轻徒弟以身相许，最终没能达到目的。有的比较高明，玩尽了各种阴谋把戏，比如，桑布和诺日吉玛等。小说的另一个叙事线是保护线。保护线主要有两个，一个是用行动保护，另一个是用智慧保护。以楚勒德木为代表的众人是用行动保护，他们采取了多种措施，展开斗争，有人还为保护秘典付出了生命。扎仓堪布却是用智慧来保护秘典，用阴阳学理论把阴极转为阳极，从而真正保护和光大了秘典。如此等等，小说在秘典的周围，展开了许多故事，这是小说一点多线的结构模式。

（二）“主宾相映”式叙事

主宾相映的叙事方式是明清小说理论家提出的一个很重要的小说理论，也叫“主客之法”，金圣叹、毛宗岗、脂砚斋等多次用主客理论解释小说结构，论述均很精到。蒙古族红学家哈斯宝用主客理论阐释《红楼梦》，认为一部《红楼梦》实质上是真假主客互为相映[①]，见解相当透彻。主宾相映，或者叫主客之法，是对小说情节与情节、人物与人物，或者情节与人物关系的有力解释。

《满巴扎仓》在情节上有一个“宾客”，那就是旺丹。小说以旺丹的被绑架为开头，也在旺丹释放后围绕他发生的故事为结尾，在二者中间展开了大的叙事。因此旺丹的故事是整个小说开始和结尾的引导、宾客，小说的大叙事是小说的主人。主宾相映，造就了整部小说的叙事。

《满巴扎仓》在人物上有一个“主人”，其他人物都是塑造他形象的“宾客”。这一主人就是扎仓堪布。他不仅是满巴扎仓寺庙的主要领袖，也是代表小说最高境界的叙事领袖。我们要注意到堪布是个象棋高手，那么在叙事上许多人物也就是他棋盘上的子。这一主人和许多宾客，相映相衬，完成了小说的人物叙事。

（三）“俄罗斯套娃”式叙事

“俄罗斯套娃”的叙事模式，是我在阅读米兰·昆德拉的《不能承受的生命之轻》时感觉到的一种叙事方式，我在研究另一位蒙古族作家的著作中应用过这个概念[②]。“俄罗斯套娃”的叙事模式就是一个故事中套另一个故事的叙事方法。《满巴扎仓》的故事情节就是一个故事套另一个故事、一个故事生成另一个故事，最后归

① 朱一玄：《红楼梦资料汇编》，南开大学出版社，2001年版，第772页。
② 额尔敦哈达：《巴·格日勒图研究》，内蒙古文化出版社，2013年版，第126页。

为一个故事的“套娃”式叙事。对此我在这里就不一一进行分析了。仅就一个秘典生成三个秘典，最后归为一个秘典稍作分析。真正的秘典只有一个，那个在楚勒德木手里，小说却在楚勒德木的秘典中套了一个旺丹的秘典，当解开旺丹的秘典，发现它是假的之后，又在其中套了一个朝洛蒙的秘典。历经搏斗，又安排朝洛蒙的秘典也是假的之后，才又回到楚勒德木那里，又把放出去的都套了回来，结束叙事。故事本来只有一个，却多了许多叙事，从而使作品更加绚丽多彩，这可能就是清代理论家们所谓“文人之笔”吧。这个叙事也暗示了一个道理——蒙古高原上的蒙医秘典其实并不仅仅只有一部，寻找所谓仅有的一部，是一种愚蠢的行为。小说真是在谈笑风生中叙说很多很多。

原载《草原·文艺论坛》2014年

探寻人类文明密码的大历史

朱中原

人类文明究竟是怎样起源与诞生的？起源于何处？又向何方迁延与拓展？人类文明的诞生缘于何因？它与什么因素息息相关？人类诞生之后，它究竟遵循的是什么样的迁徙与繁衍规律？人种究竟是如何进化的？

世界上的各个族群是怎样诞生的？又经历了怎样的演变轨迹？这些族群之间是一种怎样的关系？民族与种族、民族与族群、后生民族与原生民族、种群与国家政权之间，究竟有怎样的关联？

人类文明又是怎样衰败与消亡的呢？是战争、争夺还是自然灾害？抑或是其他外力的作用？这些问题，一直困扰着全世界的人类学家、历史学家、考古学家和文化学者们。

我也曾一度思考这些问题，但苦于没有清晰的答案，直到我读完内蒙古作家官布扎布的这部《人类笔记》。

当人类的第一粒种子在东非落地生根之后，它就开始了漫长而复杂的繁衍与迁徙之途，它越过白令海峡，向四面八方迁徙着，并形成了遍布世界各地的各种人种。这些人种，就像漫天的繁星，操着各种语系，具有各种文化特征，繁衍着各种文明。于是，也便有了关于人种起源与变迁的各种各样的学术探讨。官布扎布的这部《人类笔记》，便是关于人种起源、人类变迁、文明繁衍与迁徙、族群嬗变的一部大书，这是一部人类文明变迁的大历史，是一部人种变迁的大历史，也是一部人类族群演变的大历史。

这部大历史，不单是纵向的时间演变，也是横向的空间演变，它让我们的视线在历史时间与地理空间中不断迁徙、转换，从东非大裂谷，到美索不达米亚-苏美尔，到古埃及，到地中海，到爱琴海-西奈半岛，到古印度山脉，到帕米尔高原，到黄河流域，从上古神话到中古宗教神学，从印欧人种到东亚黄色人种，从古印度数字符号的创造到小亚细亚赫梯帝国冶炼技术的发明，从苏美尔的天神崇拜到古印度的种姓制度，从古巴比伦的天文学到古希腊的哲学，从日耳曼人到罗马人到哥特人再到匈奴人，从东胡到鲜卑到北魏政权再到吐谷浑政权，从慕容鲜卑到拓跋鲜卑，从大兴安岭的鲜卑山到内蒙古大阴山到陕西渭水流域再到青海的湟水流域，从北匈奴故地到内蒙古河套地区再到大青山，从平城（大同）到洛阳，官布扎布的笔触所及之处，即是人类文明版图的扩张之处，官布扎布在时间的纵坐标与地域的横坐标上，勾画了人类文明变迁的历史版图，此种手法，非大历史而为何！

官布扎布并非人类学家，亦非专门的历史学家，也非专门的考古学家，他是一个作家，而且是翻译过《蒙古秘史》、撰写过《蒙古密码》、具有鲜明蒙古特色的蒙古族作家，但他兼具人类学家的睿智、历史学家的纵深、考古学家的严谨，同时又具有作家的情怀。他的文字既是理性的，也是感性的，他怀着对人类文明先知的敬畏，饱含深情地礼赞人类文明。

他的文字节奏舒缓，一如蒙古长调般婉转与悠扬，读他的文字，你的思想的野马，会随着旋律的行进，奔腾在广袤无垠的欧亚大草原上。读他的文字是轻松的、激荡的，他没有历史研究者那样的繁琐考据，没有考古学论文那样的枯燥与乏味，没有文献学著作那样的掉书袋，也没有当下学院派学术著作那样的中西八股，他将纵深的历史与复杂的脉络，用历史散文般的轻松笔调徐徐展开。

但他的文字又是深邃的，严谨的，理性的，而不是当下时髦的小散文，不是伤春悲秋，不是吟风弄月，不是花前月下，不是吃喝拉撒、油盐柴米。他抛开了所有当下散文的风格，独辟蹊径，选择了将历史随笔化、散文化、文学化，他的表现手法，在叙事与论述、描写与刻画、抒情与议论、纪实与想象、虚构与非虚构中展开。

尽管他的主线是纵式的，基本沿着人类大历史的脉络行进，但又在时间的纵轴中插入横向的叙事，时常旁逸斜出，就好比一条缓缓流淌的弯弯的河流，突然遇到高山峡谷，而变得陡然湍急凶险。他时常在各章节中采用倒叙或插叙的表现手法，将人的视线由现实拉回历史，又从历史拉回现实，运用电影的镜头语言，用闪回的叙事手法，使作品显得摇曳多姿，生动有趣。

就体裁而言，他的作品不是历史小说，也不是专业的历史著作，而是具有鲜明的历史散文风格，可称之为历史大散文，为叙述需要，我姑且杜撰了一个概念，叫“历史文学作品”。他的历史文学作品，虽然研究的是严肃的人类历史，但他采用了诸多文学表达手法，除了前面提到的之外，还掺入了大量的想象、比喻与夸张等文学手法。

作家写史与史家写史有很大不同，各有优劣，甚至互相龃龉。史家写史，优势在于史料翔实，叙事客观、严谨，不掺杂任何虚构与想象的成分，甚至不掺杂任何文学手法，这固然客观，但却流于呆板、枯燥、乏味。而且，谁能说历史就一定是完全客观的呢？

任何历史，都是由叙事者叙述出来的历史，也即由人来完成，既然是人，就使得任何历史叙事都具备一定的人的主观性，也即人的主观性构成了史观。而且，不同的人，如果站在不同的角度，所观察到的历史可能就完全不同。

所以，在我看来，无论是作家写史还是史家写史，都离不开史观，甚至史观是历史写作中最不可或缺之构成。所以，在此，我要为作家写史多呼吁几声。

作家写史，固然未必有专业史家之严谨性与客观性，但作家写史却打破了史学文体的单一化与模式化，使得历史叙事多元化、多样化、生动化、形象化，当然也文学化。但也正因如此，作家写史也免不了存在诸多局限，即主观性、随意性太过，而客观性、严谨性不足。

我读过很多作家写史，尤其是作家的民国史写作，尽管叙事手法颇为生动，但总不免歪曲历史太过，自我臆想或主观臆断成分太过，这样的作品，只可当文学作品读，不可当严肃的历史作品读，仅仅只能作消遣而已。

然而，官布扎布的《人类笔记》，打破了我对作家写史的一贯认知。官布扎布并非只站在作家的立场，也非站在狭隘单一的蒙古族立场，而是站在人类历史的大视野下，用宏观、理性、睿智、多元的眼光去审视人类文明的变迁。

而且他并没有自作主张地对人类文明的起源与变迁进行自我解读，而是遵循了人类学界的一般研究，比如，他认为人类文明最早应该是起源于美索不达米亚平原的苏美尔地区，而非古埃及；也就是说，苏美尔文明早于古埃及文明，这是人类学界的最新权威研究成果，在没有新的史前考古证据公布之前，是不能轻易推翻的。

官布扎布既没有随意地提出新说，也没有盲目地固守旧说，而是对人类学界的新说进行了哲学化的演绎和文学化的描述，我认为这是此书的一大成功之处。

贯穿此书的重要线索，固然是人类文明的时间与空间变迁，但维系人类文明繁衍的纽带是什么？过去人们提出了很多学说，但官布扎布却提出了一个自己的新说，他认为，人类文明的变迁，根本上是由于对生存资源的争夺与控制，这是所有人种与族群变迁的核心纽带。我认为这是此书的一大创见。

在这样的精神纽带支配下，作者从人类文明的诞生地苏美尔讲起，他说：“一拨又一拨的闪米特人拥向苏美尔，将以城邦形式存在的这个地方依次推入了阿拉德帝国形态、巴比伦帝国形态、亚述帝国形态，并将苏美尔这个生存资源核心产地扩展到整个美索不达米亚地区，还将其同另一个生存资源核心产地的尼罗河三角洲连接到了一起……于是，古希腊人从地中海里边，波斯人则从不远的东边，开着战舰或鞭打着战马向这个已经发展得丰腴的生存资源产地进击而来。”

这段话只有短短三百来字，但却清楚叙述了人类文明几个中心地区的相互连接与往来关系。西亚两河文明、尼罗河三角洲文明、爱琴海文明、地中海文明、中亚文明、南亚古印度文明、东亚黄河文明等几种文明形态，并不是互相割裂的，而是互相连接、互相关联的，而这其中的关联，又以苏美尔为核心，围绕生存资源的争夺进行展开，这既是本书的关纽，也是人类文明发展与变迁的关纽。只有把这个关纽解开了，人类文明的密码才能解开。

的确，在横跨欧亚大陆的广袤草原上，曾经一度活跃着无数个人种、族群和国家形态，产生了无数个帝国和帝王，也诞生了无数的英雄故事。这片广袤的土地，将欧洲、亚洲、非洲三大洲的无数个文明形态相勾连，而要梳理清楚这片土地上复杂的种群、族群、国家、政权、宗教等的变迁，没有广博的学识是无法做到的。所以，这本书也因之而具备了人类学、人种学、民族学、历史学、考古学、文化学、宗教学、军事学、地理学、国家学、文学等领域的广阔学问，这些多学科的学问，在作者笔下并不是支离破碎，或者各自为政的，而是互相有机地统合在一起。

以苏美尔为中心，我们可以看到这部书为我们勾画的种群更替与文明嬗变的宏阔历史版图。

苏美尔作为人类文明生存资源的核心产地，吸引了无数种群的到来，并为此展开了激烈的争夺与厮杀。首先是闪米特人进入苏美尔，建立了阿卡德帝国，但是两个世纪以后，生活在东面扎格罗斯山区的古梯人就以摧枯拉朽之力入主苏美尔；约20年之后，古梯人又被逐出了苏美尔，另一支居住在苏美尔的闪米特人进入巴比伦，建立起政权。到公元前2100年时，汉谟拉比王朝又在苏美尔地区建立，不仅占有了苏美尔，还把整个美索不达米亚统合到了自己的版图之内。当这支闪米特人成功进入苏美尔百余年之后，原住扎格罗山区的加喜特人又举族而来，推翻了汉谟拉比王朝，而建立了加喜特王朝。

接着，另一支闪米特人即亚述人来了，公元前1225年，亚述人推翻了巴比伦王朝，成了苏美尔的主人，建立了统治150多年、横跨叙利亚到地中海东岸即安纳托利亚东南部地区的亚述帝国。

然而，“当亚述人高傲而蛮横地主宰着苏美尔时，他们没想到，有人来猛烈地敲门了，来者就是迦勒底人，另一支闪米特人，他们在两部雅利安语族人的帮助下，推翻了亚述帝国的统治，成了苏美尔-美索不达米亚的新主人”。

苏美尔-美索不达米亚是如此，埃及尼罗河三角洲、古印度河流域、古黄河流域同样如此，在每个文明繁盛的生存资源核心产地，都聚集着无数个族群和政权。他们为了争夺生存资源，不断战争，分分合合，生生死死，文明也在这些战争中生根、发芽、开花、结果、变异、衰败、消亡，而一个文明消亡了，另一个文明又诞生了。

消亡的文明往往是先进的文明，而先进的文明往往被野蛮的族群所摧毁，野蛮的族群在摧毁先进文明的进程中，往往又融入了先进文明的元素，于是形成另一种文明，人类总是在如此反复中进化、繁衍、生息。我想，这就是本书的主旨。

作者在书写这些历史时，几乎每一章的开头，都有几句类似诗歌的形式，像是在抒发，又像是在浩叹。

我很佩服作者对于文明史的勾连能力，能够把如此复杂多变、线索繁复的文明形态梳理得如此清楚。

在这部书中，作者几乎对整个世界史上已经消失和尚未消失的族群与人种进行了长线考察与纵深勾勒，苏美尔人、美索不达米亚人、古埃及人、阿拉米人、多里安人、古罗马人、古希腊人、雅利安人、波斯人、马其顿人、日耳曼人、迦太基人、高卢人、阿拉伯人、斯基泰人、帕提亚人、闪米特人、腓尼基人、古康居人、古羌人、月氏人、匈奴人、鲜卑人、塞种人、突厥人等等，抽丝剥茧，对这些族群与人种的变异、变迁与消亡条分缕析，而且对这些人种中的一些文明发现予以梳理，并对以往存在的错误认知进行了纠正。比如阿拉伯数字，在作者看来，以往一贯认为阿拉伯数字是由阿拉伯人发明并由此带到欧洲的，但事实并非如此，阿拉伯数字是由古印度人发明的。我认为这并不是一种突发奇想或标新立异，而是有史实的依据。

原载《文艺报》2021年12月

试论长篇小说《蒙古铁蹄马》的现代性想象与反思

郭亚明

随着现代化的到来，一个民族想要不断发展延续，离不开其族人对本民族历史文化的审视、探究与继承、创新，并且能够在新的时代背景下，认真反思、厘清民族的未来走向。天热的长篇小说《蒙古铁蹄马》（作家出版社，2019），描写的便是清末的一批蒙古族有识之士，在保护民族财产“蒙古铁蹄马”不被日本侵略者掠夺的同时又在世界格局多变、落后就要挨打的现实中，艰难地寻找国家与民族的出路的故事。作家将族群与历史紧密联系，探寻少数民族在时代背景下的艰难选择，又将族人与“铁蹄马”相联系，追寻这一民族美好的精神品质，并在书写中构成了作家独特的话语体系。

一、寻根话语的表达与抒写

新时期以来，随着商品经济的发展、现代化进程的推进，文学实践作为现代化建设中的重要内容，也契合着“现代性”这一时代主题，作家们纷纷通过不同的话语模式倾诉着对现代化的切实感受。同样体会着现代化飞速发展的少数民族作家们一方面对现代化带来的新鲜便利的生活有一种新奇的想象与强烈的渴求，另一方面也会感受到一种被历史巨轮推动的焦灼与压力，从而引起他们对现代化广泛的关注与深思。其中长篇小说《蒙古铁蹄马》便在对历史的重述过程中加入了理性批判的元素，通过对蒙古族历史文化的现代审视，完成其对现代性话语的部分建构。

（一）民族历史文化的理性审视

海登·怀特在阐述历史写作时曾认为“一种以叙事散文形式所展现的文字话语结构，意图为过去的种种事件及过程提供一个模式或意象，经由这些结构来重现过往事物，以达成解释它们的意义之目的”①。也就是说，书写过去历史的发生过程以及意象结构，有助于人们更好地正视历史、诠释历史。现代性话语的投射使作家在重现历史与构建历史想象的过程中流露出理性思考和现代意味的哲思，而天热对蒙古民族历史记忆的书写便涵盖在其对蒙古族的生存发展的描述中。他不光以蒙古民族的视角，更是以人类发展、历史发展的眼光高屋建瓴地审视并批判着历史的发生、发展和消亡，从而使历史经验具有了现实意义。同时历史发展的进程也已经表明，无论一个民族正处于发展的哪个阶段，只要它想继续进步，可供选择的无外乎改良或革命这两种方式，而无论选择哪一种，都需要用“理性”精神来使其在前进的同时还能最大程度地保有本民族的文化底色。因为作为现代性标志之一的理性批判能很大程度地帮助作家在进行民族历史艺术创作时避免跟随自己情感而发的盲目性与随意性。故而天热对民族历史文化的书写不单单是再现了蒙古族历史，更是加入了具有现代意味的审视和思考，从而使得同样属于历史题材小说的《蒙古铁蹄马》呈现出与众不同的风貌。尤其是在作品中对于历史记忆的话语表达，已不再是简单的对于民族的苦难历史记忆的复述，而是在现代性的指导下，对于民族发展历史的理性思考，这在作品中体现为两代人为民族进步做出的不懈努力。

众所周知，蒙古民族拥有辉煌的过往，在蒙古帝国全盛时期，最大疆域面积西起今额尔齐斯河，东至鄂霍次克海，南至今克什米尔地区以及喜马拉雅山南麓的不丹、锡金等地，北至朝鲜半岛东北部。及至忽必烈一代，蒙古民族仍在继续扩展版图。《蒙古铁蹄马》中，天热便借苏和、坂田两位人物之口，每每追溯忽必烈东征日本的历史，民族的自豪感洋溢其间。但辉煌属于过去，在追溯历史的同时更要自省反思东征日本失败的原因，以契合时代的声音警醒民族。苏和来到日本学习，便是为了开拓视野，吸收借鉴世界及日本的先进文化先进技术，以求得本民族的复兴

① Hayden White：《Metahistory》，《Baltimore：The Johns University Press》，1973：2.

与繁荣。苏和在日本结识了以畜养坂本马而扬名的坂田家族，并得知日本坂本马的祖先可以追溯到忽必烈汗东征日本时所携带的蒙古铁蹄马，其间，坂田担心苏和会介意忽必烈征伐日本失败的历史过往，苏和却笑道："历史，不就是这样一种东西：只可追忆，不可改变。喜欢也罢，仇恨也罢，它都已经发生。"这体现出蒙古人对于逝去历史的正视以及对历史的理性判断，过去是无法改变的，苏和等人并没有将眼光局限于过去的失败当中，而是跳出历史的局限，从失败中反思并得到深刻启示。当谈及忽必烈驰骋欧亚草原时，苏和觉得最惋惜的是当时的蒙古军队没能建立一支强大的海军且"忽必烈大汗两次征伐日本，都吃了飓风的亏"。他认为忽必烈作为最高军事指挥，由于个人急于建功立业的武士精神与受时代局限，未能高瞻远瞩因地制宜、知己知彼，丧失天时地利，才导致了元军的最终失败。苏和对民族历史不是笼统地一味地歌颂褒扬，对英雄也不是盲目崇拜，而是跳出时间的维度，站在历史发展的角度去评判英雄史实，体现出难得的理性的、思辨的现代思维。

苏和在坂田家族中乍见坂本马时，他的第一反应是"这不就是家乡的蒙古铁蹄马吗？同样紧凑型的身材，同样粗壮结实的体态，同样肌肉发达、短壮结实的四肢，同样头大额宽、胸廓宽展，同样皮毛浓密、色彩纷繁……"。坂本马在外形上与蒙古铁蹄马极为相似，因是当年忽必烈东征失败后留在日本本土的，其祖先可能是蒙古铁蹄马。但数百年来坂本马一直是族群内部繁殖，长期反复近亲的血缘关系，使其出现了严重退化。坂田家族虽然能用现代化科学技术培育坂本马，却并不能根治坂本马的问题。而根植于蒙古高原上的蒙古铁蹄马是从成吉思汗时期的蒙古马进化而来的，经年演变，非但没有退化反而更加卓越，这就要归功于源源不断的新鲜的血液——草原野马的注入，"让这些野马与蒙古铁蹄马杂交，再选育出最好的蒙古铁蹄马，这个过程周而复始，是蒙古铁蹄马不会退化的主要原因"。据此我们可以看到，在草原上成长起来的蒙古民族，虽在科技生产力方面有所落后，不像日本一样有先进的科学技术作为其发展强大的保证，但大自然是其生于斯、长于斯的腾格里，从自然中汲取智慧依靠自然的力量解决问题，是这个民族生存发展所在。面对现代化的冲击，蒙古民族立足于自身的发展过程中却并未失掉自我，在传统中汲取经验，不断进步。

同样，满都拉王爷为了使本部族走上富强之路也去日本进行了探访考察。他认为时代已经发生了改变，日本虽然是一个小国，但通过明治维新强大起来，作为一个部落的首领，他始终忘不了甲午海战和八国联军给他带来的巨大的伤害和深深的恐惧，所以他有责任和义务领导自己的部民做出变革。在日本考察学习过程中，满都拉王爷和苏和在感受日本生活方式的同时，也观摩了日本最优秀最尖端的产品，这让他们清醒地认识到，大清落后了不止一两年，如果想要强盛，首先得打破故步自封的局面，之后再改革朝政，不然走向亡国的命运并不是危言耸听。在这一过程中他们也深刻认识到了自己的不足，并认为中日产生差距的原因，在于大清国的体制存在问题，在于蒙古部落的教育落后，在于没有实业经济和属丁自己的武装。于是他们提出实业救国“唯有强人才能强族，唯有强族才能强部。我们没能生在强盛的时代，自强是我们别无选择的选择”。实业是国民赖以生存的前提，是国家得以存立的基础，本部族想要变得强大，必须要振兴实业，科学与实业之间有着至为密切的关系，而这种关系需要掌握科学的人才来实现。所以要想振兴实业，首先得培养科技人才，但不论是成吉思汗席卷欧亚，还是后来大清建国，蒙古族人落后的教育制度并没有得到改变，“一个教育落后的民族，必定文化落后，一个文化落后的民族，必定思想落后，一个思想落后的民族，必定没有斗志，没有信念，长此以往，我们的民族，前途堪忧”。满都拉同样如此认为，所以他出行日本的一个重要原因便是考察学习其先进的教育模式，引入他们完备的教育制度。由此可知，这样的民族话语不但使满都拉与作者两个话语主体实现了重叠，重申了教育救国的理念，也为话语接受者的我们提供了现实的经验，使这种民族话语具有了指向现实的意义与价值。

（二）民族品格的坚守

“一个民族的自我意识和文化记忆正是在一次又一次与外来民族、外来文化的接触、碰撞、冲突的过程中，逐渐凝聚起来并日益丰富成熟的。因此，每个民族的文化记忆总都存在某种‘杂糅性’，文化内部永远处于自我与他者的矛盾的关系中，即不同民族文化间始终发生着关系，始终相互影响着。每一个民族文化的话语原则正是在对‘他者’的关系过程中、在矛盾变化中逐渐发生变化，从而形成新的文化系统。”[①]民族品格是一个民族在长期生产生活中形成的具有普遍性而又区别于其他民族的共同性格特征。民族品格的生成不仅由地域环境、经济生活等因素所致，更与这个民族的历史经验息息相关，就如同一个人年少时期的经历决定了他的

① 丹珍草：《在两种文化间流浪——〈尘埃落定〉的多文化混合语境》，《民族文学研究》，2008年第4期。

性格走向，民族品格的生成也是如此。但在民族发展的长久过程中，民族品格的发展是多元、复杂、动态的，所以对本民族的话语接受者来说，民族品格的刻画一方面能够弘扬和延续优秀的民族品格，对本族人起到积极的榜样作用，另一方面可以增进语言、风俗习惯都不同的他者对本民族性格品质的了解。而在《蒙古铁蹄马》中，天热便通过对草原意象的选择，来隐喻蒙古人的民族精神：草原上奔驰的骏马、自由自在的牧人与唱着歌儿的姑娘等共同构成了草原独一无二的意象群。其中最能隐喻蒙古人精神的非蒙古马莫属。

马天生热爱自由向往自由，奔跑是它的天性，相较于普通的马，蒙古铁蹄马因为是野马和家马结合的产物而更具野性。作为马背上的民族，蒙古族人喜欢在广阔草原上放马驰骋，具有蒙古铁蹄马一样的桀骜不驯与刚强勇敢的精神。成吉思汗用一生的征战疆域，告诉了后代子孙他的勇猛，于是自成吉思汗开始，勇敢刚强的品质就成为一代代蒙古族人克敌制胜的法宝。就像作品中满都拉和苏和面对着朝廷与日本人的双重夹击，并且在生命受到威胁时，都没有向日本人屈膝妥协，而是凭借着自身顽强不屈、英勇抵抗的品质带领整个部族寻找走向现代化的途径和方法。此外，不仅是蒙古族男性拥有着如蒙古马般刚强果敢、勇猛顽强的精神品质，作品中的女性身上也体现出蒙古族女子别具一格的野性力量和豪爽个性，给读者留下深刻印象，使之过目难忘。比如身穿一袭红色蒙古袍的佐娜，作者对她的形容是“比晚霞更绚烂的、浑身洋溢着青春气息的少女”。她的外形带有蒙古族女孩的显著特征，四肢修长，胸部饱满，有着两根又粗又长的黑辫子。而最值得注意的是她的眼睛，明亮有神、充满了生机。佐娜虽年纪尚幼，但行为处事有原则、有底线，不贪图荣华富贵，在国家危难之时，在民族大义与家国情怀面前，身为一个女子，能够挺身而出，临危不惧，始终恪守民族忠义与气节。而作者在文本中又对佐娜抓野马的这一场景作了重点描绘，使得一位巾帼英雄形象跃然纸上：奔驰的野马、明艳的姑娘、漫天灿烂的云霞、火红的太阳、力量的对抗、野性美的展示，种种意象相加，构成了草原上一幅独特的画卷。蒙古族的这种英雄主义气概非一朝一夕形成，是自成吉思汗以来就开始的长久熏陶和潜移默化的影响，构成了蒙古民族一种恒定的品质，并由此成为其战胜困难的内力条件。

此外，马作为一种具有灵性的动物，在蒙古民族的生活中历来有忠于主人、忠于职守的美誉。从古至今，蒙古马虽然生性刚烈剽悍，但对主人和故乡却充满着无限的忠诚和眷恋，甚至不惜以自我的牺牲来挽救主人的生命。蒙古族著名史诗《江格尔》中描述了英雄洪古尔的坐骑用马尾击翻有毒的酒杯，挽救了英雄生命的壮举，与之类似的《蒙古铁蹄马》中苏和的青虎马，在与小主人分离多年后久别重逢之时“仍旧记得小主人的声音，不顾一切地踏风而来”。同样，对于蒙古族人来说，忠诚信义是他们尤为重要的道德标准及用人的根本原则。诚以待人才能得到他人的尊敬，反之，背信弃义的人则会为他人所不齿。而小说中就是塑造了这样一群具有忠实守信品质的蒙古人，他们不论面对国家兴盛还是民族危亡，都能保持本心，坚守住蒙古民族源远流长的品质与精神。例如满都拉不惜用自己王府的地契作为交换贷款的代价，也要换回国家的马场；苏和在国家危亡时立即下令烧掉工厂，宁死不做卖国贼；查木苏、索伦扎布等人，始终追随苏和一起参加革命，与苏和同生共死，毫不退缩等。这些都彰显出蒙古族人的忠贞不屈与赤胆忠心，并在世世代代中不断延续，成为该民族独特的民族精神。

在历史的漫长发展演变中，蒙古民族始终坚守着自己的个性气质与优良的精神传统，不论身处怎样的困境，面对怎样的磨难，吃苦耐劳、坚强勇敢的民族精神始终深深地激励着草原儿女自强不息、不断向前。

二　现代性话语的民族想象

新时期以来，现代性所带来的社会生活与组织模式的变化成为作家们争相表现的对象。少数民族地区发展的相对滞后性决定了现代化对其传统文化、思维习惯以及生产生活等具有更为猛烈的冲击。而从一开始的排斥、抵触到逐渐接受，少数民族对现代生活的适应能力越来越强，但与此同时现代性也给他们的生活带来了新的挑战。

（一）对现代性的想象

“现代性”的概念和西方经济历史发展息息相关，在现代性指导下的社会与文化改造就是走向现代化的过程。蒙古族在走向现代化的过程中，始终积极吸收借鉴其他文化的精髓，而他们的这一传统可以追溯到成吉思汗推崇耶律楚材以儒治国的理念，一直到忽必烈运用汉法治国，赢得民心，他们始终在不断学习借鉴其他文化的优点长处来使本民族发展壮大。在《蒙古铁蹄马》中，作为蒙古望族后裔的旺都特王爷也能“晓蒙、满、汉、藏四种文字，平素里喜欢作画吟诗，即便在汉地，也算得上一名文人雅士”。他的儿子满都拉更是从小熟读四书五经，能说一口流利的汉语，言谈举止俨然京城里的公子，温文尔雅，彬彬有礼。苏和也被舅舅满都拉接到弘吉剌王府在私塾上课，打下了良好的传统文化基础。作为蒙古族后裔，他们对儒家传统文化了然于胸，并且在被迫现代化的过程中，他们将目光投向世界，看到了日本作为一个岛国，能够通过明治维新变得如此强大，于是推己及人，思考整个部族是否也可以借鉴日本的经验走上富强之路。于是满都拉便将外甥苏和送往日本留学，去日本接受先进的文化教育，学成后归国实行改革。这些都充分说明蒙古人在自身发展的过程中能够不断学习其他民族的文化，融合其他民族文化中优秀的部分，并且在面对其他民族先进文化时不抵触、不排斥，反而以一种兼收并蓄的心态取其精华，博采众长，如此才会使一个民族更长久稳健地发展下去。

作品中蒙古人走向现代化的方式主要是通过学习其他文化尤其是日本的优点长处，而具体到他们的实践过程，老中青三代明显采取了不一样的方式。旺都特是作者笔下的第一代王爷，经常往返于草原京城间的他已经初具了现代思想，并且最先具备了积极吸收其他民族先进文化的想法与格局。但是碍于时代环境及个人意识，旺都特王爷未能扭转部族落后的面貌，最终含恨而亡。满都拉是第二代王爷，优渥的家庭环境与全面系统的文化教育，使得满都拉成年后，对事物有着自己独到的见解，其思想高度已经远超父辈一代。他有更加宽广的胸怀，以国家的安定团结为出发点，站在更高的角度看问题。在面对外民族和外来先进文化时，他能摈弃狭隘的民族主义思想，真正做到活古化今，洋为中用。他知道时代已迎来了一个拐点，唯有走上现代化之路才能改变草原落后的面貌。怀着强烈的责任感，他做出一系列变革。首先在管理制度上，他解散了王府的戏班子并废除了奴隶制度，将大量的劳动力解放出来投入到实业中，为整个草原的现代化进程迈出了一大步；在现代实业建设方面，他学习日本先进经验，开办织布厂，在草原上开采矿产，设立粥棚接济难民，令一部分难民开荒种田，以粮抵租，另一部分去矿厂工作，增加生产；在现代通信方面，他计划完成两件大事：一件是接通京城到弘吉剌王府的电话电报，让消息以最快的速度传到草原。另一件是建立电报房，与国外也可以沟通联系，这些措施都可以使草原摆脱落后的局面。除此之外，他还是一位具备时代责任感与民族气节的人物，他借兴办实业以发展本部落的经济，通过兴办女子学校促成有教无类之风，又设立了蒙古草原上第一个军事学校，以此建立本民族的武装力量，抵御外侮。这样的满都拉似乎已近完美，但由于满都拉从小生活、学习的环境依然是国内是草原，在面对现代化的冲击时，虽较父辈有明显的进步，但仍然难担重任，未能完全应对现代化的挑战与冲击。鉴于此，就人物而言不免有些遗憾。

苏和作为王府的第三代领导者所作出的举措与前两任王爷又有了明显的区别。苏和留学时选择了畜医，接受了日本的新式教育，权衡了中日文化的利弊之后，主张用科学改造弘吉剌草原愚昧、落后的状况，并在学成归国后，利用在日本学到的知识发展本民族的蒙古铁蹄马。苏和在作品结末表示："现在，只有变革才能改变我们蒙古人的命运……若有一天我们还能回到草原，就让我们一起努力，将草原建成我们蒙古人的乐园!"这也说明一个民族在发展变迁过程中，总会不可避免地遇到与其他民族文化相碰撞的过程，这是无可厚非的，作品中通过对旺都特王爷听京剧的话语描述，满都拉王爷发展部落的种种措施以及苏和日本留学归来，向我们传递了蒙古民族在面对他族文化时并没有一味地抵触或排斥，而是积极接纳与吸收，取其精华去其糟粕，也正是这种兼容开放的姿态，才使蒙古族文化不断增添新质，绽放出新的光彩。

（二）对现代性的认同

《蒙古铁蹄马》中，天热传达了蒙古民族在保留自己本民族生活习惯和饮食特色的基础上对现代化生活的美好想象与接受。而我们知道，蒙古族人世代生活在草原戈壁当中，他们的生长环境决定了其性格的豪爽奔放、无拘无束，对现代社会及其现代性产生认同也突出地体现在三位超越时代禁锢的理想女性形象身上。

她们都是男权时代人格独立的女性。自古以来，社会认为女性应该是逆来顺受的，如波伏娃所说"定义和区分女人的参照物是男人，而定义和区分男人的参照物却不是女人。她是附属的人，是同主要者相对立的次要者。他是主体、是绝对，而她则是他者……女人并不是生就的，而宁可说是逐渐形成的……父权制社会的性别统治、性别压抑和它的一整套意识形态铸就了历史性的女人"[①]。但书中的三位女性却有着自己鲜明的个性特征。天热在作品中极力彰显她们勤劳、善良、勇敢、坚韧的性格特征，大胆描写她们的情与爱，将蒙古族女性的真、善、美刻画得淋漓尽

① ［法］西蒙·波伏娃：《第二性》，陶铁柱译，中国书籍出版社，1999年版，第211页。

致。从蒙古族的传统文化中可以看出，蒙古族的男女平等并非仅限于工作分工上，而是发自每个人思想和心灵深处的真正平等。这在《蒙古铁蹄马》中主要体现在女性对婚姻、爱情的自主选择和对个人命运的自主把握上。善坤作为满都拉王爷的福晋，出身于京城望门，家境殷实、知书达理，在与满都拉多年的相处中琴瑟和谐，他们二人成婚多年虽然只育有一女，但满都拉一直都很敬重妻子。在婚姻中，善坤始终努力地挣脱束缚在女性身上的枷锁，从没有因为女性必须要为家族诞下男丁以传宗接代的传统观念而自怨自艾。马场管家的女儿佐娜，英姿飒爽，生机勃发，因此博得了满都拉王爷的喜爱，被选定为王爷接班人苏和的未婚妻，但佐娜已有青梅竹马的心上人——年轻有为的马场兽医岱钦。身处两难境地的佐娜既没有委曲求全，也没有一意孤行，而是选择与苏和敞开心扉，勇敢地说出内心最真实的想法，最终得到了苏和的理解，自己也收获了爱情。美惠子是一位美丽动人又温柔贤惠的日本女子，她以出众的才华吸引着苏和：他与她最初相识时，只知道她游泳游得很好，否则也不会在他差点淹死时对他出手相救。后来，他知道她还能说一口流利的蒙古语，这使得他们的感情迅速拉近。接着，他又在王府见到她，看到她协助舅舅筹办和管理女子学堂的能力。美惠子的聪明、善良、多才多艺、机智勇敢等都在不知不觉中吸引着苏和，从而点燃了深藏在他心中的爱情之火。《蒙古铁蹄马》中的这些女性身上一方面具有善良、贤惠、勤劳的本性，另一方面，作者又将她们置于对待爱情敢爱敢恨、大胆追求中，通过复杂的社会环境和人物关系，细腻地刻画出她们对待真爱永不言弃，追求人格的自由与独立的性格特点。

她们都是在动荡的时代顾全大局、敢于牺牲的女性。善坤良好的教养、开阔的视野所表现出的远见卓识让她在女性中出类拔萃。在与满都拉讨论国事时，善坤说："一个国家要想变得强大，就要放下姿态，博采众长，千万不能妄自尊大，故步自封。"她提倡大清想要真正富强起来，也应该学习日本的明治维新，走上革故鼎新之路。善坤是一位走在时代前沿的新女性，她的独立自主、自尊自爱与张弛有度、不卑不亢，在弘吉剌王府中有着很高的声誉与威望，也使满都拉多年如一日地敬重爱戴着自己的妻子。佐娜为了确保蒙古铁蹄马的血统纯正，每年都要去阿拉善的野马沟抓野马，这里寸草不生，寒风凛冽，条件之艰苦连苏和、岱钦等人都难以忍受，但她却从不叫苦叫累，趁野马放松警惕之时找到了它们的栖身之所，通过观察它们的生活习性和规律，一举将性情暴烈的公马抓住。美惠子虽然是日本派往弘吉剌草原的间谍，但是在面对上峰要求毒死苏和的命令时，她在自己的初心与国家之间，最终选择了爱情，服毒而亡，“这才是我最后的任务，让你活下去”。“苏和君，把我埋在草原吧。让我的灵魂，在离你最近的地方看着你。我多希望，永远没有战争，我们在和平的环境相遇，相爱……”女性是坚忍的，同时也是富有牺牲精神的，她们可以为了保全爱情，不惜以牺牲自己的生命为代价，这也是天热要歌颂的体现在女性身上的崇高无私的奉献精神。

蒙古民族在漫长的历史发展岁月中，一直在积极地吸收与融合其他民族的先进之处，这是一个善于学习与吸收的民族，正是基于此，才会产生超越时代禁锢而存在的女性们，天热笔下的三位女性形象是为女性们正名，她们在动荡多变的时代，在国破家亡之际，与男性站在同一竞技场上，共同承担着家与国的责任与使命。

天热的《蒙古铁蹄马》以其独特的民族文化特色，成为新世纪以来内蒙古小说创作的重要收获。巴赫金曾说：“说者的话语里总带有诉诸听者的因素，总以听者的回应为旨归，这一点正是对话语中表现得最为鲜明。”[①]文学话语的建构成为话语创作主体与话语接受者的桥梁，通过具有相似性的感觉知觉与情感体验，使话语接受者在对作品进行审美阅读的同时产生强烈的情感呼应与共鸣。现代性话语的内涵是丰富多样的，可能是对历史现象的多角度阐释，可能是对人生命本真的哲学思考，也可能是对现代文明与传统文明碰撞的深刻思索，但这些无一不以理性的思辨作为基础，现代性的标志就是人主观意识的转变，而具有了理性的力量会使这个民族以及这个民族的文学更具历史意义和审美价值。《蒙古铁蹄马》既是对民族历史的追忆，也是对民族未来的展望。传达出蒙古民族在其历史发展中，对现代性的想象、吸收、融合与发展，并对蒙古民族未来的发展有一定的指向作用。

① ［苏］巴赫金：《文本对话与人文》，白春仁等译，河北教育出版社，1998年版，第191页。

让世界看见的“美”

——评长篇报告文学《让世界看见》

韩彦斌

对美的追求是人类历史进程的实践求索，人类从一个阶段向下一个更高阶段的演进是抽象的美凭借向往的、想象的、体验的、实践的美渐次延展并循环往复的过程，从而使人类社会文明迈向更高层次、更加紧密的命运共同体成为不断被追问和求解的美。马克思主义美学实践认为劳动创造了美，习近平总书记2013年4月28日在全国劳动模范代表座谈会上发表重要讲话强调“人世间的美好梦想，只有通过诚实劳动才能实现；发展中的各种难题，只有通过诚实劳动才能破解；生命里的一切辉煌，只有通过诚实劳动才能铸就”。党的十八大以来，以习近平同志为核心的党中央坚持以人民为中心的发展思想，顺应人民群众对美好生活的向往，把增进人民福祉、促进人的全面发展作为一切工作的出发点和落脚点，从人民群众最关心最直接最现实的问题入手，不断提高人民生活水平，把脱贫攻坚摆在治国理政的突出位置，打赢脱贫攻坚战，解决了困扰中华民族几千年的绝对贫困问题，创造了彪炳史册的人间奇迹。作家牛海坤敏锐地把握住了时代的脉搏，将自己深植在科尔沁右翼中旗这个深度贫困的地区，以宽宏的架构和视野创作了长篇报告文学《让世界看见》，真实而艺术地抒写了贫困群众在中央到地方无微不至的眷顾与关怀中走出贫困的历程，呈现出脱贫攻坚的人间奇迹之美，脱贫群众喜悦温暖、豪迈自信之美和作品生动丰满的文学艺术之美。

一

《让世界看见》以12章、20余万字的篇幅，全面真实地记述了全国脱贫攻坚楷模、全国脱贫攻坚贡献奖获得者白晶莹带领2.1万农牧民妇女脱贫的先进事迹。但作品并不是对先进事迹的简单记述，而是以蒙古族刺绣的扶贫模式为线索，将科右中旗深度贫困的原因、现状，当地古老的民族技艺蒙古族刺绣的历史及其在当代被挖掘的意义，尤其是12个苏木、177个艾里的广大农牧民妇女在国家扶贫政策支持，中央到地方政府的关怀下，以白晶莹为代表的基层党员干部的实践贯串起来，生动地记述了农牧民妇女从贫困焦灼的生存状态走向脱贫致富、自立自强的新生活，并从人类命运共同体的角度关注和解读了妇女脱贫之于中国和世界的意义。

《让世界看见》第一章“使命在肩”开篇就记述了习近平总书记对科右中旗11个精准扶贫项目之一的蒙古族刺绣的关心和殷殷嘱托。作品写到，2017年6月23日，习近平总书记在山西省太原市主持召开了全国深度贫困地区脱贫攻坚座谈会，会上，科右中旗旗委书记白云海做了题为《立下愚公志，造福农牧民》的典型发言，总书记听得非常认真，还几次提出问题，询问蒙古族刺绣的相关情况，“总书记非常高兴，对蒙古族刺绣这个既传统又时尚，有着无限创新潜力和市场前景，能够走入千家万户，带领贫困群众精准脱贫的新型产业项目特别关注，希望蒙古族刺绣能够带领科右中旗的广大农牧民早日富裕起来”。会后，白云海返回科右中旗，一下飞机就给精通蒙古族刺绣，帮扶贫困妇女脱贫工程的负责人白晶莹打通了电话，听说蒙古族刺绣引起了总书记的特别关注，“期盼着蒙古族刺绣带领咱们的农牧民脱贫奔小康呢……”，“白晶莹感觉有些猝不及防，阵阵暖流奔涌向她袭来，她的眼睛湿润了”。

白晶莹是科右中旗政协党组书记、主席，土生土长的科右中旗人，多年的基层工作让她与农牧民建立了深厚的感情。从19世纪中后期开始，辽河上游滥垦滥伐，下游水源枯竭，生态失去平衡，导致素有“河川众多，水草丰茂”的科右中旗逐渐沦为茫茫沙地。中华人民共和国成立后，中国共产党为摆脱贫困展开了不懈的努力，当地的贫困局面开始好转，但由于种种原因，贫困状况一直未能从根本上改变。1988年，科右中旗被列为国家级贫困旗，2011年被列入大兴安岭南麓集中连片特困地区，一直在艰难的摆脱贫困的道路上摸索。党的十八大以来，在以习近平同志为核心的党中央的坚强领导下，内蒙古自治区党委、政府把脱贫攻坚作为头号民生工程，取得显著成效。科右中旗全旗一半以上的贫困人口温饱问题得到基本解决，然而仍有6.73万贫困人口成为脱贫攻坚的“硬骨头”，而其中妇女脱贫的困难更大，意义也更大，因为“看一个社会和时代是否文明，如何看待妇女、儿童和弱小是最重要的一条评判标准”。“妇女的地位，她们生活的层面、质量关乎家庭和整个社会，是一个世界话题。”科右中旗旗委、旗政府采取了一系列的脱贫措施，取得成效后，把目标聚焦在了贫困妇女身上，“2万多名贫困妇女成了全旗人口是否能够如期脱贫的关键。解决‘半边天’就业和脱贫问题被提上政府的议事日程”。此时，白晶莹也在苦苦思索，科右中旗自古以来就有妇女做刺绣的习惯，她本人又精通刺绣，家里也有很多绣品。当白云海书记找到她，想让她把家里的刺绣拿出来展览以配合旅游发展的时候，她一口应承了下来，并愿意全部捐给旗里，“如果有人喜欢想买这些刺绣，咱们也不能卖，拿走登记一下就行了，留给他们作为纪念”。从此，蒙古族刺绣成为帮扶贫困妇女脱贫的项目，白晶莹担起了项目实施的重担，开始动员和教授妇女们，甚至用自己的工资购买妇女们的刺绣，妇女们挣到了钱，更有信心了。随着白晶莹和她团队工作的深入，更多的特困户加入刺绣队伍。2017年6月23日，在全国脱贫攻坚会议上，蒙古族刺绣成为汇报内容，得到了党中央的特别关注并被寄予期待。2020年3月，科尔沁右翼中旗退出了全国贫困县序列。科右中旗用刺绣助力攻坚脱贫，创造性地为世界妇女的减贫提供了可复制、可推广的“中国样板”。

牛海坤在《让世界看见》的后记中写道：“作为对世界减贫贡献率超过70%的国家，中国所开展的脱贫攻坚力度之大、规模之广、影响之深前所未有，通过深入内蒙古深度贫困区的采访，我被这里发生的翻天覆地的变化深深震撼。”是的，当你看到这个奇迹，当你经历了奇迹诞生的过程，当你体会到其中的艰辛和喜悦，你不可能不被震撼。这是人类的又一个奇迹。中国共产党从诞生之时，就开启了带领人民创造美好生活的艰辛奋斗之路，建立新中国开创了实现国家富强、人民富裕的崭新历程，改革开放加快了中国的减贫进程。党的十八大以来，中国发展进入新时代，减贫进入脱贫攻坚历史新阶段。以习近平同志为核心的党中央，把人民对美好生活的向往作为奋斗目标，把贫困人口全部脱贫作为全面建成小康社会、实现第一个百年奋斗目标的底线任务和标志性指标，实施精准扶贫方略，经过8年持续奋斗，到2020年年底，中国如期完成新时代脱贫攻坚目标任务。这不仅是中华民族在几千年发展历史上首次整体消除绝对贫困，实现了中国人民的千年梦想、百年夙愿，还走出了一条中国特色减贫道路，形成了中国特色反贫困理论，拓展了人类反贫困思路，为人类减贫探索了新的路径，提振了各国特别是广大发展中国家消除绝对贫困的信心，为破解现代国家治理难题、开辟人类社会发展更加光明的前景提供了中国方案。

马克思认为，人能够按照美的规律进行生产，而这种美的生产，就是按照美的规律的实践。牛海坤看见了蒙古族刺绣在中国脱贫攻坚中的实践之美、看见了妇女脱贫在世界减贫史上的实践之美，以长篇报告文学《让世界看见》讲述了一个“中国的故事”。这是千千万万个中国脱贫攻坚故事中的一个，它不仅仅是叙事，还是抒情，正如国务院新闻办公室2021年4月6日发布的《人类减贫的中国实践》白皮书中所说：“脱贫攻坚不仅使贫困群众拓宽了增收渠道、增加了收入，而且唤醒了贫困群众对美好生活的追求，极大提振和重塑了贫困群众自力更生、自强不息，勤劳致富、勤俭持家，创业干事、创优争先的精气神，增强了脱贫致富的信心和劲头。”中国的实践及实践带来的脱贫群众精神面貌焕然一新的美，是值得让世界看见的人类奇迹之美。

二

科右中旗有380多年的历史，在北方草原有着重要的历史地位和文化意义，拥有丰富的物质文化和非物质文化资源，蒙古族刺绣就是其中具有代表性的文化资源之一。当科右中旗把文旅产业作为精准扶贫新的发展定位之一，独具魅力的蒙古族刺绣服饰、饰品出现在当地政府的视野里，并作为“帮扶贫困妇女的脱贫工程”散发出动人的光彩。“刺绣，古时称之为针绣，蒙古语称它为‘哈塔戈玛拉’，是用绣针引彩线，将设计的花纹在纺织品上刺绣运针……”《让世界看见》从《尚书》《后汉书》《新唐书》等文献中关于中国刺绣的记载写起，以世界考古成就印证中国刺绣对世界文明产生的重要影响，进而写到作为中国刺绣重要组成部分的蒙古族刺绣的文献记载、审美观念、风格特色、技艺传承等，最触动人心的是蒙古族刺绣始终伴随着人们对美好生活的追求，在日常生活中不断丰富着创作的题材，在各民族交往交流交融的历史潮流中，呈现出满、蒙古、汉、藏等多民族文化交融的地域文化特点。当蒙古族刺绣与新的生活、新的时代相遇，几百年来静静的刺绣之美与脱贫攻坚的动态之美相结合，实现了一次质的飞跃，向世界展现出脱贫群众喜悦温暖、豪迈自信的美。

蒙古族刺绣或质朴清新，或漂亮华贵，色彩艳丽、布局精妙、错落有致，选材皆源于自然和生活，科右中旗区域内的沼泽、小溪、山川，蒙桑、黑桦、山荆子等植物，威风的东北虎、灵动的狍子、金雕、鹰隼等动物都是刺绣的题材，形象逼真，惟妙惟肖，极具匠心和韵味，本身就是一件极美的事物。春心萌动的姑娘们会偷偷绣一个精美的荷包，送给心上人。蒙古族婚礼更是像一个流动的刺绣博物馆，就连接送新娘的骏马配饰也都绣着不同的图案。蒙古族妇女们用刺绣装点生活，让生活时时浸润在美的滋味中。在数百年前的草原，少女从十多岁就开始跟随母亲学习刺绣。女人们不管是在放牧的间隙，还是在早晚的闲暇时光里，都会见缝插针地缝制带有刺绣的衣服。20世纪初，随着战乱和生态失衡，人们的生活逐渐陷入贫困，刺绣逐渐在人们的生活中隐藏起来，但作为深深镶嵌在记忆深处的美的记忆并没有消失，只是在少数热爱刺绣的蒙古族妇女中以师承关系默默传承着。当被列入非物质文化遗产项目，受到内蒙古自治区各级政府的重视，并在脱贫攻坚中脱颖而出时，蒙古族刺绣绽放出更加亮丽的色彩。这种绽放是以刺绣的美与劳动实践的美的有机结合展现出来的。

鲁迅在《艺术论》译本序中说："在一切人类所以为美的东西，就是于他有用……倘不伏着功用，那事物也就不见得美了。并非人为美而存在，乃是美为人而存在的。"[①]人在实践中与自然发生关系并推动着人的感觉的发展，"当物按人的方式同人发生关系时，我才能在实践上按人的方式同物发生关系"[②]。当人的实践把人和物的运动结构在一起的时候，美与审美活动才得以产生，这是人的主体性的感觉。《人类减贫的中国实践》白皮书中提道："脱贫攻坚既是一场深刻的物质革命，也是一场深刻的思想革命；既取得了物质上的累累硕果，也取得了精神上的累

---

① 鲁迅：《二心集》，人民文学出版社，1998年版，第71页。

② ［德］马克思，恩格斯：《1844年经济学哲学手稿》，中共中央马克思恩格斯列宁斯大林著作编译局编译，人民出版社，2014年版，第82页。

累硕果。贫困群众的精神世界在脱贫攻坚中得到充实和升华，信心更坚、脑子更活、心气更足，发生了从内而外的深刻改变。”“主人翁意识显著提升。”在第四部分“为人类减贫探索新的路径”概括出的六条路径中，也把“发挥贫困群众主体作用”作为其中之一，而且在阐释中将贫困群众是脱贫致富的主体与“使贫困群众不仅成为减贫的受益者，也成为发展的贡献者。……用双手改变贫困落后面貌”的实践结合起来，从而创造了一种美与审美活动。

《让世界看见》在展现蒙古族刺绣之美后，随着作者采访的深入，把笔触探入蒙古族刺绣助力科右中旗妇女脱贫的实践中。“聚焦贫困妇女”作出科学决策；“刺绣助力脱贫”实施精准脱贫项目；“晶莹的心”聚焦实施细节；“一针一线总关情”书写创业的艰难和喜悦；“巾帼匠心、草原绣梦”对比现实的改变；“创新发展模式”注目发展壮大；“我奋斗，我幸福”叙写团队精神面貌；“坚守与奉献”感怀蒙古族刺绣绣出内蒙古、绣出国门，绣出效益的使命担当；“助力脱贫的引路者”慨叹旗委、旗政府的努力，白晶莹的无私奉献和大学生团队的辛劳；“十指春风‘半边天’”展示蒙古族刺绣产业的蓬勃发展。整整十章，每一章都以扎实的采访数据和身在其中的生活体验记述着人们攻坚克难的过程，以及用自己的双手开创出新生活的喜悦和温暖、豪迈与自信。正如牛海坤在《让世界看见》中所说的：“这是农牧民思想上的一次变革，是她们观念上的一次革命。”“科尔沁右翼中旗用刺绣助力攻坚脱贫，创造性地为世界妇女的减贫提供了可复制、可推广的‘中国样板’。”

三

报告文学虽然具有报告性的本质特征，但这只是突出了报告文学的功能特征，在文体上，报告文学依然属于文学艺术，而一切艺术都具有审美属性。当报告文学把想写的写了出来，基本上就实现了报告的目的，使读者获得比新闻中的消息、通讯稍微多一点的信息而已，我们在阅读报告文学的时候，之所以能够读下去，显然不是因为它写了什么，而是它写得怎样吸引了我，这种阅读体验即是审美性的体现。这并不是说报告文学要一味追求审美性而掺杂虚构的成分，报告文学必须是在采访、文献、深度生活体验的基础上，以真实为标尺来建构其审美性的，其中既有生活真实，也有作家的真情实感，如果要将形象书写和理性书写进行比较，理性书写就是报告文学的基本态度。当牛海坤以脱贫攻坚为题材的长篇报告文学《让世界看见》以这样一个题目面世的时候，我想她想“让世界看见”的一定不仅仅是脱贫攻坚这件事，不仅仅是告诉我们蒙古族刺绣是怎么回事，恰恰是以审美的眼光写出了人类减贫史上的奇迹之美、作为主体的“人”的情感与精神之美。这里面没有虚构，在实现报告文学报告性的同时，也实现了文学文体的审美价值。《让世界看见》作出了关于蒙古族刺绣助力脱贫攻坚的报告，也写出了采写对象的美，使作品具有了报告文学特有的艺术之美。

阅读《让世界看见》，首先令我们产生审美感受的是一个个生动鲜活的形象。白晶莹是贯穿全书的人物，她生长在一个传统的蒙古族家庭，母亲和姥姥是远近闻名的刺绣高手，聪慧的她从小就娴熟地掌握了刺绣技艺，她对刺绣文化也了然于胸。人如其名，她有一颗晶莹的心，她总能感受到他人的悲伤，体会到他人的艰难，“想到农民牧民无法摆脱贫困的窘迫……她感到自责……应该尽自己所能为百姓们做点什么”。在旗妇联、旗计生局工作期间，她对处于深度贫困的农牧民妇女有了更多的同情与理解，她想为她们做些事情。她坚韧执着，一旦认准了的事、正确的事，说干就干。当然，受报告文学写真实、讲真话的美学建构限制，《让世界看见》并不是要塑造白晶莹的形象，而是蒙古族刺绣助力脱贫攻坚，从她拿出自己平常绣品做展览，到蒙古族刺绣成为精准扶贫的项目，直至发展成为产业，始终饱含她的心血，那些加入项目的贫困妇女，不仅学会了刺绣，通过刺绣改善了经济条件，还丰富了精神世界，改善了生活境遇。“在采访中，一个奇怪的现象不断出现，这些优秀绣娘的身上都有白晶莹的影子，她们磊落、热情、干练的行事作风影响着身边的每个人。她们不仅跟着白晶莹学刺绣，还学待人接物。”她们朴实无华，心明眼亮，懂得感恩。任何创业的起步都是艰难的，她们是被白晶莹反复劝说，一点点鼓励起来、感动起来的。作品中还写到了很多形象丰满的真实人物，称呼白晶莹为白姨的梅荣，从打麻将成瘾中被白晶莹规劝出来、绣出令人惊讶作品的赵霞，主动要求加入刺绣行列的男人褚玉何，71 岁高龄的陈娜拉，等等。“他们基本都是特困户，通过刺绣，他们不仅改变了生活，他们的性格、脾气，对家庭和对未来的态度也有了改变……他们开始展望新生活。”当你阅读他们的经历，体会他们内心世界的变化时，不由得心生感动，产生共情的审美体验。

《让世界看见》的另一个特色鲜明的艺术之美是其以“我”的视角，将“我”的耳闻目睹与感受和“他们”的实践与精神面貌融为一体，共同以新闻记述时代，以文学叙写生活，形成认识新时代脱贫攻坚伟大创举的意义，又挖掘时代巨变中蕴含在个体“人”身上的时代精神。近年来，产生了大量的报告文学，但与其他文学作品相比，阅读量和学术评论相对不足，其中原因之一可能与报告文学作品偏重于“报告”有关。牛海坤也是以采写者的身份介入脱贫攻坚的时代事实的，但她在书写这个事实的时候，淡化了自己的采写者身份，完全将自己与白晶莹、金双喜、赵霞、龙梅、梅荣们融为了一体，写出来的是自己与他们一样的时代新人的生活体验与精神面貌。她在“后记”中写道：“……我看到了中国脱贫攻坚在这片土地上发出的炙热回响。”“她们一直在笑。那是种从灵魂深处流淌出来的笑，让人感到春和景明，眼前一片澄澈。”这种感触是作者和书中的人物共同拥有的。一般来说，报告文学或者采取线性叙议，或者采取横向全景展示的结构，以便聚焦报告的事实。《让世界看见》则采取了线性记录与横向全景相结合的叙事结构，能够丰富叙写的生活细节，却并不凌乱，正是得益于作者有意无意将自己代入其中的艺术处理，也就是说她是一名参与者，而不是一个游离于边缘的访问者。所以，当我们阅读作品刚好产生探求意识的时候，想探求的内容就出现在了眼前。如第一章开篇采取戏剧作品常用的“危机上开幕”的方式，直接将读者带入故事的高潮，紧接着平铺直叙从中央、自治区、地方政府到最基层的脱贫攻坚工作，感觉这就是一部脱贫攻坚主题的报告文学，那么书名《让世界看见》的艺术化处理从何而来呢？就在读者的情绪趋于平淡的时候，文笔一转，“然而，新的问题很快出现了”，引出农牧民贫困妇女脱贫问题，又把读者的情绪调动起来，使人不由自主地会想：这里的妇女存在什么问题？妇女脱贫有什么问题呢？第二章并没有直接按照读者的想法讲下去，而是采用中国传统小说常用的那辗手法，通过文献、档案、访问，叙述了中国的妇女问题、科右中旗的贫困妇女问题等，并作出掷地有声的呼喊“妇女不脱贫，言何全社会脱贫，奔小康”。再引出刺绣这个我们一般常识中与妇女密切相关的技艺，给读者带来超越期待的阅读体验。同样的叙事结构，在对蒙古族刺绣的历史、传承、没落、再放光彩，乃至特色、风格、精美的叙写，在对艰难创业中的无私奉献、自掏腰包、恳请企业家支持，对创新发展模式，一年实现订单大几千万产业规模的详细叙写中都运用得得心应手。全文读下来，看不到明显的采写者线索，同时在避免资料简单堆叠的前提下深度介入现实，辅以必要的图片叙事，既确保了报告文学的文体属性，又拓展了其叙事功能的多元审美建构。体现出中国作家满怀信心和期待，记录当代中国正发生的深刻变革，叙写当下中国人民热诚、深切而努力的追求与奋斗，所迸发出的富有时代气息的创作之美。

原载《金钥匙（汉文、蒙古文）》2022年第4期

逃离：主题与结构

——读路远的长篇小说《布里亚特女裁缝》

赵海忠

路远的《布里亚特女裁缝》是一部关于逃离的小说，逃离是作品的主要内容，人物的主要行动。逃离贯穿《布里亚特女裁缝》情节始终，因而具有了结构小说的意义。

一 被逼的逃离

《布里亚特女裁缝》既有逃离个体，也有逃离群体。逃离个体如二月、黑教员、灵芝、老赛等，逃离群体如亚克汗带领的布里亚特部族。逃离个体和逃离群体的连接、叠加、交汇，构筑起《布里亚特女裁缝》这部小说的基本框架。作品的故事情节说明，这些个体和群体逃离的原因不仅仅是偶然的表面性的命运或遭际。透过逃离看逃离，能体会到作家对民族国家社会历史等方面的关注与思考。

黑教员本名叫赫然，从桑干河岸边逃到化德县，在乡间担当了文化教员，然后再从化德县逃到嘎鲁图，可以说是一个接力逃离。黑教员年轻时曾在北平念书，经历了社会的动荡、城市的骚乱、个人的苦难和家庭的变化。黑教员逃离途中遇到了在地里抠冻山药的二月，二月出于本能和尊敬救了他。二月十六岁嫁人，眉心长着一颗梅花痣，她嫁到汪家之后，先是老公公病倒瘫痪，然后是因为天灾而地里颗粒无收，最后是其丈夫躲丁被砸死在一孔废窑里。二月的婆婆认为儿子是二月妨死的，加上二月没生下能传宗接代的男孩，所以让她干重活，里外受气，暗中以4块大洋、一只羊、几袋子山药将其卖给三喇嘛沟牛家三后生能带鬼。二月受到封建观念、宗法思想和邪恶力量的逼迫。作品描述，二月的家乡是一个穷地方，而愚昧落后的封建观念、宗法思想往往伴随着贫穷而产生，二者有着极强的因果联系。二月善良，却被认定是妨祖货、扫帚星、克星，不仅公公婆婆这样认为，自己的亲生父亲也持同样看法。二月勤劳，一年四季家里家外干活，却得不到任何尊重，甚至得不到最基本最正常的对待，每日饥肠辘辘。二月懦弱，在早应获得个人人身权利的年代，在妇女解放婚姻自主，寡妇可以改嫁的年代，二月的公公婆婆居然可以把她卖给一个智障光棍儿。所以，二月"在地里捡冻山药蛋时，她已经完全明白了自己眼下的处境：自己就是一只被捆绑住的羔羊，要杀要剐或是卖给他人，全由主家一句话。天老爷呀，你都看见了吧？他们这是要把我往死路上逼呢"！作品没有对赫然的逃离作更多的价值判断，单纯从个人经历的角度，赫然想不通："想想自己这半辈子，几乎一直在逃亡！可是自己并不是个坏人啊，为什么要东躲西藏呢？"黑教员和二月的个人经历、生活背景、文化知识等各不相同，但都受到环境的逼迫，内在逃离的需求使他们二人走到一起，最终逃离化德县而到了锡林郭勒草原的布里亚特蒙古人部落。

灵芝是二月的女儿，二月当时和黑教员逃离时把她留在了爷爷奶奶身边。灵芝的爷爷奶奶得了牛家的银元等，所以她被牛家兄弟强夺了过去，准备给能带鬼当童养媳。这是一个不幸的孩子，她在牛家吃不饱，穿不暖，干苦活，无自由。更为压抑和恐怖的是，灵芝和一个患青光眼的老婆婆及其三个儿子日夜生活在一起，因此内心有着不自觉的本能的逃离意识。灵芝的逃离当然需要外力帮助，作品写二月和黑教员特别是黑教员为了帮其逃离费尽周折，吃尽苦头，其间也体现出人间炎凉冷暖，社会美丑善恶。

赛智布也就是人们所说的老赛，是卡尔梅克女人的丈夫，他和巴拉参加了塔巴哈耶夫的部队，在一次战役中被苏联红军围住。巴拉的马被流弹打死，老赛把自己那匹马的缰绳塞给了巴拉。巴拉逃走了，赛智布却被红军抓住做了俘虏，从此没有音信，多年不知是死是活。作品描写他不堪忍受西伯利亚劳改营的折磨，为了和妻儿团聚，在被故意冻伤失去双腿的情况下，他用自制的滑轮车从一千俄里之外回到布里亚特部族，可谓九死一生的经历。巧合的是，也是二月在捡牛粪的时候发现了老赛并且将他拉回布里亚特部族这里。最后，在复杂矛盾的局势中，亚克汗说服了卡尔梅克女人托布秀尔，托布秀尔又说服了赛智布，赛智布亲手结束了自己的生命，不给库兹涅佐夫上校等可乘之机。作品突出叙写了他不想被利用，也不想再离开这片草原和他的妻子、孩子。赛智布逃离的最终归属是在布满阴谋与圈套的背景下，把自己的半身热血流在了嘎鲁图。二月、黑教员与赛智布北往南来式的逃离组合起来，一下子拉出了开阔的小说空间范围。

作品中亚克汗率领的布里亚特部落，原本生活在西伯利亚地区，1917年十月革命后，布里亚特蒙古白军塔巴哈耶夫部队和红军在布里亚特草原上展开战斗。当战火已经蔓延开来的时候，部落头领亚克汗带着整个部落悄然离去，开始了数年的流浪。他们先是迁徙到了锡尼河，又从锡尼河来到锡林郭勒，希望能远离战乱，过和平宁静的生活。然而，在国际国内几种力量的交织较量中，这个布里亚特部族一直不能安宁，难得平静。布里亚特部族的辗转迁徙和逃离，包含了和平与战争、归顺与背叛、祥和与离乱等因素。作品以布里亚特部族去留逃守这个大关节为枢纽，写了部族头领、三老的商议，写了全民集体投嘎拉哈羊拐骨表决，有着丰厚的民族、部族和历史社会元素，刻画出部族面临的严峻形势和生死存亡选择。

不同人物和部族之所以发生逃离行动，都是源于外部环境的剧烈变化。这种剧烈变化，已经对逃离者形成了逼迫或者危害，主人公与环境呈现出极度不协调的矛盾，逃离者则处于弱势。《布里亚特女裁缝》就是这样，以宏阔的社会历史为背景，将几种不同性质规模的逃离安排到一部小说中，给读者以凝重深沉的阅读感受和心灵冲击。

二　艰难的逃离

逃离是艰难的。逃离者往往是弱者形象，多数也是作者肯定或同情的对象。逃离者的逃离，由外而内是煎熬磨难和考验历练，由内而外则展示着人物的思想性格和价值追求。

二月和赫然的逃离可谓历尽艰险。赫然在二月的帮助下藏身于废砖窑里。二月拿了些替换衣物，几块面人馍馍，暗暗告别灵芝，与赫然踏上了逃离之路。作品集中笔力对他们逃离的艰难做了叙写。他们出发时是大风暗日，第三天早上才看见一抹晴天。途中搭上了一挂马车，二月的五脏六腑都被颠出来了。吃完面人，赫然到户家乞讨食物，让看家狗咬住了小腿。到达阿巴哈纳尔左旗的嘎鲁图，他们整整用了七八天的时间。到达那天，作品描写他们经历了一场铺天盖地的大黄风。二月虽然在家乡也经历过大风暴，但这么猛烈的风暴还是头一回领教。“草原的狂野令她浑身战栗不已。豆粒大的石头子儿在天空飞翔犹如霰弹。二月虽然用头巾蒙住了脸但是没有用，沙砾打得她头昏脑涨，站立不稳，多亏了黑教员扶着她，她才没有被大风吹跑。”到达嘎鲁图后，她昏睡两天两夜才基本恢复了正常。二月和赫然的逃离，除了开始时的惊恐惧怕之外，其艰难性主要体现在路途的遥远和自然环境的恶劣。

灵芝的逃离也充满艰难和变数。先是牛家三兄弟几食其言，令赫然难以应付。赫然没有办法，只能回到嘎鲁庙去求援。途中赫然发高烧，后来病情恶化到没有了气息，回到嘎鲁图，他基本上是死亡状态，是神奇的老萨满杜巴才使他还魂于人世。第二次赫然决定趁牛家不备，把灵芝劫走。作品描写了灵芝这次没有成功的逃离：“灵芝虽然年幼，可她奔跑的速度丝毫不比他的慢。她好像一个刚刚从铁笼子里放出来的小生灵，目光中充满了惊恐不安，但又满含着希冀和渴望。她的一只小手紧紧地握着那男人的一只大手，一刻也不敢松开。她相信只要不停地跑下去，她就能远离这个地方，见到她已经快要淡忘了的母亲。”然而暗夜逃亡只是他们噩梦的开始，他们逃离的结果是走投无路。灵芝还被看管在牛家，可怜赫然被蛮横的牛家三兄弟施以剜眼睛的恶行。若不是苏乾苏教导在他们剜了第一只眼睛后偶然来到现场，赫然就会两眼被剜，双目不存。最终，在苏乾的具体帮助下，灵芝几年后才得以和赫然一起逃离化德县，而与母亲二月会合。灵芝的逃离，其艰难性主要是由于自身的弱小和恶人无赖的蛮横、无理。

老赛的逃离更是不可想象的艰难。他首先是被关在西伯利亚的劳改营，然后被冻伤失去了双腿。一千俄里，接近北京到上海的直线距离，老赛是靠坚强的意志，用自制的滑轮车逃了回来。逃回来之后，老赛也不能公开在部族生活，最终在多种力量和关系的较量中，只能自杀身亡，以保部族利益。赛智布的逃离，其艰难性主要源于异国异族强势政治军事力量的介入、作梗和摧残，当然从现实状态来看，失去双腿使其逃离行动极度地不同于寻常。

布里亚特部族在亚克汗的带领下，处境艰难，颠沛流离，夹缝中求生存，惶惶不可终日，全民处于持久巨大的惊恐之中。围绕布里亚特部族，几方力量的看法和行为各不相同。哥萨克军官、库兹涅佐夫上校等人的态度是：“你们想找死吗？一看你们就是背叛祖国的白匪！”库兹涅佐夫上校明确对亚克汗说“祖国的大门是永远向你们敞开的，布尔什维克希望你们能回归到祖国的怀抱”。至于巴拉耶夫等十几个人，库兹涅佐夫上校认为他们是反革命暴乱，必须得镇压！展涛和傅作义的意思是：“傅将军非常同情我们的处境，决定把这片草原永远划给我们，让我们永久居住在这里。所以，大家今后什么也不必担心了，这儿，将是我们永远的故乡！”“锡林郭勒的布里亚特旗，是国民政府几年前正式行文承认过的，是断不会更改的。倘若你们不放心，过几日政府会让蒙藏委员会正式发布文告。”“天下永远是党国的天下，如有内乱，国军会出面保护你们的。只要你们忠实于党国，就能安居乐业，长治久安。”“普天之下，莫非王土，率土之滨，莫非王臣！蒙古高原，亦是我中华之疆域。尔等所在之地概莫能外。既然蒙藏委员会已经有正式公文，让尔等在此安身立命，那么，这里就是你们的家园，谁也不能剥夺尔等在此居住的权利。故，傅将军有令——寸土不让，寸土必争！”这些表态真假难辨，动机难明。苏坤的主张：苏坤开始时考虑到布里亚特部族面临的危险，传话要他们离开这里回锡尼河，但是后来形势发生了变化，他已经接到上级的命令，让他全力以赴配合安德烈，以必要的武力手段，执行那项任务。作品形象地描述了布里亚特部族艰难的社会处境，亚克汗最终决定不逃避、不妥协、不受辱！但是布里亚特部族的最终结局是那年八月，经过一场战争，嘎鲁图一部分幸存的布里亚特人被遣送回锡尼河草原。无疑，这个部族是这次战争的失败者。相对于上述逃离者，布里亚特部族的逃离，其艰难主要是各种政治军事民族力量对其生存、生活特别是心理上长时间的碾压、威慑。

与此相联系，在读《布里亚特女裁缝》的时候，会感到作者一直在捕捉、刻画、营造围绕笼罩布里亚特部族的独特的惊恐氛围：荷乐玛——荷乐玛便不再说话，她的眼睛里那股悲伤挥之不去。这对于她是极少有的。平时，她是个非常乐观的女人，眼睛里是盛满五月的阳光。可是现在，那股阴霾却占据了整个瞳孔。巴拉——“但愿我们能在这里永远生活下去，再没有人赶我们走了！”亚克汗——赫然那时已经看出来亚克汗心事重重，心中似乎隐藏着很深的忧虑，只是没有对他说出来而已。亚克汗不喜欢上校的眼睛，在上校目光的凝视下，他有种惶惶不安的感觉。整个部族——这个男人的到来，让原本平静的部落突然变得骚动不安起来。他的出现，犹如一道微弱的闪电，虽然只闪了一片并不耀眼的光芒，可是，却预示着更大雷雨的来临。从此，部落开始躁动起来，人们怀着恐惧的心理开始等待那场大雷雨的到来。整个嘎鲁图营地都笼罩在不安的阴云里。既是局外人也是局内人的二月——二月浑身颤抖起来。她把这里当成了没有杀戮只有安宁的一片乐园。可是突然间，和平和安宁消失了，骤然间，杀戮的乌云袭来，一场腥风血雨即将降临……

当然，从另一个角度讲，赫然、二月、灵芝、赛智布和布里亚特部族的逃离，不能全部看作是懦弱和避让。逃离即是背叛和决裂，艰难中体现着逃离者的尊严、追求和反叛精神。小说在描述他们逃离这一客观行动的同时，不忘对其倔强、抗争、不失尊严等主观精神实质的揭示，从而形成了作品硬朗刚正的骨架和底色。正如作品对二月所做的陈述：一个女人，可以很柔弱，也可以很刚强。我母亲应该是二者兼而有之。我猜想，她之所以能舍弃小女儿而不顾，毅然离开那个穷乡僻壤，开始了她另外一番命运，与其说是生活的逼迫，不如说是性格使然。母亲刚毅的性格在她上了岁数之后，尤其显得突出。她羸弱的外表下面藏着一颗十分刚强的心。在严酷的现实面前，她从来没有低过头。至于布里亚特部族，小说写了他们逃离中还有最终的不逃离，躲避中还有最终的不躲避。此外，在布里亚特部族里，有太多像巴拉、欧卡娜等不屈服敢战斗的人物形象。即使是亚克汗，表面看来是一个惆怅而敏感的逃离者，实质上是一个深思熟虑敢做敢当有血性的部族头领，如果不是考虑整个部族的生死存亡，他极有可能做出更加决然的举动。

三　新鲜的逃离

小说应当给人以新鲜的阅读感受，以陌生人的角度和眼睛传达相应的对象和景致，是小说家常用的一种选择。逃离必然会带来新鲜的自然环境和社会环境。逃离者的观察，既有惊魂未定中的匆匆一瞥，也有稍稍安歇后的细细审视。作为一个外来者，逃离者对陌生地的感知往往是在与旧经历旧环境的比较中展开的。

二月和赫然经历的草原风暴：

风暴到来之前是有预兆的，可是他们却没有发现。从地平线那边滚动着一团浑浊，天被压低了，被那股可怕的力量压得弯弯曲曲。浑浊逐渐逼近。接着便见那圆如球体的沙蓬草滚滚而来，开始只有寥寥几个，后来却越来越稠密。这些滚动的柴草来势凶猛，汇集起来犹如千军万马在奔腾，势不可挡。在风的疯狂的吼叫声中，大地开始战栗了。地上先是最轻微的尘土被扬起来，接着是稍重些的柴草枝条，后来，连指头肚大小的石头子都被抛撒起来，形成一股合力，不顾一切地向前冲去。

二月感受到的草原雨夜后的早晨：

夜里下了一场透雨，早晨二月推开门时，看见外面变成了一个亮晶晶的世界，草原到处都是明亮光鲜的，所有的草叶上都挂着密密麻麻的珠玑，它们一起闪闪发光此起彼伏，有的在宽厚的草叶上滚动着，有的则悬挂在绿叶下面，似坠非坠的样子。马子跑过去的时候溅起坑洼里积下的雨水，噼里啪啦的声音十分响亮。空气新鲜得止不住颤抖，吸到肚子里还能感觉到那股湿漉漉的雨水的味道。

这种新鲜的因素充满整个作品，弥散在小说的字里行间。作品描写，二月到了布里亚特部族之后，似乎听见了地下正在快速生长着的草根儿在温柔春夜里窃窃私语，总能看到一些白色的小精灵在草原上跳来跳去，吟着一些她根本听不懂的诗，唱着一些她一点儿也听不明白的歌儿。二月的这种感受充满细腻丰富的想象力，作者捕捉描写得非常奇妙和美好。特别是对比她原来的生存生活环境，二月觉得布里亚特部族是那样地美好，认为那是一个近乎乌托邦的社会，因为生活富足，因为游牧生活潜移默化所定下的规矩，人与人的关系是兄弟姐妹般的友爱。作品还叙述，二月从那里知道了什么是人与人的平等，什么是对人的尊重。二月甚至理解了在草原上的确存在着一种博大精深的爱。然而这种感受被后来局势的发展打破，因而这些新鲜的东西带有了忧郁低沉的氛围。

作品对二月的各种感觉都作了充分的关注和描写，二月的形象也因此逐渐丰厚，逐渐细腻，逐渐多彩。作品多次写到二月对新鲜味道的敏感。二月从赫然身上嗅到一股洋胰子的香气，那是她一辈子头一回从一个男人的身上闻到了香味儿。二月从温师傅身上闻到了法国香水的味道，那是二月从来没有闻到过的一种香味儿。二月在大头领家里闻到了一股咖啡味儿和大列巴的味道，那是她在这之前从来没有闻过的味道，嗅觉味觉和视觉在大头领家里得到了第一次全新体验，那记忆让她牢记了一辈子。二月对异族人的头发和胡须等肖像方面的感受也非常细致形象。如欧卡娜的头发："她心中惊叹公主头上的头发长得真好，一根根犹如直挺着的金属丝，散漫地飘在肩膀上能听到金属丝互相摩擦碰撞的轻微响声，音乐般悦耳。"如巴拉耶夫的胡须头发："褐色卷发桀骜不驯地从帽子下面钻出来，展示着它们优美的卷曲。""母亲感觉到他那坚硬的钢针般的胡须已经碰到她的嘴唇上。母亲说那时候她真的开始可怜他了，把他的头轻轻地揽进自己的怀里，抚摸着他那硬如钢刷子般的头发，不知道应该用什么样的语言来安慰他才好。"布里亚特的舞蹈对于二月也带有新鲜性："那是一段热烈奔放的布里亚特舞蹈，同时舞蹈中融入了豪放的哥萨克风格。跳到高潮时，索尼尔半蹲下去，一边拉着琴，一边交叉地踢着腿。他的那两撮小胡子也仿佛在跳舞，被鼻孔喷出的气息颤动着，跟着节奏一起一伏。荷尔玛的身躯虽然有点肥胖，但跳起舞来居然十分轻盈，与索尼尔配合得很是默契。"这些描写异域特征非常明显，堪称典范的关注和传达。

作品写到了烂围子的辣辣根、玉茭茭、乌麦、野地瓜，也写到了草原上的田苣菜、沙葱、哈剌海、黄花菜、地皮菜等，这些植物的根、叶、茎、实等，二月、灵芝和黑教员都吃过，甚至靠它们维持生命，因而在地理植物认知的基础上，具有一定的生存策略和地域物产意义。 二月搓莜面、绣鸳鸯、挑绞绞、裁剪、缝纫等，鼓匠们的演艺活动，布里亚特神秘的萨满、背诵家谱、骑马、打草等等，作家在作品中都有传神的描写，都在新鲜的注视下体现了较为丰富独特的文化历史元素，暗含一丝难以剔除的苦涩，值得一读。特别是紧扣作品主人公二月的活动所写的裁缝事务，如制作尤登帽、小尤登帽、红腰腰等，可谓精致之至。其他如巴拉耶夫喝酒、老赛抽烟、赫然被挖眼睛后听觉的变化等描写，非常新鲜细致形象生动，包含着深刻的思想和情感因素。

生存与生活逼迫逃离者在不断地尝试融入，并在融入中获得基本的生存条件和生活许可。接纳逃离者的人们也在试探熟悉逃离者，或者接近逃离者，或者疏远逃离者，或者驱逐逃离者。二者不断作用和反作用，形成交流互动的局面。读《布里亚特女裁缝》，我们可以感受到作者在新鲜的环境描写中，通过种种风景、风俗、文化的展现和拼接，渗透着人与人之间的交流和融合，体现着族群、地域、政治、军事等方面相遇之后的碰撞决裂或彼此接纳。

四　结构的逃离

之所以说逃离在《布里亚特女裁缝》中具有结构的意义，是因为：

逃离有时间的推移。任何逃离都有时间的推移，而盯着时间推移，是小说最基本的结构方式之一。实际上，不管怎么变化变幻，小说最终都不能逃脱时间的束缚。时间是世界的最基本要素，是自然社会人生的必要条件。唯其不同在于，逃离的时间比起一般的时间更有紧迫感、艰难度，是一种特殊的时间。以主人公二月为例，她的逃离经历了路途的颠簸和艰险，在锡林浩特的阿巴哈纳尔左旗的嘎鲁图客居多年，生活暂时得到安宁，心灵暂时得到抚慰，甚至还学了裁缝，获得了养家糊口抑或是带来灾痛的手艺。二月逃离的时间脉络，就是小说《布里亚特女裁缝》的结构线索。这似乎有点传统，但也显得平实，有利于作者将更多的精力集中在小说人物故事本身。即使如此，作者还是安排了特殊的叙述者即灵芝绿孩子，从而使小说具有了别致的叙述角度口吻和结构特点。

逃离有空间的转换。空间的转换是逃离的起始目的也是最终归属，不追求空间的转换事实上也难以成为逃离。从一般的地理空间来说，随着人物或者部族的逃离，小说《布里亚特女裁缝》涉及的地方有桑干河岸边、化德县、嘎鲁图、锡林郭勒、西伯利亚等地。这些地理空间一方面具有本身的地域特点，另一方面互相牵连，构织了宏大的地域结构网，为人物的活动提供了厚重广阔的舞台。而这些空间的设置和相互关系，正是由逃离把它们组接在一起，同时也自然而然地将各个空间中活动的人物连带呈现出来，有效地充实了小说的内容。

逃离有人际关系的变化。逃离行动直接带来人际关系或者说社会关系的转化。赫然从桑干河逃离来到化德县，在德善镇当了教员。后来又逃到锡林郭勒。逃离改变了赫然的人际关系。或者反过来说，追求改变改善人际关系正是赫然逃离的目的。此后，赫然为了救出灵芝，为了帮部族头领办事，往返于化德县和锡林郭勒之间，其间或必然或偶然，结识了许多人，发生了许多事，有的是零散的个体的，有的是集中的群体的，包含着比较丰富的内容。如果没有逃离，也便没有了围绕赫然的人物关系网及其变化和小说的故事情节。二月在化德县的时候，她的直接人际关系是公公婆婆，对其基本态度是歧视和嫌弃。还有自己的亲爹，也认为她是一个扫帚星，不吉利。女儿灵芝年纪尚幼，天天喊饿吃不饱。三喇嘛沟牛家正准备用4块银元等将她买去……到达嘎鲁图，她面对的是头领的审视，温师傅的收徒，还有其他众多的部族成员，个个个性鲜明。这里似乎更平和，逃离使二月的人际关系得到暂时调整、变化甚至优化。最后，随着故事情节的推移，二月有意无意之间卷入巨大的政治甚至军事斗争冲突之中，体现了大社会对小人物的裹挟。二月的行动在嘎鲁图草原上，留下了一个女裁缝的独特印迹。这印迹，犹如那一片野生的葵花，像一段古老的故事，旺盛的生命力与沉重的苦难同在。其他如灵芝、赛智布、布里亚特部族等，都是这样由逃离带动了人际关系发生变化。

总之，人的迁移、迁徙、逃离、逃亡，甚至逃命等等，包含着深厚的生活内容，蕴藏着丰富的文学元素。《布里亚特女裁缝》的逃离，历史背景多元，时空转换宏阔，人物关系复杂，个体心理细腻，且具有浓郁的地域、民族特点，成就了作品深沉的主题和完整的结构。

原载《文艺报》2019年4月1日

感天动地的绿色　感天动地的绿色壮歌

——评长篇报告文学《毛乌素绿色传奇》

吴玉英　刘文斌

肖亦农的长篇报告文学《毛乌素绿色传奇》（以下简称《传奇》，远方出版社2012年出版），真实而生动地记录了生活在毛乌素沙漠深处的内蒙古乌审旗各族人民，在科学发展观的光辉指引下走“绿富同兴”之路所取得的辉煌成果，谱写了一曲感天动地的绿色壮歌。

毛乌素沙漠又称鄂尔多斯沙地，曾经是我国四大沙地之一，这里不仅经济落后，“老、少、边、贫占了个全”，而且自然条件恶劣，人们说这里是“一年一场风，从春刮到冬”。过去，乌审旗几乎成了贫穷荒凉的代名词。早在1950年代末，“牧区大寨”乌审召的牧民们就在宝日勒岱的带领下植树种草，保住了自己的家园，但却未能阻挡毛乌素整体环境恶化的步伐。1960年代，北京军区生产建设兵团为治理沙漠，沿黄河两岸屯了4个师，足足10万人，战士们挖灌渠，平黄沙、种庄稼，人沙大战8年，“结果是沙漠越战越勇，越战越疯，甚至堵门叫板，偌大的兵团败下阵来，只得撤编解散，10万人各回各家”。

本文作者之一刘文斌，曾两次去过《传奇》中所写的乌审旗，对那里的今昔巨变有所了解，对书中所写感同身受。

1984年秋季，刘文斌所在的内蒙古师范大学中文系在乌审旗办了一个中文专业的大专班，他和另一位老师前去授课。因为要举行一个小型开学典礼，时任内蒙古师范大学校长的窦伯菊同志和时任中文系党总支书记的杨效春同志、系主任马国凡教授也一同前往。一行五人从呼和浩特到达当时伊克昭盟所在地东胜市后，住了一晚，第二天早饭后出发前去乌审旗委所在地嘎鲁图镇。考虑到路况差，窦校长带来的小轿车留在东胜市，换乘专程前来迎接的乌审旗一位姓刘的年轻副旗长的“212吉普车”。两辆吉普车在崎岖不平的公路上颠簸前进，从车窗向外一望，满眼全是望不到尽头的一个个沙丘，无一点绿色，令人想起当地一位老诗人的诗句：“瀚海茫茫，沙丘如巨浪起伏。”两位老师初看到这巨浪起伏般的茫茫沙海不免好奇，但很快就厌倦了，不由得打起盹来。然而，更糟糕的是，当两辆吉普车经过一条旧河床时，车轮陷入泥土，司机和刘副旗长一会儿用铁锹挖土，一会儿指挥大家用力推车，折腾了两三个小时，才总算离开那里，赶到嘎鲁图镇时，天已全黑。

两位老师讲课期间表示想趁周末到附近沙丘玩玩。班上学生听后很认真，时任乌审旗委办公室副主任的一位姓罗的同学，借来旗委一辆吉普车，请两位老师乘坐，男女同学骑自行车前往。跑了好远的路，来到茫茫沙海中一片不大的草滩上，同学们如同看到宝物般地激动，尽管时值金秋，草已开始发黄，但大家兴致依然很高，拉着两位老师不停地在草地上拍照。

当时的嘎鲁图镇，只有一个“丁”字形街，漫步20分钟即可走完。街上无一座楼房。奇怪的是，大街上骑自行车的人没有靠右走的习惯，好在行人很少，不会撞上人。商店外停放的自行车全不加锁。问其原因，学生回答说镇上人少，谁家有无自行车，是啥牌子，大家都清楚，所以没人敢将别人家的自行车偷回自己用，向外转移更不可能，因周围全是沙海，无法骑车，如果沿公路往东胜转移，要走两天才能到达。所以，当地无偷自行车者。两位老师上街理发、购书，当地人都热情地问：“你们是从呼市来的教授吧？”原来，旗里要请两位教授来讲课的消息早已在镇上传开，人们将这当作一件大事。刘文斌当时只是讲师，但镇上人都以为凡在大学授课的，全是教授。其文化之落后，可见一斑。乌审旗人对请来的两位“教授”非常尊重，每天给吃小灶。早点由厨房熬好奶茶，再派人到街上买麻花送来。但遗憾的是，那麻花坚如木石，“教授”被当地人的感情感动，不好意思多说，只得放在奶茶中浸泡后再吃。中秋前夕上街，看到副食店前的木牌上几个大字赫然写着：“包头月饼展销”，才知道包头月饼竟成为当地“展销”的美食。

2004年，中共乌审旗委贯彻中共中央提出的科学发展观，确立了“以人为本，建设绿色乌审”的战略决策，强调在推进工业化、城镇化进程中治理毛乌素沙漠，并采取禁牧舍饲、退耕还林、退牧还草等一系列措施，有力地促进生态的恢复和经济的发展，实现了“绿富双赢”。

2007年8月，为庆祝内蒙古自治区成立60周年，乌审旗办了规模盛大的“萨拉乌苏国际艺术节”。刘文斌同内蒙古文学艺术界联合会一些同志乘一辆大巴车前去出席。大家早饭后出发，中午到达东胜市，午饭后出发赶往嘎鲁图镇，仅用了4小时。一条宽敞的柏油马路坦荡如砥，坐在车内感到舒适平稳。从车窗向外望去，公路两旁是两排整齐的树木，远处巨浪起伏般的沙丘不见了，看到的是绿色大毡子般的草地、树林，上面偶尔撒着如云朵般的牛群、羊群。大巴车驶入嘎鲁图镇，只见街道笔直，马路宽阔，座座高楼鳞次栉比，问孙教授当年讲课的教室和住过的宿舍，当地人说那里早已盖成了楼房。刘文斌随内蒙古文联代表团乘大巴参观游览了两天，当年的沙海中建起了工业园区，只见园区内楼房整齐、洁净，楼房周围花草树木环绕。乌审博之源化工园区内处理过的污水，竟然汇成一片湖泊，草木繁盛，鹅鸭成群。艺术节开幕式进行过后，举办了规模盛大的歌舞演出，应邀前来的国内外艺术家们纷纷登台献艺，当地的青年粉丝们上台向演员献花、合影，宛若电视上常看到的场景。嘎鲁图镇已然成为一座新兴的现代化城市，乌审旗蒙汉各族人民走进了一个新的时代。

《传奇》援引权威部门发布的资料数据显示，2003年到2010年的8年中，乌审旗生产总值和财政收入均增长了21倍，城镇居民人均可支配收入增长了3.3倍，农牧民人均纯收入增长了2.5倍。2010年全旗植被覆盖率接近80%，森林覆盖率达到31%，超过了全国平均水平。[①]2009年8月，有联合国人居署和亚洲人居署人员参加的中国房地产及住宅研究会人居环境委员会会议，将乌审旗定为“中国人居环境示范城镇”。2009年7月26日发布的《第九届全国县域经济基本竞争力与科学发展评价报告》中，乌审旗位列西部“百强县”的第33位。乌审旗“绿富同兴”的成功经验，不仅为我国资源富集、生态脆弱的中西部地区闯出了一条可持续发展的绿色通道，也为解决土地荒漠化这一世界性难题提供了成功的范例。有资料统计表明，我们的国家和我们生存的这个地球，都在为荒漠化所累。在人类当前面临的诸多问题中，荒漠化是最重要的问题之一。正因为如此，毛乌素绿色传奇在世界范围内引起了巨大的反响。《联合国防治沙漠化公约》执行秘书吕克·尼亚卡贾说：“毛乌素项目是成功的范例，将人类望而生畏的死亡之海变成孕育新能源和优质食品的宝藏。”[②]联合国可持续发展大会秘书长沙祖康说：“中国内蒙古毛乌素项目是一个

① 肖亦农：《毛乌素绿色传奇》，远方出版社，2012年版，第97页。
② 转引自赵晏彪：《生命与心灵的双重体验》，《文艺报》，2012年6月8日。

令人鼓舞的成功实例……其在应对全球气候变化、肩负社会责任、发展绿色经济方面做出了巨大贡献，其经验值得其他国家借鉴。”[①]鲁迅当年谈到文学创作时曾说：“选材要严，开掘要深，切不可将一点琐屑的没有意思的事故，便填成一篇，以创作丰富自乐。”[②]《传奇》以乌审旗人民在“绿富同兴”之路上实现“绿富双赢”这一关系到全人类治理土地荒漠化的重大历史事件为题材，这就为这部报告文学取得成功奠定了坚实可靠的基础。

当然，题材本身的意义与价值，并不就是作品本身的意义与价值，评价一部作品，不但要看它写了些什么，还要看它是怎么写的。《传奇》没有仅从技术层面介绍乌审人治沙的经验，而是突出讲述并讴歌了不同群体英模人物为建设“绿色乌审”作出的杰出贡献，刻画了一批生动感人的绿色英雄的崇高形象。他们中不但有毛乌素土生土长的贫民英雄，如半个多世纪前就带领村民在大沙漠里植树种草十几年、得到联合国官员高度重视和陈毅元帅热情颂扬的“牧区大寨”乌审召的带头人宝日勒岱，有独自在沙漠中苦干25年，绿化了家乡井背塘附近6万余亩荒沙的“全国劳动模范”殷玉珍，有领着一群蒙古族姐妹开进沙漠深处苦干10年，为4万亩红沙梁披上了绿装的“全国三八红旗手”乌云斯庆，有拉着丈夫辞掉公职到沙漠里种树，开辟出一条规模化、企业化治沙之路的“疯女”浪腾花，有在治沙战线工作30余年、几乎将生命的全部贡献给毛乌素沙漠的“痴女”、乌审旗治沙站站长、高级工程师徐秀芳，等等；而且有蜚声中外的科学巨匠和文学大家，如“两弹元勋”“中国航天之父”钱学森，他曾多次利用在中央开会休息时间与宝日勒岱讨论沙漠治理，并于1984年正式提出知识密集型的沙产业理论等前瞻性科学治沙思想，为科学治理沙漠指明了方向；还有当代著名诗人、中国作家协会党组原副书记兼秘书长郭小川，他早在1960年代初，即深入毛乌素沙漠深处采访40多天，写出长篇通讯《牧区大寨———乌审召》和《英雄牧人篇》，分别发表在《人民日报》和《内蒙古日报》的显著位置，引起了全国对土地荒漠化的关注。此外，还有坚定不移地带领全旗各族人民走“生态立旗”之路的乌审旗各级党政干部，以及积极为建设“绿色乌审”献计出力的企业家们，等等。这些英模人物身上，充分体现出以爱国主义、集体主义和革命英雄主义为核心的中华民族精神和以改革开放为核心的时代精神，堪称民族精英、时代先锋，将激励人们为建设美丽中华而奋力拼搏。值得称

---

① 转引自赵晏彪：《生命与心灵的双重体验》，《文艺报》，2012年6月8日。

② 鲁迅：《关于题材的通信》，《鲁迅全集》第4卷，人民文学出版社，1981年版，第366页。

道的是，作品在讲述毛乌素的英模人物时，未对他们进行美化和粉饰，而是深入到人物真实生活和内心世界中，客观朴素地予以呈现，于是我们看到：宝日勒岱不但在初听到钱学森向她讲沙产业、沙资源这些新鲜名词时一脸茫然，甚至在很长一段时期都莫名其妙；殷玉珍虽曾发誓“宁可累死，也不让沙漠欺负死”，但在遇到困难时也曾有过悲观动摇，甚至打退堂鼓的想法；习惯于旧的生活和生产方式的农牧民们，几乎对工业化、城镇化进程中的每一项新举措，都曾有过怀疑甚至抵制。凡此种种，使得乌审人的形象似乎不那么高大完美，然而，正是这些受传统生产方式形成的传统思想束缚的农牧民形象，才是真实可信的，这些有缺点的英雄才是真正的英雄，读者读到作品对这些英模人物的朴实记录，更加相信毛乌素绿色传奇并非虚幻的神话。

《传奇》作者深知源远流长的鄂尔多斯历史文化在建设“绿色乌审”中的重要意义，作品在反映乌审旗各族人民治理沙漠的同时，以相当大的篇幅讲述了那里的历史文化，如“一代天骄”成吉思汗西征路经鄂尔多斯时，情不自禁地赋诗赞美当地的自然美景，并留下了他魂归长生天后“这里就是本汗千年安睡之地”的“圣谕”；南北朝时期定都于乌审旗草原的大夏国皇帝赫连勃勃，曾登高赋诗“美哉斯阜，临广泽而带流……”；1920年代，席尼喇嘛领导的“独贵龙”运动为反对放垦、保护草场同官府、王爷进行英勇斗争；还有明代蒙古族伟大的文学家、历史学家萨冈彻辰和他的巨著《蒙古源流》，以及近代具有民主主义思想的蒙古族诗人贺希格巴图等。《传奇》在继承了以往文学和史学著作中对上述历史人物的社会性、政治性的传统表达的基础上，又注入了生态意义，弘扬了蒙古族民族“敬天惜地”“天人合一”的进步理念和热爱自然、保护生态环境的优良传统，《传奇》中还引用了许多与毛乌素生态有关的唐诗、元曲，以及蒙古族古老的民歌、谚语，还有汉族的信天游、山曲。这些，不但使作品的民族特色、地域特色更加浓郁，而且进一步唤起人们对自然、文化、社会、政治、生态的多重关注，体现出作者高度的文化自觉和文化自信。正是出于这种文化自觉和文化自信，作品还反映了近年来乌审旗各级党政领导对文化工作的高度重视。他们将提高建设“绿色乌审”中的文化含量作为工作中的重头戏来抓，依据历史文化、民族文化、宗教文化、生态文化四个层面，实施思想道德铸魂、人文遗产保护、文化精粹抢救、文学艺术创新、文化产业发展五大工程，在“绿色乌审”建设中打造“中国苏力德文化之乡”“中国蒙古族敖包文化之乡”“中国鄂尔多斯文化之乡”“中国马头琴文化之乡”四大品牌，各种文化活动搞得既专业化又群众化，不仅带来可观的经济效益，而且提高了人们的文化素质，促进了人的全面发展，为建设“绿色乌审”提供了强大精神动力。

乌审旗是蒙汉各民族聚居的地区，这里各民族之间的相互关系如何，是《传奇》绕不开的话题，也是读者关心的问题。作者为了突出该书的主题，未在这方面花费太多笔墨，书中甚至连“民族团结”的字样都没有。然而，读者从书中却不难体会到蒙汉等各民族人民和谐相处，并肩战斗，共同为建设“绿色乌审”而努力。书中写到“下乡书记”宝日勒岱第一次去看望被当地人称作“背井塘那个陕北婆姨”的殷玉珍时，“她望着绿浪起伏的背井塘，不禁思绪翻滚，热泪盈眶。她搂着殷玉珍瘦弱的肩头，动情地说：‘孩子，在这大沙窝子里种下这么一大片林子，你得吃多少苦啊！’……殷玉珍就像依偎在妈妈的怀中，激动得泣不成声”。书中写到乌云斯庆和丈夫乌拉一起去看殷玉珍时，“殷玉珍问：你就是河对岸的乌云斯庆？领着一群蒙古族姐妹开进乌兰温都尔沙漠治沙的乌云斯庆？’乌云斯庆点了点头。殷玉珍一把抱住她说：‘我的好妹子，你咋敢哩？咱是女人，姐要不是差点让沙漠欺负死，我才不……’乌云斯庆说：‘就是你说的这句话，才把我们姐妹鼓热的哩！人家河南的殷玉珍能降住沙，咱为什么不能！……’殷玉珍道：‘咱以后隔着河拉话，我唱信天游，你唱蒙古歌，咱们比着干。’”读者从书中还看到，钱学森与宝日勒岱因治理沙漠这个共同感兴趣的谈不完的话题，结成忘年交；宝日勒岱当众为在乌审召建绿色电厂的企业家李京陆穿上了华美的蒙古袍、献上哈达和美酒，打消了当地农牧民对李京陆和他的办厂计划的重重疑虑；每年5月13日，蒙汉人民一道前往萨冈彻辰陵地，隆重祭祀这位为中华文明作出重大贡献的伟大的蒙古族文学家、史学家。《传奇》一书中的上述场面和情节，以及蒙汉各族人民共同祭奠成吉思汗、萨冈彻辰等中华民族优秀人物的动人场景，无不充分反映出蒙汉各族人民相互鼓励、相互学习、相互支持，手挽手、肩并肩、心连心，共同建设绿色乌审、美丽中华的动人情景。恩格斯当年评论德国女作家敏·考茨基的小说《旧人与新人》时指出：“倾向应当从场面和情节中自然而然地流露出来，而无须特别把它指点出来。”[①]《传奇》正是这样，全书中找不到“民族团结”的字样，但却在场面和情节的生动叙写中，不经意间奏响了一曲民族团结的颂歌。

《传奇》作为一部20余万字的长篇报告文学，所写事件时空跨度大，出场人物

① ［德］恩格斯：《致敏·考茨基》，《马克思恩格斯选集》第4卷，人民出版社，1995年版，第673页。

多，但作者巧于剪裁，精于布局。全篇以作者重回毛乌素寻找当年司空见惯的浩瀚沙海为叙述主线，主要采用第一人称叙事，读者阅读作品，仿佛跟随作者一路走、一路看、一路听，深切感受到乌审旗昔日的荒凉贫穷和今天的美丽富饶，感受到乌审儿女的勤劳、勇敢、智慧。然而，当书中讲述到乌审旗历史上的一些重大事件和重要人物，如萨拉乌苏河谷那颗“中国牙”的来历、成吉思汗西征路经鄂尔多斯留下“圣谕”以及席尼喇嘛被叛徒杀害等，则改用第三人称叙事，并且突破报告文学不允许虚构的窠臼，而遵循文学创作中历史叙事应“大事不虚，小事不拘”的原则，通过合理想象，补充史书链条中的断裂部分，使历史事件得以形象地再现。不仅如此，作品还将历史的叙述与现实的书写交织对应，不但在抚今追昔中升华了作品的历史感和现实感，而且避免了平铺直叙容易造成的阅读乏味，令读者在一波三折的讲述中荡气回肠、一咏三叹。书中既有宏观粗略的概述，包括一些必要的统计数据，也有微观细腻的描写，疏密相宜，详略得当。如第一章中写作者当年在毛乌素亲身经历的年轻农妇无换洗的衣服、壮年男子夏季翻穿着皮袄见人以及搭车外出遭遇沙尘暴险些丧命这些令人无比尴尬和辛酸的“毛乌素往事”，以及第四、第五章中讲述那些可歌可泣的绿色人物和优美动听的绿色故事时，都精雕细刻、绘声绘色、令人动容。而对于“牧区大寨”乌审召“文化大革命”中发生过的一些敏感事件，则以粗线条勾勒，作者援引一位俄罗斯作家的话“鹰有时飞得比鸡低，但鸡永远也飞不了鹰那样高”，然后写道：“在我心中，宝日勒岱永远是盘旋在毛乌素沙漠上空的一只苍鹰，让我辈仰之。”虽只寥寥数语，却将那个畸形岁月中发生过的乱麻团般的一些事，梳理得一清二楚。既节省了篇幅，又揭示出事物本质。作品的“引言：毛乌素沙漠的秋天好喧闹”，写作者2011年深秋重回毛乌素寻找茫茫沙海不遇时产生的欣慰与喜悦，“尾篇：想起了郭小川”，写40多年前诗人郭小川在茫茫沙海中寻找绿色而难得时产生的焦虑与不安。前后呼应，今昔对照，反映出毛乌素翻天覆地的变化，令读者深长思之，感慨万千。

文学是语言的艺术，“文学的第一要素是语言”[①]。《传奇》的语言艺术也堪称一流。这既表现于其叙述人语言，也表现于其人物语言。从叙述人语言来看，不但朴实、自然、流畅，而且辅之以必要的、恰到好处的描写、抒情、议论，大大增强了作品的艺术感染力。作品开篇写作者2011年深秋在毛乌素看到的景象：“……放

① ［德］高尔基：《同青年作家的谈话》，高尔基《论文学》，人民文学出版社，1978年版，第332页。

眼望去，覆盖沙丘的草浪已经呈现青黄，草尖上粘扑着薄薄的白霜，在浓郁的秋色中，大片大片绿得发黑、油亮的沙地柏像是给毛乌素沙漠铺上了一层厚厚的绿色绒毡，无边无际。樟子松、油松透着青绿，挺立在飒飒的秋风之中。株株柳树、白杨树满身金黄、彤红，在高高的蓝天下彰显着难以言说的华贵雍容。云朵般的畜群自由出没在黄中透绿的茫茫草浪里。”读着这段细腻生动的描绘，读者仿佛在观赏一幅绚丽多彩的俄罗斯油画，又像在聆听一支悠扬美妙的蒙古族牧歌，顿觉心旷神怡，美不胜收。书中第四章讲述了治沙女英雄们的光辉业绩后，写道：“这些伟大的女性，用自己的生命、汗水和泪水滋润了毛乌素沙漠，才使今天的毛乌素沙漠这般妩媚，这般苍翠，这般春光无限。”这些抒情诗句般的语言，可谓画龙点睛之笔，大有“立片言以居要，乃一篇之警策”[①]的效果。书中第五章讲述了胡锦涛总书记2008年1月19日看望钱学森老人时，高兴地对钱学森说：“前不久，我到鄂尔多斯市考察，看到那里的沙产业发展得很好。沙生植物的加工搞起来了，生态正在得到恢复，人民的生活水平也有了明显提高。钱老，您的设想正在鄂尔多斯变成现实。”作者接着议论道：“……当代乌审人既要为先人还债，又要为后人播绿，勇敢地承担起历史赋予的绿色责任。乌审儿女要走的绿色担当之路还很长，任重道远啊，英雄的乌审儿女！”这些催人奋进、激人向上的精辟议论如警钟长鸣，战鼓频催，它将久久回荡在乌审儿女的心中，回荡在广大读者的心中。《传奇》中的人物语言更为精彩，作为当代小说名家的本书作者，继承了中国小说主要通过人物的语言和行动刻画人物的传统表现手法，对人物的肖像描写简洁传神，人物的心理描写更少，而主要通过人物的语言和行动去反映人物的身份、教养、性格以及人物间的相互关系。书中写到周恩来总理，只有他的一句话。那是中共第九次全国代表大会筹备期间，细心的周总理发现“牧区大寨”乌审召的代表不是他和党中央熟悉的宝日勒岱，就询问当时的内蒙古自治区负责人，负责人说宝日勒岱是“内人党”，被革命群众揪出来了。“周恩来厉声地说：‘她宝日勒岱就是国民党，也要让她出席我们党的九大。’”这短短的一句话，斩钉截铁，掷地有声，不仅反映出总理对宝日勒岱的充分了解和高度信任，也显示出总理刚毅的性格特征和果断的工作作风。不仅如此，读者从中还不难体会到总理在那个畸形年代对乌审召人植树治沙、保护环境生态行动的全力支持。一代伟人周恩来的高大形象跃然纸上。再如，从书中解放

① 陆机：《文赋》，转引自郭绍虞主编《中国历代文论选》第1册，上海古籍出版社，1979年版，第172页。

前入党并长期担任村党支部书记的老党员郑三有的语言和现任嘎查党支部书记巴图那顺的语言中，不难感受到他们都热爱家乡，对党的事业忠心耿耿，但两人表达的方式却大不相同，不仅打上了各自所处时代的烙印，而且体现出各自民族语言的特色。书中即使是一些次要人物，如住在汽车道班附近的米家老汉、萨拉乌苏河谷看管鱼塘的陕西籍农民老王、农民女诗人任俊祥的丈夫老马以及大学生村官塔鸽塔（“鸽子”）等，虽然书中只出现过一次而且说话也不多，但读者从他们极富个性化的语言中，不难想见其性格特征，如米家老汉的“认死理”、老王的实在、老马的憨厚、“鸽子”姑娘的执着等等。

《传奇》在艺术上所取得的巨大成功，得力于作者高度的社会责任感和高尚的人文情怀。肖亦农弱冠出塞，在毛乌素生活工作了41年，当过多年军垦战士和养路工人。他对第二故乡毛乌素感情极深，对沙漠给乡亲们造成的艰难困苦感同身受，沙漠成了他一生的梦魇，是他神经最脆弱敏感的地方。他坦言自己是环保主义者、“绿党”，并称“优秀的作家和学者都应该是地球的代言人”。正是出于这种崇高的使命感，当他2008年春季从一次权威发布会上获悉鄂尔多斯土地绿化面积已超过全国平均水平，毛乌素沙漠不久将消失的信息时，异常兴奋。他放下手中正在创作的电视剧本，搜集、整理了有关毛乌素沙漠及乌审旗的历史、文化、农牧林业、工业、地理、地质等各式各样的资料，伏案阅读了足有上千万字，晓得了毛乌素沙漠的古往今来。他还特意从不同的方向穿越毛乌素沙漠进入乌审召，采访了上千人次，其中有旗委书记、旗长、治沙站长、林业局长、嘎查党支部书记、企业家和普通农牧民，亲耳聆听了毛乌素从远古走向现代的铿锵节律，亲眼目睹了一座座沙丘的悄然消失，心灵受到了极大震撼。他动情地写道：“是10万乌审儿女用生命、汗水以及丰富的想象力、卓越的创造力，还有渴望现代美好生活的激情，书写了毛乌素的绿色传奇。我要记录这部绿色传奇，我要向广大读者解读毛乌素的前世今生。”应该说，肖亦农实现了自己的这个愿望。他笔下的这部《传奇》，不但真实而生动地记录了毛乌素的历史巨变，直击世界土地荒漠化治理的重大课题，探讨中国经济发展与生态建设的关系，而且弘扬了中华民族百折不挠的伟大精神和蒙古族世代相传的热爱自然、保护生态环境的优良传统，全书通篇贯穿了保护生态平衡的忧患意识和探索人与自然和谐相处的先觉意识，能给读者以深刻的思想启迪和极大的审美享受。其价值早已超出文学的范畴，无论怎么估计都不会过分。

需要指出的是，我国实行社会主义商品经济以来，一些文艺界人士将文艺作品简单地当作了商品，奉行起“一切向钱看”的原则。他们为了赚钱，或者浓墨重彩、穷形尽相地描写人物变态的性心理和丑恶的性行为，似乎非要人相信“文学是大便”不可；或者歪曲革命历史和革命现实，用高倍放大镜去搜寻英雄脚指头上的小疤痕和汉奸头顶上的光环，把坏人当好人写，把好人当坏人写，颠倒黑白，混淆是非，以博取对中国共产党和中国人民怀有偏见甚至敌意的西方某些人士的青睐，以便捞个什么大奖。在此种文化背景下，肖亦农怀着高度的社会责任感和崇高的历史使命感，历时近三年，数易其稿，精心创作出《传奇》这样一部精品力作，荣获了全国第十二届精神文明建设“五个一工程”奖，这是真正值得祝贺和学习的。

原载《文艺理论与批评》2013年第5期

现实主义的胜利

——评长篇小说《河套母亲》

刘志中　刘文斌

与某些作家简单模仿西方小说技巧、讲述西方人想象中的中国故事不同，李廷舫的长篇小说《河套母亲》（中国作家协会2014年重点扶持项目，远方出版社2015年版）以现实主义创作方法，叙写了内蒙古西部河套平原的农妇白三女及儿媳郝玉润1930—1980年代经历过的曲折动人故事，真实反映了河套地区半个世纪风云变幻的历史，彰显了中华民族自强不息、厚德载物的伟大精神，是一部具有史诗品格的优秀作品。

现实主义的要义，正如恩格斯当年所指出的，是“对现实关系的真实描写”[①]，即按照生活本身的逻辑、采用生活本身的样式反映生活；而对于小说、戏剧一类叙事文学，则“除了细节的真实外，还要真实地再现典型环境中的典型人物”[②]。社会主义现实主义创作方法，则要求作家“从现实的革命发展中真实地、历史具体地去描写现实。同时，艺术描写的真实性和历史具体性必须与用社会主义精神从思想上改造和教育劳动人民的任务结合起来”[③]。毛泽东《在延安文艺座谈

---

① ［德］恩格斯：《致敏·考茨基》，《马克思恩格斯选集》第4卷，人民出版社，1995年版，第673页。

② ［德］恩格斯：《致玛·哈克奈斯》，《马克思恩格斯选集》第4卷，人民出版社，1995年版，第683页。

③ 《苏联作家协会章程》，转引自十四院校编写组《文学理论基础》，上海文艺出版社，1981年版，第257页。

会上的讲话》中明确指出“我们是主张社会主义的现实主义的”，这同他1958年提倡“革命的现实主义和革命的浪漫主义相结合”，其精神是一致的。习近平总书记在文艺工作座谈会上的讲话中关于“应该用现实主义精神和浪漫主义情怀观照现实生活，用光明驱散黑暗，用美善战胜丑恶，让人们看到美好，看到希望，看到梦想就在前方”的论述，则是在当今新的历史条件下针对文艺创作中出现的新问题而提出的科学论断，是对马克思主义现实主义美学观的继承和发展，具有重大的理论价值和重要的现实意义。

“对现实关系的真实描写”看似简单，但真正做到却并非易事。我国当代文学在反映新中国成立以来的农村生活方面取得了可喜的成就，但也存在明显的不足，大体说来，“文革”前和“文革”中创作的作品，往往盲目听从既定的结论，并由此出发去预设框架，图解政策，仿佛新中国的广大农村始终艳阳当空，农民脚下永远是金光大道。读者从中看不到党在农村工作中曾发生过的“左”的失误和教训，因而对作品反映生活的真实性产生了怀疑。新时期以来，随着我们对农村社会主义革命和建设的重新认识，一些作品又走向另一极端，夸大党在农村工作中的失误，过度渲染阴暗面。极少数作家则完全无视我国农业现代化飞速发展的步伐，无视广大农村翻天覆地的变化以及农民生活水平、精神面貌与旧社会不可同日而语这些铁的事实，将充满希望的社会主义新农村，描绘成西方人想象中的肮脏、恐怖、丑恶、混乱、荒诞的世界。

与上述两类作品不同，《河套母亲》严格遵循现实主义创作原则，按照生活的本来面目去叙写并揭示生活的本质。小说告诉人们，新中国成立后，经过土地改革、互助组、合作社，直至粉碎“四人帮”后实行联产计酬的生产责任制，河套地区发生了翻天覆地的变化，农民生活得到极大改善：“猪肉烩菜，光景不赖”“玻璃窗子砖瓦房，花花被子垒半墙”……作为一部现实主义小说，《河套母亲》没有回避中共在领导河套人民进行革命和建设中，因经验不足而出现的“左”的失误，诸如，1957年的“反右派”，1958年的“大跃进”以及1966年开始的“文化大革命”……值得称道的是，作者在讲述这些失误的同时，没有“一叶障目，不见泰山”，而是“从现实的革命发展中真实地、历史具体地去描写现实”，讲述了广大中共党员、干部和群众为纠正这些失误所进行的种种努力和取得的良好效果。中共高级干部王兴被错划为“右派”下放到石三圪旦“监督劳动改造”后，村民们认定他是好人，从不把他当敌人对待，生产队长李金栋还常常把他当队干部使用；

1964年开展的“四清”运动后期，被打成“四不清”干部而遭“清算”的李金栋、宋栓小、孙虎子、宋鲜鲜，又被群众选举为大、小队干部；“文革”中城里来的“红卫兵”揪斗白三女时，李金栋带领村民高呼“坚决依靠贫下中农”“要文斗，不要武斗”等口号，将其劝退；粉碎“四人帮”后，“文革”中遭受迫害的石贵元、于成达、王兴、刘子静等党的各级领导干部，又都重新回到了领导岗位。由于作者客观、完整、深刻地讲述发生在河套地区的这些真实的中国故事，所以，我们阅读这部小说，丝毫感受不到对中共领导人民进行的社会主义革命和社会主义建设的悲观情绪，不会产生什么幻灭感和失落感，而能从中得到有益的启示，受到极大鼓舞，获取政治思想上的正能量。

《河套母亲》还叙写了当年中共领导河套人民反抗日本侵略者和同国民党反动派的斗争。早在1927年蒋介石叛变革命后，这里便秘密建立了刘子静任书记的中共党支部，组织群众开展农运、学运和兵运。1939年，傅作义将军率部进驻河套，邀请共产党人参加部队政治工作，激发了广大军民的抗日斗志。打赢了突袭包头、会战绥西、光复五原对日作战的“三战三捷”。1940年，蒋介石委任“中统”头目张钦为绥远省国民党党部书记，张钦率一伙特务来河套后，大肆逮捕共产党员。共产党员被迫转入地下，英勇地同国民党顽固派进行斗争，并帮助老百姓排忧解难，博得了人民群众的赞扬，提升了党在群众中的威望。一些过去“只知道顺着垄沟刨食、不管这党那党”的庄稼人，仅凭被国民党抓捕的“共党分子”“全是好人”这一直观印象，悟出“共产党就是好人党”，于是甘冒风险去救助共产党人。被捕的中共地下党员石贵元在被押送途中逃脱后，跑到黄河畔一个蒙古族牧人家躲避，在牧民精心照料下养好枪伤，奔赴延安；特务们向农妇宋鲜鲜打听他们正在追捕的“共党分子”于成达的去向时，宋鲜鲜故意将其指向相反的方向；国民党特务秘密杀害中共党员高子华，被一个走夜路的羊倌看到，羊倌设法打听到高家住址，赶去报信，并帮高家将烈士遗骸运回家乡安葬……读者从中不难看出，新中国成立前的河套地区的国共两党斗争中，尽管国民党反动派牢牢控制了政权、军权，共产党明显处于弱势，但由于共产党人的言行深得民心，必将取得最后胜利，而国民党反动派则人心丧尽，必然垮台。

这部小说在讲述新中国成立前的国共两党斗争时，同样没有回避某些不美好的东西，这不仅表现为作品生动形象地勾画了叛徒赵老大、麻汝才贪生怕死、卖友求荣的丑恶嘴脸，而且表现为个别领导人推行“左”倾教条主义对同志的伤害和给革命事业造成的损失，老共产党员刘子静只因为同新来的领导在统战工作中存在意见分歧，就被秘密开除出党。但同样值得称道的是，作者以同样真诚的态度，讲述了中共党组织为纠正这一错误而进行的努力和所取得的良好效果。中共党员高子华、石贵元在会上据理力争，为刘子静辩护。刘子静被开除出党后，不改初心，继续严守党的秘密，并尽其所能地去做有利于党的事业的事，终于在1956年被批准重新入党。粉碎“四人帮”后，中共中央组织部又正式发文称“刘子静同志的党龄从1926年算起”。读者从中再次看到，中国共产党具有很强的自我净化和自我发展能力，能够不断地总结经验，吸取教训，把党和人民的事业继续推向前进，从而坚定中国特色社会主义道路自信，理论自信，制度自信，文化自信。

受舶来的西方现当代文艺思潮影响，一些人热衷于“去思想化”“去价值化”“去历史化”“去中国化”“去主流化”，将社会主义现实主义创作方法一笔抹煞，“用社会主义精神从思想上教育和改造劳动人民”一语，被说成是文艺创作中公式化、概念化的祸根。其影响所及，有的作家是非不分，善恶不辨，以丑为美，把好人当坏人写，把坏人当好人写，在作品中调侃崇高，颠覆历史，丑化人民群众和中国共产党，美化日本侵略者、汉奸和国民党反动派。在这种文化语境下，《河套母亲》这部讲述真实的中国故事、弘扬伟大的中国精神的革命现实主义作品，更显得难能可贵。

所谓典型环境，即指环绕人物并促使人物行动的具体环境和时代风貌的统一。人们思想性格的形成，虽然与其先天基因有关，但更主要的是受后天环境的影响所致。“人创造环境，同样，环境也创造人。”①《河套母亲》中的白三女、郝玉润等人物的性格之所以真实可信，其原因在于作品为其典型性格的形成，提供了典型环境。作为小土地出租者的白三女、郝玉润和作为贫农的石六子，以及作为土改工作组组长的曹明，若按照过去流行的“什么树开什么花，什么阶级说什么话”的简单阶级分析方法，他们的所作所为，都与其阶级身份不相符合。但作者这样写了，并取得了成功。究其原因，在于作者严格遵循现实主义创作原则，按照生活的本来样子，去揭示生活的本质，而不是从属于简单的教条。其实，马克思早就指出：“人的本质，不是单个人所固有的抽象物，在其现实性上，它是一切社会关系的总和。”②我

① ［德］马克思·恩格斯：《德意志意识形态》，《马克思恩格斯选集》第1卷，人民出版社，1995年版，第92页。

② ［德］马克思：《关于费尔巴哈的提纲》，《马克思恩格斯选集》第1卷，人民出版社，1995年版，第60页。

们过去对于这段经典论述的理解和阐述常常是简单和片面的，总是忽略“一切社会关系”中的“一切”二字，又将社会关系等同于生产关系，亦即阶级关系，由此导致人物性格刻画中的简单化，“一个阶级一个典型”。事实上，马克思所说“一切社会关系”中，除生产关系（阶级关系）外，还包括父（母）子关系、夫妻关系、同乡关系、同学关系、朋友关系等等。这种种社会关系，都在影响着人的思想、性格。白三女、郝玉润的阶级成分虽为“小土地出租者”，但她们却有着勤劳、俭朴、乐于助人、宽厚诚信、见义勇为等高尚品德。这与她们受长期生活的环境——河套农村醇厚民风的熏陶关系极大。河套地区原是蒙古人的牧场，小说告诉读者，“牧民的蒙古包从不锁门，游牧者骑马来了，不管谁的蒙古包，弯腰进入，自管吃喝，从未听说有谁顺手牵羊，偷走什么”。早年来到河套开荒种地的农民，又大都是从晋西北、陕北过来的“走西口”人，大家都经历过磨难，知道彼此的难处，苦难中都接受过别人的帮助，也都知道并习惯了接济他人。他们来河套后，又学习和沿袭了蒙古族牧民忠厚、朴实、诚信等美德，于是便“在这近乎蛮荒、缺少文明建设的土地上，形成了醇厚朴实的民风”。河套地区的这种醇朴民风，润物无声地感化和引导着白三女、郝玉润等河套儿女的思想和行动。除此而外，白三女与儿媳郝玉润还有其独特生活环境。她们经历了白三女的独生子、郝玉润的丈夫石贵元因“共党分子”被抓以及此事给她家带来的种种灾难，心头种下仇恨的种子。而同她家有亲戚关系的刘子静也因“共党”嫌疑遭逮捕；被白三女认做“干儿”的“医官”王兴也因“共党”嫌疑遭追捕。用白三女的话说，“反正咱一家人都和共产党钩挂上了，摘也摘不开，咱还不如把自个儿也当成共产党”。基于这种想法，婆媳二人才不顾个人安危，成功地掩藏了被国民党反动派追捕的共产党员于成达，白三女后来又奋不顾身地追捕潜伏特务张忠乙，并在石憨憨配合下将其擒获。区长曹明教条主义地认为只有翻身贫农赵存女才有可能抓特务，而“地主分子”白三女则不会有此义举。他的这种误判，除了由于他错误地将白三女当作“地主分子”，还因为他未看到白三女与赵存女因经历不同而形成了具有较大差异的思想和性格。

《河套母亲》中的石六子，是作品中又一极具典型性的人物形象。同古华《芙蓉镇》中名为贫农、实为流氓无产者的王秋赦相比，石六子的形象更为丰满。作者不但写他忘恩负义地一再陷害白三女一家的卑劣行径，而且为其恶劣品性的形成提供了恰当的环境。他幼年丧母，父亲给他娶了个后妈，后妈对他残酷虐待。恶劣的成长环境，使他心理变态，怀疑、敌视一切人。他10岁那年流浪到河套，被远房本家叔父石三领回家。白三女总觉得他不靠谱，干活偷懒，鬼鬼祟祟，“好像心里揣着个见不得人的账本”。更糟糕的是，石六子受村里汤二拉拢，将这个好吃懒做、非嫖即赌、声名狼藉的单身汉当作可信赖的长辈、指点迷津的精神导师，在其唆使下，趁土改、“四清”、“文革”等政治运动之机，一次次地陷害白三女及其儿媳郝玉润。恩格斯曾赞赏费尔巴哈的一句名言：“人是人的作品，是文化、历史的产物。”[①]石六子由一个贫农的儿子堕落为地地道道的流氓无产者，同汤二灌输给他的流氓文化关系极大。曹明只看到石六子“根红苗正”，而对流氓文化对其所起的腐蚀作用却视而不见，以致用错了人，做错了事。此类教训，在农村开展的从土改到“文革”的历次运动中，并非鲜见。粉碎“四人帮”后，党和政府将“地、富、反、坏、右”全部“摘帽”，考察干部也不再像以往那样过分看重家庭出身，而重在其现实表现。这正是在总结了过去经验教训基础上做出的英明决策。石六子这一形象的社会意义和艺术价值，就在于它形象地显示出曹明等人顽固坚持的“唯成分”论的荒谬性。

《河套母亲》还遵循现实主义创作方法，以质朴细腻的笔触，书写了河套地区的历史掌故、风土人情、生活习俗，描绘出一幅幅特色鲜明的风景画、风俗画、生活画，构成了一幅河套农村生活的长卷，散发出田园诗般的魅力，使作品呈现出浓郁的生活气息和鲜明的地域特色。

《河套母亲》在艺术形式方面，没有玩“先锋”，刻意去“打碎时空”“打碎故事”“打碎人物”，而是继承《红旗谱》《创业史》《林海雪原》等革命现实主义精品力作的写法，通过精巧的结构，曲折的情节，个性化的语言，去塑造鲜明独特的人物形象，讲述生动感人的中国故事，抒写河套儿女特别是河套女性的美好心灵，唱响了一曲弘扬中华民族伟大精神的颂歌。

原载《中国文艺评论》2017年第2期

---

① ［德］恩格斯：《路德维希·费尔巴哈和德国古典哲学的终结》，《马克思恩格斯选集》第4卷，人民出版社，1995年版，第238页。

在感念与感怀中感悟

——评阿勒得尔图《乌兰牧骑纪事》

孙耀华　李树榕

当阿勒得尔图一部近40万字的长篇报告文学《红色文艺轻骑兵——乌兰牧骑纪事》肩负着“中国作家协会重点扶持作品”“草原文学重点作品创作扶持工程”等重任出现在我们面前时，我们急于了解的就是作者通过对60多年内蒙古乌兰牧骑足迹的追溯，究竟能沉思出一些怎样的情怀和境界?!

一

“响彻草原的红色序曲”，从作者设置的第一篇章的题目就不难看出，这是在沉思乌兰牧骑的历史根脉。我们曾不止一次想过，乌兰牧骑为什么会出现在新中国第一个民族自治区？作者用充满感激感动的心理，将沉思的客体聚焦在了1946年筹建“内蒙古文工团”的那样一批人、那样一批红色文艺工作者的身上，其意图就是要回答这个问题。

周戈，一位当时年仅31岁就被人们尊称为“老延安”、从湖北长江边到延安又从延安来到内蒙古的革命者。这是一位善于读书的学者型文艺工作者。当他受乌兰夫主席之托创建了内蒙古第一支红色文艺团体——内蒙古文工团时，他创作的《内蒙古文工团团歌》便应运而生："我们是草原的骄子，一支人民的文艺战斗兵。草原的色彩，草原的声音，用我们祖先英勇的故事，鼓舞起受苦受难的人民！谁说沙漠就是荒凉，有了人民就有了生命。"短短的72个字，"人民"二字就出现了3次！尤其是当这位生长在长江边的武汉汉子面对浑善达克沙地不由自主地感慨"沙漠"之"荒凉"时，一句"有了人民就有了生命"，便体现出深谙红色文艺时时刻刻要"以人民为中心""为人民服务"的革命精神！所以，乌兰牧骑的根脉在这里，乌兰牧骑的"初心"也在这里。

当阿勒得尔图沉思乌兰牧骑的历史根脉时，1946年4月1日，在张家口市成立内蒙古文工团时的一幕，就是对革命文艺核心价值观的揭示。那一刻，内蒙古自治运动联合会主席乌兰夫宣告内蒙古文工团正式成立。他给内蒙古文工团制定的工作方针是"一、坚持党的文艺路线、贯彻执行党的各项文艺方针；二、继承和发扬民族的优秀艺术传统；三、大力培养民族艺术干部；四、文工团既是文艺演出团体，又是培养艺术干部的学校"。这与今天乌兰牧骑的工作职能多么相似！"成立大会上，乌兰夫给我们每一个队员发了一本原版毛主席《在延安文艺座谈会上的讲话》。我们接过后紧紧贴在胸口，如获至宝。"当70年后，作者带着沉思走访已是白发苍苍的老艺术家莫尔吉胡时，老先生回忆起当时的情景仍然激动不已"《讲话》精神是我们的行动指南，我把这本书带在身边20多年……"

莫尔吉胡，是内蒙古艺术学校的老校长，是著名的民族音乐创作者和研究者，也是发现并培养了歌唱家拉苏荣、德德玛、腾格尔等音乐天才的民族艺术教育家。"为人民服务，在学校里，就是为学生服务！"这是我们沉思他的成就时最大的收获。他告诫我们，讲课不能把话说得太透太没有余地，要把思考的空间留给学生，把创造性思维的空间留给学生，启发并带领他们探索问题的真谛。是的，老校长的这番话我们一直铭记在心，就是因为教育工作的"以人民为中心""为人民服务"，确确实实就是以学生为中心，为学生好好服务！这，就是红色文艺精神对文艺界之外的渗透和影响。

由此不难看出，阿勒得尔图是多么怀念70年前那段闪光的历史啊！所以，他不由自主地时而让自己融化在周戈老先生的歌词中，时而又融化在莫尔吉胡先生的回忆中。这样的"融化"，让我们忘记了这部长篇报告文学的创作主体，走进了他所感念的客体，进而让我们浮想联翩、热血沸腾。

二

近年来，在多次关于乌兰牧骑的研讨会上，有人提出了一个概念——“永远的乌兰牧骑”。于是，我们不禁会想，乌兰牧骑“永远”的究竟是什么？是作为公益演出为主的艺术团体的行政编制？是乌兰牧骑队员？还是乌兰牧骑队员创作的作品？抑或是乌兰牧骑的精神？显然，这也是阿勒得尔图一直沉思并试图通过沉思几代乌兰牧骑队员的“生命史”“生活史”给予回答的。

所以，当我们统览全书时，最难忘记的就是曾经作为第一支乌兰牧骑即苏尼特右旗乌兰牧骑的第1代队员和第6任队长的巴图朝鲁的生活经历，他的事业、他的贡献，甚至他的命运，都让作者在深切的感触中感受到了不一样的情怀。

“世界上从来就没有从天而降的英雄，只有挺身而出的凡人。”对于老一代乌兰牧骑老队员而言这也是当之无愧的。为什么这样说呢？牢牢吸引并推进阿勒得尔图“沉思”的力量，让他不止一次融化在了87岁高龄的巴图朝鲁老先生的讲述中，当他在书中记述这段往事时，仿佛自己就是一位亲历者。

1964年，苏尼特右旗时逢大旱。没有水就没有草，没有草就没有牛羊，没有牛羊，牧民就没有生活保障。面对这样的处境，已在乌兰牧骑工作了7年的巴图朝鲁和同志们执意要在乌日根的荒原上为牧民们打出一口水井。但，谈何容易啊！

服务，为人民服务，这是人们再熟悉不过的概念。但，怎样做才是“为人民服务”呢？当很多了解乌日根地理情况的人坚决反对打井的冒险行为时，乌兰牧骑队员们便再一次领会了“为人民服务”的内涵——为了集体利益、别人的利益、大多数人的利益而努力工作，就是“为人民服务”。看着牧民老乡嘴角的龟裂以及从不怨天尤人的生活态度，乌兰牧骑队员们再也忍不住了。他们用乌兰牧骑四项基本任务之一就是“服务”的工作方针说服了相关领导，挖井，终于开始了！然而，挖着挖着就发生了塌方，危及生命安全的实情，将导致工程前功尽弃。至此，巴图朝鲁们才知道牧民们为什么宁肯忍受饥渴也不轻言打井。怎么办？怎么办？

这时，革命英雄主义精神焕发出了灿烂的光辉。在危险面前，巴图朝鲁挺身而出，他在腰间系上一根绳子，勇敢地跳入井底，一锹一锹地加快挖掘。一遇险况，同志们就立刻把他拽上来。有时，他站在冰凉的水中劳作许久……就这样，连续干了7天，井，完成了！牧民乡亲们欢呼之余，不约而同地把它称为“乌兰牧骑井”！就在大家庆功的时候，乌日根大队年龄最长的老阿妈来了，她深情地吻遍了每一个乌兰牧骑队员的额头，这是蒙古民族长者对晚辈最高的礼节！随之，井边上竖起了一块牌子，上面写着“乌兰牧骑井”。

一晃52年过去，2016年当巴图朝鲁故地重游时，牧民群众簇拥着他又来到“乌兰牧骑井”边，而这眼井的水依然清澈甘甜！在此，我们的“沉思”也通过作者的记述融入了客体的情怀——是啊，永远不枯竭的与牧民们心心念念的何止是井水，而是乌兰牧骑队员扎根基层、心系牧民、服务牧民的“乌兰牧骑精神”！

众所周知，报告文学秉承的基本原则就是主要人物和主要事件不能虚构，即便运用文学手法，也要坚持“小事不拘，大事不虚”。今天，当巴图朝鲁老人听到作者记述了他的事迹而露出腼腆的笑容时，“我们向牧民学到了很多！”是老人家重复最多的一句感言。是啊，情怀与时代的关系被老人阐释得淋漓尽致：“并不是我们有多么高尚，而是那个时代的思想教育的伟大力量自然而然把你拉到了这个高度上来。”这是一句多么谦逊又多么深刻的总结啊！由此可见，乌兰牧骑队员用实际行动铸就的乌兰牧骑精神不仅鼓舞着一代又一代乌兰牧骑队员，也会鼓励着各行各业“为人民服务”的人。

至此，答案明确了，永远的乌兰牧骑，就在于她生生不息的伟大精神！

三

我们倡导筑牢“中华民族共同体意识”，而“中华民族共同体”是历史铸就的事实，也是每一个中国人都身处其中的铁的事实。阿勒得尔图恰恰是通过对乌兰牧骑发展历程的回顾，写出了没有这些字眼却又时时处处体现这个道理的境界。

毋庸讳言，乌兰牧骑的命运是随着祖国的命运跌宕起伏发展过来的，而这个“发展”离不开“民族团结”！中华民族是命运共同体的事实，便渗透在其发展历程中。无论是70多年前“老延安”周戈同志把自己创作的剧本《血案》翻译成蒙古语，又由蒙古族演员搬上舞台，还是久居于红山脚下担任过巴林左旗乌兰牧骑队长，矢志不移研究蒙古族艺术，并在20年前就出版《草原艺术论》的李宝祥先生，他们在向蒙古族兄弟学习和为蒙古族牧民服务的工作中，使中原文化与草原文化谱写成的厚重和声，一直回荡在内蒙古大地上。

如果说，通过写人物，作者是在感念、感怀乌兰牧骑精神的形成和社会效益，那么，通过搜寻乌兰牧骑历史上的诸多“第一”和“唯一”，作者领悟到的就是事件中蕴含的社会发展规律了。

1960年，乌兰牧骑队员第一次荣获“全国文教群英会先进工作者”奖励；1964年11月，乌兰牧骑的演出第一次出现在“全国少数民族群众业余文艺观摩汇演”的开幕式上；同年12月，乌兰牧骑队员第一次受到毛泽东、刘少奇、朱德、周恩来、邓小平、宋庆龄、董必武等领导人的接见；1965年，3支乌兰牧骑从北京出发拉开了走向全国各地巡演的序幕；1965年，周恩来总理第一次也是唯一的一次邀请乌兰牧骑队员共进晚餐，那是一顿烩菜加窝窝头……

为了把握乌兰牧骑的发展规律，也为了领悟阿勒得尔图的“感悟”，我们的好奇心便锁定在了这次巡演的节目单上。

细细看来，果然不出所料，他们演出的歌舞一直都准确而稳定地踏在了祖国的脉动上。从国际形势看，当时正值援越抗美之际，“亚非拉人民要解放”的呼声甚高，保卫社会主义新中国任重道远……所以就有了双人舞《巡逻之夜》、诗朗诵《枪》、好来宝《达西是个好战士》；从国内形势看，我们必须坚定不移拥护中国共产党的领导，因而就有了马头琴独奏曲《唱支山歌给党听》、女声独唱《红旗一代传一代》和《党的教育好》、合唱《五个不可忘记》，前者既凸显出马头琴作为民族器乐的独特风格，又把时代精神融入到了优秀的民族艺术表现形式中；从地区具体形势看，如何发挥人民公社集体经济的优势，也是乌兰牧骑的节目要表达的题材，于是就有了独舞《好社员》、女声二重唱《人民公社好》、民乐齐奏《社员都是向阳花》等等。党中央想到哪，乌兰牧骑的节目就演到哪，这就是中华民族命运共同体的具体体现。

在《乌兰牧骑纪事》中，作者还记述了4件令人难忘的往事，一是内蒙古多支乌兰牧骑队伍在全国进行巡演时，学习了许多兄弟省市自治区的节目；二是周恩来总理的秘书曾经向内蒙古直属乌兰牧骑马头琴演奏家达日玛索要马头琴曲《草原新歌》乐谱的事；三是北京下乡知青李宝森加入乌兰牧骑又为乌兰牧骑队员到北京艺术院校进修提高开创先河的故事；四是蒙古族题材和蒙古语言木偶剧诞生在乌兰牧骑的故事。交往，是第一步；交流，是第二步；交融，是第三步。习近平总书记曾指出，我们辽阔的疆域是各民族共同开拓的；我们悠久的历史是各民族共同书写的；我们灿烂的文化是各民族共同创造的；我们伟大的精神是各民族共同培育的。在历史长河中，农耕文明的勤劳质朴、崇礼亲仁，草原文明的热烈奔放、勇猛刚健，海洋文明的海纳百川、敢拼会赢，源源不断注入中华民族的特质和禀赋，共同熔铸了以爱国主义为核心的伟大民族精神。中华民族共同体就是这样相互取长补短，共同铸就的。所以，作者感悟到的就是乌兰牧骑精神也是在多民族文明共同哺育下逐渐形成并发扬光大的。

今天，当我们比较内蒙古文工团的“四条方针”和乌兰牧骑的“四种功能”时，其基础，就是民族团结的结晶。所以，周恩来总理曾感慨：“应该写一个‘乌兰牧骑赞’!”乌兰夫主席说：“在内蒙古的历史上，应该写上乌兰牧骑的一页!”习近平总书记才会强调要“大力弘扬乌兰牧骑的优良传统”。

原载《内蒙古日报》2020年12月17日10版

传奇与野史的现代性重构

——读路远长篇小说《红狼毒》

广　子

完成《生死疲劳》后，莫言在谈论长篇小说时说过一句让我印象深刻的话“没有二十万字以上的篇幅，长篇小说就缺少应有的尊严”。为此，莫言不得不用更多的笔墨来论述他关于长篇小说长度的观点，重要的是，他以自己的写作提供了具有说服力的佐证。

单从长度而论，四十余万字的《红狼毒》足以堪称长篇里的大块头。故事以被后世褒贬不一的“准格尔魔王”那森达赖的传奇一生为原型，从清朝末代一直讲到中国共产革命初期。人物庞杂，时间跨度大，极富时代与个人命运的戏剧性。应该说在以那森达赖为题材的众多作品中，《红狼毒》是我看到的最具想象力的一部长篇小说。

小说的开篇就相当震撼。洪水中从天而降的玄棺拉开了神奇而吊诡的序幕，所有人物依序出场：大头台吉、杨森扎布、赫古来、奥肯、十三奶奶、苏二世、陶德、丹巴、喇嘛二爷、尼格、索伦高娃、奕山、奕川、梅香……诸多重要或不重要的人物命运将依据作家的情绪或趣味被重新赋予、改写。

这是一部充满传奇色彩和特殊历史宿命的民间野史，一部试图以现代眼光打量的草莽英雄与贵族世家的盛衰摹本。20世纪是人类集体记忆中经验最为复杂、诡异、迭变、不适的一段历史，作家路远把他对这段历史的个人回应缩小到一个鲜为人知但又不乏地方神话传统的故事中，展开人性的探讨。作为阶级象征的“黑骨头家族”如果想被王朝文化体制认可、接纳，就必须获得权位。家族荣耀不仅是汉文化的诉求，对于蒙古族群的祖训遗承也同样强烈。在这样的前提下，苦难、屈辱、虚伪、阴谋、尔虞我诈、江湖法则等一切就显得无可非议，小说中关于人性的悖论，伦理的冲突，善恶的矛盾也都顺理成章。但《红狼毒》并非只是呈现社会与人性的硬币的一面，否则就过于阴暗了。在奥肯、索伦高娃、奕山、奕川、梅香身上，作家对人性进行了及时、合理的平衡。如果说奥肯和索伦高娃的死还带有宗教和信仰成分或者说救赎的意味，那么梅香的失踪、奕山和奕川的未来则是整部小说最大的叙述悬念与指涉——隐匿的美好与希望。

像几乎所有史诗性架构的叙事作品一样，《红狼毒》的女性主义审美倾向不容忽略，甚至超越了它的史诗特征。在小说中，我们可以轻而易举地发现，作家对女性的赞颂丝毫不加掩饰。当杨森扎布每次从不同女人的快感中翻身而落，小说在为我们揭示人性黑暗的同时不仅没有遮蔽反而更加放大了她们身上女性的光辉。即使十三奶奶这样性格分裂的女性，另一面依然是真与美的化身。

从人类学角度来讲，女性天然的物理性征（女性肉体）既是男性成长的有机载体，也是男性生殖霸权衰落和丧失的经由之路。在宏大的史诗外衣之下，小说彰显的女性崇拜尽管已足够唯美，但实际上还是暴露出一种泛性论的嫌疑。以萨纳·格日迪王爷和奕公爷（红狼台吉）为例，性的过度消费与透支似乎是胜过了男性生命的自然消亡。这多少有点儿东方性学和原教旨主义的意思。

我不确定这部小说是否暗合了宿命论的悲观阴影，但多少流露出虚无主义的生命情态。抛开小说的宏大叙事和史诗表征，我至少通过奕山和索伦夫人的人生看到了人性的迷惘与觉悟。这两种对立的人物性格在我们的文学形象中并不新鲜，但作家还是让我们再次感受到了小说的魅力：没有人能够把握自己的命运。虽然索伦在最后时刻宽恕了仇人也拯救了自己，可是洪水已经漫过了孤岛，我们仍然不知道另一个世界是什么样的。

此外，从小说到主要人物的命名，我们也可以看出作家的用意。在故事原型的发生地，红狼毒花比任何指代都更符合人物的命运与性格。这个显而易见的隐喻一开始就把我们带入到作家预设的悲剧之中，红狼毒花既是人性的恶之花，也是生命力顽强的象征。但小说真正的暗示或者伏笔还不止这些，假设一下，如果我们把结尾视为故事的开端，这是否就是一部没有写完的小说？不管出于什么样的目的，我相信作家尚未交代的部分也许才是这部小说的真正奥义。

在文体上，考量一个作家对长篇小说的驾驭能力，除了故事本身的因素之外，叙述的可靠性也是一个重要的尺度。我想读者其实不必细究这部小说具体情节的真实性，这样做也毫无意义。作为一部从历史和传奇脱胎、衍生而来的虚构作品，各种版本的杨森达赖足以构成小说最迷人的想象源头。正如马尔克斯在谈论记者与小说家的责任时所讲的“在新闻中只要有一个事实是假的便损害整个作品。相比之下，在虚构中只要有一个事实是真的便赋予整个作品以合法性。小说家可以做他想做的任何事，只要能使人相信”。

但用四十余万字仅仅讲述一个有局限性的传奇故事，就太没劲了。《红狼毒》最大的价值还在于，与以往的历史题材小说不同，作家在这部小说中没有简单、粗暴地对他所塑造的人物进行价值干预，给予正确的价值判断。这在当代的小说中已属十分难得，让人物自身的命运说话，回到小说真实的历史语境中，是一个作家最基本也最珍贵的写作观与文学立场。

等待了十多年后，作家这次为我们贡献了一个汉语版的蒙古王族故事。依然是我们熟悉的那个路远，老练的叙述之中多了几分沧桑，但其一贯的浪漫主义却毫未减损。无论是作家持续创作力的体现还是代表新世纪草原文学的收获之一，《红狼毒》都值得赝获我们对文学的信任和尊重。

当然，在这样一部结构严谨、叙事流畅、故事奇诡、想象丰沛的宏大虚构作品中仍存在一些缺失，比如对语言的更新义务，现实感或在场感对历史叙述的有效介入，也就是我们通常所讲的历史的当下感。某种意义上，作家写得太舒服了，对于读者尤其是挑剔的读者可能是一种冒犯。把故事写好看无疑可以取悦读者，也没有问题。一个好的故事与作家相遇，作家有责任把它写好看，但这不是作家的主要责任。对于小说，当代作家应有深入的思考：“如何重新让小说回到它的基本价值上去，让它重获生机。”（李敬泽）

原载《内蒙古日报》《文艺报》

一条河激活两片草原

——艾平小说《包·哈斯三回科右中旗》艺术内涵初探

陈晓雷

我连续读了三遍女作家艾平发表于《人民文学》2019年第四期的《包·哈斯三回科右中旗》。这篇激动人心的小说，畅爽的草原气息，丰厚的牧人之爱，绵长的寻亲情怀……把我带入欲罢不能的“跟读”氛围中，其人生之旷达，亲情之酣然，民俗之浓郁，人畜之和善等，皆彰显了中国北方游牧民族——蒙古族胸襟开阔、天人合一、坚守本土、拓展图强的奋进精神，它无疑是当下游牧民族与新时代相融俱进的一曲心灵史诗。

本文想就这篇小说作品所呈现的哲思立意予以梳理，让我们沿着护佑民族文化之根脉、保育原生态种群之责任、找回乡土流逝之诗性的三条线，探究这篇草原小说的新意及内涵。

寻亲线饱纳护佑民族文化根脉之主题

翻阅《人民文学》杂志，知道其刊载蒙古族生活题材的头条小说至少有两篇，一篇是上世纪1952年第一期的头条小说《科尔沁草原上的人们》，自此，年轻的蒙古族作家玛拉沁夫携带着草原芬芳走上中国当代文坛；第二篇就是呼伦贝尔汉族女作家艾平，她的中篇小说《包·哈斯三回科右中旗》（下简称《三回科右中》）。

这篇小说故事简单，七旬老人包·哈斯在生活富足、颐养天年的日子里突发奇想，亲自驾车八百公里，穿越呼伦贝尔和科尔沁两片茫茫大草原，目的是寻找失散七十多年的姐姐敖道呼，老牧人怀揣已故母亲珍藏的姐姐出生时留下的干脐带（民俗，有象征意），到科尔沁草原腹地科右中旗寻亲——故事充满神秘性、期待性、延伸性，读者跟着哈斯的寻亲线，了解到昔日草原上演绎的父母逃离故园，被迫迁徙异乡，在孤庙里别女认母的同时，额吉（母亲）给两岁女儿留下做鞋靴的绣花图样。小说的另一条线是，七十年后，哈斯老人回原乡找姐姐，却意外发现这里藏有良种蒙古公马，于是运种马到呼伦贝尔繁衍一事，就成了另一重大事件，至此，小说由单线结构变成复线故事，其艺术氛围浓郁，人物栩栩如生，主题愈加丰厚。

小说的主人公老哈斯对母亲、姐姐的主观回忆贯穿始终，其情感色彩缠绵悱恻，情节婉转引人入胜。这类带着浓烈亲情的草原往事，借助小说这条激情河流，贯通了呼伦贝尔、科尔沁两大草原的同源亲族血脉，彰显了游牧民族绵延不绝、求存保种的传承理念，充分表达出蒙古民族坚守本土、拓展新生的图强精神——这是一段搏击前行、与时俱进的心灵史。

艾平是呼伦贝尔草原土生土长的汉族作家。六年前，其散文集《呼伦贝尔之殇》一经出版，很快在文学界引起共鸣，作家以其独特审美视角，写出了不同年龄段的草原游牧人，在城市化、工业化和网络信息时代下，艰难前行、迂回更进的新生活状态。在其诗化文字叙述的背后，我们体验了大草原的喘息与律动，大兴安岭的神秘与包容，以及依傍草地和森林生存族群的苍茫人生，蒙古族男女牧人的酣然亲情、族亲血脉、天地人心，字里行间散发着纯净浓厚的乳香味儿、醉润身心的酒香味儿、浸入肺腑的草香味儿，其刻意展示的北方草原游牧民族的生存状态与诗性哲思，像一首苍凉壮阔的抒情叙事诗，让人过目难忘。《我的两个额吉》《我是骑海骝马的巴特尔》《萨如拉姐姐》篇章中，折射出来的人畜惺惺相惜，母爱博大温暖，人性与自然相依共融等细节，涌动着人性魅力、至善光芒，不仅照亮了我们的眼睛、湿润了我们的心，还让我们慨叹游牧人生竟如此超凡与美丽。

护佑游牧生存文化形态为人类之己任，这是艾平文学作品的主题。这篇《三回科右中》的叙事背后所藏纳的艺术哲思，即不以流行而戏说草原，不以新潮而矫情草原，不为媚俗而“色诱”草原。这是艾平与别人写草原的最大不同。

为凸显这一主题，作家底气十足，而其叙述风格则是有理有节、分层递进的，小说基本流程是：首层是离乡的哀伤与诗意，牵出一段家族的心灵秘史，如主人公父母早年迫于迁徙困境，忍痛把两岁的女儿送给孤庙里的老奶奶；第二层是游牧生活与城市化进程无可回避的矛盾，扰乱了传统的生活方式，如老哈斯把草场“交班”给儿子后，回到旗所在地镇里住高楼的无奈孤独和不适应；第三层是生态草原与游牧传统的迅疾衰落带来的负面影响，如引进外来阿拉伯马，制造出大量“玩花架子”的混血马，还有颇为时尚的“赛马比慢”等反传统揽客商业行为；第四层是网络时代与游牧文明的挑战冲突，城市化逼近牧场的外部大环境，催生了遍布草原的家家皆为旅游牧户以及酒店式蒙古包遍布草原的虚夸变化，把原生蒙古马这一物种逼向濒临灭亡的边缘，这才“导”出了小说主人公老哈斯跨越两大草原“运马育马”的大故事框架。

游牧人的“根”依靠文化来滋养。当哈斯老人开启了贯通两片草原的寻亲自驾之旅，翻山越岭过草地，找到科右中旗所在地白音胡硕镇，找到父母与姐姐分手的旧址白音花庙时，想象中的姐姐未找到，却发现一个载有姐姐“影子”的制靴绣花图样，在那群研习民族传统绣花技艺的妇女中间，他感到姐姐的神态气息、昔日草原，就凝聚于萨日朗花的绣花图样上——这是当年母亲留给女儿的“念想”，留给女儿“嫁人不受气”的看家手艺，其实这是一种尚在流传的传统文化。小说中还有个最典型的细节，就是哈斯母亲留下的那双“圆头上翘的靴子”，它代表了牧民终年牧放于旷野的环保智慧——穿着它在草原上行走，草皮子不遭损坏，故这靴子后来才能成为当今牧区脱贫致富的一个传统品牌项目。

艾平的草原题材小说创作，与前辈作家的表现方法有明显不同。其小说则宛如草原上深情话别的牧歌长调，其全新审美视角则在关注草原生活变迁，关心牧人精神世界的瞬息变幻，关爱牧野生态环境的荣枯兴衰。小说主人公老牧人哈斯，处在电视、网络、微信 “三快并存”的信息合围时代，以哈斯为代表的牧人们，越是在当下牧丰足食的日子里，越对亲情族情产生独特感悟，这是这位年迈大马倌区别于其他游牧人的精神世界。现实生活中，在城市化工业化进程加速，博大世界变成小地球村，高墙难保人类隐私的世象“威逼”之下，那些原始之美、原生之力、本真之纯的东西，就将与我们的生活拉大距离，故而那些久远的乡土、那些常存于心的亲情，那些贯穿血脉的气息，就成了当今人们的精神故乡。

细细思考，这篇小说的许多细节都在昭示后人一个生存理念。别看今日草原植被肥沃、辽阔无边，但当下的城市化工业化进程若不绕开它，工矿开采若不远离它，那么这眼前的生态草原和游牧家园，就会产生潜在的生态环境危机，直至游牧人群的生存危机、牧人社会的精神危机……作家笔下的人物命运正在唤醒世界：这个驮在马背上的精神家园需要呵护，游牧人的血脉与草原相融相通，游牧人的“根”不可随时光流逝变小变没，游牧文明的“根”只有依草原丰茂而留存，尽管我们的世界嘈杂，人类社会缤纷，现实诱惑摄魂，但仍需要我们静下心来，为这片苍茫草原时时浇水注氧。

育马线呼唤坚守原生态种群之责任

艾平的《三回科右中》，表达蒙古族牧人生活的基调是浑厚辽远的，苍天、大地、空旷，人少、语低、孤独的草原环境中……蒙古人的长调是放飞精神的，其心声是唱给牧野听的，其思念是唱给故乡听的——这种绵长而忧伤的情绪，正是蒙古牧人的心灵牧歌。

艾平的文学创作，不管散文还是小说，都有个不易更改的基调：情感贴着黑土草原慢慢走来，直接浸润读者的心灵，我们会被那些带有浓烈味道的酒香、乳香、肉香、草香、风俗香的故事所迷醉。这样的笔致独一无二，这样的故事只有在广袤的内蒙古高原上，只有在辽阔的呼伦贝尔怀抱里才独具韵味儿，这样的体验恰似疲惫跋涉者于沙漠忽遇甘泉。

早年以写草原小说《黑骏马》而驰名中外的作家张承志，其主人公白音宝力格回草原想找回失落的爱情，而艾平笔下的老哈斯回到原乡想找回丢失的亲情，两篇小说虽创作年代不同，而其人物的精神走势却呈异曲同工之妙。前者与后者的不同是，白音宝力格前日恋人索米娅人还在，爱却不在了，后者哈斯寻姐姐的故地在亲情在，人却不在了，这两个男人的“找”，都化成空旷原野的低吟与哭泣……岁月冷酷无情，时过境迁之后，一切皆成梦幻。于是，张承志既无法重拾爱情，就借助颂扬黑马的古歌而得以呈现其难以言说的情绪，其旋律凄美苍凉；艾平小说人物哈斯虽未得到姐姐的亲情，却找到一匹雄壮的纯种公马，于是作家的情怀，通过一匹名叫额尔古涅坤的良骏而得以升华，这里演绎着一个古老民族原生种群的繁衍与勃兴，其回响任重道远、激越雄壮。多年后，张承志对昔日纵马放歌的草原预言道："远古以来的游牧生活方式，已经濒临着质变；亘古未变的游牧社会和牧民的传统历史，已翻向了它的最后一页。这个预感，今天正以令人震惊和激动的实态，在我们的眼前实现着和运行着。"[①]艾平的小说《三回科右中》正是这个预言的佐证，它是当今巨变草原的最直接反映，无论是动荡年代父母们的老一代，还是已退居城里老哈斯们的中生代，直到现今成为旅游牧户的儿子们这一辈，都面临一个无法逾越的残酷现实，即谁都无法留住一个将远去的时代。

面对现实，艾平小说的主人公们，不甘心放弃，皆自愿坚守游牧生存状态，用现实努力挑战未来。故而在小说的另一条线里，作家为此做了精心的艺术创造，即呼伦贝尔大马倌包·哈斯巧遇科尔沁牧马人包·础鲁，二人就蒙古马异地"婚媾"事一拍即合，热衷于"促马联姻"的老哈斯，暂且把找姐姐的"私事"搁置，转到把科尔沁公马运到呼伦贝尔实施"基因繁衍"的"公事"上来。两位老牧人目标一致："要载上额尔古涅坤，向西北翻越大兴安岭，回归蒙古祖地，让天地交合，让蒙古马重返人间"[②]，这还是包·哈斯老人的宏大梦想："我的中国梦，就是草原梦，我的草原梦，就是为草原留住蒙古马的基因。"[③]这何尝不是几百万蒙古族牧人的梦想啊。这里"保种育马"的寓意即：保住草原的原生种群，保存游牧文明的社会形态。

法国历史学家雷纳·格鲁塞说："草原地区的畜牧生涯需要时常徙移，因此将人们固定在放牧状态之中，这是极为低级的文化阶段，然而就是很有潜在力的民族也不免如此。"[④]正如这位大史家所言，大马倌包·哈斯的"低级的文化阶段"，亦不是"早晨八九点钟的太阳"，却像草原傍晚的落日，其光彩再绚丽，其景致再红火，但那必定是近晚的恋歌……这铁定的未来，受限于蒙古民族迁徙畜牧的生存结构，其大趋势将注定被同化、被融合、被解构，游牧文明终将在历史尘埃中化作"孤帆远影"。

老牧人哈斯在旗地小镇找姐姐的几天里，意外发现纯种蒙古公马额尔古涅坤，即等于为他养在故乡的蒙古母马找到"婆家"，这场"运马成亲、异地配偶"的行

---

① 张承志：《牧场骏马·牧人笔记小序》，北京燕山出版社，2009年版，第5页。
② 艾平：《包·哈斯三回科右中旗》，《人民文学》。
③ 同上。
④ ［法］雷纳·格鲁塞：《蒙古帝国史》，商务印书馆，2005年版，第270页。

动，很像规模盛大的迎亲婚俗，在两片大草原间倾情展开……故而这篇小说的“育马线”是颇具深意的，它传达着作家“保护游牧文明与人类其他文明同在”的共建责任。小说的复线结构转换亦很巧妙，其艺术创新与拓展，使小说主题走出了“小我”，升华出牧人与自然相融的“大我”，升华到“保种固原、源远传承”的宏大叙事层面，这已不是游牧民族的局部问题，而是人类全球化语境下，必须面对的事关全局的大问题了。

在老哈斯三回故原寻亲的主情节里，读者与作家同步体验了蒙古牧民与时俱进、求存创新、融合发展的牧区新生活、草原新时代。由此我想到法国电影《火之战》的主题，当今虽早已不再是燧木取火的年代了，但那最原始的取火过程，就是人类早年的家园，今天的精神财富……联系艾平的小说创作，我们从中可见作家对文学、对社会的深层思考，对文化使命的责任担当。

这是这篇小说超越常俗表述，不落俗套、不同凡响的地方。

绣样线探究挽留乡土流逝之诗性

作家艾平这些年一直在寻找进入游牧文化的聚焦点，找他们看世界的眼光，找他们融进经济社会的入口，找他们坚守当下的精神支撑，找他们善待草原、天人合一的民族信念，她认为蒙古人把去世亲人埋在草地下，尸体变作肥料滋养牧草奉养牲畜，即是与大地的最和谐融合。她在“创作谈”中写道：“我想起了蒙古族的古老谚语——雄鹰飞在天上，影子跟在地上——当一个民族向前走的时候，其文化底蕴的力量不可低估，那不仅仅是影子一样的外在色彩，还是大树根基下的湿润。”[①]弘扬民族传统，传承民族精神，不意味着再没人坐着勒勒车，享受牛车的悠然之慢，不意味着再没人驭马驰骋，甘愿在草原上享受风沙酷冬的艰辛之旅。

作为关注人类命运的作家而言，不甘于漠视游牧家园慢慢走进黄昏、渐渐沉入历史的现实，那么，作家就要成为游牧文化的捍卫者，主动适应时代，融入时代，为其长久存活多做“保鲜”工作，艾平即是这样的实践者。这篇反映草原现代生活

---

① 《人民文学》微信公众号，2019年3月29日《艾平：文化是大树根基下的湿润》。

的小说，在多方面做了尝试与探索。早年哈斯家族背井离乡的忧伤与沉痛，他的“温暖过苦难灵魂”的母亲，其惨痛的“内伤”是遗弃女儿，稍感安慰的是她留给女儿的绣花手艺，一根微小的针，一缕绵长的线，传递的是渴望、是家族情、是浓浓的草原乡土情。我们感到，作家努力把流淌在游牧人血脉里的民族雄风、种群智慧、地域性格、美善风俗、气节人伦等一点点地挖掘出来，这种精神走势饱接地气，贴着牧人的心灵，贴着牧野的草尖儿，透过“绣样图”的内在力量“破纸”而出的是：一个民族的坚忍不拔，一种永不屈服的抗争精神。

艾平文学作品另一个明显的特点，就是用真情唤醒深藏于心的乡土诗意。从她前期叙事史诗似的散文作品里，看得出她是位奇想联翩的浪漫诗人，是位盈满蒙古人激情畅想的抒情诗人。细读其小说《三回科右中》，就会感到这是充盈天灵的牧歌，如长调在大兴安岭森林的树梢上舞蹈，若百灵鸟在大莽原的草尖上歌鸣，似群鹿在额尔古纳河畔嬉戏……它是回忆、追思、畅想，它是牧笛、马嘶、虫鸣，它是草舞、桦吟、湖诵……它像一部草原风物志，如母亲保留婴儿脐带、用羊肚保鲜羊肉等；它像一本牧人精神的心灵曲，如写牧人与蒙古马的通灵，很有大作家艾特玛托夫笔下那匹溜蹄马“古利萨雷”的神性；它像一曲北方民族的交响礼赞，如写两个老牧人初见时的对话，颇具蒙古史诗的遗韵，描述额吉是“全天下孩子的母亲”“草原万物的母亲”，其描写母爱及想象姐姐的文字充满乡土诗性，精彩纷呈，不同凡响。我们的作家实现了“唤醒人们的良心，促使他们深刻地思考，以便让他们更好地理解自己的时代、自己的生活”①的创作意义。

我们感觉到，在小说里，作家变成蒙古游牧民族心灵的代言人，在塑造主人公敖道呼这个形象时，作家的“心灵代言”作用，是借助两个“道具”来完成的。

第一是干脐带的象征作用。老哈斯为完成已故额吉的遗愿，不管姐姐在人世与否，都要把母亲保存七十余年的脐带“还给”姐姐，按民俗“脐带象征着孩子的命，母亲把孩子的脐带带在身边，就等于把孩子的命牢牢抓在自己手里……草原母亲认为人走的时候，身上不能缺东西，要把自己的脐带带走，才会走得好，托生得好”②。这一“借物”在她早年的散文《我的两个额吉》中就使用过，而在小说中的再次“借物”，其意义更显丰厚：一是承载母亲的慈爱与悲伤，封藏其惨痛终生

---

① 《苏联当代作家谈创作〈作家——时代的良心　艾特玛托夫语〉》，张敬铭译，北京师范大学出版社，1984年版，第10页。

② 艾平：《包·哈斯三回科右中旗》，《人民文学》。

的心灵秘史；二是寻找姐姐生存之谜的钥匙和精神导标，直到巴根那（王桩子大娘）道出已改名娜仁花的姐姐，送亡故养母去五台山的真相后，才“抖出”小说结尾的精彩“点睛”；三是传递长生天保佑众生幸福之信念，姐姐的脐带穿越历史尘埃，最后由年迈的弟弟带回原乡，在村书记杜丽霞、姐姐“真传弟子”王大娘的见证下，哈斯将其颇具仪式感地“埋在了白音花庙旧址附近的山岗上”，实现了肉身与大地的和谐统一，象征意味十分丰富。

第二是萨日朗花绣样的借喻作用。当作家“决定用一个遥远的记忆来脱颖崭新的生活，努力把一段生离死别的故事写得沉稳而诗意”[①]的时候，她的抒情叙事或塑造人物的艺术技巧，不仅生发出磁力和热力，关键还呈现出坚硬棱角和意外灵光。从早年母亲临别为女儿割下袍前襟绣的萨日朗花，到母亲瓦当（包袱）里毛头纸鞋靴萨日朗花的绣样，到黑皮圆头女靴鞠上绣的萨日朗花，以及后来旗里众妇女正传习的扶贫刺绣传统项目，小说皆用这朵神奇的“萨日朗花”绣样贯穿全故事，直至结尾时娜仁花在王桩子出嫁前的缎布上留下十二朵萨日朗花（小说的“豹尾”何等光耀！）为止，随后娜仁花三声呼天抢地地高喊“我还有个名字叫敖道呼！”——全篇谜底终于揭开。读至此处，我们无不潸然泪下……这里的“萨日朗花”绣样背后，透出的是弥漫全篇的伤感与乡愁：那个被遗弃的姐姐，不管其未来命运怎样，或出家或亡故，但她心中仍尚存家园、仍尚存亲情、仍尚存未泯灭的乡土厚爱……在小说的高潮处，我们看到大时代悲悯下的一缕微光，那无疑是如泣如诉的低吟与控告。

法国大文豪福楼拜说道：“对生活深刻的观察，对真实的洞见，才能达到激动人心的效果。”[②]艾平的《三回科右中》就其艺术性而转借福氏“深刻洞见、激动人心”的赞评亦很恰切。这部“老哈斯找姐姐、巧遇良骏”的“多声部合唱”的故事，是来自呼伦贝尔草原的深情律动，是蒙古母女遗爱草原的怆然慨叹，是北中国广袤大地的苍远传奇……读这样的小说，如开启渐暖渐大的心灵之窗，洁净爽达的高原之风呼啸而来，眼前空旷悠远的草原沉静豪迈，万物生灵揖首叩拜，牧歌长吟，雪融天籁。

艾平是当今文坛写蒙古族风土人情、人文精神最具实力的作家。其作品贴着蒙古人的心灵，掬草原露珠，纳牧野气韵，融牧人之旷远，畜鲜奶之纯正，仿烈马之

① 《人民文学》微信公众号，2019年3月29日《艾平：文化是大树根基下的湿润》。
② ［法］福楼拜：《福楼拜文学书简》，北京燕山出版社，2012年版，第82页。

彪悍，噙青草之芳香，生动而准确地表现出北方游牧民族与大草原为伍、与大兴安岭伴生的精神世界……其作品《额嬷格》《肉联厂》《我的两个额吉》《诺门罕樱》等已获多项文学奖，其散文集《草原生灵笔记》，凭实力获得第七届鲁迅文学奖的提名。

写到这里，本文该收笔了，我想起著名文学评论家李敬泽给《呼伦贝尔之殇》作序写的话："艾平在草原上奔走，她四面八方找啊找，就像找她的前世，找她的亲人，她找到那些巨大的、神一样的人，她找到他们，就像领回失散的孩子。"[①]评语如诗，饱含赞誉，回味无穷。

让我们最感欣喜的是，过去没人把呼伦贝尔和科尔沁两片大草原溶血为一，是艾平的小说"巧构"了两片丰饶土地的"联姻"，这是这位可敬的女作家献给草原、献给大地、献给新时代的无比灿烂的萨日朗花。

我想，艾平这篇小说，像一条唱响两岸的河流，激活了两片沉静的大草原……

2019年8月14日雨夜初稿于长春

8月28日改二，9月4日改三，10月8日定稿

① 艾平：《呼伦贝尔之殇》，李敬泽：《这里，望天边》（代序），陕西师范大学出版社，2013年11月版。

独立风标的自然文学写作

——读艾平散文集《隐于辽阔的时光》

姚　广

梁漱溟在《人心与人生》中言："人从自然发展而来，其前途亦只能继续自然发展去。如其有所谓改造，亦是发展中的事，不在其外。"呼伦贝尔良好的自然生态，多民族聚居的文化样态，天人合一的生态、生存、生命观念与其共存共生，一脉相承。作家长期与普通牧民、猎民接触，生命经验和精神情感与他们不可分割；同时，作家经年在草原和森林中行走，因此思索人与自然之间的奥秘，发现时代生活和古老传统之间的冲突、和解乃至共同前行，书写万类生灵同生死、共命运的诗篇，这是义无反顾又自然而然的事情。

一

《隐于辽阔的时光》为我们呈现了一个天高地阔的自然视野和包容万物的人文观念，体现了人类对自然的关怀和谦恭之心。翻开《隐于辽阔的时光》，呈现在我们眼前的是一篇篇风姿迥异的自然题材散文。自然属于我们这个星球所有生灵的共有家园，我们既熟悉又陌生，若没有一手生活的经验、深切的情感蕴积、民族心理认同和多元文化视点，完成深度的自然题材写作恐非易事。喝牛奶吃羊肉长大的土生土长的艾平，以诗性探知自然和自然之子的心灵状态，一方面，艾平亲近自然，但不是简单摹写自然，而是作为沉醉自然写作的游牧者，寻找和书写天地人心；另一方面也揭露和批判破坏自然生态之恶，反拨简单生硬的生态保护之举，思考“我们”向何处去。从一株牧草到一只羔羊，通过描写游牧民族和狩猎民族的传统智慧和质朴生活，再现那些看似古老实则文明的生产生活细节，以诗性与理性传达敬畏自然、顺其自然的生态理念。

张炜在《我行走，我感动》中写道：“在文学的创作与记录中，歌颂自然、表达人类对大自然的爱，具有崇高的意义。”但同时也直言：“专门书写大自然的篇什已经太多，它们要陈旧起来是很快的。”从这本书看，艾平显然注意到了这一写作风险，它避免了乏味的风光摄影式写作，也远离浮光掠影的游记和孤立于人之外的野生动植物的浅层书写。艾平在《为散文寻找崭新的形式》一文中写道，“散文必须有人在其中，有人的性格在活动，才能体现人类的美好情感”；在《自然文学中的人类精神》一文中写道，“没有对人类精神的穷究，没有探讨被自然孕育、哺育、生成、更改、异化、制服、回望，不断思考，历经挣扎而后达到升华的人类精神活动，文学就失去了生命”。文学是人学，自然文学也是人学，中国文人传统的文以载道在艾平笔下即是天人合一、敬天爱人之道。作为不通少数民族语言的汉族作家，探究自然和自然之子的心灵世界难度可想而知，作家淡化了自身民族性，以敬赞之心与少数民族同胞交流交往交融，将呼伦贝尔的人文历史、民俗民风和时代声音诉诸笔端，表达自己生命体验和地域时代的困境和理想，这是对民族共同体意识生动的文学实践。

二

《隐于辽阔的时光》对呼伦贝尔自然人文进行了深入考察和思考，由此深切感受时代变迁对草原生产生活、地域生态和人的精神层面的冲击，发现和揭示时代问题，进而塑造了多位自然之子的形象。

如《在阿敦乌拉的天上》中，年轻的牧人孟和沙不懂自然，惊扰鹰，年纪大些时，他怜悯鹰，暮年时，住进了楼的他思念草原思念鹰；《你做的鞍子在说话》中，巴特尔原是一个牧马人，后来成为上班的养马驯马人，再后来，他成了草原上做马鞍子的手艺人，最后，鞍具大师将做的鞍子送给学校传承文化。艾平不仅写了草原传统牧民，更关注猎民、牧民在城市化进程中，他们的生存状态和他们的精神世界。《游猎之地的你》一文中，女猎人放下猎枪变成了挤牛奶的女牧民，她拼力要回破坏的草场退耕还牧，思考着将狩猎文化转化成经济效益，带着儿子做手工艺品，又搞起了服饰表演，最后变为城里陪读的奶奶，通过人物命运和角色多重变化反映时代的剧烈变迁。遭遇车祸急用钱的牧民赛吉雅将草场租给了别人，进城后以捡废品、干零活为生，勤俭孝道，挣钱供孩子上学还想买下房子让额吉安享晚年……表现了最普通草原人的生活苦难和对美好生活的向往。

值得注意的是，作家塑造了草原新人的形象。《天鹅湖畔的那顺乌日图》一文中，阿妈为救天鹅而病逝，心怀草原的艺人那顺乌日图在城市里流浪多年，他胸前戴着阿爸阿妈救助天鹅的照片，决定回到家乡保护草原；萨丽娃姐姐从草原到城市里漂流，留恋城市生活，但还是选择回到草原养最有品质的羊；农牧大学毕业的斯仁道尔吉和娜莎回到草原接手父母的牧场，干出了一片新天地。实际上，作家文字背后始终有一个隐忧，那就是担忧当年轻人离开草原后，草原文化谁来继承的问题。如果草原是没有牧人的草原，还能是真正的草原吗？——草原呼唤新一代草原人的回归。由此，艾平以散文形式创作了草原森林人物新的群像，让人耳目一新，带着呼伦贝尔独特的文化气质和时代气息扑面而来，向时代发出提问并给出自己的答案，这毫无疑问是有价值的。

人类深入自然既是对大地原乡的探访，也是对生命意义的探求，本书为我们呈现了难得一见的山野生灵，书写了一个与人密切相关的生灵群谱。人们对羊、鹰、狍子、黄羊、狼、熊、天鹅、丹顶鹤、喜鹊和流浪狗等这些动物发起救助行动，没有家野之分，没有族类之别，没有国界之限，对人畜有威胁的狼、熊也心怀慈悲，对天鹅也可以舍死相救，对蝼蚁也禁不住发出赞叹之音，对死去的马群以白雪作为祭奠，黄狗也哺育小狍子、小狼崽，即使亲生骨肉也可以送给那些空着蒙古包的好人家。庄子在《齐物论》中说，“天地与我并生，而万物与我为一”，那些身处大自然的人们天生就有一种对大地和生灵的怜悯，他们明白拯救它们也是拯救自己。这与“各美其美、美人之美、美美与共”的中华美学不谋而合，以朱立元、王振复在《魂系中华——天人合一的中华艺术精神》之论，“人与自然的‘亲和’即哲学、美学上的‘天人合一’，正是中华艺术精神的根本所在”，他者即我者，作为汉族作家的生态文学或曰自然文学创作，也是广义民族文学创作的一部分，《隐于辽阔的时光》将中华艺术精神与游牧狩猎民族敬天爱人、存美守真的朴素观念交汇成一处。

作家写风景，但更多地在思考风景的深度。艾平在《自然文学中的人类精神》中写道，“生态和人类文明是一个共同体，自然文学创作永远都不会像科普那么单纯，应该是多维的、厚重的、繁复的、丰富的、博大精深的，当然也是扑朔迷离、稍纵即逝的”。同时，在散文里，作家警觉地意识到，“当一个人把诗意一遍遍强加在某种动物身上的时候，他就开始远离它们了”，“人与动物是两个平等的星球，我们的关怀总是居高临下，两者之间是否有着文明的冲突”。从《守候黑嘴松鸡的爱情》的体验式观察写作中觉悟到这“不过是一次对平等生命的惊扰而已”。《隐于辽阔的时光》并非田园诗式写作，而是重点写人性和生灵之美、自然观念、生存哲学以及时代价值。所有任何局部的地理都是一个大自然缩影，作家已然将故乡呼伦贝尔大地视为文学创作的秘境和精神原乡，她皈依于自然文学创作，充满自然气度、智慧和哲学，传达着大自然的诗性与神性。——呼伦贝尔或将成为她的“约克纳帕塔法”。

三

《隐于辽阔的时光》体现了与众不同的散文艺术之美。天地有大美而不言，牧人猎人亦多寡言，这种爱和美从来都不是直露的，它常以见微知著的诗意细节表现出来，于是捕捉诗意细节遂成为作家用力用情之处。在《自然文学中的人类精神》中写道：“我感觉深入生活要有感情投入，要心在其境，才能找到好细节”，“没有找到诗意的好细节，我宁可不写”。同样，在《我是一个离开细节就不会写作的写作者》中写道：“我知道只有在每一个小亮点上深度挖掘，才能找到脉搏般鲜活、奇妙、栩栩如生的东西。”《赛吉雅和她的百岁额吉》中，为了给额吉拍照，刚进城的牧民儿媳在雪地上用捡来的塑料花装扮成春天的背景，百岁额吉看到因车祸破相不敢面对镜头，轻轻捧起儿媳的脸，亲吻她的额头。《额布格的秋天》《我的两个额吉》可以看作是姊妹篇：《额布格的秋天》如散文诗的叙事，将现实与梦境交织于一处，当额布格亲吻西北风送来的雪时，想着可能是父母落脚地方的雪；搬进楼房的他思念草原思念母亲，将孙女抱住不停地喊着“额吉额吉”。《我的两个额吉》中，大爱超越了血缘，小额吉将八个亲生骨肉送给没孩子的蒙古人家，去世前将每个孩子家都走了一遍，最后留下了像一堆小石头的脐带——不知道被她在夜里抚摸了多少遍——这大爱大痛的细节催人泪下！

从这部散文集中，我们可以体会草原游牧民族和狩猎民族的语言和气韵，长于抒情和修辞的特点，不断地尝试主体置换，惯以动物、草木看世界的平等视角，尝试多种人物叙事等多种创作手法。例如《你就这样把草原交给了我》是以一个年轻牧民的语气和老祖母的时空对话，《你做的鞍子会说话》中以鞍具大师徒弟“我哥哥巴特尔”为叙事口吻，《额布格的秋天》则多用老牧民孙女的讲述，等等。《羊群中的一只雁》开篇以雏雁的仰角和阿妈两个角度，《锯羊角的额吉》采取天地视角和内倾式叙事，《卖牛奶的乌云挂》《赛吉雅和她的百岁额吉》则是从俯视到平视，最后呈现的是一个心理的仰角。《阿敦乌拉的天空上》《赫尔洪德》则以时空变幻方式叙事，《你见过猞猁吗》将自然生灵塑造与亲情进行缠绕叙事，《俄罗斯来的丹顶鹤》又带有较强的科普性和非虚构特点。

普里什文讲，凡有所遇皆为故乡，故乡也带有志在远方的意味。我们对自己精神故乡的探究和守护是终生的，居于大自然怀抱的人们世代与自然建立了和谐的共生关系，辽阔、安详、沉静、博爱的呼伦贝尔既古老又崭新的游牧狩猎文化蕴含的自然哲学或许能提供给社会一点什么。对于浮躁的当下，一个“隐”字显得稀缺起来，以逐利为中心的价值观念确应自省和回归。这部书有一个极有时空感的名字，可以隐于辽阔也可以隐于时光，隐于自然，隐于辽阔的宇宙，辽阔的有地域、有生命、有时代。而隐于辽阔的时光的除了作家之外，还有谁？反思草原文明面临时代的巨大冲击，原生态自然与自然之子如何面对时代，现代社会如何借鉴吸收这些朴素的自然生态观念，是留给我们思考的。作家认为最理想的状态是依偎自然，率性天然，具有慈悲、包容、澄明、开阔、科学的思维，而这与人类精神向往之境不谋而合。由此，我们也可以说，这是一部自然之书，也是一部大爱大美之书。作家站在城市和草原两个场域，审视地域和时代的关系，考察传统与民族精神，反观天地人心的大道，将文化特质、地理风光、历史民俗、人物性格、动物生灵、时代风貌有机融合在作品中，通过生动感人、具有诗意和思考价值的细节传达出天地人共筑的深沉与博大。从《长调》到《呼伦贝尔之殇》，再到《隐于辽阔的时光》，艾平作为一位从不循规蹈矩的散文探索者，以其极富创见的自然写作独立风标。

原载《人民日报》（海外版），收录时略有改动

细至毫发，柔抵心海

——读杨瑛散文集《河流》

远　心

近几日，被杨瑛散文集《河流》融化。本来野马般不羁的我，似乎也变得柔情似水，缓慢下来。想要抒情的时候，发现所抒之情竟不仅是友情；想要叙事的时候，发现所叙之事并不仅是往事。

徐葆耕先生在《西方文学：心灵的历史》一书的题记中说过："文学，是人类心灵的历史……流动不已的生命现象和变幻无定的精神生态构成了西方文学多姿多彩的河流。醒来的人们，沿着这条心灵之河走一走吧！你会惊奇地从中发现你自己。"阅读作家出版社出版的杨瑛的散文集《河流》，正是这样一个探索心灵史流变的历程。在岁月深处或者一旁，流连万物，徘徊素心；细至毫发，柔抵心海。一块似玉的美石，有冥顽不化的执着，更有慧眼灵心。那一篇篇圆润文字，就是杨瑛流连人间的美妙见证。

一

这篇《河流》，我读了大概超过十遍。杨瑛最早构思写出来，是在内蒙古大学上文研班的2011年。从1992年到2003年，杨瑛在巴林右旗政府办公室做了12年打字员。2004年，她出了第一本畅销书《城市森林的等待》。2009年来到呼和浩特，进入内蒙古大学读书。2009年秋天，我们相遇在内蒙古大学南校区西门的大学生人流里。我记得她的眼睛，跟11年后的今天一样，盯着我，发光。

2011年春天，杨瑛开始讲她的《河流》。此后一年半的时间，她不停地修改，从一万多字改到八千字，又删到三千字，又重新写到六千字。当然不仅是字数。她一遍一遍地书写着两条河流，父亲出生地的辽河、母亲和她的出生地的西拉木伦河。她在寻找河流，更是在寻找生命的发源，以及生命的走向，时间的过去、当下和未来。定稿的《河流》，看起来温润了许多，把疼痛含在文字里。西拉木伦河与老哈河汇合，又一起流入辽河，东入渤海。杨瑛的《河流》，是打开又折叠，折叠后又重塑，然后缓慢流淌而出的文字，宛如一个牧人的蒙古长调。她的创作、思考、修改、行文，就像一条河流，经过险滩，经过干涸，经过丰茂，经过兴奋和漫长的等待。2011年前后的杨瑛，用河流的触觉去触摸文字，那些文字被她在心里揉了很多遍，才落地、生根、开花、结果。每一个句子都像诗，充满哲思。她说：

> 深蓝的沉默之后，它认清了必须放弃以水的形式存在。是非，顺逆，得失，冷暖，无所从来，亦无所去。这是命运，无处逃遁。
>
> 在河水消逝的地方，大地如此沉静。
>
> 河流，在第三条岸上飞翔，在天空中飞翔，不是远行也不是逃离，它还是蓝色的，还是流动的，蓝色已成为沉积在它内心和精神的颜色。湛蓝清寂，大地和天空原来是如此浑然的水云间。
>
> 《勃隆克看云》《黄河线条》《山盟水约》，与《河流》有着相似的质地，构成一个柔软多意的水云间。

二

《你好，机器》，是《文心雕龙·物色》中“随物以宛转，与心而徘徊”之说的现代注释。1992年，一个19岁的高中毕业生，在机关里开始对着庞大的计算机打字。所谓“随物以宛转”，在现代社会，肯定包括机器。机器是现代生活的重要工具形态，是使现代人的肉体和精神发生变化的重要媒介。杨瑛的成人世界，由打字机，后来的QQ聊天、游戏、网络论坛延展开去。她自幼读《红楼梦》数遍，她的审美、内心期待、理想世界，通过机器延伸到网络，超越现实的广阔地域。如果说文字是她最初触摸世界的方式，机器则给了她触摸世界的新平台，而这个平台又是以文字的方式交流认知的。

杨瑛触摸着机器背后的时代信息。她与物对话的方式，是体验式的，交心的。她是一个在机器上打字玩的小孩。她玩得忘我，投入，真正达到了游戏的状态。她说：

> 我不会把0和1进行无限的循环和排列，我给它们想象。0是辽阔的圆，1是自由的直线。我把它们想成一个法国长棍和煎鸡蛋，一个圆口火锅和在里面翻动的筷子，或是一列火车和它即将通过的隧道，或是长河落日和大漠孤烟。它们像伸出的双臂和打出的一个浑圆的哈欠。像一次直直的发呆和一个圆圆的寥落。也像一条童年的路和路尽头枝叶繁茂的绿荫。像太极的阴和阳，黑和白，黎明和黑夜，生和死，一个孤独的人站在荒原上或苍穹下。

她把机器背后的编程数据，想象成大大小小的无数事物。她的想象境界堪称“至大无外、至小无内”，透着一个孩子的游戏状态的顽皮。她对字的感触，也被机器带着走：

> 有一次我把一位同事的名字“吉日嘎拉”，误打成了“吉日拉嘎”，这位同事在校对时说，蒙古语里“吉日嘎拉”是幸福的意思，“吉日拉嘎”是理想的意思，感谢你给了我一个新名字。
>
> 我双手停在键盘上，就像一只蚂蚁的两只前足认真地停在大地上。

她19岁就保持了一种求生的姿态，她和整个世界面面相觑，她认真地工作就是认真地游戏，她打字也是造字，她触摸每一个字的字形、字义，她沿着字的形状和意义想象开去，她是“政府办打字员小杨”，她带着我们去触摸由文字暗暗支撑的现代社会的触角。

持续不断地阅读图书馆、书店里的书，而后写，改变了“打字员小杨”的生活。她写得轻巧：

> 那些书籍使我有了一些勇气，有过几次觉醒，对自己进行过几次格式化，格式化如同凤凰涅槃，很多次以后也会得到重生。我找到了另外喜欢做的事情。我的手指依然长时间停在键盘上，按键里藏着汉字、细节和命运。

“汉字”“细节”和“命运”，这三个词，就是杨瑛散文的密码。她从打字到写字，抓住了字的触须。其实我们一辈子都认识不了多少字，虽然看似认识了字形字音，但却无法真正体味字意。语言是思维的工具，文字是记录语言的工具，我们通过探索字、字意，上溯到万物，回溯到心。以文字为翅膀、为舟楫、为触须去了解万物，并且遨游自然与人间。

杨瑛的心被文字浸润，同时也以文字的形式表现无数种心灵的“婉转、徘徊、流连”。《唐诗课》《复暄的花》《小书店》《初春，〈诗经〉》《最后的手稿》，都是与文字、与书有关的故事。“唐诗课是一种文化精神的荫庇”，她写出了内蒙古大学高建新先生的唐诗课的风度。由“负暄”二字，延伸成一篇《负暄的花》，写了这个论坛的人、花和命运。对人间苦难和花草的生机，给予平静而慈爱的抚摸。

《最后的手稿》是一篇独特的纪念文章。诗人贾漫先生伟岸、爽朗，诗情飞扬，现代诗和古体诗并举。在杨瑛的笔下，诗人最后的时光：“像死神随时推开门或打开窗，他有些恐惧，像等在幼儿园里最后的那个孩子，非常听话，安静地等待。”而只有诗歌给他以自由：

> 我看到的贾漫先生的最后一份手稿，是一组古体诗，写于他去世的前一周。古体诗的每一个汉字，汉字的每一个笔画由无数曲折的点阵刺成，是留在白纸绿格上的古墨刺青。

这一组古墨刺青，只要读过的人，就永远不会忘记。这是内蒙古高原豪迈诗者最后的诗魂，是杨瑛为贾漫先生用文字刻制的巨大剪影。

三

散文是一个真实的文体，真实是散文的生命。散文是一个生命的文体，比诗歌和小说更依赖于具体生活和一个人的精神境界。杨瑛说："文学是生命的分享。"我们阅读的，是一个生命在世间的修行。这本《河流》，承载着她二十几年来追求文字理想的历程，我第一次从一个旁观者的角度，看到了她的身影，看到她20多年来沉默中的隐忍、困惑中的坚持、探索中的发现。

19岁高中毕业，直面生存，机器给了她安全感和文字的快乐。后来她不断地读书，格式化自己的人生，寻找到"写字"这件事。一个"写"，一下子从根本上超越了"打"，她不再仅仅是使用机器的人，从此，机器为她所用，她实现了借助机器使文字的心灵腾飞。

从《城市森林的等待》到《蚂蚁不惑》，到写女儿的《丫丫》《中考节令》，写母亲的《端午》。我到现在回想起2012年年初电话里跟她喊："你毕业不能再回去当打字员吧，做《草原》的编辑是你最好的选择，他们想请你来啊，这是你多好的机会啊！"不读这本《河流》，我不知道在巴林右旗大板镇生活的杨瑛，是什么状态。父母的呵护，工作的稳定，孩子和老公小家庭的和谐。而她要以文学的名义离开，到呼和浩特来，这是755公里的距离，更是一个人连根拔起的迁徙。

《丫丫》创作于2017年，能看到杨瑛和女儿一起成长的点滴。这组小片段构成的母女记忆，是那么深情款款，充满了孩童视角的发现和惊喜。紧跟着到了《中考节令》，杨瑛以"中考妈妈"的身份，写了2016年从惊蛰到秋分十个自然节气，家长和孩子面对中考的种种努力和心灵史。无数的琐碎细节和心灵磨难，绝不仅仅是杨瑛一个人的，是中国每一个家庭都面对过或者即将面对的。

《蚂蚁不惑》和《端午》，是一场迁徙与回归的故事。2009年，杨瑛到内蒙古大学读书。在内大图书馆，她成了自己"书中那只在苹果树上流浪的小蚂蚁"。三年大学，"日常的生活里，微茫的理想常被吹乱吹散吹没了。图书馆安静的木桌木椅，流逝的时光，不知不觉地改变了我"。迁徙之途，一个母亲带着女儿成长的历程。结尾："破旧的小区的周边是三所大学和省图书馆，对人类精神的崇敬是天生的，我，一个四十岁的蚂蚁无力抗拒。”这是四十不惑的杨瑛，她在分享自己的生命，从她的文字里能感受隐忍的生活和精神的修行。她是朝着更加富足的精神生活的可能性出发的。

《端午》开启了另一个母题，与母亲有关，母亲的细腻、执着和守望。这不是一个普通的母亲。“细至毫发”，是杨瑛的散文触角，更是母亲对待物和事的方式在杨瑛文字里的投影。她写道：

> 退休后，母亲每年端午都亲自动手包粽子，她拿出一个星期挑江米。这件事她只一个人做。
>
> 戴上老花镜，把新买来的江米拿出一把撒在茶几的玻璃面上。母亲退休前是统计师，她用统计师的精准把混在江米里面的大米、杂质和不饱满的米粒移到一边，挑出她相中的米。一个粽子里有多少粒米，母亲心里也是有数的。
>
> 回到娘家的女子，变回一个柔软的婴儿，变成一粒稻谷，回到母体里那片宁静海。

杨瑛通过打字触摸世界，然后用写字表达自己的发现，这就像母亲挑江米一样。一篇散文里有多少个字，每个字的质感和意味，杨瑛心里有数。杨瑛姐妹俩在母亲的严格家教中成长起来，使她具有隐忍坚强的性格和习惯。而父母内心对美、对文化的崇尚，也同时化入她的文字中。一方面“细至毫发”，另一方面“柔抵心海”，在反复锤炼中接近生活的大地和文化的时空。

《河流》和《端午》，是杨瑛在父亲的文化视野和母亲的生活美学两方面的追溯，共同构成她的精神背景。

四

《繁华，不过是一掬细沙》，写出了杨瑛经历过畅销书之后的人生感悟。散文写作门槛最低，成就最难。“散文中细细渗透着对生活的热爱”，“我去关注每一个生灵，每一朵向着太阳努力的花的机遇”，在最细小的万物中，发现伟大的存在。杨瑛的视野，越来越向着文化的根柢和文化的高度行走。

《巴林石记》，是一篇写“红山文化”发祥地特尼格尔图山巴林石的文字。蒙古长调“这无止境的岁月让我不得不老去的呀”，这就是巴林石在岁月中沉淀天地万象的奥秘。杨瑛写到了巴林石的天机，自然与人工的平衡，“涌动的太平洋”的中国创造。“瑛”本就是如玉的美石，巴林石如同人生的映象。“每次对巴林石下刀前，我都感觉无从下手，因为雕去哪一部分我都会心疼。”雕刻大师用人工去碰触自然，根本上是用心去相遇自然。这也是杨瑛的文字的用心。

《通向海底的木梯》是一篇奇文，创作于2017年，写的却是2004年秋天在三亚的潜水旅行。这中间有13年的沉淀，可以想象这次旅行如何从具象化入杨瑛的生命深处，成为她探索万物和自身的心象之旅的：

一个人心中的暴风雨是否比海上的更猛烈？月亮是从海底升起来的吗？所有在水下成群结伴的普通生灵们，是否如同在街道上擦肩的人群？

到海底来吧，看见更真实的自己。

发现此时的我已经是另一个我，同时拥有了陆地和海洋两种血统。

我们阅读、写作，我们生活、旅行，我们挣扎、呼喊。最难得是，每一个安静的时刻，每一处奇妙的相逢，我们的内心都更深地更好地看见自己，看见众生，看见万物。徐葆耕先生说：“子曰：‘君子不器’……每一位不甘沦为工具的青年，都应该打开狭小的专业‘囚笼’，究天人之际，探心灵宇宙，悟时代真理，会文理一身，使自己成为行走于天地之间大写的人。”文化的时空一旦打开，写作的闸门就到了不同的高度。杨瑛的散文是一个写作者在世间修行的心路历程。它紧扣着真情实感，紧贴着细到毫发的米、蚂蚁、尘埃，向着海洋沉潜，向着天空飞行。

这是一次相遇和敞开，如杨瑛所说：“作者、作品、读者，因为无猜和相信，共同创作了一个心灵的世界。”散文就是一条河流，它是散文家流动的生命之河，幸运的是，我们不仅能看到这条河的琉璃柔软，看到河两岸的风光无限，我们还能在水中照到自身的镜像，进而体悟自心所在。

2020年7月26日，写于呼和浩特草原部落

故乡像太阳一样温暖着他的写作

——读王樵夫散文集《纵马草原》

张志强

听藏族的歌曲，高亢嘹亮的声音，让我想到天堂，想到向上的灵魂。听蒙古族的歌曲，同样高亢沉稳悠远，让我想到的却是无边无垠的远方，想到奔跑与诗意的牧场。读王樵夫的散文集《纵马草原》，让我想到的是一条飘然于天空与绿意间的青色哈达，想到脚踏大地的坚实与其呈现的精神真相。

樵夫所描写的贡格尔草原和草原上活色生香的世界是一个巨大的诱惑。在这个热闹非凡却让人倍感孤独的现代社会里，能有如此神奇而魔性的文字送到眼前，是一种意料之外的天赐之物。樵夫的散文挥散出的奇香与早春凉凉的微风气息相和，油然沁入心田，我的嗅觉捕捉到了樵夫文字里飘浮着的自然与精神的灵仙异草的味道。这让我兴奋欣喜，让我暂时卸掉了疲惫与倦怠，找到了在篝火边感知世界的纯朴与蛮荒的境界。

这片古老悠远的贡格尔草原是樵夫成长的乐土和精神家园。草原对樵夫的影响深远，正是古朴而纯厚的草原给他带来了无穷的创造力，草原用丰厚的沃土悄然培植出樵夫对自然与人赤诚的火种，使他获得了深沉有力的性格并蕴积了创造的能量。贡格尔草原更是樵夫专注投入的文学王国，他因草原文化和生活的滋养而成熟，也因不断地描绘这片奇疆异土而让这个世界了解它。

樵夫所描述的是迥异于现实的童话世界和寓言王国。它带给我们的是神奇、迷恋与非凡的想象。那种快意无疆的感受，有如翱翔的苍鹰盘桓在灵魂的天空，无拘无束，充实自由，力量无穷。

樵夫的散文关注的是两个核心，一是人，二是马。人是自然的动物，马是通灵的人，写马就是在写人，写动物性就是在写人性，他们共同构成了草原的淳朴与吉安世界。

而从本质上看，他的散文关注的是人性与神性，或者说，他关注的是信仰与灵魂世界。他描摹的是草原，却暗喻着精神的土地。对于美好现实的复现，指向的是内心归依的家园。

樵夫的散文传递出一种绵延而辽远的声音，仿佛盛夏酷热的躁动中身心被悄然地贯注了某种神秘的液体，顿觉神清气爽，底气充实。他用纯厚而朴实的男中音低吟出一种天籁之声，如天边沉静的孤影。我以为，空间不仅是可视、可触的，而且也是可嗅的。《纵马草原》的那种清香的绿草味，浓郁的奶茶味，那种原始的蛮性的动物刺激味道都能把我们带到异域的空间。在那里，我们安静下来，我们打开心灵的窗口，与这尚未被侵蚀的世界对视、交流。我们感怀于这种纯然与隔绝、丰富与开阔，在这个远离世俗的地方，找到了依靠。

樵夫同时创造了一个话语的异邦，从故事的世界回归到话语的空间，用想象与创造提纯了精神的灵域。

樵夫创造的另一个让人诧异的书写领域就是文本的异邦。这本被称作“散文”的樵夫的作品其实一点都“不像”散文，第一感觉是这就是一本小说，一本用人物和故事创造的文本空间，同时具备诗性的禅意。从严谨的中国式的文本分析来看，作品本不该属于散文的范畴，却定义为“散文”，这突破了我们的已有认知。的确，散文这种文体的“真实”自然属性，一次次被突破，让散文文体有了长进，但同时在具有文本洁癖的中国批评界，这是大逆不道的行为。既不像散文也不是小说，那是什么？

樵夫所描绘的“故乡”其实是一座想象的城堡，一片叙事的异邦与想象的乡土，他把他乡描绘成了故乡。他所建立起来的文学空间如此神奇如此真实而又如此纯洁丰富，他把能够运用的溢美之词自然地加载到了作品中，这是种天然厚道的乡愁。

我敢说，樵夫在描述乡情、乡恋、乡愁的同时，也在本能地隐藏着另一种情感，就是乡痛。樵夫用了种种隐隐的忧虑对这种美好的想象异邦表现出了担忧，作品中的《最后的牧马人》里，樵夫很深切地写道：“如今草原，马少了，放马的人也少了。老一代牧马人心里，总是觉得缺少了点什么，他们遇到一起，喝着酒回忆往事，说起他们曾经放过的马群，说起他们的杆子马，说起曾经下了双驹的母马，话题一个接着一个，说也说不完。”樵夫借哈斯额尔敦的口吻悠悠地叹息：“我要让我的马们跑起来，否则它们就会得病。”可是“草原上每盖一间房子，附近一百亩草场就会因为常年得不到休息而废掉。也正是围栏破坏了生态循环，才使马这样的大型动物生存艰难。当初数以百万计的蒙古马群，如今已经难得一见了”。在看似简单而自然的语言里，我们感觉到了樵夫灵魂深处对于自然、对于旷野的款款深情和深入骨髓的忧愁。

自然，正如樵夫所说，“作家与地域有着不可分割的关系，一个作家必然属于某个地方，他们将多次或者终生描写这些地方”（《对故乡的深情眷恋与回眸》）。我想，在樵夫的思维里，他所思考的是现实的“某个地方”，是具有镜像意识的“真实”世相。但他的作品所表达的“真实”却不完全指向那个杂合了多种味道和人与人之间丰富多彩关系的现实，而是指向了他的“文学现实”与文学世界。

樵夫坦白地说：“我是一个农民的儿子，是吃小米饭、喝山泉水长大。父老乡亲用朴素的感情，用辛酸的汗水，甚至血和泪，把甜酸苦辣，演绎得淋漓尽致。一个个有血有肉、催人泪下的故事，深深地震撼了我，让我不得不为他们深情鼓呼。”（王樵夫：《文学之根在故乡蔓延》）因此，在他的许多作品里，如散文集《倾听花开的声音》中描写泥土的感觉要比描写歌唱草原的声音更真切而自然。

所以，故乡和他乡的有无并不是摆在首位的创造之源，而是作家的文学创造感觉与对所描绘世界的熟悉程度。尽管樵夫声明“故乡的土地、河流、小镇、民风民俗以及家乡父老的生产方式、生活方式，永远是我的文学之根。故乡的一切，像太阳一样，照耀着、温暖着我的写作生活”，但在真实的文学世界里未必就能够把现实的世界讲好，相反，即使现实的世界也必须深入到“文学世界”里才能够得到孵化、孕育和破壳。这就是樵夫散文的文学意义所在。

原载《文艺报》2019年09月20日第2版

《史上第一混乱》制造者张小花

田不然

阅文集团高级总监、起点中文网副总编李晓亮（花名：胡说）最早认识张小花还是十年前。

那时距离腾讯文学整合原盛大文学成立阅文集团还有7年，胡说也还是起点中文网的一名责编。

他每天上班打开工作后台，审着一部又一部新书开头，这本写得不好，打一个“拒绝”；那本写得好，给一个“通过”，并附上理由，有的写得好但是有问题，胡说就去和作者聊。

有一天晚上，已经过了12点，胡说在家“坐着没事儿”，进后台审书，看到一个叫张小花的人的作品，“确实非常搞笑”“晚上一直在笑”，当时合租的隔壁室友都被惊醒：“你在干什么呢？”

找张小花签约的时候，胡说只是觉得会有很多人喜欢看，也没想过这本书题材怎么样。当时网文圈还是升级打怪文的天下，“《史上第一混乱》是罕有的纯靠幽默与生活气息红起来的作品”。

温　情

张小花，阅文集团大神作家，写有《史上第一混乱》《谁都别惹我》《我就是妖怪》等极有影响力的作品。

但正如他小说里大量的情节一经复述就丧失了幽默味道，寥寥数语也无法形容这样一个写出有趣暖心故事的内蒙古男人，一个有良好人文修养的网文大神，一个声名彰显又几乎查不到背景资料的IP圈子名人。

但是好在江湖上飘荡着他吉光片羽的传说：其人雌雄莫辨，人送诨号“无性花妖”。高考数学26分，为天下文科生证明了自身存在价值。又有一次睡36个小时的傲人成就，实乃我辈楷模。

哪怕是整体上对网文不友好的知乎，在张小花话题下也几乎是一边倒的好评：

> 大家都说他搞笑。
>
> 其实，最吸引人的是温情。
>
> 无论是性格的变化，还是人物的揣摩，张小花在这方面的把握是我所知网文作者中最顶尖的……
>
> 如好多答主说的，搞笑是皮，温情是骨。老张去时那“纵死侠骨香，不惭世上英”的评价使我震撼，五人组在夕阳下回归使我落泪，最后开启兵道见到一众客户使我惊喜……
>
> 不要把它当成一本纯搞笑小说来读。

“张小花才子啊，脑洞大开，无底线无节操搞笑，有点儿网文版周星驰的意思。”谢华伟说，他创办的高屋图书号称“中国最好的画册公司”，他是“20年的网文老读者了”，虽然和张小花并无人情往来，但一提起对方，却是不吝赞美。

"就像刚出道的周星驰，还没大火就已经独步江湖，自成流派。我很喜欢他。"他说，"很少有人能让我笑一笑了，像我这种中年人，事业的压力，家庭的烦恼，能无忧无虑笑一下，很难得了。"

可是这世界从不缺自负聪明的笑点挑逗，难得的是，张小花字里行间流露出脉脉温情，那是在市井烟火滋润下长大的孩子才有的笔触。

他是内蒙古包头人。

他家住的那条街实际是一条坡，延展开去，两侧都是平房。住户们大多有小生意，今天蒸两个红薯摆门口卖，明天猪蹄儿煮多了，就和别家换一换。

当时车不多，"也没人贩子"，大家晚上吃了饭就互相串门，孩子在一起疯，大人则是闲聊，热热闹闹。也有吵架的，但"面子上过得去"。张小花告诉刺猬公社，那是个"坏人的定义是杀人犯"的年代，邻里街坊的人顶多行事霸道些。

"我从小应该是那种乖孩子吧，一路走来也当了好些年的学霸。"他笑着说，"但其实成绩也就中上游，体育也就那样，反正跟我书里大部分角色一样，没什么特色。"

岁月风平的成长经历，让张小花笔下人物往往具备无须经过复杂论证的朴素道德观，"互帮互助"构成了世俗美好的有力论据。

《史上第一混乱》的经典煽情桥段之一，主人公小强的老婆"包子"要在秦朝生娃了，扁鹊接生、吕后打下手，满屋豪杰讨论的也都是"瞎咋呼什么""头出来了""这家伙足有八斤"——生而为人，总归要落实到饮食男女层面。

然而又不同于所谓"淳朴""善良"的刻板形象，张小花惯于塑造集憨厚与狡猾于一身的升斗小民，他们是驾校打更大爷、上过技校的小地痞、小虚荣的老丈人……几笔勾勒，便让人大呼这不是我家小区那个某某某吗。

"他们可以狡猾，但不坏。"张小花告诉刺猬公社，他写作时要求接地气——不是指"屌丝逆袭"的"为普通人代言"，而是以细致有趣的文字描绘、包容俗世心理。

"应该也是下意识想做到（温情）的，我觉得日子嘛就是应该这样，没有大风大浪，没有说今天炒股赚几百万，没有说你一夜成名了。大家就是这样。反正平平淡淡，有时候起点口角，大部分时候一团和气。"

"刘老六"，是张小花每本书里都有会出现的老大爷，因为其猥琐形象过于深入人心，有读者甚至写了同人作品《刘老六传奇》，该人身份多样，职业复杂，百度百科上有详细总结：

> 身兼老神棍、老流氓，玉皇大帝、妖神史官等职。
>
> 人物特点：猥琐，心理素质好（被各种打骂仍然坚持不要脸）。
>
> 特长、爱好：道场法事、消灾改运、风水策划、吉凶预测、起名改名、充话费、办假证、修马桶、修水龙头、刷墙、剃头、拔牙、点麻子、治鸡眼、卖盗版盘、维修铁门、打老头、给猪脚找麻烦等。

在2015年创世中文网做的文华访谈里，他给刘老六做了总结："刘老六是所有人间成熟智慧的总和！是老年男性魅力的体现，每个公园墙角都有一个刘老六！"

史上第一混乱

刘老六最早当然是出现在《史上第一混乱》里。那是极有影响力的群体反穿越文，虽然张小花很少看穿越，也根本不是"奔着穿越写的"。

书里面，上到柳下跖、秦始皇、项羽，下到梁山好汉、三百岳家军、康熙，都纷纷穿越到21世纪。算上后来的风格、题材相似的《谁都别惹我》，张小花评价自己"实在是得心应手"，"因为有太多槽要吐，有很多槽其实也是我对历史和神话的疑问"。

套路这玩意真是太不接地气了，必须得吐槽。

当年没人看好第一人称写作，他就偏要以"我"为视角叙述《史上第一混乱》。

他看西方的神会有嫉妒、撕逼、"谁和谁偷情了，被丈夫抓到了"、"谁谁看人间有个姑娘挺漂亮，他就变成个什么调戏她"，再回头看中国神，发现"好像所有人都在端着，只做那一件事儿"。

他就干脆在书里让这些神仙、历史名人穿越到现实，写他们生活化的状态。

秦始皇是个胖子，项羽被称作"大个"，荆轲是"轲子"，眼睛散光，"一只眼睛在看着你的时候另一只眼珠子简直就像藏在太阳穴里"——杀手需要眼观六路，刘邦是"邦子"，痞子出身，来到21世纪天天和楼下老头老太太打麻将赢他们低保，偶尔也输，要不就没人陪他玩了……

“就是觉得神仙的日子太不正常了，他们不生不死，然后天上好像永远就那么多人，有的有老婆有的没老婆，可是也不见生娃。平常吃什么也不说，干什么也不说，好像就是一堆神仙戳在那。”他说，“历史人物也是，平常咱们关注的都是玄武门之变、垓下之战什么的，那剩下日子里他们吃什么了跟谁闹矛盾了，我对这一点比较好奇，所以大量的生活细节给它堆上去，觉得自己也写得特别嗨。”

“当一件事情形成套路以后，（我）就会觉得这个特别特别可笑。”他补充。《史上第一混乱》里，萧小强板砖挥舞，甭管是神仙还是黑社会，归根结底拍的都是“装×犯”。

张小花说之所以自己笔下主人公都有着高超的街头斗殴技术，是可能“性格不足的地方，希望书里来凑”，他最喜欢的英雄人物是项羽，个人英雄主义，又充满着悲剧意味。

“不搞以前那些事儿了”

去年11月，张小花开了新书《强人》，都市异能题材，古老善战的“强人族”上任族长神秘消失，新一代“祖爷”懵懂之中被卷入了命运的旋涡之中。这是实现心愿的作品，像美国漫威这样成体系的东西，“好像中国还没有”，张小花一直想写一个发生在中国的超级英雄故事。

新书一出，网友纷纷留言，大多是“小花终于重出江湖啦”。停更一年，并不是一个网文大神常见的做法。

“就是倾吐的欲望不强，好像还没到时候。”张小花说。

他当时决定“不搞以前那些事儿了”——“整出一帮人来，弄一点笑点就算了”，他重新吸地气，保持每天看两部电影的习惯，主要学习里面的叙事节奏。他嫌弃自己之前的作品有些拖沓。

读下来，可以发现他的新书的确变化明显，尤其是在紧张的情节推进中，闪现着大量古龙风格的对白。而作品色调，似乎比之前变暗了。

“可能也不是暗，我就是觉得应该适当改变以前那种卡通、漫画式的搞笑风格。”张小花回应，“我觉得反正自己年纪也大了，读者可能也成长起来了，我觉得应该跟读者一块升级，现在写故事尽量‘多层化’，能复杂一点就复杂起来，不能再做过于低幼的事了。”

大学中文系的学习给了他一种“自觉”。

物质匮乏的年代，娱乐形式并不多样，张小花从小读金庸古龙梁羽生，高中看“莫言贾平凹那批人”，高考数学考了26分，大学读了汉语言文学，觉得自己该看的书高中都看完了，就开始看《自行车的修理》《紫砂壶的鉴赏》《织毛衣的方法》……

对他影响比较深的是余华，那种不动声色下暗流汹涌的叙述方式被他借鉴来写项羽、梁山好汉等人视人命如草芥的性格，再就是池莉，“她的所有作品用一句话概括，就是人注定是要被打败的”，有整整一个学期，他都在学习池莉的作品，研究人到底是怎么被打败的……

那段嬉笑度日的美好时光里，张小花已经开始写一些东西（实际上，他高中就写了些武侠小说），租书店也成为唐家三少、跳舞等人的天下。白天上课很轻松，晚上便花十块钱去网吧包宿，写写文，看个电影打打游戏。最狠的一次是连熬了两个通宵，“白天又玩了一白天”，张小花回寝直接睡了36个小时。

“那时候比较疯狂，年轻嘛。”他笑。

2006年毕业，张小花回到家开始专职写文，“假期的时候也去报社打打工”，虽然家里是医学世家，大部分人都在医院工作，但父亲对他想做的事还是“全力支持”。不同于我们想象的焦虑，张小花根本“没有想过这么多”“一直在写就很快乐”。

他从小就想当一名作家。

“现在比起以前可能更克制了，比如以前写不出来的时候就往里加人，现在你就会想这个人加进去，后期会不会出现？对这整本书的剧情有没有作用？如果没有的话，可能就还得想其他的途径，不像以前，写嗨了就不管不顾。”张小花评价自己十年来写作状态的改变。

“起码读者多少年以后看，觉得这个用词什么可能过时了，一些段子他们也领会不到了，但是这个文字还是像一个学中文的写出来的。”他也认同小白文直白的叙述，但到了自己写，总希望丰富一些。

变化不大的则是生活状态，一来张小花生活比较简单，二来“毕竟还没成为土豪”，长辈为他感到骄傲，亲戚见了他也会“恭维”一下，因为从小立志的缘故，他也不会不好意思。

从业十年

1月18日，张小花发了条微博：“从业十年了。谢谢你们。”

当时已经是22点34分了，对于网络小说家，这一般不是酝酿睡意的时间。何况张小花这样全天都在写作的人，在写新书《强人》的时候，他花了一个晚上调整了前四章内容。

“感觉之前主角存在感不强，比较扁平化。”他告诉刺猬公社。

哪怕写了十年，张小花仍然习惯每天更一章，他自嘲“手慢”，快的话也要一千字每小时，写完后马上思考下一章的情节：抖什么包袱，埋什么线索，挖什么坑……这种情形在当年更《史上第一混乱》时尤甚，除了写文，就剩吃饭上厕所了，“吃饭上厕所可能也在走神（思考）”。

闭门参苦禅的写作方式，让他甚至“顾不上”反应过来自己是什么时候红的。他只是一批批地挑选秦始皇、项羽、刘邦、李师师、梁山好汉这些各朝各代“有存在感”的形象来解构，慢慢发现，有读者开始跟他互动了，编辑也开始催稿，要求签约。

“反正那时候没接触过有钱人，就只能往大了想。”张小花谈到书里关于有钱人的描写，“那时候有钱人的标准不就是月入十万嘛，不像现在，动不动拿出十个亿搞事情。”

2014年，张小花的作品《谁都别惹我》被改编成网剧上线，制作粗糙，张小花在微博上直接表示不满。

“只能说大家追求不一样，这个也没法说不满意了，就是没碰对人。”张小花说他不怕得罪人，因为自己也有表达情绪的权利，“他们可能是想挣一波热钱，而我是希望看到一个不失水准的东西。”“看到了后来出现二、三流广告的时候，就感觉这个东西真是被糟蹋了。”

跟很多写网文的作者一样，张小花也是个喜欢把自己“隐藏”起来的人。采访中，他本来是想用文字回复我们的问题，刺猬公社坚持用电话交流，他就没多推辞。

他怕词不达意，和陌生人说话，他感到很“方”。

“我是有深度社交恐惧的，可能打电话还好，要是咱俩面对面的话，可能连话都不太会说了，那真的沉默寡言啊。”张小花说，在学生时代，他先当了几年学霸，又立了学渣人设，虽然不出众，但还是“挺正常的”，他认为长期的写作让他社交技能退化。

“小花现在人越来越红，书越来越红，但还是不太喜欢面对面去交流。”胡说笑着说，十年来，两人多是在线上交流，面对面不过接触了四次，“他本人很腼腆，和人交流的时候他不会刻意搞笑，会用让人很舒服的方式把这件事办完——尽快办完，然后停止交流”。

他说张小花是“冷面笑匠”，有些话冷着脸说，就会很有意思，这跟他的文字的风格，如出一辙。

原载公众号“刺猬公社” 2018年3月7日

沙漠恋歌

——读《生生不息》有感

顾　飞

小说《生生不息》的故事从高龄的外婆阿茹娜弥留之际开始。年迈的外婆叮嘱儿孙：她希望葬在一块沙梁，也就是要把自己埋在沙漠里。一家人，包括一个来自外国的准孙女婿在沙漠里狂奔，从京城回来的青年阿木尔开始追忆三代人在沙漠里治沙植树的往事。很多长篇小说都可以提炼成几句话的故事梗概，但要对《生生不息》做简要的概括或提炼，是困难的。这并不是说故事本身有多么复杂，事实上不复杂，但是因为这个貌似不复杂之中蕴藏了足够多的曲折，故事变得不再普通。故事里除了当事人物多舛的命运，还无可避免地嵌进了时代的风云，嵌进了沧桑巨变，通过一个家族史映射出时代的轨迹，仿佛所有人都在一个巨掌上跳舞，巨掌翻手为云而覆手为雨，让人忽而为之癫狂，忽而为之心折。

这样一说，你或许可以想见故事的曲折性，它有着平凡人的传奇。从阿茹娜的父辈算起，《生生不息》写了四代人，阿茹娜生在水草丰沛的美丽草原，18岁那年，被父亲粗鲁地嫁给了一个异乡人巴根，起因是这个好心的青年救了她的父亲。但这个黑不溜秋的异乡人只有一个窑洞、三只羊，以及无边无际的沙漠。这不是阿茹娜想要的婚姻，她为此不理这个男人，不和他说话数年，并一直想逃离，一直到她有了身孕之后，依然想逃离。但是她终是体会到这个男人的好、不凡，乃至伟大之处，于是她提出一个条件：要想我不走，就要把沙漠从毛乌素赶出去！巴根答应了她。这可不是简单的一个承诺，它是几代人艰苦人生的开始：他们卖掉了仅有的资产，买树苗种树，但种一次死一次，却矢志不改。写到这里，读者大致能明白这是一个人与自然的故事，并且是改造自然的故事，它一定意味着艰难、挣扎、放弃与坚持、失败与成功等等。没错，作者本没有宏大叙事的企图，但这个命题一旦写开，自然就成了宏大叙事。

就在阿茹娜和巴根，带着两个女儿植树造林干得正欢的时候，命运开始转折："文革"浩劫开始了。曾经保护他们的旗长被斗倒了，阿茹娜成了黑特务。巴根被迫与阿茹娜离婚，大女儿其其格死于沙漠……在那个年代，几乎所有的中国故事都大同小异：稍微有点与众不同的家庭都可能分崩离析；曾经有过出格之举或惊人表现的人都可能被斗倒、被抓捕；而普通人的感情，无疑将受到一次又一次的折磨。

"文革"没有结束，知青来了，小女儿依云娜长成了大姑娘，她学会了恋爱，一家人依然执着地种树。依云娜的恋爱遇到了挫折，那个她钟情的小伙子一心想回城，断了一条腿也没挽回他的心意。依云娜和母亲在沙漠里救了一个差点被流沙淹没的人——一个诗人。这个叫巴音的诗人走了又回来了，他同样留在了沙漠上，与依云娜相爱、种树。直到依云娜生产时，遇到了初恋的缺了一条腿的男人，依云娜生了一个女儿，叫图雅，缺腿男人的妻子生了一个儿子，但孩子的母亲死于难产。这个懦弱的男人舍弃了孩子，独自逃走了，遗弃的孩子被依云娜一家收养了，他就是小说的第一叙述者——阿木尔。

阿木尔打记事起就想着逃离，他甚至梦想着有一天自己的亲生父亲来带他离开，他想抓住任何一次离开沙漠的机会，但他都没有成功。逃离与和解几乎是这部长篇小说最大的隐性主题，人与沙漠、人与人、男人与女人，逃离与和解一直很焦灼地粘连在一起。无论是阿茹娜被迫成婚时的逃离，还是依云娜的初恋对象不顾一切地想走，以及阿木尔最终的离开，不仅说明了环境的恶劣，似乎还暗合了一个更大的主题，那就是城市化的人口大流动，人们以各种理由远离故土，所谓的故乡，日趋变得沙漠化，乃至荒漠化。故乡不能让他们找到价值点，但人们最终又纷纷回到故乡。

在《生生不息》中，毛乌素最大的城市——发城，后来发现了金矿（这当然是一个暗喻），各式各样的人们在这个城市里疯狂淘金，包括此前一直很神奇的萨满法师——宏博，他摇身一变，成了巨大的债主，建立了地下社会，放高利贷吸血。

最终，全家人为外婆找到了一块沙地，就是最初让他们找到信仰的那棵神树下。而那棵曾被阿木尔愤怒地放了一把火烧死了的神树已然发出了新芽，阿木尔选择了留下，留在了毛乌素，他也和自己达成了心悦诚服的和解。至此，三代人与沙漠的情缘有了结果，各自找到了灵魂的归宿，完成了精神上的涅槃。毛乌素的人们治沙种树的故事还将继续。

一则不起眼的新闻，可以构成一个精妙的短篇；写到中篇，那必然有一个故事；而发展成长篇，光靠故事肯定不够。作家王安忆的经验是："一部长篇，则要有故事与故事之间，经验与经验之间，逻辑的联络与推动。这一个逻辑的联络与推动究竟是什么呢？它包含了一种创造雄伟建筑的可能性，而我们毕竟是应当去创造一个宏大的存在。"《生生不息》里也有丰富的故事性，但它并不仅仅依靠故事向前推进，人物命运被强行改变时的体悟与生存环境的恶劣交织在一起，经常让人欲罢不能，几乎没有一个人的生活是主动的，他们都是在被动中适应与寻找存在的意义。

人与自然的故事、种树治沙的故事，并不鲜见，但将几代人的命运与沙漠联系在一起，而且全篇只有一个固执的主题的故事就不多见了。上文说到的宏大叙事，在过去的二十年里的中国长篇小说里，已经被写滥了。家族史动辄从晚清前朝说起，主人公动辄大富大贵身居要津，出入牛津黄埔易如反掌，然后一不小心就几乎改变国运的传奇故事，像一个可怕的长篇小说定式，不仅把很多作家写傻了，还让无数的读者坏了阅读的胃口！《生生不息》巧妙地回避了这一点，叙述的时间跨度将近百年，但故事大多通过细节来呈现，将无数的惊心动魄隐藏在个体的体验之中，自觉摒弃夸张与离奇，在被大环境改变的同时，努力去主宰自身的命运，小说就有了自然而然的闪光。

《生生不息》的现代性在于它的结构体现，这显然是作者苦心孤诣的结果。我无法列举肖睿参照了哪些典籍的写法，这种时空交错，通过不同人物的口吻展开叙述的方式，不仅丰富了故事的枝蔓，还壮实了故事的主干，而更叫人感佩的是作者在文本中来去自如的身份切换，它充分体现了作者对于素材的驾驭能力，一种成竹在胸的意蕴流动的写作状态，自然、顺滑，并且止所当止。文本意识是小说《生生不息》的亮点之一，其语言有着地域特色，可视为另一个优点。肖睿不是小说界的陌生人，这个高中时代就写出长篇小说的青年作家，籍贯是内蒙古的鄂尔多斯，对草原和沙漠有着与生俱来的感情，但他此前的长篇小说没有涉及故乡与草原，更没有对故乡这块热土的深层次的思考，《生生不息》丰富了他的创作内涵，也扩大了他写作的外延。在某种程度上，这是一个刚过而立之年的青年作家对自己成长的反思，对人生变化的追问。我不能说这部小说已经调动了肖睿本人全部的人生经验，因为他还相当年轻，还有足够多的时间去收集人生的失败、经验、教训，从而使自己的人生更为丰满。但就小说本身而言，无论是漂亮的文本表现，还是诡谲的意象勾勒与生动流畅的叙述，抑或是高远宏阔的立意，都体现了这个80后小说家的日趋成熟。想到这一点，感觉他真是了不起。

原载公众号“梦想远方”2015年10月22日

诗意与哲思交映生辉

——评宋生贵先生新著《生活艺术化十讲》

杨维娜

生活与艺术是美学界与艺术学界常谈常新的话题，不同时期、不同的学者均有着各自不同的体悟与观照。近日品读宋生贵先生的新著《生活艺术化十讲》[①]（以下简称《十讲》），不由为之所动，发现多处精彩闪光之处，颇受启益，在此仅聚焦几点，浅以论之。对《十讲》之所以谓之“品读”，其意有三：一是作者30余年的学养积淀以及对于生活艺术化长时间的关注与思考，使这本论著有着较为深厚的学理基础；二是该书作为作者于自己人生60载的献礼，体现着作者的人生智慧与处世哲学，饱含着作者的赤诚之心；三是书中诗性化的语言、精彩的论辩，配之以中西经典艺术佳作与作者自成一格的书法作品，美文与美图相得益彰，其本身就是一部艺术品，值得读者细细品味。

一

品读《十讲》，让人深切感受到宋生贵先生是一位兼具诗性才情与理性洞察力的美学家，这于以逻辑思辨和理性分析见长的美学研究领域是可贵的。他本人即是

① 宋生贵：《生活艺术化十讲》，人民出版社，2016年版。

生活艺术化理论的践行者。作者的诗性才情不仅体现在富于诗意的话语表述方式上，更加体现于作为一名学者的责任感，以及对于人类生存与发展问题的挚爱与关怀，这样的至性深情成为他潜心治学的内在动因。在《十讲》的开篇，他便表明写作缘由："一是现实生活中本人亲眼所见、亲身所历，或耳之所闻的一些有悖艺术化的事例，无数次地点醒，甚至刺激我来关注这方面的问题；二是与自己长期从事美学、艺术学研究的专业敏感与准备，以及学术责任有关，认为有必要对有关问题的所感所思进行梳理并表达出来。"书中行文处处流露出作者的"深情"，这"情"渗透着作者对于当下人类生存状况的忧虑，以及期盼人类社会健康持续发展的恳切愿望，使读者不断警醒，又无不为之所动，也不自觉地深受感染。

作者的"生活艺术化"理论指向人的情感方式（或称感性心理结构）的建构。书中谈及现代人的生存境况时讲道："'感性'与'理性'的对立，情感素质与生存智慧的剥离，像链式反应一样，造成了一系列影响人的'全面发展'的迷误"，而"对于人的积极情感的充分发挥和高扬，是人类社会宽容个性发展的体现，有利于自我开掘的自信力和全面发展的适应力同步增长"，因此，当代新的发展进程中更需"多情"濡染，"它与科学理性在人的全面发展的本体意义上，是共生共荣，相互激活着的"。

作者以人类发展的大视野，认为"人类要想在新的时代获得最大可能的良性发展，就必须要有与推动新世纪健康而全面发展相适相谐的生存智慧"。而这生存智慧至少在三个方面显示特点："新的生态、生存意识普遍性地觉醒并强化，群体将如何获取更大的生命空间；积极情绪与科学理性取得尽可能多的协调；艺术思维、艺术情思与现实生活实践相融通，焕发更大的创造激情与活力"，而这也正是向人的"全面发展"的理想目标迈进的重要实践。这足以见得作者所主张的"生活艺术化"理论并非仅重视情感建构，而忽视理性发展，也非简单将感性与理性区分看待，而是强调情与理的协调融通，互为促进，最终以人的全面发展为旨归。

二

尽管作者本意是将《十讲》作为通识读本而写作的，不同于美学、艺术学的专业著作，不作概念方面的专门解析与原理问题的系统阐释，但我们还是看到了该书在理论建构上的严密性。

通常提到“生活艺术化”，往往会将其与“日常生活审美化”或艺术理论中类似的问题相混淆。在《十讲》的“引言”中，作者便首先对相似的问题进行了辨析：“我们所讲的‘生活艺术化’，并非指以生活替代艺术，也不是指对物质生活的美化或装饰化，此其一；在讨论问题的逻辑起点上，有别于《艺术原理》一类著述中‘本体论’‘创作论’等部分通常讲的生活与艺术的关系辨析，此其二；在讨论的层次定性定位上，与学界讨论颇多的‘日常生活审美化’不同，也绝不是‘后现代’理论中那种抹平‘艺术与非艺术’界限的‘泛艺术’观的言说，此其三。”作者进而明确主旨：该书所讨论的生活艺术化“是从内在精神方面而论，即更主要的是指向人的精神世界，以及由此而外化于现实生活的艺术化境界——指向生活品质的提升，营造有意味的生活”，为“生活艺术化”确立了理论基点。

作为通识性读本，《十讲》在章节标题的设置与语言表达上，采取轻松活泼、平易生动的表述方式。从书中标题看，似乎无“章”可循，诗意散漫，但细品之，便发现有生活艺术化这条主线贯穿始终。在对“生活艺术化”作了清晰界定后，作者对于实现生活艺术化的可能，重点集中于四个方面讨论：“其一，以艺术化的情怀与姿态面对生活，指的是一种境界；其二，发现生活中的艺术因子，体验现实生活中包含着的丰富的艺术成分；其三，走进艺术，让艺术情趣成为世人生活中的重要部分；其四，强调当代人对精神世界的呵护，精神家园的牵挂，并且要准备好打开精神家园之门的钥匙。”书中十讲正是围绕以上四个方面展开，提出问题，进而分析问题，并试图作出解答，始终紧扣主旨，层层深入。在每一讲中，看似联系并不紧密的小节之间，却遵循着严格的逻辑条理。如，在“守护诗意之源，确立人与自然的和谐关系”一讲中，作者首先明确人类的生存与发展和自然环境之间存在着根本性的天缘关系，其次讨论建构审美关系的种种内在依据与可能性，再次探讨为什么要特别强调人与自然环境间的审美关系建构，最后如何确立人与自然的谐和关系，每一节逐层递进，如此安排正符合对问题的认知过程，使人在轻松阅读之余，对于人与自然的和谐关系也有了深入的认知与理解。

三

“生活艺术化”并非新题，早在20世纪初期，梁启超、朱光潜、宗白华等美学家们就有过对此类问题的探讨，尤其是朱光潜提出的“人生艺术化”主张，已成为人生美学的经典之论。然而，任何理论均是一定时代的产物，刻画着当时那个时代的特征，已不能完全适用于当下的现实生活。面对今天以科技和商业经济至上为价值导向，普遍出现的心为形役、情感冷漠、空虚乏味，甚至人性缺失等问题，急需有眼光的学者作出与之相适的解答。

《十讲》再谈“生活艺术化”，笔者认为，其不同于以往的新意在于立足当下，即“在‘全球化’大背景之下，关注当代人的现实生存状况，扫描现象，发现问题，继而进行多维度的学理分析与评判”。这样的理论视角使其避免成为高谈人生哲理的“玄空之学”，也非救赎人心的“心灵鸡汤”，而是颇具学术价值的理论佳作。

品读《十讲》，不仅让人为作者占有资料的充分和条理清晰的论证所折服，且为其深刻的洞察力与独到的分析判断而由衷钦佩。在《十讲》中，作者对于当代消费社会的特征进行了深入剖析，指出消费社会以“消费”为显著特点，且以利益关系为纽带。在此社会中，有太多的信息、太多的诱惑、太多的可能和太多的消费选择。这易生发出三种令人担忧的情形，“一种是无所适从，另一种是折服于某种刺激之下，还有一种就是物欲占先”。由此，作者敏锐指出消费时尚情景下几点突出现象，如关于追逐时尚、关于策划造作、关于仿效复制、关于包装造势，分别加以分析批评，使理论落回到活生生的社会现实。

在作者看来，匆忙急躁、占有欲太强、攀比心过重与用心不专是影响当代人提升生活艺术化品质的突出心态，这些都会不同程度地给当代人走向生活艺术化的理想进程带来干扰。对于诸类问题的解决，作者从人的主体性方面考虑，开出了自己的疗治之方：“每一个追求生活艺术化的实践者，自觉进行自我心境、心态的调节与涵养，是很重要的，而且是易行的、有益与有效的；与之相应，提倡涵养心性、适度守静、凝聚视点、用心而为。”此剂良方透着作者的学术眼光与人生智慧，在解决现实问题上有着较强的指导意义。

四

关于生活艺术化的探讨，以往少有涉及民族文化发展的问题。其原因或是因为时代背景不同，相关问题还未突出显现；或是因为不同学者关注视点不同而较少论及。《十讲》列专章讨论了在当代全球化的大背景之下，面对不同民族、不同地域文化的多元纷呈，如何更好地实现生活艺术化的问题。这一点使宋先生的“生活艺术化”理论在同类论著中别具一格。

对于“生活艺术化”理论中关于民族文化发展问题的探讨，或许会有此种猜测：作者因为身处民族地区，对此类问题有较多关注与研究，自要言说一番。但这仅是表象，究其根本，则是作者深刻体察到全球化时代中的不同文化间的交流与碰撞，导致当代人精神面貌快速发生改变，对于此种现实情况应作出积极调适与必要应对，进而引导人类文化多元共生，促进人类文明和谐演进。由此，对于民族文化发展的研究是“生活艺术化”理论不容忽视的问题。在此种意义上，《十讲》拓宽了“生活艺术化”理论的研究视域。

随着经济全球化、科技标准化、传媒大众化时代的到来，过去那些来自地域的、民族的种种界限被打破，出现文化多元共生共存的局面。面对此种新的态势，作者拨开迷乱的表象，冷静分析，首先指出当代人应看清两个事实：“一是全球化在当代世界是不可逆的，属于人类演进过程中的大势”，进行积极的调适是必要的；“二是因全球化的到来而形成的世界的‘整体’性，一方面为来自不同地域、不同民族的文化提供了‘全球性自我表演’的舞台与可能，对传播者一方而言，登上这个大‘舞台’，用好这个大‘舞台’，就可以获得更大的空间与更多的可能；对接受者——包括追求生活艺术化的人们而言，便可以既获得全新的体验方式，又能够在自己有限的时空之内领略更为丰富的艺术风采”。作者进而以发展的态度观之，指出历史上并不存在孤立不变的生活与文化，亦不存在固定不变的生活艺术化形态，“相反，真正的生活艺术化的存在，其生命活力毫无例外地都在动态之中，即在与他者文化不断对话、影响、互动的过程中，在与现实环境、时代精神相适相谐的融合中，不断获得自我确认，自我丰富”。由此，作者主张对于生活艺术化的历史形态应加强积极而有效的调节机制，不断注入新的活力，打破稳态化结构，以期在超越中取向于新的和谐之境。

在这里，颇为精彩的是，作者联系到中华民族生存智慧中的“和而不同”，并赋予新解：“‘和而不同’是一种理性的，同时又是一种极具主动性的姿态与取向。‘和而不同’是宽容的、辩证的，它既承认差别又追求融通，既面对现实又指向超越。一种文化承认他者的存在，且于自觉或非自觉间通过不同方式与之相互作用，这便是‘和’的意味；但同时又始终不失自身的文化根基与文化品质，这是‘不同’的内核。”作者提倡，面对全球化的大背景，“当代人追求生活艺术化要实现‘美美与共’的和谐取向，应特别注重从‘和而不同’的人文智慧中获得启迪”。的确，只有开放、包容的文化才会有更强的适应性与更大的发展空间，这已为无数事实所证明。

作者一再表明，“不同地域、不同民族的人们对各自文化的自觉、自信与对‘他者’文化的尊重、欣赏，不仅是不矛盾的，而且完全可以是相辅相成的”，人们“应该既有开阔的视野与包容的胸襟，又有自信的心态与自觉的选择”。在这一点上，作者身体力行，十分重视对中国古典美学与传统文化的挖掘与阐释，努力从中汲取养分，寻找生活艺术化的精神内蕴。《十讲》将诸多仍具生命力的传统美学命题融入进来，并将大量古代名人轶事与诗词佳句、艺术作品引例其中，使读者在钦佩古人智慧、感受中华优秀传统文化之美的同时，也不自觉增强了文化自信。

《十讲》语言平实亲切，使人读之轻松快悦，少有一般理论著作的艰深之感。作者力图以开放性与讨论式的写作姿态与读者见面，每讲中都留有多个“端口”，便于不同读者以不同角度进入，并参与讨论。作者表示该书的目的不是提供答案，而是试图营造一种语境，以触发并带动大家来共同感受与思考，这体现出作者理论建构的张力与活力，也将使更多非专业的读者受益。

不考虑《十讲》的理论价值，笔者做一不甚恰当的比喻，《十讲》似一篇优美深刻的散文佳作，形散而神不散，使人在获得美感享受的同时，又得到思想的启益与情感的升华，不自觉也为之所动，随之所思，涵养心境，提升境界。如此效果远强于百倍说教，这也许亦是生活艺术化的一种体现。

《十讲》是宋生贵先生第22部公开发行的个人著作，它的成稿并非一蹴而就，而是先生长期学术积累的成果，其中关于生活艺术化问题、审美教育问题、民族艺术发展问题、文艺活动的生命张力等问题，先生都有数十年的关注与研究，至今仍未停止相关问题的思考。然而，先生仍然在该书的“后记”中表示：以后唯有加大努力与持续积累，才是应有的选择。先生的治学态度着实令人钦佩，也深值吾等后学之辈学习。

原载《内蒙古大学艺术学院学报》2017年第2期

地域性经验的个人化表达

——评析青年作家娜仁高娃的《七角羊》

图　雅

娜仁高娃，内蒙古库布其沙漠腹地人，用蒙汉双语创作。库布其沙漠腹地这个特殊的地域文化，雄厚的历史根基，使得这位极具才华的少数民族作家充分展现着自己对脚下这片土地的独特认知。她笔下的“库布其沙漠腹地”实则是她生长的地方——库布其沙漠的投影。对于娜仁高娃而言，这里是其创作才华的孕育之地。她在这块土地上不断吸取精华和养分，充分发挥她的艺术敏感，敏锐地将现代经验感受与古老的历史文化传统完美结合。她的作品内容极为丰富，语言生动、形象、简洁。她的小说集《七角羊》入选“中国少数民族文学之星”丛书，小说集共收录《醉羊》《草地女人》《七角羊》《热恋中的巴岱》《背石头的女人》《送亲歌》和《神的水槽》等14篇作品。

一　地域性经验

地域性经验是作家丰厚的写作源泉。环境对于文学生产的开始与传播具有一定的审美作用，地域对文学具有综合性的影响，不但受地形、气候等自然条件影响，更受历史形成的人文环境的种种因素的影响。对于每一个作家来说，他们总与生活过的地域密切相关，谁不可能凭空产生，地域文化是谁的母乳。弗洛伊德在精神分析理论中指出，“故乡、故园，那里的自然景观，习俗民风，历史遗存对一个人的一生中童年和少年时代的生活起着至关重要的作用。都是从一个人能理解事物开始，慢慢积累，潜移默化，耳闻目染，形成最基本的文化心理结构”[①]。因为对于群众和作家来说，风俗和习惯是相同的，作家并非孤立的人，而在作家的创作中，环境起到干扰或凝固的作用。在新世纪之交，娜仁高娃在创作中采取了更加贴近日常生活的现实目光，真实生动地书写描绘了库布其沙漠牧民的内心世界、性格及命运，深刻思索牧民独特的生存景观与沙窝子地的命运。沙窝子地的地理环境、社会状况、民风民俗为娜仁高娃提供着丰富的创作材料，历史悠久的地域总是蕴藏着深厚的民间文化、古老传说、家族故事。意西泽仁在《答重庆西南师范大学钱国钢同志问》中曾说：“语言的民族特色是内在的，如果我们不在作家的叙述语言和人物的叙述语言中使用谚语和隐喻之类的东西，读者还能感受到这个民族特有的心理素质和文化氛围，所以这种语言的确具有民族特色。”[②]民俗色彩的语言被少数民族作家在小说中广泛使用，留下了丰富而特有的民族语言遗存。《七角羊》中能够体现丰富民族地域文化色彩的语言很多，如供奉着的毛毡偶，佛龛里的肩胛骨，爱喝酒的嘀礽（蒙古族民间传说中的放牧骆驼的幽灵，居住在洞穴里，牧人用酒请回来喂养，可以帮助牧人完成心愿），翁衮羊（古代蒙古族供奉的偶像，萨满教的神具），沙窝子地的习俗等都在娜仁高娃的笔下生长出岁月和年代的记忆。

作家与地域有着神秘而又复杂的关联性。有些作家长期与出生的土地朝夕共处，并对这一地方产生特殊的情感，作者笔下塑造的人物必定与这块土地相联，否则无从下笔。沙窝子就是鄂尔多斯高原西部旗的半荒漠化地貌，雨水足时，生活尚可，干旱时，生活艰难。这样的条件下，草原退化严重，有些已成纯粹的荒漠。娜仁高娃小说的原型沙窝子是她从小居住的地方。这个原因使得她可以更加深入地了解沙窝子地牧民的风俗、民俗以及民间传说。例如“蒙古族男人脱帽致礼是一项很尊贵的礼仪”“祭敖包过后把牛首留在山上，其余的肉分下来大家一起吃，那是神的旨意，那是来自苍天的贺西格（福禄）”“胎眼儿石头可以治病”“黑肩胛可以避邪”“女人六十八岁前是不能到梁头上的”“女人不能靠近老槐树（称其为‘额布根’树）”“有一种名叫哈马尔代的小河女人是不能蹚过去的”“每年腊月二十三，

---

① 孙且：《作家的地域性写作》，《小说林》，2017年第6期。

② 徐其超，罗布江村主编：《族群记忆与多元创造》，四川民族出版社，2001年版，第35页。

拿青毛羊胸骨祭火神”“每位牧人肩膀上都有两盏灯，鬼都吹不灭的”等风俗在沙窝子地屡见不鲜。蒙古族民歌具有古老的传统，在辽阔的内蒙古草原上有着多种多样的婚礼仪式。其中最为精彩的是已经流传了700多年的鄂尔多斯婚礼，至今仍保留着古老的风格和品味。《送亲歌》中，乌尼尔嫁人时唱：

骑上紫檀色的马儿，
向着展旦召走呀，
赡部洲（宇宙）的孩儿们，
世代得到苍天的保佑。①

新郎和伴郎离开送亲队伍时需有人去抢夺新郎的帽子。又有人拿着一碗鲜奶，绕着新娘乌尼尔的马大声地吟诵着婚礼赞词，然后把鲜奶丢在马的额头。此类风俗习惯是民族文化的重要组成部分，它也能够充分反映地域文化的特点。如果“淡忘作家的民族属性”，不管文学作品的民族要素，本民族丰富厚重文化的积淀与领悟被作家所无视，我们就只能欣赏到作品艺术形式的俏丽表征，忽略其后隐藏的巨大文化内涵。②作家作品中的民族精神与该民族特有的风俗习惯、文学传统、社会生活、审美心理密切相关，能够充分体现该民族的民族精神、审美理想、自然环境和生态环境。

《热恋中的巴岱》讲述沉默寡言的青年巴岱喜欢上有婆家的女人，得知此事后，他一怒之下踢破人家的门，又顶着沙窝子似乎有千钧之重的漠风，费尽力气背回一扇新的门。在一路的风沙阻碍与消耗下面对爱欲受阻，他体内迸发出的恨意，促使他飞脚踢破第二扇门板。在偏远的沙漠腹地，人与人之间的情感交流看似粗粝，实则细腻，在看似冷漠中总透露着温情。《玛楠河礼物》中独自一人在沙漠深处过活的艾琳戈，捡到了一个塑料娃娃（女演员的替身道具），把她带回家两次，又埋了两次，最终塑料娃娃腐烂后，他整夜失眠，神志颓废。他明白在这片茫茫天地间自己是一颗与整个荒野、沙丘、河流擦肩而过的尘粒。《天边的肩胛骨》通过描写在沙窝子地存活了七十九年的“我”为实现阿爸的遗言，在草地干枯后带着佛

① 娜仁高娃：《七角羊》，作家出版社，2019年版，第141页。
② 李莉：《傻子，民族灵魂的透析——论〈尘埃落定〉的民族心性》，《阿坝师范高等专科学校学报》，2002年第5期。

龛里的肩胛骨去找一位老人的路上所发生的事情，体现沙窝子地的恶劣环境和天气使得牧民生活动荡，忍受饥饿和水荒。《神的水槽》中，阿云达日玛额吉看到一朵像巨大骷髅的云后想起年少时与扎桑扎布老人相恋的往事，由于叔父的反对，两个年轻人各自婚嫁，如今沙窝子地严重缺水，不下雨，水井干枯。一大块冰坨子从天而降，缓解了牛羊的饥渴，冰坨子消失后，扎桑扎布老人也永远地走了。只留下一句话：一辈子守了沙窝子地，最后，终于把苍天的心脏给沙窝子地打下来了。这是遗言，也是情话。作者将云的神秘与古老的传说结合起来，穿插两个老人的故事，赞赏他们可贵的品质和对真情的坚守。《送亲歌》中，雅西拉在干旱的沙窝子掘了十一口井都没有出水。这里的人们以乐观、快乐的心境去面对生活的种种困难。作者真实地再现了沙窝子地上的真实生活情景。这两个短篇小说通过民间故事与现实生活的交叉，力图呈现整个沙窝子地人淳朴、独特的内心世界。《背石头的女人》中，石头作为第一人称讲述自身命运。年轻男人要把它送给他队长的时候，石头突然开口说话了。作者大胆地展示着自己的热爱，没有丝毫的伪装，这样的描写，将自己对童年的留念、难得可贵的怅然，言无不尽，不伪作高深，使读者感到尤为亲近。

在一代又一代作家的笔下，故乡有着深刻的情感指向。故乡不仅是地理意义上的故乡，更是作者精神上的故乡。故乡荒芜的茅草地、戈壁沙、连绵的山丘、突然开口说话的石头、昏黄的沙窝子地、浩瀚的沙海在娜仁高娃眼里成为一种独特的存在，作者以虔诚的态度和诗性的语言实现了人与大自然的对话。干旱、贫瘠与廓落，是沙窝子地的永恒模样，它将这副模样保持得“依然”而“真实”。娜仁高娃的作品不仅展现了库布其沙漠腹地的自然景观，更是在传递牧民对生活的态度、生命意识和传统文化。沙窝子地是她创作地域性的视野和精神家园。

二　个人化表达

娜仁高娃的个性体现在对社会时代的敏锐和个人化的表达。语言是文学作品中的一个重要部分，作家在创作时特别注重语言的运用。在中国现代小说中，汪曾祺的小说具有独特的语言风格，他曾多次说道：“小说的语言与内容（思想）是不可剥离同时存在的，并非纯粹外部的东西。”“语言是小说的本体，写小说就是写语言。”[①]他利用小说语言本体论来反叛五四以来的小说语言工具论。娜仁高娃的小说语言也具有独特的风格。她精通蒙汉双语，善于从传统、民间、现实生活中学习和积累语言，在文章中锤炼打磨，精巧运用。语言是人们在社会生活中互动的一种方式，文学语言不同于日常语言，文学语言的独创性体现在其表达方式和方法上，文学作品通过文学语言的特殊符号系统创造性地表现各时期社会生活的本质。高尔基曾说：“文学的第一要素是语言。”[②]文学作品中最基本的结构层次是文学语言，利用语言塑造的人物形象，更能使读者深刻地认识和理解现实生活的本质。文学语言与日常语言的区别在于我们是否精心地进行加工并筛选，使所创造出的语言具有艺术的感染力，又会产生美的想象和感受。因此，独创性是文学语言最主要的特征。

《七角羊》中塑造人物形象，推进情节发展，表现生活环境时，语言的细节描写起着至关重要的作用，有助于折射广阔的生活画面，增强小说的艺术感染力。例如《热恋中的巴岱》中当描写巴岱在猛烈的风中走的时候，作者写道：“巴岱觉着，风简直就是无数只胳膊，不停地往身上肆虐：揪头发、打脸蛋、抓鼻耳、掐喉咙、扎额头、扯衣角，就连深藏不露的五脏六腑，也有种被撕被拽的疼痛感。”[③]这句话描写了一个很清晰的图画，背门板的巴岱一路遭遇风沙，忍受着剧烈的疼痛和藏在心里的怨恨朝着心爱的女人家走去。这种人物形象会给读者留下深刻的印象。这样一个花季少年爱上了比他年长十岁的女人，得知女人有了婆家之后，他既伤心又痛恨。《玛楠河礼物》中“他有着四十出头的男人坚硬的目光，硬朗的身板，以及北极冰一样的缄默。这片原野除了赐予他沉默寡言、无动于衷的性格外还将他锤炼成沙丘一样柔软又不可被摧毁”[④]。从此类描述中，我们可以猜测他一定是钝化、木然、一成不变的人。当女人（塑料娃娃）消失后，“艾琳戈失眠了好多个夜晚，整夜整夜地无法入睡。他憔悴了，眼窝深陷，颧骨高凸。对女人的思念变成了一种祭祀，女人如冰凌的洁净，是艾琳戈脑海中的图腾”[⑤]。从上述描写中不难看出他失去女人之后神志颓废，悲痛不已，甚至把女人比喻成图腾。

民间故事是具有宝贵价值的口头文学样式，对于一个民族来说是保存和传承民

---

① 郑娜：《论汪曾祺的小说语言观》，《湖南大学硕士学位论文》，2016年，第9页。
② ［苏］高尔基：《高尔基文学论文选》，人民文学出版社，1958年版，第307页。
③ 娜仁高娃：《七角羊》，作家出版社，2019年版，第58页。
④ 娜仁高娃：《七角羊》，作家出版社，2019年版，第154页。
⑤ 娜仁高娃：《七角羊》，作家出版社，2019年版，第159页。

族文化的重要工具。民间文学是所有文学和艺术的源泉。马克西姆·高尔基曾说“不懂民间文学的作家不是好作家”。作家只有熟悉民间文学，从它那里汲取丰富的营养，才能成为著名作家。任何一部文学巨著都蕴含着民间文学的基因和精髓，古今中外的文学史都证明了这一点，比如：世界著名剧作家莎士比亚、俄罗斯文学之父普希金、中国著名的爱国诗人屈原和作家曹雪芹都是从民间文学的源泉中吸取了丰富的滋养，写出不朽的作品。在人类历史长河的发展过程中，很多民族的古老神话传说中都有一个被神化了的女人，同女娲造人的神话一样，这些拥有神力的女性形象很大程度上反映了古老民族希望本族繁衍旺盛，能够战胜神奇严酷的大自然，生生不息的美好愿望。蒙古族的古老传说中也有这样一个被神化了的勇敢善良又正义的女人——“毛毡偶”（卫拉特蒙古族部落供奉了481年的翁衮）。《七角羊》中还有姥姥讲的红头鸟的故事、阿拉穆斯的传说、保护神山的乳娘娘、1933年初秋萨仁诺尔湖发洪涝的故事、肩胛骨的故事、暴雨中红火狐狸会变成姑娘到牧人家的民间故事、三头六臂妖怪的故事、旱魃（引起旱灾的怪物）的故事，祖父讲的传说（天大旱，牛羊的眼睛变红了，牧人向天求雨，心善的人能求来一坨冰云，那云落到地上，能救活万物），等等。

娜仁高娃从童年时代起就通过自己的体验观察，积累起丰厚的民间故事、家族故事和过往传说，激发了创作才情。当她书写不同的作品时，灵魂附体到她所塑造的人物身上跟着她或者他，一起生活和思想。《七角羊》中的人物个性鲜明、生动，从他们身上，读者可以了解到植根于人迹罕见的库布其沙漠腹地人的生存状态与生活风貌。例如：《醉阳》是作者通过与母亲的谈话刻画了一个真实、生动、鲜活的普通牧民的形象。小说的故事非常简单，严格来说，它只能算是一个生活的片段。作者的父亲爱喝酒，患脑梗住进医院，作者与母亲聊起父亲时，母亲偶然地讲起了他俩曾在牧区收黄米的故事，于是这篇小说就诞生了。文章中的主人公东茹布也是个嗜酒却不酗酒的人，喜欢那种微醉后的微妙感，最终瘫痪去世。短篇小说《草地女人》的主人公诺明噶尔玛的爱人吉格迷德嫌她像头牛，常去别的女人家。她怒气之下把吉格迷德拖到鬼怕草上，即使这样，回家后，她还是帮他挑了鬼怕草的刺。这里刻画了诺明噶尔玛对丈夫的承受和包容，对命运的坦诚接纳与拥抱以及她的纯真、善良、率真等本性。这两篇小说受到作者母亲的启发，小说的人物原型也都源于沙窝子地牧羊人。同时作品中表现生活的阅历、表达个人情怀、言说自我、体验独特的情感，建构了属于作者自己的时间与空间之维。她关注现实性，因此笔下的现实主义视角是个性化的，是一种个人化的表达。所有社会生活、情感体验均是在现实表达的基础上找到了个人化的出口。

三 叙事符号——“阿拉穆斯”

《七角羊》中的叙事符号“阿拉穆斯”具有指代意义，而在现代文论的概念中，这种叙事道具具有叙事符号学的意义，符号在文艺理论等相关领域都有详尽的解释。刘昌元《西方美学导论》中提道：“符号能传达人类情感。人可以通过符号引发种种概念、感情与想象。那么，探讨叙事符号如何展示文学作品中深层的涵意可以利用文学道具的符号意义，具有一种指代作用。艺术的作用在于沟通人与人之间的思想与感情，是一种符号的形式。如果在我们的心中某一样东西代表另一样东西，那我们就把前者称为符号，而把后者称为前者的所指与意义。”[①]文本中的道具是“象征”“意象”“隐喻”，一种受众内心可以接受的所指概念，具有符号学的意义，意指作者的经验、感情与概念。本文将从叙事符号的线索建构情节、文本独特结构的形成以及符号所揭示的主题与人物塑造三个方面来探讨“阿拉穆斯”的叙事符号意义。

牧羊人口中一直流传的“阿拉穆斯”（鄂尔多斯高原蒙古族民间传说中的女妖）能和人一样支起身子来，雌雄同体，腿很短，胳膊却很长，能拖到地上。还有一双硕大而面袋似的垂乳，能甩过肩。每年开春后，需要与男人交媾，如果找不到男人就会与母羊交媾。这源自蒙古族的民间传说，非人非畜的妖怪，常在邪恶与灾难后现身。小说中，作者用自己巧妙的想象力把阿拉穆斯的另外一面展现出来。例如《七角羊》中被阿拉穆斯杀死的乌日图以红毛牛的身份出现，《雌性的原野》中卫拉特蒙古族部落供奉了481年的翁衮——佛龛里的毛毡偶，经481年的不间断的供奉终于显身，遗憾的是被察穆哈四个弟弟所蹂躏。察穆哈怒气之下砍死四个兄弟后，自己变成一个龇牙咧嘴、青面獠牙的阿拉穆斯的丈夫一样的东西，被阴茎石压死。这里的叙述视角是作为风神“我”的第一人称，文本中以风神的视角叙述了发

① 刘昌元：《西方美学导论》，台湾联经出版社，2001年版，第69页。

生在她身上的事和她所见所听的事，带着浓重的荒诞意味，并且作者将叙事场景推向现实与非现实的模糊地带，将所有思考和想象都留给了读者。《苍青色长角羊》中，“我”即“伊玛呼”（翁衮羊），是“阿拉穆斯”的原身或替身。“阿拉穆斯”作为叙事符号，是贯穿小说的中心线索，推动了叙事情节的发展，完善了文本独特的叙事结构。与此同时，要想揭示小说主题，刻画人物的深层内涵就必须通过叙事符号“阿拉穆斯”的隐喻。作者通过她的理解将半人半兽的“阿拉穆斯”加以塑造，不断赋予“阿拉穆斯”神性。“阿拉穆斯”几乎都是在邪恶、愤怒和绝望之际出现，但作者剔除它的恐怖寓意，让它成为绝望和希望的共同化身。

娜仁高娃小说中，“阿拉穆斯”是一个标志性的叙事符号。将符号学引入叙事学的研究后产生符号叙事学。“符号是携带意义的感知：意义只能通过符号来表达，符号的目的是表达意义”[①]，叙事符号的意义是更好地为叙事而服务。叙事符号有文本内与文本外两种，文本内叙事符号处于文本中心或处于文本边缘，文本外叙事符号则处于文本之外。先说文本内叙事符号，叙事符号如果处于文本中心，就起到至关重要的作用，如从《雌性的原野》到《苍青色长角羊》中的“阿拉穆斯”，这一叙事符号是小说的灵魂与主脉，是作者建构小说情节的关键，没有“阿拉穆斯”，小说的人物、情节都将失去关联的纽带。如果叙事符号处于文本边缘，就起到辅助叙事发展的作用，如小说的主要背景是沙窝子地，那么小说中多次出现与沙窝子地相关的词句，“昏黄的沙窝子地”“沙窝子地历来天高地远，人烟稀少”“在沙窝子，一切看起来是多么地平淡而无奇”“沙窝子地已有死亡气息了”“沙窝子地春夏季不见一场雨”“十年九旱，丰年很少”“沙窝子地，又是整整一年没下一滴雨了。甭说一滴雨，天空都没有生出一朵湿润的云。一年没下过一场透雨了”等等，虽然这些沙窝子地符号不是作者叙事的中心，只是一种文本边缘的叙事，但却从时间、人物到具体事物，无不给人以焦躁、压抑的感觉，成功地辅助表现了自然环境的干旱、贫瘠、偏远。这两种叙事符号都是文本内的叙事符号。我们可以称为中心叙事符号和边缘叙事符号。

---

① 赵毅衡：《符号学原理与推演》，南京大学出版社，2011年版，第48页。

结　语

细品这本书，作者在轻松、自然的状态下，真情实感自然流露地表现自己童年的记忆和对故乡的情感，就好像“本色”演员的表演。民间故事是反映民情民意的文学作品，故事性强，有很强的可读性，内容广泛，幽默风趣，社会教育作用大，确是一种情怀、温暖、力量。然而娜仁高娃以民间故事、家族故事和过往传说为写作素材使文章更具可读性。作为女性作家，她的关注点与观察角度与男性作家不太一样，描写则比男性作家细腻。构思每一个人物，设置每一个环境，安排每一次情节，不难体现出作家自我的生命历程。她常常用真实来打动读者。她的小说创作加强了本民族资源的整理和运用，这是一种民族责任，也是一种民族自信以及民族自觉。王蒙曾经说过：“我总觉得语言是一种艺术，一种音乐，是打开一种人心、一种文化的钥匙。多学一种语言就等于多长了一双眼睛、一对耳朵、一个舌头和一副头脑。”[①]娜仁高娃用汉语表现出的却是具有浓厚的民族特色蒙古族社会生活，由此，作品必然会得到汉、蒙读者的共同接受和理解，从而更广泛地在汉、蒙地区传播。对少数民族作家的文学创作来说，有利于其走出传统的樊篱和民族文学与汉族文学的交流，也为今后民族文学的发展提供了很好的借鉴。

原载《金钥匙（汉文、蒙古文）》2022年第6期

① 王蒙：《创作是一种燃烧》，人民文学出版社，1985年版，第260页。

第三部分·作家研究

论广子

李　悦

广子，本名郭广泉，1970年5月出生于内蒙古鄂尔多斯的农村，10岁时随父母迁居乌海。他早在初中时代就喜欢诗歌，高中时习诗。上世纪90年代初开始在报刊发表诗歌。24岁那年，也是因为诗歌，他闯到诗人群体兴盛的呼和浩特。一边谋生活，一边写诗歌，谋生活是为了写诗歌。这样过了十几年，他已经成为很有名气的诗人。36岁时，又漂泊到北京。其间担任过多家媒体及公司高管。2013年，他就读鲁迅文学院中青年作家高研班，2015年就读内蒙古大学首届文学创作高研班。跻身中国作家协会，任内蒙古诗歌学会副会长。他在北京漂了十年，46岁返回故乡鄂尔多斯，在号称“一亩居”的村舍中过着春迎丁香秋送大雁的乡村生活。他从北京回来是在2012年。如今十多年又过去了，他已经52岁。这个年龄的陶渊明，也正过着归隐的田园生活。

广子从20岁写到30岁，而立之年写诗写出了名气，再从而立之年写到不惑之年，诗作走向成熟，进入当代知名诗人之列。从不惑之年到天命之年的诗歌达到顶峰，取得了优异成绩。本文主要评论广子这十多年的诗歌创作。此际正逢内蒙古文学艺术兴盛的十年，也是广子写作生涯的黄金期。

广子的系列诗组《蒙地诗篇》是他这十年诗歌创作中最优秀的作品。这个系列诗组的第一部分首发2013年的《草原》杂志，《十月》2014年第六期刊发的组诗在2015年获内蒙古文学创作“索龙嘎”奖。

《蒙地诗篇》从题材上讲，属于边塞诗。内蒙古的多数诗人一直在创作边塞诗，广子的这组诗写的是边塞景物：阴山、召庙、哈素海、乌拉山、羊群、草原、岩画、乌兰木伦河、四合木……这些元件是多数诗人用来组装赞美塞外的宣传车，车上的喇叭还不时地高声发出有关环保生态的慨叹。而广子知道诗并没有实际效益，仅仅是停留在言说之中。所以他剔除了意识形态的成分，避开了世俗的功利目的。他以语言为筑料，无拘无束地构建了一个意象的世界并沉溺其中。在这个世界里，我们看到，“石头不认识山，羊不认识青草，你不认识我，我们不认识阴山”；在这个世界，“我们就可以加入祖先的生活，男人出门狩猎，女人在篝火旁跳舞，在日落时分支起一架野猪头”；在这个世界，“幸运的诗人也许会撞见画像上，走下来的女人，宛如生前一样美丽”；在这个世界，“暮色里苜蓿像一盏盏幽暗的灯笼，为迟归的奶牛带路，给灌浆的麦苗送去芬芳的晚安”。

广子创建的这个世界，敕勒川不再是川；美岱召不只是可拆的庙；哈素海其实并不是海；乌拉山弄不清山上住过的神灵；召烧沟最后一幅岩画“等待着风剥雨蚀”，人在“和苜蓿一起来跳舞”；四合木唱起了寂寞的歌……我更喜欢的是那首《乌兰木伦河》，广子写道：“我们的祖先取暖时烧过的 / 他们祖先的骨头 / 每当我在河床，捡起一块石头 / 俯身敲打另一块石头 / 乌兰木伦，我就能听到你 / 在高原上哗哗流淌”。

广子认清了诗的本质，认为写诗是一种创造性活动，以语言为材料去创建诗人自己的世界。当更多的写诗的人还在把语言当成传达信息的手段，广子已经认清了语言的本质。他深知语言使人得以从诸物中突现出来，存在必须打开，在者才能显露。在这个意义上，诗的本质是创建永恒，并使得永恒得以确定。而诗人的任务是使转瞬即逝的神圣之物永恒留存。广子创建的世界，不再是对现实世界的反映，反映论是席慕蓉吐露真情的理论依据，是汪国真写诗的指导思想，是以往边塞诗的衣钵。广子写的是新边塞诗，存在通过他的诗句被确立。以上我引用的《乌兰木伦河》写的就是生命存在的本质，原来生命就是一个过程：下一代人烧前一代人的骨殖。广子在《美岱召，与爱情有关的一座庙》一诗的结尾处写道：“一具遗骨所佩戴过的，肉体也曾佩戴过，如今依然在我们的爱人身上叮当作响。”当我们了解了诗的本质，认知了诗者何为，我们才能知道广子的这两句诗是真正的诗。因此可以说广子的诗开一代边塞诗新风，有着里程碑的意义，从此宣告旧边塞诗到此止步！

广子诗歌的成熟与他认识到的诗歌理论分不开，但是诗歌是一种审美对象，要运用形象思维。我也懂诗的本质与诗人的任务，但却写不出广子这样的诗，我认为广子在具备了理论意识之后，还有着他个人独特的生命体验，那是他走向诗本质的内驱力。例如我在他这组诗中不时地发现人进入一种静的状态，人的变迁，景物的转化，历史的沿袭，都是那么安静、寂寥地进行，但并不是思维毫无活动，而是处于人的各种潜能和谐运动的那样一种无限的状态。这让我又一次从新的角度理解并认可荷尔德林所说的：人诗性地栖居在这个世界上。

写到这儿，我又想起荷尔德林的另一句诗：凡留存者，皆为诗人所确立。

诗人广子为诗坛确立的是新边塞诗，是对于他自身之外的留存。对于他自身也有所巨大的改变，那是诗歌整体立意的改变。过去他如同孩子，向往着诗与远方，他流浪，他闯荡，他漂泊，是向远方寻找着他的诗。他长途跋涉来到呼和浩特，来到北京，写下他一路的人生体验。他称这些诗为“蒙地诗篇”，文学圈称其为“地域诗歌”“新草原诗”“新边塞诗”，这已经是诗的设计与实践的成功，可以画个圆满的句号。然而他并没有就此止步，他是诗人，也是个思考者。对于他来说，写诗的过程不只是完成向往和预想的过程，还是个修正向往和预想的过程。诗艺正是在写作实践中提高的。2012年的12月，广子跟随朋友、诗人西凉为他组织的越野车队，横穿乌兰布和沙漠。这是临近他的故乡鄂尔多斯的一座大漠，是鄂尔多斯沙尘的源头。他头一次发现内蒙古家乡大漠的神奇与殊异之美，发现故乡是文化和历史遗产相当丰厚的土地，从来不缺乏滋养文学艺术的基因。他惊异自己二十多年几乎很少写过故乡内蒙古。这次意外的乌兰布和之旅，唤醒了他内心积蓄、储存太多的诗的冲动，激活了被他自己抑制的近乎迟钝的诗的神经。

诗神召他魂归故乡，他这才知道诗不在远方，就在故乡。他要写故乡内蒙古，回归内蒙古。他知道随着年龄增长、阅历反馈，对原乡故土的认知和情感积累、沉淀应该够了，可以写了。他从乌兰布和沙漠回来，开始了蒙地诗篇系列诗歌的写作，五六年间写下近三百首。这是广子的一次诗和命运的双重转身，是自觉的向后看向后退，一种回到原点的重新出发。

广子曾经奋斗、向往、漂泊、受苦……但是他知道，一生注定要与诗为伍。这不是他给自己规定了这样一项任务，而是因为诗歌对他来说是世界上最壮丽的景象。

《蒙地诗篇》系列诗歌发表后，得到海内外众多知名诗人和评论家的好评。荷兰汉学家柯雷先生曾专程到呼和浩特访问广子。《蒙地诗篇》的成功，还对2010年之后的内蒙古新草原诗歌审美和写作群体产生了重要影响，形成了以《蒙地诗篇》

为修辞摹本的诗歌潮流，被公认为内蒙古新草原诗歌写作的发轫。近十来年在内蒙古诗坛流传着一句高度赞扬广子诗作的顺口溜：“开言不谈蒙地诗篇，读尽诗歌也枉然。”

广子对自己的诗作审视十分严格，不轻易发表作品。他呈现给读者的作品都是自己的满意之作，这反映出广子能够以真诚回报读者，从来不敷衍读者，他过于珍爱自己的羽毛了。尊重读者才能受到读者的尊重。由此诗人、诗歌评论家赵卡在《作为插入和需要附加说明的蒙地诗篇》一文中说“如果我们说内蒙古的诗歌需要一种尊严的话，应该是广子给我们挽回的”。

广子在《天赐礼物（献给LX）》一诗中写道：

我从未想过这一天
不是不敢想，是无法想象
有些时刻来得太慢
以至于我们以为它不会来了
但命运是多么神奇
它带来如此盛大的世界
而我们只接受最少的生活
在一天中遇见一生
在一生里度过一天
短暂的一生和漫长的一天
对于我们不过是一把
尺子的两种计量单位
正面刻着生的公分
背面标着死亡的英寸
你不比我长，我也不比你短
一天和一生就像一把
尺子的两端，从中间算起
我们正好是彼此的一半

广子在这首诗后特意注明写于“2016.7.9，阴历六月初六”。这一天是佛家的天赐节，求药祈福之节。他深刻体悟到这首短诗的灵感来自天赐。也只能是天赐。同样，我读到这首诗所唤起的诗评灵感仍是天赐，并能让我想到用艾青先生的诗论去评论这首天赐之诗。我把广子的这首诗视为他一生诗作的代表，对于这首诗的评价就是对他的诗的整体思想性与艺术性的评价。

诗的散文美理论是艾青先生美学思想的核心。它代表并凝聚着艾青一以贯之、毕生追求的诗学理想。也是他对中国现代诗歌的创造性贡献。我以为广子近十年诗歌创作走向散文化，正是他诗歌叙述形式趋向成熟的表现。广子的这首《天赐礼物（献给LX）》并没有像他青年时代的诗歌那样刻意追求韵脚和节奏，而是有意引入散文的自由活脱，清淡自然，不拘成法，如同饮茶间的闲话，却构成一道独特的诗学景观——散文美。

广子显然实现了艾青倡导的叙述方式，使诗歌从矫揉造作、华而不实做派中走出来，走向诗句的日常化，形式的自由化，意境的整体化，走向一种流转如弹丸的圆润之美。

罗丹说："艺术上最大的困难和最高的境地，却是需要自然地、朴素地描绘和写作。"《逸老堂诗话》收录的我国元代的房皞的诗中写道："后学为诗务斗奇，诗家奇病最难医，欲知子美高人处，只把寻常话作诗。"这些都是反对语言的争奇斗艳，华而不实，而主张以朴素自然的"寻常话"为美。寻常话就是口语化，艾青认为，语言的口语化是"诗的散文美"理论的首要含义。广子的这首诗显然尽可能地运用口语写，尽可能做到深入浅出。但他的口语并非口水之类，恰是一种沃尔特·翁式的"书面口语"，他所运用的口语，新鲜纯净，富于自然性、简约明畅。他没有运用华丽的形容词，没有为押韵而拼凑诗句，全诗无定韵，无定节，无定句，无定字，这无定字是指一句诗中字数多少无定。以上所说的四个无定，并不是漫无边际随意为之，而是要为内容和主题服务。广子自觉地把散文创作中的"形散神不散"运用到诗歌中，形成他自己的诗歌风格。广子是散在形式的表象上，其内在节奏、内在神韵、内在意境并不散，且刻意不散，且要凝聚。在这种意义上，诗人赵卡称广子为"理性与感性完美结合的风格和修辞大师"。

惠特曼说："我想说什么，就照它的本来面目说出来，让人家去高兴、吃惊、着迷或者宽心吧。我却有我的目的，正如健康、热度或白雪各有它的目的一样。"他想说就直接说出来，似乎是在讲"自由"，而"照它的本来面目"，"我的目的"却又强调"集中"了。这也是艾青所指出的"自由而自己成了约束"。

诗歌是文学艺术的一种载体，我国的古典文学起源于民间诗歌。文学是语言的艺术，诗歌当然也是语言的艺术。艾青在他的诗论中强调诗是艺术的语言。广子的诗都如同这首《天赐礼物（献给LX）》一样，把语言的技巧放在首位，这是从形式上抓住了根本，抓住了诗歌技巧的本质。

广子这首诗的语言就是艾青强调的“艺术的语言”，是最高的语言，最纯粹的语言。艺术是情感凝铸的形式，广子的艺术语言则是饱含情绪的语言，是饱含思想的语言，是形象化的语言。

广子这首诗的旋律就是生活的旋律，这首诗的节奏就是生活的节奏。当读者阅读时能真切地体验到这一点，同时体验到诗的节奏与旋律的关联。这二者正如艾青在诗论中所说的：节奏与旋律是感情与理性的调节，是一种奔放与约束之间的协同。

诗的技巧就在于处理好这二者的协同。过于奔放很容易造成主观单向引导，走入标语口号的迷途。过于约束则伤害读者的想象空间。所以契诃夫说：好和坏都不要喊出来。

广子没有喊出来，而是做得恰到好处，准确地把握了奔放与约束的关系。诗人赵卡看清了这一点，在《作为插入和需要附加说明的蒙地诗篇》一文中又写道：“这是一种伟大的局限，而局限这种特质并非每个诗人都有。”

正因为这种特质是广子具有的，不是他的同代诗人都能具有的，才能够确定广子独树一帜的位置。

艾青在《诗论》中指出：“诗人的行动的意义，把人群的愿望与意欲以及要求，化为语言。”

艾青在这里强调指出的是语言的内容，也就是在说诗人要用语言表达什么。艾青认为人群的愿望与意识以及要求的最基本的精神核心是真、善、美。真是我们对于世界的认识，它给予我们对未来的信赖。善是社会的功利性，善的评判以人民的利益为准则。没有离开特定范畴的人性的美。美是依附于先进人类向上生活的外形。艾青认为诗歌对于真、善、美的歌颂，来自诗人的人文追求。诗人只有和人民在一起，喜怒哀乐和人民相一致，智慧和勇气都来自人民，才能取得人民的信任。

广子是来自底层民众的诗人。他在青年时代就长期从事临时工、砖瓦工、矿工等多种体力劳动，生活在广大民工当中，深切地了解普通民众的生活和工作状况。他是人民中的一员，表达着人民的感受和愿望。人民也就喜欢他的诗。人民信任他，内蒙古文学界也信任他。近些年，内蒙古文学界、诗歌界信任他，许多艰苦的编著任务都请广子担纲。他曾主持编选了《中国70后诗选编》（长江文艺出版社）、《内蒙古七十年诗选》（内蒙古教育出版社），他执行主编的《内蒙古文学百年大系·诗歌卷》共七本，二百多万字，耗时两年，将由内蒙古人民出版社出版。

艾青在《诗论》中对于诗歌语言还有一个硬性指标："语言里面必须有暗示性和启示性。"他以为能做到暗示和启示的语言，诗歌才能以他的"由衷之言去震撼人们的心"。广子的这首《天赐礼物（献给LX）》就在语言中有着暗示性和启示性，暗示的是人生短促，启示人们珍惜生命。这首诗看上去是闲聊，但是聊的是人生的生死大事，世界上再没有比此更重大的事了，当然能够震撼人们的心。

时任内蒙古文联主席的著名作家特·官布扎布曾经在2016年第三期《作品》的下半月刊中评价过广子的诗。他强调指出广子"文字背后有着比诗艺更可贵的见识与胸怀"。他其实是在指出广子诗歌语言中的震撼人心处。

特·官布扎布的文学眼光越过广子的诗句，看到广子诗歌形而上的哲学品味，比诗艺还可贵的是对人存在的思考。米兰·昆德拉说"文学是对存在的勘测"。他在这里指出了文学的任务。

广子的高明之处在于他是用诗歌去完成文学的任务。这首《天赐礼物（献给LX）》看上去是一首写给女友的情诗，男主人公在茶余饭后闲聊起来，话题又是世界又是尺子，但诗句下的意味却是生与死。

广子并不是直接用标语或口号去启示读者，而是用"拟陈述"的方式。我们身边用口号直接给塞外草原唱赞歌的诗人太多了，说明他们没找到高明的叙述方式。不在于叙述什么，而是在于怎样叙述。广子在许多诗歌中都熟练地运用了"拟陈述"。他《在夜行中巴车上》写道："一辆中巴车 / 行驶在笔直的夜色中，歪斜的旅行者 / 睡姿各异，梦境不同。我是说 / 我和他们一样，临时来到世上 / 迷失了方向和目的。在同一辆中巴车上 / 成为肉体请来的客人……"

广子这首诗再度运用了"拟陈述"的叙述方式。所谓"拟陈述"是指看上去在叙述某个人、某件事、某个物、某个场景。其实其意不在表面叙述的东西，而在于语句下的意味，这正是艾青所说的"暗示"。以上这首诗，看起来在叙述一辆中巴车行驶在路上，车中乘客或睡或歪斜坐着，其实语句下的意味又涉及生死，涉及人活着的真相。原来我们每个人来到世界上，都如同中巴车上的乘客，虽然各自情况不同，各有特点，但是有一个共同点：都是“肉体请来的”。言外之意是说当肉体消失就一切都消失了。这很像林黛玉的《葬花》诗，看上去是在葬花，诗句下的意味是葬人，“他年葬侬知是谁？”启发读者的是“一朝春尽红颜老，花落人亡两不知”！

当语句下的意味是在勘测人活着的真相时，这些语句正在完成文学的任务。

广子能够运用诗歌去完成文学的任务，是在内蒙古树起一面纯诗之旗。我说的纯诗指“五四”之后中国白话诗中的纯诗。广子还在传承坚守，与纯诗相对立的是通俗诗，我们身边的通俗诗过多了。这也确定了广子诗歌的风骨，艾青认为诗的风骨是诗人的风骨。竖起招兵旗，自有吃粮人。我高兴地看到蒙地诗派的形成及其产生的影响。

这十年广子从不惑走向知天命之年，诗歌越写越好。不只是因为他不断地写诗，还因为他不断地阅读和行走。在漂泊无定的时日里，在穷愁潦倒的忧虑中，他总不忘读书，读了大量古今中外的文学、历史、哲学、美学等方面的书。他边阅读边修正自己的诗路，逐步走上坦途。从青春期到中年，三十年的写作生涯中，广子写下诸多名篇。除了《蒙地诗篇》中的某些篇什不胫而走，在网络流传甚广的《回家》被北岛赞为“佳作”，他的另一个系列诗组《礼物》中的“祭南岳忠烈祠”也享誉诗坛，成为当代诗歌的典范之作。广子的一些有着经典意义的诗作，让我们在阅读时产生了许多联想，不禁想到他曾受到现代主义某个流派的影响。例如美国意象派诗人埃兹拉·庞德写过一首诗，名为《在一个地铁车站》。诗的初稿长达30多行。经过修改，最后压缩到15行，仍不满意，最后改成如今的两行：

人群中这些幻影般闪现的面庞；
湿而黑的树枝上花瓣片片。

埃兹拉·庞德对中国及东方文化感兴趣，曾经翻译、改写过许多中国古典诗歌，也仿照日本俳句的形式写过一些短诗。东方特色的诗歌以其“意象和技法的新鲜气息”为美国的意象派诗歌注入了活力，使美国诗坛“大为改观”。正是西方与东方文化交融的结果，才使得《在一个地铁车站》成为意象派诗歌的压卷之作。原来经典是这样产生的。

广子或许也像埃兹拉·庞德一样，通过借鉴西方意象派的理论与创作，写出一首好诗《八问丁香》：

丁香，隔着一扇窗子
相处了这么久，一直想问你
你开花的时候，为什么我在发呆

本来是紫色的花，为什么
看上去比初恋还粉白

就在刚才，我看到有几片
花瓣从树上飘下来，那吸引你的风
为什么会吹动我的心跳

丁香，为什么在远处
你的芬芳那么热烈，面对面
却只有寂寞的暗香

呼吸着一样的晨曦和雾霭
为什么你越翠绿，而我越疲劳

如果尘埃能够再降低一点
我可不可以走过肮脏的草坪
去抚摸一下你性感的蓓蕾

丁香，万一哪一天
我不小心打碎了身体的药罐
能否请你把我胃里储存的虚火
从晒干的花蕊上摘掉

最后，我想替小区的蜜蜂
采访一下你，除了甜蜜
对于春天，你还有什么样的心愿

丁香，你不用回答

看到这个丁香的意象，我联想到埃兹拉·庞德《在一个地铁车站》中的意象。谁能说“花瓣从树上飘下来”并不是来自那地铁车站的“花瓣片片”？谁能说那“寂寞的暗香”不是在“幻影般闪现”？谁能说这问丁香不是来自林黛玉的《葬花》？

丁香没有牡丹的艳丽，没有梅花的俏枝，没有荷花的高洁，没有兰花的典雅，没有杏花的朴实，没有桃花的灼热……却有着沁人心脾的幽香。读着广子这首诗，我不禁想到唐朝诗人张谓的“不知近水花先发，疑是经冬雪未销”。我还自然想到宋代诗人王安石的《梅花》：“墙角数枝梅，凌寒独自开。遥知不是雪，为有暗香来。”这些意象传导出丁香的意象，表达出丁香的风骨。广子问丁香，实则是问自己，他的风骨的形成和丁香很有相似之处。丁香坚实的根和柔韧的枝条，在北国冬季严寒中隐忍着，坚强地隐忍着，等待着春天。当百花争奇吐艳地在春日里开放，丁香细碎的小花也默默地开放了，看上去不但不夺目，甚至有些平庸和卑微，然而却发散出一股独有的幽香。正如经历过艰苦奋斗，漫长隐忍的广子在诗坛上大放光彩一样，香自隐忍！丁香是呼和浩特的市花，准确真切地表达了青城和青城人的风骨。广子这首诗的成功充分显示出他从古今中外文化和文学艺术中汲取了营养。也正如著名文学评论家兴安在《繁花在天边处怒放》一文中对广子诗歌的评价：“他的诗冷眼望去外貌粗豪狂放，但读后却会发现它内里的细腻和阴柔，充满了莫名的感伤和孤独的气息。”总结广子的成功经验，对青年诗人具有重要的启示意义。

内蒙古的新诗有着深厚的文化传统和地域特色，经历了漫长的生长蔓延和起伏嬗变，确立了其在中国诗坛中的重要位置，形成系统的草原诗歌流派。这个草原诗歌流派，在每个时代都产生出优秀的诗人群体及其代表人物。在新中国成立后的上世纪50年代，纳·赛音朝克图是代表人物。这位穿越旧时代、拥抱新生活的诗人，率先领头唱出了歌颂祖国、歌颂党、歌颂内蒙古的赞歌。到了上世纪60年代，内蒙古涌现出一大批诗人，他们热情地赞颂社会主义建设和民族团结，进行着诗歌艺术的探索。这一时期的领军人物是巴·布林贝赫。

改革开放之后，贾漫、安谧、戈非、周雨明等老诗人回归，陈广斌、巴特尔、贾勋、火华、张湘霖、乌吉斯古冷等中年诗人成为诗歌的中坚力量。到了80年代后期，内蒙古探索与全新风貌的诗歌涌动，与新一代诗人登上诗坛密不可分。他们是张廓、赵健雄、张之静、蒙根高勒、阿古拉泰、雁北、张天男、白涛、默然、成子、梁粱、蓝冰、独桥木、哑樵、杨挺、蒙原、斯日古楞、牛敏等众多诗人。这些诗人带动了20世纪后期二十年内蒙古诗歌的发展。前一阶段领军人物是贾漫，只能是贾漫，承继贾漫领军内蒙古诗坛的是张廓。

上世纪90年代中后期，温古、李文俊、冰风、王阔海、殷杉、敕勒川、王静远、广子、赵卡等年轻诗人应运而生，壮大了内蒙古诗人队伍。他们在21世纪前期的二十多年中，为内蒙古诗坛作出了可喜的贡献。这个时期广子的诗歌取得了有目共睹的创作成果。在《繁花在天边处怒放》一文中，兴安直言："在我心目中，广子依然是当下内蒙古最重要的诗人之一。"

我认为广子开塞外一代诗风，努力地完成着诗歌的任务，他就是继张廓之后内蒙古诗歌新一代领军人物。

希望他今后能够创造出更多更好的诗篇，为内蒙古诗歌的发展贡献力量。

写到这篇长文的结尾处，又想起广子的诗《大雁飞过》：

我以故乡的名义挽留过大雁
但秋风在迁徙的队伍中安插了两只翅膀

大雁飞过，带走鸣叫
我从未飞过，也没落下好名声

每次大雁飞过
我就感到一阵孤单

每次大雁从我的孤单中飞过

我就感到，我是掉队的那一只

此刻，我感到一阵孤单。我从来没有写过这样的论诗长文，我不知道能否落下好名声。由他去吧，好在我完成了内蒙古文联“书写新时代——内蒙古十年文学成就研讨会”的约稿函任务。

2022年8月17日晨

部分内容发表于《内蒙古日报》2023年2月2日

在否定之否定中崛起的崇高

——简评“新草原文学的开拓者”白雪林的文学境界

李树榕

有人说，与玛拉沁夫、扎拉嘎胡等老一辈蒙古族作家不同，他的激情、敏感、坚韧更像一位诗人；有人说，他是集优秀作家、优秀编辑、优秀教师为一体的蒙古族文人；也有人说，他是地地道道的文学天才，不仅成就了自己，也成就了许许多多的青年作家……无论别人怎样评价，在我心里，他只是一个极为善良、极为谦和、极为真诚、极为热心的难得的知心朋友，当然，也是改革开放以来难得的一位“新草原文学的开拓者”！

第一次见到白雪林，是35年前在他的作品研讨会上。那一年，与我一样刚届而立之年的白雪林，竟以《蓝幽幽的峡谷》获得了一个巨大荣誉——“1984年全国优秀短篇小说奖”，这是今天鲁迅文学奖的前身啊！当时，我真有些不敢相信，一个青年作者会如此了不起！

改革开放初期，各行各业百废待兴，文学界亦不例外——人们摩拳擦掌、各显其能、辛勤耕耘、砥砺奋斗，若能获得每年评出的“全国优秀短篇小说奖”，必是全国广大读者和文学爱好者共同瞩目的大成就、大荣誉、大幸福！于是，内蒙古自治区文联不仅推荐《蓝幽幽的峡谷》成为内蒙古人民广播电台的“广播剧”底本，而且还为这篇小说召开了作品研讨会。

我觉得，凡是读过这篇小说的人，尤其是女性，都会对作者的形象充满好奇。因为，他笔下的男主人公扎拉嘎，内心细腻、多愁、善良到竟然有几分柔弱；外形彪悍、结实却并不威猛，尽管他徒手杀死了一只凶恶的公狼。那么作者会是什么样子呢？当白雪林出现在大家面前时，我不禁有些失望——个子不高，体态瘦弱，不算英俊；面对这么多内蒙古文学评论界的朋友，他的脸上显露出了谦和甚至是诚惶诚恐的笑容……

从此，我一次又一次感慨：白雪林是一个具有超常文学天赋的人；天赋，在冥冥中为他创造了机缘，偶然中却蕴含着必然。因为，改革开放，为每个人尽显才华提供了太多的机会和巨大的空间，这就使得一个在边疆少数民族地区教书的青年，凭着天赋、勤奋、坚韧一下子成了全国知名的作家。但，机缘为什么会光顾于他呢？任何必然又都是通过偶然来体现的——只要细细品味“峡谷”在“蓝幽幽”中沉淀的丰富性，便不难发现，只有当天赋承载起时代担当和社会责任，并希望自己的思想诉求直达“崇高”的境界时，“机缘”才会给予“天赋”应得的承认！

有学者认为，内蒙古草原文化的特质，就是在这种文化圈中生活的人，能够用尊重大自然规律的豁达和智慧，来认识、接受和尊重社会发展的规律。而白雪林开拓的“新草原文学”之“新”，就在于20世纪80年代初期，他对20多年后所倡导的“崇尚自然”这一具有“崇高”品性的草原文化核心理念，就有先见之明。当然，也许这是他作为蒙古族男儿骨子里和血脉里的特质，不用“见”，早已“明”。

在美学理论中，“崇高”是一种精神，特指相对弱小的主体，在面对极为强大的敌对势力时，不畏牺牲的伟大精神。因而，白雪林塑造的扎拉嘎的“崇高性”才会格外鲜明。

马斯洛的理论告诉我们，人的第一需要是生存。当扎拉嘎决定把赖以养活儿子的自然环境即这条物产丰富的蓝幽幽峡谷拱手让给要把自己挤走的自私贪婪的塔拉根时，不是认尿，而是因为另一种巨大的“爱”的力量战胜了爱自己和爱儿子。人的第二需要是安全。当他凌晨起来要远离峡谷时，却迟迟没有动身，因为他在等待那只被自己打死了“配偶”的公狼来报复。此刻，他流泪了，一旦恶狼使自己丧命，年幼的儿子怎么办？即便如此，他还是要对抗恶狼，因为他不想把隐患留给塔拉根和他的妻子。那么，狼会在什么时候来？以什么方式来报复？自己单枪匹马能否对付？无疑，这些都是成就崇高的英雄境界的基础。人的第三个需要是爱。他爱杜吉雅，是他让出峡谷的原因，但是他必须远离这个美丽、善良，在生活上帮了自己许多忙又与自己心心相印的塔拉根的妻。人的第四需要是归属。离开峡谷，去哪里寻找草场？去哪里安家？再回家乡吗？他心有余悸！为什么？其原因令我不禁深深礼敬白雪林。

今年年初，当习近平总书记两会期间来到内蒙古代表团时，特别强调的就是如何保护好内蒙古自然生态的问题。所以，30多年前的扎拉嘎，究竟做了什么才致使“有家难归”呢？

《蓝幽幽的峡谷》里有这样两段描写，“比自己晚，塔拉根是三个月前才来到这条峡谷的，这里山坡上长满了野芍药、旁风、志远、柴胡等各种药材，谷底那小溪附近的平滩上生长着铁锹把粗的甜草棒子。要是在这里边挖药材边放牧，一年就发了，要是常住下去呢？……在山坡上挖芍药会留下一个个深坑，在小溪边挖甜草，那饮牛的地方就会出现一个个一米深的细沟……”明眼人一下子就能看出作者在承认市场经济可以尽快解决国民生存问题的同时，是躲不开损害自然生态这个客观现实的，其中，既有作者哲学思考的深度，也有社会担当的力度。

另一段，则描绘出男主人公是非分明的社会责任和正义担当之后的生存忧虑。如果把峡谷让给塔拉根，“究竟是回村去，还是另选草场，他心里一片茫然。去年，他同公社书记闲聊时讲了大队书记宁布不该拱坨子开荒，毁坏草场，干那断后绝根的事，宁布的大队书记职务被罢免了，一年净得的一千元大票子飞了，还被罚了二百元。宁布是大家族，自己回去就会成下眼皮子。这无休止的烦恼，使他想躲进一个僻静的地方，与世无争……”。保护草原，是自成吉思汗时代就确立法律的文化传统。即便在市场竞争激烈的时代，生态文明的自觉性也是“游牧文明”得以传承的灵魂。扎拉嘎是牧人的儿子，在无意识的“闲聊”还不是有意识的“揭发”状况下，那位破坏草原生态的领导都可能使他遭到报复。

至此，读者可能都会悟出，峡谷中的那只报复扎拉嘎的公“狼”，是具有象征意味的。因为规律，不论自然规律还是社会规律，都是客观存在的以否定之否定的形式重复出现的“事物发展的必然趋势”。你热爱大自然，大自然就会回馈于你；你破坏大自然，大自然不仅会以雾霾惩罚你，草原沙化还会夺走你的饭碗！

于是，我明白了一个事实：对白雪林的敬佩，不仅是对《蓝幽幽的峡谷》这篇小说的敬佩，不仅是对小说中主人公的敬佩，也不是对他这个作者的敬佩；而是对孕育白雪林的草原游牧文明的敬佩；对利益诱惑下，良知在否定之否定中从未泯灭的崇高精神的敬佩——如果35年前，这一“很短”的小说能够在意识形态层面、在顶层设计领域引起“不短”的重视且引以为戒，那么今天，严重危害人身健康的雾霾和水污染、土地污染就不会出现，谭维维就不会用一曲《给你点儿颜色》大声质问：“为什么天空不是蓝色？为什么雪山不是白色？为什么人心不是红色？为什么大地不是绿色？……为什么花儿不再开放？为什么星星不再闪烁？为什么我们知道结果，为什么我们还在挥霍？”

良知，能够给人以前瞻性的社会担当！对家乡、对祖国的热爱，赋予作家的则是时代的责任！

从字面上看，“蓝幽幽的峡谷”，实写，即黎明前深蓝色笼罩下看不清状态的峡谷；虚写，峡谷如人心，“幽幽”即人心的莫测与深邃。即便如此，我还是从这篇小说里看到了作者的核心诉求：这就是将男主人公扎拉嘎，置于大自然之中、社会关系之中、自我矛盾纠结之中时，作者对何为“善良”的探求！扎拉嘎，蒙古语，意为传承、继承。当扎拉嘎明白了什么是善良，“善良”就会得以传播和传承。作者为其取这样的一个名字，可见用意深远。

是的，扎拉嘎想躲避自私的塔拉根，想躲避一定会来寻仇的恶狼，想躲避塔拉根妻子杜吉雅对自己火辣辣的感情……但是，无论是这条富饶的峡谷还是可爱的杜吉雅，都是他不愿意“躲避”的，但他却不得不躲避！于是，他自问：“为什么善良总是要退却，只有用回避退却完成他的善良呢？我为什么怕呀？躲呀？提心吊胆呀？”就在这一连串的诘问中，我看到的是作者感人的“真诚”！

真诚，一直是白雪林为人、为文最闪光的品性，因为承载着满满的善良，沉淀着掩饰不住的谨慎，也就使《蓝幽幽的峡谷》几乎成了他自己的“心灵写真”。

所以，当我们把“恶”作为一种客观存在的能量时，发自本能想躲避的就不仅仅是峡谷中的那只恶狼了，而是所有以强大权势可以欺辱自己的那些客体。可是，你躲避恶，就没有恶了吗?！于是，小说最精彩的源自生活、最具特色、扣人心弦的情节出现了……说实话，这些文字，与其说是与狼斗、与社会邪恶势力斗的精彩桥段，不如说是与自己怯懦心理和柔弱性格“斗”的关键节点，毕竟，作者要追求的是“斗”出一种英雄主义的理念，斗出一种正确的思想，斗出开篇不久作者便对自己诘问的一个答案“究竟什么是真正的善良”！

“要是让狼产生人无能、人只会逃避的错觉，它将变得如何专横跋扈、肆无忌惮呀？……善良的人啊，真的要这样懦弱才叫善良仁慈吗？不！！一种对狼的仇恨，一种上升到对世界上邪恶势力的仇恨，一种对于善良的呼吁，促使他毅然地叱转车头，重回峡谷……”排比手法的力量势不可挡，充溢着正义的激情。

是的，激情，一直是白雪林诗文永不灭的光芒，闪烁着放达，凝构着境界，但其思想的力量在提点深刻的同时却潜隐着感恩！

1996年夏秋之际，白雪林突然沉浸在了诗歌创作的“疯狂”中。当他把四本诗集《寻找故园的飞鸟》《秋天，大脑到处发芽》《楼房里的狐狸》《月光诱惑下的湖水》以及提取出来的精选本《摇摇晃晃的行者和他心中的一棵树》放在读者的面前时，尽管此前我曾帮他校对过一些诗稿，出于好奇，我还是迫不及待地翻阅起来。其中的一些诗句，再一次让我深切体会到了这位生于草原、长于塞外的蒙古族文学家那精神世界在否定之否定中的挣扎，以及挣扎之后崛起的境界与崇高的品性！

如果说，《蓝幽幽的峡谷》表述的是青年白雪林努力树立起的价值观，那么，15年后，他的生活环境发生了巨大变化，当他用诗倾诉心灵时，表达的却是一种沉痛的对之前价值观的质疑甚至否定！显然，这是市场经济大潮中，东西方文化激烈碰撞中，测不准的社会因素对他的刺激和挑战：“有一天，我摸一棵树，树的这边是热的，树的那边是凉的。有一天，我摸一棵树，树的这边是凉的，树的那边是热的。有一天，我摸一棵树，树的两边都是热的。有一天，我摸一棵树，唉？怪了，树的两边都是凉的。”貌似文字游戏，却在品读游戏人生的苦楚。在浩茫的宇宙之间，人是渺小的；在庞大的社会体系中，人也是渺小的；在许多因素促使下，人的行为是被动的；在二律背反的境况中，人的选择也是无奈的。于是，曾经塑造了用主体能动性战胜恶狼，理智地拒绝有夫之妇，宽容地让出蓝幽幽峡谷的“扎拉嘎”的文学家，似乎不自信了。所以，“一棵树”的冷暖，不只是“一棵树”的温度，自然而然就让他看不清也看不懂了……

于是，良知与现实利益尖锐冲突后的自我叩问在加深，心灵和思想一同发力，不吐不快：从一天写七首诗，到一天写七十页诗，白雪林那井喷式的激情，携带着太多对历史、对民族、对文化、对世界、对现实的思考，都在急于倾诉。那么，冲天的文字热浪“喷”出来的又是些什么呢？是曾经的价值观动摇之后的迷茫，是对于“崇高人生境界”不放弃、不抛弃的苦苦坚守，还是熊掌和鱼尽量兼得的渴望？然而，他还是迷茫和苦闷的：“白杨树环绕着的小院，是我的家；潺潺的小河旁，是我的家；红高粱地中央的小院，是我的家。有一天，我喝醉了，在楼房林立的城市，我找不到家了。我不禁大声疾呼——我的家呢?!”当然，一切曾经在城乡生活落差夹缝中生活的人都明白，诗人在此表达的绝不是哪一次“喝醉”后的迷失，也绝不是厌弃城市生活想重归乡村，而是在现代文化与传统文化的矛盾中、在理想与现实的冲突中，其归属无法明确、曾经坚定的价值立场正在摇移、何去何从时时困扰着他的一种急切的倾诉。

因而，我一直在想：他的“大脑”为什么“秋天到处发芽”，那是不是阻止不了的生命必然走向“成熟”所给予他的沉重？为什么他的“成长”总是离不开萦绕在霍林河简简单单、朴朴实实却又寻寻觅觅的“歌谣”？那躲进“楼房里的狐狸”是不是他运用象征和隐喻手法急于对自己哲思的见证？

是啊，否定之否定，是人生成熟的必然经历，更是勇于“放弃一般人不能放弃的幸福，创造一般人不能创造的伟绩”必经历练的过程。因而，我最后的视线落在了他的另一首诗上，并且在心里清晰地记忆了23年。那是写给母亲的诗，是他在母亲坟墓前“长跪”，回想做人的“初心”时，伟大良知的回归，是“只有战胜邪恶才是真正的善良”的价值观的回归！因为母亲用无私的爱，构造出了一面显微镜，可以清楚地透视人生、透视人性。在这里，诗人终于从困惑和迷茫中走了出来，意气风发、斗志昂扬地要开始今后的人生了——“忘不了，你给我缝的小书包，忘不了，你给我做的小扁担；忘不了，你告诉我，天冷的时候，把手放在肚皮上……每当我在你的坟前长跪，就告诫自己，系好鞋带，背好书包，绝不在人生的道路上——贪玩儿！”是啊，15岁失去母亲，而母爱给予的童年记忆，就变成了诗人最温暖最亲切最难忘的记忆。“把手放在肚皮上”，一个多么实实在在的细节，浸透的是母亲凝着血泪的叮嘱。生活困窘，为家庭分忧的小孩子要去干活。冬天，买不起手套，妈妈的叮嘱，就揪痛了所有读者的心。

那么，几十年过去，母爱培育和滋养的是什么？是不息的进取，不屈的灵魂，不倦的脚步，不朽的追求！不是吗？今天，若要放弃努力，可以享受的东西太多太多了。为什么年届半百还会砥砺自己“绝不在人生的道路上贪玩儿”？答案只有一个，即，当他再一次明确了人生大方向，再一次坚定了正确的价值立场，就再一次提振了贮存于蓝幽幽峡谷中的那颗奋进和英雄主义的“初心”！

30多年，我和白雪林见面很少，但只要一见面，就能说许多心里话，因为他的文字，是真诚、探索、聪敏凝聚起的心灵呼唤；他的作品，是掀起人性和人生颤动的交响史诗；他的为人，则是善良、谦逊、宽容、厚道的结晶……总之，我敬佩他在不断自我“否定之否定”中坚韧前行的毅力，敬佩他坚守草原文化精髓的文学诉求，敬佩他热爱家乡、热爱祖国的崇高的思想境界！

只是，这篇评论我写得太晚了，愿白雪林的在天之灵能感知我的敬佩之情。

原载《草原》2019年第6期

文如星斗人如赤子

——许淇其文其人

高彩梅

一

上世纪80年代初，改革开放推动着文学的繁荣发展。西方作家作品的大规模翻译与引进，使中国文学短期内汲取了西方文学发展的百年精髓。被散文诗界尊称为“三棵树”之一的许淇，即是最受关注的代表性作家之一。上世纪80年代，许淇创作出版了散文诗单行本《北方森林曲》。以后又有《词牌散文诗》等作品问世。最近，许淇出版了散文诗集《辽阔》精装本（2014年4月内蒙古人民出版社）。该书是中国作家协会2013年重点扶持项目作品之一。正如书名为《辽阔》，作者以自己最熟悉的生存环境——草原、森林、大漠等，给古老的题材以创新出奇的视角。

许淇，1937年生于上海，1956年“支边”到内蒙古，从此扎根塞外草原。半个多世纪以来出版有散文诗集《城市意识流》《词牌散文诗》，散文集《美的凝目》《许淇随笔》，短篇小说集《疯了的太阳》等，共计三百余万字。其散文诗成就显著，获中国散文诗90年代以来重要贡献奖。《文艺报》《诗探索》《诗刊》等均刊发过其作品的研究评论文章，《中国当代文学史纲》列专节评价。其作品曾获内蒙古文学创作“索龙嘎”奖一等奖、《人民日报》散文征文一等奖、陈伯吹儿童文学奖等。许淇先生还是一位著名画家，他毕业于苏州美专，曾师从林风眠、刘海粟、关良等艺术大家。书画作品被选入《中国当代作家书画作品集》《中国美术书法界名作博览》等画册，并收藏。河北教育出版社出版大型画册《许淇的画》，另有《许淇国画小品》发行。2009年，内蒙古自治区党委、政府授予他“老艺术家杰出贡献奖”。他长期担任《散文诗》“世界名家作品赏析”栏目的撰稿人，向读者推荐世界经典，从而做到“洋为中用”。他堪称融汇古今中外的大师，主编过《中外散文诗鉴赏大观·外国卷》《中国散文诗大系·内蒙古卷》。他发表了《世界现代文学的新品种》一文，充分阐述了他的观点，也是“散文诗是独立文体”的倡导者之一。

我常年订阅湖南益阳发行的全国第一本散文诗专刊《散文诗》，特别喜欢看由许老执笔的栏目“世界散文诗名作赏析”。还记得，2007年上半月第十期刊发的“许淇赏析文”评法国让·季奥诺的《泉之泪》中的一段话：“散文诗《泉之泪》，是以牧歌笔调描绘的自然和神的双重世界。自然是美好的；他笔下诸神具有人的感情和人的弱点。每一小节文字高度简约，富单纯之美。大神宙斯要当牛信，女神阿耳忒弥斯是个农夫……荒诞和真实交叉在一起，于单纯中见繁复，繁复中见统一。”这段话既是赏析又是他自己的散文诗观。对世界散文诗名作的介绍，他耗费不少心血。许淇先生和蔼、幽默、博学。在谈散文诗时，他说：“散文诗的语言形式，不同于诗、散文和小说，它的自由度更强，它有自己的旋律结构和内在的音乐节奏，它可分行也可不分行，长句连排，突出切分短句，长短交错，繁复和简洁转换合成，错落有致。”此番指点，让我受益匪浅。

二

我有幸到包头采访许老。他的寓所在一个80年代建的旧楼里，已居住了整整三十个年头。他的书斋命名为“淇竹斋”，壁间悬挂一幅法国19世纪浪漫主义大师德拉克洛瓦的《但丁的渡舟》，是1992年许淇花费两个月时间临摹的作品。原作现在法国卢浮宫。作品描绘了罗马诗人维吉尔引领意大利诗人但丁，坐小船游历地狱时经过忘川的画面。冤魂抓住小船渴望超度。许淇因为早年学画，他到欧洲游历时，在卢浮宫拍摄原作，又根据复制品临摹的。“淇竹斋”除此画外，其余都是藏书，书架顶到天花板。养的龟背竹已经相伴二十年，绿荫盎然。许淇的书桌置于书与画与叶的中央。一种“遥知静者忘声色，满屋清风未觉贫”的情操，令人肃然起敬。

现在出版的散文集五花八门，数以万计，奖项无数，像泡沫经济，最终会被时间遗忘。而许淇是低调的，坚守在边远地区，终其一生，追求艺术之美，他所在的内蒙古，北方森林里的木刻楞，草原上的蒙古包，前后套老乡的热炕头，都有他创作的身影。他虽生在江南，但他透过这些特色的地域景观主写人生，内心的体验，对大自然，对生态环保，对生老病死——人的终极关怀，乃至天地宇宙的观照。他从上世纪50年代开始散文创作，他在散文诗创作中投以唯美的深情凝视，始终追求对语言的精雕细刻、对内涵的准确把握和文字趋向的诗意化。除散文诗外，许淇的散文也极为出色。他的散文画面感强，对人、景、物的动态描写，借于色彩的摹绘，使作品有着诗的韵美。他的散文代表作《追赶马群》笔势凝重，富有情韵，奔走，体验，感悟，身体完成，心灵完成，再交给语言呈现出诗的节奏美，可谓散文中的大餐、美餐！有人说：“你不可不读董桥。”我们这里要说，你不可不读许淇的散文。

许淇的散文不是书斋的产物，不是尊命写作，而是具有深度生活底蕴的。森林、草原、大漠和人生是他灵感的源泉，加上中西文化艺术的广博学养，使他的散文具有独特魅力。他在一篇散文《守望我的篝火》中写道：“我是一名守望者。守望着的并非什么稀世珍藏，或什么薪薪相传的悠久传统。守望着的仅仅是我在大草原自己点燃的一堆篝火。”散文《跟着我，到森林里去》一文中道：“当你的嘴唇被西北的风沙吹得焦枯，被太阳晒得爆裂惨白，因五内皆焚使你的眼睛冒火发红，活像个剪径的强徒，你最好借一匹鄂伦春山马立刻到林子里去，让那包蕴世界的寂静的绿抚慰你的痛苦……你忽然闻到一股呛鼻的长年浸泡在水里的青草味，那气味使你沉醉，你循诱惑寻觅，拨开树影斑驳的乱草，你发现了埋在草根底下的经露的山涧，如同发现暗藏的金矿，你的欣喜不可名状。”游目骋怀，情思悠远，意蕴丰富，让人感受到原始森林的旷古幽深，神奇多变，宁静自然。散文《草原的精灵》一文写出马的习性。俗语说，马不吃夜草不肥，马是站着睡的。最精彩的片断是早春三月，骒马“起骒”“反群”“恋爱”“婚配”。从蒙古马、伊犁马、呼伦贝尔的三河马，产于四川、甘肃、青海三省交界的河曲马的特征习性，写到牧马人精彩的相马术。字里行间蕴含了深广的理性哲思。《春天乘着马车来》《鹿的眼睛》《追赶马群》《满洲里的中秋节》《车马大店》等篇什，俯瞰草原，以作家的人文学养、理智心智和地域文化的滋养为动力，让草原上最平凡的人和事，吐绽出迷人的光芒，给人一种淡远与浓艳相间的诗情画意。

许淇并不是纯客观的临摹，而是“思想知觉化”。他笔下的人生百态蕴含深刻的哲理，均经过内心体验得以剥茧抽丝地暗示呈现出来。许老爱那片草原，对草原有一种无法割舍的爱，许老用一支奇妙的笔描绘草原上的人们，如散文《两姐妹》《尼尔基》《灯妈妈》《歌手》《琴手》《七姊妹》，他们如小草，朴实无华。他们的命运如额尔古纳河一样婉转曲折。细细品读这些文章，鲜活了草原上这些人们最真实的喜怒哀乐，没有半点夸饰，将人性的光芒呈现出来，令人像在草原的怀抱里，听一首意味深长的长调。

许淇年届耄耋，终其一生在散文语言上下功夫，他继承中国古诗词的意境和语言，又和“五四”新文学传统接轨，但不忘别出新裁，突破陈套。用鲁迅先生所说的“越轨的笔致”，去炼字，炼句，适当吸取现代文学象征、通感和意识流的表现方法，而不破坏母语的纯洁性。细心的读者会品出许淇散文中修辞的妙句，对形容词、动词的独到应用，俯拾皆是，具有音乐性、绘画性。他的脍炙人口的篇章，入选各种选本，如：《美的凝目》曾选入江苏高中语文阅读课本，还有《湖上札记》选入《中国新闻选大系——儿童文学散文卷》，另有散文《废园》选入《中国新闻选大系——散文卷》，所有的选本都成为经典读本。

三

许淇，词牌散文诗的开拓者。

深孚众望的大家许淇“让古典和现代碰撞，水乳交融天衣无缝地寻找现代世界和民族传统的契合点”。这便是许淇的艺术野心。在今天开放性和多元化的国际视野中，许淇用自己的感悟和努力寻求传统精神的新建构，使散文诗这种外来形式，注入中国的灵魂和血液。

《词牌散文诗百阕》是中国当代文坛的一朵奇葩，一曲天籁之音，它散发出的气息，令人一读而喜，再读而叹，三读而醉。

许淇深谙词牌之美境，他的“词牌散文诗”以词牌为题，以娴熟、洗练的文字发掘诗意，既表现古典韵味又注入现代精神。阅读许淇的词牌散文诗，处处闪烁着意境的光芒。许老说：“每一‘词牌’一句话几个字，字与字的搭配，产生绝妙的意境，将汉语的美发挥到极致。譬如词牌‘明月逐人来’不是一幅完整的图画么？‘沁园春’，春天的园林名沁园，沁人心脾，湿润烟雨春沁醉，三个字组合，便可联想到颇具古典韵致的饶有诗趣的境界。”的确，品读《南歌子》，古镇的青石板路，缠绵的苏州评弹，雨中的脚划乌篷船，二胡凄凉的私语，那是一幅烟雨江南的多彩三维画卷。

他对传统和世界的双重拓展，现实意象与古典词牌的虚实相合，是如何处理的呢？如《一剪梅》，你可以领略绮丽的梅海，你的思绪穿梭于现实与历史间，梅妃的“梅花妆”，还有那“梅妻鹤子”的林和靖让你的情思在跌宕中激越起伏。只有饱读诗书，胸藏万卷，学养广博精深，才会信手拈来，达到出神入化之妙。

散文诗“新变”，艺术美学上有所突破。如《自度曲》意境更阔大，寥寥数语，韵味却不薄，且涉笔言怀感情色彩十分强烈。情真了，即使景中也含强烈的主观色彩，也不失其景真。

著名的军旅诗人柯原说：“以词牌为题从事散文诗创作，此举本身就是一种颇为大胆的尝试，要在努力研究与继承中国古代词作精华的基础上，加以创造性的发挥，这是一种颇不易掌握的艺术探索——焊接古典美与现代的艺术探索。”（《古典美与现代意识的结晶——读许淇〈词牌散文诗〉》）

许淇在文学史上留下了一串坚实、清晰的脚印，树起一座高耸的丰碑！许老反复对我说要多读书，并送我许多亲笔签字的书和一幅红艳艳的梅花图。我将它悬挂在书房，鞭策自己努力绽放，期冀有许老那样灿烂的人生。

原载《骏马》2015年第2期

当代草原诗歌的受动与生成

——满全诗歌创作的九个维度研究

美　成

研究当代草原诗歌，一定离不开草原诗人满全。他既是具有国际化背景的专家、学者，又是草原诗歌第四代诗人的中坚力量（海日寒语）。研究近十几年来满全创作的诗歌300首，可以观察到他始终立足在草原族群记忆的原乡，以文化的自觉、民族的意识、贯通的学养和宏阔的视野，不断地丰沛草原诗歌的意象，在社会转型时期的受动生成中，探索了草原诗歌的种种建构。

一　诗人的忧患

满全出生在科尔沁草原，这里曾经是成吉思汗二弟哈布图·哈萨尔的属地，民族英雄嘎达梅林的故乡。近百年来，源于农耕文化和草原文化在这片土地的交织和碰撞，传统的生存、生活方式被迫改变，使得这里的草原人具有着典型的英雄忧患意识。在社会转型期和碎片化的时代，虚构和莫辨的真伪同步解释着这个纷繁的世界。诗人的忧患来源于人们对时代的迷茫和未来的不确定，他在《某个上午》中写道：

八时阅读文学刊物／忽然想起青春的光芒已经渐渐消失／……尘埃卷

起的夜晚我都能想起遥远的故乡九时走进理发店／只有蓬乱的头发证明我还活着／……黑的长发像瀑布一样飘然的／美丽的村姑娘不知嫁给了何人／覆满天地的黑长发／在孤独的黄昏岸边飘扬真切动人十时上网／网络世界眼花缭乱翻山倒海／阅读朋友的诗歌时心在流泪／……破乱的戈壁、干枯的河床还有那撕破的旗杆／一个人在孤独的宇宙间流浪时。

“渐渐消失、我还活着、一个人的流浪”连缀起诗人内心最为真实的孤独。由于人类向内做深入的拓进容易走向伤感，“有一种受动性生成与引发模式的特征”①，所以，忧患是导引诗人走向思想新质的方式，始于诗人对这个世界最深的情感关切。他用诗歌“向人既艰难又平庸的生命更真实地靠近了一步”②。霍俊明在2016年11月25日《文艺报》撰写的《诗歌：诗歌的回应“现实”与预叙“未来”》一文中指出：“诗歌既是幽微的心灵世界的复杂呈现，也是时代和社会主思潮的揭示者。”“真正的写作者应该具有冷峻‘旁观者’和水深火热的‘介入者’的双重身份，从而发现日常中‘新鲜的诗意’。”满全，正是以这种双重身份介入到现实，以草原文化的族群记忆为轴心，以其丰沛的意向于时代洪流的复杂精微中积极地探求，反映了他对忧患的庄重面对。

二　混沌的世界

满全认为：混沌说在传统中国文化中占有重要地位，是东方哲学和审美的基础。混沌是天地之始，生阴阳而化万物。混沌，象征着无限和永恒。在诗中，诗人满全把混沌作为了认知的起点：

苍穹的方式，大地的轮廓，是父亲／帝国的记忆，古老的牧歌／是父亲／太阳升起的方向是父亲的方向／是永恒的方向／河水奔流的方向是父亲的方向／是勇猛的方向

① 罗振亚：《与先锋对话》，吉林出版有限责任公司，2009年，第3页。
② 李金发：《烈火》，《美育》1981年创刊号。

于万物间，父亲被隐喻为山川、风雨、大地，构成万物的要素成为他精神世界的图腾，这是草原民族对世界最为本质、最为朴素的认识。他在《英勇的水手》中写道：

风雨中／我追寻着可望而不可即的朦胧的事物／西北的黄昏／逝去了一位英雄，我用漫长的伫立，为死者哀悼／风影律动，诉说着远方闪烁的灯火／我再次冥想着光明与黑暗的意义／颤抖着从墓群走过，乌鸦赠我慰藉与勇气／我不会屈服／墓群／却咆哮起来／土路如蟒蛇般蜿蜒／开天辟地的英豪们，你们的凯歌将激励我前行的脚步

混沌顺其自然，在无为中保持着自然的本性，体验到生命的和谐状态。混沌至善，与天地的大美相同，与宇宙之真无限相连。所以诗人概括地说：开始与结束／延绵与断绝／沉睡于苏醒／幻灭与切望……乘风破浪，渡生命之筏浮沉远行。这些都可以视为诗人对混沌的解读和对道的体悟。“争取做到这些，不是轻而易举的。我们面临的时刻是严峻的，但我们应该保持我们美好的感情和创造美好的感情的才能，并在那遥远的不可理解的陌生的地方找到这个美好的感情。”[①]满全在诗歌《漆黑的夜》中对混沌的世界有着更多的理解和描述：

马群疾驰而过，大地依然苍凉／伙伴们沉醉于惊世之盛果，欢畅高歌／行者与鸟群叮咛着我落花之秋的傍晚／我在简陋的茅草屋中／忧伤地凝望着甲虫的微光／我走了／渺小的祈盼将化作明灯照亮前路

诗人从“惊世之盛果，欢畅高歌”到“明灯照亮前路”，是他从万物一体到人类社会整体不断发展和融合的大背景下，对文学和艺术，托举着构成个体与集体，以及人性与生命完整要素的精神结构和灵魂昭彰的再认识。他在其间，用中国传统文化中的磅礴万物和思接千载，找到了一种存在的意义，显现着诗人作为智慧者人性中的博爱与宽厚。

---

① 刘巨德：《心通天宇的艺术和科学——美好感情和创造美好感情的才能》，《美术观察》，2001年第6期。

三　精神的观察

中国文艺评论家协会副主席庞井君在《审美的力量——社会价值论的视野》中指出：人的精神结构由科学认知体系、精神信仰体系和审美艺术体系三个板块构成。这一论述，也成为我们分析满全诗歌的重要入口。

1. 萨满的遗存。萨满教是草原的原始宗教，提倡万物有灵，认为万物皆神圣。在人类的早期，就完成了对中华民族历史发展和民族精神的塑造。成吉思汗认为，萨满具有通天达地之能，蒙古人被长生天赋予了心灵爆发的力量。在历史的发展中，虽然元以后萨满教逐渐隐秘在民间，但是，萨满一度代表着蒙古族精神的火焰。他在《勇士的草原》中重拾了草原民族曾经的记忆：

> 北方是我的故乡／北方是列国盛衰荣辱的历史舞台／北方是古老的萨满，或者神秘的巫术／北方是源远流长的弘吉剌部歌谣，或者古代西夏的柔美曲子

2. 印藏佛教文化。以佛教为代表的印度文化和藏传佛教在蒙古人的生存、发展过程中一直占有重要地位，圆满的至高说，直接影响着蒙古人的日常生活，构建了蒙古人的精神世界。满全认为："蒙古族古近代诗学知识资源库由三方面内容构成。蒙古本土诗学知识，如文（vdhavyangga）、故事（uliger）、品味（amtqlahv）、神奇（vran）、豪放（vran）等诸多基本概念和范畴；文以载史、文以抒发情性等文学理念；社会历史批评方法以及伦理哲学为基础的圆满说（hotalategulder）等等。印藏诗学知识，如诗（silug）、传记（qadig）、滋味（rasa）、庄严（qimeg）、空灵（hvgvsvn）等诸多基本概念和范畴；文以愉悦诸神、文为词的连缀等文学理念；阐释学批评方法；以佛教哲学为基础的愉悦说（bayashanuiledhu）；等等。这些诗学知识随着佛教的传入，逐渐渗透到蒙古族诗学体系，从而丰富和发展了民族诗学知识宝库。"[①]因此，在

① 满全：《继承创新建构——对蒙古史学体系的考察》，《内蒙古师范大学学报》，2009年第一期。

《东京地铁》这首诗中，就很好地体现了满全用宗教观阐述的外部观察：

很多人来之前，路线早已设定／中央线、京王线、山手线，不仅是出行路线／也是一种思考路径／纵横交错，是繁华的表象／高楼林立，是钢筋水泥的舞姿／对于我东京地铁是轮回的象征／在轮回中起点就是终点，终点又是起点

3. 圆满的世界。巴·格日勒图分析众多文艺现象、文化案例后指出，蒙古族文人的文艺最高审美标准是圆满。这一总结性论断具有说服力，也有阐释功能。所谓圆满就是和谐。蒙古人通常从和谐的视角出发对问题、现象做出判断。尹湛纳希认为，“十种文理中最重要的是完美和谐”[①]，而且和谐观在尹湛纳希的文学创作实践中，逐步形成为圆满的艺术哲学。这些观点，诗人满全是赞同的，他在诗歌《安宁》中表达了他对圆满的描述：

安宁是飞逝的天堂废墟、佛祖的默思／安宁是净化过的自由、宇宙的边缘／安宁是覆盖一切的鸟的翅膀、雨的季节／／安宁是宇宙的姿势、对无止境的思念／安宁是我的草庐、今夜的月光，抑或岛屿／安宁是虚无之疆、宇宙之源、我陷落的极乐世界

4. 思考的延伸。满全是当代蒙古族著名学者，他的诗歌通常都综合了中国传统文化、草原文化、蒙古族民族特性和巫术、萨满、宗教实践等各种世界观和宇宙观，诗歌具有文化、道德、伦理、宗教、民族记忆、自我发现等多重属性，体现着诗人本身和社会文化背景之间的复杂关联。这些文明成果和文化基因已经深深地潜入了诗歌本身，培植了诗人敏锐的感知力，构成了他思维逻辑不断延伸、思考不断深刻、主动追寻精神塑造的思想力量。他在《秋雨》和《大昭寺的午后》中，表达了这种思考后的从容：

路旁有一座寺院／还有古树／世界如此广阔／我却依然在路上……

---

① 巴·格日勒图：《蒙古族作家文论选》（蒙文），内蒙古教育出版社，1986年版，第231页。

迷失方向的一只雄鹰／依然盘旋在灰蒙蒙的苍穹间／唯有佛经能拭去心中的恐惧／世界辽阔无边，但找不到一处温馨的角落……

秋雨依旧绵绵／我用最凄凉的方式行走在黄昏中／与阳光、北风，还有飘落的时光一起走进大昭寺／一切安宁，如同古老的许诺／千年红墙，依然耸立，是一种信念的表达／／每次面对大昭寺，／忍耐和宽恕从未动摇／忘掉悲伤，删除欲望／从此不再孤单……

“艺术家唯一的工作，就是忠实表现自己的世界。”[①]满全善于把自己的情感放置在宏大的背景中去完成情景交融下的精神观察，这些广泛的触及都构成了他意识的无限联系，使得他的诗歌渊薮更加深厚、广袤，由此使他的诗歌进入了更加博大的境域。

四　家园的守望

1. 站在生命的源头。诗歌地理研究是文化人类学的延伸，最能反映诗人主观世界的形成和其所代表的精神履历。巴什拉在《梦想的诗学》里说：一个凡人何以超越生活成为诗人？点出了诗人的实质：超越生活。满全把超凡的想象力装进诗歌的容器，最终又用想象力连缀起时间对记忆的切割，完成着来自家园、族群的启迪和思考的生发。关于对家乡的朴素情感，凝聚人类最初对世界本真的记忆和认识，所有行为下的回溯、回归、回望，其意义都标志着一种思考，一种探索，一种深化的再认识：

逝去亲人的悲伤早已凝固／以思念的名义为祖先祈祷／或许唯一的选择／／一个人穿越香烟弥漫的荒野／寻找祖先的住所／天空如同一只巨鸟，飞过大漠

① 李金发：《烈火》，《美育》，1981年创刊号。

2. 勘破的通道。西班牙诗人阿莱克桑德雷·梅洛在《火》中曾经说：所有的火焰都带有激情，光芒却是孤独的。在生命的世界，诗人就是那颗孤独的恒星。面对社会的变革，生活方式的改变，时空的打破，意向的跳跃，诗人往往是情性所至，他们往往是在叹息中去完成发现。

连绵的秋雨慢慢消融着青春岁月／流浪的心何时才能找到温馨的港湾（《秋雨》）

蔚蓝的月光和黄昏降临时／我选择黄昏／因为——／从黄昏中／我能听见了一个人的叹息（《黄昏》）

当孤单的希望／被冷雨拍落／这杯酒是叹息（《酒之印象》

诗人吕约在《叹息国》中精辟指出：自从发现了最美妙的语言是叹息，智慧的民族就停止了废话。因此，诗人满全关于家乡，就有了太多的凝视。他变成了一棵凝思、守望的树，在风的和煦中迎接着遥遥之处吹来的大千气象和丝丝入扣的慈悲，他把时间、地点、人物、天空、大地、家乡和粮食等知道的所有，统统地装上一部时光浓缩而成的勒勒车，貌似寂寞地在草地上踯躅独行，任凭意向、情感灿然于胸，孤独地用目光在天空写诗留句，在苍茫的大地间，在一吸一呼、明明灭灭的韵律中表达他心中澎湃的慨然。他走进的是一个纷繁、丰富、寂静而又和光同尘的世界。

凝望远古石林／手中的相机无法捕捉到千年的沉默／阿斯哈图，或许是上苍的形状／与时间无关（《阿斯哈图》）

3. 内心的澄澈。满全注重用内心的善意解除世俗的遮蔽，修复自己的目光和真性，使自己澄明、清澈，更好地走向未知，走向无限。站在连绵、宽厚的沙丘，放眼草原远处的一簇一簇的萨日朗花，这里的辽阔曾经是战马长嘶、金戈交鸣的沉舟侧畔。然而在今天，这里似乎成了欲望的门槛，止住了度尽劫波之前的仰望和之后的叹息，开始变得温馨、静谧，和顺、柔美。这里的花犹如善念，只为这个温暖的世界盛开：

温暖的冬天／阳光透过玻璃窗飘进屋子／坐在安详、宁静的书房／仿佛一切停留在时间的某个角落／／想起文学、远方的好友以及爱情和前途／仿佛一切如此温馨、平淡／犹如一杯浓香的龙井茶（《时间的某个角落》）

4. 绵绵若存下的恒长。初读满全诗歌，你会为诗歌表面上唯美化、神奇化的描述所吸引，跟随他的诗意宛如直步登临圣迹的喜悦，深入其间来回溯人间所有的痛苦、迷惑和欢乐。实际上他所罗列、陈述的意义是在于说明道法自然，表达着自然道的恒长。他是通过对自然道的解读来确立大地之子的身份，背靠无限的苍穹，揭示了人正是因为卓然挺立于天地之间，才从大自然中汲取了绵绵若存、用之不竭、生生不息的力量。这些富有哲理的思考显示了满全诗歌的高贵，诗意不仅通过语言给读者带来了精神的震撼，而且还带来了心灵的启发和灵魂的牵动。

一切在平淡中延续包括生命、爱情和黯淡的理想／一切在平静中轮回包括生活、工作和孤独的坚守（《时间的某个角落》）

我看见一只老鹰／穿过岁月河床飞向天际／我思念遥远的雪山、一座城市和一个人／童年如同金黄的麦田／雪花飘飘车速缓慢／很多人仍在路上（《春雪》）

五　草原的情怀

草原是蒙古族的集体记忆。诗人满全用草原的浩瀚来作为诗歌气象的铺陈，他的一笔一画皆源自起心动念，诗歌就是观瞻他的精神境界的外部索引。他在《千里草原》中表达了这种情怀的自然流淌：

千里草原千年风霜／天地间岁月如歌／鹰的翅膀马的嘶鸣风的方向／一首古老的情歌是我的千里草原

满全在《阳光草原的诗意表达》一文中曾经指出："一方水土养育一方文化。蒙古族是最具诗意性的民族之一。她的语言、文化、思维、生活方式均充满着理想色彩和诗意韵味。比如，蒙古人相信诗有神力，语言有魔法，相信诗人有灵气，诗人是萨满的延续，与天对话的人。”①所以，诗人是智慧的，他们的眼界、知识储备、想象力汇集的观察、合成能力远远地超出世俗。他可以用干净的灵魂和内心的博大，在思辨的观察中移步于历史、现实际会的天空，让诗歌的精神价值重现光华。

这片土地／荒无人烟／天高地远／山脉如同马群／候鸟依旧冥远……／很多年后／大地会想起抒情的诗人曾经来过这里／很多年后／大地会记得最后的诗人曾经在此徘徊（《荆棘载途》）

抚摸悲伤的心灵、百年如同一瞬／在不知不觉中插翅飞向远方／谁的手，能够抹去心灵的空虚／石屋被突如其来的雨季封锁时／我将获得自由……（《永恒的忘却》）

叙利亚诗人阿多尼斯说：没有诗，就没有未来。“记忆、现实和未来应该是三位一体的，是彼此接通、相互打开的。”满全用诗歌神性的见异思迁，视通万里，让我们看见了“这片土地，荒无人烟。天高，地远，山脉如同马群，候鸟依旧冥远……”。这里依旧是一个天主万物，大化周流的世界。这是满全突破碎片化的社会发生、发展机制，认识到决定时代的质地构成，必须要来自现实土壤的艰难孕育的最基本判断。因此他才会把“抚摸悲伤的心灵，百年如同一瞬”提到空前的高度来认识，告诫当代人无须超然物外，在草原诗歌中可以找寻到“我将获得自由”的精神满足，不仅实现人们在碎片时代中迷茫的厘清和反拨，而且还提高草原诗歌的质感，为草原诗歌提供了更丰富的蕴藉。

六　意识的觉醒

满全是为数不多的能够用蒙语、汉语、日语同时创作的诗人，加之学者身份，

① 满全《阳光草原的诗意表达——读巴·那顺乌日图散文集》，《草原·新批评》，2016年第二期，第96页。

注定他不会因循在已经获取的知识中停滞，他的目光始终看着远处的浩瀚。他把语言节奏放慢，仿佛是在拉长了的时光中浸泡了香溢的酥油，用情商、智商、灵商复合出来的诗句，唤起民族意识、民族文化的苏醒，漫天了一场纷纷扬扬语言之雪。在欲望堆积、信息飞驰的世界，坦荡地托出了自己的主观世界。这是他通过对视觉对象的观察，凝结出来的精神生成。他在《黑暗的传说（外三首）》中说：

在生命的深渊里四周黑暗，来去无人／面对华丽高贵的禅寺／在黎明破晓之前／必须接受世间的无常和生命的短暂／眼前的花草、庭院和古刹／也许是时间的一种表达方式／仿佛一切始于无／仿佛一切终于无

满全曾经提到：践行开放才是作者心目中的文化精神。“接受世间的无常和生命的短暂，也许是时间的一种表达方式。仿佛一切始于无，仿佛一切终于无。”标志着诗人意识的开放状态和在时空方面的纵深拓进，拓宽了诗歌的再造的空间，加大了诗歌的情绪张力，凸显了诗歌的意义在于唤醒的觉悟特质。他尝试用多种语言创作，调用汉字的智慧，借鉴儒家倡导：把文化写进去，把思想写进去。这种积极的态度成为他的诗歌最为打动人的因素，是一种值得推崇的、更为高瞻的价值观，也是最为温暖的人文关怀，闪耀着人性光辉：

那片我曾经抚摸过的大地和山脉／那片我曾经祈祷过的天穹和牧场（《千里草原》）

今夜／我想起遥远的一场雪和一个人／古老的村庄和那片火红的高粱田／依然等待着远去的诗人……（《遥远的一场雪》）

有一种观点认为，诗歌创作需要条件和假设，存在主义认为从残败生命的困境体验生命的意义才有价值。事实上，诗人思想的复苏、意识的觉醒，同样构成了诗歌创作的重要基础。满全从草原诗歌的“原乡”出发，把个人意识和诗歌本体发祥地的民族传承凝眸聚合出来的诗歌意向，浑融为其生命认知的一部分，重新提出、确认被忽略的美与秩序，以此来消除碎片化对现实的肢解和对优秀文化的驱逐，在碎片的废墟中，“等待着远去的诗人”来隐喻还原事件、事象、事态的初始形态，他的诗歌无疑就具有了用意向的大跨度组接民族意识来解读时代的典型特征。

七　交融与演进

1. 满全除了对民族文化的熟知之外，他的诗歌对普希金、泰戈尔、波德莱尔、魏尔伦的诗歌经典有着广泛的吸纳，这有助于他在文化断裂的观察和忧虑中，从文化人类学的角度去把握人类的根基和命运脉络。因此，这种学者身份和学术背景下长期的研究生涯，使得他的学识是贯通的，对民族文化的认识是深刻的，对诗歌对当代的意义，对蒙古族文化的激发、构建是清醒的。他要用这种来自个体独特的自我观察，自觉地去找到一种民族发展中的时代文化指引。他断言：诗歌的境界就是生命的境界，生命的追求就是诗歌的终极关怀。他在《凄凉的午夜》中，提出了他内心的发问和探寻：

> 我忘掉了黄昏的安慰／一声叹息时／午夜的彼岸悄悄倒塌／一切融进黑暗渐渐消失／我看见一朵芬芳的玫瑰今晚凋谢／寒风徐徐／北方依然冰雪千里／呼和浩特的午夜不相信一个诗人的悲伤

2. 知识的融汇。雪莱曾经说：诗歌是想象的表现。满全在他的很多的诗歌中，赋予了想象独特的叙事价值、文化功能和足够的叙事篇幅。在用草原视角对海洋文明的观察中，他让一般性的叙述得以升级，通过隐喻、象征等方式，容纳了价值、神话和世界观的层面，为读者提供了全新的、开阔的、积极的思考。想象的世界，有力地推动了他叙事风格多元化的尝试。满全在评价特·思沁的诗歌创作时谈道："诗歌中塑造的意象不是静态和凝固的意象，而是充满动态感和运动感的意象。"他亦如是。

> 海风吹来，那是一段有关水的忧伤／川端康成，这位文学巨人／或许通向伊豆半岛的案内图／伊豆舞女，纯真年代的代名词／很多时候，爱情依旧山崩地裂……一杯咖啡，重温着昔日的记忆／迷人的黄金岬，演绎着夕阳的传奇／海风吹来，那是一段有关水的故事……（《伊豆半岛》）

3. 诗人的通达。诗歌和美术是艺术最敏感的神经。他曾经流连在北京的798，穿行在日本岛，徜徉在大草原。他用交流学者眼中的国际化的视野，在草原文明、农耕文明和海洋文明中反观现实的世界。

黑格尔说：诗既然能最深刻地表现全部丰满的精神内在意蕴，我们就应该要求诗人对他所表现的题材也有最深刻最丰富的内心体验。在这个意义上，诗歌就是诗人心灵活动的曲线。《银座》体现了他意识通达、觉悟的过程：

夕阳西沉，余晖抚摸着东京塔／黑夜降临，多摩川渐渐黯淡／面对内心的诉求，才发现自己依然是诗人／今夜，东京属于一个人，与王朝无关／浮躁的一代偶然发现／泰戈尔是我前世的诗友／从那天开始我就学会了写诗／三毛、琼瑶、席慕蓉的文字／唤起我多年的憧憬

他用简洁、洗练的文字，把“夕阳、东京塔、王朝、泰戈尔、三毛、琼瑶、席慕蓉”等看似不相干的事物联系起来，用散点透视法抓取一切可见事物，加大他思考的密度，重筑了视觉感受带来的感性心理时空。对此，满全自己解释说：“诗人的职责是发现被日常语言所遮蔽、掩盖的宇宙万物的内在联系，发现万象背后的本质，发现熟悉世界的陌生地形，发现另一种表达方式，发现语言的神力和魔法。”

4. 网状的覆盖。满全擅长调用多元的叙述方法，它突破了传统叙事规则对于环境和背景的限定，激发相关作品逐渐脱离单一主角和高度集中的单线叙事，让多角度、网状和碎片化成为符合时代语境的表达，带我们进入了天、地、人、神、过往、期待、未来交叠的时空，以一种超凡的想象为个体思考提供了强有力的逻辑支持。所以，读他的诗，我们常常会感到空间中隐含的倒置和悬疑，吸引人们驻足成为他内心世界的“造访者”和“观看者”。《乌鸦·合法性·后现代主义》是他典型的代表作：

不确定性与反讽之间／都市午夜渐渐离去／从此很多人开始确认大地的身份／边缘化与焦虑之间／无法找到一只乌鸦的合法性／喧嚣与杂乱往往遮蔽一个人，或者掩盖一座都市的孤独／一切在剽窃、篡改、拷贝中重生，抑或延续／不许修辞诗人的悲伤，或者一段古墙的经历

在黄昏降临之前／重新设置突围路径是很有必要的／很多时候，生命基因就是一部手抄本／字迹歪斜并不影响内容的连贯性

这首诗意象叠合、触角多变、间隔跳跃，在看似荒诞、不着边际的意识流中，深化了对人类生存状态的思考。诗中的乌鸦是他思想意识隐喻的藤萝，可以指喻合法性、后现代主义、社会、事件、人物、历史等任何事物，给网状的覆盖增添了雄浑的语意。

5. 人文的关怀。满全的诗歌多形成于旅途，形成于古道，形成于长河落日，形成于英雄呼啸而过的天空。因此他笔下具有浩瀚的背景、奔流的意向、宽泛的笔触、无尽的思绪，精神和自然，由表及里地遥相呼应。他用内心的善意解除世俗的遮蔽，在诗歌中修复自己的目光和真性，使自己澄明、清澈，等待着《命运女神》的莅临：

轮回的四季在大地的怀抱中翩翩起舞／大地依然肃立只有衣襟在风中飞扬／思念的泪水洒落于院内春春绽放／芬芳的香气弥漫四周大地在深醉／千年苍穹一片飘然一片飘然／绽放的玫瑰在天边芬芳又芬芳／你是美丽韵文中的妙音天女／你是古老的神话东方的黄昏／花草传唱春天的故事／在曾经爱过的遥远村落和金黄色的田野间／我等待着你

八 审美的蕴藉

美学主要以哲学美学和文学美学为主。文学美主要研究文学作品中表现出来的审美意识、审美理想、审美创造、审美欣赏。近现代著名学者王国维在解释“言”字时说：“言气质、言格律、言神韵，不如言境界。”而满全的诗歌美、气质美都是独特而又融汇的。

1. 自然之美：诗人是孤独的思考者，他们从自我意识出发，来看待这个缤纷的世界，在诗人的自我审视下，揭示他领略、感悟、认知、希冀的世界。在他看来，宇宙万物都呈现着天然的原始风貌和本源的意义，还原、回复生命的活力，才

是诗性的存在、永恒的存在。

今晚，我想念夏日的蔚蓝颜色／走过破旧的街道时，枯萎的树叶随风起舞／这里的一切属于神话。(《爱之佛幡》)

我只相信天底下有个村庄／像青春一样宽宏大量（《寒夜》）

2. 时间之美：满全的诗歌创作继承并发扬了草原诗歌强大的叙述功能，他的诗歌围绕时间的横轴演进，在纵轴中思考、比较、阐释，具有超强的代入感。“等待你来临的那一刻，百年一晃而过。这一切，只是为了过程。百年之后重读我和我的土地、河流、树林黄昏的最后读者一定是你。”

3. 民族之美：历史上，蒙古族留下了诸多的经典恒言，言简意赅，寓意深刻。其间的审美创造为我们提供了丰富的审美欣赏。满全在诗歌创作中，同样留下了很多斧凿的金句。他在《永恒的忘却》中说：“起风的腹地，是心灵的巨痛之地。”“走过的路，是一种错误。”

4. 语言之美：读满全的诗歌需要字斟句酌，反复体会。因为他的诗不是一般意义的书写和生发，而是思想中历经沉淀后，刻在心底观照的呈现。在缓慢的叙事中蹚过历史的河，感受到他思考中的心路历程。“你把五月和黄昏剪下来，贴在蜜汁色的门框上吧，让我从五月和黄昏中穿行而过。”

5. 叙述之美：叙述通过时间、地点、人物、事件的铺陈来表达诗人的观察，而满全诗歌的一个显著特征就是通过貌似简单的叙述来孵化出他新的思考，进而展示了他诗歌叙述的宏大。

芬芳的花季，或许是女权主义的表象／无须宏大叙述／整个午后，在怀疑与误读中走进解构程序／天与地，是并列结构，无法交叉和重复／意义，如同落尽叶子的一棵树／在寂寥中歌唱英雄主义的挽歌／巧克力，还是甜蜜爱情的象征／散发着往日的芬芳

6. 浩荡之美：应该说，哲学之美、混沌之美、圆融之美，共同建构了满全诗歌浩荡的底蕴。他把观察作为解剖的手段，用一路走来的观望、激发和透视，来总结、提炼出草原文化的要义，反映当代草原文化的与时俱进。在继承和向往中去构

建现实幸福的精神世界，完成了对草原文化的反哺。他把诗歌美注入到草原诗歌、民族文化的语境下去反思、探索，从而昭示当代：内化的精神是最好的哺育，无论世界如何变幻，都要用一种审视的姿势来等待远处涌动的春潮。

九　选择与调和

“历史起源的地方就是思想发源的地方。”[①]满全的诗歌从来就是在探索中跋涉而行，他能够正视这个时代的变幻，不是回避、转身，而是以理性直面现实的迷幻，选择用智慧揭开神秘，在遇见的莫测中探索世界的复杂，以及社会和人际关系的重新调和。这符合诗歌史的自然逻辑，显现着当代草原诗歌的进程和诗人心灵的成长。

有人形容诗人是这个世界智慧的体悟者，也是破译了责任密码后自动跳出来的天才。他不需要解构世界，而是秉承在原有的传统中用一种更为接近的真实想法去探寻。所以他在历史的、传统的、民族的、哲学的、宗教的、认知的和人文的诗歌的观察中，调和出了一套心灵成长的完整建构。

时间，会带走形式的遗骸，唯独留下本质在等待……

原载《南腔北调》2018年第6期

---

① 满全：《史料整理、文本阐释、理论建构——巴·格日勒图的蒙古族文艺理论研究》，《内蒙古民族大学学报》（社会科学版），2014年第2期，第62页。

以水为例：试谈温古诗歌的重与深

孟凡通

我认识温古是在2018年秋，那次是我们同到北京领取第七届全国煤矿乌金文学奖，在会上见面。后来读诗选《温古诗选》时，我发现了一个漏洞：诗选第三辑起止时间分别是2000年和2014年，可前10年却不曾见一首诗。温古搪塞以“经商”二字，说其间写了不少诗，编诗选时，觉得风格多变，不满意，索性一刀斩了。从这一刀上，我看到了温古的诗人气质。他诗集中有这样的诗句“假如我的诗作全是废话，我宁愿／保持五十年的沉默，将诗坛的喧哗／置换成两耳潺潺的水声”（《在诺日朗瀑布下》），为他的“一刀斩”做了最好的注释。依我猜度，那些被一刀斩的诗，也许不是风格问题，而是心境使然。彼也一是非，此也一是非，人不知，诗自知。这一刀让我们看到一个诗人对诗的那一份尊重！

我之所以将温古关于水的诗作为关注点，缘自组诗《黄河峡谷走笔》。这是一个有难度的选题。诚如该组诗之《01.从纸上凝视黄河》所言：“我以这一脉旖旎，凝视／那无际的莽莽苍苍／无语。我不知道一个词一经出口／就会有多少块石头来印证／它的非叙述状态。”对黄河，笔者也曾欲写又罢，想来，就是害怕这“非叙述状态”吧。温古没有让我们失望。当我读到《03.读懂一朵浪》时，便击节赞叹了。这首诗写一朵“跑了一万里的浪”，“在一棵石头缝里的小草旁静下来”的回望：“那天际一路追赶而来的山峦／前仆后继，似另一种潮水／汹涌澎湃，如牛群，如雄狮／带动着雷霆，那种盲目的力量／使黄河惊愕：世界上一种／行为一经成为趋向／其可怖，是河床不可约束和控制的”。诗人于浩浩大河轻取一瓢，以小见大，四两拨千斤，在意象的砌筑中呈现出一种智性的清晰——“力量”已然“盲目”，“趋向”无疑“可怖”，唯有清晰表达才有可能换来些许清醒。这不仅是表达方法，也是思维方式，也让我乐于陪诗人走完本次黄河峡谷的行旅。

这组以黄河为主题的组诗，有21个短章，犹如多声部的交响。温古诗的大气，不是体积的表述，而是重量、骨力和风格的体现。在这条大河面前，诗人不是歌者，而是一个诚实的感受者。“那一种让你失语的壮美，使你还原为一粒尘土”（《17.大河悲壮，群山起伏》），诗人是以“一粒尘土”的姿态去感受大河的。他的诗也不必是史诗，而是诗人一己的发现，一己的表达。从创作的技术层面看，我相信，如果“一粒尘土”有足够的思想储备和创造能力，就足以让他的诗作成为大气之作。“树叶用它的舌头卷来了风／风从深远的天空搬来了云／一条路将我送到这上古的门槛上／让我遭遇万山顶礼的黄昏”（《06.崖畔伫立》）。他以哲人的睿智，讽喻着人对路的习惯性依赖，复活了我们那些早已生锈的感觉。惶惑间，我们又听到诗人的叹喟：“啊，我只能保持沉默／面对壁立的悬崖，无底的水涡／细数被伤痕磨光的卵石！”诗中充盈着复杂和怀疑的艺术知觉。这原本就是现代诗最基本的品格。

如果说《黄河峡谷走笔》是重量之作，那么诗群《河流，让万物低头》将带我们去探究诗人内心的深度。这诗群由16首短诗组成，描摹了十多条名不见经传的小河流。淖尔乌素沙滩边的小河甚至连名字都没有，“一条河开始于沙砾或石头下／结束于石头或沙砾里”。可它依然是有价值的，诗人将自己心目中最为圣洁的“诗”设为喻体，相赠予这条河，说它“像一首诗，开始于词，终止于词”。以“诗”作喻开篇，表明诗人对这些名不见经传的河流，存情极厚，用情极深。《摩天岭下邂逅一条河》是我喜欢的诗。“万物凋敝，草木枯寂，让一条隐蔽的河暴露了身份”，诗人遽然与“这贫瘠的山谷，石头丑恶”地方流经的小河邂逅。“唉！在这尘嚣滚滚的俗世／这超然物外的清流”，诗人为之不平，为之慨叹。于是，诗人给小河发出一串关于前程未卜的忠告，小河依然如故地“流过了我一行行的文字／每一个字都咬牙记住了那一刻／记住了那一刻的战栗”，诗人叹道“我的心烫伤了，被你这一句冒着泡沫的抒情诗”。这首诗意象新颖，感情复杂，寓意丰富。是对单纯的赞叹，还是对它染垢的怜悯，抑或是对廉价抒情的反讽？更或者，它原本就是多种滋味的混合、多种感情的纠结？这首诗具有复杂、纠结、多解的特质，在表达现代人面对纷纭复杂的社会生活的困惑上达到一定深度。在《宝贝河畔夜宿》中，诗人敏锐地捕捉到“睡”的意蕴，并助其成为一首寓意深刻的诗篇：“一条河在夏日的原野睡着了 / 谁来叫醒睡得更深的我”，就在他们睡着的时候，“蚂蚁王国正发生着战争”“蟋蟀们的嘶喊彻夜不停”，诗人问道：“怎样的噩梦能坚持到黎明 / 当曙光里的树枝滴着淋漓的鲜血?”用诗的利剑，向浑浑噩噩的昏睡者们包括诗人自己的昏睡刺去。这些诗写出的是那一条名叫“宝贝”的河流吗? 河固然是，可更是一个人的自省，是夫子自道，诗人自语。

其实，一首具有现代意义的现代诗，都是诗人的自我审视、自我叩问，其旨归都会导向“我是谁、我从哪里来、我往哪里去”的自我拷问。《买鱼》，堪称妙构。那条鱼在“我”手中“微微的一下颤抖后，滴出最后一滴水”——诗人目睹了这“一条河”最后干涸的情景，内心不禁升腾起一种荒诞和恐怖的感觉：“我知道，我手中握着的那条河流 / 的那朵浪，那一下心跳 / 停止了”。悲凉苍茫的气息在诗行间穿行缭绕，诗人将深深的无奈和自责嵌入了诗章，显示出一种精神的标高。诗人笔下的《昆都仑河》是一条“谁也劝阻不了”“一心决绝地向西流去，投向荒僻”的小河，在“荆棘重重的坎坷和颠沛流离”后，“杳无信息，销声匿迹”，诗结句说：“她携带着故乡的月光，何处才能安放自己的疲劳和惆怅?”诗人一反意象的常态，现身而出，诉说着一条河也是一个人的追求和境遇。我们从一个诗人所掌控的文字世界里，一定会发现他所具有的心性和抱负。无论黄河峡谷的走笔，还是无名小河的徜徉，无论是“重”的发现，还是对“深”的挖掘，我们都看到温古那一颗焦灼的心的搏动。“重”与“深”让温古的诗有了一种可贵的品质。

我选择两组诗并就其两种品质进行评说，显然会形成遗漏和粗疏。好在温古的诗自在那里无恙，人们自会赏其景深。

原载《延河》上半月刊 2022 年第 1 期

文化认同与韩静慧少数民族儿童文学空间形式的演变

齐童巍

韩静慧是21世纪以来具有广泛影响力的蒙古族作家，也是21世纪少数民族儿童文学的代表性作家之一。纵观韩静慧的少数民族儿童文学创作，空间形式的演变是形成其创作特征的重要因素。随着文学话语空间从校园走向草原，叙事空间的文字呈现方式、空间结构、空间意涵也发生了变化，文字走向更加广阔、深厚的文化认同。这一过程是21世纪少数民族儿童文学发展的缩影，也为我们探寻中国少数民族儿童文学内在发展逻辑和发展方向提供了着力点。

一　“共名”认同与现实空间的建设

20世纪90年代是韩静慧创作的早期阶段。这一阶段，无论是话语空间的呈现方式和结构，还是话语空间依托的主题观念，都处于社会主义现实主义文学的“共名”之中。

陈思和在统观20世纪中国文学的基础上，于20世纪90年代提出了“共名”与“无名”这对概念。在陈思和看来：“当时代含有重大而统一的主题时，知识分子思考问题和探索问题的材料都来自时代的主题，个人的独立性被掩盖在时代主题之下。我们不妨把这样的状态称作为‘共名’，而这种状态下的文化工作和文学创造都成了‘共名’的派生。”[①]陈思和提出的“共名”概念，很符合韩静慧早期的儿童文学创作。在《沙魂》《危险的较量》《夕子山怪密》等中短篇儿童小说中，我们能清晰地辨识出小说所表现的社会主义现实主义的共名主题，如民族团结、甘于奉献、遵纪守法等。作为对这些共名主题的呼应，小说中的现实空间，如学校、山峦、草原等，就成为这些共名主题情节化、具体化的空间落脚点，成为小说中社会建设展开的现实场所。吉登斯认为，“极盛现代性所引入的时空疏离程度是如此深远，以至于‘自我’和‘社会’在人类历史中首次于全球化大背景下实现相互联结”[②]。我们需要看到，少数民族儿童文学中的共名、无名现象，以及作品的文化意识和空间形式，都“坐落”在现代性的脉络之中。

中篇小说《沙魂》发表于对新时期儿童文学发展产生过重要影响的《巨人》杂志，以较长的篇幅从容、完整地体现出韩静慧早期创作的特色。小说的情节围绕一个因风大而尚未通电的乡村学校及其附近的草原上展开。当下的情节——陈格老师生命最后的岁月里与少年巴雅尔等学生的相处——以及陈格在过往的岁月里在这片土地上所经受的考验，在巴雅尔等人的视角中，在师生共处的乡村校园中，最终交汇，并感动我们。

历史和现实中残酷的事实、浓烈的情感，在少年人物的目光和心绪中被过滤了。作家用少年人物及少年读者能够理解和接受的方式，将学校及其附近的这片土地上，曾经发生和正在发生的事情呈现出来。不合群的少年巴雅尔，一次次试图融入同学们中间，效果却不理想。在陈格老师的点拨后，他主动地为寝室同学服务，为同学准备美食，与同学交流，打破了寝室同学对他的畏惧心理，消融了与寝室同学之间的隔阂。挨罚的巴雅尔发现，陈格老师每天一大早出门捡粪当燃料，显然并不是为了装腔作势地给学生树立榜样，而是多年如一日的行为，是为了在恶劣的天气下维持同学们的生活所需。师生在菜地劳动时，身患癌症的陈格老师为了不耽误倾慕自己的萨日娜，有意拒绝萨日娜好意的动作，也被少年人物懵懂地觉察到了。巴雅尔在逐渐熟悉、理解乡村学校这一日常空间的过程中，对陈格老师、对自己生活里行为处事的方式，有了深切的体会。

当情节向着“上山下乡”的过往历史追溯，这座乡村学校及附近土地带给小说

---

① 陈思和：《共名和无名：百年中国文学发展管窥》，《上海文学》，1996年第10期。

② ［英］安东尼·吉登斯：《现代性与自我认同：晚期现代中的自我与社会》，夏璐译，中国人民大学出版社，2016年版，第29页。

人物及读者的是更为艰涩、痛苦的情感。少年巴雅尔最终了解到，原来父亲曾参与迫害陈格老师。乡村学校旁边那座坟里埋葬的，正是因陈格老师入狱而自杀的他的爱人。小说人物历史和现实中的遭遇，在这一方水土之上缠绕起来，并最终得到情感的升华。

美国叙事学研究者费伦和拉比诺维奇认为，在叙事中，“场景和人物，有着三种构成要素：综合、模仿和主题”。综合功能是基础性的，“有些场景本身可以激发或者改变叙事的方向”；主题功能更加深层次，“可以通过探索文本某一特殊机制中承担某种传统身份的场景的主题功能，而了解到许多文化知识”[①]。显然，在小说《沙魂》中，乡村学校恶劣的自然环境，划定了“叙事的方向”。出于对教师这一职业的信仰，陈格老师选择将自身令人悲恸的遭遇埋在心底，将建设现实社会的豪情化成了在乡村学校的长期坚守。乡村学校及附近的这一片土地，因此也就具有了现实的“主题功能”，成为陈格这位终生践行对爱人、对教育的诺言的老师的“纪念碑”。

二　家族认同与历史空间的回溯

在陈思和看来，与“共名”的文学状态相对的是“无名”的文学状态，即“当时代进入比较稳定、开放、多元的社会时期，人们的精神生活日益丰富，那种重大而统一的时代主题往往拢不住民族的精神走向。于是价值多元、共生共存的状态就会出现”[②]。“共名”与“无名”的分野，我们在社会主义现实主义与新现实主义、新历史主义的对比中能够感知到，在新潮儿童文学探索中也能够看到。当生活走向富裕，越来越多原本在生存线上挣扎时无暇顾及的生活面向，开始在人的精神世界里占据更多位置，这些思虑也开始出现在儿童文学之中，儿童文学因此进入不易归纳的“无名”状态。

21世纪以来，韩静慧的少数民族儿童文学作品，具有了更明显的“无名”特

① ［美］戴维·赫尔曼，詹姆斯·费伦等：《叙事理论：核心概念与批评性辨析》，谭君强等译，北京师范大学出版社，2016年版，第85—87页。

② 陈思和：《共名和无名：百年中国文学发展管窥》，《上海文学》，1996年第10期。

征。其作品内部开始出现更多方向的心理“运动”。我们大致可以在两个方向上看到这样的“轨迹”。一个方向是，潜藏于心底的家族历史，历经岁月的洗礼开始“发酵”，“拽着”人去“咀嚼”、体会家族的过往历史，存留一番滋味在心头。另一个方向是，祖祖辈辈生活的这片故土，在现代社会的浪潮下，面临着新的巨大挑战。这片故土虽然辽远，却也无可避免地被现代浪潮裹挟而去。作家在这两个方向上不断地走向历史与未来，也就是在走向民族心灵的更深处。其笔下的草原空间逐渐从与明确的精神相对应的现实场所，变为众人日常目光中丰富、多意的传统的对应物，变成面临现代城市化挑战的故土空间。当然，我们也需要看到，韩静慧这一阶段作品中的思想不是凭空出现的，在前一阶段的创作中，关于草原、关于家族血脉的思考，已经暗含其中。只不过作为细节，尚不足以成为充分、完全地引起人内心困惑的整体的主题因素。

韩静慧21世纪以来的创作中，抗战题材短篇小说《额吉和罂粟花》《姥爷的非主动抗战》《吉雅一家和欢喜佛》等，构成了家族叙事世界。抗战应该是近代以来内蒙古草原经历的最残酷的战争之一。韩静慧的家族叙事小说中，空间的丰富性和多意性，几乎都与家族的抗战记忆有关。王冰冰认为，“面对民族国家话语与意识形态的主导叙事”，“乌兰与韩静慧的作品显现出具有鲜明女性意识的抵抗、疏离与解构”①。在韩静慧的小说中，这种“女性意识的抵抗、疏离与解构”，主要体现为小说中的女性人物在面对历史中的强势力量时的态度。她们会犹豫，会迟疑，进而去获得一种更加确定的意义。因为小说人物身处情节之中，如同日常生活中的人一样，无法了解空间中角力各方的全貌，无法预知历史的走向。因此，小说中的人物的言行，就会体现为对自己言行的影响的探寻。这种探寻或这种意识本身，是深深地嵌入大地的，却仍然呈现出历史的必然走向。

《额吉和罂粟花》中，这种态度表现得最为明显。额吉被陌生人绑走，她并不知道等待自己的是什么命运，因为她的丈夫就被绑走而消失了。在蒙着眼睛的情况下，额吉被带到了目的地——原来，日本军官想为自己和自己的女人找一个厨师，额吉是他们的人选。额吉做的饭菜非常符合军官和军官的女人的口味，因此就获得了进出厨房小院的自由。这种自由，也在额吉的试探中被逐渐地放大。她好奇地在大片罂粟地里转悠，品尝罂粟花的果实，收留迷路的野鸭，接纳中了枪即将生孩子

① 王冰冰：《跨民族视域中的性别书写与身份建构——新时期以来少数民族女性创作研究》，浙江工商大学出版社，2015年版，第48页。

的女人，收养女婴。额吉出于好奇探索着原野上的罂粟，出于同情养野鸭，出于女性的怜悯去救逃离日本军官的女人，出于母性拯救孩子，甚至不惜下跪，谎称是自己生的孩子。正如上文提到的费伦和拉比诺维奇的观点，“有些场景本身可以激发或者改变叙事的方向”。额吉居住的小院，因她的言行而成为一个极具包容性的场所，这种包容性影响到了情节的走向。

在厨房小院这个空间中，忠与奸、好与坏，既清晰又模糊。清晰，是因为额吉面对侵略者，感到恐惧，心里充满仇恨和厌恶；模糊，是因为额吉总是按照自己的直观感受做日常的事情。在日本军官的菜里放罂粟果实，并不是想谋杀军官，而是为了消除疲劳，额吉也用罂粟果实煮汤给自己和婴儿喝。额吉知道婴儿的父亲是日本军官，却担心婴儿被军官杀掉，而将婴儿藏匿在自己身边。军官身边的中国翻译官，知晓了额吉养鸭、收留婴儿的举动，却有意隐瞒。所有这些错综复杂甚而有些自相矛盾的因素，在额吉的小院里共存。直到额吉带着婴儿逃跑时，慌乱间被日本军官发现了煮汤时放置的罂粟果实，从而被腰斩，厨房小院中的包容性，仍然以另一种方式得到延续。额吉告诉自己的丈夫婴儿的方位，这个婴儿最终成为这个家族的一分子。额吉厨房小院的包容性，最终被这片广阔的土地所接纳，融入了家族的血脉。

刘大先认为，少数民族文学中“本地居民对于本地的叙述原本有自己的完整的一套系统，当这套系统在去区域化过程中被摧毁之后，在重新安排的秩序中重新书写时，其语法尽管不是完全但很大程度上被强势的知识话语先定了。在地理的现代性断裂之后，文学的书写起到了心理弥合的作用”[①]。韩静慧对家族历史的书写，对作家及自己家族和民族的同胞而言，同样能起到“心理弥合的作用”。当不再以统一的模式去描述战争中个体的行为，那么，以家族前辈的身份重新追述战争中个体的举动，就为少数民族儿童文学注入了来自广阔土地的、不断被精神反刍的、打破既定话语的家族认同意识。

在长篇小说《锔盆女孩》中，韩静慧将对自我家族的关注，拓展为对民族历史的溯源。王柯认为，“‘中国’的多民族性质和‘华夏’的多民族来源带来了将多民族共存作为前提的‘天下思想’，‘天下’本来指的就是中国多民族共存的‘天下’”[②]。

① 刘大先：《中国少数族裔文学的空间话语》，《民族文学研究》，2011年第04期。

② 王柯：《民族与国家：中国多民族统一国家思想的系谱》，中国社会科学出版社，2001年版，第55页。

如何在多民族共存的被命名为“天下”的文明共同体的历史视野中，在元代这个具体的时间段，为中华民族的精神作画，是这部小说所考虑的。这也将韩静慧的少数民族儿童文学创作置于一个更加宏阔的历史空间视野之中。小说中，最终学会了锔盆技术的女孩吉儿是汉人，却在她的家乡鲁王城和元大都，都结识了蒙古朋友。在鲁王城，吉儿与男孩宝力德成为朋友是由于血脉的关系——吉儿的母亲是宝力德的奶妈。在大都，蒙古贵族女孩萨娜对吉儿的态度，从最初偶遇时的恶劣，逐渐变成欣赏。来自草原的吉儿，给萨娜，给在大都相遇的人，带来了新的内容。大都这座鲜有文学作品表现的都城，也因为小说中一个个熟悉地名的陌生场景，因为吉儿的故事，而在我们的眼前变得鲜活起来，也在女儿吉儿的命运中，汇聚入中华民族的文明共同体之中。

吉登斯指出，现代性范畴内的“日常意识以一种对远距离事件的察觉而被组织起来”[①]。韩静慧少数民族儿童文学作品的这些无名想象中，空间的书写最终是在时间，比如民族历史、家族历史和个人成长史中得以完成的。龙迪勇认为，“叙事作品的‘空间形式’正是在时间或时间链条的基础上建构而成的”[②]。可以说，民族历史、家族历史和个人成长史等，为小说话语空间提供了展开的可能。而小说的话语空间，也因为与时间的关系，而包含了更复杂的文学空间形式，如韩静慧家族叙事小说那极具象征意味的绵延的草原，以及《锔盆女孩》中用文字复原的大都和鲁王城，塑造的民族传统。

三　故土认同与现代空间的变革

生活方式的急遽变化，将各个地方的人们都裹挟其中。从韩静慧的少数民族儿童文学创作中，我们能够越来越明显地感觉到，现代元素正在越来越逼近这片故土空间，并以咄咄逼人的方式，催促着祖祖辈辈生活在这里的人们，改变原有的生活方式，甚至彻底离开这片土地。

---

① ［英］安东尼·吉登斯：《现代性与自我认同：晚期现代中的自我与社会》，夏璐译，中国人民大学出版社，2016年版，第25页。

② 龙迪勇：《空间叙事学》，生活·读书·新知三联书店，2015年版，第165页。

短篇小说《月亮湖边的鸽子花》《额吉的荞麦地》里，故土上的人们都面临着离开草原的难题。对于年轻一代来说，这种空间的置换未尝不是一种期待已久的变化，可以顺理成章地逃离“面朝黄土背朝天的牧羊种地生活”，无障碍地融入城市生活。但是，在另一些小说人物身上，空间的变革却引发了人物心中的故土认同感的危机。《月亮湖边的鸽子花》中，搬迁引发了成年人之间的纠纷，导致了人的死亡。《额吉的荞麦地》里，额吉不愿意离开故土，长时间地待在荞麦地里，生病了也不愿意就医，最终在搬家前夕老死在荞麦地里。现代空间的变革，并不能完全解决人情感上的需要，在现代与人的心灵之间形成了耐人寻味的张力。虽然，像额吉这样宁愿用生命的终结来拒绝城市生活的人是少数，但是，重回故土看到原本欣欣向荣的土地被荒废、闲置时，心里的失落感，在小说中却是更普遍而真实地存在的。

荷兰叙事学研究学者巴尔认为，“内部与外部空间都起到一种框架作用。它们的对立赋予双方各自以意义”，“确定这一框架的界限可以赋予很强的意义性质”①。在韩静慧的这些作品中，城市对草原的诱惑，正在成为一种重要的空间框架。生活在草原上的成人与儿童，在这一空间框架中，无从逃避城市化的诱惑，历经经济和生活的考量，寻找着未来的生活出路。

长篇小说《赛罕萨尔河边的女孩》同样是写在草原和城市关系这一框架中，如何寻找人生的方向问题。男孩嘎鲁高中毕业后，拒绝继承家里擀毡子的手艺，去了城里打工。妹妹宝迪热爱擀毡子手艺，却因为是女孩，继承家族手艺面临重重阻碍。在学习擀毡子的过程中，宝迪意识到：原来，擀毡子这门家传手艺的养羊、剪羊毛、抽羊毛、洗羊毛、弹羊毛、擀毡子等每一个环节，都体现了道德的坚守；原来，阿爸是怕宝迪将来生活太辛苦，不想让她学这门手艺。宝迪的加入，从内部改变了这门家传手艺的面貌，为其注入了文艺气息，用新的审美习惯改变了毡子的尺寸。外部环境中的深刻的信息化变革，更是彻底改变了这里的生活，改变了毡子的销路。网络让草原和城市之间的距离消失，手工毡子制品热销。小说结尾，文字时尚化了，草原和城市关系悄然改变了，故土的存在形态也悄然变化。故土空间的文学形式和认同意识，发生了双重演变。

王轻鸿认为，“民族文学研究的对大多数读者而言是相对陌生的物象和事象，

---

① ［荷］米克·巴尔：《叙述学：叙事理论导论（第三版）》，谭君强译，北京师范大学出版社，2015年版，第129页。

很容易形成与现实的距离，从而形成对于现实生活的超越”[①]。民族文学对故土认同与现代空间变革的冲突的书写，同样具有这样的意义。比如在广袤的草原上，无论是搬迁还是就地信息化，现代空间变革的形态与别的地方是有所不同的，而不同地域的人们在现代空间变革中面临的问题却又是相通的。用文学的方式去思考草原上故土认同意识与现代空间变革的关系，去描摹可能的未来，则更具有独特的超越意义，能启发我们关于人与自然、人与故土、人与自我之间的空间关系的思考。

四 结语

每一个时代都有自己的童年想象。李利芳认为，“童年想象与民族国家想象的关联属于‘现代性’命题，儿童文学在这种同构想象中的巨大作用，从一开始就使它不止作为一个文学问题而呈现的。它所延伸的广博的社会学内涵，是今天学界开掘‘儿童与现代中国’问题研究的重要视点”[②]。作为一种现代性的书写，韩静慧少数民族儿童文学空间形式的演变，让我们看到20世纪90年代以来中国文学中童年想象方式的更迭，以及童年与自我、与家族、与民族的复杂关联。张锦贻指出，“儿童文学的民族特点与地域特色、时代特征相辉映、相融合，三者不可分离，相得益彰”[③]。我们也期待着“民族特点与地域特色、时代特征”能在少数民族儿童文学中，继续交汇出关于生存空间、关于文化认同意识的更多文学书写，用无可替代的文学“画卷”见证中华民族精神史，为读者提供独特的精神滋养。

原载《教育研究与评论》2021年第12期

---

① 王轻鸿：《民族文学批评的人类学范式》，《民族文学研究》，2007年第3期。
② 李利芳：《中国发生期儿童文学理论本土化进程研究》，中国社会科学出版社，2007年版，第75页。
③ 张锦贻：《中国少数民族儿童文学》，内蒙古人民出版社，2018年版，第9页。

人间万物生

——记“文学的力量·苏莉创作分享会”

周　静

从通辽出发，穿过内蒙古高原的天空、云朵和降落的雨水，5月22日下午，苏莉出现在呼和浩特青城阅立方，赶赴迄今为止在她生命中最为重要的一场创作分享会。

这是她人生中的高光时刻。内蒙古文联主办，内蒙古评论家协会、《草原》杂志、内蒙古作家协会联合承办的“文学的力量·苏莉创作分享会”，集结成内蒙古文坛最闪亮的舞台，只为让一个人发光。

这样的高规格礼遇，在内蒙古诸多作家之中，实属罕见。

当天，内蒙古文联党组书记冀晓青来了；内蒙古文联副主席包银山、内蒙古社科院副院长毅松、内蒙古文联秘书长聂显辉来了；与她相识20多年并有恩情的内蒙古文联原副主席哈斯乌拉来了，她的好姐妹内蒙古电视艺术家协会副主席杜梅来了，她的良师益友内蒙古作家协会秘书长赵富荣来了，“娘家人”通辽市妇联主席包兰芳、通辽市文联主席苏日塔拉图也来了……

阅立方早已准备就绪，前来参加分享会的读者在安静地等待。长长的大屏幕上播放着纪录片：苏莉穿着厚厚的棉衣，搀扶着重病的丈夫，深一脚浅一脚走在通辽深秋的街道上。

在《草原》杂志主编阿霞的主持下，苏莉创作分享会拉开帷幕。30多年前，她从莫力达瓦出发，从呼伦贝尔到科尔沁草原，从《旧屋》《天使降落的夏天》《仲夏夜之温凉时分》到《万物的样子》，写下了诸多广受读者喜爱的文字。如今的她，在经历生活的艰难和疼痛之后，心境更加通透宽阔，文字更加朴素从容。

这位19岁即在文坛惊艳亮相，从远天远地的莫力达瓦走来的女作家，多年后在这里恬淡地微笑着。现场气氛仿若静水，每一条波纹都回漾着她对文学的热爱，对生命的珍视，对万物的感恩。

一　日子就这样过下来

我走了那么多的路，却只留下这一点文字。因为这些路途存在我的生命里，总想破土而出……

——苏莉《那些旅行》

上世纪八九十年代，达斡尔族自治旗尼尔基小镇上有一个院子，绕过几排房子，便是嫩江漫漫的草滩。院子里住着一对年轻的姐妹，姐姐已经结婚，有一个漂亮的小女儿，妹妹待字闺中，独自一人在那间有扇南窗的小屋里读书写作，长时间陷入莫名的怅惘。

1987年自治区成立40周年之际，《上海文学》《青年文学》等多位知名报刊的编辑来到阿里河，召开鄂伦春、达斡尔、鄂温克“三少民族笔会”。苏莉以帮助二姐照顾孩子的保姆身份随同参加，没想到，她的短篇小说《红鸟》成为那次笔会上唯一一篇被选中的稿子。

接下来，她就读南京大学作家班。1991年毕业，上行穿过整个北中国，再次回到偏僻的小镇。她的散文代表作《旧屋》就是写于此时。

1992年，著名作家冯苓植夜读呼伦贝尔《骏马》杂志，散文《旧屋》令他眼前一亮，激动之余，他凌晨4点披衣给当时的《骏马》杂志主编刘迁写信：“我隐隐感到，呼伦贝尔将会崛起一个别有风骚的作家群!”

那时冯苓植还不知道苏莉是谁，但是《旧屋》中所传达出来的独特魅力强烈地震撼了他。他看到了真正从骨头缝儿里渗透出来的民族素质。然而，苏莉仍在闭塞的莫力达瓦深陷苦闷，对这一切一无所知。直到后来，《旧屋》逐渐发酵，被越来越多的人喜爱，苏莉开悟，从此只写莫旗，只写达斡尔，把创作回归到了自己的民族里。

山西编辑、作家祝大同看到苏莉写的文章，非常惊诧。“满纸散漫而绵密的感受，被她用一种不经意的方式写出来，其中洋溢的天分被我的同事们赞叹。我想她应该有一个好的文学前程，因为她敏感聪慧还富有表现力。”

那时的苏莉细弱，敏感，爱哭，常常忧伤。她写得也不多，每年大概五六篇，在缓慢的写作中寻找自我。《草原》杂志的编辑杨瑛在《美文》看到了苏莉的文章《早春纪事》，非常震惊，她觉得看到了一个特别孤独的人，“她内心的伤痕就像她描写的河水一样，一波一波地动着，一直动到我的心里面”。

生活始终向前。1994年，在《草原》杂志于准格尔旗举行的笔会上，苏莉结识了她的终身伴侣，同样也是作家的金智为。金智为生性豁达，博览群书，才华横溢，妙语连珠。有了金智为的知心陪伴，苏莉脸上的笑容渐渐多了起来。1995年，两人结婚，来到通辽定居。

初到通辽，他们过得很苦。工作迟迟调不过来，房子没着落，生活一团糟。在那段艰辛的日子，一些异地的作家、朋友给了他们无私的帮助，令她至今感恩。日子稍好，他们又经历了一个又一个的磨难。

苏莉殚精竭虑，勤俭持家。她辞掉保姆，自己带孩子做家务，用旧毛线给女儿打毛衣毛裤，用旧棉衣给女儿改小背心，攒纸盒卖废品，听说哪里有特价商品就奋不顾身地冲上去，时常坦然地穿着19.9或29.9元的服装去参加各种会议……

在这样一地鸡毛的生活中，苏莉努力学着做一个宽厚的女人。在干活的间隙，在失眠的空当，她坚持着要写点什么。对苏莉而言，写作一直都是她舒缓压力的最佳方式，是她安放心灵的家园，而不是为了要证明自己的价值和才能。

然而，跌到了一个谷底还有一个谷底。在孩子稍稍长大，搬进新楼房，苏莉终于觉得可以透口气时，2012年，大难来临，丈夫患上罕见的严重病症。苏莉带着孩子在北京与通辽之间数度奔走，扛着巨大压力孤军奋战，无数次深夜痛哭，为救回丈夫的命几乎舍弃了一切。那段时间，史铁生的《我与地坛》给了他们极大的抚慰。

在经历了三次病危后，他们接受了透析的治疗方式，金智为的身体得以舒缓。而苏莉此刻，也已是经磨历劫，百炼成钢。那个曾经爱哭的忧郁少女，成为家庭的中流砥柱。

在火热的尘世中翻滚，命运的严厉考验排队而来。“由谁去充任那些苦难的角色？又由谁去体现这世间的幸福、骄傲和快乐？就命运而言，休论公道。”

苏莉明白了，自己是被选中的，充任那承担苦难的角色。她乖顺地接受着这一切，把它看成是努力得到救赎的机会。于是，一种深刻的变化降临了，虽然她历尽苦辛，却越来越宽厚平和，温柔沉静，积极并充满力量。

即便戴着镣铐，也要为生命起舞……

二　寻找生命的根

> 莫力达瓦，我将在这个名上建造我永远的家，院子里要栽满果树和鲜花，在春天，会有芬芳的气味儿引来蜜蜂。在莫力达瓦。
>
> ——苏莉《旧屋》

在苏莉的作品中，关于故乡莫力达瓦的叙述是永恒的主题。远离故乡，很多东西反而清晰起来，少年时候迫不及待想要摆脱的，如今倍感亲切与怀想。苦涩的柳蒿芽儿，喷香的苏子饼，还有高大的山丁子树，都化成绵密无尽的思念，流淌在她的笔端与心底。

分享会上，十几位内蒙古著名的作家、评论家们分别从文学创作、作家的社会责任与文化担当等不同角度对苏莉的文学创作进行深入分析与评价，让读者在了解、熟悉苏莉文学创作的同时，感受到自治区民族文学的独特魅力。

“读她写油滋拉的散文，你能听到嗞啦一声，听出富足，听出香味来。”内蒙古作家协会秘书长赵富荣表示，苏莉的散文从外在看，写出了俗常生活的唯美，而内在则涌动着一种生生不息的力量。她写出了文学的陌生感，在文字中传承民族记忆，是对中国主流文化的一种补充或滋养，是文明与文化的结晶。

达斡尔族是没有文字的，只有语言。他们的祖先在传说中把装有文字的铁箱丢在了湖底之后，就靠一代代人的口口相传和血液中那神秘的生命密码，把民族延续到了今天。

苏莉4岁之前能说流利的达斡尔语，可是在奶奶离开一段时间后，她再也不能用达斡尔语来自由交流了。直到奶奶死了，妈妈死了，最后酗酒一生的父亲也死了。家里不再有达斡尔语的声音，没有了达斡尔语的幽默，也没有了达斡尔语的忧愁和达斡尔语的智慧，就连达斡尔人一贯所保持的生活方式也被后天所接受的各种影响冲淡，从而变得模棱两可，面目可疑。

“突然有一天，达斡尔的血液在我的身心异常强烈地勃动和活跃起来，它贮藏着这个民族所有的生命秘密，我被这生命中种种的奇迹和种种不知源自何处的呼喊唤醒，它是那么陌生而又强大，它使我突然意识到自己是这样地与众不同，与任何一个群体都无法真正地相融在一起。我的心灵几近无所依傍。”

刻在骨子里的民族记忆苏醒了，苏莉想用文字牢牢地把自己镶嵌进族群的历史。可是她又像迷失的孩子，到哪里去寻找呢？她的心中常常涌起创痛之感，因为没有文字，祖先的生命之火燃尽，就永远地堕入了无边无际的虚无之中，就像从来没有存在过。这令她阵痛而战栗。

“把祖先扛在肩膀上在走路。”因《万物的样子》中诸多生活的气息，如土豆的样子、火车的样子、面粉的样子……许多人都叫苏莉“烟火作家”。但诗人、评论家、内蒙古民族大学副教授刘永认为这并不准确，这是苏莉对民族文化的一种深层次的表达，所以更加动人，也更有价值。她通过对万物的感受，对民族文化的不断探寻，用文字融历史、文化与个体生命于一体，建造着“莫力达瓦”。她不仅是为本民族唤醒族群的记忆，或是文化的保存，更为我们现代人提供了一个精神家园。

“我窥见了我的民族正在发生质变的一瞬。”《岁末故乡行》一文中，苏莉的一声感喟发自心底。被同样是达斡尔族作家的孟晖看到。她的一切“原乡”经验都正在迅速成为记忆，她们也许写得不如略萨们华丽，但却可能在时间中被证实更加具有价值。

三　经由万物回到自己

原来陷入凡尘并非是件糟糕的事情，原来此生的种种遭际其实是在把我拉向它们，和它们肌肤相亲，与我共生互惠。

——苏莉《万物的样子》

苏莉备受好评的两部代表作，当数《旧屋》和《万物的样子》。后者是草原文学重点扶持工程出版的作品之一，由自治区党委宣传部牵头、宣传部出资，内蒙古文联和作家协会实施。从2011年至今，自治区入选作品115部，整体上推进了草原文学的创作，也提升了草原文学在全国的影响力。苏莉这本书是已出版的50部书中卖得最好的之一。

自治区草原英才人选、通辽市实验小学副校长佐晓梅在这次分享会上与读者分享了几个数字。近两年，苏莉作品在通辽召开了12次作品分享会，读者达到2万人，新书签售会上，曾创下单个读者购买56本的纪录。通辽亲子阅读群、智慧爸妈群110名成员用61天的时间，接龙朗诵完了《万物的样子》。这几组数字，表达了通辽读者对苏莉作品的喜爱，对作家的热爱。

2016年以后，因为逐渐接受了透析作为生活的常态，生活趋于平静。遭受重创之后，筋疲力尽的苏莉尽可能地调适着自己生活的方向和勇气，看着茁壮生长的花花草草，她像是得到了启示。忽然间，她发现了万物的样子，那么真切，那些凡尘琐事原来在她眼中平淡无奇，但此时熠熠生辉，生机勃勃，一切都不同了！

她越来越喜欢这种脚踏大地的生活，更加向往与这种强大的隐秘力量融为一体。因为窥见了生死，她的笔下又有了与往日的不同，满注着她对世间万物最深沉的爱。

内蒙古大学教授鄢冬评论："苏莉用自言自语的方式建立起自我的形象，然后开始出发寻找世界，寻找自然，寻找万物，最后回到自我。那么她在这个过程中完成了什么？完成的是对自我的拯救。"

在苏莉的同乡好姐妹杜梅看来，从年轻时哭哭啼啼，到现在乐观豁达、阳光明媚，如今的苏莉已经活成了另外一种样子。"她的作品依然让我感到惊讶。习总书记说，好的作品是什么？是蓝天下的阳光，春天里的清风，能启迪我们的思想，温润我们的心灵，陶冶人生。习总书记还说文艺工作者要培根铸魂，引领风尚。苏莉这些年默默无闻做的这些事情，就是文学的力量。文学的力量，终究是作家内心的力量，人格的力量。"

这几年，在通辽市妇联的支持下，苏莉家庭被评选为通辽市"最美家庭"、全国"最美家庭"。她本人成为自治区妇女第11次代表大会代表、通辽市妇联执委。在市妇联主席包兰芳的倡议组织下，成立通辽女作家阅读沙龙，苏莉担任群主，把通辽地区热爱写作的姐妹们聚在一起，读书、采风、点映……还办起了"素手春秋”女子文学公众号，影响越来越大。在苏莉的带动下，通辽地区女子文学蒸蒸日上，由她发现和力推的草根女作家们，如曾烟、王玉玲、文润等，已从农家女成长为真正的作家，并进入开鲁文联工作。

正如内蒙古民族大学文学院院长郝青云所说的那样：“让大家不再沉浸在苦难的生活当中，她有这样一种美好的期待和向往。她提高了自己生活的站位，同时也唤醒了很多爱好文学的人。我想一个作家，该如何去实现作品社会价值的最大化，唤醒人们去思考，苏莉功不可没。”

文学有用吗？对生活的哪些方面有用呢？好像对哪些方面都有用。文学是灯，或者它的光亮并不耀眼，但即使灯光如豆，亦能照亮人心，它就永远具有不朽的价值。

饱受磨难之后，苏莉的生活反而呈现出热气腾腾的景象，她的精神世界更加静美。文学源自生活，然后反过来在一地荆棘的日常中，反哺生命，这就是文学的力量。它可以穿透纸背抵达人心，可以唤醒记忆叩问灵魂。

苏莉利用30多年的光阴，用文字的星光治愈生命的黯淡与疼痛。她顺从生命的本相，深深地向大地扎下根去，学会从万物中汲取生长的力量，也找到启发别人的力量，这种力量，让她超脱了苦难，从而凌驾于命运之上。

草原深处的呼吸，静静流淌的嫩江水，绵延无际的大兴安岭，她并不特意强调这些。但在每个字里我们都能感受到生命的和谐律动，万物在其中生长……

原载于公众号“素手春秋”2020年5月28日

文脉大地新风景

任志鸿

开鲁，是内蒙古通辽市一个有着百余年建县史、人口不过40万的县城。虽是农业大县，却文脉昌盛，文化名人辈出，是“全国群众文化先进县”，是人民音乐家、《大刀进行曲》创作者麦新血染北疆的英雄之地。开鲁人民世代耕耘，积累了丰富的耕作经验，形成了以移民文化、农耕文化和红色文化为主体的多元文化氛围。党的十八大以来，在县委的领导下，全县广大文艺工作者坚持与时代同步伐，与党同心同德、与人民同向同行，围绕中心、服务大局，真情倾听时代发展的铿锵足音，生动讴歌改革创新的火热实践，在文学创作、文学活动、文学惠民等方面作出了积极贡献，呈现出百花齐放、生机勃勃的繁荣景象。

自2019年起，连续三年有开鲁作家加入中国作家协会，新会员名单依次是方纲、燕南飞、曾烟。而近十年以来，内蒙古作家协会每年都有开鲁县中青年作家入会。《诗刊》《星星》《作品》《滇池》《草原》等国内知名文学期刊也常有开鲁作家作品亮相，“阿来诗歌奖”“天津诗歌奖”“内蒙古首届农牧民诗歌大赛一等奖”“科尔沁政府文化奖”的桂冠也被开鲁诗人捧回来。这些文学硕果归根开鲁，是偶然还是必然？

百花齐放，创作呈喜人之势

刚刚过去的2021年，可以说是开鲁县文学创作氛围更加浓厚的一年，由以前分散式的各自为战，到现在更加团结，老中青三代作家，借助各种活动、沙龙、雅集，创造各种机会相互交流，非常可喜。在这一年，老作家笔耕不辍敢于突破自我，创作出来的作品让人耳目一新；中青年作家不甘人后奋勇直前，频频在国内各大报刊亮相，有的被重点推出，有的大篇幅的文字被重点文学杂志刊载，更让人感到振奋的是，有的青年作家敢为人先，出手就登上了大报大刊，很有点百花齐放的阵势。

老作家方纲先生在2021年对自己的作品做了很大的探索，敢于否定自己，也敢于放开文字的束缚，《大河，注入莽原》（组章）刊发于《散文诗》2021年第5期上半月“交叉地带”重点栏目，这是对他探索的肯定，也给年轻人带来了思索。方纲的散文诗大气、有深度，语言筋道耐读，不同于小我式的叙述。由此，《散文诗世界》2021年第8期又推出了他的散文诗组章《剃度》。另外，《草原》2021年第7期还刊发了他的纪实散文《草原，记忆麦新》，抒发了对革命烈士深沉的怀念。

曾烟在2021年加入了中国作家协会，这是开鲁文学的重要收获。她在搜集整理创作“开鲁地名故事”系列文章，是个大工程，也是很有价值的探索。她的散文《有水井的村庄》发表于《散文百家》2021年第10期，诗歌《一个唱呼麦的人》发表在《星星》2021年第11期，《在雨水稀疏处，填上细语》（组诗）发表在《百柳》2021年第2期，散文《原地等候》发表于《科尔沁文学》2021年第8期，另有数十件作品刊发于区内外报刊上。

文润的27万字长篇小说《神树街》几易其稿，已经与内蒙古文化出版社签约，将于近期出版。小说描述的是自上个世纪90年代以来，发生在开鲁县农村的一些民情俗事。通过对神树村发生的挖宝、争地等事件的描述，展现了古朴传统的小村庄，在改革开放的大背景下，悄然发生的一些变化。散文《二月二》刊发于《内蒙古日报》3月20日“北国风光”副刊，小说《遇》刊于《科尔沁文学》第1期，小说《野狼》刊于《科尔沁文学》第4期。

王玉玲的创作很有进步，她进修于内蒙古大学文研班，让她有了更多思索和感悟。《散文诗》2021年第6期刊发的《在时间深处》（组诗），是她对生活和生命记忆碎片的缝补。《散文诗世界》2021年第6期发表《万物回归大地》（组章），《天津诗人》春季卷刊发《互不应答》（外两首），《内蒙古日报》1月21日刊发《每一棵草木都抱团生长》（组诗），更多报刊的认可，见证了她的努力。

燕南飞的创作依旧保持着迅猛的势头，2021年，他的诗歌被数十家报刊推出，其中，《散文诗》第7期青年版头题推出了他的《一枕江山》（组章）和创作手记，影响很大。《草原》2021年第11期刊发《奔腾之爱》（组诗），《延河》2021年第7期刊发《蒙古马传奇》（组诗），《延河诗专号》2021年第2期刊发《蒙古马诗篇》（组诗），《中国诗人》2021年第3期刊发《草原行者》（组诗），他的蒙古马系列组诗被相继推出，证明他的创作已经日渐成熟。《星星·散文诗》《鄂尔多斯》《牡丹》《大观·东京文学》《江河文学》《躬耕》等数十家报刊相继选发其作品，表明他的创作还在上升期，但建议他应该把脚步放缓一些，好好审视自己的作品，还有进步空间。12月，他的诗集《科尔沁笔记》首发研讨会成功召开。前不久，燕南飞作为通辽市9名代表之一，参加了内蒙古作家协会第九次代表大会。

值得一提的是，燕南飞、曾烟、文润、王玉玲是开鲁县农民作家代表，他们躬耕于田亩，从泥土中来到泥土中去，他们的诗文带着天然的草木芬芳，带着科尔沁浓浓的乡土特色，在内蒙古文坛刮起一阵“开鲁风”。此外，陈秀华、许海民、董海、齐润艳、秦菲菲、乡歌、姚万辉、刘薇薇等青年作家也有佳作问世。

原野放歌，开鲁诗人亮相青城

2018年4月，内蒙古自治区党委宣传部、内蒙古文学艺术界联合会主办，内蒙古作家协会承办的“原野放歌”首届农牧民诗歌大赛颁奖仪式在首府呼和浩特隆重举行。在万众瞩目的颁奖现场，大赛评选结果揭晓：在进入决赛的25首汉文诗歌中，曾烟喜获一等奖，燕南飞、王玉玲荣获二等奖。开鲁县三位农民诗人齐刷刷亮相首府，并一举斩获大奖，爆出了大冷门。这不仅提振了开鲁诗歌的知名度和美誉度，更让许多没有听说过开鲁县的人在惊讶和羡慕中牢牢记住了开鲁。

但这也绝非意外，曾烟、燕南飞、王玉玲写诗多年，在国内各知名诗歌报刊、文学杂志发表多篇作品，诗名渐盛。《诗刊》《星星》《诗选刊》《诗歌月刊》《诗潮》《诗歌风赏》《光明日报》《内蒙古日报》都曾有他们的一席之地，特别是近几年来，几位农民作家的诗作呈井喷之态，不断向大刊、大报发起冲击，不断自我超越，刷新发表平台的高度。

据了解，2021年开鲁文学创作的获奖情况比往年有了较大突破。

在“庆祝中国共产党建党100周年”通辽市原创文学作品大赛和“通辽市‘脱贫攻坚’主题原创文学作品大赛”征文活动中，开鲁县文联积极组织作者创作，推荐参赛。最终共有13人次开鲁作者获得一、二、三等奖及优秀奖，引起广泛关注。在第六届内蒙古职工文学奖的评选中，曾烟、燕南飞、文润分别获得一、二、三等奖。

燕南飞2021年度在国内各级奖项中获奖30余次。其中，《鹤壁或淇水诗章》（组诗）获第7届中国诗河鹤壁全国诗歌大赛一等奖，《清白泉笔记》（组诗）获清白泉杯第3届全国诗歌散文大赛一等奖，《月河有爱》（组诗）获第9届“月河月老杯”全国爱情诗大赛金奖，《红荷湿地听荷》（组诗）获“红荷湿地杯”首届全国诗歌大赛一等奖（诗刊社）。

王玉玲获《人民文学》杂志“观音山杯，美丽中国”征文优秀奖，内蒙古大学征文《互不应答》三等奖，在通辽文联举办的庆祝中国共产党成立100周年征文中，她的散文《金色稻田》获得二等奖，在《星星》诗刊“行走于宽窄之间”哲理诗大赛中，她的诗歌《时间的灰尘》获奖。

底蕴深厚，绵延百年文脉

开鲁县历来崇文尚德，文化底蕴深厚，文脉绵延，出了很多文化名人，是“全国群众文化先进县”，是人民音乐家、《大刀进行曲》创作者麦新血染北疆的英雄之地。在开鲁读过书的不乏经济学家苏星、著名蒙古族作家玛拉沁夫这样的大家；李少白、赵长青、高洪波都是从开鲁走出去的名家；天津知青牛伯成、赵抗，北京知青王洪在开鲁下过乡；全国人大常委会原副委员长布赫也曾在新中国成立不久在开鲁农村体验生活，为一个叫王文焕的优秀村干部写过剧本。近些年来，开鲁文艺大军浩浩荡荡，以方纲先生为代表的文学前辈们焚膏继晷、皓首穷经，默默为开鲁县的文学艺术事业做着杰出贡献，开鲁文化研究系列、麦新研究系列、开鲁民俗研究系列，成为开鲁文化的一座座丰碑。这片肥沃的文学土壤，滋养了一大批“50后”“60后”“70后”的文学爱好者，他们渐渐成为作家、诗人，成为开鲁文化的生力军，是开鲁文学创作的中坚力量。

平台与阵地建设为文学种子的萌芽提供了营养。上世纪80年代，开鲁县就有了最早的文学刊物《沙柳》，到90年代《开鲁报》复刊，每周一期的副刊版面也成了众多文学爱好者心中的圣殿。笔者曾在《开鲁报》担任“绿星座”副刊编辑，6年间，见证了小小的绿星座为众多的本土文学爱好者提供了发表作品的园地，文润、曾烟、王玉玲、燕南飞等“70后”农民作家就是从那时候崭露头角的。他们的作品表现了对土地、对家园、对亲人的基本情感，对基层生活有独特体会，有强烈的表达愿望，他们有直接而丰富的生命体验。值得欣慰的是，他们不忘初心，在整日为生计与泥土打交道的同时坚持笔耕不辍，坚持自己的文学梦想，一写就是30年，终于抵达了自己的精神王国。文润、曾烟、王玉玲分别于2015年、2017年、2020年被内蒙古大学文研班录取，专门研修文学创作，成为专业作家和诗人，燕南飞参加了首届星星诗刊·散文诗全国青年诗人笔会。在内蒙古作家协会成员里，开鲁县的农民作家比重也在不断加大。

文学滋养让作家的成长变得更为自觉。如果说写作之初仅仅是因为喜爱，那么能坚持30年之久就不是单纯的热情了。这些作家在成长的过程中不断学习、汲取文学的养料，积极练笔，从自发到自觉，把写作当成自己的使命。他们开始也许并没有想成为作家，只是想寻找一种表达方式，倾诉烦恼苦闷，安放心灵，寻求一种精神的共鸣。但正是他们恰如其分的表达方式，无法复制的个体经验，给他们的作品赋予了非比寻常的魅力。比如诗人曾烟，在生活困顿之时，无奈举家外出打工，洗碗端盘子、卖菜卖书送饭，也曾串过糖葫芦来谋生。她写下《山楂生活》《像蚂蚁一样生活》《天鹅梦》《扶桑一直开》等几百首感人至深的诗作，刊发于《诗刊》。王玉玲不只写诗，也开始创作散文诗，一个农村女子不愿意成为锅碗瓢盆田间地头的奴隶，不甘于平庸的人生，追寻生活中的诗意，与生活“互为琴瑟，互为人质”。燕南飞在荒召地带放羊种地，经过岁月打磨，他一改20年前的精短诗风，用手机和拇指写作，创作了大量粗犷深邃、含义隽永的诗作，频频在全国重量级诗歌杂志发表，并多次获得大奖，引起评论家的重视，大篇幅撰文评论推介。

文人相亲，抱团取暖，形成团队的优良作风。一个人会走得很快，一群人才会走得更远。在文学道路的漫漫征程中，需要的是同道之人相互欣赏、相互鼓励、相互学习、相互批评、相互进步。“要流派，不要帮派”，“要文人相亲，不要文人相轻”，这正是开鲁作家团队的优良作风。在纯粹、和谐、热烈而亲切的文学氛围里，开鲁作家不断推出精品力作。网络和自媒体的出现，也为作家和作品的迅速传播起了推波助澜的作用。2015年，方纲老先生倡议组建了“西辽河网络文学联盟”，以联盟的名义先后为8位作家（其中有6位是农民作家）召开研讨会，在老年文联《老年文丛》刊出8期“新生代”专号。2016年6月，县委宣传部先后为文润、燕南飞两位农民作家召开研讨会；同年9月，通辽市委宣传部、通辽市妇联、开鲁县委宣传部专门为开鲁女作家召开“西辽河·文学·女人”作品研讨会，提升了作家作品的知名度和影响力，营造了积极的、健康的文学生态。

团队的凝聚力离不开文学前辈的提携与扶持。方纲先生是开鲁文化的一面旗帜，他珍视呵护着开鲁这片文学厚土，团结和爱护着周围有文学理想、文学潜质的中青年作家，亦师亦友，亦父亦兄，一次规模不大的研讨会，或是小小的座谈会，或是沙龙，或是改稿会，或是宴会，一位八旬老者在文学面前时而谦卑得像个少年，时而像意兴遄飞的青年，时而像语重心长的师者，目的只有一个：好好写，别放弃！他像一头老牛一样带头笔耕，开鲁大地上跟着一群不用扬鞭自奋蹄的文学青年。他从不以老作家老诗人功成名就而居功自大，没有停止自己对文学高峰的求索，他敢于放开文字的束缚，大胆探索，勇敢地否定自己，以敬畏和热爱之心向文学女神献上自己的新作——散文诗，并向国内知名大刊发起冲击，在《散文诗》《星星·散文诗》《草原》等陆续上刊。这些散文诗扎根于边地事物，用笔清新明快，活泼生动，色彩明亮，毫无迟暮之气，焕发着春光般的勃勃生机。方纲先生坚守文坛六十年，著作等身，《麦新研究文献集成》《永远的歌声》《开鲁诗文选》《壮行西辽河》为开鲁留下了地标般的文学建筑，特别是《冰上火上》《瞩目地平线上的背影》蝉联自治区“五个一工程奖”更是为开鲁文学树起了一座高峰。方纲先生虽已耄耋之年，但格局高远，常以发现提携文学新人为己任，常以研讨、座谈、专刊形式组织中青年作家抱团奋进，形成文人相亲的浓厚氛围，让开鲁青年作家群在内蒙古文坛有了一定声望。

开鲁县尊崇文化、重视文化，贵在党政领导有惜才爱才之远见格局。2019年，开鲁县在选人用人上“不拘一格”，政府通过购买服务岗位的形式招聘燕南飞、文润、曾烟、王玉玲4位农民作家为开鲁县文联专职作家，从工资、保险、福利等方面予以切实关怀妥善安置，让作家能够潜心创作精品力作，做到人尽其才。此举更加提升了开鲁县的文学创作势头，一批有作为的中青年作家担纲文学大梁，作家协会主席燕南飞，写出《走笔科尔沁》等大气磅礴的组诗，曾获科尔沁文化政府奖，近期创作关于马的诗100多首，并出版诗集《科尔沁笔记》。曾烟被《草原》杂志评为内蒙古诗人十二家之一，得到广泛认可。文润的散文与小说创作俱佳，小说《男人四十》曾被《作品》刊载，引发关注。在他们的带动下，齐润艳、秦菲菲等青年一代作者逐渐崛起。县文联刊物《沙柳》也培养了一批文学新人，储备了文学力量。2020年，燕南飞与文润双双进入鲁迅文学院，成为第35期少数民族作家班学员。

一个时代有一个时代的文学现象。开鲁的作家群在与时代洪流的融合中增长才智、在借鉴和继承中提高学养、在挥洒才情中开启新篇，用文学这个纽带汇聚实现中国梦的青春力量。用文学滋养心灵，在寂寞中坚守，在泥土里追求，开鲁县的作家们心里装着诗意和远方，以文弘业、以文培元、以文立心、以文铸魂，作品替他们长出了翅膀，走出县城的大门，飞往四面八方。由此，笔者认为开鲁县农民作家群现象不是偶然的，她是开鲁这块富足的文学土地里滋长出来的一片美丽风景。

原载于《通辽日报》2022年初

原型批评视角下肖亦农小说《红橄榄》中的黄河意象

赵筱彬

黄河是中华文明的摇篮，它在仰韶部族交游、夏商周朝代更替、春秋战国百家争鸣、秦汉统一、南北朝民族融合中激流勇进，赓续至今，成为中华文明最重要的根之所系。黄河意象也在中国几千年的历史脉络里，成为众多作家、诗人奋力书写的原型意象。弗莱在他的原型批评理论中认为一个原型就是“一个象征，通常是一个意象，它常常在文学中出现并可被辨认出作为一个人的整个文学经验的一个组成部分”[①]。作家肖亦农在他的小说作品《红橄榄》中，黄河流经的土地深情描摹。在小说中的人物、背景和故事情节的发展过程里，黄河意象被反复确认，这也承载了肖亦农的文学经验。“人类与自然之间始终存在着某种交互感应的关系，人们可以通过各种象征性的活动把自我的感情、愿望与意志投射到自然中去。”本文试从原型批评的视角论述肖亦农小说《红橄榄》中的黄河意象。

① 邱云华主编：《文学批评与案例》，北京大学出版社，2005年版，115页。

黄河意象与生命原型

在荣格看来，文艺创作的实质就是对早已存在的原型的激活，并赋予它以具体的形式。他认为，每一个原型之中都凝聚着人类心理的共同因素。它犹如一条不断流淌的心理的河，一旦遇到适合其表现的环境条件，就突然涨成一股巨流。《红橄榄》中的故事发生在红橄榄村—— 一个在黄河改道时甩下的泥滩上生长出来的小村庄，这泥滩上起着厚厚的牛皮碱，便是人们赖以生存的土地了。肖亦农在外在的黄河壮观景象的诱发之下，对生命个体包括自然生命在内，有着独特的理解和体悟，并且，他将此视为其构建文学世界的重要支撑点。

管仲在《管子·水地》篇中写道："水者何也？万物之本原也，诸生之宗室也，美恶、贤不肖、愚俊之所产也。"可以说，这片泥滩孕育了红橄榄村的人们，它不仅提供了他们得以居住的土地，还给予了他们赖以生存的职业——跑河路。他们世代以跑河路为生，二才老汉曾十分惬意、十分自豪地向"我们"讲述了黄河第一舵的由来。河路汉们会偶尔在甲板上互相调笑，以此作乐。在这片盐碱地上，除了这一群生命的强者，还有与他们相依伴的红橄榄。这是能够生长在这片土地上的除了人类之外的又一富有顽强生命力的物种。这片土地孕育了红橄榄，除了与生活在这里的人们相呼应之外，更为重要的是提供给人们制作工具诸如船、桨、舵把的材料……在这片土地上生长起来的红橄榄与生存在这片土地上的人们，都是在黄河的滋养之下，从孕育到诞生，而后生生不息的。他们之间相互依存的紧密的关系，散发着生命的无穷魅力。

自古以来，人们在对水的属性了解认识的过程中也产生了丰富的审美心理体验。对水的审美心理是中华民族的审美心理的重要组成部分，同时对中华民族性格的形成产生了重要的影响。黄河作为肖亦农作品中最典型的意象，内化为人物的生命之魂，与其作品中最核心的范畴"生命"融通汇合，借助黄河这个原型，肖亦农得以直接观照生命本身。

人与自然的同构——黄河意象之于生命的品格

中国人对水的崇拜心理源于远古先民们对水的依赖和恐惧。“仲秋行春令，则秋雨不降，草木生荣，国乃有恐。”[①]中华民族几千年来一直是以农耕经济为主的社会。水是农业的命脉，水对靠天吃饭的先民们无疑是非常重要的。风调雨顺就会有好收成，干旱少雨或洪涝灾害就会使人们面临饥饿，甚至是死亡。浩渺的黄河给人以生命，同时在人们长久的水崇拜心理的影响下，赋予了人们黄河般坚韧的性格。李白的《将进酒》中写道：“君不见黄河之水天上来，奔流到海不复回。”黄河这一奔流汹涌、博大壮美的意象寄托了诗人的审美追求，与诗人的个性和人生感悟符合。弗莱曾经指出：“在原型批评中，诗人意识中的知识仅仅被视为他对其他诗人（渊源）的借用或模仿，也就是对传统的自觉利用。”[②]探寻肖亦农创作的踪迹，不难发现，他笔下反复出现的黄河意象不仅遵循了前人的创作传统，而且还赋予了生命顽强的品格。

弗莱认为“人与自然有着同构关系”[③]。从这一点出发，我们看到肖亦农笔下的潜在黄河是生命品格的折射。水的一个特性是能方能圆，“器方则水方，器圆则水圆”，水的这种特性流淌在中国人的血液中，表现出圆通豁达、随遇而安的另一性格特点。肖亦农笔下的这种个体生命的不惜抗争体现得更为突出。河路汉们的生活境遇不仅辛苦而且充满了危险，这样的职业特征致使他们在选择该职业时要慎重考虑，于是才有了二才老汉之于“我”“有娘没娘”的提问。选择了把跑河路作为谋生的手段，实际上就是选择了与黄河进行正面的较量。此刻的黄河已经从意象的层面脱离出来，成为实实在在的自然物象，而生命成为它的对应物。我们看到在二才老汉的带领下河路汉们逃脱了险滩，渡过了跌浪崖，安全地运送了物资，但也曾因为遇到巨大的冰流子而险些丧了命……当瞎老明活活冻死在冰面上的那一刻，生命的孱弱体现得尤为真切。然而，河路汉们并没有因为困苦而放弃生的希望，他们

① ［加］·弗莱：《批评的解剖》，陈慧等译，百花文艺出版社，2006年版，第92页。
② ［加］·弗莱：《批评的解剖》，陈慧等译，百花文艺出版社，2006年版，第24页。
③ 〔清〕朱彬：《礼记》，中华书局，1996年版，第265页。

以顽强的生命力，在与自然的抗争中造就了自己坚韧的品格。他们以近乎玩世不恭的态度迎接生活中的挑战，时刻准备着与自然的黄河展开较量。

孔子说：“智者乐水，仁者乐山。”老子说：“上善若水，水善利万物而不争，处众人之所恶，故几于道。”“天下莫柔弱于水，而攻坚者莫之能胜。”孔子实际上说出了水给予人的智慧启迪与道德启示，即做人应如水。而肖亦农笔下的黄河意象在给予人生命的同时，也磨砺了优美健康的、如水般美好的品格。中国民间的俗语当中有“不到黄河心不死”的语句，这正体现了劳动人民坚持不懈的追求。自然意象与生命本体的同构关系在此已经变成了对立的双方，而在这种对抗中，生命的品格逐渐凸显。

人与自然的交互感应——黄河意象之于生命的情愫

原型批评当中，人类与自然之间存在着交互感应的关系。自然的意象成为感情的附属物，并伴随着情绪的拨动而表现出不同的情态，甚至会衍生出一系列相关的物象，以此来表达内心强烈的思绪。而在这些强烈的思绪中，爱情是永恒的话题，是诗歌吟诵的不朽篇章。翻开我国最早的诗歌总集——《诗经》，最能引起我们心灵颤动的就是那一篇篇描写男女爱情的诗歌。同时我们可以发现，这些爱情诗中大多都与水有关，都有对水的描写。《诗经》中的第一篇就是一首水边的恋歌：“关关雎鸠，在河之洲。窈窕淑女，君子好逑”。肖亦农也将笔下的爱情与黄河意象做了恰到好处的融合。

“开河风掠过，黄河这只沉闷了一冬的巨龙，拱起了黄金的脊背，抖落一身沉厚的铠甲，大耸大跳地拨动泥浪，呼呼隆隆地膨胀了。”[①]此刻的“我”即将结束自己的知青征程，像黄河一样，抖落一身的铠甲。但似乎“我”并不轻松，这源于“我”与水女子之间纯真的爱情。“我要走了，而伴着我的是铺天盖地的黄河大浪。”[②]王国维说“以我观万物，则万物皆着我之色彩”。作者将“我”即将与水女子以及这片土地离别时内心的情感波澜投注在自然的物象——黄河上面，听到黄河

① 肖亦农：《金色弯弓系列——红橄榄》，作家出版社，2010年版，第1页。
② 肖亦农：《金色弯弓系列——红橄榄》，作家出版社，2010年版，第66页。

波浪的翻滚，想象着黄河汹涌的咆哮，我们甚至能感受到作者急促的呼吸，这是由内而外情感的喷发。

而文中始终伴随“我”的“水女子”，就可以看作是黄河意象的衍生物。文学作品中有关水的女性的象征意蕴颇多。从《诗经·蒹葭》中“在水一方的伊人”到《红楼梦》中“女儿是水做的骨肉”的宣告，晶莹透亮、清爽洁净的水成了女性的象征。女性柔情似水，水恰似女性温柔的化身。《红橄榄》中的水女子洁净、淳朴、柔和，作者于潜意识中将女性与水作了极富诗意的调配，水女子便成为“我”知青生活中的精神支柱和生存动力。她执意要自己来背柴火，怕柴湿，弄脏了“我”的衣服；她几年来坚持为“我”洗衣做饭，对“我”无微不至地关爱；“我”伤心难过时，她质朴的话语和充满怜爱的安抚令“我”着迷。水女子身上散发出来的女性光辉，笼罩着“我”，不断地给予“我”希望。于是，在母亲和水女子之间，“我”难以抉择：“我那可怜的妈妈哟，我又想起了水女子那火辣辣的大眼睛，在逼视着我。”“我”想想自己“像一只风筝，可有多少条缠在一起的线在牵扯着哟!”。

借助黄河意象，肖亦农用诗意的笔触唱出了一支永远忧郁的爱的赞歌。黄河所展现出来的生命情愫在其笔下演绎出生命之美，同时传达了生命之忧。诚如荣格所说：“《浮士德》并非是歌德创作的，而是歌德为《浮士德》创造出来的。”[①]其意义在于浮士德作为一个特定的原型，是在远古时代早就预先存在的，因而并非为歌德所创造，而仅仅是歌德将其表现出来而已。中国文学中自古至今，文人们对江河意象的描摹不计其数，在肖亦农的笔下，黄河意象更有着不可抗拒的力量，它促使肖亦农在其作品中反复确认并塑造了这个原型。

---

① 荣格：《现代灵魂的自我拯救》，黄奇铭译，工人出版社，1987年版，第256页。

从身体书写到实验精神

——海勒根那、娜仁高娃、渡澜小说中的审美革命

孟　言　包丽日

海勒根那、娜仁高娃、渡澜分别代表着70后、80后、90后蒙古族作家汉语写作的创作风貌。他们的小说创作一改以往蒙古族作家汉语写作的现实主义传统，表现出了很强的先锋性和实验性，其中最有代表性的是他们小说中的身体书写部分。

在西方左翼美学中，将身体符号从再现秩序中解放出来是审美革命的重要内容之一。身体的承载力是多样的。身体是欲望的载体，是行动的载体，也是人与周遭世界产生连接的直接主体性所在。身体与心灵也互为表里，心灵的认识能力首先来源于身体的激动，身体特征的变化反映着心灵对生命的认识。王安忆认为，小说是“心灵世界”，现实世界只是构筑心灵世界的材料，“小说的价值是开拓一个人类的神界”[①]。海勒根那、娜仁高娃、渡澜三人小说中存在大量具有特色的身体书写，本质上也是对草原空间中独特的心灵世界的开拓。这些身体书写借助了草原空间遗留的前现代性和神秘色彩，巧妙地与叙事结构和意象塑造结合了起来，给读者带来了很强的陌生化印象。这些对独特身体形态的塑造，或是有意识的，或是无意识的，或来源于民族集体无意识，或来源于作者的想象。对超出日常经验的身体书写体现出三人创作由现实主义对生产关系的关注转变为了对生命形态的关注，使作品表达出更多人文关怀。

① 王安忆：《心灵世界——王安忆小说讲稿》，复旦大学出版社，1997年版，第1页。

一　丰富的身体书写表现出蒙古族文学独特的生命体验

海勒根那、娜仁高娃、渡澜小说中的身体书写大体上可以分为六类。

第一类身体书写表现为人与动物身体特征的交织、互换，此类身体书写的目的是在表明游牧空间中人与自然的精神同构性。海勒根那的马、娜仁高娃的羊和渡澜的鸟，都在人与动物身体特征的相互转化中实现着心灵的共享。海勒根那的《放生马》中，云青马昂阿有了人的社会角色，这种角色填补着祖父心中一个必需的位置，也印证了人兽之间共享着一个神性大他者的精神结构。昂阿的身体消失后，它的心灵转移到了“我”身上，使“我”的身体也具有了云青马的特征，“我”两眼间距宽、鼻孔奇大、笑声像小马驹、视力好、四肢发达善跑跳。这些转移到人的身体上的马的特征，同时也意味着精神结构和文化记忆的共享与传承。娜仁高娃的《醉阳》中暗示了东茹布老人的灵魂转移至了公羊莫七身上。这个灵魂是米都格老人的情感寄托，也是人迹罕至的沙窝子地带生存条件下必要的情感填补，一个人的生存期待着另一个人的灵魂的存在。这个灵魂需要有一个可见可感的身体作为其载体，于是东茹布的身体消失后，公羊莫七的身体承载了这个灵魂。嗜酒是这个灵魂的感性显现，嗜酒的特征从一个人的身体转移到一只羊的身体上，意味着灵魂得到了保存和永生，精神结构得到了支撑和巩固。《七角羊》更为典型地体现出来此类身体书写。在该小说中，胡庆图与长鼻子由于吃了七角羊的肉，头上长出了羊角。兽性的身体特征移植到了人性之上，人性的行动动机摆脱了理性经济人的假设，而呈现出原始生命能量的释放。这种原始生命能量的释放证明着人与兽之间的生命意义、生命历程实现了某种互文性。小说末尾，人兽互换的身体秘密被揭开，红毛公牛没有得到花母牛的青睐，转而与主人胡庆图进行了一场力量的较量。这时的胡庆图的身体已是融入了兽性生命动机的力量载体，而红毛公牛仿佛也拥有了人类的性情，一种争夺交配权而产生的嫉妒情感在人与兽之间展开。胡庆图对红毛公牛挑战的接受，证明了文明世界的价值仿佛早已被悬置，抑或是说被人与兽所共享的更本真的自然倾向所征服，文明对原始生命能量的奴役此时也转化为了兽性生命本能的竞争。而人的身体符号逐渐从文明世界的意义文本的规定性中脱离，胡庆图与红毛公牛实现了双重解放。渡澜小说中的许多人物身上出现了鸟的特征，《三丹姐姐的羽毛》中，扎那的姐姐生病后身上开始长羽毛，《傻子乌尼戈消失了》中的柳泽真由娜则是一个“雌性乌鸦”所生，身上充满了乌鸦的习性。《美好的一天》中，鸟标本和丢失了呼吸的哈鲁娜仿佛是同一个身体拆解出的两个不同的交往主体。此外，海勒根那的《我的叔叔以勒》中，以勒叔叔最终也变为了大鸟的身体，拥有了鸟的习性，保护鸟类的利益。《羊群里的弟弟》则因社会的排斥而与羊生活在了一起，拥有了羊的习性，保护羊类的利益。娜仁高娃的《热恋中的巴岱》中的牛犊脸的男人，和《苍青色长角羊》中的羊脸的女人，都属于此类身体书写。

第二类身体书写表现为身体特征的抽象化。这类身体书写是将非人元素在人的角色上的拼贴、组合。这种抽象意象往往可被意向为一个对象，但却无法被想象为一个成形的、确定的视觉经验。尽管没有具体的可再现性，但这类形象在故事中是诸多事件、细节串联起来的同一性因素，在小说的文本叙事中占据一个索引的位置，成为连接叙事纽带必不可少的节点。

此类非再现性身体书写多出现于渡澜的小说当中。渡澜的小说中有着鲜明的身体意识，乃至身体焦虑。《傻子乌尼戈消失了》中的乌尼戈身体特征变化无常，其中最显著的一个特点就是他的年龄是游移的，可以在二十分钟里长十岁，又可以在短短两天里从二十岁长到一百二十岁。小说开篇，躺在地上的乌尼戈是一个十四五岁的男孩形象，“浑身散发出孩子和少女的气息”。而小说末尾，乌尼戈被镇民们烧成灰之后，“他依旧是初次见面时的‘漂亮男孩’，这种去而复返后已有所改变的音乐般的美丽仿佛在告诉我——生命仍然一如既往地缓缓前行”。乌尼戈年龄的游移使他成为一个不可被经验的身体。这样的身体成为一个观念化的意象，意象的内涵十分丰富，但可经验性和被具体化的潜能十分低。乌尼戈的身体是一些重要“特征”的载体，而不是一个“典型”。这些特征是不可再现的，但却表达着渡澜的一些理想。《去看乌嘎跳舞》中的身体书写表现了局部身体特征的异化。索布德在烧伤后用桃子皮充当自己的皮肤，而吉达的皮肤则是坚硬的、如陶瓷般的大马坎矿。两人的身体整体上是人的形象，但局部构成材料是非人的。这些局部的抽象特征构成了小说中的一种隐喻：社会角色特征已经内化在身体特征之上。皮肤特征暗示了利害意识在交往主体心中的占比，桃子皮肤暗示了一种利害意识淡薄的交往主体，而大马坎矿皮肤暗示一种有着鲜明利害意识的主体。吉达的利害意识占据了心灵的全部，心灵的注意力趋向于将生命的全部意义构建为一个“收益—防御”模式，这个模式坚如磐石地吸引、整合着一切经验材料，使吉达的意识坚定不移地将所有经验材料想象为“利益”这一单一的对象。而小说末尾，吉达的身体破裂，飞出成千上万只鸭子，鸭子是谎言的象征，坚硬的外在包裹着以谎言组成的内在，吉达的非再现性身体特征隐喻了一种谎言与利益构成的坚不可摧的精神结构，也是渡澜所隐隐抗议的价值取向。《昧火》中的嘎乐是一个从公羊肚子里剖出的怪物形象，“它手背上厚厚一层辣椒色的绒毛，小小的方指甲是耀眼的人工化的白……脖子又粗又短、肌肉发达，这理应是动物的脖子……”。婴儿嘎乐的身体上有羊的特征，也有火的特征，是一个寄托着自然生命能量的客体，这个客体除了扮演着甘狄克孩子的角色以外，不能在人类社会中找到任何身份意义和符号意义。出于母性的本能，甘狄克充满了对孩子的渴望，小说也证明着这种母性的爱是自然的爱，无须通过任何审美价值或符号特征在文明社会的意义系统进行确证。《圆形与三角形》中，可怜的三角形和湿漉漉的圆形皆为抽象的身体形象，分别隐喻了两种不能满足社会期待的男性性格特征和生命形态。《油壶人》中的葡萄枝“我”和油滴“哈金”，《凿子》中的外星人，《简阳》中的骨姑娘，都属于此类非再现性身体书写。娜仁高娃的《玛楠河礼物》则更加具有超现实性，光棍艾琳戈在河边捡到一个塑料娃娃，并对它产生了爱情，从此再也没有接触过一个真正的女人。此时，情欲与肉体结合的必然性被打破，肉体的可替换性证明了情欲的独立性，爱情从肉体的资本化中解放出来。三次将娃娃埋葬，还把自己珍贵的皮毛大氅作为陪葬，又三次忍不住掘开坟墓，艾琳戈情欲的挣扎实则是他与内心深处的孤独相抗衡过程的外化，最终他悟得“在这片茫茫天地间，他是一颗与整个荒野、沙丘、河流擦肩而过的尘粒”，与孤独和解是艾琳戈的人生感悟，也是现代社会属于每个人的人生课题。

第三类身体形象是残缺的身体和丑陋的身体，这类身体书写更加突出现实性，本身是现实生活中可被经验到的，但在描写的过程中进行了夸张变形，突出了形象在社会审美中的弱势地位。在海勒根那的《巴桑的大海》中，巴桑早年被废弃的炸弹炸掉了双腿，由于这一身体缺陷，巴桑的身体在文明社会“追求优势”的价值观中几乎是被弃绝的。尽管他仍保持着一种草原上固有的野性，与正常人一起进行肢体上的竞技，但他自然是处于了失败者的地位。直到他莫名失踪以后，他的身体像一条搁浅的黑鱼一样在村旁的哈拉哈河下游被找到，浑身发烫，脸黑得像木炭，掌心和手中的石块被血痂粘到了一块，躯体的审美价值自暴自弃般地下降，但心灵美从巴桑的行动中诞生。巴桑坚信死去的父亲达里仍住在大海，他执着于寻找大海；他坚持萨满教万物有灵的信条，对同样身体残缺的动物抱有怜悯，赋予它们在社会文本中“被选择”的资格。达里的嗜酒和缺乏家庭责任，巴桑残缺的身体，以及陪伴在巴桑身边的三条腿的狗、摔断腿的老马班克、独臂的杉蔻、被他们收养的残疾儿童，这些都是被社会文本边缘化的身体，是被社会语法排除在意义之外的“词汇”。但是巴桑的心灵世界却赋予了这些身体形象被爱的资格。他首先尊重残缺的自己，没有因肉体的弃绝而选择灵魂的堕落，其后，他尊重一切与他具有同样身体处境的生命。《125号公马》讲述病入膏肓的毕力格老阿爸用自己的救命钱外加珍藏一生的银马鞍从马贩子手中救下125号公马的故事。“它不会老去的，它的生命力旺盛着呢……明年这个时候，它的种还会在冬天出生，那才是我想要的……”当传统的生活方式受到现代化进程浪潮的不断侵袭时，出生在冬天的公马成为老牧民毕力格阿爸内心的希望，尽管这匹马羸弱且残耳，恰如老阿爸的希望之渺茫，但坚守本身就是意义。对残缺身体的书写，本质上是将被社会认为是不美的、不该被突出、不太被再现甚至是被隐藏的特征突出、表现出来，这是对社会既有的审美趣味以及依附于其上的生命等级秩序的冲击与挑战。渡澜的小说中也常有对大众审美趣味的故意悬置，在淡忘社会审美偏见中，建立起对身体价值秩序无知的童话视角。《谅宥》中，渡澜刻意书写了哈斯娜布其的丑，“两片生牛肉色的嘴唇，在饥饿的清晨肿成橡皮”，哥哥其日麦拉图与她的互动也是对丑的特写，他将鼻涕“全部抹在妹妹的头发上。他骂着自己丑陋讨厌的妹妹，不再牵她的手，用半米的空气将彼此睽隔”。布特根的额吉钦达木尼“比赛罕吉日嘎拉叔叔大了整整二十岁，是个矮小的，脸上爬满核桃皮一样皱纹的老妇人。她没有头发，长着红色的眉毛和一个男性化的大鼻子”。这些身体书写皆是对厌恶感和低价值感的突出，与社会再现体系对女性“吸引力”的要求背道而驰。事实上，渡澜的身体书写不是在刻意突出丑，而是力图达到对身体感性呈现的现象学还原，悬置社会审美价值系统对身体感性符号的外在赋予性，改变着人们对形象意义的惯常想象，将想象力中的社会评判标准剔除，在身体形象及其故事本身中建立一种新的观察。

第四类身体书写是对性别特征的夸张描写。这类身体书写往往是正面的，具有肯定性的，是对生命能量的突出和对真性情的突出，使性别因素成为构成小说精神世界的一个重要触发点。海勒根那的《过路人，欢迎你来哈吐布其》中，异乡人“哈恰”个头高大，站在人群里像一头骆驼站在了羊群之中，说话声音瓮声瓮气，一屁股可以将塑料板凳坐成麻花。“哈恰”身体的“大”被很夸张地凸显出来。屠夫“朗赫尔”也拥有很大的身躯，他是个“敦敦实实的车轴汉子，脖子和身体一般粗，毫发如黑熊般粗重”。娜仁高娃的《乳山》中，裸嫂子双乳出奇地丰腴，“她的两个乳房‘恣肆地活着’”，不断地涌着奶水，“裸嫂子的奶水好，涨得裸嫂子都直不起腰来”。《苍青色长角羊》中，“姑姑抱起怀，将两枚可以切出半盆肉馅的大乳房挤成一上一下的”。夸张的性别特征一方面展现出旺盛的生命能量，这种自然的生命能量是草原空间所提倡的独特价值；另一方面淋漓地展现出身体未被纳入文明的聚合组合系统中的原本面貌，有意识地将读者对身体的体验从文明世界的文本意义中抽离出来。

第五类身体书写是关于怪物的身体书写，这类身体书写表现出了游牧民族独特的文化记忆和集体无意识，这些文化记忆和集体无意识往往成为推动情节发展的观念力量，也表现出观念因素对于游牧民族生活实践的直接影响。娜仁高娃小说中的阿拉姆斯是一个传说中的怪物，是神秘邪恶力量的化身。《七角羊》中对阿拉姆斯形象的描述是“能和人一样支起身子来，雌雄同体，腿很短，胳膊却很长，能拖到地上。还有一双硕大而面袋似的垂乳，能甩过肩。每年开春后需要与男人交媾，如果找不到男人就会与母羊交配”。《雌性的原野》中，阿拉姆斯“蓬头垢面、浑身毿毛、乳房硕大，前臂过膝、尖嘴窄眼”，是一个有着成人身高的女妖，她与马囊图沙窝地的三十多个光棍交媾。阿拉姆斯的身体特征亦人亦兽、亦雌亦雄，成为草原空间中的乱伦禁忌，破坏了社会文本中身体能量的分配规则。人们恐惧阿拉姆斯，因为它打破了性欲与社会关系的正常组合模式，使错误的性欲指向造成生命的毁灭。阿拉姆斯的身体特征组合了多种元素，构成了一种禁忌隐喻。渡澜《谅宥》中的怪物莫德勒图则是一个憨态可掬的形象，“莫德勒图足足有成年双峰驼那么大，看起来像个对半切的葫芦，中间缢细，下部和上部膨大。它通身洁白，体壳坚硬，表面光滑，全身泛着金属的光泽”。“经常有比它体积小很多的虫子在它身上产卵，莫德勒图也因此背着很多很多珍奇昆虫的五彩斑斓的卵。它的温情和善良像一棵大树的树根一样被埋藏在地里，以极其隐秘的方式喂养着其他的生命。”莫德勒图本身是宽容和谅宥的象征。它不像阿拉姆斯那样代表着草原民族集体文化心理，而是代表着孩童纯真的心理。这也是渡澜与娜仁高娃的不同之处，娜仁高娃小说更倾向于表达民族文化记忆以及民族文化心理，而渡澜的小说本身隐含着都市意识和代际意识，草原文化下的生命形态本身不是她要表现的内容，而是她用来抗议都市意识形态和代际冲突的一个工具。

第六类身体书写是动态的身体书写，侧重于表现诸如扭打、集体狂奔、性交等生命能量的非理性释放，充满了酒神狂欢的色彩，使小说将生命的活动能量视为精神生存的核心，打破了传统现实主义将生产关系视作精神生存的核心的视角。《昧火》末尾，救火的人群如疯子一般狂奔，“他们除了眼前的深林什么都看不见了，除了奔向那里什么都不管了”。疯癫中的肉体成为毁灭生命的强大能量，最终导致了甘狄克的死。《七角羊》中，胡庆图和长鼻子两个身体在沙地里互相扭打；发现各自长了角以后，他们又像公羊一样互相顶撞。青年胡庆图感到自己的身体与女人的目光接触时，会紧张篮暴说不出话，而当他的身体与女人身体接触时，他对一阵滚烫一阵冰凉的感觉感到好奇。此类身体书写中，身体是行动的载体，是欲望的载体，欲望与行动紧密结合，体现出70、80、90后三代作家的草原书写不再是现实主义实践美学的立场，而转变为了“尼采—福柯”一脉的生命美学立场。

六类身体书写虽然针对不同的对象和不同的功能，但总体而言，它们的共同特征在于经验的开放性。这些身体形象的生成，并非来源于社会共识的观念，而是来源于作者个人的观念，而且这些形象提供了阐释的多种可能性。现实主义文学的根本目的在于认识论，通过典型的塑造使读者认识个体性格的多样性如何被综合进先进（或落后）的生产关系和社会结构当中。现实主义文学具有很强的社会功能，它拒绝不确定、无主题的形象，要求经验的丰富性纳入到主题的单一性之中。而审美现代性要求经验的开放性，“‘美学’区分了审美经验与科学认知经验以及实用功利经验”[①]。不去用一个统一的审美标准整合经验，而是用创造性的眼光在任何经验中发现美，这样可以使任何个体依据自身确立其存在的合法性。这六类身体书写，将传统现实主义中认为是不美的形象表现出来，通过一定的艺术形式将他们表达为美的，归根到底是想告诉读者社会主流价值观之外仍有一些可被尊重的精神力量。六类身体书写通过审美经验的开放性寻找精神力量的开放性，发现不同种类的精神生存的过程，也是一个在生产关系以外发现“人”的不同定义。

---

① 余虹：《从工具性到自主性：西方艺术之思的现代转向》，《革命·审美·解构——20世纪中国文学理论的现代性与后现代性》（附录），广西师范大学出版社，2001年版，第297页。

二　独特的身体书写折射出蒙古族作家的实验精神

（一）实验精神与生命形态的非再现性

海勒根那、娜仁高娃、渡澜三人小说的实验精神正体现在身体书写之上，他们的身体书写有着鲜明的符号意识，力图赋予身体经验以开放性，改变了现代性思维对再现逻辑的认可，悬置了再现秩序对身体特征所施加的评判与规定。

三人身体书写所体现出来的先锋性并不是与以往草原文学中所反映的现实相对立，而是与另一种隐含的现实相对立——都市意识形态所叙述出的现实。列斐伏尔在《都市革命》一书中提出“都市意识形态”，工业时代的城市实践转变为了后工业时代的都市实践。都市实践是现代化的进一步升级，其生产资料转变为了符号，产品转变为了文本效果，进而对人的心理反应和激情施加影响。以往现实主义草原文学所写的现实是工业化的现代性，而如今，三人小说中审美革命所对立的现实是都市化的现代性。与都市意识形态的对立从海勒根那到娜仁高娃再到渡澜逐渐加强。三人小说中所谓的“文明”，是那个作为大他者的遥远都市偶尔传递下来的价值观碎片，逐渐从生产力霸权转变为符号霸权，是话语实践中不得不参照的无意识结构。在现实主义草原文学中，草原人民早已融入工业现代化的进程，而70、80、90后为什么又将草原书写退回到一种神秘、原始的叙事当中？其原因在于这三代人的实验写作所面对的大他者已经改变了——从改造自然的现代性，变为了改造符号的现代性。他们身体书写所展现出来的审美革命不是对工业化的反思，而是对都市化的反思。海勒根那、娜仁高娃、渡澜三人生活经历逐渐向都市空间突入，尤其在以渡澜为代表的90后一代中，都市意识形态已成为生活的底色，《傻子乌尼戈消失了》中的柳泽真由娜、《油壶人》中的姆西耶勒、《简阳》《凿子》中的“我”，几乎都是都市意识形态下的独立女性形象，她们践行着一种都市文化所提倡的精致生活方式。可见，“都市总问题”已经是渡澜小说反思性所生长的土壤。

身体书写其实是生命形态的书写，三人小说的实验精神最终体现在将生命形态从审美资本主义的再现秩序中解放出来。审美资本主义与审美革命是两股对立的力量。前者是一套从宫廷社会的交往形式中发展出来的再现秩序，身体承载的感性符号与社会位阶须呈对应关系，将形象诱惑力的分配与社会资源的分配联系起来，身体文本的表达内容、表达主题、表达效果须反映出社会地位。后者则是将身体特征从再现秩序中解放出来，并将再现秩序中不建议表达、不建议突出、不建议肯定的身体特征，以某种新的意义表现出来。在旧的再现秩序中，这些占弱势地位的身体特征在新的意义结构中会被召唤为组成审美愉快的元素。审美革命下的意义构成中，这些在世俗价值观不占优势的生命形态，将在新的故事架构中生产出人情美、人性美。海勒根那、娜仁高娃、渡澜小说中的身体书写，都体现出一种生命形态的非再现性，即与现实主义对先进生产关系的再现背道而驰。传统现实主义在“社会关系”这一一元决定论下构建宏大叙事，试图用故事中的经验世界去印证一个理想化、规范化的社会关系的合理性。审美的鉴赏判断也要求是一种能反映这种社会关系合理性的趣味。而海勒根那、娜仁高娃、渡澜的小说则打破现代性对趣味鉴赏的束缚，打破“先进性”“优势性”这一对生命形态的单一态度，使人们对任何形态下的生命都有所尊重，并赋予其鉴赏价值。在这样的情况下，三人的小说建立起对都市价值观的新批判、新对立，意在恢复一种人文关怀，对传统现实主义的草原书写进行增补。

（二）实验精神与意象塑造的跨媒介性

海勒根那、娜仁高娃和渡澜小说身体书写的实验性还表现为跨媒介性。跨媒介性是一种媒介中的元素进入了另一种媒介中，并以这个元素为本发生了变形和转译的现象。美国学者亨利·詹金斯首次提出“跨媒介叙事”概念即“一个跨媒体故事横跨多种媒体平台展现出来，其中每一个新文本都对整个故事做出了独特而有价值的贡献”①。跨媒介性以不同的媒介为视角，试图从一个文本中析出另一个文本。

从外部对作品做整体性把握，三人的身体书写均呈现出含混、神秘、流动的风格特质，具有强烈的视觉特色，身体画面的拼贴与断裂式组接也形成蒙太奇效果。这些先锋性的文字表达和无意识的镜头感语言，令三人的小说作品呈现出浓郁的超现实主义和抽象主义风格。在小说叙事中注重心灵观念的抒发，作品中充斥大量“我”视角下的描写，由“我”之眼凝视、经“我”之耳聆听，这些画面和声音不

① ［美］亨利·詹金斯：《融合文化：新媒体与旧媒体的冲突地带》，杜永明译，商务印书馆，2012年版，第157页。

是直接挪移而是经过“我”的转述再进入故事情境中。譬如海勒根那的《小黄马》由“我”讲述了关于蒙古长调《小黄马》的传说，歌词出现在开篇和结尾首尾呼应、文中描写两段唱歌的情节，对声音的叙述仅有这四处，但通过“我”的描述让这首长调宛如背景音乐般响彻全文始终。对身体画面的处理同样赋予小说以影像化气质，画面段落或长镜头式连贯或蒙太奇式组接带来视觉感官的冲击，让读者在阅读的过程中由对文字的想象转为对画面的想象。

海勒根那的《伯父特木热的墓地》写伯父去世后坟墓频频被掘的离奇事是从记忆里故乡的自然景色写起的。由远处的草原、丘陵写到近处的艾敏河，空间距离的拉近恰如镜头完成一组远景到近景的切换，风景勾勒之后紧跟族人吃牛羊的描写，从宰羊到吃肉，“大拇指按住刀背，内里一削，顺势就入了嘴里，大块地吃大口地嚼，在嘴里发出的咯吱、咯吱声响，听了就解馋过瘾”。这是一组特写镜头，在流动画面中，景物画面是构成身体画面的重要背景，蒙太奇式的切换留下无限的遐想空间，也是实验影像常见的镜头组接方式。娜仁高娃作品中的奇幻想象突破则更进一步，其作品更加具有超现实主义的表现风格。《背石头的女人》以一颗石头的口吻讲故事，因为张了胎眼而被人捡回家里，没有生命意识的石头在凝视人的生活过程里却逐渐被“人化”，直到最后竟有了人的情感迸发出“额吉”的叫喊。这是非人身体与人的灵魂的结合。大段内心独白配合石头视角下碎片式的故事线，让小说具有心理现实主义气质的实验影像风格特征。英格玛·伯格曼导演的作品《野草莓》是此类型影片的杰出代表，影片表现主人公的六场梦境，运用大量闪回手法抒发内心情感。《背石头的女人》同样有类似闪回的写作方式，开篇为一个女人背着我在沙丘间行走，进而分别闪回石头被年轻男人发现之初、夏日午后与女人亲密接触的七天、被老额吉带走等事件，这一系列身体画面组成并不完整的时间线，但却是石头“人化”的连贯的心理变化线索。渡澜可以说是将这种超现实主义风格写作发挥到了极致，正如有些学者指出“将其小说当作诗来阅读”那样，渡澜作品的抽象表达以及对传统叙事的解构，让其作品最具实验电影气质。《昧火》中嘎乐的身体画面、《谅宥》中布特根和莫德勒图的身体画面是对非人形角色人化想象的又一大胆尝试与突破，对形象特征的描绘赋予小说强烈的视觉性。

从内部对作品做细节性剖析，三人身体书写的跨媒介性还具体表现为意象内涵的构成上。在海勒根那、娜仁高娃、渡澜三人的小说中，身体画面可从小说事象中单独析出视觉意象，具有很强的诗性价值。其隐喻意义可以独立于小说的叙事结构，单独成为一层意向性客体。一些独立的身体特征在叙事中往往并没有触发情节的作用，但一些奇异的身体特征形变而质不变，其背后透射出的生命美学观念得以在小说文体中流转传承。马是海勒根那小说重要的意象，在《骑马周游世界》一书收录的24篇小说中，有8篇都以人与马为主题，他笔下的马与人心相通，往往是希望与信仰的象征。在这些故事中，作为意象的马已不再是单纯的叙事元素，它们植根于悠远的历史传说，是地域精神的象征、游牧文明的符号，他们的视觉形象可以独立表达意义，不需要在叙事结构中形成意义。此外，作家在小说中提炼并重构马意象，使其意象的内涵更加深厚，它们既是传统的马亦是现代的马，是口传媒介时代、书写媒介时代、影像媒介时代的共同缩影，形象的跨媒介浓缩了历史的跨媒介，历史的流变凝结在了此时此刻的马的身体上，使意象具有了深厚的历时性蕴含。娜仁高娃笔下的人与物关系更加微妙，《背石头的女人》中，石头是人类行为的凝视者，《天边的肩胛骨》里，羊是通行的伙伴，《神的水槽》中，天空中反复出现的奇异冰云被扎桑扎布老人击落在地，成冰却不化，直到扎桑扎布老人去世，天空下起暴雨。“一辈子守了沙窝子地，最后，终于把苍天的心脏给沙窝子地打下来了”，冰云是沙窝子地的心脏，更是老人的真情。这些物不论站在怎样的视角，都保持了同人类的一定距离，这恰好是审视与反思的距离，也是给作品带来陌生化阅读体验之所在。渡澜小说中，《傻子乌尼戈消失了》的主人公是两只鸟、《威风老虎》的主人公是老虎、《三丹姐姐的羽毛》的主人公姐姐由长出羽毛最后变成了羽毛、《金甲虫》的主人公是蓝蜻蜓和金甲虫，这些将动物身体作为人的身体的做法对于叙事结构来说都是非必然的，但这些奇异意象可以独立表达隐喻意义，彰显出渡澜作品背后的生命意识和人文关怀。视觉意义与叙事意义的相对独立性，正是三人创作中身体意象实验性的一种体现。

结　语

2008年，策·杰尔嘎拉在一篇《再论“草原文学”》中指出，“蒙古族当代小说，一直沿着现实主义创作道路稳步前进。玛拉沁夫、敖德斯尔、扎拉嘎胡等著名作家创作的优秀小说，描绘草原特有的社会背景、自然风光、生活方式、生活习惯和宗教信仰，开挖蒙古族人民生活中特有的矛盾和斗争，充满浓郁的生活气息，具有鲜明的民族特点，组成一幅草原人民生活的绚丽多彩的画卷”[①]。而后的十年间，以海勒根那、娜仁高娃、渡澜为代表的70、80、90后作家为蒙古族当代小说注入了一股新的现代主义气息。他们并没有脱离生活，也没有脱离草原人民生活中特有的矛盾，而是更多地开拓个体的心灵空间，将民族的文化元素与个体的心理发展融为一体，为蒙古族当代文学增加了更深层次的人文价值。这种新的创作风貌是蒙古族汉语写作的一个新的发展，勇敢地将中西结合，将民间和正统结合，尝试着去创作，最终形成了对反思现代性的审美革命。这不啻是将蒙古族写作纳入到世界现代化浪潮中的一种尝试，成为世界文学对现代性反思的一部分。草原空间与都市空间的潜在对话关系，也改变了以往现实主义对历史进程的理解，对个体精神生存进行了别开生面的剖析。

原载《金钥匙（汉文、蒙古文）》2022年第5期

① 策·杰尔嘎拉：《策·杰尔嘎拉文集：文艺评论卷（上卷）》，内蒙古大学出版社，2014年版，第226页。

与时代对话的10年
——海勒根那“还乡叙事”的文化价值

马金娥

有人说，“文学史是一段技艺传承与创新的历史”[①]。从古至今，从《史记》的“高祖还乡”到吴承恩的《西游记》，从鲁迅的《故乡》到刘震云的《故乡面与花朵》等，后世无数的文学作品中，“离乡—还乡”模式都是经典的情节零件，清晰可见地被广泛应用在不同时代、不同名匠的作品中，延续着精神血脉。进入新世纪后，内蒙古文学的代表作家海勒根那一方面从西方文学中吸收艺术创新的灵感手法，另一方面回归传统，在“还乡叙事”中吸纳生命力，再造理想与热血的热土。

基于此，本文试图多方面考察2012年以来海勒根那小说与诗歌中“还乡叙事”的多种方式。以海勒根那作为讨论原点，这种选择并不仅仅出于他频频获奖与作家本身影响力的考量，更重要的是海勒根那“还乡叙事”中贡献出的想象模式、审美认同等，昭示了内蒙古作家创新突围的路径和对传统文化的回归。从海勒根那的被认可，我们也可以管窥新世纪内蒙古文学的文学趣味，从而揭示文学经典叙事的升华手法和新世纪内蒙古文学的使命追求，深入思考当下的内蒙古现代文学如何与传统对接、古老的命题如何在现代重新散发活力。

---

① 陈思：《文化史、文学史和精神史：阅读经典的三种方法》，《光明日报》，2014年。

一　如何还乡：“还乡”式情节的类型

海勒根那的“还乡叙事”在他早期作品《小黄马驹》（2006）中便有端倪，青格勒“离乡”成为解放军，后又“回乡”帮助村人惩治土匪朝鲁门，到新作《巴桑的大海》（2022）依旧如此，这种叙事方式如草蛇灰线，伏脉千里，熟络地散见于他绝大部分的创作里。那么，海勒根那究竟是以什么方式开展“还乡叙事”的，或者说，他的小说或诗歌在和“还乡叙事”发生关联时体现了什么样的特征？这是本文的首要问题。总的来说，海勒根那“还乡叙事”情节类型有两种，一是具有自我文化身份力量的代表人物漂泊或留滞到了他者领域，开始苦苦找寻回归本乡的路途；二是他者文化身份力量的代表人物——异己的陌生人，闯入此地，开始在自我本土化的曲折历程。一内一外两种类型看似不同，实际上殊途同归，都显示了海勒根那对地方复杂文化的创造性转化。

在现代文学史上，鲁迅是“还乡叙事”的开创者，他的《故乡》《祝福》等，为后来作家如何取法“离乡—返乡”来进行小说创作提供了宝贵的启示。鲁迅借“故乡”的背景去构建、铺设故事，让具有文化身份力量的人滞留在不属于自己的“故乡”中，在那似近实远的“故乡”中，鲁迅以上位者的视角聪慧省察文化的沉积，让典型人物在清楚地直视愚昧、奴性、封建的冷酷后，选择离开，代表文化强者的“离乡”意味着不愿同流合污，也意味着在无奈中去追寻真正的精神家园。总之，不难发现鲁迅小说笔下的人物行动逻辑是“离乡—回乡—再离乡”。海勒根那的小说如出一辙，也让具有自我文化身份力量的代表人物留滞到他者领域，开始苦苦找寻回归真正家乡路途的故事，以“离乡—回乡—再离乡”为生发点而新造意义，在这方面，较有代表性的是《我的叔叔以勒》《寻找巴根那》《父亲鱼游而去》等小说。在《我的叔叔以勒》中，我们可以看到“离乡—返乡—再离乡”是通过叔叔的生活轨迹来构设的，叔叔先是去城里打工（离乡），一无所获只好狼狈地返回到乡村（回乡），但毫无地位的叔叔被家人嫌弃，叔叔搜集着羽毛，结局长出翅膀远离村庄，在野外和自然融为一体（再离乡）。《寻找巴根那》一样，讲述贫穷的哥哥受尽磨难，为了生活选择出村赚钱（离乡），反复赔钱后回归（还乡），哥哥回家后不理解现实为什么会变成如此，每日读着《蒙古秘史》，向往着曾经水草丰美、沃野千里的蒙古祖地，最终变成一头黑羊，走上了追寻的道路（再离乡）。还有他的诗歌《父亲，在长城之外放牧》，风沙漫漫中，父亲来往于兴安岭脚下或阿尔泰山以北（离乡），然后用马背，在春天“把半袋盐和砖茶献给我病弱的母亲”①（还乡），满头霜雪，明日却仍要出发（再离乡）……在这类小说中，海勒根那攫取强大的想象力，把历史、民俗、世事、传说熔于一炉，演绎出了“漂泊者”的神奇故事，生动地再现了当下内蒙古的山川地理，世俗民情，结局往往天马行空，颇有魅力。从其深层内蕴来看，这类作品有着厚重的落点——对精神孤独、理想乐土、复杂人性与现实命题的思考。故事中的“再离乡”实际上与鲁迅一致，代表着不得不卸下记忆的重载、暂时遗忘人事的羁绊，去追寻另一重为生的家园，此类故事有着寄托凄怆的现代情感价值及人文精神的特点。

除了“离乡—回乡—再离乡”之外，海勒根那写作“还乡叙事”的另一种方式是“离乡—返乡”，具体说是用他者的离乡和闯入，再造出一个融合包纳的家乡，这里的“返乡”返的是与内蒙古发生情感羁绊，而后形成的新乡，故事在“接纳”中完成了与当下生活的交集与对接，由此构建出精彩暖心的小说，《第125号公马》《过路人，欢迎你来哈吐布其》《白狼马》《巴桑的大海》便是如此。在《第125号公马》中，被蒙古国遗弃的第125号公马，通过口岸即将进入内蒙古屠宰场（离乡），毕力格阿爸用看病钱和象征荣誉的银马鞍换取公马免于死亡的命运，让桀骜不驯的公马在巴尔虎草原上扎根（返乡）。《过路人，欢迎你来哈吐布其》中，异乡人从远方而来（离乡），来到村庄后见证了草原上脱贫攻坚的成就，他大吃大喝，开心无比，说以后会常来（返乡）。还有他的诗歌《韩秀英》，讲述了大户人家的姑娘爱上远方而来（离乡）的普通牧马人的故事，美丽的爱情为牧马人再造出幸福的家园（返乡），“他骑马找马，越过西面的山巅”，憧憬着美丽的姑娘“扑到他的怀里”②。

对于像“异乡人”“第125号公马”“牧马人”的闯入型的角色而言，他们见证的是内蒙古明朗又健康、幸福又自由的家园，正如周冰心所说：“老一代忙着反思，用文学作为工具‘平反历史’；而新一代则在重新寻找精神‘父亲（祖根）’。”③尽管对根的说法众说纷纭，但共识在于，根在中华民族铸就的光荣岁月里，也在民众

① 海勒根那：《父亲在长城之外放牧（十三首）》，《江南（江南诗）》，2020年，第14页。
② 海勒根那：《牛粪只有九车（外三首）》，《民族文学》，2012年第04期。
③ 周冰心：《想象力缺失：中国当代文学面临的窘境》，《南方文坛》，2002年第6期。

无意识的集体心理结构里，“闯入者”对内蒙古当下自然物象所依然蕴含的原始力与生命力的肯定，符合了人性完善的审美，突出了内蒙古一如既往的开阔大气、好客热情。就是在这样自然审美与文化想象的照耀下，来自“他者”的认同与共鸣成为对内蒙古文化精神再建构的雅致表达，用鲜明的“他者”文学表达找寻到了“根”，那就是草原游牧民族的善良、好客、信任的民族魂。此类小说以“还乡叙事”为元素，描摹出美好的交往与沟通，反映出当代内蒙古人民的生活，传递出真善美的理念和核心价值观，成功把内蒙古自古以来善良、好客、信任、爽朗等精神资源传递给了当代读者。正如评论家兴安所言：“辽阔神奇的内蒙古草原就是一个充满想象和神秘的领域，不曾在那片土地上生活过的人无法想象，她内在的深厚和顽强的生命力量。”①

总之，不论是“回乡—返乡—离乡”，还是“回乡—返乡”的情节模式，在汪洋恣肆的想象中，小说或诗歌中的人物在寻找自我和追求理想的同时，都实现了对民族文化精神的追慕和回归。于是，远遁与寻找、回归和逃离成为文学尤为重要的叙事策略和结构模式。

二　为何还乡：逃离与皈依

海勒根那小说的“还乡叙事”通过以上两种情节类型的阐述，生发出了两种主要人物典型，即大量的“漂泊者”与“理想者”形象，围绕着这两类主人公，主要缠绕出自我放逐故事、寻梦故事或救赎故事，从而把复杂的文化身份体验，转化为精彩的情节进程。

对于“漂泊者”而言，还乡的实质是“逃离”。起初，“漂泊者”发现自己在家乡无法过上富有尊严的生活，平日里负担着现实的压力，精神层面却无法得到认可，所以选择“离乡”。但令人难堪的是，漂泊的经历也四处碰壁——巴根那（《寻找巴根那》）变身黑脸羊欲找到蒙古祖地，路上却见证了最后一位活佛、最后一位萨满的去世；以勒（《我的叔叔以勒》）进城装火车摔断肋骨、擦玻璃无疾

① 兴安：《游走于现实与超现实之间——关于海勒根那和他的小说〈请喝一碗哈图布其的酒〉》，《民族文学》，2020年第11期。

而终、被骗入传销团伙……情形与预期完全两样，那么“漂泊者”的故事便变成为受难的故事，“还乡”成为惩戒或者避难的功用。这并不是偶然的，“漂泊者”在进退两难的孤独中得知了自己的精神创伤，那是来自淡漠的家庭圜局、颓靡的农村经济、失落的乡俗民风、唯利是图的城市生活方式等的摧残，逐渐让典型人物的仁义与忠厚变得不解与彷徨。这里的“还乡叙事”的主要作用是引子，引出海勒根那魔幻风格背后的现实关联性。但这里的现实并非传统意义上的“现实主义”，不追求真实性，而是通过幻想的安排，从小人物的行动逻辑入手，延伸出去现实指向性，由此完成了对“乡”的审查。“还乡”即是为彻底的逃离埋下伏笔。这完成了作者的第一重用意。在“漂泊者”眼中，“还乡”绝不是“阳光灿烂的日子”，在共时的条件下，小说用这些漂泊的少数人的个人经验，让我们看到作为乡村的、不被接纳的最底层，只能以沉默的饥饿与死亡，昭示出少数人的恐怖与窘迫，最终呈现出了现实和历史的丰富性。对于巴桑、巴根那等这些出走异域他乡、漂泊四方的小人物而言，他们往往同时具有双重文化身份或多元混杂的体验：他们既是自我又是他者，既是本土人又是他乡人，既属于草原民族的内部成员又是草原民族的外部成员，因而往往具有了一种极富包容性和开放性的文化身份眼光。可以更清醒、更客观地审视本地文化。他们是内蒙古现实不可或缺的部分，对文化的多样生态具有不可替代的作用。

而对于“理想者”而言，“还乡”代表的是“皈依”。尤其毕力格阿爸这一集善、美、仁于一身的核心“理想者”形象，毕力格阿爸让第125号公马苦难一生中最美好温馨的记忆定格皈依在巴尔虎草原，那朴素真挚的“还乡”叙事增添了小说的浪漫情调。毕力格阿爸是在贫穷与患病的境遇下仍对自然保持欣赏与难以思议的爱的人道主义者，虽然沉重，却时时可见草原的温存，在充满爱与仁义的细节里，小说充斥着人间至善的温暖叙述，故事充盈着生气丰饶的精神容量。在《巴桑的大海》里，海勒根那以送遗体还乡的倒叙手法，讲述了巴桑波澜壮阔、充满传奇色彩的一生。年少失去双腿、受尽嘲笑的巴桑听朋友说在马背上的感觉如同在大海里行舟，起起伏伏，风好似海潮一样灌满耳朵，于是他开始向往牧马人父亲一般的伟岸、骑马的愉悦和大海的宽广，巴桑通过大量的苦练，先后得到马戏团、船长、图瓦女孩杉蔻的尊重与肯定，他失去肢体，却无畏行走于世界大地之上，因此巴桑的一生是意志力顽强、充满着理想主义的一生，他同情弱者，悲悯生灵，并且愿意为之付出一切，最后的葬身大海让巴桑的一生显得壮观而崇高，遗体送回家乡的一路上，人们传颂着他的故事。在这类小说中，“理想者”的故事凸显的是一种刚健的美学风格，“回乡”往往伴随的是对世俗生活的回归和对一念本心的惦念。新世纪以来的内蒙古文坛趋势，抑或是“一地鸡毛”式琐屑的翩然飞扬，抑或是在历史的缝隙中复活某个家族或个人成为“私人的战争”，再抑或在小情小爱、官场职场的狭小格局里奔走忙碌。而海勒根那笔下的“理想者”给内蒙古小说提供了一种新的美学形态，那是精力弥漫、粗粝坦荡，屡遭艰险却不屈的生命顽强之气，正如他的诗歌所言：“没有月光的草原，马背是最后可见的山脊”①，不论是凡人、英雄还是骏马，他们身上都附着有坚硬的骨头和自我的坚持。这是超越温吞平淡的日常生活，迥异于内蒙古大部分短篇小说的创作，海勒根那借助“理想者”的故事，以“超凡神力”和“浪漫传奇”来对抗世俗的平庸与人性的异化。

不管是“漂泊者”还是“理想者”，他们的文化价值观念都是人道的、非功利化的、注重精神世界的、浑融雄厚的。可见，海勒根那坚守着中华文化立场，立足社会现实，以唯物史观的思想基础将普通人作为书写的正面主角加以描写。故事以人民本位、群众本位为立足点，将平凡人的温情放大，同时民间文学的精华也受到了重视。如此写作是为内蒙古文学与思想的突围确立资源，他的小说中难见以直接的语言概括小说主题，却在人物的行动上与传统的乡土情怀保持一致。总之，在那草原牧场上，文学映照的是古老朴素的天人之道，是作家念兹在兹的生命原乡，也是希望永恒长存的至善家园。

三　还乡指向：理想主义的高扬

海勒根那的“还乡叙事”意义是在于找到精神支点，他通过归并小人物的行动选择与欲望诉求，确证出了还乡指向的两重坚守。正如邓芳宁所说，这种探索其实是“人类面对现实困境或挑战而采取的通过回溯历史渊源、寻求精神谱系来确立和巩固自身合法性的广义性阐释行为”②。海勒根那小说中各个人物的“还乡”孤立地看是突然的，偶然的，似乎缺乏内在的关联性，然而从整体上看又有着相同的

① 海勒根那：《夜晚的马群》，《骏马》，2022年第01期。

② 邓芳宁：《论“还乡”母题在“70后”小说中的嬗变》，《廊坊师范学院学报》，2021年第2期。

指向——这些后游牧时代生活的实验者都无法平衡自我与故乡、自我与他人、自我与现代的关系，他们无所适从，内在的矛盾和外在的压迫导致了人们身体与灵魂的错位。要想摆正这一切，就要离开故土，离开与土地打交道的枯燥刻板的生活轨迹，依着自己的心性和乐趣，回归精神自由与实现理想的乐土，具体而言，分为以下两个层面。

首先，“还乡叙事”的指向在于小人物也要自强不息地超越世俗，走上追寻理想的道路。宏大的、轰轰烈烈的现代性遮蔽了草原的复杂性、多元性、连续性，蒙古人曾经最引以为豪的热血豪迈、自由乐观究竟应该存在于何处？海勒根那给出了自己的答案：那些美德不仅在于表面的亮丽光鲜，也在于内里的灰暗迷蒙；那些灿烂不仅是大人物诸如成吉思汗等人的叱咤风云创造的，还是普普通通的小人物点滴的日常行为铺就的，在七零八碎、遗憾逼仄的生活细节里，人生展现出更加鲜活丰满的样子。对于诸如以勒、巴根那、巴桑、最后的嘎拉、毕力格阿爸等这样的故乡人，海勒根那表达了由衷的赞美和敬仰，尤其是对他们身上的“血性”表现出了无比的推崇与向往，海勒根那小说呼唤着生命的灿烂与芬芳可以出现在每个人的生命里，让坚韧勇敢支撑起人们疲惫的精神世界。

于是，海勒根那小说的“还乡叙事”和鲁迅的《故乡》并不相同。海勒根那的创作不在于抒发故乡情怀与启蒙立场，也不像沈从文一样构建桃花源一般的人性神庙，而是人物所有的精神还乡，都是旨在摆脱现实的种种束缚，立志回归自由驰骋的故乡。自由和理想一定要在物质满足的游戏时间才能存活？一定要掌管在衣着干净、谈吐高雅的人手中才能熠熠生辉？不，它应该是在每一个平凡普通人的身边。没有脚、失去手、没了马道、陷落盐地同样能够找到自由和理想的源头。基于此，海勒根那客观地描绘故乡人身上的艰难挣扎与各种走向，这标示了一种民间立场的选择，海勒根那依托草原上浑然原始的文化状态，构筑出一套特有的民间视角，既包含着那种藏污纳垢的现实无奈，也饱含人性本能的原始血性，既自甘妥协又不无冷傲；既忍气吞声又触底反弹；既自毁自虐又顽强不屈；既悲观筹谋又理想高扬。

另外一重“还乡指向”是在于弘扬草原的原始生命力和美丽。海勒根那遵循内蒙古地方特色，整合优势，在现代性、民族性上做了丰富又深入的模式探索，这也是内蒙古十年来小说的重要收获。民族性在于通过对民族生活方式的描绘和人们具有历史感的精神状态的刻画，画出了内蒙古人民的灵魂，这是内蒙古小说民族性的根本特征，这也复合了陈思和提出的“民间形态”的观念，用独特的风俗民情，朴实的口语、人性的健朗、生命的雄壮带来令人赏心悦目的“审美光晕”。另外，海勒根那偶用穿越的手法，让中古的草原人“返乡”，小说形成了一种特殊的、高效的肯定方式，可以将崇高与粗犷、理想与现实交织在一起，不仅为英雄人物的想象提供了现实土壤，还形成了集体记忆的重现与再建构，也是为内蒙古当代文学增添了传承的色彩。《白狼马》中，村民捡到了英雄嘎达的马，白马瘦骨嶙峋，人们充满力量地争相表现，并决定改善环境，打算用绿草如茵、白云蓝天的故乡迎接归来的英雄，相似的情节在《过路人，欢迎你来哈吐布其》《穿过黑夜来牧村的人》中也有展现，这是游牧民族对现实奋斗的肯定，借古喻今，古今相融灌注灵魂。现代性在于经济基础决定上层建筑，他的一些作品对内蒙古的经济形势、组织方式、脱贫攻坚的成绩做了深入刻画，因为“在中国的语境下，现代性是最迫切的需求”①，所以描写征服自然、改造自然，向自然索取丰厚回报的故事成为现代化实践的叙事策略，因为这是“现代化追赶步伐过程中不可或缺的途径”，如《骑马周游世界》《伯父特木热的墓地》《请喝一碗哈图布其的酒》等。在这过程中积淀了许多宝贵的发展经验，形成了“人效法自然，自然又被人伦化，形成天人合一，主客混融的局面”②。

由此而言，海勒根那“还乡叙事”充分展示的不是僵化死板的机械组合，而是茂盛蓬勃的生命体，富有经验、感觉。海勒根那的“还乡叙事”中的人物行动逻辑、情节营构策略，都与内蒙古的地缘背景有着直接或间接的联系，海勒根那的“还乡叙事”不是简单回归，而是基于内蒙古发展，与时代不断对话的叙事，那些典型人物的心态几乎在每个阶段都难以完全摆脱“时代记忆”与“生存焦虑”的印记。如李壮所说：“海勒根那对地方性知识和民族历史遗产的重新擦洗，并不是简单的文化复古。作者从没有刻意避开审美价值和历史伦理的错位问题，没有在现实逻辑的语境中去纠结非此即彼的价值判断。”③而是以一种弱小的个体在消失了的集体记忆中的生存境遇绘制补缀价值图景，让被俗世庸俗压迫生活渴求的内心世界焕发光彩，欣戚交织，从而不至于让小说成为文化复古的传声筒，抑或沦为抒情怀旧的平庸之作。

---

① 雷鸣：《映照与救赎：当代文学的边地叙事研究》，人民出版社，2013年版，第250页。
② 冯天瑜：《中国文化史断想》，华中理工大学出版社，1989年版，第43页。
③ 李壮：《空间作为时间表征：第十二届骏马奖中短篇小说获奖作品解读》，《民族文学研究》，2021年。

死亡书写：形态意蕴生成

——以海勒根那小说为文本分析对象

阿力玛

汉语写作的蒙古族作家海勒根那，近年来备受学界关注，出版有小说集《到哪儿去，黑马》、《父亲鱼游而去》、《骑马周游世界》（作家出版社）、《请喝一碗哈图布其的酒》（作家出版社）以及中篇单行本《巴桑的大海》（百花文艺出版社）等，均广获读者欢迎与好评。关于海勒根那说的研究范围覆盖了其小说的儿童视角、生态关怀、民族文化、变形技巧、“出走”原型、数字意象以及创作特征等方面，充分说明了海勒根那小说中蕴藏的生命力。纵观海勒根那中短篇小说，几乎每一部作品中都会遇到死去的人物，不包含死亡的作品极少。小说中的众多死亡描绘使海勒根那小说的死亡书写逐渐丰满了起来。因此“死亡”也成为海勒根那所有小说的共同主题之一。

一　死亡书写形态

深入研读海勒根那作品，会发现随处可见的死亡有残杀、误杀、自杀、自然死亡、酗酒死亡、集体死亡、沉海死亡、客死他乡等各种各样的形式，还有火烧、天葬、亡灵附体等死亡意象。海勒根那中短篇小说中不同形态的死者有《骆驼香脂》

中的老扎布、乌兰格格，《恶水》中的三个长工，《赌客》中的火燎杆，《十七颗弹片》中的同伴，《淫雨额济纳》中的蒙络，《葵花与哀号》中的“我”的叔爷和叔爷的妻子、父母、妹妹和两位姐姐、刘老师、赵贵、收养“我”的孤老头子以及四十二个学生的集体死亡，《血洒巴河寨》中伤亡惨重的上千战士，《祖上的故事》中的马二偏头、幺二和柴家五十几口人，《姑妈的爱情》中的姑妈和姑父，《到哪儿去，黑马》中巴图的父母和弟弟，《骑手嘎达斯》中的的嘎达斯，《最后的嘎拉》中的扎木合老人和阿爸阿苏荣，《伯父特木热的墓地》中特木热，《寻找巴根那》中的女萨满、《羊圈里的弟弟》中的仁亲老人，《六叉角公鹿》中的孟根、吉若，《小黄马》中的土匪草鲁门，《手套》中的桑布，《父亲狩猎归来》中的父亲，《鹿哨》中的西班，《把我送到树上》中的尤拉和尤拉的父亲，《父亲鱼游而去》中的父亲，《青鸟》中的父亲和母亲，《巴桑的大海》中的斯琴额吉和巴桑等。除此之外，还有很多动物之死：《杀马》中的枣红马、《狗娘养的狐》中的狐狸、《骑手嘎达斯》中的嘎达斯养的几匹马、《六叉角公鹿》中的公鹿和猎狗西嘎，还有《125号公马》中的五百匹马，等等。这些小说人物的死亡和群体的死亡描绘使海勒根那小说的死亡书写逐渐丰满了起来。本文按照出现频率将海勒根那小说中的死亡和死亡意象概括为非正常死亡、亡灵附体和动物之死等三种形式。

（一）非正常死亡

海勒根那小说中的死亡书写多属非正常死亡，即生命被终止于外界力量（受外界力量导致的被迫死亡）。小说中除了《寻找巴根那》中活佛尼玛的圆寂、《我的叔叔以勒》中的爸爸病危死亡、《羊圈里的弟弟》中一百多岁的老牧羊人仁亲驾鹤西去、《巴桑的大海》中收养巴桑的斯琴老额吉去世等自然死亡以外，很少出现生老病死的生命自然过程。小说中的非正常死亡可分为他杀、灾难性死亡和罪与罚之死等三种形式。

1. 他杀死亡：海勒根那早期作品中，死亡常常因暴力凶杀等他杀而引起，几乎都会呈现鲜血淋漓的场面，以此渲染人性的扭曲和阴暗面。《脚印》是以死亡为起点的寻找叙事，死亡在这篇小说中作为离奇的突发事件，构成了小说的起始性事件，该小说的叙事就是在对死亡事件的真相的揭示中展开的。《告诉你们，我要杀人》里的题目暴力，由于努桑哈的老婆被人拐跑了，他张扬了一天要杀人最后却被收配品的吉达捅死。《恶水》中，写了一起草菅人命、死无全尸、惨不忍睹的死亡现场，主人公名叫水，水嫖赌一辈子，娶过三个老婆，雇用过三个长工。他因大老婆偷人就用绳子把她勒死，不想给伙计付工钱转眼就杀死他，“我爷爷就亲自动手了，那会儿我爷爷的大老婆已经死了，我爷爷又娶了一个小小老婆。我爷爷就让小老婆端盆，小小老婆望风，自己个儿用一把斧子很随便地就把睡着了的长工脑袋切下来了，小老婆接完人血泼在猪圈里，小小老婆把尸首使爬犁拖到荒沟喂了狗”①。主人公结束他人生命时如此轻松自在的状态着实让人心颤，写出了现代文明尚未普及时期的东北边地乡间封建落后、残忍狰狞的习俗文化，渗透到边民血液里的人性病相等凝重的乡村内幕。

2. 灾难性死亡：海勒根那20世纪90年代中短篇小说中，以战乱、饿荒、政治极端的年代为背景，叙述了一个个非正常死亡空间。《祖上故事》中讲述了1929年东北民匪之战，幺二是东北出了名的刀侠，为了帮柴家大院铲除地方恶霸白秃子，他领着百号兄弟与恶霸血战。小说中出现了大规模正面浓情渲染的死亡场景：“幺二杀人的动作真实风光，那身手恰似关公再世。刀侠幺二置身于洪水入堤之中看见了遍地都是人身人头，还有什么比挥刀砍人头更痛快的事，那么多人头需要快刀去砍，幺二纵身匪群挥刀在手，所到之处血往前喷人往后倒，如同密集的庄稼只须横扫就会倒下成片……他已被血浇透了全身，如同一个血人。人血成河了在柴家大院汩汩流淌……爷爷说南墙缺口至少有二百多人的血倾注融汇，包括我柴家的全体爷们。柴家家眷是后来被强暴而死的，共计五十二口。幺二是站着死去的，他的一臂肩连同胳膊被人砍断因而横刀自尽。”②另一篇关于战乱的小说《血洒巴河寨》写的是枪林弹雨、鲜血淋漓的前线。饿荒无疑是人类最基本的夺命的灾难之一。中篇小说《葵花与哀号》，可以说是一部以饿荒年代与政治极端时期为背景的关于死亡的故事。

3. 罪与罚之死：海勒根那小说中的非自然死亡中也包含罪与罚之死。比如，在《小黄马》中，解放军来抓土匪之首草鲁门并对其执行死刑。中篇《六叉角公鹿》，以警察来带走杀人嫌疑犯伊万开篇，并由伊万回忆一连串死亡情景。《午夜沉溺》写的是一起以新冠疫情时代为背景的杀人案件：呈现主人公因举目无亲，欠下巨额赌债，贫困潦倒，被女友抛弃等走投无路的现实处境，由此萌发报复社会的恶念而杀人，对此，作者进行了直面描述：“男人没有任何预料，啊的一声惨叫

---

① 海勒根那：《恶水》，《草原》，1999年第5期。

② 同上。

……不能让男人还手，两刀，三刀，四刀……男人再没喊出声来，像一条大虾窝在那里，他感到了一股股喷涌的血，有几滴像细密的雨点溅到他脸上……有那么一刻他不敢相信刚刚发生的一切，直到瞥见门口处的尸体，那里的血越流越多，像一条乌黑的河……”[①]在小说《手套》中，死亡又是另一种形式。小说讲述了刑满释放的劳改犯马富从“杀人犯罪”到“认罪自首”的过程。

（二）亡灵附体

海勒根那在小说中能够擅长灵活多样地设置死亡情节，相较于他早期的小说中描写血腥的暴力死亡场面，其近作中出现了较多的死亡意象书写，即亡灵附体。主要表现为与逝者灵魂对话、死去的人与动物的灵魂相互附体或以死者的角度叙述小说故事等形式。作者在好几部生态主题小说和森林小说中运用了亡灵附体的叙事，巧妙摆脱了现实与客观制约，其主要目的是传递创作意旨和寓意。因为，亡灵书写能充分发挥作者天马行空的想象，同时，“亡灵、鬼魂叙事能够在荒诞中生成独特的批判力量”[②]。在《骑手嘎达斯》《羊圈里的弟弟》《寻找巴根那》《放生马》《青鸟》等作品中，人与动物的灵魂相互附体，出现了一些死亡变形抑或“死人变来的动物”。[③]

1. 人与马的亡灵相互附体：在《骑手嘎达斯》中，一辆冷藏车装着骑手嘎达斯的尸体来到山上，老萨满开始对尸体进行萨满祭祀，点火准备火化等一系列与死亡相关的书写，而后逐渐切入到嘎达斯客死他乡后以魂魄的视角进行讲述“我已经死去了，血流尽在了异乡……我的灵魂在我倒下的那一刻就升腾起来，只在马背的高度，缓缓飘浮，无声无响，仿佛一根无形的风筝之线牵扯着它，不让它升往长生天去”[④]。故事从而由嘎达斯的亡灵与萨满进行对话，说出嘎达斯一路向西去寻找圣祖之马，客死他乡后被送回故乡等经历。最后将嘎达斯的尸体火化时他的灵魂飘到正在分娩的骒马身边，此时嘎达斯的“死亡”与小马驹的“诞生”同时出现，无疑是嘎达斯再生的表征。另一篇小说《放生马》写的是祖父的老云青马死后灵魂附

① 海勒根那：《午夜沉溺》，《请喝一碗哈图布其的酒》，作家出版社，2021年版，第178—179页。

② 徐威：《论死亡的叙事功能》，《当代作家评论》，2021年第1期。

③ 弗拉基米尔·亚科夫列维奇·普罗普：《神奇故事的历史根源》，贾放译，中华书局，2006年版，第264—265页。

④ 海勒根那：《骑手嘎达斯》，《骑手周游世界》，作家出版社，2019年版，第45—57页。

到孙子身上，孙子变成了祖父心爱的云青马，最后爷孙俩像两匹放生马一样走入呼伦贝尔大草原的唯美故事。

2. 人与羊的灵魂附体：《羊圈里的弟弟》写的是老牧羊人仁亲的亡灵借母羊附身来到弟弟旁边，引领弟弟成为“羊人”的故事。弟弟达拉是个脑子有问题的自闭症孩子，他过着羊一样的生活，连长相和声音也神似一只羊。父母为了治好他，找到“能听懂羊叫”的老牧羊人仁亲，仁亲老人和弟弟用羊语沟通，于是他俩成了志同道合的伙伴，后来在仁亲老人去世的清晨，“一只八颗牙的母羊来到弟弟身边，嗅了嗅他的气味，吻了吻他的头脸，弟弟就第一次主动站起身来，抖了抖身上的尘土，跟随着母羊头也不回地向羊圈走去”[①]。从此，弟弟便开始了“羊人”的生活。人幻化成羊的意象，同样在《寻找巴根那》中也出现过。

3. 人与鱼的灵魂相互附体：小说《伯父特木热的墓地》，在标题中以墓地这一死亡附属品宣布了主人公特木热的死亡。特木热热爱草原和艾敏河，无论他母亲多么希望他能成为城里人，他也只想守在草原和艾敏河。随着草原环境的日益恶化、艾敏河的逐渐枯竭以及外来农民打捞艾敏河里的鱼，特木热心中充满愤怒，终日酗酒最终醉死在艾敏河畔。小说中由包喜道出：“特木热生前曾好几次说过，说他要死就死在艾敏河里，这样他的灵魂就附到鱼身上了。”[②]在他死后，他的尸体总被一条鲇鱼啃食，这是作者上承前文特木热生前将灵魂附到鱼身上的愿望，下启后文艾敏河和草原的退化。在《父亲鱼游而去》中，同样用由人化鱼表达了这样的主题。

4. 人与鹿的灵魂附体：在《六叉角公鹿》中，鄂伦春猎人吉若十几年前被伊万乱刀捅死后，魂魄附在他生前最想保护却未能保护的六叉角公鹿身上。几个警察带着杀吉若的嫌疑人伊万上山去找掩埋吉若的墓坑，却发现里面是空的。伊万说：“地上拖动的一条血迹吸引住我，我疾步追去，那条血迹淹没在一片稀疏的黑桦林中……恍惚间再去望那股草浪的尽头，一个身影已爬出草滩，越向丘岗，可那不是吉若，是……是一头六叉角公鹿……是它，是它，吉若，是六叉角公鹿……”[③]

5. 人与树的灵魂附体：在《把我送到树上去》中，被运木材车撞死的尤拉的灵魂在森林里飘来飘去，附在了一棵树上不让人砍伐它。当别佳用刀锯砍伐一棵

---

① 海勒根那：《羊圈里的弟弟》，《骑手周游世界》，作家出版社，2019年版，第105页。
② 海勒根那：《伯父特木热的墓地》，《骑手周游世界》，作家出版社，2019年版，第67页。
③ 海勒根那：《六叉角公鹿》，《骑手周游世界》，作家出版社，2019年版，第204页。

大树的时候，“仿佛有人拉住了锯弓的另一头，任凭别佳怎么用力，刀锯只夹在那里……别佳瞪圆眼睛瞧着黑乎乎的树干，恍惚感到树干上竟长出了眼睛鼻子和嘴，看仔细了，那模样却与尤拉酷似”①。作者以亡灵的视觉观照生者和森林，是有很深寓意的。作者以这些感人至深的亡灵附体的寓言故事来传递人类与动物之间情感互通的灵性。

（三）动物之死

海勒根那的小说中的死亡书写也包括很多动物之死，比如鹿（《六叉角公鹿》）、狐狸（《狗娘养的狐》）、遭雪灾的几百只羊（《黑雪》）、乳牛、羊、兔子（《寻找巴根那》）、狼、牧羊犬（《绿眼人家族》）、羊（《羊圈里的弟弟》），还有很多马的死亡。海勒根那小说的动物死亡书写中，马的死亡颇多。小说《杀马》里的被杨大傻残忍砍杀的大红马、《125号公马》中五百匹纯种蒙古马被送去屠宰场集体宰杀、《放生马》中的老死的云青马、《骑手嘎达斯》中的骑手嘎达斯最后养的几匹马被车撞死后，他开始酗酒。除了马之死以外，海勒根那小说也有其他动物的死亡。中篇小说《六叉角公鹿》是一篇死亡叠加、情节跌宕起伏的作品。猎人孟根不守狩猎规矩向正在交配中的公鹿进行枪杀，又枪杀了鄂伦春猎人吉若视为最亲密伙伴的猎狗西嘎。接着，鄂伦春猎人吉若对孟根杀死公鹿和猎狗的行为不满而枪毙了他。最后，只剩伊万和吉若两人，伊万害怕吉若会杀他，认为先下手为强，就趁吉若熟睡中将其乱刀捅死，又枪杀了两个猎人的马，肢解成块带回家。作者如此安排公鹿、猎狗的死亡再到丘克的死亡，是对人类丧失对自然生命的基本尊重和敬畏，徒留一副唯利是图的躯壳而感到极度无奈。还有在《绿眼人家族》中，为保护蒙古包里的人而与狼群搏斗英勇“殉职”的牧羊犬。

二　死亡书写的审美意蕴

边地文化的视野使海勒根那的死亡书写形态颇具丰富性，具有很高的审美价值

① 海勒根那：《把我送到树上去》，《骑手周游世界》，作家出版社，2019年版，第241页。

与启示。艾温·辛格曾说过：“关于死亡的一切思考，都反映出我们对生命意义的思考。”[①]海勒根那纵使书写众多死亡人物，但他没有一味地沉沦于对死亡本身的悲观消极的一面，而是尝试着赋予死以生的积极肯定意义。死亡在他那里，不仅仅作为一种彻底的毁灭，它往往蕴藏着丰富的积极内涵。

（一）超越与达观

梳理研究海勒根那小说中的死亡书写，领悟其中关于死亡的思考与态度，即反观生存，珍视生命。作者通过亡灵书写或死亡变形把死亡视为另一种诞生或新生，在其很多作品中，生命在死去之后还可以得到新的一种延续。生态小说和森林小说中，写了很多人与动物、树木的灵魂相互附体的故事，可以彰显出海勒根那寄于生命与死亡的超越之美。在《青鸟》中，借牧羊人的口道出了一种“形而上”的死亡沉思。当小傻瓜问牧羊人自己的母亲是否离开了自己，牧羊人回答说：“有的时候我的羊群丢失了一只羊，我也认为是它真的丢了，因为它会被狼吃掉的，然而我又一想，羊被狼吃掉后肯定会变成粪便的，而粪便会滋养青草，青草又被羊吃了，结果羊又生下了一只小羊，我的羊不就回来了么”[②]。质朴的话语中含着循环往复的生死态度。小说中人物面对死亡，往往不会表现出恐惧与抗拒，反而在向死而生的死亡观的影响之下，呈现出一种从容坦然的姿态。比如在《血洒巴河寨》中，匪首刘一刀为了救出八路军战士在敌人手中牺牲自己的幼子之后，“他仰天一笑，说：信不？我儿子六年之后又是一条好汉”[③]。《巴桑的大海》中的巴桑，由于幼时失去双腿，受尽侮辱，但他没有一蹶不振，在命运与苦难面前有着宁死不屈的精神，他向往大海，为了理想克服生理与心理上的障碍，成为一名杰出的水手，最终却为了放生鲨鱼沉海死亡。巴桑走向死亡的勇气来源于他对自然万物的博爱的力量，这也是他的超越死亡体现生命价值的表现。

作者频繁书写死亡的背后是对生命和生存的思考，比如，在小说中，人物的内心独白是这样的：“我就知道人的出生和死去是怎么回事了。其实人生下就是为了死去，就像鸡和猪生下来就是为了被人吃掉一样。人活着时什么都是美的，死去两

① ［美］艾温·辛格：《我们的迷惘》，郜元宝译，广西师范大学出版社，2001年版，第92页。
② 海勒根那：《青鸟》，《骑手周游世界》，作家出版社，2019年版，第272页。
③ 海勒根那：《血洒巴河寨》，《鹿鸣》，1996年版，第67页。

眼一闭什么都不知道了，什么都不是你的了”[①]，“与冰冷的地洞（墓坑）相比，这个世界的雪花原来都是温暖的……”[②]。在这些小说中，作者展示了一种从容达观的向死而生的态度，告诉人们着眼于生和当下才是最重要的事情。

（二）反对与批判

海勒根那小说中的死亡书写，在很大程度上是现代文明的侵入动摇了传统文明生存根基，或不同文化与生产方式之间的矛盾引发的反对与批判。小说中常用个体的死亡来彰显现代工业文明带来的吞噬传统文化的危机。比如《把我送到树上去》中的尤拉被运木材车撞死；《骑手嘎达斯》中嘎达斯的几匹马被公路上的拉煤车撞死；《父亲狩猎归来》中，被迫退猎归农后的父亲不忍杀黑熊，最终死于熊腹；《寻找巴根那》中，饿疯的母猪活活掏开瘦骨嶙峋的乳牛的肚子致使乳牛死掉；《六叉角公鹿》中，由鄂伦春人狩猎规矩的打破引起的一连串死亡；等等。这些死亡在作者看来，是农耕生活、工业文化与传统狩猎文明、游牧文化在碰撞、冲突的产物。《伯父特木热的墓地》中，特木热选择以毁灭自我的方式来完成其对现代文明的冲击的控诉。“特木热面对现代工业文明的侵蚀而逐渐消失的草原，他的愤怒、恐惧、屈辱和巨大的绝望，只能以死亡对抗蛮横的力量。”[③]《把我送到树上去》中，尤拉死后灵魂附到树上不让人砍伐树木，小说中也借玛萨姥姥之口道出“人类是不能敲开所有的自然之门的，有些门要永远关上，永远不能打开”[④]。这句话意味深长，是作者隐含在文本背后对人类无节制地砍伐森林的抗争和批判。

（三）唤醒与召唤

作者通过书写动物的真实生存困境和死亡，渴望唤起人们的生态意识，唤醒人类对动物的同情和保护。作为草原之子的海勒根那热爱马，如他自己所说：“现实中的我热爱马也胜于其他，我喜欢马群在静谧的草原举止优雅地吃草，我喜欢它们扬鬃撒尾无拘无束地奔跑，我喜欢它们群体的波澜壮阔，它们不卑不亢、不屈不挠的生存姿态，和它们与世无争的纯粹的流浪者生活，我更向往马的高贵不俗和桀骜

① 海勒根那：《青鸟》，《骑手周游世界》，作家出版社，2019年版，第267页。
② 海勒根那：《午夜沉溺》，《请喝一碗哈图布其的酒》，作家出版社，2021年版，第185页。
③ 师海英：《对海勒根那新小说“出走”人物的原型解读》，《文学教育（中）》2014第2期。
④ 海勒根那：《把我送到树上去》，《骑手周游世界》，作家出版社，2019年版，第240页。

不驯，垂青它们良善而开阔的心胸……”[①]因此海勒根那在创作中不仅借助马的死亡来凸显自然生态被严重破坏以及人类唯利是图的社会现象，而且更重要的是借助马的死亡来传递对蒙古马的深切关怀与博大的悲悯情怀。《杀马》中，杨大傻因一己私欲残忍砍杀阿三的枣红马，小说文本让杨大傻也遭到了相应的报应，“拾起斧头的阿三突然奔向了杨大傻，人们和杨大傻都还没反应过来是怎么回事，哑巴阿三已经手起斧落，杨大傻的一只胳膊随着那把四齿铁叉一同落地了……他那只现存的胳膊捂在伤口上，人已因为疼痛跪倒在地”[②]。除了马之外，他的小说中还有很多动物的死亡，旨在唤醒人类停止屠宰动物，残杀动物的贪婪行为，并召唤人类善待和保护动物，尊重动物的生存权利。

海勒根那中短篇小说的死亡书写，具有超越与达观、反对与批判、唤醒与召唤，还有怜悯与惋惜等审美指向与启示。

三　死亡书写的生成原因

到目前为止，海勒根那的中短篇小说作品中，随处可见鲜明的死亡情节和陷入“边缘情境——死亡”[③]的人物。作为一种文学现象，死亡书写是深植于海勒根那内心，对于生命的体悟和生存的思考的表达，更是驱除生命苦难的一种方式。

首先，海勒根那将“死亡”作为书写对象的内在原因，即他的个人经历起到很大程度上的作用。

弗洛伊德提出“童年的创伤性体验”对艺术创作者有着重要的影响，童庆炳则指出过童年“缺失性经验”[④]对于作家创作的影响之深远。海勒根那笔下人物的父亲或母亲都是“早死”，生活父母的缺失导致海勒根那精神父母的缺失。换言之，海勒根那身世凄凉，自幼失去双亲，那些死亡创伤记忆是他日后进行文学创作的直接经历或素材、是构成其孜孜不倦地写死人物父母的重要一面。正如海勒根那谈近

① 海勒根那：《我的写作》，《民族文学》，2006年第11期。
② 海勒根那：《杀马》，《父亲鱼游而去》，内蒙古人民出版社，2007年版，第161页。
③ 卡尔·雅斯贝尔斯：《智慧之路：哲学导论》，柯锦华、范进译，中国国际广播出版社，1998年版，第19页。
④ 童庆炳：《作家的童年经验及其对创作的影响》，《文学评论》，1993年第4期。

作《巴桑的大海》时所说：“它（巴桑）与我的童年紧密相连，那就是失不复得的父爱母爱。……我不知道‘孤儿情结’在心理学中有没有相关论述，它对一个人的一生会有哪些影响，总之它影响到了我，冥冥中呼之即来，却挥之不去。”①在他的小说中常见或轻描淡写或浓墨重彩的“父亲之死”或“母亲之死”，很少出现美满的家庭，是源于作者童年创伤记忆与缺失性经验，引发他不断去虚构父母死亡。比如，《十八岁出门打工》中的“我”爹死于车祸，《巴桑的大海》中的巴桑出生就没了母亲、三岁时父亲死于风雪，《最后的嘎拉》中的父亲，《父亲鱼游而去》中的父亲，《青鸟》中的父母等等，文中的“我”不是孤儿就是单亲家庭的孩子。不可否认，这些反复书写的情结和人物原型，在海勒根那的童年经历中都有迹可循。他也曾提及“特别是神经衰弱以后，我基本上夜夜回到苍凉的故乡，梦境里的父亲母亲被还原如初，让我的小说有了真实可靠的原型，也让我找到了多年情感病症的根底和写作不竭的动力”②。

双亲的离世在儿时的海勒根那认知里埋下模糊的体验，使他幼小的内心便有了最初的死亡感受。据他回忆：“父亲是在我五岁那年上去世的，那时我还不懂人世间的生死，父亲入土为安，我还光着屁股和几个小伙伴跟在人群后头大喊大叫。那时我是很兴奋的，因为觉得过年也没这么热闹。时隔五年，母亲积劳成疾，母亲去世时，我才知道人死不能复生。我至今记得老家死人的风俗，父母死了，小儿要扛领头幡，五步一磕头，给抬棺的乡亲，给生养自己的父母。母亲的路是我领的，那年我十岁。”③作家将这些对死亡的模糊意识作变形处理融入其作品之中，以天真烂漫、懵懂无知表达对父母的追忆。在《青鸟》中，十几岁的小傻瓜亲眼目睹母亲劳累致死的时候，却没有畏惧，天真地认为母亲变成青鸟飞走了，只要能找到青鸟就能见到母亲，于是他寻找青鸟与母亲寻找了一辈子。可见儿时对死亡的模糊记忆以某种形式体现在作者的作品之中。

从小父母之爱的缺失，使海勒根那常寄内心对父母爱的渴望和哀思于小说中。比如，用儿童视角去深情追忆父亲在世时的样子，小说中的孩子心中，父亲永远都是威武雄壮的不可亵渎的，是盖世英雄和守护神般的存在。在《父亲狩猎归来》

---

① 海勒根那：《巴桑，另一个自己》（创作谈），《巴桑的大海》，百花文艺出版社，2022年版，第106—107页。

② 海勒根那：《我的写作》，《民族文学》，2006年第11期。

③ 海勒根那：《关于或者和吃饭》（创作谈），《草原》，1994年第10期。

中，“我”说“我阿爸是最最最棒的莫日根（猎手）……我对父亲充满了崇拜”。在《父亲鱼游而去》中，“我”五岁时失去父亲，印象中的父亲“是和黑熊一般高大的”。在《巴桑的大海》中，逝去的阿爸是巴桑最后的骄傲和活下去的勇气，“每当牧村人说起父亲，巴桑都会睁大憧憬的眼睛，听得心驰神往”。伴随少年海勒根那的除了死亡以外，还有饥寒交迫、寄人篱下的困顿生活，以至于他在很长一段时间里“还仍然保持着一天两顿饭的‘风俗习惯’”[①]。他将那些生活带给他的体验和创伤毫无遗漏地体现在自己的文学创作上，因此他笔下的文本在书写死亡的同时也具有创伤、苦难叙事的特点。

其次，海勒根那将“死亡”作为书写对象的外在原因，即和他宽泛的阅读视野有着千丝万缕的关系。作为一名小说创造者，海勒根那被人称为“鬼才”，这无疑是对他文学才华的肯定。有才华的同时，海勒根在创作上有着不断学习、进取和创新的素养，他也坚信“每一个工匠都有自己的师傅，写作者也不例外”[②]。海勒根那小说的死亡书写在很大程度上受到了卡夫卡、厄尔尼斯特·海明威、博尔赫斯、加西亚·马尔克斯、陀思妥耶夫斯基、余华等中外文学大师的影响，汲取了灵感的源泉。他曾说：“向引我上路的文学大师们脱帽致敬，正是这些素不相识的人告诉我文学的奥妙和写作究竟为了什么。他们的名字是：福克纳、鲁尔弗、艾·巴·辛格、莫泊桑、屠格涅夫、博尔赫斯、叶赛宁、帕斯捷尔纳克，还有中国的余华。”[③]而他提到这些文学大师无一不热衷于死亡主题。关于受海明威的影响，他曾谈道：“在写作最初的一段时间里，我的作品被冠以‘硬汉派小说’的称誉，这大概沾了海明威的光。”[④]海明威在《印第安营地》《杀人者》《死在午后》《丧钟为谁而鸣》等著名小说中塑造了很多被死亡阴影笼罩的“硬汉”形象。

虽然卡夫卡、陀思妥耶夫斯基的名字在海勒根那的创作谈中未出现，事实上，从海勒根那死亡书写的变形处理上可以看出其在某种程度上受到卡夫卡之影响。“尽管海勒根那在所受影响的前辈作家中未直接提及卡夫卡的名字，但是以余华、博尔赫斯作品为媒介间接受到卡夫卡的影响是不可避免的”[⑤]。在《寻找巴根那》《青鸟》《父亲鱼游而去》《羊圈里的弟弟》等小说中，海勒根那借用卡夫卡之变形

---

① 海勒根那：《关于或者和吃饭》（创作谈），《草原》，1994年第10期。
② 海勒根那：《草籽要到草原落地生根》（创作谈），《滇池》。
③ 海勒根那：《我的写作》，《民族文学》，2006年第11期。
④ 海勒根那：《我的写作》，《民族文学》，2006年第11期。
⑤ 丁燕：《变形技巧的创造性接受——以海勒根那的作品为例》，《名作欣赏》，2018年第26期。

叙述形式来探讨“死亡”与“再生”。“卡夫卡的作品中有着大量的死亡书写，其描写方式堪称一绝。”①

海勒根那虽然也未提及过马尔克斯的影响，殊不知从他的一些死亡书写上也能隐约看到其学习借鉴马尔克斯的影子。比如，他在2020年发表的《告诉你们，我要杀人》（原名《一桩事先张扬的杀人案》），无论在题目还是在部分情节上都让人不禁想起马尔克斯于1981年发表的一篇《一件事先张扬的“谋杀”案》。至于陀思妥耶夫斯基的影响，小说《午夜沉溺》不能说跟陀思妥耶夫斯基的一部关于杀人的故事——《罪与罚》毫无关系，在某些情节上还是有受到该小说启发的痕迹。

概言之，童年经历、卡夫卡、余华等中外文学大师的熏陶共同构成了海勒根那笔下死亡书写的影响因素，从而促使他逐渐开辟与建构出自己独特的死亡书写。

结　语

纵观海勒根那全部中短篇小说，几乎每一部作品中都会出现死亡人物或死亡意象。小说中的众多死亡描绘使海勒根那小说的死亡书写逐渐丰满了起来。因此“死亡”也成为海勒根那所有小说的共同主题之一。小说中出现的死亡和死亡意象书写，按照出现频率可概括为非正常死亡、亡灵附体和动物之死等形式。海勒根那中短篇小说的死亡书写，具有超越与达观、反对与批判、唤醒与召唤等积极意义的审美指向与启示，除此之外还有怜悯与惋惜的情感表达。海勒根那创作中的死亡情结以及死亡主题的探索，可归结于其“童年缺失性经验”和宽泛的阅读视野使然。

① 钟华：《卡夫卡的死亡观探析》，《东方论坛》，2012年第03期。

论娜仁高娃的叙事模式

郑明耀

一 叙事结构

“结构”，《汉典》释义为“组成整体的各部分的搭配和安排”，体现在叙事中，就是作家构思文本框架的思路和技巧，反映写作者独特的精神世界和艺术趣味。在娜仁高娃的创作中，绕开“大团圆”的模式、弱化情节的趋向以及关照各篇小说之间的勾连关系是她在叙事结构上的选择。

首先是绕开中国传统叙事文学“大团圆”的模式。“大团圆”的处理模式，在我国传统文学中经常出现，通过在作品结尾处运用变悲为喜的笔锋一转，达到读者的心理预期，使人松一口气。正如鲁迅先生在《中国小说的历史的变迁》中所言：“这因为中国人的心理，是很喜欢团圆的……所以历史上不团圆的，在小说里往往给他团圆；没有报应的，给他报应，互相骗骗——这实在是关于国民性的问题。”在娜仁高娃的小说中，她几乎放弃了“大团圆”的叙事，以开放式的收尾，忠实地体现作品氛围和人物性格的自然发展结果，从中我们也能完整地观测到作家的创作意图和审美追求。《一个陌生女人的葬礼》的结尾，我们并不知晓那个“陌生女人”跳楼后，“我”和阿雪怎么样了，只以一句“我顿然明白——它（送葬车）是冲着我来的”画上句点。这结果似乎没有被作者定性，实则她却冷峻地给出了坚定的答案：那个陌生女人，也就是阿雪的太太，因为丈夫的背叛而自杀，而“我”作为破坏别人婚姻的人，终究无法逃脱自我驱逐，尽管在上一段婚姻中“我”也是弱者。这是娜仁高娃为数不多的直接反映现实问题的一篇作品，她以如此方式直接暴露新世纪以来人们的婚姻生活困境，或许是因为她明白，强扭的完美结局并不能从根本上解决这类社会问题。不仅是在现实问题上，在面对悠久的民间意味和民俗情调时，这种开放式的结局依旧如约登场，只不过作家笔力比前者温和。在《送亲歌》中，父亲雅西拉用十年时间掘了十口井，都不出水，母亲艾米斯提议“喂个啼礽”(啼礽是蒙古族民间流传的放牧骆驼的幽灵，男性用酒请回来之后喂养它就可以帮人们达成心愿)。母亲对这个古老的方子深信不疑，“每天早晨都要挖一勺酥油和一勺炒米，撒一把砂糖拌成小球，搁到小碟里放到小桌上”。“啼礽”在母亲心里代表着过去和传统，她是牧人生活方式的守卫者，可是在生产力大变革的新时代下，固有的生存方式显示出不可延续的尴尬。最终，第十一口井到底是否出水？作家不忍心一下子戳破来自草原人民的代代相传的心理行为图式，而用“第十一口井掘到半腰深”就没有了下文的设计来回应母亲心中的啼礽。

其次是小说总体呈现出弱化情节的趋向。英国作家R.L.史蒂文森认为写小说有三种方法，第一是先定情节，再找人物；第二是先有人物，再找与人物的性格相匹配的事件和局面；第三是先有了一定的氛围，再去找可以表现或实现这氛围的行为和人物。娜仁高娃的创作属于第三种。她童年在沙窝地的生活环境和生活经验在脑海中形成独特的映象，以意象“库存”的方式保存。当她以一个写作者的姿态归来时，会自觉不自觉地从童年记忆中选取素材，她作品中的“氛围”正是那些童年记忆的再生成。人物及行为在她的作品中是创造氛围的“手段”，而不是“目的”。《醉阳》就是娜仁高娃为了描写一辈子生活在沙窝地的父母的平凡朴素的日子而作，小说的目的不是为了塑造都米格和东茹布老夫妇的人物形象，而是借用老夫妇的行为和想象重构了作家心中的记忆。文学上的技巧和方法在这一过程中扮演润滑剂的作用，让原本的行为和想象飞腾，比如，东茹布认为都米格是红脸黄羊转世，都米格则将公羊莫七看作是东茹布生命的延续。纵观娜仁高娃的所有作品，以短、中篇为主的文本体量也不可避免地制约了小说的艺术性，或许这在客观上造成她的小说无法全面展开情节、塑造完整的变化着的人物形象。

带着氛围寻找行为和人物的结构文章的方式，使得娜仁高娃的作品具有两方面的特点：一是跳跃甚至断裂感扑面而来，二是不设置善恶黑白对峙的人物。她很少展现人物的行动变化轨迹，不讲述完整的故事，自然也就不展现波澜起伏的情节样态，只是截取行为片段或者一瞬间的心理意识，形成跳跃的文本形式。以《废墟》为例，小说开头在交代了哈布尔的现状之后，以插叙和倒叙的方式放电影般闪过四个镜头：四百年前，三世达赖喇嘛为鄂尔多斯原野诵经洗尘；八十多年前，乌拉日格佛塔建成，并点亮一盏长明灯；五十年前，佛塔和长明灯被毁，人们渐渐离开；四十二年前，养父带着哈布尔重新回到原野。这四个镜头展现了文明失落成为废墟的历史沧桑变幻。此后，她从“被遗弃的房屋废墟中捡拾佛塔的残瓦破砖”、拼出四世达赖的画像、重新建成佛塔等都是独立的行动单元，从情节的角度讲不具有连贯性，但是这些跳跃的片段描绘了哈布尔一辈子的坚守，她“像一个战争结束后的幸存者行走于炮火洗礼后的村庄里”。另外，笔者通读娜仁高娃的作品，发现她的作品中没有善恶黑白对峙的人物设置。一方面是因为她的写作不以表现人物为目的，另一方面是她以游子的身份重新踏上这片土地，眼里、笔下尽是温情。固然她的小说中存在被局部批判（如《天脉》中的纳木吉、《马楠河左岸》中“我”的父亲、《影》中的阿岩夫）的人物，但他们都是作者童年记忆的镜像，倒映出当地的习俗和信仰，不能以道德上的好坏进行区分。

最后是注重从整体上关照各篇小说之间的勾连关系。在娜仁高娃的创作中，同一物象经常在不同的篇目中亮相，以“羊”为例，“羊”时常“陪伴”着她的主人公，在系列短篇小说中经常和读者见面，联结了她的多篇小说。作为库布其沙漠腹地的作家，娜仁高娃对羊是非常熟悉的，在小说中，羊不是牧民圈养的牲畜，它们或高贵美丽，或代表一种原始的力和冲动，或承载一副已经逝去“魂灵”的皮囊。在《七角羊》中，胡庆图和长鼻子（乌日图）在吃了一头长有七个角的羊之后，头上分别长出了角。这两人不仅具备羊的外部特征，还有草原种羊的原始的勇猛：在寂静的原野上搏斗，脱褂子，脱线衣，脱背心，直到两人一丝不挂，“像两只被拔掉毛的公羊”；在沙蒿沟，两个长了角的男人实验着顶角的动作。原始的顶角行为，代表故去的信仰和生活方式正在悄悄逝去，正如胡庆图所言：“多少年没这么痛快地玩过了。”在《苍青色长角羊》中，“我”家几十年来延续着一个习俗：每逢腊月二十三，要用青毛羊胸骨祭火神，因为青色的羊是“来自野地的魂灵”。可是，最近三年，“我”家除了一只苍青色的长角羊之外已经没有青毛羊了。为了守护这最后一只翁衮羊（神羊），母亲决定放弃坚守了多年的给近亲送祭灶饭的传统。就在“我”结婚的当天，“我”化身成为一只翁衮羊获得永生，接受人们的朝拜。

可是，“沙窝子地却早早死掉了”，徒有祭拜的形式，空留这一只苍青色的长角羊没有“魂灵”地活着。总之，“羊”这个物象在结构上的贯通能力和在意义上的穿透能力使它成为一个叙事焦点，标记“地理上的草原”这一独特视域的同时，也记录着草原上正在发生的一些不可逆转的消逝。除此之外，在塑造系列人物形象上，娜仁高娃也表现出跨篇目创作的特点，对此将在后文详细论述。

二　叙事空间

叙事作品中的人物活动包括思考都是在一定的空间内进行的，比如公园里、寺庙中、公路边、草地上等。龙迪勇在《空间叙事学》中认为，当人物、事件和时间的要素在一定的空间内展开时，这个空间就成为叙事空间，并且这个空间和处在其间的一切产生互动后，被人感知、被人意识到，最终成为“活的空间”。在娜仁高娃的小说创作中，有些空间被多次叙写，“草甸子”“南沙梁”“沙沟地”“沙丘”“河滩”“草滩”“沙包”“向阳坡”等空间频繁出场，她安排人物在这些极具沙窝子地特征的空间内展开活动，将它们的地理文化意义加深并固定下来。它们作为作品的重要组成部分，一方面为主体活动提供场所，在作品中以人物活动或思考的场域形式呈现；另一方面与主体构成诗性互动关系，进而参与作品风格的建构和人物形象的塑造。“马囊图沙窝地”和“原野”成为娜仁高娃的多篇作品的两处典型的叙事空间，在小说中建构着特定的意义世界。前者，包容并见证着卫拉特男儿逐渐在这块土地上消逝，后者以隐喻的方式呼唤生命的力与美。

首先是“最后的卫拉特男儿”在马囊图沙窝地上的群像画。娜仁高娃在小说中多次追忆“五六百年”前的历史图景（比如《马楠河左岸》《原野葬礼》），推算而知，她作品中的卫拉特是15世纪初到16世纪初之间的一个蒙古部落，他们居住在库布其沙漠的一个沙带——马囊图沙窝地上。当时，卫拉特部落社会迅速发展，人口猛增至四万余户，领地极速扩张，真可谓是一段黄金岁月。而如今的马囊图沙窝地风沙遍野，降水不足，经济落后，人口大量流失，在这个空间内，娜仁高娃在书写过程中逐渐勾勒出极具地域特色又饱含历史惆怅感的“最后的卫拉特男儿”群像。“缺失”是他们的共性，这种缺失或在身体上，或在情感上，他们的缺失与落寞的卫拉特构成或显性或隐性的诗意互动关系。具体来看，娜仁高娃作品中“最后的卫拉特男儿”形象具体可分为四种：一是残疾者形象。《苍青色长角羊》中的矬子“我”，与一个带着四岁孩子的瘸子女人结婚，并且在新婚之日被大家捉弄；《醉驼》中的英嘎在一次车祸后变得痴傻，使原本想通过考学留在城里但因母亲去世而自愿返回沙窝子地操持家务的萨格萨更加幻灭；《原野葬礼》中的巴拉朱尔父子俩都患上“磕头病”，脊骨弯成弓形直至无法坐起。二是“光棍汉”系列。在娜仁高娃的小说中，“光棍汉”的形象已经不是个别现象，几乎成为贯穿她小说的一个系列形象。《七角羊》中，在胡庆图养伤期间短暂地出现一个女性，离开时将他的秘密连同他们的过往全都删除；《醉驼》中，驼夫达楞泰的妻子去世后，有一个单了五十年的女人就在他眼前时，他却含糊避开；《神的水槽》中，扎桑扎布一辈子未婚，守护着阿云达日玛。如果说，这类男性不属于完全的“光棍汉”，他们身边不乏“洒脱”的女性，只是在故事中没有呈现完整的感情线索的话，那么伴随着马囊图沙窝地这一叙事空间的正式出场，完全的“光棍汉”随之登场，且他们最终都走向死亡，卫拉特的最后一丝希望宣告终结。《天脉》中，马囊图沙窝地卫拉特部落仅剩二十几个人，其中就有十几个光棍汉，最终，这里的男人一个个死去或离开，此后，马囊图沙窝地再也没有过男人，只有塔本姆索作为新的乌得根（女萨满，接生婆）在翁衮树旁守了一辈子；《雌性的原野》中，马囊图沙窝地的第三十六到第四十个光棍汉是五个主人公，他们的结局是死亡和忏悔。三是被遗弃者。娜仁高娃善于展现在感情中作为被遗弃对象的沙窝地里的男性的行动和心理。《热恋中的巴岱》与题名相反，恋人决定另嫁他人，将年轻的巴岱被恋人遗弃的状态生动地呈现。《影》中，阿岩夫不止一次经历了被遗弃，大漠城的四姐离开之后，阿岩夫循着“阿巴亥街2047号”几乎翻遍了整个大漠城也无果。当他再次返乡时，却失望地发现曾经崇拜他的塔琳娜也已经向前走去——结婚了。四是忧郁懦弱者。这类男性性格唯唯诺诺，遇事没有担当，失去在家庭和社会关系中的主导位置。《马楠河左岸》中，爸爸打死触犯祖先誓言的哥哥之后，选择了离开，他的逃避将主导家庭的权力让位于妈妈，同时她也接过爸爸的担子扛起来。《天脉》中的纳木吉无能软弱、心胸狭隘，他点燃草垛并冲着大火撒尿，将女儿夭折归罪于养子并最终毁掉了年轻的塔米尔。

其次是在“原野”上对生命的力与美的呼唤。与马囊图沙窝地作为小说的物质空间不同，原野在娜仁高娃的小说中是以“原风景”的形式呈现的，是一种充满感情色彩的意识空间。她的童年在库布其沙漠腹地度过，那里的石头、细沙、土鸡和羊群在作家的潜意识中构筑起一个空间，并固定于深层意识之中。三十年后，当她返回故乡时，“除了石头，什么都与三十年前不一样了”，可是童年时期形成的那个意识空间依然是一个让人迷恋的存在。于是，在作品中，这种迷恋搭载“原野”这个空间，以“原风景”的方式呈现。原野，其本身就具有平坦、广袤的地理特征，在娜仁高娃的叙事中，原野还与女性的包容性、疗救性高度暗合。《原野葬礼》中，几次重要情节都置于原野地发生，这个场所具有无限的包容性。在巴拉朱尔的梦境中，出现一个十八九岁的年轻女人，她称在原野上为天生丽质的夫人举行了最尊贵的葬礼，她自己因为死后灵魂无法升天而“在这片原野地游荡了五百六十年”。当金黄色原野上白蝶翩翩起舞时，巴拉朱尔选择为年轻女人超度灵魂而放弃用她的颅骨救治自己和儿子，后来，父子俩竟痊愈了。至此，空间与情节共同完成了对善与美的歌颂。《雌性的原野》中，“原野”不是人物活动的具体空间，但在意义上同样具备容纳性，小说把延续生命的重任寄托在阿拉姆斯（鄂尔多斯高原蒙古族民间传说中的女妖）和阴茎石上，所以在最后察穆哈杀死四个蹂躏女孩的弟弟后，走向阴茎石忏悔。

三　叙事视角

在小说的创作过程中，叙事视角是一个非常重要的问题，不仅决定了作者以何种方式讲故事，也决定了读者以何种方式进入故事，讲故事的主体就是作者安排的叙述者，故事中被谈论到的人物、环境等就是被叙述者，读者就是在叙述视角所呈现的文本中展开与作者、叙述者和被叙述者的对话。

根据陈平原在《中国小说叙事模式的转变》中的分类，叙事角度分成三种：一是全知叙事，叙述者无处不在，掌握着所有信息，比文本中的任何人知道的都多；二是限制叙事，包括第一人称和第三人称，选择故事内或故事外的一个人物，并以他的视点为文本视点展开叙事，所以叙述者只能叙述该人物的所见所闻，除此之外，一概不知；三是纯客观叙事，叙述者不分析人物心理，不作主观评价，只叙述人物的见闻。

在娜仁高娃的作品中，以限制叙事视角为主，偶尔采用全知叙事和纯客观叙事相结合的方式。前者可以进入故事中人物的内心世界，捕捉那些不易察觉又暗地操控人物行动的情绪波动；后者叙事者掌握着任何一个故事中的人物甚至是作者都不知情的状况，视点不受限制，可以随叙事需要而自由转换。在短篇小说集《七角羊》中，《雌性的原野》使用第一人称全知叙事的方式，另外13篇使用限制叙事的方式，其中，有3篇采用第一人称限制叙事，10篇采用第三人称限制叙事，还有1篇《七角羊》，从纯客观叙事转向第三人称限制叙事。

《雌性的原野》采用第一人称全知叙事，“我”作为叙述者，不受时空的限制，对故事中的信息无所不知。现在，“我”和故事中的五个主人公睡在一个屋檐下；过去，“我”曾和他们的曾祖父一起走出山沟，“对于他家的一切，‘我’了如指掌”；最后，“我”见证了察穆哈杀死四个弟弟后，走向阴茎石忏悔。这样，第一人称叙述者没有参与到故事的发展过程中，只是故事的观察者和叙述者，随时随地把故事的行动者——“卫拉特部落最后几个男儿”的活动——奉献给读者。

在娜仁高娃的作品中，第一人称视角的叙述者除了有全角度叙述故事的作用之外，还可以是故事中的人物，有的甚至还是主要人物，只是作为人物的叙述者就退出了全知全能的视角，只能以人物的视点为视点，看不到人物之外的部分。在《背石头的女人》中，叙述者“我”是一块石头，在故事中与“女人”以及“年轻男人”共同进行活动，虽然不是主要人物，但也是故事情节的主要贡献者之一，最后，“我”投胎为女人的儿子，至此真正拥有话语权。在《苍青色长角羊》中，读者跟随着叙述者“我”的视角，回忆了母亲、大爹和姑姑的来往，也见证了渐渐死掉的沙窝子地和渐渐失落的文明。同时，“我”与一个带着四岁孩子的瘸子女人结婚，这一情节是整个故事的重要组成部分。在《背石头的女人》中，“我”讲述自己的故事，在情感上更易于将读者拉入预定的情境中，使读者与作者及被叙述者共情：石头在现实世界中平平无奇，但是将视点限制在石头身上，并且以第一人称的形式呈现，读者不仅没觉得失真，反而真实地感受到了水从石头上流过的“感觉”，就像什克洛夫斯基说的，艺术的目的是要让人感觉到事物，而不是仅仅知道事物。

《七角羊》开头是纯客观叙事，胡庆图、司机和警察的对峙与妥协，全凭人物的语言、动作及表情来完成，没有主观的评价，也没有心理分析，更没有人物的情感，只是像电影镜头一样做展示。读者无法窥探出任何情感态度，只是知道胡庆图迟迟不愿摘帽，至于为什么，就无从得知了。作者在第一节的末尾留了一点线索：司机和警察都发出了错愕的表情。顺着这条线索，读者可以充分结合自己的阅读经验和审美经验去填空，围绕胡庆图一定有值得挖掘的内容。这样，作者就将一部分解读故事的权利让渡给了读者。随后转向以故事中的人物胡庆图为视点的第三人称限制叙事。

娜仁高娃的更多的作品是采用第三人称限制叙事的方式，勾勒出沙窝子地的轮廓，把握沙窝子地人民的脉搏，尤其是以阿岩夫、乌尼尔、巴岱等人物为代表。这些人物既是故事的主要参与者，也是作者讲述故事的视点——描写他们的见闻，深入他们的内心，分析他们的感受。

娜仁高娃的长篇小说《影》以第三人称限制叙事的方式展开全文，以主人公阿岩夫为叙述者，以他的见闻和感受为中心视点。读者所看到的从沙窝子地到大漠城的一切或平常或稀奇的事物，城市人及其携带的生活方式和文化信仰与沙窝子地固有的存在方式的交锋交融，都来自阿岩夫的眼睛和感受。作者多次进入阿岩夫的内心世界，让读者感受人物的内在冲撞和情感变化线索。当阿岩夫决定去大漠城找四姐，可是四五天过去了，人没找到，带出来的钱倒是所剩无几时，“他开始回想近几日的遭遇……想着想着，最后得出一个结论：是四姐拿他逗乐子了”。这是大漠城给阿岩夫上的第一课，也是他第一次清醒地认识到沙窝子地与大漠城的隔阂。城市对外来人的确不留情面，要想讨生活甚至是扎下根来并不容易，面对新生活，阿岩夫有过犹豫和试探：当他明白鸭舌帽们的工作性质时，他脑子里闪出一串词，“地痞、流氓、混混、街游子、黑社会”，这时候，他对这些人表现出反感，对这个工作极其厌恶，一个淳朴正直、不甘屈从的年轻人形象就这样被塑造出来了；再往后，阿岩夫心里“对他们所说的‘活儿’有了某种期待”，他小心翼翼地试探着这个“工作”，其实是在试探自己，他不确定自己的“底线”能接受多大程度的挑战；在一次和欠债人对峙时，他觉得“很不可思议，但又有某种莫名的舒畅感令他有些得意起来”，当下的“得意”的感受在他心里炸开，推着他迈出了关键的一步；后来，“阿岩夫已经彻底打消离开二花眼的想法”，至此，他接纳了这种极易又极难的生存方式，并且坦然地以这种姿态与城市交手，在鸭舌帽们被捕之后，他觉着能再“跟着鸭舌帽漂漂亮亮地干一桩活儿，那是何等地威风，何等地痛快”。总之，娜仁高娃以阿岩夫的视角，展现了这个年轻人进入大漠城之后的心理意识流变，描绘出一个从沙窝子地进入城市的艰难和倔强的灵魂。

叙述视点的转换也是娜仁高娃创作的一个特点，虽然这类篇目不算多，但依然可以看出一些规律：主要是在第三人称限制视角下的视点转换，由多个人物轮流叙事，使小说的视角处于流动之中，读者可以在不同的视点下体悟故事和人物。《醉阳》的视点从处于故事外的全知叙事转向故事内的人物身上，在全知叙事交代清楚基本语境之后，自动让出无所不知的位置，由故事中的在场人物东茹布和米都格轮流叙事。第三人称限制叙事本身决定了读者不管是从东茹布视角还是米都格视角看到的信息都是缺失的，将各方面信息综合起来也不一定能够看到故事的全貌。比如，在东茹布视角下，他晕倒之前被什么东西撞到脸上，但究竟是什么，故事中没有解释。在视点的转换过程中，创造了一种流动的、多层次的叙事风格。

四　结语

通过对娜仁高娃的小说从叙事结构、叙事空间、叙事视角三个维度的分析，我们可以看到她从开始写作至今一直在多方面摸索属于自己的叙事模式的努力，并且在创作手法上已经做出了一定的突破，同时，也看到她重新审视并自觉书写“那个偏僻的沙窝地”的决心。

神话的继承与破碎

——渡澜小说中的神秘色彩

艾嘉辰

渡澜以“出道即巅峰”的姿态在短短时间内就于《收获》《十月》《上海文学》《人民文学》等国内知名文学刊物发表作品10余万字。她还获有《小说选刊》第二届禧福祥杯新人奖、第十一届丁玲文学奖新人奖、第二届草原文学奖新人奖等诸多奖项。她的小说文风老练，有着与其年龄不符的成熟与苍茫。而评论界目前对其小说的分析多为感性的描述，缺乏理论与系统的解读。其代表作《傻子乌尼戈消失了》的小说母题即“丢失与寻找”和“死亡与复活”，通篇充斥着神话色彩。小说围绕主人公乌尼戈的三次消失与三次出现为主要线索，主要刻画了乌尼戈、柳泽真由娜、“我”这三个人物，同时运用弗莱的“四季说”①架构全文，内嵌三个四季轮回，根据春—夏—秋—冬的顺序来安排乌尼戈在不同阶段的不同命运，同时小说中的每一位主要角色都有与之相对应的神话人物原型。在小说中也出现了蛇、三角形等具有明显象征义的词语，需要对这些词语背后的深层含义进行剖析和阐释。只有明确小说的全文结构、将角色本身与其原型人物一一对应、挖掘出特殊词语背后的所指含义，才能一探渡澜作品中迷人的神秘色彩。

① 诺思罗普·弗莱：《批评的剖析》，陈慧，袁宪君，吴伟仁译，百花文艺出版社，1998年版，第190页。

一　四季轮回的小说结构

弗莱的四季理论认为文学作品本身存在着一个内化结构，此内化结构类似自然界中的四季循环：“自然界循环的上半部分是浪漫故事的世界以及天真的类比；下半部分是‘现实主义’的世界以及经验的类比。因此有四种主要的神话运动。”①弗莱认为，春天是萌发与新生，对应文学作品中的喜剧；夏天是生命力展示得最为强烈的阶段，在夏天中，主人公将会表现他的传奇能力，发生与之相关的浪漫故事；秋天是衰亡与凋敝，在此阶段中，主人公将会面临困境与危险，发生悲剧并在秋天“死去”；而冬天则是一个没有主人公的无趣的、沉默的、庸俗的世界，只剩下反讽与讽刺。②小说第一句便是：“我的房客乌尼戈，在一个鼬鼠满世界跑的春季消失了。”③作家一反传统，采用否定的形式宣告了乌尼戈（主人公）的出场，并明确告知读者“乌尼戈消失了”，这是乌尼戈的第一次消失。“看！一个漂亮男孩！”④预示着小说中第一个春天的开始。这是“我”和柳泽真由娜第一次遇见乌尼戈：“他是个十四五岁的男孩，浑身散发出孩子与少女的气息”⑤，“他竟有着无限接近自然的美”⑥。这是初见乌尼戈时“我”和柳泽真由娜对他的印象。小说第二个夏天开始于乌尼戈显露他的与众不同，具体内容作家描述为乌尼戈的极速成长：“这二十分钟里，乌尼戈至少长大了十岁，已经是个成年男子了。”⑦同时乌尼戈也可以随意改变自己的年龄，他可以在不到两天的时间里由一个青年变为一个垂暮老者，又可以在“睡了一整天”⑧后重新变成婴儿。这符合弗莱“四季说”中关于夏天的描述：主人公展露神力，发生传奇故事。小镇居民对乌尼戈进行迫害标志

---

① 诺思罗普·弗莱：《批评的剖析》，陈慧，袁宪君，吴伟仁译，百花文艺出版社，1998年版，第190页。
② 同上。
③ 渡澜：《傻子乌尼戈消失了》，《收获》，2019年第4期。
④ 同上。
⑤ 同上。
⑥ 同上。
⑦ 同上。
⑧ 同上。

着小说第一个秋天的开始，乌尼戈也在这时迎来了他的死亡："他开始拼命吸气，却被达林台的弯刀割断了喉咙！"[①]乌尼戈被割喉而死。这也是小说中乌尼戈的第二次消失。在目睹了乌尼戈的死亡后"我"也被送进了医院，出院后，"我"回到家发现乌尼戈在门口迎接"我"，这是乌尼戈的第一次"重生"与出现。

但"重生"后的乌尼戈丧失了曾经的自然美："他总是白发苍苍，脸孔黑得像岩石。"[②]此处需注意，乌尼戈虽然重生，但并不意味着"春天"的到来，而是为将至的第一个凛冬拉开了序幕。体现了渡澜对四季理论的继承与创新，主人公的生死与四季更迭的顺序不完全同步，这在小说的第一个四季轮回中尤为突出。小说中，第一个冬天随后开始，这是一个只有懦弱的"我"而没有主人公的时期。同样也符合弗莱的"冬天"：一个没有英雄的无趣世界。但与弗莱的冬日说不尽相同的是，在中国文学的语境下，冬天还预示着残酷、惩罚与死亡："在中国文学中，冬天的情感模式是终结是死灭是绝望。"[③]针对小镇上那些欺侮乌尼戈的愚蠢居民，冬天也预示着他们残酷的结局。

在小说中部，作家明显地进行了层次划分，表现为用两种蒙古文字记录故事。用不同的"记录文字"将小说分成了上下两个不同部分。这是小说中第一个冬天结束的标志，也是第一个四季轮回结束的标志。

"春天到了，大自然铺青叠翠，镇子里满是豆荚爆裂的声音。"[④]此时故事进展的时间顺序与四季更迭顺序相吻合，小说的第二个春天开始。紧接着，第二个夏天开始，乌尼戈继续他的传奇故事。表现为他发现了一只喜鹊画家，他欣赏并喜爱喜鹊的画作。但随即第二个秋天来临，小镇居民继续对乌尼戈施暴，乌尼戈继续受难。在小镇居民对乌尼戈施加的暴力达到顶峰时，乌尼戈再一次惨死："（乌尼戈）当着众人的面被毫无人道地注射了硫喷妥钠，当场变成了无数片齿状的娇叶，被一股脑儿塞进了火化炉里。"[⑤]这是乌尼戈的最后一次消失，同样是因为死亡。在乌尼戈死后的下一段，小说的第二个冬天便开始了。这个冬日不仅是没有主人公的冬天，还符合中国文学中具有死亡与审判隐喻的冬天。审判对象是不断迫害乌尼戈的小镇居民。在小镇居民对乌尼戈的戕害达到最高潮的同时，他们也迎来了死亡

---

① 渡澜：《傻子乌尼戈消失了》，《收获》，2019年第4期。
② 同上。
③ 傅道彬：《〈月令〉模式与中国文学的四时抒情结构》，《学术交流》，2010年第7期。
④ 渡澜：《傻子乌尼戈消失了》，《收获》，2019年第4期。
⑤ 同上。

的结局："两个星期后，所有的人毫发无损地死掉，尸体黏在高得像是要把天戳破的铁房子的屋顶上，连苍蝇都飞不上去。"[①]这一点颇有《圣经》中"末日审判"的意味——当人类作恶到了极点之时，大天使加百列便会吹响末日审判的号角，神会毁灭掉除善人之外的一切人类。[②]而小说中第二个冬天的结束，即第二个四季轮回终结的标志是小说中另一角色的消失——柳泽真由娜的消失。在柳泽消失后紧接的下一段的最后写道"我都会意识到自己终于回归了"[③]，标志着小说中第三个春天的开始。但这个春天跳出了客观现实的四季轮回，也打破了弗莱"四季理论"的内在结构，我称之为永恒的春天。这个春天本身就是一个自足的结构。或者说在小说世界中依然存在四季轮回，但在"我"的心中春夏秋冬皆是春天，四季无二无别。此时的"我"颇有"证道"的意味，小说上升到了宗教的高度，其感受与威廉·布莱克的名句"把无限放在你的手掌上，永恒在一刹那里收藏"[④]有着异曲同工之妙。

"我"最后一次见到乌尼戈时："乌尼戈仰躺在一捆捆散发着芳香的木枝旁，迎着阳光，每一寸皮肤都充盈着生命。"[⑤]"他依旧是初次见面时的'漂亮男孩'。"[⑥]这是乌尼戈的第三次出现，他恢复了一切，一如"我"初见他时的那般美与青春。无法被摧毁的乌尼戈和他身上所具备的青春与美便是永恒春天的象征，乌尼戈就是自然与美的化身。该段末句写道："我们的朋友乌尼戈永生不息——他只是用自己的方式消失了。"[⑦]开头是春天，结尾也是春天。开头是在春天消失，结尾是在春天遇见。小说开篇的春天和小说结尾的春天是同一个春天，比喻乌尼戈是既消失又存在的，既短暂又永恒的。所以开篇的消失反倒是存在，而结尾处的存在却预示着乌尼戈又即将消失。乌尼戈的消失就像是"水溶于水中"般，的确消失了，但又无处不在。这里的"消失"与小说首句的"消失"首尾呼应，形成一个完美的、永远停留在春日的闭环。而乌尼戈就是无数个永恒春日轮回本身。

小说以四季轮回为基本结构，但又体现了弗莱原有理论中不具备的关于冬日的中国文学情感模式，并且在第三次轮回中打破了"春—夏—秋—冬"的固定结构，将轮回静止，或是将轮回放之于某一具体季节——即春天中进行运动，是对传统叙

① 渡澜：《傻子乌尼戈消失了》，《收获》，2019年第4期。
② 马佳：《圣经典故》，学林出版社，2012年版，第182页。
③ 渡澜：《傻子乌尼戈消失了》，《收获》，2019年第4期。
④ 王艳霞：《威廉·布莱克诗歌译评》，光明日报出版社，2013年版，第211页。
⑤ 渡澜：《傻子乌尼戈消失了》，《收获》，2019年第4期。
⑥ 同上。
⑦ 同上。

述模式的尝试与突破。同样地，主人公的三次“死亡与复活”与四季更迭顺序并不完全一致，而是有一套作家自己的突破了弗莱表象叙述层次的深层结构。这在创作上也值得肯定，避免了程序化、自动化的情节安排。

二　角色人物的原型对应

弗莱认为文学源于神话：“神话是文学中的一个结构因素，因为文学作为一个整体就是一个‘移位的’的神话。”①好的文学作品便是一遍又一遍地重复祖先们代代相传的神话。而每一个神话中都有相应的神话人物，将小说角色与神话人物原型对应有助于我们进一步理解作品。

现经笔者分析，小说中三名主要角色的神话对应原型各自为：乌尼戈—耶稣、柳泽真由娜—异化的圣母玛利亚以及“我”—异化的犹大。整篇小说可以理解为是对“耶稣受难记”的民族异化新写，但又有主人公“二次受难”等不同于西方传统神话的本土新创造。体现出作者对神话的继承与破碎。

乌尼戈是小说的主人公，他的神话原型对应角色即西方的“救世主”耶稣。在小说中存在多处叙述指向“耶稣受难”，如：“可怜的乌尼戈几乎散架，但他似乎完成了一场完美而彻底的奉献，与路面依偎紧靠，高兴得噙满了泪珠，宛若置身天堂之中。”②“乌尼戈几乎散架”对应耶稣被钉死在十字架上；“完美而彻底的奉献”对应耶稣的自我牺牲与奉献；“置身天堂之中”则对应耶稣在死后三天获得神启、重生。但不同于神话中的“三天”，作家明显加快了乌尼戈的重生速度。在他第一次被杀害后，作者仅用了一小段进行过渡，唯一具体的时间词只是“出院后”三个字，抒发“我”梦魇似的感受。然后紧接着在下一段中乌尼戈便已复活，而复活后的乌尼戈与复活后的耶稣在精神表现上完全一致：“当我猛然发现乌尼戈闪闪发光的眼中竟满是神圣的宽宥时”③，复活后的乌尼戈完全没有怨恨谋害他的凶手，而

① Northrop · Frye：《Fables of Identity：Studies in Poetic Mythology》，Hareourt Braee&World，1963：1.
② 渡澜：《傻子乌尼戈消失了》，《收获》，2019年第4期。
③ 同上。

是选择了原谅，选择了“宽宥”。而作家给这种宽宥所下的定语是“神圣”一词，这与耶稣牺牲自我为全体人类承担罪责、拯救全体人类的《圣经》神话达到了本质上的一致。同时也与耶稣被钉死后由人化神的传说一致，乌尼戈的“新生”完成了他由“人”到“神”的彻底转变。而这一转变发生的唯一条件便是一次死亡。但乌尼戈这一主人公又与神话中的耶稣原型不完全一致。首先从结构上，乌尼戈和耶稣的“受难”轨迹不同。耶稣的轨迹是“出现—受难—死亡—复活”，而乌尼戈的轨迹是“消失—出现—受难—死亡／消失—出现／复活—受难—死亡／消失—出现／复活—消失”，比前者复杂得多。西方宗教神话中的耶稣只“死”了一次，而小说的主人公“消失”了三次、明确“死”了两次。且作家刻意避开写出“复活”，而是留给读者去体味，体现出作家对传统神话的解构与创新。其次从形象上，与耶稣相比，乌尼戈不像人类：“我拍下他股间的黄色半日花花瓣和带着紫色金属闪光的乌鸦羽毛，替他拉上了裤子。”[①]“乌尼戈的掌心里长满了小巧玲珑的草，里面蛰伏着草爬子。他的每一个关节腔里都有蚂蚁在建造新的宫殿。”[②]这些话语都在说明乌尼戈与人类有着本质的区别，他更像是一种可以变化为任意形态的自然力量。而耶稣在传道时包括复活后都是以人类的姿态在世人前显示的。这是从人物形象上作家对神话的继承与突破，而渡澜对神话的突破显得更为彻底。最后是从人物意义兼小说主旨上，乌尼戈和耶稣二者的“使命”不同。乌尼戈是自然与美的象征，作者多次使用了“漂亮男孩”“自然美”“美丽”等词语来描述和赞美乌尼戈，不断地强调他是自然与美本身，将乌尼戈与美紧密联系。而他“牺牲”自我且为之付出生命的是美和自然，并非人类。面对残害他的小镇居民——即“有罪人类”他可以做到不怨恨，但乌尼戈的出发点并不是为使这些人得到解脱、升入“天国”而去牺牲自我的。他是为了捍卫或者坦然面对美究竟是要被毁灭的命运而去宽恕一切的，这与西方宗教神话中耶稣的牺牲目的不同。而且小说让乌尼戈多次受难、多次死亡为的是突出美的脆弱和大众的无知。美本身是神秘且永恒的，但它相当脆弱，任何一个无知群体的集合都可以用无数种暴力、凶残的方式来毁灭它。但美又是生生不息的，它可以被无数次毁灭，但也可以从无数次的毁灭中重生，就像是小说中的乌尼戈一样。小说是在讲述一个美在凡俗中被血腥破坏但依然永恒不灭的故事。这与《圣经》的主题有着本质的不同。而除却耶稣这一基础神话原型，乌尼戈身上也具

① 渡澜：《傻子乌尼戈消失了》，《收获》，2019年第4期。
② 同上。

有其他一些神话人物的特征。如描写乌尼戈："他竟有着无限接近自然的美，躺在地板上像一株柔软的植物，毫无违和感。"他是一位花一样的美男子，这使人不难联想到希腊神话中的阿多尼斯[①]。暗合弗莱对四季与神祇结合的阐释："植物世界为我们展示了一年一次的四季循环，它常常以一位神的形象表现出来，或者等同于这样一位神：它在秋天死去，而春天又得以复活。这位神可以是男性（阿多尼斯）。"[②]同样地，"我没有第一时间认出他的原因是因为他的年龄并不是固定的"[③]这句话写出乌尼戈可以随心所欲地掌控自己的年龄，这也与希腊神话中掌握新生与衰老的两位神祇——赫柏和革剌斯的能力一致[④]。综上，乌尼戈的对应神话原型是耶稣，但又与《圣经》中的耶稣大有不同。

柳泽真由娜的神话原型人物是异化的圣母玛利亚，在小说中更多地体现出的是她的异化成分。在形象塑造上，柳泽真由娜是一只黑鸦的后代。但在小说中最具"人性"的角色的反倒是柳泽。她有人的喜怒哀乐、七情六欲，她看到美丽的、还是一个小孩子时的乌尼戈会有人类母爱的泛滥："柳泽真由娜的眼中柔柔泛起薄雾，她眯着眼，拍他的背，揉自己的乳房，仿佛一腔母爱无处发泄。"[⑤]而当乌尼戈长成一个英俊成年男子后，她再看到他会瞬间燃起自己最原始的欲望："她身上坚硬的黑色轮廓被自己心间满溢出的淫欲之水泡软了，转变为红色球形糖果的弧度。"[⑥]"柳泽真由娜饱满厚重的唇肉狂热地黏上他的嘴唇时，就像呻吟的肉团撞上了冬天的玛瑙。"[⑦]比起"我"，柳泽更多地给予了乌尼戈爱与温暖。虽然这种爱与温暖很大程度上是由本能欲望驱使的。作家用柳泽真由娜这个角色来代表"自然人"，即没有受过规劝与训诫、充满本能欲望与生命活力的人。在小说中，作家对这种本真自我的张扬是持肯定态度的。这不同于中世纪西方的"禁欲思想"，对从柳泽身上体现出的原始蓬勃的生命力乃至旺盛的生殖本能，作家是毫无保留地进行讴歌与赞美的。作家通过对原始自然欲望的歌颂，来表现最质朴的生命之美。柳泽这一角色的塑造是为强调自然的爱与欲望，所以当象征着美与爱的乌尼戈在柳泽看

---

① 曹乃云：《希腊罗马神话小百科》，上海辞书出版社，2019年版，第7页。
② 诺思罗普·弗莱：《批评的剖析》，陈慧，袁宪君，吴伟仁译，百花文艺出版社，1998年版，第187页。
③ 渡澜：《傻子乌尼戈消失了》，《收获》，2019年第4期。
④ 曹乃云：《希腊罗马神话小百科》，上海辞书出版社，2019年版，第175页。
⑤ 渡澜：《傻子乌尼戈消失了》，《收获》，2019年第4期。
⑥ 同上。
⑦ 同上。

来彻底地消失后，她也就失去了继续活下去的动机。那么与爱和美一同“消失”便是她唯一的结局。作家在写柳泽的消失时很清淡：“她没有再回来，我的厨娘像她清脆的鸟啼一样随风而散了。”①她像风一样地消失，就好似她从未来过一样，蕴含着作者对“自然人”和自然欲望能否在现实中存在并满足的沉思。

“我”所对应的神话原型人物是异化的犹大。在小说中，“我”被塑造为一个普通人，但与充盈着“人性”的柳泽真由娜相比，“我”反倒更像是自然的“物”，带有很大程度的克制与冷漠：“对镇民们糟糕的‘消灭乌尼戈计划’所造成的创伤，我仅仅对之实施无害化处理。”②“甚至被柳泽真由娜称为‘彻头彻尾的铁石心肠’。”③这种能指与所指的颠倒也富有极强的文学性。小说中对“我”的描写与乌尼戈和柳泽真由娜相比是缺失的，起初只是蛛丝马迹般罗列了些“我”的特征，如有胡子、中年人、博学，只有在小说的靠后部分作者才明确地告知“我”是一个“单身老头儿”④。乌尼戈的第一次死亡是由“我”引起的：“让他住下来是个错误的决定”⑤。这也是小说第一个四季中秋天的开始。正是因为“我”留宿了乌尼戈，小镇居民才开始了对乌尼戈的迫害。所以可以看作是“我”“出卖”了乌尼戈，对照犹大出卖耶稣的神话。而出卖耶稣的“金钱”即乌尼戈的美与“无害性”。在乌尼戈成为“我”的房客之前，镇民们只是对他怀有敌意，没有实际的迫害举动。“但现在——乌尼戈成为了我们的房客，人们却开始羞辱折磨他。”⑥是因为“我”和真由娜共同向居民们昭彰了乌尼戈的无害性，他们才敢对乌尼戈进行更加暴力的迫害，最后导致乌尼戈的死亡。但同时“我”对乌尼戈的死亡又一直抱有内疚：“我想我的理智和严谨成为了我绝望和痛苦的根源。”⑦这就与为了金钱而出卖耶稣的犹大完全不同了。“我”清楚地知晓自己严谨、睿智、理性，但在某些方面这些特质就转化为了古板、僵化和懦弱，但因为我是“老师”，是“镇上知识最渊博的人”，所以“我”不能做出什么出格的举动，“我”被自己和知识限制、囚禁了。这颇类似《浮士德》中的“书斋悲剧”。小说中“我”的“功能性”要远远大

---

① 渡澜：《傻子乌尼戈消失了》，《收获》，2019年第4期。
② 同上。
③ 同上。
④ 同上。
⑤ 同上。
⑥ 同上。
⑦ 同上。

于“我”的“人格性”，与乌尼戈和柳泽真由娜相比，“我”的符号化特征更为明显。但“我”仍是小说不可缺少的一个角色，“我”既是一系列事件的经历者也是故事的讲述者，也是唯一有完整视野的“目击者”和“幸存者”。“我”对整篇小说的意旨表达起着传声筒的作用。“我”是人但却象征着“物”，是生命力不旺盛的，是怯懦的。但正因为我不具备或者缺失了“自然人”的某些特质——原始欲望，“我”才能更好地接近自然与美，而不至于迷失或者消失。与肆意彰显生命欲望的柳泽真由娜不同，“我”更像是一名严格遵守“教义”的“苦行僧”。“我”的生活恰恰是柳泽所要摒弃和打破的宗教“禁欲”生活。但最后“我”回归了，并且见到了重获青春与美的乌尼戈。小说最后一句写道：“我并未停下脚步，心中一片平静，就像看到跃出水面的鱼儿又坠回了水中。”[①]此时的“我”颇有佛教中“顿悟”的意味，“我”明白了谁也无法改变自然法则，哪怕是自然法则本身。一切就是本该如此，一切又重回宁静，再次突出小说永恒的自然与美的主题。“我”是人，但不是像柳泽真由娜那样的“自然人”，更像是一名在尘世中的修行者。“我”始终在美的自然与恶的人类之间徘徊，既能感受到自然与美，又有着人类伪饰的“理性与克制”，具有“中间物”的性质。但最终“我”回归并拥抱了美与自然。“我”可以当作是乌尼戈虔诚的“信徒”，在他的一路指引下最后“悟道”成功，获得了圆满自得的境界，这与背叛耶稣的犹大是完全不同的。所以在“我”这一角色上，作家也体现出对神话的新意翻写，表达作者对当下知识分子群体回归自然、回归生命本真的期盼与呼唤。

三　特殊词语的隐喻象征

在明晰了小说的结构层次和人物原型的对应关系后，这篇小说中富寓深厚隐喻义的词语同样不能忽视。弗莱认为：“某些原型如此深深地植根于程式化的联想，以至于它们几乎无法避免暗示那个联想，就像十字架的几何图形不可避免地暗示基督之死一样。”[②]所以有必要对小说中出现的含有隐喻象征的特殊词语进行剖析。

---

① 渡澜：《傻子乌尼戈消失了》，《收获》，2019年第4期。

② 诺思罗普·弗莱：《批评的剖析》，陈慧，袁宪君，吴伟仁译，百花文艺出版社，1998年版，第104页。

小说中主要角色的名字都不源于汉语，所以在其各自的源头语境中都含有丰富的隐喻色彩。“乌尼戈”是蒙语词汇，意为“狐狸”。在东方语境下，狐狸是魅惑的、狡诈的，但在西方文化中，狐狸是优雅的、智慧的，比如法国著名的民间故事集——《列那狐的故事》中的主角便是一只狐狸。而狐狸正是小说开篇中提到的“鼬鼠”的天敌。鼬鼠在小说中象征那些迫害乌尼戈的小镇居民，将“乌尼戈—小镇居民”与“狐狸—鼬鼠”这套隐喻系统连接，从开篇便建构小说中最重要的一对矛盾，二者是从根本上敌对的关系，也是此消彼长的关系。“我的房客乌尼戈，在一个鼬鼠满世界跑的春季消失了。”[①]“鼬鼠满世界跑”说明它们的天敌——狐狸很少或者几乎没有，回应了“乌尼戈的消失”。当小镇居民们依然无知地去迫害乌尼戈时，鼬鼠——即小镇居民内心邪恶的外化象征也无法遏制地蔓延开来：“镇里的鼬鼠的确变多了，它们铺天盖地地涌出，满大街乱跑。”[②]居民认为鼠灾是乌尼戈造成的，便对乌尼戈进行欺虐，而恰恰只有乌尼戈（狐狸）可以解决鼬鼠灾，以此讽刺人类的无知与狂妄。这种讽刺到最后便上升为人与自然、环境的对立，而结局是鼠灾的爆发和人类的死亡。小说中“我”的名字“边巴”则来源于藏语，意为“土曜日、土星”。在小说中，作者把“我”塑造为一个年纪大的有学问的男人，这与土星在占星学上的意义一致：“土星是星盘里代表父亲的重要元素之一。”[③]同时“土星的特质是沉重与缓慢”[④]，与土星联系的关键词有：“冷漠、沉重、迟缓、单调、干枯”[⑤]。“边巴”的这一土星隐喻义在名字上暗示了“我”的性格特征。

小说中有层出不穷的与动物、植物相关的譬喻。例如：鼬鼠、蘑菇、乌鸦、白鸽、韭菜、新几内亚桉树、半日花、红嘴松鸡、瓢虫、马兰花、向日葵、毒蛇、喜鹊、草爬子、蚂蚁、山羊等等。作者运用如此多丰富的譬喻不仅是为了使得某一叙述变得更为生动和形象，还有在其背后所隐藏的象征含义。例如“毒蛇”这一意象，“毒蛇”或者“蛇”在西方符号系统中最为典型的代表便是《圣经》中诱惑亚当和夏娃偷食禁果的那条蛇。从那时起，“蛇”便与欲望、诱惑、危险、狠毒等意义绑定。在小说中，毒蛇被小镇居民用来扔进“我”的房子里对“我”展开报复，

---

① 渡澜：《傻子乌尼戈消失了》，《收获》，2019年第4期。
② 同上。
③ 苏·汤普金斯：《当代占星研究》，胡因梦译，云南人民出版社，2010年版，第182页。
④ 苏·汤普金斯：《当代占星研究》，胡因梦译，云南人民出版社，2010年版，第183页。
⑤ 苏·汤普金斯：《当代占星研究》，胡因梦译，云南人民出版社，2010年版，第181页。

同样，毒蛇也是狠毒残暴的小镇居民的象征，作家明确写出："我说：'我的老天爷，太恶心了！蛇长着一张镇长的脸。'"[①]表明了对小镇居民蛇蝎一般的内心和举止的憎恶。同时正因为蛇的诱惑，亚当和夏娃才偷食禁果，有了基督教中的"原罪说"，所以蛇也可象征"原罪"。在小说中即寓意每个残害乌尼戈的小镇居民都是蛇，都是有着"原罪"的。与故事后期小镇居民的"暴死"这一惩罚相照应。

作品里频繁出现与数字和形状相关的隐喻。结构上，小说按照三个四季轮回谋篇布局；线索上，围绕乌尼戈的三次消失与三次出现为主要线索连缀全文；内容上，毒蛇的毒液堆积处的形状是"紫色的三角形"[②]，镇民们殴打乌尼戈时使用的是"三角形石头"[③]。无论是全文的结构线索还是小说的故事内容，数字三与三角形都贯穿作品始终。布鲁斯-米特福认为："数字'3'被视作神圣的数字。"[④]而三角形的"象征涵义多与数字'3'有关，它代表着开始、中间与结束"[⑤]。"许多文明都将三角形与神联系在一起。"[⑥]三角形中包含数字三，二者本质上都有着神圣的含义，充满浓厚宗教色彩。数字三和三角形的使用加强了小说的神话意味。

除了上述神话宗教象征色彩较为明显的词语，小说中还多次提到了"梦""玛瑙"以及各种颜色。这些词语的运用为小说增添了更多的神秘元素并加深了小说的神话色彩。

余　论

面对渡澜"别是一家"的作品，其表达、譬喻和想象不能用现实主义的生活经验去解释，仅仅用印象式的文字去解读是对其作品价值的极大低估。渡澜的小说是

---

① 渡澜：《傻子乌尼戈消失了》，《收获》，2019年第4期。
② 同上。
③ 同上。
④ 布鲁斯·米特福、菲利普·威尔金森：《符号与象征》，周继岚译，生活·读书·新知三联书店，2014年版，第294、286页。
⑤ 布鲁斯·米特福、菲利普·威尔金森：《符号与象征》，周继岚译，生活·读书·新知三联书店，2014年版，第294、286页。
⑥ 布鲁斯·米特福、菲利普·威尔金森：《符号与象征》，周继岚译，生活·读书·新知三联书店，2014年版，第294、286页。

具有挑战性的头脑风暴，也是精致用心的解谜游戏。如果对渡澜的作品批评失去了理论基础，就如同空对着一座用繁华珠玉搭建起的世上独一的城堡，而不解其中蕴含的究极质朴之美。因此未来针对渡澜作品的分析应着重注意运用合适的文学批评方法，重分析而轻描写，这或许可以更好地回应与之相关的问题，并给予“滞缓”的当代文坛更多新的可能性。

原载《南腔北调》2022年第2期